HEYNE

Das Buch

Katharina Sessenheimer ist außer sich. Der von ihrem Vater für sie ausgewählte Ehemann ist zwar steinreich, aber auch alt und abstoßend. Die Zukunft erscheint ihr unerträglich. Bei ihrer Tante in Amsterdam soll sie lernen, einen großen Haushalt wie den ihres zukünftigen Mannes zu führen. Statt sich jedoch in ihr Schicksal zu fügen, setzt sie einen kühnen Plan in die Tat um. Welche Gefahren bei der Überfahrt in das exotische Japan auf sie warten, ahnt sie noch nicht – und auch nicht, welche Wendungen ihr Leben mit den aufblühenden Gefühlen für Martin Liebau nehmen wird.

Susanne Wahl ist eine Entdeckung im Genre des historischen Romans und ein Lesegenuss für alle Fans von Iny Lorentz oder Ines Thorn.

Die Autorin

Susanne Wahl wurde 1955 in Erlangen geboren. Sie studierte Ethnologie und Anthropologie in Frankfurt am Main. Heute lebt die Autorin mit ihrer Familie in der Nähe des Bodensees, wo sie an ihrem zweiten historischen Roman arbeitet.

SUSANNE WAHL

Kirschblüten im Wind

Roman

WILHELM HEYNE VERLAG
MÜNCHEN

FSC
Mix
Produktgruppe aus vorbildlich
bewirtschafteten Wäldern und
anderen kontrollierten Herkünften

Zert.-Nr. SGS-COC-1940
www.fsc.org
© 1996 Forest Stewardship Council

Verlagsgruppe Random House FSC-DEU-0100
Das für dieses Buch verwendete FSC-zertifizierte Papier
Holmen Book Cream
liefert Holmen Paper, Hallstavik, Schweden.

2. Auflage
Originalausgabe 03/2009

Dieses Werk wurde vermittelt durch die Literarische Agentur
Thomas Schlück GmbH, 30827 Garbsen

Printed in Germany 2009
Umschlaggestaltung: © Eisele Grafik-Design, München
Satz: Buch-Werkstatt GmbH, Bad Aibling
Druck und Bindung: GGP Media GmbH, Pößneck
ISBN: 978-3-453-40581-3

www.heyne.de

Viele Erinnerungen
steigen in den Menschen auf,
wenn sie die Kirschblüten wiedersehen.

MATSUO BASHO (1644–1694)

DER PLAN VON »DESHIMA« NACH EINEM HOLZSCHNITT

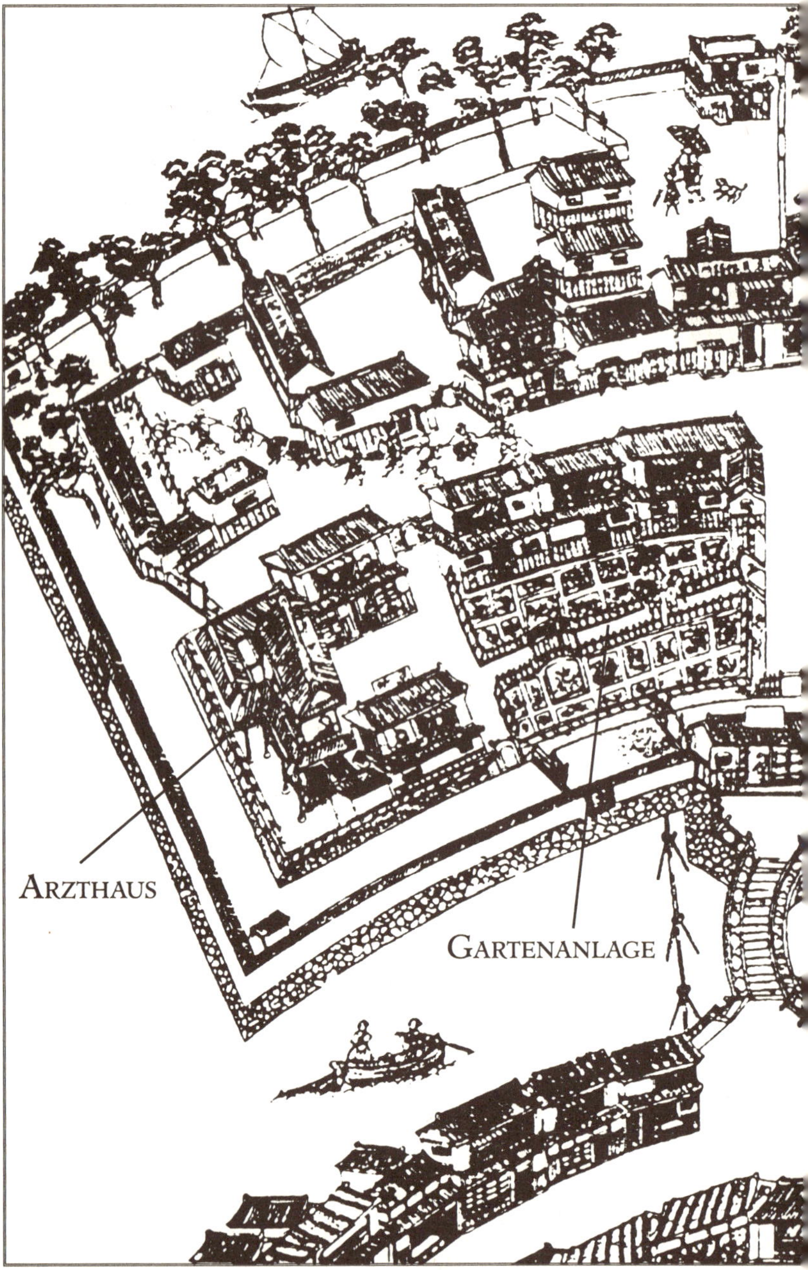

ON TOSHIYAMA BUNJINEMON (1780)

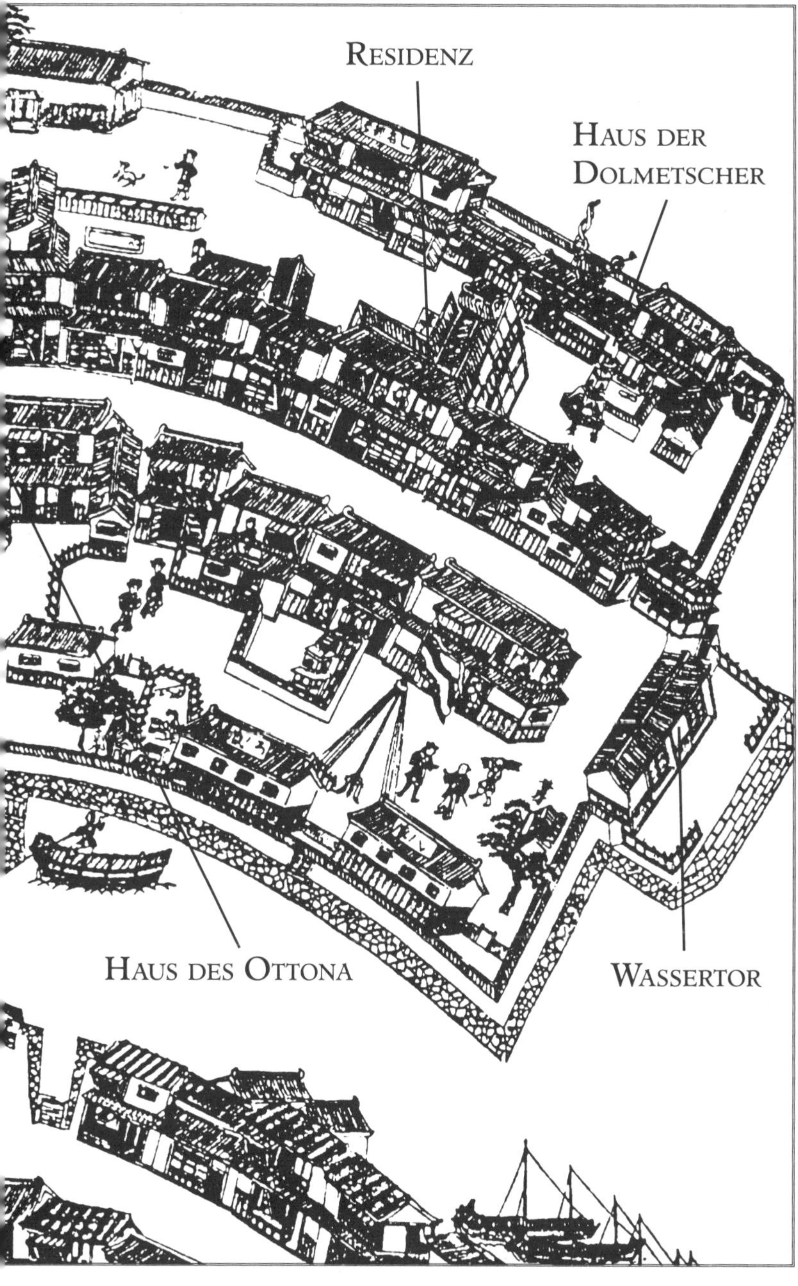

Prolog

Der Mann trug einen ausladenden Strohhut tief ins Gesicht gezogen. Sein schlichter *Kimono,* das einfache Bündel auf dem Rücken hätten auf einen Bauern schließen lassen, wenn nicht die elegante Selbstsicherheit, mit der er auf der Straße in Richtung Shimonoseki wanderte, eine andere Sprache gesprochen hätte. Kawaguchi Yorimoto umgab trotz der betont unauffälligen Erscheinung die Aura des hochgeborenen *Samurai.* Keiner der Entgegenkommenden hatte auch nur einen Moment gezögert, zur Seite zu treten und ihm den Respekt zu bezeugen, der einem Angehörigem seiner Klasse zustand.

Yorimoto registrierte erleichtert, dass der rege Verkehr deutlich nachgelassen hatte, aber es waren immer noch zahlreiche Reisende unterwegs. Hauptsächlich bürgerliche Familien – vermutlich strebten sie zu den Kirschblütenfesten, die hier im milden Klima von Japans Süden mit Begeisterung gefeiert wurden. Seit es den wohlhabenderen Handwerker- und Kaufmannsfamilien gestattet war, zu diesem Anlass die ursprünglich dem Adel vorbehaltenen fürstlichen Gärten zu betreten, machten sie mit fast kindlicher Fröhlichkeit von diesem Privileg Gebrauch. Ihre unverfälschte Freude an der schneeweißen und rosafarbenen Blütenpracht unterschied sich in seinen Augen wohltuend von der Blasiertheit der Höflinge.

Er hatte diese Tage im Frühjahr immer geliebt. Vielleicht, weil sie so schnell vorüberflogen. Schon bald würden die kurzlebigen Blüten sich mit dem Wind über das Land verteilen, spurlos vertrocknen in der Hitze des Sommers, die sie ankündigten wie schmelzender Schnee.

Yorimoto erschauerte bei der Erinnerung an die Bilder, die sich daraufhin in seinem Kopf breitmachten. Als er vor anderthalb Monden *Edo* verlassen hatte, hatte noch Schnee gelegen. Zwar nicht so viel und nicht so blendend weiß wie in dem kleinen Ort an der nördlichen Grenze, in den ihn sein letzter Auftrag geführt hatte und in dem alle Konturen verwischten, als ob die normale Welt dort aufgehört hätte zu existieren. Aber auch der rußgraue und mit Urinspuren der unzähligen Straßenhunde versetzte Schnee war Schnee. Und er konnte den Anblick von Schnee nicht mehr ertragen.

Trotz der Bedenken der Hofärzte war er aufgebrochen. Er hatte darum gebeten, sich dem Haushalt seines Bruders Munetsune, des Gouverneurs von Nagasaki, anschließen zu dürfen, und es war ihm gestattet worden. Die Reisesänfte und den Begleittrupp der kaiserlichen Wache, die ihm als letzte Gunst angeboten worden waren, hatte er so höflich wie entschieden abgelehnt. Wenn es seine Bestimmung war, auf dieser Reise zu sterben, dann würde es geschehen. Als *Samurai* hätte er die Möglichkeit gehabt, den Tod zu suchen. Doch da es sein Wunsch war zu sterben, wäre ein solcher Tod nicht verdienstvoll, und so zwang er sich, seinen Körper mit Nahrung und Schlaf bei Kräften zu halten. Die Herbergen, die in bequemen Tagesetappen zu erreichen waren, hatte er gemieden. Die laute Geschäftigkeit, die aufdringliche Fürsorglichkeit der Wirte waren ihm unerträglich erschienen. Stattdessen hatte er in Klöstern Zuflucht gesucht.

In dem Konvent, den er heute im Morgengrauen verlassen hatte, hatte der Abt einen Gedanken geäußert, der ihn nicht mehr losließ. Der alte Mann mit dem sanften Lächeln hatte sich nicht damit begnügt, mit ihm für die Seelen seiner Opfer zu beten.

»Erzählt mir alles ganz genau«, hatte er gesagt, »und lasst nichts aus. Ich habe Zeit. Einen Tag, zwei Tage, so viel Ihr benötigt.«

Und Kawaguchi Yorimoto, der langjährige Todesbote des *Shoguns*, hatte dankbar, fast demütig gehorcht. Hatte vor dem ehrwürdigen Abt nichts beschönigt und ihm nichts verschwiegen. Auch nicht seinen unbändigen Stolz, als er aus so vielen Anwärtern für das Amt des *Kaishakunin* erwählt wurde. Das Amt war eine hohe Ehre. Nur der beste Schwertkämpfer durfte im Namen der *Tokugawa-Shogune* den endgültigen Todesstreich führen, der einen zum *Seppuku* verurteilten *Samurai* von seinen Qualen erlöste.

Nach den ersten Jahren war der anfängliche Stolz dem Widerwillen vor sich selbst gewichen. Nicht sofort, eher schleichend. Die Todesurteile waren alle vom höchsten Rat unterschrieben und besiegelt gewesen und dennoch waren ihm Zweifel gekommen: Sie betrafen den alten Mann, dessen einziges Vergehen es gewesen war, dem Landhunger eines Hofschranzen im Wege zu stehen; den *Samurai*, der sich geweigert hatte, seine Bauern dem Hungertod auszuliefern, und deswegen seine Reissteuer nicht hatte bezahlen können; den Sohn des Clanführers, der den Geliebten des *Shoguns* verächtlich behandelt hatte.

Mit den Jahren hatte er das Zeremonialgewand mit dem Malvenwappen hassen gelernt. Aber es gab keine ehrenvolle Möglichkeit, das Amt niederzulegen, wenn der *Shogun* ihn nicht von sich aus entließ. Er konnte sich seiner Pflicht nicht entziehen – die Karriere seines jüngeren Bruders Munetsune wäre sonst gefährdet gewesen. Der ehrgeizige Statthalter hatte die Tochter des Präfekten von Kyoto geheiratet, deren Familie bei Hof über großes Ansehen verfügte. Seine Kinder würden den Namen Kawaguchi fortführen.

Er selber hatte sich entschieden, auf Ehefrau und Kinder zu verzichten. Die Seelen derer, für deren Tod er verantwortlich war, wären eine zu große Belastung für ein normales Leben gewesen. Welcher Frau war es schon zuzumuten, tagtäglich mit dem Tod konfrontiert zu werden?

Ironischerweise war es der Geist einer Frau gewesen, der ihm die Freiheit geschenkt hatte.

Die kleine Burg im Norden von *Edo* hatte sich in nichts von den unzähligen Lehen unterschieden, die er im Laufe seines Lebens betreten hatte. Er war durch keine Vorahnung gewarnt worden. Wie immer hatte er unbeweglich hinter dem in fleckenloses Weiß gekleideten Todgeweihten gestanden und reglos darauf gewartet, dass er sich den Dolch in seinen Leib stieß. Inzwischen war er gut darin, seinen Geist abzuschotten, in einen schwarzen Kasten in seinem Inneren einzuschließen. Sein Körper funktionierte mit tödlicher Präzision. Aber diesmal hatte etwas den schwarzen Kasten zersprengt: Als der kopflose Rumpf zur Seite fiel, war der *Kimono* verrutscht. Es war kein Zweifel möglich, er hatte soeben eine Frau geköpft!

Nachforschungen brachten die auch für die Zentralregierung peinlichen Hintergründe ans Licht. In dem Lehen hatte man die einzige Tochter als Sohn aufgezogen, und sie war ihrer Rolle so gut gerecht geworden, dass niemand Verdacht geschöpft hatte. Selbst im Tod war sie ihr treu geblieben.

Für ihn war es ein Wendepunkt gewesen. Schon auf der Rückreise hatte ihn ein schweres Nervenfieber gepackt. Obwohl die Hofärzte in *Edo* die besten und teuersten Geisterbeschwörer hatten kommen lassen, schwebte er zwei Wochen lang zwischen Leben und Tod. Als seine Seele sich endlich entschieden hatte, in den Körper zurückzukehren, wurde ihm bedeutet, dass er für das Amt des *Kaishakunin* nicht mehr geeignet wäre.

»Die Seele dieser Frau, verfolgt sie Euch?«, hatte der Abt sich erkundigt. »Wenn sie sich an Euch rächen will, könnte man einen Reinigungsritus versuchen.«

»Nein, ich habe eher den Eindruck, dass sie mir etwas mitteilen will.«

»Das ist überaus interessant«, hatte der Alte nachdenklich gemurmelt, dabei eine Ameise von seinem Ärmelsaum gezupft und sie vorsichtig auf den Boden gesetzt. »Manche Weise sind der Ansicht, dass Seelen, die um ihr Leben betrogen wurden, hier und da als ungewöhnliche Menschen wiedergeboren würden. Mir ist noch kein solcher Fall zu Ohren gekommen, aber wir müssen diese Möglichkeit in Betracht ziehen. Vielleicht wird Euch die Seele dieser Frau wiederbegegnen.«

»Und woran werde ich sie erkennen?«

»Das kann ich Euch nicht sagen. Wie gesagt, es sind nicht viele, die diese Ansicht teilen. Aber wenn sie Euch in die Augen sieht, werdet Ihr es wissen.«

Kapitel 1

Ein Wink des Schicksals

Es kam selten vor, dass der ehrenwerte Handelsherr und Sprecher der Kaufmannsgilde von Frankfurt, Magnus Sessenheimer, seine Tochter zu sich ins Privatkontor zitierte. Entsprechend nervös holte Katharina tief Luft, bevor sie an die schwere Eichenholztür klopfte.

Im Kontor, das im ersten Stock des Stadthauses lag, war es beklemmend düster. Obwohl an diesem wunderschönen Altweibersommertag im Jahre 1691 alle vier Fenster weit offen standen, drang nur wenig von dem strahlenden Sonnenschein in den Raum mit der rußgeschwärzten Balkendecke. Der Vater mit seiner imposanten Gestalt stand in dem vertrauten dunkelgrünen Hausrock aus Florentiner Samt an seinem Schreibpult und studierte mit unbewegtem Gesicht ein Stück Pergament. Aus seiner rechten Hand ragte ein Gänsekiel: das Handwerkszeug und zugleich die Waffe des Kaufmanns. Direkt daneben stand das Schreibzeug aus weiß-blauer Fayence, mit der in Holländisch verfassten Inschrift *»D'Broot den Armen deelt, met goet hem doet beweysen. Soo sal van lewens boom, De Heer u euwich spysen. Anno 1677«*. Über dem Schriftzug war die Darstellung eines reichen Mannes, der damit beschäftigt war, vor seinem Haus unter den wartenden Notleidenden Brotlaibe zu verteilen. Beim Anblick des vertrauten Utensils erinnerte Katharina sich daran, dass sie aufgrund der einfarbigen, kobaltblauen

Malerei einige Zeit überzeugt gewesen war, es müsse blaue Menschen geben.

»Ihr habt mich rufen lassen, Vater«, sagte das Mädchen leise und knickste anmutig.

Magnus griff nach der bereitstehenden Büchse, streute eine dünne Schicht Sand auf die noch feuchte Tinte und wandte sich zu ihr um. Er betrachtete seine Tochter einen Augenblick ohne sichtbare Regung, bevor er ihr mit einem Nicken andeutete, näher zu treten.

»Setz dich, Katharina, und nimm dir ein Glas Wein«, sagte er dann und schritt so würdevoll wie immer zu seinem ledergepolsterten Armstuhl hinter dem klobigen Tisch mit den geschnitzten Beinen, an dem er seine geschäftlichen Besprechungen zu führen pflegte. »Ich habe mit dir zu reden.«

Das Mädchen ließ sich auf der Kante des hochlehnigen Stuhls ihm gegenüber nieder und goss sich mit leicht zittrigen Händen ein halbes Glas von dem Burgunder aus der Karaffe ein, die der Kaufherr stets für wichtige Kunden bereithielt. Das kostbare venezianische Glas fühlte sich schwer und kalt an. Magnus Sessenheimer stützte die Ellenbogen auf die Armlehnen und legte die Fingerspitzen in einer Geste der inneren Sammlung und Konzentration aneinander. »Du bist nun fast siebzehn. Alt genug, um einem eigenen Haushalt vorzustehen. Deine Mutter ist allerdings der Ansicht, dass es dir noch ein wenig an Selbstzucht und Fleiß fehlt.« Magnus' aschblonde Augenbrauen sträubten sich wie das Fell eines angriffslustigen Tiers.

»Ich werde mir alle Mühe geben, mich zu bessern«, murmelte Katharina pflichtschuldig und wartete darauf, dass er weitersprach. Wegen einer solchen Lappalie hatte ihr Vater sie sicher nicht herbefohlen. Frau Else, die Hausmutter, war absolut imstande, häusliche Probleme jeglicher Art zu bewältigen, ohne ihren Gatten mit entsprechenden Klagen zu belästigen. Katharina war oft genug mit knurrendem Magen zu Bett geschickt worden, um das zu wissen.

»Ich habe für dich ein überaus schmeichelhaftes Angebot bekommen.« Magnus Sessenheimer spitzte in der für ihn typischen Art die Lippen, als überlege er in letzter Sekunde, wie viel er seiner Tochter überhaupt anvertrauen sollte.

»Der ehrenwerte Aloysius Brettschneider hat bei seinem letzten Besuch Gefallen an dir gefunden!«, verkündete er dann. »Er legt Wert auf eine junge, gesunde Frau, die zugleich hübsch anzusehen ist. Und keiner kann bestreiten, dass du das bist«, fügte er mit einem Anflug väterlichen Stolzes hinzu.

»Ihr scherzt, Vater, er ist älter als Ihr!«, entfuhr es seiner Tochter ungläubig.

»Na und? Umso schneller wirst du eine wohlhabende Witwe sein. Er hat zugesichert, dich als Alleinerbin einzusetzen«, gab ihr Vater ungerührt zurück.

»Er stinkt wie ein alter Bock!«

»Du wirst dich mit der Zeit daran gewöhnen. Ein Mann muss nicht wie ein Blumengarten duften. Das ist lächerlich«, sagte Magnus Sessenheimer. Sein zu einem Strich zusammengepresster Mund und die steile Falte über der Nasenwurzel signalisierten, dass es ratsamer war, keine weiteren Einwände vorzubringen.

Katharina schwieg, den Blick auf ihre im Schoß verkrampften Hände gerichtet. Natürlich war sie davon ausgegangen, dass es nur noch eine Frage der Zeit sei, dass sie heiraten und ihrem eigenen Hausstand vorstehen würde. Die angesehene Stellung der Familie Sessenheimer, die geschäftlichen Verbindungen ihres Vaters, eine gute Mitgift und nicht zuletzt ihre für Frauen ungewöhnlich umfassende Ausbildung machten sie zu einer erstrebenswerten Partie. Nicht nur, dass sie ohne jede Anstrengung lesen, schreiben und rechnen konnte – sie beherrschte auch fließend die französische Sprache, konnte lateinische Texte übersetzen und verfügte sogar über Grundkenntnisse in Geografie. Frau Else hatte sie gründlich, in Theorie und Praxis, in allen hausfraulichen Tätigkeiten unterwiesen. Obwohl Katharina Nadel und Faden hasste, konnte sie recht ordentlich sticken und nähen.

»Eine Hausmutter muss wissen, was sie vom Gesinde erwarten kann«, hatte Frau Else Katharinas Einwand, für diese Aufgaben seien andere da, abgewehrt und darauf bestanden, dass das Mädchen auch Zinnteller scheuerte, Leinen bügelte und einfache Gerichte zubereiten lernte. Wenn Katharina sich in letzter Zeit hier und da Gedanken über ihren zukünftigen Ehemann gemacht hatte, war der gesichtslose Schemen immer ein junger, freundlicher Mann gewesen, etwa wie ihr Freund seit Kindheitstagen, Severin Kannengießer. Einen solch gutmütigen Gatten würde man doch wohl ohne Weiteres überreden können, sie – zumindest in den ersten Jahren – auf seinen Reisen mitzunehmen! Erst beim letzten Neujahrsfest der Kaufmannsgilde hatte sie atemlos den Erzählungen einer selbstbewussten Frau gelauscht, die ihren Gemahl nach Venedig begleitet hatte. Das wollte sie auch! Und insgeheim hatte sie sich bereits ausgemalt, wie es sein würde: Ihr wunderbar aufregendes, neues Leben als verheiratete Frau!

Sie würde endlich selber über Geld verfügen können und nicht mehr gezwungen sein, Severin zu bitten, sie in das neue »Kaffeehaus zum Affen« auf der Zeil einzuladen. Und ihr Gatte würde ihr auch sicher nicht die Bitte abschlagen, den kostspielig illustrierten *Bericht einer Reise zu den wundersamen Banda-Inseln, worauf Kannibalen die kostbaren Gewürznelken bewachen* zu erstehen, die ein holländischer Händler während der letzten Buchmesse angepriesen hatte.

Katharinas Zukunftstraum zerplatzte wie eine Seifenblase. Sie konnte sich gut an den ehrenwerten Aloysius Brettschneider erinnern: einen kleinen, korpulenten Mann mit schütterem Haupthaar und grauem Spitzbart, dessen altmodische Kleidung von den Resten der letzten Mahlzeiten übersät war. Als sie ihm vorgestellt worden war, hatten seine Schweinsäuglein sie so ungeniert gemustert, dass sie später zu Severin sagte: »Ich bin mir vorgekommen wie ein Stück Vieh! Es fehlte nur noch, dass er mir ins Maul geschaut hätte!«

Damals hatte sie von Herzen die Magd bedauert, deren Aufgabe es war, seine Sachen zu reinigen.

»Und als Zeichen seiner Wertschätzung schickt er dir diesen Ring«, rief ihr Vater sie in die Wirklichkeit zurück, reichte ihr einen Beutel aus schwarzem Samt und sah erwartungsvoll zu, wie ihre fahrigen Finger ihn öffneten. Mit blinden Augen starrte sie auf den protzigen Ring aus Rotgold: Zwei Löwenpranken präsentierten einen taubeneigroßen, tiefblauen Saphir. Das grobschlächtig anmutende Schmuckstück war für eine bedeutend größere Hand, vermutlich eine Männerhand, angefertigt worden. Hilflos drehte sie ihn zwischen den Fingern.

»Ich lasse ihn umarbeiten. Gib her«, befahl ihr Vater und streckte gebieterisch die Hand aus. Als sie den Ring hineinlegte, spürte sie für einen Moment die trockene Wärme seiner Haut.

»Ein ausgesprochen großzügiges Verlobungsgeschenk«, stellte er zufrieden fest und drehte ihn so, dass er den Edelstein bewundern konnte. »Ein solches Blau ist sehr selten. Ich habe eine vergleichbare Färbung bisher nur ein einziges Mal bei einem Stein von der Insel Ceylon im indischen Ozean gesehen. Es heißt, sie seien so dunkel, weil die Sonne dort sie verbrennt.«

Er verstaute das Geschenk in der Innentasche seines Wamses und wandte sich wieder seiner Tochter zu.

»Noch etwas: Du wirst für ein paar Wochen zu deiner Tante Barbara nach Amsterdam reisen. Sie wird dich in der Führung eines größeren Haushalts, als es der unsere ist, unterweisen«, erläuterte er kurz und bündig. »Der gute Brettschneider ist es gewohnt, in Saus und Braus zu leben! Ich will nicht, dass du uns blamierst.«

Verblüfft sah Katharina auf. Im Hause Sessenheimer lebte man bescheiden. Weniger aus wirtschaftlicher Notwendigkeit als aus tiefer, innerer Überzeugung heraus, verabscheute ihr Vater seiner Ansicht nach vermeidbare Ausgaben. Darunter verstand er vor allem die Ausgaben für das Gesinde und »unnötigen Tand«. So hatte Frau Else den Mädchen zwar die nötigen Fertigkeiten einer Hausfrau vermitteln können, nicht aber die Anleitung und Kontrolle einer vielköpfigen Dienerschaft, wie sie in vergleichbaren Haushalten üblich war.

Tante Barbaras Lebensstil diente im Hause Sessenheimer im Allgemeinen als Synonym für Verschwendung. »Wir sind doch nicht in Amsterdam!«, hieß es etwa, wenn eines der Kinder einen Wunsch äußerte, der als extravagant angesehen wurde. So war Amsterdam in der Vorstellung von Katharina und ihren Geschwistern zu einer Art Schlaraffenland geworden, in dem Mandelbrot und süße Krapfen so alltäglich waren wie in Frankfurt die langweilige Mehlsuppe.

Tante Barbara war mit einem holländischen Kaufmann verheiratet, der mit einigen extrem glücklichen Beteiligungen an Fahrten der »Vereenigde Oostindischen Compagnie«, der VOC, unglaublich reich geworden war. Mit fast widerwilliger Bewunderung hatte Magnus Sessenheimer einmal geäußert, dass die Mitglieder dieser Handelsgesellschaft nur in aller Ruhe auf das nächste Schiff zu warten bräuchten. Beladen mit Muskatnüssen von den *Banda-Inseln*, Pfeffer von Sansibar und Nelken von den Molukken mehrte es den Reichtum des glücklichen Aktienbesitzers, ohne dass der dazu einen Finger krümmen musste.

Vor ein paar Jahren hatte die Tante zu Weihnachten einen prächtigen Ballen Brokatstoff geschickt, auf dem sich derart lebendig wirkende Drachen tummelten, dass die Kleinen sich fürchteten, ihn anzurühren. Dazu ein kostbares chinesisches Porzellanservice samt eines Kästchens Tee und der Anweisung, dass dieser wie Pfefferminze aufzubrühen sei. Als der Deckel geöffnet wurde, starrte alles befremdet auf die schwarzen, vertrockneten Brösel. Das sollte dieser sagenhafte Tee sein?

Magnus, der ihn als Einziger bereits getrunken hatte, erklärte, dass dieses Getränk in Holland mit Schmand und Rohrzucker versetzt werde und auf keinen Fall etwas für Kinder und Dienstboten sei. Dafür sei es zu kostbar, denn die wenig ansprechenden Krümel kämen aus einem Land, das am äußersten Rand der bekannten Welt läge. Frau Else übernahm höchstpersönlich die Zubereitung. Die dunkelbraune Brühe roch ähnlich wie Brennnesselsud, als sie sie in die hauchdünnen Tassen goss, und schmeckte so bitter, dass Johanna, die Einzige, die neben Katharina für alt genug befunden worden war, angeekelt das Gesicht verzog.

»Er ist sicher auf der langen Seereise verdorben«, hatte

Magnus fachmännisch festgestellt. »Und dadurch schmeckt er völlig anders, als er eigentlich schmecken müsste.«

Der enttäuschende Inhalt des Kästchens wurde stillschweigend im Garten verstreut und in der zierlichen Kanne nur noch Magnus' Lieblingsmischung aus Lindenblüten, Brombeerblättern und Holunder aufgebrüht. Vermutlich hatte Frau Else zu viele von den Bröseln zu lange im heißen Wasser ziehen lassen, vermutete Katharina, nachdem sie sich letztes Jahr im neu eröffneten Kaffeehaus von der Bedienung die Kunst der Teezubereitung hatte erklären lassen.

Der fantastische rote Brokat mit den goldenen Drachen war Magnus zu »heidnisch« gewesen, um sich daraus einen der in Mode gekommenen Morgenröcke schneidern zu lassen, den viele Herren auch tagsüber trugen. Er hing nun als Vorhang um das Ehebett und verlieh dem eher schlichten Raum eine unpassende Eleganz.

Ein kleines Stückchen davon hatte Katharina sich damals erbettelt, und sie bewahrte es bis heute in der Schatulle mit dem Schmuck ihrer Mutter auf. Mit der Zeit wurde ihr jede winzige Einzelheit der eingewebten Muster vertraut: die fremdartig anmutenden Häuser mit ihren geschweiften Dächern, die seltsamen Pflanzen, die an Schilf erinnerten, und die Blüten, die keiner der Vorlagen in ihrem Stickbuch glichen. Ob es Menschen gab, die in solch seltsamen Häusern lebten? Was aßen sie? Wie mochten die Gewänder aussehen, die aus solch prächtigen Stoffen gefertigt wurden? Und die wichtigste Frage: Existierten solche Tiere wirklich? Sie wirkten eher prachtvoll als unheimlich. Nicht wie die Illustrationen zu den Drachentöter-Geschichten, auf denen abstoßend hässliche Kreaturen dargestellt waren.

Unter anderen Umständen wäre Katharina begeistert von

der Aussicht auf die Reise und den Aufenthalt bei ihrer Tante gewesen, während dem sie sicher Reisende treffen würde, die ihr auf ihre Fragen Auskunft geben könnten. So aber senkte sie nur den Kopf und wartete auf ihre Entlassung.

»Wie ich gehört habe, soll der junge Kannengießer in den nächsten Tagen ebenfalls rheinabwärts reisen«, sagte ihr Vater gedankenverloren, mehr zu sich selbst als zu ihr. »Das ist ausgesprochen günstig!« Mit diesen Worten entließ er sie.

Normalerweise hätte diese letzte, beiläufige Information Katharinas Neugier geweckt. Bisher hatte ihr Jugendfreund sich erfolgreich dagegen gewehrt, sein bequemes Zuhause mit staubigen Straßen und verwanzten Herbergen zu tauschen. Im Augenblick allerdings waren ihr Severins Beweggründe gleichgültig. Blind und taub gegenüber allem anderen und völlig gefangen in ihrem persönlichen Kummer, stieg sie mit gesenktem Kopf die breite Treppe in die Diele hinab. Sie wollte in den Obstgarten gehen, ihren heimlichen Zufluchtsort, doch um dorthin zu gelangen, musste sie die Küche im hinteren Teil des Hauses durchqueren. Einen Moment zögerte sie, weil deutlich zu hören war, dass sich dort Frau Else und die Köchin Berthe wieder einmal in den Haaren lagen. In der geräumigen Küche mit den Wandborden voller Steinzeug und Porzellan hielten sich drei Personen auf: Das neue Küchenmädchen Lise hockte auf der Schwelle zum Hof und rupfte ein Huhn, wobei es ständig nieste, weil ihr die Flaumfedern in die Nase gerieten.

Die alte Berthe, die schon zum Gesinde gehörte, solange Katharina sich erinnern konnte, blinzelte ihr zu und verkündete: »Es gibt Eure Lieblingsspeise, Jungfer Katharina.

Einen anständigen Blamensier. Und ich habe ordentlich Safran hineingetan!« Sie warf den Kopf zurück, während sie in der sämigen Flüssigkeit aus Milch und Hühnchenfleisch rührte.

»Weißt du, was Safran derzeit kostet?« Die scharfe Frage kam von einer schwerfälligen Frau in einem dunkelblauen Kretonnekleid, die dabei nicht von dem Wirtschaftsbuch aufsah, das vor ihr auf dem sauber geschrubbten Küchentisch lag.

»Ich habe den Blamensier schon immer mit reichlich Safran gekocht«, gab Berthe störrisch zurück. »Der Herr mag ihn genau so und nicht anders!«

Katharina hoffte, dass ihre Stiefmutter zu sehr beschäftigt war und sie unbeachtet passieren lassen würde. Ihre Aufmerksamkeit schien völlig von den Zahlenkolonnen in Anspruch genommen zu sein. Die grauen Haarsträhnen unter der schlichten Haube, die welke Haut und die müden Augen ließen Frau Else alt und erschöpft aussehen. Zehn Schwangerschaften in fünfzehn Jahren forderten ihren Tribut. Berthe hatte Katharina erzählt, dass ihr Vater ehrlich um seine erste Frau getrauert hatte, als diese bei der Geburt von Katharinas jüngerem Bruder Johannes gestorben war. Aber das Leben musste weitergehen: Der Säugling brauchte eine Mutter, und sein Haus brauchte dringend eine Hausfrau. Und so hatte er eine junge Witwe geheiratet, deren Mann und Kind dem letzten Aufflammen der großen Seuche zum Opfer gefallen waren. Bereits ein knappes Jahr später war Katharinas älteste Stiefschwester Johanna zur Welt gekommen. Die junge Witwe, Frau Else, erwies sich als äußerst fruchtbar. Inzwischen bevölkerten sieben Stiefgeschwister das Haus, von denen im letzten Jahr bereits fünf das Schulzimmer mit Katharina und Severin geteilt hatten.

Johannes und zwei weitere Kinder hatten ihr erstes Lebensjahr nicht überstanden.

Frau Else drehte den Kopf und kniff die Augen in der Art der Kurzsichtigen zusammen. »Du siehst nicht gerade glücklich aus », bemerkte sie. »Hast du etwa Bedenken, dass die Reise zu gefährlich ist? Ich dachte, du liebst das Abenteuer.«

»Es ist nicht die Reise …«

»Welche Laus ist dir dann über die Leber gelaufen?«

»Eine alte, zweibeinige«, murmelte Katharina trübsinnig.

Die Köchin Berthe hörte auf zu rühren und erstarrte. Das Küchenmädchen ließ das Huhn sinken.

»Katharina Maria Barbara!« Frau Elses Stimme klang schrill vor Entrüstung. Fast ein stummes Vaterunser lang betrachtete sie ihre Stieftochter wie ein fremdartiges Insekt. »Das kommt davon, wenn man Mädchen zu viel lesen lässt«, sagte sie dann mehr zu sich selbst und nickte zur Bestätigung mit dem Kopf. »Sie wissen nicht mehr, was gut für sie ist.«

Katharina zögerte. »Nein«, widersprach sie und erschrak dabei fast über ihre Kühnheit, mit Frau Else einen Disput vom Zaun zu brechen. »Es ist …« Sie stockte. Wie sollte sie ihr erklären, was sie empfand? Sie verstand es ja selbst nicht so ganz. Aber allein die Vorstellung, von den fetten, plumpen Fingern des alten Brettschneider berührt zu werden, ließ sie erschaudern.

Frau Else runzelte verständnislos die Stirn. »Es ist eine äußerst vorteilhafte Ehe. Dein Vater hat hart verhandelt. Du wirst nach dem Tod deines Gatten eine reiche und unabhängige Frau sein!«

»Er ist eklig!«

»Er ist nicht ekliger als andere Männer«, erwiderte Frau

Else eine Spur bitter. »Du bist jung und stark – er ist alt. Du wirst ihn nicht allzu lang ertragen müssen.«

»Ich will ihn aber überhaupt nicht ertragen!«, stieß das Mädchen unbeherrscht aus.

»Katharina!« Indigniert musterte Frau Else sie. »Es ist bereits entschieden, spar dir also dein Maulen! Nimm den kleinen Korb und geh Pfirsiche holen. Und ich rate dir, deinen Vater nicht mit solch leichtfertigen Reden zu verärgern!«

Katharina knickste gehorsam aus schierer Gewohnheit, obwohl ihre Stiefmutter sich bereits wieder der auffallend hohen Rechnung für Rindertalg zugewandt hatte, griff sich den geflochtenen Weidenkorb, der am steinernen Spülstein neben den Behältern für Scheuersand und Zinnkraut bereitstand, und huschte an Lise vorbei ins Freie. Ihr Weg führte sie quer über den Hinterhof, der zur Straße hin von den Stallungen für die Pferde begrenzt wurde. Kühe und Schweine hielten sie nicht, da Magnus Sessenheimer den unvermeidlichen Gestank verabscheute. Also wurden die benötigten Molkereiprodukte jeden Morgen ins Haus geliefert. Fleisch kauften Frau Else und Berthe gemeinsam auf dem Markt ein.

In der Mitte des gepflasterten Gevierts stand der Hausbrunnen, dessen Wasser mit einem sorgfältig konstruierten Dach sowie einem abschließbaren Holzdeckel vor dem *Miasma* aus der Luft und aus dem Regen geschützt wurde. Die Vorsichtsmaßnahmen gingen auf die Zeit der Seuche zurück, die den Älteren noch in schrecklicher Erinnerung war. Auch im Hause Sessenheimer waren ihr viele erlegen: Magnus' Mutter und zwei seiner Geschwister, die Kindsmagd, ein Laufbursche und der Pferdeknecht.

Jemand hatte damals die Theorie entwickelt, dass das

schädliche *Miasma* aus der Luft sich in einem Brunnenschacht sammeln konnte und dadurch das Wasser vergiftet würde. Also hatte man alles versucht, um das Wasser vor dieser Verunreinigung zu schützen. Inzwischen war man wieder nachlässiger geworden – der Deckel war halb zur Seite geschoben. Automatisch rückte Katharina ihn zurecht.

Hinter dem Geviert erstreckte sich ein erstaunlich geräumiger, von einer hohen Mauer umschlossener Garten. Nur wenige alteingesessene Familien besaßen noch ein solch großes Stück Land innerhalb der Stadtmauern. Katharinas Großvater, ein leidenschaftlicher Pflanzensammler, hatte ihn ursprünglich als Lustgarten anlegen lassen. In der Zeit des Tulpenwahns hatte er mit ausgefallenen Exemplaren ein hübsches Vermögen gemacht. In den Notzeiten des großen Krieges, in denen die Versorgung der Stadtbevölkerung aus dem Umland immer schwieriger geworden war, waren Rüben und Hülsenfrüchte anstelle der Blumen getreten.

Nur in einer Ecke hütete der alte Gärtner Georg noch ein paar der einstigen Prachtexemplare: zwei gefüllte, herrlich duftende Päonien, zwei Damaszener-Rosensträucher, einige bunte Tulpen und Lilien und das damalige Prunkstück: In einem Holzkübel stand das imposante indische Blumenrohr, dessen leuchtend rote Blütenstände vom Hochsommer bis weit in den Herbst hinein die Blicke der Besucher auf sich zogen.

In den säuberlich eingefassten Gemüsebeeten wuchsen verschiedene Sorten Gemüse und in einem speziellen, von ordentlich beschnittenem Buchsbaum umgebenen Bereich sogar das italienische Basilikum, das der Hausherr besonders schätzte.

Der Obstgarten, in dem zahlreiche Hühner nach Würmern scharrten, lag am weitesten vom Haus entfernt. Katharina folgte dem Trampelpfad zwischen den Apfel-, Zwetschgen- und Birnbäumen. Die Äste hingen voller Früchte. In den nächsten Tagen müssten sie gepflückt und für die weitere Verarbeitung gedörrt oder zu Mus gekocht, entsteint und in Stücke geschnitten werden. Eine Arbeit, die Katharina nicht besonders schätzte, aber Frau Else ließ keine Ausrede gelten. Jede Hand wurde gebraucht, auch wenn danach die Haut wie in Welschnuss-Sud getaucht aussah.

Am Ende des Pfads, durch die Mauer vor den gefährlichen Nordwinden geschützt, standen die empfindlichen Kirsch- und Pfirsichbäume. Und direkt vor dem Spalier mit dem kostbaren, rotfleischigen Weinbergpfirsich stand eine Rasenbank, auf die sie sich seit ihrer Kindheit zu flüchten pflegte.

Diesmal war ihr jemand zuvorgekommen. Ein junger, modisch gekleideter Mann saß bereits darauf und schien gebannt auf seine Füße zu starren. Seine normalerweise sorgfältig gepflegten blonden Locken standen ihm wirr vom Kopf ab, und er sah ungewöhnlich blass aus.

»Severin! Was machst du hier?«, fragte ihn Katharina überrascht.

»Was für eine Begrüßung! Das Gleiche könnte ich dich fragen«, gab er mürrisch zurück, rückte aber beiseite, um ihr Platz zu machen.

»Es ist etwas Grässliches geschehen!« Katharina sah ihn Mitleid heischend an.

Der dramatische Ausruf hatte seine Wirkung verfehlt. Ihr Freund schnaubte nur leicht durch die Nase und fragte wenig anteilnehmend zurück: »Hat dich die Stubenratte wieder einmal angeschwärzt?«

Katharinas fünfzehnjährige Halbschwester neigte zu Frömmelei und nutzte jede Gelegenheit, unter dem Vorwand christlicher Verantwortung die Verfehlungen und unbedachten Äußerungen der Älteren der Mutter zu berichten. Wie alle Nachkommen von Frau Else war auch Johanna von wenig ansprechendem Äußeren. Katharina fand, dass sie mit ihrer spitzen Nase, den tief liegenden hellblauen Augen und dem fliehenden Kinn einer Ratte täuschend ähnlich sah. Wenn sie mit Severin allein war, sprachen sie nur von der »Stubenratte«.

Die beiden Halbschwestern verabscheuten sich von Herzen. Den übrigen Halbgeschwistern stand Katharina eher wohlwollend bis gleichgültig gegenüber. Keinem von ihnen brachte sie jedoch die vertrauliche Zuneigung entgegen, die sie mit Severin verband.

»Nein, diesmal nicht … Stell dir vor, ich soll heiraten!«

»Wieso findest du das auf einmal so furchtbar? Ich dachte, du warst schon langsam ungeduldig, unter die Haube zu kommen.«

»Da habe ich nicht gewusst, welchen Mann mein Vater für mich ausgesucht hat!« Nun hatte sie doch seine volle Aufmerksamkeit. Gespannt wartete er darauf, dass sie weitersprach.

»Ich soll Aloysius Brettschneider heiraten!«

»Wer ist das?«

»Ein Geschäftsfreund meines Vaters. Du kennst ihn doch auch. Er handelt vor allem mit Heidnischwerk …«

Severin krauste die Stirn und dachte angestrengt nach. Dann schien er sich zu erinnern. »Wenn er der ist, an den ich denke, ist er ein guter Fang. Was hast du gegen ihn?«

»Er ist uralt, und er stinkt!«, entgegnete Katharina aufgebracht.

»Na und?«, sagte ihr Freund und starrte sie verständnislos an.

»Ich möchte einen jungen Mann! Einen, der nett anzusehen ist und mit dem ich in fremde Städte reisen kann!«

»Ach, das ist es wieder!« Severin klang erleichtert, weil er endlich zu verstehen glaubte, was Kathi bedrückte. Der alte, etwas gebrechliche Handelsherr hatte schon seit vielen Jahren sein bequemes Heim kaum noch verlassen. Und wenn er sich doch dazu aufraffte, dann nur, um alte Freunde wie Magnus Sessenheimer zu besuchen. Natürlich war das für Kathi ärgerlich, die immer gehofft hatte, durch eine Ehe endlich der Enge ihrer Heimatstadt zu entkommen. Aber es würde nicht lange dauern. Der alte Mann war bei schlechter Gesundheit, das war allgemein bekannt.

»Du wirst bald Witwe sein«, sagte er aufmunternd, »und dann kannst du tun und lassen, was du willst. Wenn du möchtest, kannst du dir sogar ein eigenes Schiff kaufen und zu den Gewürzinseln segeln!«

»Ja, und Schweine können fliegen!«, fuhr sie ihn an. »Ich bin doch kein Kind mehr, das man mit solchen Geschichten aufmuntert! Was ist das eigentlich für ein Brief, den du da fortwährend anstarrst?«

»Hier – lies selbst«, sagte Severin und reichte ihr das fleckige, zerknitterte Papier mit dem gebrochenen Siegel. In dem leuchtenden Zinnoberrot waren ein M und ein anderer Buchstabe, vielleicht ein L oder P, zu erkennen. Die flüchtige Schrift, die den Bogen nur zur Hälfte bedeckte, strahlte trotz der Sorglosigkeit, mit der die Buchstaben auf das Papier gekritzelt worden waren, eine Art Autorität aus. So, als bezweifle der Schreiber keinen Augenblick, dass seine Anweisungen unverzüglich befolgt würden.

Bereits nach den ersten Zeilen sah sie auf und sagte: »Du

Glückspilz! Wie ich dich beneide!« Der Seufzer, den sie von sich gab, klang so ehrlich, dass der junge Mann trotz seiner niedergeschlagenen Miene schmunzeln musste.

»Das glaube ich dir sofort«, erwiderte er trocken. »Es ist wirklich schade, Kathi, dass du kein Mann bist. Dann könntest du an meiner Stelle gehen!«

Das Mädchen neben ihm auf der Rasenbank riss ungläubig die Augen auf. »Freust du dich denn gar nicht?«

»Nein«, sagte er schlicht und starrte weiterhin betrübt auf den Boden zu seinen Füßen. »Ich hatte gehofft, dass Vetter Martin mich vergessen hätte. Schließlich hat er seit vier Jahren nichts von sich hören lassen.«

Martin Liebau, ein entfernter Verwandter von Severins Mutter, war damals auf der Durchreise zu einer italienischen Universität gewesen, und anlässlich dieses familiären Pflichtbesuchs hatte er Severins Mutter in Aussicht gestellt, ihren Sohn als Adjunkt mitzunehmen, wenn er danach eine Anstellung als Arzt bei der holländisch-ostindischen Kompanie in Übersee erhalten würde. Niemand, am wenigsten Severin selbst, hatte das damals ernst genommen. Aber offenbar hatten sie alle Martins Zielstrebigkeit unterschätzt. Aus dem knapp formulierten Brief ging hervor, dass er sich für die nächsten drei Jahre »nach *Japonn*« verpflichtet hatte und Severin bis zum Ende des nächsten Monats in Amsterdam erwartete.

»Wo liegt dieses *Japonn* überhaupt? Ich kann mich nicht erinnern, dass Monsieur Beauvais es einmal in einer Unterrichtsstunde erwähnt hätte.«

»Ich weiß es nicht. Wahrscheinlich am anderen Ende der Welt.« Severin war derzeit offensichtlich völlig desinteressiert an Geografie.

»Ist deine Mutter denn einverstanden, dass du für so lange Zeit fortgehst?« Irgendwie konnte Katharina sich nicht vorstellen, dass Severins Mutter den vergötterten Sohn freiwillig aus ihrem Einflussbereich entlassen würde.

»Und ob!«, sagte Severin verbittert und kniff die Lippen zusammen. »Sie hält es für einen Wink des Himmels und erwartet von mir, dass ich mit einem Vermögen zurückkomme. Keine Ahnung, wie ich das bewerkstelligen soll!« Er lachte gequält auf. »Für sie ist nur wichtig, dass unsere Truhen wieder gut gefüllt sind! Du weißt, seit Vater nicht mehr bei uns ist …«, er hielt inne und vergrub in einer Geste der Verzweiflung sein Gesicht in den Händen.

Severins Vater war vor einigen Jahren an einer missglückten Blasensteinoperation gestorben. So lange wie möglich hatte er sich dagegen gewehrt, weil ihm nur zu bewusst war, wie gering die Erfolgschancen waren. Am Ende hatte Frau Agnes sich durchgesetzt, und eine Woche später war er einer Blutvergiftung erlegen. Der hilflose Arzt hatte sich alle Mühe gegeben, den angesehenen Patienten zu retten, aber Klistiere und Aderlässe waren stumpfe Waffen gegen das Gift, das sein immer noch starkes Herz durch den Körper pumpte. Frau und Sohn waren wohlversorgt zurückgeblieben, doch die Witwe hatte sich als nicht sehr geschäftstüchtig erwiesen.

»Ich denke, dein Vater hätte auch gewollt, dass du gehst«, bemerkte Katharina, wie immer schonungslos offen. »Nicht wegen des Geldes, aber er hat sich immer gewünscht, dass du dich mehr für den Handel als für deine Laute interessierst.«

Dann blieben beide für eine Weile stumm. Severin zupfte grimmig die Blütenblätter von einer Margerite – seine fein gemeißelten Gesichtszüge ähnelten im Ausdruck einem zürnenden Erzengel –, und Katharina nagte mit nachdenklich gekrauster Stirn an einem Apfel. Sie waren vertraut genug miteinander, um das Schweigen nicht als unangenehm zu empfinden.

Ihre Väter waren nicht nur Geschäftspartner, sondern auch sehr eng befreundet gewesen. Und deswegen hatte Katharinas Vater dem Drängen des Freundes Kannengießer einst nachgegeben und einem gemeinsamen Privatlehrer der beiden Familien zugestimmt. Der Lehrer, den sie dafür anstellten, war ein Hugenotte, der in einem Kokon aus Melancholie zu existieren schien. So überwältigend war die traurige Ausstrahlung, dass die Kinder in seiner Gegenwart sprachen, als befände sich ein Schwerkranker im Zimmer. Aber er verfügte über eine profunde Bildung, von der seine Schüler mehr profitierten, als es ihnen zu diesem Zeitpunkt bewusst war.

»Wenn du nicht reisen willst, könnte ich mich ja wieder als Junge verkleiden und an deiner Stelle gehen«, schlug Katharina leichtfertig vor und warf das säuberlich abgenagte Kerngehäuse des Apfels zielsicher auf eine Krähe, die zwischen den Obstbäumen nach Nahrung suchte. Mit empörtem Kreischen flatterte der Vogel außer Reichweite. »Dein Vetter erinnert sich bestimmt nicht mehr an dich!«

Severin starrte sie ungläubig an. Er war es gewöhnt, dass ihre Fantasie oft seltsame Blüten trieb, aber das ging nun doch zu weit.

»Blödsinn«, stellte er lakonisch fest. »Das kannst du nicht ernst meinen! Du magst für ein paar Stunden meine alten Kleider tragen und die Leute täuschen können – aber hier geht es um Jahre! Außerdem haben bei dem letzten Schweinerennen einige Händler sehr seltsame Bemerkungen gemacht …« Er schwieg vielsagend.

»Das war doch nur, weil mein Haar zwei Handbreit zu lang ist! Ich könnte es einfach abschneiden.«

»Es sind nicht nur die Haare …« Severin stockte und errötete bis über beide Ohren. War es Kathi denn nicht selber aufgefallen, dass sein altes Wams inzwischen gefährlich über ihren Brüsten spannte?

Katharina war seinem Blick gefolgt. »Ich könnte sie flachbinden. Und ich schmiere mir etwas Dreck ins Gesicht, dann sieht man nicht, dass ich keinen Bart habe.«

Ungehalten über ihre Halsstarrigkeit schüttelte Severin den Kopf. »Du solltest die Menschen nicht für dümmer schätzen, als sie sind, Kathi!« Unter dem spöttischen Blick aus ihren wachen, haselnussbraunen Augen fügte er hinzu: »Ich weiß auch, dass du besser mit dem Stock fechten und schneller laufen kannst als ich. Aber das reicht nicht.«

»Und ich vertrage mehr Bier! Vergiss das nicht!«, entgegnete sie gespielt ernsthaft. Gleich darauf lachte sie auf und stieß ihn freundschaftlich in die Seite. »Schon gut, aber ich bin trotzdem überzeugt, dass es mir gelingen würde! Wenigstens, bis wir so weit entfernt sind, dass sie mich nicht mehr zurückschicken können!«

Sie seufzte sehnsüchtig und wand eine dunkelbraune, glänzende Locke aus der zerzausten Masse, die ihr notdürftig gebändigt über den Rücken fiel, um den Zeigefinger. »Ich würde alles dafür tun, diese fremden Länder zu sehen! Warum nur bin ich kein Mann?«

Severin war diese Klage vertraut genug, um sie stillschweigend zu übergehen. Katharinas herzförmiges Gesicht, ein Erbe ihrer verstorbenen Mutter, verzog sich in einer Grimasse des Ärgers. Noch waren die Züge kindlich weich, aber besagtes Kinn und ein entschlossener Zug um den wohlgeformten Mund verrieten starke Willenskraft, ja sogar Eigensinn.

»Hättest du denn keine Angst?«, fragte er eine Spur beschämt, weil seine abenteuerlustige Freundin so viel mutiger war als er. »Diese schrecklichen, endlosen Meere voller Ungeheuer, über die man segeln muss – und das ist ja erst der Anfang!«

Als bei Monsieur Beauvais von Magellans, Vasco da Gamas und Kolumbus' Reisen die Rede gewesen war, hatte er ihnen zur Untermalung der Schilderungen diverse Holzschnitte und Kupferstiche gezeigt, die bei Severin einen unauslöschlichen Eindruck hinterlassen hatten. Besonders deutlich erinnerte er sich an ein schreckliches Bild, auf dem ein riesiger Fisch ein ganzes Schiff verschlang. Seine Zähne waren genauso groß, wie die daneben winzig erscheinenden Menschen, die an der Reling stehend entsetzt die Arme zum Himmel hoben. Welch ein grässlicher Tod, hatte er sich damals gedacht. Katharina dagegen hatte nur interessiert gefragt, wie lange eine solche Mahlzeit wohl vorhielte und ob es möglich sei, dass der Fisch sich an den Masten und Rahen verletzte und zugrunde ginge.

Monsieur Beauvais' unergründlicher Blick hatte lange auf ihr geruht. Dann hatte er ihnen, sanft wie es seine Art war, erklärt, dass nicht alles, was auf Bildern dargestellt wurde, tatsächlich existierte.

»Dann gibt es solche Riesenfische gar nicht? Und Seeschlangen und vielarmige Ungeheuer auch nicht?«, hatte Katharina wissen wollen. Die Enttäuschung war ihr anzumerken gewesen.

»Eine schwierige Frage«, hatte Monsieur Beauvais bedachtsam geantwortet. »Jeder weiß, wie eine Kuh aussieht, dass sie frisst und schläft und im Sommer Milch gibt. Wer aber, dessen Wort wir vertrauen können, hat jemals mit eigenen Augen einen Riesenkraken gesehen?«

»Was ist das für ein Tier? Gibt es davon Bilder?«, hatte Katharina nachgehakt.

Monsieur Beauvais hatte aus dem Bücherstapel auf seinem Pult einen in grünes Leder gebundenen Band mit dem in vergoldeten Lettern eingeprägten Titel *Cosmographie* hervorgezogen, ihn auf einer bestimmten Seite geöffnet und diese seinen Schülern gezeigt. Dabei hatte er jedoch darauf geachtet, dass die beiden Jüngsten, die mit Schreibübungen beschäftigt waren, nicht hineinsehen konnten.

Erschreckt waren die Kinder aufgefahren. Katharinas damals dreizehnjährige Stiefschwester Johanna und der elfjährige Theodor hatten ängstlich die Finger vor die Augen geschlagen, während die zehnjährige Regina unter dem Schreibpult Schutz gesucht hatte. Und auch Severin, der dem Lehrer am nächsten saß, hatte all seine Selbstbeherrschung zu Hilfe nehmen müssen, um gelassen zu erscheinen.

Das massive Handelsschiff auf dem sorgfältig ausgearbeiteten Kupferstich wirkte wie ein Spielzeug hinter einem Ungetüm, dessen riesige Augen über dem aufgetrieben wirkenden, formlosen Leib den Betrachter anzuglotzen schienen. Aber das Unheimlichste waren die zahllosen Schlangen oberhalb der Augen, die an ein Medusenhaupt erinnerten und sich um die Masten des Schiffes schlangen. Der Künstler hatte den Augenblick so gewählt, dass der Segler kurz davor war, von dem Untier in die Tiefe gerissen zu werden.

»Das also ist ein Riesenkrake?«, hatte Katharina gefragt. Sie schien in Severins Augen weniger abgestoßen, als fasziniert gewesen zu sein. »Ein seltsames Tier: Man kann nicht einmal unterscheiden, wo vorne und hinten ist! Wie frisst es denn?«

»Wenn es ähnlich gebaut ist wie seine kleinen Verwandten, dann hat es eine Art Schnabel zwischen den Schlangenarmen, mit dem es seine Beute zerkleinert.«

Severin hatte hart geschluckt und gehofft, dass die morgendliche Gerstengrütze an ihrem momentanen Aufenthaltsort blieb. Wie konnte man nur so leichtsinnig sein, sich solchen Gefahren auszusetzen? In seiner Vorstellung hörte er das Knirschen, mit dem die Masten zersplitterten, die Schreie der Seeleute, die vergeblich um himmlischen Beistand flehten. Nein, Severin Kannengießer hatte nicht das geringste Bedürfnis, sich Auge in Auge mit einem Riesenkraken wiederzufinden. Er wurde schon ganz krank, wenn er nur daran dachte!

»Kommt es oft vor, dass sie Schiffe angreifen?«, hatte Kathi sich erneut zu Wort gemeldet und mit schief gelegtem Kopf die Abbildung betrachtet.

»Das weiß ich nicht, Katharina. Wenn ein Schiff verschwindet, kann es vielen Gefahren zum Opfer gefallen sein: Riesenkraken, Seeschlangen oder Stürmen mit Wellen, so hoch wie Kirchtürme …«

»Wellen, so hoch wie der Turm des Doms?« In offener Skepsis hatte das Mädchen die Augenbrauen hochgezogen. »Das kann ich mir nicht vorstellen!«

Und Monsieur Beauvais hatte nachsichtig geseufzt. »Ich fürchte, es gibt sehr vieles, das du dir nicht vorstellen kannst«, hatte er zu bedenken gegeben und das Buch zugeklappt. »Manches muss man mit eigenen Augen gesehen haben, um es zu glauben.«

Severin hatte damals den flüchtigen Eindruck gehabt, dass ihr Lehrer damit nicht auf die Ungeheuer aus den unergründlichen Tiefen der Meere anspielte, aber er war zu jung und zu schüchtern gewesen, um nachzufragen.

»Nein«, sagte Katharina entschieden und schüttelte dabei energisch den Kopf, »vor dem Tod habe ich keine Angst. Sterben müssen wir alle – so oder so.« Sie seufzte tief. »Aber ich möchte vorher noch das Meer sehen, die Bäume, auf denen Pfeffer und Nelken wachsen, und ich würde zu gerne wissen, ob es tatsächlich gelbe Menschen gibt.«

»Und Seeschlangen und Riesenkraken …«, fügte Severin halb scherzhaft hinzu, weil die Sehnsucht, die in ihrer Stimme durchschimmerte, ihm bedenklich schien.

»O ja, vor allem diesen Riesenkraken!« Der Ablenkungsversuch war erfolgreich. Katharina kicherte übermütig. »Weißt du noch, wie wir damals versucht haben, einen Fischhändler zu finden, der uns einen kleinen Kraken mitbringt?«

Das durchdringende Läuten der Vesperglocke und das Blöken der Schafe, die zur Nacht vom Gemeindeschäfer in die Stadt getrieben wurden, holten die beiden in die Gegenwart zurück.

»Hilfst du mir, Pfirsiche zu pflücken?«, fragte sie und sprang auf.

»Tut mir leid, geht nicht, ich muss mich sputen. Ich habe Mutter versprochen, sie in den Abendgottesdienst zu begleiten.«

»Dieser neue Pastor ist mir unheimlich«, sagte Katharina und zog eine Grimasse. »Er starrt einem immer so ins Gesicht, dass ich das Gefühl bekomme, er könne meine Gedanken lesen!«

Severin lachte auf. »Es wäre fatal, wenn er das wirklich könnte! Sei froh, dass es bei uns keine öffentliche Beichte sündiger Gedanken und Taten gibt, wie bei den strengen Gemeinschaften«, sagte er schmunzelnd. »Jemand wie du wäre vom Morgengrauen bis zur Abendandacht mit Bußübungen beschäftigt!«

Der Brief verschwand in seinem Ärmelaufschlag, und Severin huschte durch das schmale Tor. In Gedanken verloren machte Katharina sich daran, den Korb zu füllen. Wenn sie Severin nur überreden könnte, sie auf die Reise ins ferne *Japonn* mitzunehmen!

Kapitel 2

Rheinabwärts

Magnus Sessenheimers Abneigung gegen unnötige Ausgaben war es auch, die zwei Wochen später dazu führte, Maria Sibylla Merian Plätze auf seinem Lastkahn anzubieten. Zufällig hatte er erfahren, dass die bekannte Malerin und Insektenforscherin eine günstige Reisemöglichkeit suchte. Sie war zur Erledigung dringender Geschäfte in ihrer Geburtsstadt gewesen und wollte nun möglichst rasch zurück nach Amsterdam. Normalerweise schickte er auf diese Weise Weinfässer aus Österreich und Ungarn flussabwärts nach Köln. Es bot sich an, seine Tochter Katharina und den jungen Kannengießer auf die gleiche Art und Weise reisen zu lassen. Der Wasserweg war schneller und angesichts der sich mehrenden Berichte über französische Überfälle auf deutsche Gebiete sicherer.

Das Angebot, Frau Merian und ihre Tochter Dorothea bis Köln umsonst mitzunehmen, ersparte es ihm, einer weiblichen Begleitperson die Rückreise nach Frankfurt zahlen zu müssen. Außerdem kannte die Person sich in Amsterdam aus und hatte versprochen, dafür Sorge zu tragen, dass seine Tochter Katharina sicher zum Haus ihrer Tante gelangte. Magnus, der vor einigen Jahren das letzte Mal in der aufstrebenden Hafenstadt gewesen war, hatte damals das Durcheinander der Grachten ausgesprochen verwirrend gefunden.

Und so sollten an diesem neblig-kalten Septembermorgen nicht nur die Jungfer Katharina Maria Barbara Sessenheimer und der Junker Severin Kannengießer den stabilen Oberländer Kahn besteigen, sondern auch eine in schwarze holländische Calvinistentracht gekleidete Frau und ein dürres, etwa dreizehnjähriges Mädchen. Die beiden standen bereits geduldig wartend am Schaumainkai, als die kleine Prozession, bestehend aus dem Frankfurter Kaufherrn, seiner Tochter, Severin und vier Trägern mit schweren Reisekisten, sich näherte. Magnus hatte es sich nicht nehmen lassen, seine älteste Tochter persönlich zur Schiffslande vor dem südlichen Stadttor zu begleiten. Zudem konnte er sich dabei gleich überzeugen, dass die Fässer mit dem mitgeführten teuren Tokajerwein aus Ungarn ordentlich verstaut worden waren.

Außer einigen träge vor sich hindümpelnden Lastkähnen, ähnlich dem, der für sie bereitlag, schaukelte ein paar Schiffslängen flussaufwärts, beinahe majestätisch, eines der neuen Passagierschiffe im schlammigen Mainwasser. Sehnsüchtig glitten Katharinas Augen über die luxuriöse Novität. Zu gerne wäre sie auf einem dieser Riesenschiffe statt auf dem langweiligen Lastkahn gereist. »Schlag dir das aus dem Kopf!«, hatte ihr Vater sie beschieden. »Es mag ja sein, dass sie nur noch neun Stunden bis Mainz brauchen, aber das rechtfertigt nicht die exorbitanten Preise.«

Die Kosten hatten auch Severin, der sich anfangs dagegen gesträubt hatte, »auf Weinfässern hockend den Rhein hinunterzuschwimmen«, dazu bewogen, auf Magnus' Angebot einzugehen. Die kleine Reisegruppe würde also bis Köln gemeinsam mit den Weinfässern reisen und erst dort auf eines der holländischen Schiffe wechseln.

Neugierig musterte Katharina beim Näherkommen die unscheinbare Frau. Das also war die berühmte Frau Merian, deren Bücher *Der Raupen wunderbare Verwandlung und sonderbare Blumennahrung, Teil 1 und 2*, solches Aufsehen erregt hatten, dass sogar ihr sparsamer Vater zwei kolorierte Exemplare erworben hatte! In der Schulstube hatten sie sie unter Monsieur Beauvais' Aufsicht anschauen dürfen. Im Gegensatz zu Severin, der fasziniert von den kunstvollen Stichen zu eigenen Forschungsversuchen angeregt worden war, hatte Katharina an den unscheinbaren Tieren rasch das Interesse verloren. All die Mühe mit den richtigen Futterpflanzen für die hässlichen Würmer, nur um am Ende ein langweiliges, mausgraues Mottenvöglein aus dem Dattelkern schlüpfen zu sehen? Katharinas Meinung nach war das pure Zeitverschwendung. Wenn sie Severin zu seinen Fanggebieten am Mainufer begleitete, wo er auf der Suche nach seltenen und interessanten Exemplaren in den Büschen umherkroch, saß sie am Wasser und träumte davon, auf einem der Boote mitzufahren. Flussabwärts, bis sie das Meer erreichte, und weiter, viel weiter.

Seit Severin ihr heimlich die Bände der *Happelschen Wochenzeitung* in den Garten brachte, hatte ihre Fantasie reichlich neue Nahrung gefunden. Kein Wunder, dass Magnus Sessenheimer dieses Konglomerat wissenschaftlicher Berichte und farbiger Schilderungen diverser Wunder der Natur mit dem anspruchsvollen Titel *Größte Denkwürdigkeiten der Welt oder sogenannte Relationes Curiosae* nicht in seinem Haus duldete! Die Beschreibung des großen Mahlstroms bei den norwegischen Lofoteninseln hatte Katharina in seiner Eindringlichkeit begeistert und Severins Ängste ins Unermessliche gesteigert.

»Wenn die Flut am höchsten ist«, hatte Katharina halblaut gelesen, »so beginnt dieser Wirbel sich mit einer erschreckenden Gewalt herumzudrehen, indem sich nämlich der Strom an den zahlreichen Felsen unter dem Wasser zerspaltet und das Wasser mit sich zieht, bis es mitten in dem großen Loch mit einem ungeheuren Geräusch in den Abgrund versenkt wird. Und man kann dieses erschreckende Brausen ebenso bei stillem Wetter als bei stürmischer Luft nicht ohne Entsetzen hören. Kein Schiff, wie groß es auch immer sein mag, kann seiner Gewalt, wenn es ihm zu nahe kommt, entgehen. Es wird vom wirbelnden Strom ergriffen, etliche Mal in einem Kreis herumgeschleudert und endlich in das große Trichterloch gestürzt. Das eingesogene Wasser speit der Riesenwirbel nach einiger Zeit wieder aus, höher hinauf als jede Mastspitze ...«

»Bitte, lies es stumm und erspare mir weitere Einzelheiten«, hatte der sichtlich bleiche junge Mann Katharina unterbrochen. »Ich möchte gar nicht mehr darüber wissen.«

»Wieso kaufst du dir das Journal, wenn du dich nicht dafür interessierst?«

»Wegen der wissenschaftlichen Nachrichten«, hatte er gekränkt erwidert. »Wenn du drei Seiten weitergeblättert hättest, wärst du zu einem faszinierenden Bericht über die Samentierchen in Hasen und Heringen gekommen, die dieser Leeuwenhoek mit seinem neuesten Mikroskop gesehen hat. Ich würde mir zu gerne ein solches Gerät kommen lassen und selber versuchen, Samentierchen zu finden!«

Manchmal hatte Severin wirklich seltsame Wünsche!

»Einen gesegneten, guten Morgen! Und nochmals vielen Dank für Eure Freundlichkeit«, sagte Frau Merian mit leiser, sanfter Stimme und knickste vor dem Kaufherrn. »Meine Tochter Dorothea und ich sind Euch überaus dankbar für die großherzige Einladung!«

»Guten Morgen. Man tut, was man kann«, brummte

Magnus eine Spur irritiert, nickte der schmächtigen Dorothea beiläufig zu und wandte sich an Severin. »Kannengießer, ich verlasse mich auf Euch, dass Ihr ein Auge auf die Frauen habt. Und auf die Fässer. Die Franzosen sollen wieder die Rheinufer plündern.«

Severin nickte mannhaft, obwohl nicht klar war, was er allein gegen einen Trupp Soldaten ausrichten sollte. Zwar war der Kahn mit zwei Musketen ausgestattet, doch konnte die eher dürftige Bewaffnung allenfalls vereinzelte Wegelagerer abschrecken, von denen sich stets welche in der Umgebung von Handelswegen herumtrieben. Und sein zierlicher Kavaliersdegen diente mehr der modischen Erscheinung, als dass er entschlossene Angreifer damit hätte in Schach halten können.

Während der Kaufherr kritisch die Vertäuung seiner kostbaren Weinfässer inspizierte, machten sich die drei Frauen miteinander bekannt. Katharina war ein wenig enttäuscht über die schlichte Erscheinung der »Merianin«, wie sie sich neuerdings wieder nannte. Eine Frau, von der man munkelte, sie hätte jahrelang mit ihren Töchtern bei den Labadisten in Friesland Zuflucht vor ihrem Ehemann gesucht und damit die Trennung von ihm erzwungen, hatte sie sich deutlich selbstbewusster vorgestellt. Ob ihre Geschäfte in Frankfurt etwas damit zu tun gehabt hatten, dass sie nun doch ihr Bürgerrecht dort aufgegeben hatte, um ganz als Holländerin zu leben? Eitel schien die berühmte Frau jedenfalls nicht zu sein. Der einfache schwarze Wollumhang, die schlichten Schuhe, das Fehlen auch des kleinsten Schmuckstücks zeugten von ihrer pietistischen Einstellung.

Das kleine, magere Mädchen lächelte Katharina schüchtern an und knickste tief. »Guten Morgen, Jungfer Sessenheimer«, sagte es leise und beugte sich dann vor, um andächtig mit den Fingerspitzen den schimmernden, dunkelblauen Samt von Katharinas neuem Kleid zu berühren.

»Wunderschön! So zart wie das Federkleid des großen *Sommervogels* aus Surinam in *Mijnheer* van Aerssens Salon, den Mutter gemalt hat.«

»Ihr malt wieder?«, fragte Severin erfreut.

»Ja, *Mijnheer.*« Besonders gesprächig schien die Merian nicht zu sein.

»Und ich helfe ihr dabei, *Mijnheer!*« Dorothea klang so stolz, dass Severin lächeln musste.

»Lass den *Mijnheer.* Du kannst mich Severin nennen. Lebt ihr denn jetzt ganz in Amsterdam?«

Dorothea nickte. »Wir handeln in der Vijzelstraat mit Farben und kolorierten Stichen. Ich darf schon alle Blätter malen und einfache *Sommervögel!* In einigen Jahren werde ich so gut sein wie meine Schwester Johanna. Dann werde ich auch Malaufträge bekommen und reich werden.« Der letzte Satz endete in einem sehnsüchtigen Seufzer.

»So Gott will, aber ›*Patiencia* ist ein gut Kräutlein‹, Dorothea!«, warf die sanfte Stimme ihrer Mutter ein. »Sobald die Sonne den Nebel vertrieben hat, werdet Ihr die Fahrt genießen«, fügte sie aufmunternd an Katharina gewandt hinzu, als sie bemerkte, dass diese vor Kälte und Nervosität zitterte. »Mit dem Boot zu fahren ist sehr viel komfortabler als mit dem Wagen. In Holland benutzt man fast nur Boote.«

»Treckschuten. Ich habe darüber gelesen«, sagte Severin und nickte geschäftig. Dabei beäugte er den Lastkahn mit spürbarem Missfallen. »Sie fahren nach Plan, sogar nachts, wechseln alle zwei Stunden die Treidelpferde, und man kann auf ihnen ohne Bedenken in Gesellschaftskleidung reisen. Sie sollen sehr bequem und vornehm ausgestattet sein. Wie die besten Herbergen.«

Wenn die anderen einen stummen Vergleich zu ihrer Reisegelegenheit zogen, ließen sie es zumindest nicht erkennen. Vermutlich waren die beiden Merian-Frauen von ihren zahlreichen Reisen her Unbequemlichkeit gewöhnt.

»Ihr müsst einsteigen, wenn das Schiff heute noch vor der Dunkelheit Mainz erreichen soll«, knurrte Magnus und zog seine Tochter ein paar Schritte zur Seite. »Der Herr behüte dich und lasse dich gesund wiederkehren. Dafür werden wir beten«, sagte er leise und zog sie an seine mächtige Brust. Für einen Augenblick überwältigte sie beinahe ihr schlechtes Gewissen. Was würde ihr Vater sagen, wenn er wüsste, dass sie für sehr lange Zeit, vielleicht für immer, voneinander Abschied nahmen? In ihrer Reisetruhe, ganz zuunterst, lagen Severins alte Kleider. Sie hatte sich tatsächlich entschlossen, an Stelle ihres Freundes zu segeln. Die Gelegenheit war einfach zu günstig. Es dürfte nicht allzu schwer werden, vom Haus der Tante bis zu dem Schiff zu gelangen. Bis zu Hause bekannt würde, dass sie verschwunden war, müsste sie sich längst auf hoher See befinden und damit außer Reichweite ihres Vaters.

Das einzige, ihrer Ansicht nach echte Problem war Severins Rolle. Als sie sich ihm stolz in seinen abgelegten Kleidungsstücken präsentiert hatte, die nun dank diverser Stoffeinsätze locker ihre Figur umspielten, hatte er einen Einwand geäußert, der ihr zu schaffen machte.

»Bitte sei vernünftig, Kathi! Nicht nur, dass ich allgemein zum Gespött würde – dein Vater würde nicht zögern, mir den Kopf abzureißen.«

Diese Sorge, das musste sie ehrlich zugeben, war berechtigt. Nicht, dass Magnus Sessenheimer tatsächlich wortwörtlich so weit gehen würde. Aber sie musste trotzdem einen Plan aushecken, der es Severin erlaubte, mit erhobenem Kopf und reinem Gewissen nach Hause zurückzukehren. Der arme Severin war sehr empfindlich, was seinen guten Ruf anging.

Auf der langen Reise würde ihr schon eine Lösung einfallen, tröstete sie sich. War ihr nicht immer etwas eingefallen?

»Verzeiht mir, Vater, allen Ärger und Kummer«, flüsterte sie so leise, dass Magnus sie kaum verstand, und küsste seine Hand.

»Schon gut, mein Kind«, erwiderte er überrascht und tätschelte unbeholfen ihre Schulter. »Das muss man dir lassen: Viel Sorge hast du mir nie bereitet!«

Ein letztes wohlwollendes Nicken, und ehe sie es sich versah, war sie über die schwankende Planke balanciert und von Severin in Empfang genommen worden. Er führte sie zu den Kisten, auf denen die Merian und ihre Tochter bereits Platz genommen hatten. Die Bootsleute hatten sich alle Mühe gegeben, ihren Passagieren in der ungewohnten Situation so viel Komfort wie möglich zu bieten. Auf den Reisekisten lagen frisch gefüllte Strohsäcke und darüber war eine Art ledernes Zeltdach gespannt, das die kleine Gruppe notdürftig vor der Witterung schützen sollte. In Katharinas Kiste war, sorgfältig gefaltet zwischen Lagen feinen Leinens, eine so exquisite Garderobe gepackt, dass sie bei dem Gedanken, sie zurücklassen zu müssen, fast ein Gefühl des Bedauerns empfunden hätte.

Magnus hatte entschieden, dass an nichts gespart werden dürfte, und so enthielt die Kiste außer zwei Tageskleidern, einem Hauskleid, drei Gesellschaftskleidern und einem Abendkleid mit Schleppe aus kostbarem goldfarbenen Brokat alles, was derzeit gut und teuer war: Schnürmieder nach englischer und französischer Art, Unterkleider, Strümpfe, Handschuhe, Steckelschuhe, bestickte Seidenpantoffeln, Stiefeletten, Spitzenkragen und -manschetten, seidene Haarschleifen und sogar einen Fächer! Der Anblick des hübsch bemalten Dings hatte Frau Else veranlasst, ihre Lippen zu einem festen Strich zusammenzupressen. Ein solch mondänes Accessoire ermutigte ihrer Meinung nach ein junges Mädchen völlig unnötig zu Koketterie!

Die Schneiderin, die üblicherweise für die Familie nähte, hatte sich eine ganze Heerschar von Helferinnen kommen lassen, und sie hatten Tag und Nacht gearbeitet. Das Tageskleid aus tiefblauem Samt nach französischer Mode, das sie heute unter dem bodenlangen Mantel aus leichtem Kamelhaar trug, war speziell für die Reise angefertigt worden. Da die Schneiderin eine praktisch denkende Frau war, hatte sie den Saum knapp über den Knöcheln enden lassen und ihrer Kundin einen Volant aus demselben Stoff mitgegeben. Mit ein wenig Näharbeit konnte der Rock dann später verlängert werden.

Das flache Boot schaukelte verspielt, als der Schiffsführer und seine beiden Gehilfen es mithilfe ihrer Stangen in die Strömung stakten. Aber sobald es die Mitte des Stroms erreicht hatte, glitt es ruhig auf der ebenen Wasserfläche dahin.

Magnus Sessenheimer stand reglos am Kai und sah ihnen nach. Katharina winkte ihm heftig zu, bis er, wie die übrigen Gestalten an der Schiffslande, von den Nebelschwaden, die vom Fluss Richtung Stadt trieben, verschluckt wurde.

»Da vorne liegt Köln!« Als ihr Schiffsführer auf die verschwommene Stadtkulisse deutete, die soeben hinter der Flussbiegung aus dem Dunst am Horizont aufgetaucht war, seufzte Katharina erleichtert auf und reckte die steifen Glieder ein wenig.

Nach dem ungewöhnlich warmen Wetter der ersten Reisetage hatte es gestern Abend zu nieseln begonnen, und die Temperaturen waren deutlich zurückgegangen. Fröstelnd zog sie den warmen Mantel etwas enger um die Schultern und betrachtete unauffällig die beiden Merian-Frauen ihr gegenüber. In ihre schwarzen Wollumhänge gehüllt, erinnerten Mutter und Tochter an zwei frierende Vögel im Winter. Zwar frierend, aber frei zu gehen, wohin es ihnen beliebte! Sehnsüchtig sah Katharina dem Sperber nach, der gerade einen Schwarm Sperlinge jagte.

Wenn man als Mensch nur ebenso frei überall hinfliegen könnte, wie es den Vögeln möglich war! Es wirkte so mühelos, wenn ein Raubvogel seine Kreise zog, eine Amsel von Baum zu Baum flatterte. Ob es irgendwo, in fernen Ländern, die noch niemand bereist hatte, fliegende Menschen gab? Es schien sogar fliegende Fische zu geben. Die Rede war darauf gekommen, als der Schiffer ihnen einige Engstellen im Flussbett gezeigt und dabei erklärt hatte, dass man dort im Frühjahr die Lachse abfing, wenn sie flussaufwärts zogen. Die Fische überwanden Stromschnellen, indem sie aus dem Wasser schnellten und hinübersprangen. Wenn man unmittelbar dahinter Netze spannte, musste man sie nur noch einziehen, sobald sie voll waren.

»In den Meeren gibt es Fische, die nicht nur springen, sondern richtig fliegen. Sie fliegen in ganzen Schwärmen auf die Schiffe, und man kann sie dann einfach einsammeln wie Fallobst«, hatte Dorothea völlig begeistert erzählt, und ihre Augen hatten dabei gestrahlt.

Severin hatte nur nachsichtig gelächelt. »Das hört sich ziemlich unwahrscheinlich an.«

»Es stimmt aber«, beharrte das Mädchen. »Der Kapitän, der mir einen gezeigt hat, hat erzählt, dass sie sie eimerweise eingesammelt und gebraten haben. Sie sollen sehr gut schmecken.«

»Es war ein Präparat in Branntwein«, sagte Frau Merian erklärend. »Ein Kapitän hat es von einer Überfahrt nach Surinam mitgebracht und im Magazin ausgestellt.«

»Und, wie sehen sie aus? Haben sie tatsächlich Möwenflügel?« Severins Interesse war, wie immer, sobald es um Naturphänomene ging, sofort geweckt gewesen.

»Der Branntwein war ein wenig trüb«, hatte die Merian bedachtsam geantwortet. »Aber ich hatte nicht den Eindruck, dass es Federn waren. Eher ungewöhnlich große Fischflossen.«

Severins Gesicht hatte sich nachdenklich verzogen. »Es braucht keine Federn, um fliegen zu können. Fledermäuse und Sommervögel fliegen mithilfe dünner Häute. Vielleicht nutzen diese Fische das gleiche Prinzip. Aber wozu? Sie fangen mitten auf dem Meer ja wohl keine Beute aus der Luft?«

»Gottes Plan ist zu groß, um von uns Menschen verstanden zu werden«, bemerkte Frau Merian bescheiden. »Aber alles hat seinen Sinn: So wie die Raupen erst aus den Eiern schlüpfen, sobald ihre Futterpflanzen bereitstehen, und so wie die Eier immer auf den richtigen Blättern abgelegt werden, so ist mit Sicherheit auch bei diesen seltsamen Fischen alles nach seiner Weisheit eingerichtet.«

»Es gibt so viele seltsame Tiere, die ich gerne studieren möchte«, sagte Dorothea sehnsüchtig. »Fliegende Fische, Riesenspinnen, die Vögel fressen …«

»Du weißt nicht, was du dir wünschst!«, sagte Severin. »Eine solche Überfahrt ist keine Lustreise: Monatelang eingesperrt auf einem Schiff, ohne frisches Wasser, die meiste Zeit nur miserables Essen ...« Verständnislos schüttelte er den Kopf. »Und das wegen ein paar Monstrositäten?«

Dorothea hingegen nickte entschieden. »Was bedeuten schon solche vorübergehenden Unbequemlichkeiten?«, sagte die Merian wegwerfend. »Ich teile den Wunsch meiner Tochter, dort in Surinam die Insekten lebendig zu studieren. Die Präparate, die ich zu Gesicht bekommen habe, würde ich zu gerne nach dem Leben zeichnen! Sobald es möglich ist, werden wir dorthin reisen.«

Severin hatte nur mühsam ein Stöhnen unterdrücken können. Diese Frauen waren nicht um ein Jota vernünftiger als Kathi, dachte er: Die einen hatten nur Insekten im Kopf, die andere träumte von Drachen und Pfefferbäumen!

Die Stadt Köln war nun deutlich zu erkennen. Ein einzelner Sonnenstrahl brach durch die in Bewegung geratene Wolkendecke und ließ den nassen Schiefer der dicht gedrängten Dächer innerhalb der Stadtmauern wie flüssiges Blei glänzen. Und in ihrer Mitte thronte, einer riesigen Glucke gleich, der Kölner Dom, von dem man in aller Welt sprach. Die beiden mächtigen Quader der immer noch nicht vollendeten Türme bewachten das Schiff, unfertig und dennoch eindrucksvoll. Seit über hundert Jahren ruhte der Bau, der vor über vierhundert Jahren begonnen worden war. Magistrat und Bevölkerung hatten andere Probleme, hatte der Lotse, der in Mainz an Bord gekommen war, ihnen erklärt.

Bisher hatte die Stadt den Franzosen standgehalten, aber außerhalb der Befestigungen waren auch hier die Spuren der Verwüstungen nicht zu übersehen. Während der letzten Reisetage hatte er ihnen auf der linken Rheinseite unzählige von Feuer geschwärzte Ruinen ehemaliger Festungen gezeigt. An einigen Stellen hatte die Natur bereits begonnen, die Reste mit Efeu und Waldreben zu bedecken. Aber der Geruch kalter Asche schien immer noch über den Trümmern zu schweben.

Langsam näherten sie sich der berühmten Stadt. Katharinas erster Eindruck war der einer abweisenden Front aus dunkelgrauem Rheinschiefer im Hintergrund. Am Rhein entlang stand direkt am Wasser eine Reihe hölzerner Lastkräne auf gemauerten Podesten. Wie in einer feierlichen Sarabande schwenkten sie die Fässer, in denen die meisten Handelswaren transportiert wurden, entweder an Land oder ließen sie in ein wartendes Schiff hinunter, wo kräftige Hände ungeduldig darauf warteten, die Ladung für die Weiterfahrt zu verstauen.

Hinter den Kränen herrschte ebenfalls reger Verkehr. Dort rumpelten schwere Ochsenkarren und beförderten die Waren, die in Köln umgeschlagen werden sollten, in die Stadt. Weiter flussabwärts konnte man mehrere große Niederländer Kähne erkennen, die tief im Wasser lagen. An dem Teil des Kais, das die Frankfurter ansteuerten, herrschten kleinere Boote wie das ihre vor, die den Stromschnellen und Engstellen des Mittelrheins besser gerecht wurden.

Begleitet von lautstarken »Gebt acht, gebt acht«-Rufen, lavierten die Schiffer das Boot durch die anderen Schiffe hindurch zu einer Anlegestelle unmittelbar vor einem Ladekran. Ohne auf die Schimpfkanonaden der Konkurrenten zu achten, die weniger schnell oder weniger geschickt gewesen waren und nun ihrer Wut lautstark Luft machten, kletterte der Schiffsführer auf die Kaimauer und streckte eine Hand aus, um den drei Frauen und Severin hinaufzuhelfen. Sein Gehilfe hatte bereits begonnen, feste Taue um Katharinas Reisekiste zu ziehen. Der Ausleger des Krans mit seinem großen Eisenhaken hing dicht über ihren Köpfen, bereit, die Ladung auf festes Land zu hieven. Es musste schnell gehen – so schnell wie möglich, denn die Besatzung der nächsten Kähne warteten bereits ungeduldig auf die Entladung.

»Am besten fragt Ihr gleich in der Hafenmeisterei, welches Schiff euch morgen mitnehmen kann«, riet der Mann und wies auf ein großes Zelt am Ende der Mole, das ziemlich umlagert schien. »Soll ich Eure Truhen schon in den ›Holländischen Hof‹ schaffen lassen?«

»Ja, tue Er das«, sagte Severin und drückte ihm einen Beutel Münzen in die schwielige Hand. »Kommt Er mit dem Wein zurecht?«

»Der Wagen für die Fässer steht schon bereit. Gott der Herr gewähre Euch allen eine glückliche Heimkehr!« Der Schiffer verbeugte sich tief und schwenkte dabei seine schmuddelige Tuchkappe.

Angesichts des dichten Gedränges vor der Hafenmeisterei schlug die Merian vor, dass die beiden Mädchen vor dem Zelt warten sollten, während sie und Severin sich um die Passage auf einem der holländischen Schiffe kümmerten.

»Hier ist bedeutend mehr Leben, als ich erwartet habe«, bemerkte Katharina und beobachtete einen Pastetenverkäufer, der lautstark seine Ware anpries. »Soll ich uns eine Pastete kaufen? Sie sehen tatsächlich so lecker aus, wie er behauptet!« Ohne Dorotheas Antwort abzuwarten, ging sie auf den Verkäufer zu, der von einem Trupp schäbig gekleideter Söldner umgeben war. »Gebe Er mir eine von diesen Pasteten«, sagte sie, die Männer unbedacht beiseiteschiebend.

Bis auf einen wichen alle zurück. Ein wenig größer als die anderen schien er sich als ihr Anführer zu betrachten. Seine Kleidung, abgerissen und notdürftig geflickt, verbarg nur unzureichend einen muskulösen Körper. Er stank betäubend nach Alkohol und altem Schweiß. Als Katharina ihm ins Gesicht sah, zuckte sie beim Anblick der hässlichen Narbe, die es entstellte, zusammen. Von einer Schläfe zog sie sich aus dem Haaransatz quer über die rechte Wange und Oberlippe. Es musste ein scheußlicher Hieb gewesen sein, der ihm das halbe Gesicht gespalten hatte!

Aber so abstoßend der Anblick auch sein mochte – noch erschreckender war der wölfische Ausdruck in den zusammengekniffenen, blutunterlaufenen Augen, der jedes aufkeimende Mitleid in ihr augenblicklich erstickte. Angewidert wich Katharina ein paar Schritte zurück. Angesichts ihrer Reaktion verzogen sich seine durch die Narbe wulstig aufgeworfenen Lippen zu einem verächtlichen Lächeln. »Kein schöner Anblick, der alte Eisherz, was?«, knurrte er herausfordernd und musterte sie mit plötzlich aufkeimendem Interesse. Es war lange her, dass ein Frauenzimmer ihm mehr bedeutet hatte als ein Paar warme Schenkel.

Bevor der verfluchte Franzmann ihm den Säbel durchs Gesicht gezogen hatte, war er ein gut aussehender Bursche gewesen, den die Mädchen selten zurückgewiesen hatten. Danach war es anders geworden. Er hatte sich daran gewöhnt, dass die Menschen vor ihm zurückschreckten, und nur noch selten dachte er an die Zeit davor. Doch in diesem Augenblick hätte er wieder einmal all seinen Sold für ein unversehrtes Gesicht eingetauscht! Früher, bevor er den Hieb hatte einstecken müssen, war er noch der Hoffnung nachgehangen, genug Reichtümer ansammeln zu können, um später als angesehener Bürger in seine Heimat zurückkehren zu können. Und in diesen Zukunftsträumen stand stets eine junge Frau an seiner Seite, die dieser wie aus dem

Gesicht geschnitten schien. Der Traum war längst zerschlissen wie die Lumpen, die er am Leib trug.

Während er sie anstarrte, wie verzaubert von ihrem Anblick, wurde der Wunsch, sie zu berühren, sich zu vergewissern, dass sie ein lebendiger Mensch und kein Trugbild war, geradezu übermächtig. Als gehörten sie ihm nicht, bewegten seine Füße sich auf sie zu, hob sich seine schwielige Rechte und legte sich behutsam, fast andächtig an ihren zarten Hals, genau dorthin, wo eine bläuliche Ader wie wild pochte.

Ihre Faust, die ihn unvorbereitet mitten ins Gesicht traf, ließ ihn zurücktaumeln, während er unwillkürlich mit einer Hand seine schmerzende Nase bedeckte. Sie hatte ihn geschlagen! Es dauerte einige Atemzüge, bis diese Tatsache in sein durch den unerwarteten, heftigen Schmerz benebeltes Gehirn durchsickerte. Niemand schlug ihn ungestraft, schon sehr lange ließ er sich das nicht mehr gefallen. Seit er alt genug war, sich Respekt zu verschaffen, hatte er jeden getötet, der es gewagt hatte, ihn anzugreifen. Aber diesmal hingen seine Hände wie gelähmt herunter. Hilflos starrte er sie an, während das Blut unbeachtet von der Nase auf sein Wams tropfte.

»He, du wirst dich doch vor dem kleinen Frauenzimmer nicht fürchten!«, bemerkte eine Stimme hämisch. Seine Gefährten brachen in johlendes Gelächter aus. »Hol dir wenigstens einen Kuss, Bruder Eisherz! Das ist sie dir schuldig«, spornte ein anderer ihn an.

Er riss sich zusammen. Es ging nicht an, dass er sich wegen dieser Weibsperson vor seinen Kameraden dermaßen lächerlich machte. Sein Ruf, keine Kränkung ungesühnt zu lassen, hatte sie bisher respektvoll zu ihm aufsehen lassen. Ihre Achtung war ihm wichtig, sehr wichtig. Er kam einen Schritt näher. Sie wich zurück, bis sie gegen den Stand des Pastetenverkäufers stieß. Beruhigend lächelte er sie an. »Hab keine Angst«, murmelte er fast unhörbar. »Ich will dir nichts tun!« Langsam, um sie nicht unnötig zu erschrecken, streckte er die Arme nach ihr aus.

Unvermittelt warf sie sich vorwärts und schmetterte ihre Stirn gegen seine bereits malträtierte Nase. Fast ohnmächtig vor Schmerzen sank er in die Knie. »Das Miststück hat den Hauptmann verletzt!«, keuchte einer seiner Gefolgsleute und machte Anstalten, sich auf die junge Frau zu stürzen. Eisherz hob gebieterisch die Hand, um ihn aufzuhalten. »Rühr sie nicht an! Oder willst du die nächsten Wochen hier in den Kasematten schmoren?« Die schmale Gestalt wich zurück in den Kreis der Zuschauer, der bereits begann, sich zu zerstreuen.

Noch während Eisherz sich schwankend aufrichtete, eilte ein geschniegelter Laffe auf die junge Frau zu und ergriff ihren Arm, ohne den Söldner eines Blickes zu würdigen. »Kann man dich denn keinen Augenblick allein lassen!«, sagte er vorwurfsvoll zu ihr, während er sie mit sich fortzog. »Nur gut, dass wir eben noch rechtzeitig mit diesem holländischen Kapitän handelseinig geworden sind. Morgen brechen wir mit ihm nach Utrecht auf.« Er sah sich suchend um. »He, Träger, kann er uns den Weg zum ›Holländischen Hof‹ weisen?«

Zu Katharinas Bedauern brach die Dunkelheit so rasch herein, dass Severin sich weigerte, mit ihr noch zum Dom zu gehen, und auch der Wirt vom »Holländischen Hof« riet vehement von diesem Vorhaben ab. »Es ist zu gefährlich, nach Sonnenuntergang noch in den Gassen umherzustreifen! Schon zu lange spart der Rat an Wachen. Es soll schon vorgekommen sein, dass einzelne Reisende, die leichtsinnig genug waren und spätnachts noch die Herberge verlassen haben, niemals wieder gesehen wurden. Das Einzige, was von ihnen übrig blieb, waren ein paar Stofffetzen am Straßenrand.«

»Was ist mit ihnen geschehen?«, erkundigte Katharina sich neugierig.

Der Wirt zuckte die gut gepolsterten Schultern. »Das weiß niemand genau, aber man munkelt, manche Bettlergruppen seien ungewöhnlich gut genährt ...«

»Wollt Ihr damit andeuten, dass sie Menschen fressen?«, fragte sie weiter, nun doch ehrlich entsetzt. Sie hatte einmal ein Buch über wilde Kannibalen in West- und Ostindien gelesen, die ihresgleichen fingen und verzehrten. Auf einem Kupferstich war sogar eine Art Marktstand mitten im Wald abgebildet, von dessen Dachkante Hände und Füße herabhingen wie gerupfte Hühner. Auf dem Verkaufstisch konnte man einen einzelnen Kopf nebst einem Arm erkennen, und der Verkäufer in einem Lendenschurz war gerade damit beschäftigt, auf einem Hackklotz ein Bein zu portionieren. Unwillkürlich fasziniert hatte sie diese schaurige Darstellung immer wieder studiert. Niemals aber wäre sie auf den Gedanken gekommen, dass sich solche Ungeheuerlichkeiten hier, mitten in der Zivilisation, abspielen könnten!

»Mein Vater hat mir erzählt, sogar in Frankfurt hätten sie zur Zeit der großen Hungersnot Leute aufgegriffen und geschlachtet wie Tiere!«, sagte die Merian erstaunlich gleichgültig gegenüber der Behauptung des Wirts. »Es mag allerdings ebenso möglich sein, dass es sich um geschickte Zechpreller handelt, die von solchen Gerüchten profitieren.«

Der Mann presste die Lippen aufeinander und schüttelte den Kopf. »Ihr mögt Recht haben, dennoch meidet man besser die nächtlichen Gassen. Sobald es dunkel ist, kriecht alles mögliche Gesindel aus seinen Schlupfwinkeln, und, wie gesagt, es gibt zu wenig Wachleute. Aber wenn Ihr Euch ein wenig für die Wunder der Schöpfung interessiert, schaut Euch doch die Knochen von dem Walfisch an, der vorletztes Frühjahr am Rheinufer angeschwemmt wurde«, fügte er, bemüht, ihnen zu Gefallen zu sein, hinzu. »Sie sind gleich in dem Haus schräg gegenüber.«

»Ein Walfisch? Das ist unmöglich!«, sagte Severin zutiefst überzeugt und schüttelte heftig den Kopf. »Walfische werden in fernen Meeren gejagt. Sie leben nicht in Flüssen.«

Das runde Gesicht des Mannes verzog sich zu einem verschmitzten Grinsen. »Wenn Ihr mir nicht glaubt, seht selbst! Der Mann, der ihn ausstellt, war Walfischer.«

Mit kaum verhohlener Skepsis begleitete Severin die beiden Mädchen über das glitschige Pflaster. Das gedämpfte Licht, das durch die Fenster der Schankstube fiel, beleuchtete den beschriebenen Weg bis zu dem Haus nur notdürftig. Entsprechend vorsichtig tasteten sie sich voran zu der wurmstichigen Holztür mit dem kleinen Schiebefenster. Kaum hatte er zaghaft den Klopfer betätigt, öffnete ihnen eine alte Frau. Auf ihrem strähnigen, grauen Haar lag ein zerschlissener Spitzenschleier, der schon bessere Tage gesehen hatte. Von dem großen Schultertuch, unter dem der größte Teil ihrer gebückten Gestalt verborgen blieb, ging ein fremdartiger, muffiger Geruch aus.

»Ich wünsche Euch einen gesegneten Abend, gute Frau«, grüßte Severin höflich. »Der Wirt vom ›Holländischen Hof‹ schickt uns. Hier sollen Walfischknochen zu besichtigen sein.«

»Ganz recht, junger Herr!«, meinte die Alte und lachte gackernd. Dann verschluckte sie sich und hustete anhaltend.

Severin wich angewidert zurück. Ihr Atem, den sie stoßweise in Richtung seiner Brust ausstieß, stank nach Kohl und süßlicher Fäulnis.

»Hier, in diesem Haus, hat mein Sohn die Knochen gesäubert und aufgestellt. Folgt mir nach!«, sagte sie und drehte sich um.

Im flackernden Licht ihrer Öllampe waren die Konturen nur unklar zu erkennen. Aber auch bei dieser spärlichen Beleuchtung sah man, dass das Haus baufällig und kaum besser als ein Verschlag eingerichtet war. Der unangenehme Geruch, den sie zuerst nur an ihrem Schultertuch wahrgenommen hatten, wurde stärker, und als sie einen Raum betraten, der offensichtlich als Küche, Wohnraum und Arbeitsraum in einem diente, sah Severin die Ursache des Übels: Über einem kleinen Feuer hing ein zerbeulter Kessel, aus dem stinkende Dampfschwaden aufstiegen. Er versuchte unauffällig, flach zu atmen, denn er wollte diese Menschen nicht beleidigen.

»Das ist der alte Tran«, sagte eine männliche Stimme, und ein bärtiger Mann mit einem Holzbein erhob sich schwerfällig von dem Hocker vor der Kochstelle, auf dem er gesessen und seinen Oberschenkel massiert hatte. »Riecht nicht angenehm, aber besser als nichts!«

Nicht angenehm war schlicht untertrieben! Der bestialische Gestank des ranzigen Fischöls nahm einem fast den Atem. »Wir wollen Euch nicht unnötig aufhalten«, sagte Severin hastig und widerstand eisern dem Drang, seine Nase mit dem Ärmel zu bedecken. »Wenn Ihr uns nur schnell zu dem Walfisch führen wolltet …«

Stumm hielt der Mann ihm seine Handfläche hin, und Severin ließ eilig einige Münzen hineinfallen. »Von irgendwas müssen wir leben«, sagte der Einbeinige rau und griff nach einer größeren Öllampe. »Seit ich nicht mehr zum Walfang ausfahren kann, ist Schmalhans Küchenmeister bei uns.«

»Ihr wart Waljäger?« Katharina konnte ihre Neugier wieder einmal nicht bezähmen. »Dann habt Ihr Euer Bein bei einer Jagd verloren?«, fragte sie geradeheraus.

Fast gleichgültig und als hätte er die Begebenheit wohl schon viel zu oft erzählen müssen, humpelte er auf die Hintertür zu und sagte: »Er ist zu schnell abgetaucht. Den Mann neben mir hat das Seil mittendurch geschnitten.«

Das entsetzte Schweigen um ihn herum ignorierend, bückte er sich und deutete auf einen Haufen weißlich schimmernder Knochen im engen Hinterhof. Obenauf lag der Schädel und schien sie bösartig anzugrinsen. Obwohl der Unterkiefer verrutscht war, und die restlichen Knochen ein einziges Durcheinander bildeten, war noch zu erahnen, wie furchteinflößend dies Tier zu seinen Lebzeiten gewesen sein musste.

»Das ist er. Er soll bis Basel den Rhein hinaufgeschwommen sein. Als er hier angetrieben wurde, war er schon tot.«

»Was für ein riesiger Kopf!« Bewundernd war Katharina näher an die beinernen Überreste herangetreten und beugte sich nun über den glatt gerundeten, kompakten Schädel mit den schrecklichen Zähnen. »Schade, dass er nicht in den Main nach Frankfurt geschwommen ist. Ich hätte ihn zu gerne lebend gesehen!«

»Jemand anders hatte da offenbar keinen Wert darauf gelegt«, bemerkte der Mann trocken, hob die Lampe ein Stück höher und wies auf ein ausgebrochenes kleines Loch hinter der einen leeren Augenhöhle. »Das war eine Musketenkugel.«

»Ihr meint, der Fisch wurde erschossen?«

»Na, angeln konnte er ihn nicht gut, oder? Und Harpunen wie die, mit denen man auf den Fangschiffen jagt, gibt es hier nicht.«

»Wie groß war er?«

»Etwa so lang wie ein Schiff des Niederländer-Typs.« Überraschend warf der Mann den Kopf in den Nacken und lachte. Auf einmal wirkte er viel jünger: ein Mann in den besten Jahren. »Und er war schwarz und weiß gefleckt wie eine holländische Kuh! Die Sorte wird eigentlich nicht gejagt, weil sie weder Fischbein noch gutes Fischöl liefert«, meinte er und verzog leicht angewidert das Gesicht. »Sein Fleisch taugt auch nicht viel, aber wie gesagt, es ist besser als nichts. Also habe ich ihn ans Ufer gezogen.«

»Habt Ihr schon daran gedacht, die Knochen einem Naturaliensammler zu verkaufen?«, fragte Dorothea eifrig. »Ihr könntet einen ordentlichen Preis dafür verlangen.«

Der Mann schüttelte vehement den Kopf. »Gott bewahre – den gebe ich nicht mehr her! Für einen Krüppel wie mich ist der Gold wert. Im Sommer zeige ich ihn auf Messen und Jahrmärkten.«

Sobald sie wieder draußen waren und die Vordertür sich hinter ihnen geschlossen hatte, atmete Severin erleichtert aus: »Himmel, hat das dort drin gestunken!«

»Ja, schlimmer als beim Abdecker«, gab Katharina ihm kichernd Recht. »Aber du musst zugeben, dass die Knochen wirklich beeindruckend waren!« Sie raffte ihren Mantel wegen der diversen Pfützen obskurer Herkunft zwischen den Pflastersteinen und schnüffelte plötzlich misstrauisch wie ein Jagdhund in die Luft. »Riechst du, was ich rieche?«, zischte sie Severin zu.

Konsterniert blieb Severin mitten auf der Gasse stehen: »Was soll der Unsinn? Natürlich tragen wir den Gestank in unserer Kleidung!«

»Das meine ich nicht!«

Im nächsten Augenblick roch auch er es: die Ausdünstungen ungewaschener Menschen, vor Schmutz starrer Lumpen und über allem deutlich der Geruch nach schalem Bier und Branntwein.

Einen Augenblick stand er starr vor Schreck, dann griff er nach dem Degen am Bandelier, schrie gleichzeitig »Lauft! So rasch ihr könnt!« und fuhr herum. Die diffusen Schatten formierten sich zu einer Gruppe geduckter Gestalten, die an den Häuserwänden entlang näherschlichen. Die Verfolger waren unmittelbar hinter ihnen gewesen. Ihre mit Lappen umwickelten Füße hatten nicht das geringste Geräusch verursacht. Wenn Katharina nicht durch ihren Geruchssinn gewarnt worden wäre, hätten sie nicht einmal gewusst, dass jemand es auf sie abgesehen hatte. Die drei schwarzen Gestalten zögerten, als sie die Klinge von Severins elegantem Degen aufblitzen sahen.

»Schnappt euch das Frauenzimmer!«, fauchte eine heisere Stimme hinter ihnen aus der undurchdringlichen Finsternis. »Wenn der Stutzer kämpfen will, macht ihn kalt!«

Katharina, die Dorothea an der Hand mit sich gezerrt hatte, schubste das Mädchen durch die offen stehende Pforte, die zur Gaststube führte, und drehte sich um, die schmutzigen Hände ignorierend, die bereits nach ihr griffen. Wenigstens Dorothea war in Sicherheit!

Dann warf sie den Kopf in den Nacken und schrie, so laut sie konnte: »Zu Hilfe, Räuber, Mörder …« Ihr gellender Schrei hallte von den Wänden wider, aber nichts rührte sich hinter den fest verschlossenen Fensterläden. Nicht einer davon wurde verstohlen aufgeschoben, kein eilig entzündetes Licht flackerte durch die Ritzen.

»Ihr Narren, wollt ihr warten, bis die Stadtwache kommt?« Die körperlose Stimme hinter den drei Männern vibrierte vor Wut. »Stopft ihr den Mund und zieh dem Kerl endlich den Knüppel über!«

Während die zwei, die Katharina festhielten, ungeschickt versuchten, einen schimmlig riechenden Sack über ihren Kopf zu ziehen, schwang der größte der drei einen armdicken Knüppel hoch über seinem Kopf und ging drohend auf Severin zu. Unsicher wich der junge Kannengießer ein wenig zurück, um die korrekte Kampfposition einzunehmen, stolperte dabei und stürzte, während sein Degen klirrend auf dem Pflaster aufschlug.

»Mach ihn fertig, los!«, befahl die Stimme des Unsichtbaren.

Der große Mann zögerte. »Es war nich abgemacht, dass wir jemand kaltmachen«, wandte er ein. »Dafür krieg ich 'nen Gulden extra.«

»Abgemacht.«

Ohne auch nur einen Moment nachzudenken, riss Katharina sich plötzlich los, bückte sich und riss Severins Degen an sich. Mit einer einzigen flüssigen Bewegung stieß sie die Klinge in den emporgereckten Arm des Mannes. Ein wütendes Aufbrüllen zeigte ihr, dass sie gut getroffen hatte. Der Knüppel polterte zu Boden. Eilig zog sie die Waffe aus dem Fleisch des Oberarms und setzte die Spitze seitlich am Hals an, wie Severin es ihr damals gezeigt hatte.

Der Mann starrte ungläubig erst auf seinen schlaff herabhängenden Arm, von dem das Blut langsam auf die Pflastersteine tropfte, dann auf Katharina. Unter anderen Umständen hätte sein Gesichtsausdruck sie zum Lachen gereizt.

»Pass auf, hinter dir«, keuchte Severin, während er sich mit schmerzverzerrtem Gesicht bemühte, wieder auf die Beine zu kommen. Geschickt wich sie an die Hauswand zurück, wo sie ihre Angreifer im Auge behalten konnte, und verstärkte den Druck ein wenig, ließ die Spitze durch die Haut brechen und starrte dem Mann in die Augen, der bereit gewesen war, für einen Gulden extra ihren besten Freund zu erschlagen. Der mitleidlose, stumpfe Blick suchte nach einem Zeichen von Schwäche, Furcht oder Nervosität.

Aber Katharina empfand zum ersten Mal in ihrem Leben die körperliche Erregung des Sieges. Sie konnte zustoßen, eine winzige, leichte Bewegung aus dem Handgelenk heraus – und dieser massige Körper würde in sich zusammensacken. Ein Haufen aus Fleisch und Blut.

Mit Severin war es Spiel gewesen. Fast überraschte es sie, dass ein solch kräftiger Mann sich dermaßen vor einem Zierdegen zu fürchten schien. Die anderen beiden standen unschlüssig in der Mitte der schmalen Gasse.

Hatte nicht ein vierter Mann die Befehle aus dem Dunkel heraus gegeben? Doch kein Laut drang von da an ihr Ohr.

»Verschwindet – oder ich steche ihn ab!«, befahl Katharina mit der Seelenruhe der Unerfahrenen. Die beiden ließen sich das nicht zweimal sagen.

»Vielleicht sollte ich dich auf jeden Fall töten«, sagte sie, immer noch vor Wut bebend, und funkelte den Mann mit dem blutenden Arm vor sich an. »Irgendwie bin ich mir sicher, dass ich den Bürgern dieser Stadt damit einen Gefallen täte!«

»Nur zu!«, sagte er höhnisch und grinste ihr frech ins Gesicht. »Mein Leben ist sowieso keinen Heller wert.« Ein eigenartiger Schimmer glomm in seinen schwarzen Augen, als er seiner Gegnerin ins Gesicht sah: »Du hast Mumm, Mädchen. Das gefällt mir. Pass auf dich auf!«

Katharina runzelte irritiert die Stirn. Sie hatte erwartet, dass er um sein Leben betteln würde oder flüchten wie seine feigen Gefährten. Verwirrt über seinen rätselhaften Ausspruch gab sie für einen Augenblick nicht acht. Seine Chance nutzend wich der Mann geschickt wie eine Schlange zurück und brachte sich mit zwei gewaltigen Sätzen außer Reichweite ihrer Waffe.

Aus dem Inneren des Gasthauses drang endlich das Geräusch sich rasch nähernder Schritte und ein wildes Stimmengewirr signalisierte, dass Dorothea Hilfe geholt hatte. Als die Helfer Laternen schwenkend und unter lauten Rufen aus dem Tor drängten, nutzte er den Augenblick der Ablenkung, um wie ein Geist mit der undurchdringlichen Dunkelheit der Gasse hinter ihm zu verschmelzen. Als sei alles nur ein böser Traum gewesen, präsentierte sich die Straße im gelben Licht der Öllampen menschenleer.

»Was ist geschehen? Warum habt Ihr um Hilfe gerufen?«

»Wir wurden überfallen«, sagte Katharina und bemühte sich, das Zähneklappern zu unterdrücken, das unaufhaltsam stärker wurde.

»Aber es war doch nur schräg gegenüber!«, rief der Wirt bestürzt, als ihm dämmerte, was unmittelbar vor seinem Haus vorgefallen sein musste. »Wie konnte ich ahnen, dass das Gesindel sich so nah bei der Herberge herumtreiben würden! Seid Ihr schlimm verwundet, Herr? Soll ich den Stadtphysikus rufen lassen?«

»Nein, bloß nicht«, sagte Severin und ließ sich von einem Hausknecht auf die Beine helfen. »Aber wenn Kathi nicht gewesen wäre! Der Kerl war drauf und dran, mir den Schädel einzuschlagen, bis sie ihm den Degen in den Arm gestoßen hat ...«

Das verwunderte Gemurmel der Zuschauer ignorierend, wandte er sich Katharina zu. »Du hast mir das Leben gerettet, Kathi«, sagte Severin sehr ernst, während er den Degen entgegennahm und ihn wieder in die Scheide steckte. »Danke! Ist mit dir eigentlich alles in Ordnung? Du bist blass wie ein Leintuch!«

»Kathi, Kathi, haben sie dir etwas getan?« Dorothea hatte sich an den Erwachsenen vorbei nach vorne gedrängt und umarmte nun Katharina mit überbordender Zuneigung. »Sie wollten mir einfach nicht gleich glauben in der Wirtsstube!«

»So etwas ist in dieser Straße noch nie vorgekommen!«, verteidigte der Wirt sich empört. Aus der Menge der Umstehenden war Zustimmung zu vernehmen.

»Schon seltsam, die Sache ...«, sagte ein älterer Mann nachdenklich. »Eine derartige Kühnheit ist für Raubgesindel ungewöhnlich. Wie viele waren es denn?«

»Vier«, sagte Severin und stöhnte leise, weil sein Rücken von dem heftigen Sturz auf das Pflaster wie Feuer brannte. »Einer blieb im Dunkeln und erteilte von dort die Befehle. Wir haben ihn nicht zu Gesicht bekommen, aber er war zweifelsfrei der Anführer.«

»Vier Halsabschneider in unserer anständigen Gasse!«, jammerte der Wirt und rang entsetzt die Hände. »Wenn sich das herumspricht!«

»Dann solltet Ihr beim Magistrat verstärkte Patrouillen fordern«, riet Severin dem Herbergsvater und humpelte am Arm des Knechts auf die hell erleuchtete Türöffnung zu.

»Aber fürs Erste lasst uns einen kräftigen Eierpunsch zubereiten.«

»Hast du dem einen wirklich den Degen in den Arm gestoßen?«, fragte Dorothea Katharina mit großen Augen, als alle wieder in die warme Gaststube zurückdrängten. Die nickte bloß.

»Und dann ist er weggerannt?«

Katharina zögerte. Sie sah keinen Sinn darin, den seltsamen Wortwechsel, den sie mit dem Mann geführt hatte, zu wiederholen. Wahrscheinlich hatte er ihr nur Angst einjagen wollen und deshalb irgendeinen Unsinn zusammengefaselt.

»Wo hast du eigentlich fechten gelernt?«, fragte Dorothea neugierig. »Ich dachte, Frauen dürften das nicht.«

»Ich habe Severin so lange geplagt, bis er mir Unterricht gegeben hat«, gestand Katharina, und bei der Erinnerung an die heimlichen Stunden auf dem Dachboden und im Garten röteten sich ihre Wangen wieder ein wenig.

Hatte sie sich damals nichts sehnlicher gewünscht, als dass sie ihre Fechtkünste auch anwenden konnte? Und nun war genau das geschehen: Sie allein hatte drei Räuber in die Flucht geschlagen! Plötzlich machte der überstandene Schrecken einem übersteigerten Übermut Platz: »Außerdem bin ich sehr gut im Stockfechten – zumindest war ich es. Ich habe es von den Hütejungen gelernt.«

»Bringst du es mir auch bei?«

»Ich fürchte, dafür haben wir weder Zeit noch Gelegenheit«, mischte ihre Mutter sich ein und warf Katharina einen besorgten Blick zu. Das Sessenheimer-Mädchen schien zu der Sorte zu gehören, die Ärger anzog wie ein Honigtopf die Fliegen. Gut für sie, dass ihr Reichtum und die hohe gesellschaftliche Stellung ihrer Tante ihr einen gewissen

Schutz verliehen. Ihre Tochter hatte ihr erzählt, dass der Anführer als Erstes »Schnappt euch das Frauenzimmer!« gerufen hatte. Sie ahnte, dass dieser Überfall keiner von der Sorte gewesen war, wie sie leider Gottes derzeit überall im Land zum Alltag gehörten. Dahinter hatte ein Plan gesteckt, und Katharina spielte darin die wichtigste Rolle. Da war sich die Merian ziemlich sicher.

Kapitel 3

Amsterdam

Martin Liebau stand am Fenster und verfolgte halb bewundernd, halb amüsiert das geschäftige Treiben in der Gracht vor der Herberge, in der er während der letzten Tage logiert hatte. Immer noch flößte ihm die allgegenwärtige Geschäftstüchtigkeit der Bürger von Amsterdam einen gehörigen Respekt ein.

Amsterdam: Ein größerer Unterschied zu den vom Krieg ausgebluteten Städten seiner deutschen Heimat war kaum vorstellbar!

Diderot hatte die holländische Kapitale als »Warenlager des Universums« bezeichnet, und das war seiner Meinung nach die perfekte Beschreibung für die Stadt, in der Unmengen wertvollster Handelswaren angelandet und in riesigen Speichern gehortet wurden: Pfeffer und Nelken aus Sumatra, Vanille und Zimt aus Ceylon, Seide, Tee und Porzellan aus China und *Japonn*, Baumwolle aus Bengalen für die Manufakturen, die derzeit in ganz Europa aus dem Boden schossen, Pelze aus den amerikanischen Kolonien und Sibirien, Fischbein, das mit der weiten Verbreitung der Schnürmieder guten Profit versprach, Waltran für die Öllampen und edle Hölzer. Aber auch Drogenrohstoffe für Ärzte und Apotheker aus Arabien und anderen, noch ferneren Ländern, mit teils eher wunderbar anmutenden Heilsversprechen.

Und genau diese waren es, die Doktor Martin Liebau so

faszinierten, dass er sich trotz der mäßigen Bezahlung durch die »Vereenigde Oostindische Compagnie«, kurz VOC, für die nächsten Jahre nach Ostindien und *Japonn* verpflichtet hatte. Im Morgengrauen des nächsten Tages würde die »Seepferd« ablegen. Wo blieb nur Vetter Severin? Ärgerlich verzog er das Gesicht. Es war ein Entgegenkommen der Compagnie gewesen, dass man ihm gestattet hatte, einen eigenen Adjunkt mitzunehmen, und er hatte sofort an Severin gedacht und daran, dass er nun sein Versprechen der Tante gegenüber einlösen konnte. Martin versuchte, sich an ihn zu erinnern. Es war einige Jahre her, als er ihn das letzte Mal gesehen hatte: ein blässlicher, verweichlicht wirkender Knabe, den seine Mutter nicht von ihrer Seite ließ. Als er damals versprochen hatte, sich für ihn einzusetzen, wenn er jemals die Möglichkeit dazu hätte, hatte sicher keiner von ihnen an eine gemeinsame Reise nach *Japonn* gedacht. Nun, es würde seinem Vetter nicht schaden, den Unterröcken seiner Mutter zu entfliehen. Im Gegenteil, es würde dem jungen Mann sicher guttun, etwas von der Welt zu sehen. Falls er noch rechtzeitig eintreffen sollte …

Als Katharinas Reisegesellschaft am Morgen nach dem Überfall die »Salm« betreten hatte, war die Nachricht von der jungen Dame, die drei Räuber in die Flucht geschlagen hatte, bereits wie ein Lauffeuer durch die Stadt gerast. In der tiefen Verneigung, mit der Kapitän Huiziker Katharina begrüßte, lag auch eine gehörige Portion Bewunderung und Neugier. Galant bat er seine Gäste, es sich im Inneren bequem zu machen, und entschwand, um die Ausfahrt zu überwachen.

»Das ist doch schon etwas ganz anderes!«, stellte Severin beeindruckt fest und studierte aufmerksam die zahlreichen

Ölgemälde, die die Kajütenwände zierten. Er hatte sich von dem nächtlichen Abenteuer einigermaßen erholt. Nur ein gelegentliches Aufstöhnen und Innehalten bei unbedachten Bewegungen erinnerte die Mitreisenden noch an seinen malträtierten Rücken. Ein heißes Bad im Zuber auf der Stube und eine Massage mit Schweineschmalz und gesottener Weidenrinde hatten wahre Wunder gewirkt.

Tatsächlich erinnerte die Kapitänskajüte eher an einen vornehmen Salon: zierliche französische Möbel, ein großer venezianischer Spiegel über dem Waschgeschirr aus feinstem Porzellan und auf dem Boden ein dicker persischer Teppich, in dem ihre Füße tief einsanken. Verglichen mit ihrem bisherigen Transportmittel, war dieses Boot eines Fürsten würdig.

»Die Schifffahrt auf dem Niederrhein muss ausgesprochen lohnend sein«, stellte Severin fest und legte den Kopf schief, um ein Detail eines Stilllebens besser ins Auge fassen zu können. »Dies Gemälde ist von einer Qualität, die ihren Preis haben dürfte!«

»Nicht in Holland«, sagte die Merian und seufzte bedauernd. »Jeder Bauer sammelt heute Ölgemälde wie früher Tulpenzwiebeln. Die Handwerker weigern sich schon, Bilder als Zahlungsmittel anzunehmen.«

Sie sah sich um, entschied sich schließlich für einen Sessel nahe am Fenster und nahm ihre Nadelmalerei zur Hand. Die anderen drei gingen von Bild zu Bild und bewunderten die Kunstfertigkeit, mit der die samtige Haut frischer Aprikosen, der metallische Glanz auf den Schuppen frisch gefangener Fische oder die durchscheinende Spitze eines wie zufällig liegen gelassenen Taschentuchs in Ölfarben festgehalten worden war.

Erst als der Kapitän die Kajüte betrat, wurde ihnen bewusst, dass sie schon längst stromabwärts fahren mussten. Das schwere Schiff, viermal so lang wie ein Oberländer, lag so ruhig im Wasser, dass man kaum den Unterschied zu festem Land spürte.

»Gefällt Euch meine Sammlung?«, erkundigte sich der Kapitän. »Ich habe nur gekauft, was mir gefiel – ohne auf das Ansehen des Malers zu achten. Deswegen sind viele unbekannte Künstler darunter. Aber ich denke, dass die Bilder eines Tages, wenn die Zeiten sich geändert haben, gut bezahlt werden. Bis dahin erfreue ich mich an ihnen.«

Huiziker erwies sich als unterhaltsamer Gastgeber. Er erzählte, dass er früher ein paar Mal die Amerikafahrt gemacht hätte, aber als verheirateter Mann sei er bequem geworden. In Amerika hatte er das Tabaktrinken kennengelernt, und mit sichtlichem Amüsement unterwies er sie in dem Gebrauch der kleinen Pfeifen.

»Ich glaube nicht, dass ich Gefallen daran finde«, brachte Severin unter heftigen Hustenanfällen heraus und wischte sich die tränenden Augen. »Wenn es ein Genuss sein soll, kann ich ihn jedenfalls nicht entdecken!«

»Es gehört einige Übung dazu«, sagte Huiziker gleichmütig und bot Katharina die Pfeife an. Neugierig sog sie an dem glatten Mundstück, atmete wie angewiesen tief ein – und tat es Severin nach. Der beißende Rauch reizte Mund und Rachen so stark, dass sie das Gefühl hatte, ersticken zu müssen. »Pfui Teufel«, stieß sie keuchend aus, und am liebsten hätte sie herzhaft ausgespuckt. »Das schmeckt ja widerwärtig!«

»Wenn man sich daran gewöhnt hat, ist es recht angenehm. Jedenfalls finden das die Herren bei den Tabakrunden in Amsterdam«, sagte der Kapitän schmunzelnd. »Darf ich Euch stattdessen ein Tässchen Kaffee anbieten? Ich denke, das dürfte eher nach Eurem Geschmack sein.«

Als das Gespräch darauf kam, dass Severin nach Ostindien reisen würde, nickte er eine Spur wehmütig und meinte, dahin wäre er auch zu gerne gefahren, und sei es auch nur ein einziges Mal, aber es hätte sich einfach nicht ergeben. Dreimal im Jahr schicke die Compagnie eine Flotte auf den gefährlichen Weg um das Cap Bon Esperance, erzählte er. Man nenne sie, jeweils nach ihren Abfahrtszeiten, die Weihnachtsflotte, die Maiflotte und die Kirchweihflotte. Normalerweise segle Letztere Ende August ab, aber dies Jahr habe sich die Instandsetzung des Schiffes verzögert.

»Wenn die Winde Euch gewogen sind und Ihr nicht Woche um Woche im Wendekreis des Steinbocks kreuzen müsst, seid Ihr in vier Monaten in Kapstadt«, prophezeite er Severin fröhlich. »Ich habe gehört, die neue Route östlich von Mauritius sei deutlich schneller. Also dürftet Ihr zum Osterfest in *Batavia* sein!«

»Und wie geht es weiter nach *Japonn?*« Severins Tonfall klang nicht besonders freudig.

Kapitän Huiziker schüttelte nachdenklich den Kopf. »Da bin ich überfragt. Ein Kapitän, der im chinesischen Meer Piraten gejagt hat, erzählte mir von ungewöhnlich starken Stürmen, die Masten brechen lassen wie dünne Stecken. Aber die Compagnie hält so viel wie möglich über diese Routen nördlich von Ostindien geheim, um den Engländern nicht unnötig behilflich zu sein.«

Severin wirkte bei der Aussicht auf die nächsten Monate so niedergeschlagen, dass Katharina ihm einen mitfühlenden Blick zuwarf und Huiziker bat, ihnen lieber von Amsterdam zu erzählen.

»Ihr müsst unbedingt das Ostindienhaus besichtigen!«, ging er sogleich darauf ein. »Ihr werdet Euren Augen nicht trauen, wenn ihr die Säle und Gewölbe voller Mastbäume, Anker, Segel, Laternen, Schiffsfahnen, Kanonen und das ganze übrige Kriegshandwerkszeug seht! Obwohl, für die Damen sind vermutlich die Seidengewänder aus China und die feinen Lackmöbel interessanter ... Manchmal bringen sie auch exotische Tiere von ihren Reisen mit: Affen oder herrlich bunte Vögel«, schwärmte er mit leuchtenden Augen.

Besonders begehrt waren allerdings Präparate der großen Sommervögel mit ihren wunderbar schillernden Flügeln aus den Urwäldern Westindiens und der aus den dortigen Zuckermühlen stammende braune Zucker. Er war mühsam zu gewinnen. Man benötigte unglaubliche Mengen an Sklaven aus Afrika, da die Bewohner der amerikanischen Küste dazu nicht geeignet waren. »Und das geht ins Geld!«, sagte Huiziker und schüttelte mitfühlend den Kopf. »Die Ausfälle auf der Reise sind bei manchen Fahrten fünfzig Prozent. Dann müssen die Kapitäne den Rest überteuert verkaufen, um überhaupt noch Gewinn zu machen.«

»Vielleicht ist das ein Zeichen, dass es nicht gottgefällig ist, mit Negern zu handeln?«, wandte Frau Merian ein. Kapitän Huiziker verzog amüsiert den Mund unter dem schneidigen Schnurrbart.

»Nein, nein, *Meijfrouw*, die Prediger sind sich zweifelsfrei darüber einig, dass Indianer und Neger nicht höher einzuschätzen seien als Tiere! Zugegeben, sie können sprechen. Aber doch nur ihr eigenes Kauderwelsch. Eine christliche Sprache muss man ihnen erst mühsam andressieren.«

»Und die Bewohner von *Japonn* und China?«, erkundigte Severin sich interessiert. »Man sagt doch, sie seien gelb. Sind sie nun als Menschen oder als Tiere anzusehen?«

»Da ist man sich noch nicht einig«, gab Huiziker zu. »Sie

haben eine Art Schrift – allerdings unleserlich für jeden Christenmenschen –, und man berichtet, sie hätten Gesetze und Stände. Es soll Kaufleute geben, die in *Japonn* waren und steif und fest behaupten, die Einheimischen seien genauso gebildet wie wir, nur eben anders. Aber das scheint mir unwahrscheinlich.«

Von Utrecht nach Amsterdam fuhren sie mit einer der berühmten hölzernen Treckschuten. Es war einer jener Herbsttage, an dem die Sonne durch einen milchigen Schleier die Welt in ein goldenes Licht zu tauchen scheint. Aus den Büschen, die entlang des Treidelpfads wuchsen, leuchteten zwischen den gelben Blättern immer wieder Hagebutten und Vogelbeeren. In den Haselsträuchern zankten sich Eichelhäher und Elstern lautstark um die reifen Nüsse. Bald schon musste man mit den ersten Frösten rechnen, aber heute war ein ungewöhnlich milder Tag, an dem Mensch und Tier die Wärme genossen, ehe der lange Winter seinen Einzug hielt.

Der Seewind trug den typischen Meeresgeruch weit ins Land und setzte die Flügel der Windmühlen, die in unregelmäßigen Abständen zwischen den Bäumen auftauchten, in eine gemächlich anmutende Drehung. An den zahlreichen Haltepunkten stiegen immer wieder Bauern mit Körben voller Feldfrüchte, Milchkannen und Käsetragen zu. Aber Katharina schenkte dem allem keine Beachtung. Bald würden sie Amsterdam erreichen, und damit nahte der Moment der Entscheidung. Immer noch hatte sie keine Ahnung, wie sie es bewerkstelligen sollte, den guten Severin zu übertölpeln. Ihr ursprünglicher Plan, das Fläschchen mit der Bilsenkrauttinktur, das sie aus dem Medizinschränkchen ihrer Stiefmutter entwendet hatte, in Severins Abendschoppen zu kippen und danach einfach allein weiterzureisen, war nicht so leicht durchführbar. Sie konnte ja nicht alle drei Reisegefährten betäuben … Was sollte sie nur tun?

Der imposante Anblick der Stadtbefestigung riss sie aus ihren Grübeleien. Amsterdams Bastionen stellten alles, was sie auf ihrer Reise bisher gesehen und bewundert hatte, weit in den Schatten! Wie an einer Zackenborte reihten sich hinter einem mächtigen Wassergraben die spitz vorspringenden Bollwerke aneinander – siebenundzwanzig an der Zahl, wie Kapitän Huiziker gestern Abend voller Stolz verkündet hatte – und schützten die kürzlich erbauten Stadtgebiete zur Landseite hin. Amsterdam hatte seine Fläche in den letzten Jahrzehnten fast verdreifacht. Nur wenige Städte Europas konnten sich jetzt noch mit der »Königin der Meere« messen.

Sobald sie die Befestigung passiert hatten, starrte Katharina wie verzaubert auf die malerischen Häuserzeilen rechts und links. Prachtvolle Treppen führten zu Holztüren empor, die in der Abenddämmerung kostbar schimmerten, und unzählige Fensterscheiben spiegelten das letzte Sonnenlicht. Alles wirkte nagelneu und so sauber, als wären die Häuser gar nicht bewohnt.

»Du wirst noch Zeit genug haben, alles zu bestaunen!« Severin schien ziemlich schlechter Laune, als er ihr die kleine Steintreppe auf die Uferstraße hinaufhalf. »Lass uns nicht unnötig trödeln. Deine Tante wartet sicher schon.«

Auf dem Pflaster scharrte das Pferd unruhig mit den Hufen, während der Kutscher schnaufend Katharinas voluminöse Reisekiste verlud. Die Meriansche Truhe wurde bereits in einen kleinen Kahn umgeladen.

»Ich werde für Euch beten, dass Eure Reise ein gutes Ende

findet«, sagte die Merian leise und grüßte Severin mit einem Kopfnicken.

Dann sah sie Katharina fest in die Augen. »*Patiencia* ist ein gut Kräutlein – vergesst das nicht. Und vertraut auf Gottes Weisheit!« Es klang sehr ernst in Katharinas Ohren, fast wie eine Warnung.

»Vergiss nicht, dass du versprochen hast, uns in der Vijzelstraat zu besuchen!«, sagte Dorothea und fiel Katharina um den Hals. »Dann zeige ich dir meine Bilder.«

Katharina erwiderte die Umarmung schweigend. Was hatte die Merian ihr auf diese seltsame Art mitteilen wollen? Ahnte sie etwas von dem wilden Fluchtplan und wollte sie ihr zu verstehen geben, dass das Mädchen sich lieber in sein Schicksal fügen sollte?

Jedenfalls hatte sie gut von Geduld reden! Ihr drohten keine endlos langen Jahre an der Seite eines abstoßenden Greises, der beim Essen sabberte! Unbewusst schauderte sie. Nein, alles war besser als solch ein Leben. Sie musste einen Weg finden. Noch heute Nacht. Fast fiebrig klammerte sie sich an Severins Ärmel. »Du kommst doch bitte noch mit und machst Tante Barbara deine Aufwartung!«

Severin zögerte.

»Eigentlich hatte ich vorgehabt, mich sofort aufs Schiff zu begeben«, sagte er dann. Als er in Katharinas flehendes Gesicht sah, entschied er sich anders. »Aber auf ein paar Minuten kommt es wohl nicht an.«

Die junge Dienstmagd, die ihnen die Tür öffnete, warf dem jungen Kannengießer einen unverhohlen koketten Blick zu, während sie ihnen in ihrem breiten Holländisch erklärte, dass die *Meijfrouw* gerade auf einer Soiree sei. Sie ließe ihre Nichte bitten, es sich in ihren Räumen bequem zu machen und ruhig schon zu Bett zu gehen. Katharinas Herz begann hektisch zu schlagen. Mit einem solchen Glücksfall hätte sie nie und nimmer gerechnet!

»Möchte der Kavalier zum Nachtmahl bleiben? Ich kann die Schüsseln in den kleinen Damensalon bringen«, schlug die Dienstmagd keck vor und zwinkerte ihnen zu. »Für ein Trinkgeld extra wartet der Kutscher gerne.« Prompt errötete Severin bis über beide Ohren.

»Ja, tue Sie das«, sagte Katharina schnell. »Severin, zier dich nicht und gib ihm das Geld. Du kommst noch schnell genug aufs Schiff!«

Ein Essen zu zweit konnte ihr die ersehnte Möglichkeit bieten, von dem Fläschchen Bilsenkrauttinktur, das sie seit zwei Tagen in ihrem Beutel bei sich trug, doch noch Gebrauch zu machen. Ihre Röcke raffend eilte die Kleine vor ihnen die polierte Mahagonitreppe hoch und öffnete die Tür zu einem anmutig dekorierten Raum in den Farben Gold, Weiß und Flamingorosa. Katharinas Zimmer wäre genau nebenan, meinte die Dienstmagd noch und verschwand.

»Seltsame Sitten sind das hier in Holland!«, sagte Severin und ließ sich kopfschüttelnd in einen der zierlichen französischen Sessel fallen. »Habe ich sie richtig verstanden: Sie hat dich praktisch ermutigt, allein mit einem Mann zu speisen?«

»Ja, es scheint hier etwas freier zuzugehen«, sagte Katharina amüsiert über seinen ungläubigen Gesichtsausdruck. »Was für ein Glück! Ich weiß nicht, ob ich ihr hätte verständlich machen können, dass du quasi mein Bruder bist.«

Ihr Blick, der über das Interieur wanderte, blieb an einer hübsch mit Blumenranken bemalten Fayenceflasche hängen, die wie selbstverständlich neben den Branntwein- und Likörflaschen auf einem Tablett bereitstand. In ansprechendem Delfterblau stand dort deutlich lesbar: *Laudanum*. Das war es!

Ihr Vater hatte die Tinktur nie im Haus geduldet, weil er der Ansicht war, dieses beliebte Schmerz- und Schlafmittel, das bei jedwedem Unwohlsein in reichlicher Menge eingesetzt wurde, sei eher ein Genuss als eine Arznei und damit sinnlos. Aber Severins Mutter war eine entschiedene Anhängerin der *Laudanum*-Kuren, die der neue Physikus gerne den älteren Frauen verschrieb. Staunend hatte Katharina einmal miterlebt, wie sie sich ein Likörglas davon eingeschenkt und kurz darauf in tiefen Schlaf gesunken war. Es wäre also völlig ungefährlich, wenn sie Severin damit betäubte. Ganz im Gegensatz zu der Bilsenkrauttinktur ihrer Stiefmutter, die bleischwer in ihrem Samtbeutel lag …

Dem plötzlichen Gepolter draußen vor der Tür nach zu schließen, war dem Hausknecht Katharinas Reisetruhe entglitten. »Würdest du bitte nachschauen, was der Tölpel mit meiner Kiste angestellt hat«, bat sie scheinbar besorgt und zitterte dabei vor unterdrückter Erregung.

Auf einmal war sie geradezu lächerlich nervös. Hastig rückte sie einen der schweren Zinnbecher auf dem Tablett zurecht und öffnete die *Laudanum*-Flasche. Ein schwerer, süßlicher und leicht stechender Geruch stieg daraus empor. Hoffentlich war der gewürzte Wein kräftig genug, um das spezifische, an Harz erinnernde Aroma zu überdecken! Hastig goss sie ein wenig von der Tinktur in Severins Zinnbecher.

»Deiner Truhe ist nichts geschehen«, verkündete Severin, als er den Salon wieder betreten hatte und nichtsahnend zu seinem Sessel schlenderte. »Dank der Teppiche, die deine Tante im Übermaß zu besitzen scheint.«

In diesem Augenblick erschien die mit Schüsseln beladene Dienstmagd, und im Nu stand der Tisch voll von feinstem Geschirr.

»Eine richtige Henkersmahlzeit«, sagte Severin, »und das letzte Essen auf festem Boden!« Er schien ausgesprochen schwermütiger Stimmung zu sein.

»Dann solltest du es genießen und nicht Trübsal blasen«, sagte Katharina aufmunternd und hob nacheinander die Deckel an. »Mmh, dies scheint eine Art Fischsuppe zu sein. Und hier ist aufgeschnittenes Ochsenfleisch mit Meerrettich. Isst du das nicht besonders gerne?«

»Weiß der Himmel, wann ich das wieder auf den Teller bekomme.« Severin gab der Versuchung nach und legte sich großzügig auf. »So seltsam die Holländer auch sein mögen: Ihre Speisen sind einfach köstlich«, stellte er fest und leerte den Zinnkrug auf einmal. Ängstlich beobachtete Katharina ihn, während sie so tat, als äße sie mit Appetit. In Wahrheit schmeckte sie nicht das Geringste. Man hätte ihr Mehlbrei vorsetzen können, und sie hätte keinen Unterschied wahrgenommen.

Severin dagegen griff herzhaft zu. Ein großer Teil des Ochsenfleisches verschwand Stück für Stück. Und auch dem Rest sprach er begeistert zu – einem vorzüglichen Fischeintopf, der so ganz anders schmeckte als der Rheinlachs und eine Hasenpastete, die so reichlich gewürzt war, dass sie wie Honigkuchen duftete. Ganz nebenbei leerte er drei volle Zinnbecher, und Katharina wurde allmählich immer unruhiger. Wieso wirkte dies *Laudanum* bei ihm nicht? Hatte sie es zu niedrig dosiert oder war es etwa weniger wirksam als die Frankfurter Mixtur?

Auf keinen Fall konnte sie ihn jetzt gehen lassen. Was, wenn er auf dem Weg zum Hafen in Schlaf fiel und der

Kutscher die Gelegenheit nutzte, seinen Passagier ausraubte und in eine der Grachten warf? Ob sie es fertigbrächte, ihn niederzuschlagen? Vor diesem Gedanken schreckte sie zurück. Severin war ihr der liebste Mensch auf der Welt. Sie konnte ihm nicht wehtun, ihn vielleicht sogar ernsthaft verletzen. Bitte, bitte, schlaf endlich ein!

Plötzlich gähnte er ohne jedes Warnzeichen. »Ich bin auf einmal so schrecklich müde!«, stammelte er dann, und sein Lockenkopf sank genau zwischen der Suppenterrine und seinem Teller auf den Tisch. Einen Augenblick lang saß sie wie gelähmt. Das holländische *Laudanum* hatte endlich doch noch gewirkt!

»Severin? Hörst du mich?«, hauchte sie probehalber und schob den Teller und die Terrine beiseite. Alles, was sie zur Antwort erhielt, war ein leises, regelmäßiges Schnarchen. Die Erregung überfiel sie wie ein Rausch: Sie würde frei sein. Frei von ihrem greisenhaften Bräutigam, frei von der stets griesgrämigen Frau Else, frei von den engen Regeln innerhalb der heimischen Stadtmauern. Sie würde keine Figur mehr auf dem Schachbrett sein, dessen Züge nur ihr Vater plante.

»Verzeih mir, Severin«, flüsterte sie, legte seinen Kopf behutsam auf die zusammengefaltete Serviette und tastete nach seiner Börse. Sie brauchte Geld. Ihr Vater hatte ihr nur eine Anweisung der Frankfurter Kaufmannsgilde mitgegeben. Glücklicherweise war er gar nicht auf den Gedanken gekommen, sie auf Amsterdam zu beschränken, so konnte sie ihr unter Umständen noch gute Dienste leisten. Aber um den Kutscher zu bezahlen, brauchte sie Severins Münzen. Die schwere Lederbörse an sich gepresst, schlich sie über den Flur in das Zimmer, das für sie vorgesehen gewesen war. Die Reisetruhe stand geöffnet, der Inhalt war jedoch nicht angerührt. Ohne sich mit Bedauern über den Verlust aufzuhalten, warf sie die neuen Kleider beiseite. Sollte man sie doch Johanna zukommen lassen!

Ganz unten lag das Bündel, das ihr ein neues Leben ermöglichen sollte: Severins zusammengefaltete alte Kleider. Sogar an ein Paar Halbstiefel hatte sie gedacht. In einem alten Lederbeutel hatte sie eine Handvoll Leinenbinden und trockenes Moos für ihren monatlichen Blutfluss zurechtgelegt. Glücklicherweise war er bei ihr nicht sehr stark, sodass sie mit ihrem Vorrat auskommen dürfte, bis sie neues sammeln konnte. Sie hatte nicht auffällig viel mitnehmen wollen.

Das blaue Samtkleid landete auf dem Fußende des großen Himmelbetts mit den gedrechselten Säulen aus Buchsholz. Das Umziehen ging schnell. Sie zog ja nicht zum ersten Mal Männerkleidung an. Im Nu war aus der modischen jungen Dame ein hübscher Geck geworden. Zu weibisch, entschied sie, als sie ihr Spiegelbild sah, und sah sich suchend um. Frau Merian hätte eine Schere immer griffbereit in ihrem Beutel gehabt, doch irgendwie kam ihr Tante Barbara nicht wie jemand vor, der stets sein Stickzeug bei sich trug. Hatte sie nicht vorhin im kleinen Salon so etwas wie einen Nähkorb gesehen?

So leise wie möglich schlich sie zurück in den Salon, in dem Severin inzwischen laut und vernehmlich vor sich hinschnarchte. Tatsächlich fanden sich in besagtem Nähkorb mehrere Scheren. Sie wählte die größte aus. Zurück in ihrem Zimmer zögerte sie nur einen Wimpernschlag, ehe sie begann, ihre dichten, braunen Locken auf Schulterhöhe abzuschneiden. Das war besser. Deutlich besser. Der Spiegel warf das Bild eines ausgesprochen gut aussehenden, jungen Mannes zurück. Severins alter Rock, ebenso die Kniehosen und Halbstiefel, entsprachen natürlich nicht der neuesten Mode, aber Katharina hoffte, dass man die bei einem Adjunkten auch nicht erwarten würde.

Sie beeilte sich, die Haarsträhnen vom Boden aufzusammeln und unter einen der zahlreichen Teppiche zu schieben. Dann zog sie die Vorhänge des Bettes zu, begutachtete die gesamte Szenerie. Ja, es sah auf den ersten Blick so aus, als hätte eine junge Frau sich ohne weiteres Federlesen ausgekleidet und sei, müde nach der Reise und einer ausgiebigen Mahlzeit, zu Bett gegangen. Bis jemand entschied, die Vorhänge zurückzuziehen und sie zu wecken, wäre sie sicher längst auf See.

Eilig stopfte sie so viel von ihrer eigenen Leibwäsche und den Strümpfen in den Beutel mit den Binden und dem Moos, wie er fassen konnte. Dazu einen Vorrat Nadeln, Schere und Faden aus Tante Barbaras Nähkorb. Zwar würde sie an Bord des Schiffs auf Severins Truhe zurückgreifen können, aber es würde einige Zeit in Anspruch nehmen, seine Leibwäsche ihren Bedürfnissen anzupassen. Vom Rest ganz zu schweigen.

Aus dem königsblauen Samtbeutel holte sie ihren elfenbeinernen Kamm und das Nagelmesserchen. Ein solcher Beutel war nicht einmal mit der Exzentrik eines verwöhnten Kaufmannssohnes zu erklären. Und den versiegelten Brief, den ihr Vater ihr am letzten Abend mit feierlicher Miene überreicht hatte. »Verlier ihn nicht!«, hatte er sie ermahnt. »Dieser Brief weist dich als meine Tochter aus und sichert dir Schutz und Unterstützung durch jeden Kaufmann. Ich denke nicht, dass du ihn wirst einsetzen müssen – aber niemand kann in die Zukunft sehen.« Tief bewegt hatte sie ihm gedankt.

Jetzt fehlten nur noch Severins Hut und sein Umhang.

Behutsam löste sie die prächtigen Straußenfedern von dem Dreispitz und legte sie auf einen der Sessel. Der Umhang aus spanischer Merinowolle war deutlich schwerer als ihr leichter Kamelhaarmantel, aber sie brauchte ein wärmendes Kleidungsstück, das nicht auf den ersten Blick als Frauenmantel zu erkennen war. Dann küsste sie den tief schlafenden Severin auf die Wange und ging entschlossen die Treppe hinunter. Ihre Bedenken, dass ein Dienstbote auf sie aufmerksam werden könnte, erwiesen sich als unbegründet. Aus den hinteren Räumlichkeiten drang kein Laut und auch kein Lichtschimmer. Niemand kam herbeigestürzt, als sie die Haustür öffnete und auf die Straße hinaustrat. Nur der Kutscher, der, in seinen Überwurf gehüllt, hinter seinem regungslosen Pferd kauerte, warf ihr einen verschmitzten Blick zu und setzte sich aufrecht.

»Hat Euch das Mahl nicht gemundet«, fragte er so spöttisch, dass die Anspielung eindeutig war. »Ich hatte gedacht, die Kleine nimmt euch länger in Anspruch!«

»Zum Ostindien-Kai«, befahl Katharina mit künstlich tiefer Stimme und unterdrückte ein Kichern. Wie entrüstet wäre Severin gewesen, wenn er tatsächlich der Adressat dieser Anzüglichkeit gewesen wäre!

Der Mann nickte, schnalzte mit der Zunge, und der Wagen rollte los. Erleichtert lehnte sie sich auf der harten Holzbank zurück. Glücklicherweise stand die nächste brennende Laterne ein ganzes Stück weiter, sodass er nicht hatte erkennen können, dass sein Fahrgast nicht derselbe Mann war, der zuvor ausgestiegen war. Zur Sicherheit hatte sie die Hutkrempe tief ins Gesicht gezogen, aber diese Vorsichtsmaßnahme war wohl überflüssig gewesen. Sie entspannte sich ein wenig und sah sich die Umgebung an, durch die sie fuhren. Wenn man es gewohnt war, dass außer dem zeitweiligen, unscharfen Licht des Mondes nachts Dunkelheit herrschte, war die strahlende Helligkeit in Amsterdam jetzt, am späten Abend, unglaublich. In dem flackernden Schein der Tranleuchten, die in regelmäßigen Abständen ihre Lichtinseln aufs Pflaster malten, konnte sie einige der angeblich zahllosen Brücken erkennen, die die Grachten überspannten.

Plötzlich rief eine Männerstimme einen barschen Befehl, und der Wagen kam mit einem Ruck zum Stehen. Entsetzt drückte Katharina sich in eine Ecke und versuchte, dem in breitem Dialekt geführten Wortwechsel zu folgen. Hatte man etwa ihre Flucht entdeckt und daraufhin die Stadtwache alarmiert? Glücklicherweise schien es bloß darum zu gehen, ob der Kutscher irgendwelche »Kanackers« gesehen hätte, was dieser von sich wies. Das martialische Sporenklirren der Stadtwache, die hier patrouillierte, verklang hinter ihnen.

»Sind ein paar fremde Schiffe eingelaufen mit komischem Gesindel«, erklärte der Kutscher seinem Fahrgast, während das Gefährt sich langsam wieder in Bewegung setzte. »Wenn es nach unsereinem ginge, müssten die Kerle gleich wieder embarkieren und auslaufen – aber die Herren vom Magistrat schauen nur auf die Dukaten vom Stapelgeld!«

Der Geruch nach Brackwasser, Teer und feuchtem Holz wurde stärker. Die Zuidersee ragte zwar wie eine Zunge des ewig hungrigen Meeres tief ins Binnenland, aber das faulig stinkende Wasser der Amstel, das nicht nur die Grachten schiffbar machte, sondern auch den ganzen Unrat der großen Stadt mitnahm, ließ einen vergessen, dass das Meer so nah war. Die kleinen Privathäuser wichen allmählich prächtigen Gebäuden und weitläufigen Plätzen. Ungeachtet der späten Stunde waren hier überraschend viele Menschen unterwegs. Aus Lagerschuppen klangen die dumpfen Schläge von Zimmerleuten und vereinzelte Männerstimmen, die meist unverständliche Befehle brüllten.

»Na, welches Schiff soll es sein, *Mijnheer?*«, fragte der Kutscher eine Spur süffisant und brachte seinen Wagen vor der hölzernen Mauer der Bordwände zum Stehen.

Katharina stieg zögernd aus. »Ich weiß nicht«, sagte sie unsicher. »Ich muss erst fragen, auf welchem Schiff Doktor Liebau ist.«

Die einschüchternde Atmosphäre des überwältigend großen Hafens und der planmäßigen Geschäftigkeit ließ sie einen kurzen Augenblick an ihrem Plan zweifeln. Hätte sie vielleicht doch auf Severin hören sollen? Noch war es nicht zu spät: Sie konnte umkehren und alles rückgängig machen. Alles, bis auf Severins Betäubungsschlaf. Aber vielleicht wäre Severin ihr ja sogar dankbar, dass sie seine Abreise in letzter Minute vereitelt hatte?

Jemand rempelte sie an und fluchte in einer ihr unbekannten Sprache. Sie hatte einem klein gewachsenen, dunkelhäutigen Mann im Wege gestanden, der mit einem voluminösen Seesack beladen auf die Planke zustrebte, die auf das Schiff direkt vor ihnen führte.

»Verzeihung«, murmelte sie und machte ihm Platz.

»Schon gut, Junge. Sucht Ihr jemanden?« Er wechselte in ein fremdartig akzentuiertes, aber verständliches Holländisch.

»Ich bin der Vetter von Doktor Liebau, dem Schiffsarzt«, sagte sie dankbar. »Aber ich weiß nicht, auf welches Schiff ich soll.«

»Der deutsche Wundarzt? Der fährt auf der ›Seepferd‹!« Er wies auf die hoch aufragende, dunkle Bordwand des nächsten Schiffs. »Dort liegt sie. Und sputet Euch – sonst macht Euch der *Provoss* Beine!«

Verwirrt nickte sie und sah sich suchend nach jemandem um, den sie bitten konnte, ihr mit der Reisetruhe behilflich zu sein. Ein gellender Pfiff ließ sie zusammenzucken. »He, du da! Ja, du Bursche. Was treibst du dich hier herum?« Die Stimme klang zwar barsch, aber nicht unfreundlich. Über die Reling der »Seepferd« gebeugt, musterten sie ein Paar wache graue Augen in einem wettergegerbten Gesicht.

»Ich bin der Vetter von Doktor Liebau und bräuchte Hilfe beim Transport meiner Kiste«, sagte Katharina, den Kopf in den Nacken gelegt. Ihr Tonfall war kühner, als sie sich fühlte.

»Ach, der säumige Frankfurter Kaufmannssohn.« Es klang nicht gerade begeistert. »Wir dachten schon, ohne Euch abfahren zu müssen. Wartet einen Augenblick, ich schicke Euch einen Maat.«

Der Kopf verschwand, und einige Minuten später schlenderte ein gähnender Mann die Planke herunter, schulterte wortlos die Reisetruhe, die der Kutscher ihm wies, und stapfte mitsamt seiner Last wieder den Weg zurück, den er gekommen war. Katharina zählte dem Kutscher die verlangten Münzen in die Hand und folgte Severins Gepäck. Die Planke zitterte und vibrierte unter ihren Schritten, obwohl das Schiff absolut ruhig im Wasser lag.

»Trampelt nicht wie ein Ochse. Auf einem Schiff bewegt man sich besser wie eine Ziege«, tönte es über ihr.

Der Mann mit den wachen Augen wartete oben auf sie und musterte ein wenig abschätzig ihre Erscheinung. Unsicher, welches Verhalten von ihr erwartet wurde, entschied Katharina sich für eine Verneigung. Besonders elegant fiel sie mangels Übung nicht aus. »Severin Kannengießer aus Frankfurt. Zu Euren Diensten, Herr …«

Die Mundwinkel des Mannes zuckten. »Ich bin der *Pro-*

voss Laurens Goutbrant. Kommt mit nach hinten in die *Kampanje*«, sagte er ruhig. »Zur Konskription.«

Was mochte er damit meinen? Folgsam stolperte Katharina hinter ihm her, eine steile Treppe hinunter, durch dunkle Gänge. Die *Kampanje* erwies sich als ein schlicht möblierter Raum, in dem mehrere Tische und Bänke standen. An den Wänden waren einige abschließbare Schränke festgeschraubt. In einem mit einem Holzgitter gesicherten Regal sah sie ein Schachspiel.

»Setzt Euch«, befahl der Mann und wies auf die Bank, die an der Wand entlangführte. Er verschwand, kam aber gleich darauf mit einem gewichtig aussehenden Dokument in der Hand wieder. »Könnt Ihr lesen?«, fragte er. Als sie nickte, legte er es vor ihr auf die Tischplatte und schob den Kerzenleuchter näher. »Konskriptionsvertrag« stand in großen, geschnörkelten Lettern obenauf.

Ich, Severin Kannengießer aus Frankfurt, verpflichte mich, als Adjunkt des Wundarztes Martinus Erasmus Liebau aus Würzburg, der Vereenigden Oostindischen Compagnie für die Dauer von drei Jahren auf den Schiffen und in der Niederlassung Deshima im Lande Japonn mit all meinen Kräften treu zu dienen.

Bei schwerer Krankheit oder gar dem Ableben meines Vorgesetzten habe ich meine Dienste unter einem Wundarzt, den die Compagnie bestimmen wird, abzuleisten.

Dafür gewährt die ehrenwerte Compagnie bei einem Sold von 34 Gulden im Jahr: freie Verpflegung, medizinische Versorgung und im Falle einer schweren Verwundung eine Entschädigung.

Der Verlust eines Auges, der rechten Hand, des rechten Armes oder Fußes wird mit sechshundert Gulden vergolten. Entsprechende Verluste der linken Seite mit hundert Gulden weniger.

»Habt Ihr alles verstanden? Dann setzt Euren Namen darunter!« Er schob ihr ein Tintenfass und eine Schreibfeder zu.

Sobald Katharina sorgfältig »Severin Kannengießer« unter das Schriftstück geschrieben hatte, reichte er ihr ein kleines, in schwarzes Leinen gebundenes Buch sowie einen Beutel, in dem Münzen klapperten. »Das ist Euer Sold für zwei Monate und das Psalmenbüchlein für die Morgen- und Abendandacht. Nun gehört Ihr zum Schiffsvolk. Willkommen an Bord, Junker Severin!«

Kapitel 4

Auf See!

Laute Stimmen und ein herzhafter Schlag mit der Faust gegen die Kammertür weckten sie. Der hölzerne Boden zitterte unter schweren Stiefeltritten. Im Raum war es fast völlig dunkel. Durch die Spalten der hölzernen Läden vor der winzigen Luke drang das unwirkliche Licht der ersten Dämmerung. Aufgeregt wollte sie aus dem Bett springen, doch sie stieß sich heftig den Kopf an dem Holzbalken über ihrer Koje. Stöhnend sank sie wieder auf die harte Matratze zurück. Gestern Abend hatte der *Provoss* sie höchstpersönlich zu diesem Verschlag des Bordarztes geführt und ihr die obere Koje als Schlafstatt zugewiesen. Die untere – breiter und mit mehr Kopffreiheit – stand selbstverständlich dem Ranghöheren zu. »*Cojet*« hatte er diesen Verschlag genannt.

»Severin?«, kam es fragend aus dem Bett unter ihr. Das musste Martin Liebau, Severins Vetter, sein! Gestern hatte sie ihn nicht mehr gesehen. Zwar hatte sie noch eine ganze Zeit lang wach gelegen, weil sie einfach nicht hatte einschlafen können, aber trotzdem hatte sie seine Ankunft nicht mehr mitbekommen.

»Ja, wer denn sonst?«, gab sie unwirsch zurück.

»Ich hatte eigentlich nicht mehr damit gerechnet, dass du kommst«, sagte ihr zukünftiger Reisegefährte und gähnte herzhaft. »Das war übrigens der Quartiermeister. Wir sollten sehen, dass wir zur Morgenandacht an Deck kommen, sonst müssen wir in die Armenbüchse zahlen. Darin sind die Holländer verflixt eigen!«

Er schwang die Beine aus seiner Koje, ging zur Luke und stieß sie auf. Neugierig nahm Katharina ihn in Augenschein. Im trüben Morgenlicht konnte sie nicht allzu viele Einzelheiten erkennen. Doch Martin Liebau war ausnehmend hochgewachsen und gut gebaut, mit schulterlangen, blonden Haaren und einer ausgeprägten Nase. Er hätte ohne Weiteres als Schwede oder Däne durchgehen können.

Severins Vetter musterte seinerseits den neuen Gehilfen und sah in ein kindlich weiches Gesicht mit runden Wangen, ohne die geringste Spur von Bartflaum. »Ich hatte einen jungen Mann erwartet«, sagte er unangenehm überrascht. »Kein Kind! Wie alt bist du jetzt?«

»Siebzehn«, gab Katharina leise zurück. »Aber ich bin kerngesund. Ich sehe nur so schwächlich aus.«

»Das will ich hoffen«, knurrte er. »Was hat meine Tante sich bloß dabei gedacht, dich Hänfling auf eine solche Reise zu schicken?«

»Ich wollte unbedingt nach Ostindien«, sagte Katharina trotzig und rutschte aus ihrer Koje hinunter, um in ihre Stiefel zu schlüpfen. »Sollten wir uns nicht beeilen?«

Dem breiten Rücken folgend, kletterte sie die steile Treppe hoch auf das Deck. Überrascht hielt sie oben inne. Mann stand neben Mann, eine Mauer aus dunkelblauem Tuch. Niemand beachtete sie, sondern alle Köpfe sahen in eine Richtung, als warteten sie auf etwas. Tatsächlich schallte plötzlich eine laute Stimme von einem ihr unsichtbaren erhöhten Punkt: »Maats, Soldaten, ich bin euer Kapitän Bontekoe van Hoorn. Neben mir steht der Kaufmann *Mijnheer* Willem van der Dussen. Den *Provoss* Laurens Goutbrant kennt ihr wohl alle schon …« Unterdrücktes Gelächter brandete hier und da auf.

»Obersteuermann Pieter Gijsen und Untersteuermann Jan Piet van Haerlem. So Gott, der Herr will, werden wir heute bis zur Reede auf Texel gelangen und morgen früh in den Kanal einfahren. Lasst uns für eine gute Fahrt beten und dass wir *Batavia* unversehrt erreichen.« Alle Umstehenden senkten die Köpfe und sprachen leise mit, während der Kapitän und seine Offiziere laut das Vaterunser beteten.

»Amen!«

Die Menge driftete auseinander. Es schienen unglaublich viele Menschen auf diesem Schiff zu sein. Katharina versuchte, sie zu zählen, aber sie wuselten durcheinander wie aufgeschreckte Ameisen.

»Mit dir sind wir 271 Seelen«, sagte eine fröhliche junge Stimme unmittelbar neben ihr. »Die meisten davon sind Soldaten für *Batavia.* Ich bin Heyn Rol, der Schiffsjunge. Und wer bist du?«

»Ka… Severin Kannengießer. Aus Frankfurt.« Um ein Haar hätte sie sich verplappert.

»Oh, eine echte Landratte! Du bist der Gehilfe vom Barbier, stimmt's?«

Katharina nickte und sah unsicher nach Martin. Erwartete er von ihr, dass sie ihm hinterherlief wie ein Hund? Oder war es ihm gleichgültig, was sie tat? Es schien ihn jedenfalls nicht zu kümmern, ob sie ihm folgte oder an Deck blieb. Also entschied sie sich zum Bleiben. Sie nahm den Knaben, der sie angesprochen hatte, etwas näher in Augenschein. Er war etwa so groß wie sie, mit Haaren wie gedroschenes Weizenstroh und verschmitzt lachenden, blauen Augen. Seine Kleidung aus grob gewebtem Tuch wirkte eher zweckmäßig als modisch. Obwohl er sicher jünger als sie war, benahm er sich nicht wie jemand, der zum ersten Mal auf einer Fregatte mitfuhr.

»Woher kommst du, Heyn?«, fragte sie ihn neugierig.

»Aus Amsterdam. Ich bin ein VOC-Kind«, fügte der Schiffsjunge mit einem gewissen Stolz hinzu.

»Was bedeutet das?«

»Das heißt, dass er im Waisenhaus der Compagnie aufgezogen worden ist«, erklärte die sonore Stimme des *Provoss* hinter ihnen. »Heyn, du kannst später frühstücken. Kümmere dich zuerst um die Hunde. Sie scheißen da unten alles voll!« Ängstliches Jaulen aus dem Schiffsinneren unterstrich die Dringlichkeit des Befehls.

»Alles klar, *Provoss!*« Heyn kletterte mit affenartiger Geschicklichkeit die steile Treppe hinunter und war Augenblicke später unter Deck verschwunden.

»Und Ihr, junger Mann, was hält Euch hier oben an Deck? Wollt Ihr Euch nicht Euren Anteil am Morgenmahl holen?«

»Ich kann jetzt nichts essen«, erklärte Katharina mit vor Aufregung gerötetem Gesicht und sah mit strahlenden Augen zu dem großen Mann auf. »Ich bin noch nie auf dem Meer gewesen. Ich kann kaum erwarten, es endlich zu sehen!«

Der *Provoss* lächelte. »Da werdet Ihr Euch noch ein wenig gedulden müssen«, sagte er nachsichtig. »Heute fahren wir nur bis Texel. Erst hinter den Tonnen von Texel beginnt das Meer.«

»Und wo sind wir jetzt?«

»Kommt mit«, sagte er kurz entschlossen und drehte sich um, um mit großen Schritten auf das Halbdeck zu gehen.

»Wohin? Und warum?«, fragte Katharina unbedarft.

»Wenn der *Provoss* etwas befiehlt, ist es nicht an Euch, es zu hinterfragen, junger Mann«, sagte Laurens Goutbrant, ohne eine Miene zu verziehen. »Aber weil Ihr noch nichts von den Gepflogenheiten der Schifffahrt wisst, werde ich darüber hinwegsehen. Ihr dürft mir auf das Halbdeck zum Rudergänger folgen. Dort kann der Steuermann Euch die Karten zeigen.«

Am liebsten wäre sie ihm vorausgerannt, aber sie zwang sich dazu, ihre Schritte seinen gemächlichen anzupassen. Vom Oberdeck, wo die Versammlung stattgefunden hatte, stiegen sie eine steile Leiter empor auf ein kleineres Deck. Hier stand unmittelbar neben dem Großmast ein stabiler Kasten, in dem sich der Kompass befand, wie Goutbrant ihr erklärte. Dahinter hielt der wortkarge Untersteuermann Jan Piet von Haerlem die Kolderstange, mit der das schwerfällige Ruder ausgerichtet wurde, und horchte angestrengt auf die Anweisungen, die ihm ein Mann aus dem Mastkorb am Großmast gab.

Im Raum dahinter lagen auf einem an den Bodenbrettern festgeschraubten Holztisch einige Karten. Goutbrant griff zielstrebig nach einer davon, entrollte sie und winkte Katharina heran, neben ihn zu treten. »Seht, hier ist Amsterdam, und diese ganze Fläche ist die Zuidersee.« Er fuhr mit der Spitze seines Zeigefingers die Linien nach. »Die Zuidersee ist voller Sandbänke. Wenn man sie nicht genau kennt, kann ein schweres Schiff schnell festsitzen. Deswegen leitet der Lotse dort oben uns bis nach Texel. Und das liegt hier.« Er tippte auf eine Insel, die unterste einer ganzen, bogenförmig vor der Küste angeordneten Reihe. »Eines Tages werden wir die Zuidersee mit einem Deich vom Meer abschneiden und trockenlegen«, sagte er zuversichtlich. »Aber bis dahin leistet sie uns gute Dienste. Kein Engländer oder Spanier wagt sich mitten hinein in die Höhle des Löwen!«

Das leuchtete Katharina ein. Wer so wahnsinnig war, in die Zuidersee einzufahren, kam mit Sicherheit nicht mehr hinaus. Die Holländer konnten jedem Eindringling den Fluchtweg abschneiden.

»Ist es nicht gefährlich, so nahe an England?«, fragte sie und betrachtete den Kanal, der nur ein schmaler Wasserstreifen zwischen dem Festland und der englischen Insel zu sein schien.

Goutbrant verzog amüsiert den Mund. »Ihr seid nicht dumm, das muss man Euch lassen! Im Allgemeinen gehen die Engländer uns aus dem Weg. Wir sind keine so leichte Beute wie die Portugiesen oder Spanier, denn unsere Schiffe sind gut gerüstet, und zudem fahren wir üblicherweise im Konvoi. Unsere Zwanzigpfünder haben schon so manchen Engländer das Fürchten gelehrt!«

Sorgsam rollte er die Karte wieder zusammen und griff nach einer deutlich größeren. »Hier, haltet einmal«, wies er sie an und drückte ihre Hand auf eine Ecke der Seekarte, die den Atlantik mitsamt der angrenzenden Küsten Südamerikas und Afrikas zeigte. »Unsere Route wird uns, so Gott will, südwärts an den Kanarischen Inseln vorbei zu den Kapverden führen – die sind hier, vor der afrikanischen Küste. Auf der *Isla San Tiago* werden wir uns neu verproviantieren.«

»Leben dort schwarze Eingeborene?«, erkundigte Katharina sich interessiert.

Goutbrant lachte. »Nein, Portugiesen. Deswegen müssen wir uns dort vorsehen. Seit wir sie aus Ceylon vertrieben haben, mögen sie uns nicht besonders. Aber sie haben zu große Angst vor unseren Kanonen, als dass sie es wagen würden, uns offen anzugreifen.«

»Und von da aus fahren wir hier entlang zum Cap Bon

Esperance, nicht wahr?« Katharinas Zeigefinger fuhr in direkter Linie von den Kapverdischen Inseln zur Südspitze Afrikas.

»Das wird leider nicht so einfach«, sagte der *Provoss* bedauernd. »Die Nordströmung an dieser Küste ist zu stark, als dass wir dort kreuzen könnten. Wir werden also zuerst Richtung Brasilien segeln, und von dort aus die Ostströmung abpassen, die uns direkt auf Kapstadt zutreibt.«

»Und wie geht es von dort aus weiter?«

»Ein andermal, mein Junge.« Goutbrant richtete sich auf und verstaute die Karte gewissenhaft.

»Vielen Dank, dass Ihr mir die Karten gezeigt habt«, sagte Katharina schüchtern.

Der *Provoss* lächelte ihr zu. »Es war mir ein Vergnügen«, meinte er freundlich. »Ihr erinnert mich an meinen Patensohn. Der kann es auch nicht erwarten, endlich in See stechen zu dürfen.«

Als Katharina wieder an Deck trat, hatte sich an der Szenerie nichts verändert. Immer noch glitt die »Seepferd« langsam an dem nebelverhüllten, flachen Ufer entlang, an grauen Schemen von Gehöften vorbei. Die nahezu unbewegte Wasserfläche ging an manchen Stellen in die gleichförmige Landschaft über, ohne dass man eine Uferlinie hätte erkennen können. Die Kühe, die wiederkäuend im gelben Gras lagen, wandten nicht einmal die Köpfe, als das große Schiff vorüberfuhr.

Und dafür hatte sie auf ihr Frühstück verzichtet! Katharinas Magen begann erst leise, dann deutlicher zu grollen. Wie leichtfertig von ihr, Severins gut gefüllten Proviantbeutel zurückgelassen zu haben! Sie beschloss, ihren Posten aufzugeben und in ihre Kammer zurückzukehren. Vielleicht hatte Martin ja noch etwas zu essen?

Als sie leise die Tür öffnete, hörte sie regelmäßiges Schnarchen: Er schlief. Kein Wunder, dass er sie nicht vermisst hatte. So leise wie möglich kletterte sie in ihre Koje und schickte sich in Geduld. Tatsächlich dauerte es nicht lange, bis ein heller, durchdringender Glockenton zu hören war. Das Läuten ließ Martin erfreut seine Augen aufschlagen.

»Das ist sicher die Mittagsglocke«, stellte er erfreut fest und trat an die Luke. »Bei diesem Wetter könnten wir auch vor den Lofoten sein«, murrte er und griff nach seinem Rock, einem schlichten Justeaucorps aus festem, braunem Leinen. Martin Liebau hätte für Severins modische Extravaganz wenig Verständnis gehabt, dachte Katharina und verglich in Gedanken die beiden jungen Männer miteinander.

Ob Martin sich überhaupt für irgendetwas anderes als seine Studien interessierte? Für sein Äußeres jedenfalls nicht – das konnte sie mit Bestimmtheit sagen. Von Severin hatte sie genug aufgeschnappt, um über die gängige Männermode informiert zu sein, und danach kleidete sich der junge Wundarzt eher wie ein Bauer als wie ein Mann von Stand. Die Kniehosen passten zwar zum Leinenrock: Sie waren beide für langen Gebrauch gedacht. Den Stiefeln fehlte jeder modische Zierrat, und der Filzhut, der neben ihrem, beziehungsweise Severins an dem Wandhaken hing, hatte auch schon bessere Tage gesehen. Kein Wunder, vermutlich gab er ein Vermögen für die Bücher aus, die in jedem freien Winkel der Kammer gestapelt waren.

Kapitän Bontekoes Kajüte, die von niemandem ohne seine ausdrückliche Erlaubnis betreten werden durfte, diente nicht nur als Speiseraum für die oberen Ränge, sondern auch als Arbeitsraum. Ein offen stehender Schrank, angefüllt mit Seekarten, stand an einer der Längswände. Der moderne Sextant zur Bestimmung des Breitengrades stand dicht daneben bereit zum Einsatz. Allerdings hatte Bontekoe sich nicht dazu durchringen können, seinen alten Jakobsstab auszumustern. Zwar war die Anwendung mitunter recht unangenehm, weil dabei direkt in die Sonne gesehen werden musste, doch die Genauigkeit des alten Geräts bezüglich der Standortbestimmung wurde von den schönen, neuen Instrumenten, auf die die Wissenschaftler so stolz waren, nicht erreicht.

Der große Tisch war mit feinstem Leinen und Delfter Fayence gedeckt, als befände man sich nicht auf einem Ostindienfahrer, sondern in einem begüterten Hausstand. Kapitän Bontekoe hatte dem ersten gemeinsamen Nachtessen in seiner Kajüte absichtlich einen besonderen Rahmen gegeben. Bei dieser Gelegenheit verschaffte er sich gern einen ersten Eindruck der Schiffsoffiziere und Kaufleute. Trotz seiner auffallend kleinen Gestalt strahlte er eine Autorität aus, die keinen Zweifel an seiner herausragenden Stellung in der Mannschaftshierarchie aufkommen ließ. Er begrüßte Martin mit einer genau dosierten Mischung freundlicher Herablassung und mäßigem Interesse. Das war also dieser außergewöhnlich begabte Chirurg, den die Herren der Compagnie ihm so ans Herz gelegt hatten, dachte er. Sein Anzug war schäbig, aber er würde wetten, dass die Frauen sich nicht daran störten. Burschen wie er zogen sie an wie ein Honigtopf die Fliegen. Nun, das sollte nicht seine Sorge sein. Die steile Falte über seiner Nasenwurzel vertiefte sich, als er den Adlaten musterte, der sich ungelenk verbeugte. Was für ein Milchbart! Er war schlichtweg entsetzt.

»Das ist also der Frankfurter Kaufmannssohn«, sagte er und bemühte sich, die Zweifel, ob die Mühe sich gelohnt hatte, ihn extra aus Frankfurt kommen zu lassen, nicht durchklingen zu lassen. »Ein bisschen jung scheint er mir. Meint Ihr, er wird Euch von Nutzen sein bei Euren Forschungen?«

»Davon bin ich überzeugt, Kapitän Bontekoe«, erwiderte der Wundarzt höflich.

»Na gut. Er soll sich da unten an das Tischende setzen. Von da kann er uns mit dem Wein aufwarten.«

Bontekoe ging zu seinem Platz am oberen Ende des Tisches. Rechts von ihm saß der Compagniekaufmann Willem van der Dussen, der die Interessen der Compagnie vertrat, zu seiner Linken der *Provoss* Laurens Goutbrant. Dahinter, ihrem Rang nach, die beiden Steuerleute, ihnen gegenüber der Schiffsmedicus, und ganz am unteren Ende, sein Gehilfe, Katharina.

»Darf ich fragen, wo Ihr Eure Erfahrungen gesammelt habt, Herr Wundarzt?«

Van der Dussen hatte kaum das »Amen« abgewartet, mit dem der Kapitän das Tischgebet beschloss. Die Frage des Kaufmanns mochte beiläufig klingen, aber der scharfe Blick, mit dem er den jungen Arzt musterte, machte deutlich, dass es dem Fragenden nicht um lockere Konversation ging. Bontekoe unterdrückte seine Verärgerung über die Anmaßung. Eigentlich hätte er das Vorrecht gehabt, ihn zu examinieren.

Martin Liebau schöpfte sich ruhig weiter von der Suppe aus frischem Ochsenfleisch auf. »Ich begann mein Studium in Würzburg, wo ein Onkel väterlicherseits Ordinarius ist«, erwiderte er gelassen und verriet mit keinem Wimpernschlag, dass er sich über die Natur der beginnenden Inquisition im Klaren war. »Von dort aus zog ich nach Bologna und Palermo. Das letzte Jahr habe ich als Chirurg und Arzt im Cäcilienspital in Leiden gearbeitet und Professor Ruysch an der medizinischen Fakultät der Universität assistiert, um bei Sektionen und gerichtsmedizinischen Untersuchungen meine Kenntnisse in Anatomie zu verfeinern.«

Die Steuerleute löffelten ungerührt ihre Suppe weiter. Kapitän Bontekoe und der *Provoss* hingegen hielten inne und betrachteten Martin mit einem gewissen Befremden.

»Ihr seid außergewöhnlich beschlagen für einen Wundarzt, der bei der Compagnie unterschreibt!«, sagte van der Dussen und äußerte damit offen die in der Luft liegende Frage. »Wieso gebt Ihr für diese Fahrt eine vielversprechende Karriere an der Universität auf? Als Schüler von Frederik Ruysch stünden Euch alle Türen offen. Habt Ihr dafür einen speziellen Grund?«

»Den habe ich«, sagte Martin lächelnd. »Wie Ihr sicher wisst, ist der Professor auch Vorstand des botanischen Gartens. Als ich ihn einmal begleitet habe, ist mir aufgefallen, dass zahlreiche Pflanzen, aus denen Arzneien hergestellt werden, aus fernen Ländern stammen.«

»Aha!«, sagte van der Dussen und seine Augenbrauen schossen nach oben. »Ihr habt auch Kenntnisse in Botanik?«

»Wenig«, gab Martin zu.

»Und wie steht es mit Eurem Adjunkten?«

»Ich beabsichtige, ihm während der Reise Unterricht in medizinischen Dingen zu erteilen. Was die Botanik anbelangt, habe ich ihn bisher noch nicht gefragt.« Damit wendete er sich an Katharina, die bisher schweigend dem Gespräch gelauscht hatte. »Verstehst du etwas davon, Severin?«

Katharina schüttelte den Kopf. Zwar kannte sie die Namen aller Blumen aus den Stickbüchern und der meisten Pflanzen, die im Sessenheimer'schen Garten wuchsen, aber das hatte Martin sicher nicht gemeint.

»Er hat keine Ausbildung als Barbiergehilfe?« Kapitän Bontekoe war alles andere als erfreut, als er dem für ihn wesentlichen Punkt nachging. Wenn der Knabe der verwöhnte Nichtsnutz war, als den er ihn beim ersten Anblick eingestuft hatte, hatten die Herren der Compagnie ihm einen schönen Dienst erwiesen: ein Wundarzt, der besser an einer Universität untergebracht wäre, und ein Junge, der seiner Ansicht nach noch ins Schulzimmer gehörte! Hoffentlich befand sich auf einem der anderen Schiffe ein Barbier, der nicht den Kopf voller Flausen hatte, dafür aber das Brandeisen sicher zu führen und seine Schröpfköpfe mit Verstand anzuwenden verstand!

In düsterer Stimmung betrachtete er seine Tischgesellschaft. Willem van der Dussen war ein Schwätzer, der seine Stellung als Oberkaufmann eher verwandtschaftlichen Beziehungen als herausragenden Fähigkeiten verdankte, soviel war klar. Wenigstens gehörte er nicht zu denen, die sich ständig in seemännische Dinge einmischten. Genau genommen mischte er sich in überhaupt nichts ein, da er niemals etwas von sich aus tat, dachte Bontekoe gehässig.

Den *Provoss* Laurens Goutbrant kannte er von früher. Auf ihn konnte man sich bedingungslos verlassen. Der Untersteuermann Jan Piet von Haerlem schien ihm ein wenig unerfahren, aber willig zu lernen. Und Pieter Gijsen, der Obersteuermann und damit im Rang des Ersten Offiziers, hatte einen ausgezeichneten Ruf. Leider war der Mann zu weich. Die Aufgabe, die Disziplin aufrechtzuerhalten, würde ihm, dem Kapitän, zufallen. Er wandte seine Aufmerksamkeit wieder der Unterhaltung bei Tisch zu.

»… aber ich hoffe, dort Heilkundige anzutreffen, die bereit sind, mir ihr Wissen mitzuteilen«, sagte der junge Wundarzt gerade zuversichtlich.

»Hm, im Allgemeinen sind die Eingeborenen nicht übermäßig hilfreich. Man muss sie zu allem zwingen.« Der Kaufmann schien skeptisch. »Für *Japonn* kann ich nicht sprechen. Ich war noch niemals dort, aber auf Ceylon und in Ostindien lebt ein wildes Volk, besonders auf den Gewürzinseln.«

»Leben dort tatsächlich Kannibalen?«, platzte Katharina auf einmal heraus.

»Macht Euch keine unnötigen Sorgen«, sagte der Obersteuermann freundlich. »Ihr werdet kaum Gelegenheit haben, welchen zu begegnen!«

»Als ich ein junger Unterkaufmann war, geriet ich einmal in einen Aufstand der Einheimischen nahe der *Banda-Inseln*«, erinnerte sich Willem van der Dussen, rülpste laut und lehnte sich dann genüsslich in seinem Stuhl zurück. »Schenkt mir nach, Junge, dann erzähle ich Euch von dem Haus der Kopfjäger. Dort hingen Hunderte abgeschlagener Menschenköpfe an Seilen von der Decke, und es stank wie in der Hölle …«

Am frühen Abend erreichten sie die Reede von Texel und legten an, um anderntags mit dem nächsten günstigen Wind in Richtung Kanal auszulaufen. Kapitän Bontekoe nutzte das letzte Tageslicht, um sämtliches Schiffsvolk auf Deck zusammenzutrommeln und den drei Quartieren zuzuteilen. Das bedeutete, dass jeder Einzelne aufgerufen und einer Gruppe zugewiesen wurde.

»Mit so vielen Schiffsleuten und Soldaten ist Ordnung notwendig«, erklärte der joviale van der Dussen Katharina zuvorkommend. »Sinn der Klassifikation ist, dass ein jeder weiß, wo er im Notfall helfen und wohin er gehen muss, wenn Gefahr droht. Es ist auch wichtig für die Wacheinteilung auf See. Wenn die erste beginnt, läutet der *Provoss* die Glocke. Während der Wacht wird alle Glasen die Glocke angeschlagen – das bedeutet, immer wenn die große Sanduhr dort vorne leer ist. Nach acht Glasen, also nach vier Stunden, wird erneut die Glocke geläutet. Dann geht der Quartiermeister durch das Schiff und ruft laut den Wachwechsel aus«, erläuterte der erfahrene Mann.

»Und wenn man nicht aufwacht?«, wollte Katharina wissen.

»Dann gibt es acht Tage lang keine Ration Wein oder Branntwein!«, sagte van der Dussen und schlenderte lachend davon, um mit dem Kapitän ein paar Worte zu wechseln.

Neugierig schob sie sich mit den anderen an den aufgehängten Quartiertafeln vorbei. Heyn Rol war ebenso wie sie und Martin dem »Prinzen-Quartier« zugeteilt, das dem Kapitän direkt unterstellt war. Der Obersteuermann befehligte das »Graf Moritz-Quartier« und der Untersteuermann das »Graf Ernst-Quartier«. Erstaunt stellte sie fest, dass dort in den Listen keineswegs nur holländische Namen standen: Jochen Wurffbain aus Münster, Johann von der Beer aus Leipzig, Christoph Söhner aus Emden, Albrecht Harteisen aus Kassel und zahlreiche andere Hochdeutsche waren dort aufgeführt.

»Das sind vermutlich Söldner«, sagte plötzlich Martin neben ihr und wies mit dem Kinn auf den bunt zusammengewürfelten Haufen, der Zoten reißend hinunter auf das Kanonendeck polterte. »Die VOC mustert seit einigen Jahren vor allem Deutsche als Soldaten für Ostindien. Es gibt immer noch viele, die hoffen, dort ihr Glück zu finden.« Seinem Tonfall nach war das eine vergebliche Hoffnung.

»Ich dachte, in Ostindien gäbe es unermessliche Reichtümer?«

»Das mag schon stimmen«, sagte Martin und verzog den Mund. »Aber nicht für jeden. Wenn eine Retourflotte eintrifft, kontrollieren Beamte der Compagnie jedes Schiff und beschlagnahmen, was ihnen wertvoll erscheint. Jedes Stück Gold oder Silber, das den vereinbarten Sold der Soldaten oder Maats übersteigt, gehört der Compagnie und ebenso alle an Bord aufgefundenen Kuriositäten.«

Der erhoffte Nordostwind wehte am nächsten Morgen tatsächlich kräftig, und im ersten Tageslicht wurden die Segel gesetzt. Katharina und Martin waren nach einem reichhaltigen Abendmahl sofort eingeschlafen. Weder das ungewohnte Schaukeln der Wellen noch die schrillen Schreie der Möwen, die selbst im Dunkeln nicht zur Ruhe kamen, hatten sie wach gehalten. Das Knirschen von Holzbalken, untermalt vom Knattern der steifen Segel, signalisierte, dass die große Reise nun tatsächlich begann. Katharina sprang aus ihrer Koje und stürzte zur Luke, um einen Blick hinauszuwerfen.

Der scharfe Wind hatte allen Nebel vertrieben. Die Wasserfläche glänzte rotgolden im Licht der aufgehenden Sonne, die Wellen rollten mit kleinen weißen Schaumkämmen gegen die Schiffswand, schienen sich in das Holz verbeißen zu wollen und wichen dann doch wieder zurück, um dem nächsten Wellenkamm Platz zu machen. Die »Seepferd« schaukelte deutlich stärker als im seichten Wasser der geschützten Bucht. Die »Middelburg« segelte in einigem Abstand. Von den übrigen Schiffen des Konvois konnte sie wegen der hohen Wellen in der Ferne nur die Takelage erkennen.

Ungeduldig wartete Katharina auf das Morgenläuten, das sie alle für die Morgenandacht an Deck beorderte. Bei den beiden Tagesandachten am Morgen und am Abend wurde streng auf Anwesenheit geachtet. Der Kapitän forderte von den Quartiersverantwortlichen jedes Mal eine Meldung, wer fehlte. Wenn jemand ohne guten Grund abwesend war, musste er in die Armenbüchse zahlen – eine Strafe, die dazu führte, dass auch die wilden Gestalten der Söldnertruppe vollzählig antraten und mit rauer Stimme die ungewohnten holländischen Psalmen mitsangen.

Als es endlich läutete, stürmte sie als eine der Ersten hinauf, um noch mit Muße das Meer zu betrachten. Atemlos starrte sie geradewegs hinunter in das blaugrüne Wasser, das lebendig zu sein schien. Jedenfalls bewegte es sich so, als hätte es einen Willen! Die Oberfläche wirkte wie klares Glas, aber man sah keinen Meeresboden, wie sie es intuitiv erwartet hatte.

Stattdessen erblickte sie hier und da einen silbernen Fischleib, der wie ein Pfeil durch das aufgewühlte Wasser schoss. Das waren ganz andere Wellen, als sie von den Binnengewässern gewohnt war! Die gesamte Oberfläche war in Bewegung wie eine Art gallertartige Landschaft, die wie absichtlich in ein und dieselbe Richtung strebte. Ein monströser Schwarm aus regelmäßig geformtem Wasser. Immer, wenn sie versuchte, eine einzelne dieser Wellen zu fixieren, ihren Weg zu verfolgen, zerfloss sie in einem Tal, um sich sofort erneut aufzubäumen. Der Schiffskiel schnitt mitten hindurch, und die zerteilten Wellen schäumten wild und trieben in einer breiten, weißlichen Spur an den Planken entlang auf das Ruder zu, um sich dahinter wieder zu verlieren.

Das Übermaß an Bewegung ließ Katharina schwindeln, und sie hob den Blick, um den Horizont im Westen zu suchen. Die Sonne in ihrem Rücken war höher gestiegen und ließ die unruhige Wasserfläche glitzern wie ein Meer aus geschliffenen Diamanten. Der Himmel darüber strahlte in dem dunklen Blau, das klirrende, trockene Kälte versprach. Der beißende Wind kündigte sie bereits an. Fröstelnd zog sie Severins Umhang enger um sich.

»Ziemlich frisch heute!«, bemerkte der *Provoss* neben ihr. »Gefällt sie Euch, die See?«

»Oh, ja!«, sagte Katharina entschieden. »Was sind das für Fische? Sie schwimmen alle zusammen in die gleiche Richtung. Es sieht fast so aus wie einer der Vogelschwärme am Himmel.«

»Es sind Kabeljaus. Um diese Zeit wandern sie südwärts. Vielleicht ist es ihnen auch zu kalt hier«, erwiderte Goutbrant lachend und ging weiter.

Die Morgenandacht begann mit einem gesungenen Psalm aus dem Büchlein, das die Compagnie einem jeden ausgeteilt hatte, wie Katharina mit einem raschen Blick in die Reihen feststellte. Sobald die sonoren Stimmen verstummten, betete Kapitän Bontekoe ein Vaterunser, dem er wie immer die Bitte um einen guten Verlauf der großen Fahrt anfügte.

Sie kamen gut voran. Am frühen Nachmittag sahen sie von Weitem die Kreidefelsen von Dover, und als es dämmerte, ankerten sie zweieinhalb Seemeilen südöstlich von Beachy Head.

Der Tag war für Katharina im Nu vergangen. Ein Segelschiff war eine völlig andere Welt, und sie hatte Martin fast überschwänglich gedankt, als er ihr erlaubt hatte, auf Deck zu bleiben, während er sich zu seinen Büchern in die Kajüte begab. »Aber stör niemanden!«, hatte er sie noch ermahnt. Glücklicherweise interessierte Severins Vetter sich nicht sehr für ihre Person, hatte sie erleichtert festgestellt. Außer den höflichen Fragen am Anfang hatte er ihr bisher wenig Beachtung geschenkt. In ausführlichen Gesprächen hätte ihre Rolle als Severin ihr vermutlich größere Schwierigkeiten bereitet, aber sie war inzwischen überzeugt, dass er sich allein aus Familienloyalität für sie eingesetzt hatte. War nicht einmal die Rede davon gewesen, dass Severins Vater ihm für seine Studien eine größere Summe Geldes hatte zukommen lassen? Aber ihr erster Tag auf See war viel zu aufregend, um sich mit solchen Gedanken zu beschäftigen. Die Unterbrechungen durch die Schiffsglocke, die zu den Mahlzeiten rief, schienen viel zu rasch aufeinanderzufolgen.

»Ich liebe das Meer!«, verkündete Katharina, als sie vor dem halbblinden Spiegel ihr vom Wind zerzaustes Haar zu entwirren versuchte. Sie war den ganzen Tag kaum von der Seite des Obersteuermanns Pieter Gijsen gewichen und hatte den gutmütigen Mann nach allem gefragt, das ihr unbekannt war. Sie hatte sogar in den Marskorb klettern dürfen, und von dort oben hatte sie verzaubert auf die unendliche Wasserfläche gestarrt, die unter ihr wogte.

Martin sah von dem medizinischen Fachbuch auf. »Bist du da nicht ein wenig voreilig?«, fragte er und lächelte sie etwas spöttisch an. »Das Meer ist nicht immer so gutartig wie zurzeit. Es kann auch zur wilden Bestie werden, die so brüllt, dass du deinen Nebenmann nicht mehr verstehst, und Wellen auftürmen, auf denen dieses Schiff wie eine Nussschale tanzt.«

»Hast du das schon erlebt?«, fragte sie neugierig zurück.

Er nickte. »In der Meerenge von Messina. Auf einer venezianischen Galeere.«

»Was hattest du denn da zu suchen?«

»Ich habe einen berühmten arabischen Arzt in Palermo darum gebeten, mich als Schüler aufzunehmen.«

»Einen Heiden als Lehrer?«, fragte Katharina schockiert. »Ich dachte, du wärst dort auf der Universität gewesen.«

»Abu al-Hakam war der beste Arzt, den ich jemals getroffen habe!« Martins Stimme klang schroff. »Bei ihm habe ich in einigen Monaten mehr gelernt, als in den zwei Jahren in Bologna zuvor!«

»Was denn, zum Beispiel?« Ihr Interesse war erwacht, und nach einem prüfenden Blick winkte er sie heran.

»Siehst du dies hier? Was mag das sein?« Er drehte das Buch so, dass Katharina die Abbildung eines Menschen sehen konnte, dem nicht nur die Haut abgezogen, sondern auch die Innereien bloßgelegt worden waren. Entsetzt zuckte sie zurück. Eine solche grauenhafte Darstellung hatte sie bisher noch nie zu Gesicht bekommen! Martin beobachtete sie gespannt. In seinen Augen stand nicht der Wunsch, sie zu erschrecken. Eher eine Aufmerksamkeit, die ihr von ihrem früheren Lehrer vertraut war. In ähnlicher Art hatte Monsieur Beauvais sie gemustert, wenn er damit rechnete, dass sie eine schwierige Frage beantworten würde. Katharina überwand ihren Ekel und betrachtete das Bild des menschlichen Kadavers mit aller Sorgfalt und Geduld, die sie aufbringen konnte. Aus den Gliedern zogen sich Schläuche zu einem großen Gebilde im Brustkorb. Der ganze unglückliche Mensch schien von einem Geflecht davon durchzogen zu sein. Es erinnerte sie an eine Landkarte, auf der nur die Flüsse eingezeichnet waren. Sie neigte sich tiefer darüber, um die Beschriftungen zu entziffern. »Arteria brachialis« stand neben dem Arm, »arteria caudae« neben dem unteren Teil des Rumpfes. »Brachialis« war doch Latein und hieß, dass das Ding etwas mit dem Arm zu tun hatte. Und »caudae« waren Eingeweide, soviel wusste sie. Die Bezeichnung »arteria« tauchte häufig auf, ebenso »vena«. Beide standen jeweils in Verbindung mit diversen lateinischen Bezeichnungen, die ihr teilweise unbekannt waren, und in Bezug zu den Körperteilen. Was gab es, das im ganzen Körper vorhanden war? »Ist es eine Darstellung der Adern, durch die das Blut fließt?«, riet sie kühn.

Martin nickte anerkennend. »Es ist eine Darstellung des Blutkreislaufs nach Harvey. Das da ist das Herz«, sagte er und wies auf den länglichen Klumpen in der offenen Brusthöhle. »Bis vor Kurzem glaubte man, dass die Leber Nahrung in Blut umwandle, das im rechten Herzteil gekocht und gereinigt würde. Ein Teil davon dringe durch Poren in den linken Teil des Herzens, wo es sich mit der durch die Lungenvene herbeigeschafften Luft vermische und danach als Lebensgeist in alle Teile des Körpers gelange.«

»Und das ist falsch?« Eigentlich schien Katharina diese Theorie recht einleuchtend.

»Es gibt keine Poren, durch die Blut vom rechten Teil des Herzens in den linken eindringen kann«, erklärte Martin mit der ganzen Überzeugung eines Menschen, der die neuesten Erkenntnisse der Wissenschaft vertritt. »Blut fließt nur durch Adern. Hier«, sagte er und tippte mit dem Zeigefinger auf das Herz. »Vom rechten Teil fließt das Blut in die Lunge, zurück in den linken Teil und von dort in alle Glieder, in immer feinere Adern. Aus ihnen kehrt es wieder in den rechten Teil des Herzens zurück, und der Kreislauf beginnt von vorne.«

»Das ist ziemlich kompliziert, nicht wahr?«

»Ja, aber gleichzeitig unglaublich aufregend«, erwiderte Martin und blätterte ein paar Seiten weiter. Auf dem Druck erkannte man deutlich die gleichen Formen wie auf dem Bild vom Blutkreislauf. Allerdings gingen hier eine Unzahl Adern vom Herzen aus, die wie Wurzeln aussahen, und die Form, die eine Lunge darstellen sollte, schien gänzlich aus lockerem Moos zu bestehen.

»Totum corpus ex vasculis« stand als Überschrift über der Darstellung des anatomischen Präparats. »Der ganze Körper besteht aus Gefäßen – das lehrt Ruysch. Siehst du, wie genau selbst die feinsten Äderchen zu erkennen sind?« Martin wies auf das, was Katharina auf den ersten Blick für Moosflechten gehalten hatte. »Und schau dir hier die Verzweigungen der Adern an.« Er zeichnete die Verästelung des wurzelähnlichen Geflechts mit dem Finger nach.

»Wie macht er das?« Katharina war fasziniert von dieser fremdartigen Welt.

»Das ist sein Geheimnis. Man sagt, es sei eine Mischung aus Talkum, Zinnober und weißem Wachs, die er in den toten Körper einspritze und die sich dann dort verteile. Wenn das Fleisch verfault ist, bleiben die Blutgefäße durch die Mixtur erhalten.«

»Kannst du das auch?«

Martin schüttelte bedauernd den Kopf. »Leider nein. Der Professor hütet sein Geheimrezept gut.«

»Wie erforscht man solche Dinge wie den Blutkreislauf? Wo doch das Blut erstarrt, sobald der Körper tot ist?« Katharina erinnerte sich, dass Berthe ihr einmal erklärt hatte, wenn sie die frisch geschlachteten Hühner nicht möglichst schnell an den Füßen aufhinge, würde das Blut in den Adern stocken und das Fleisch schneller verderben.

»Mit Vivisektionen«, sagte Martin, legte einen Papierstreifen als Lesezeichen in das Buch und schloss es behutsam.

»Was ist das?«

»Man schneidet ein lebendes Tier auf, um die Organe in seinem Körper zu beobachten.«

»Wie bei Aalen?« Auf dem Fischmarkt hatte sie einmal einen Händler gesehen, der die von den Hausfrauen ausgewählten Aale mit dem Kopf auf ein langes Brett nagelte und ihnen geschickt die Haut an einem Stück abzog. Den in ihrem Todeskampf heftig zappelnden Tieren hatte er anschließend mit einem einzigen Schnitt die Bauchdecke geöffnet und die Innereien herausgeschnitten. Dadurch sollte das Fleisch der Tiere zarter werden. Als Katharina älter geworden war, hatte sie den Anblick der schwärzlichen Gedärme und blutverschmierten Häute, die sich unter dem Brett häuften, so abstoßend gefunden, dass sie einen Bogen um den Stand gemacht hatte.

»Das wäre nicht zweckmäßig«, sagte Martin, der mit diesen Marktsitten offensichtlich ebenfalls vertraut war. »Man will die Tiere ja nicht essen, sondern studieren. Deshalb geht man sehr vorsichtig vor und verletzt sie so wenig wie möglich, damit sie möglichst lange am Leben bleiben.«

»Aber Tiere sind doch ganz anders als wir Menschen beschaffen! Der Blutkreislauf eines Hundes kann nicht dem eines Menschen entsprechen«, protestierte Katharina. Sie konnte sich einfach nicht vorstellen, dass die Schiffshunde, deren Jaulen zuweilen aus dem Schiffsbauch nach oben drang, unter ihrem struppigen Fell die gleichen Arterien und Venen hatten wie sie und Martin.

»Warum denn nicht?«, fragte Martin zurück. »Ein Hund hat einen Kopf, zwei Augen, zwei Ohren, zwei Nasenlöcher und ein Maul. Und wenn er verletzt wird, blutet er genau wie ein Mensch. Wieso soll er keinen Blutkreislauf haben?«

»Dann hat jedes Wesen, das blutet, auch einen Blutkreislauf!«

Erfreut über ihre rasche Auffassung lächelte er ihr wohlwollend zu. »So ist es, Severin. Und jetzt setz deinen Hut auf, damit wir rechtzeitig beim Abendgebet sind.«

Am nächsten Tag passierten sie gegen Mittag die Insel Alderney vor der normannischen Küste. Etwa auf der Höhe von Start Point verabschiedeten sich die ersten beiden Schiffe der Flotte, um die französische Insel d'Ouessant anzulaufen. Die übrigen vier Segler nahmen Kurs auf die Kanaren.

»Jetzt sind wir auf der Räumte – der offenen See«, setzte Pieter Gijsen breit grinsend hinzu, als er Katharinas verständnislosen Gesichtsausdruck bemerkte, und lehnte sich bequemer an den Kolderstock. »Jetzt dürfte der Kapitän bald den Käse austeilen!«

Tatsächlich wurden zwei Stunden später alle abkömmlichen Schiffsleute auf Deck befohlen. Kapitän Bontekoe verkündete, dass nunmehr die Zeit gekommen sei, den restlichen Sold und die Käselaibe auszuteilen, welche die Compagnie jedem Einzelnen zum Geschenk mache. Anschließend könne jeder seinen Anteil von fünf Laiben beim Botteliersmaat in der Kantine sowie den restlichen Sold beim Kaufmann abholen. Vor allem aber wolle er jetzt den Artikelbrief verlesen.

Kein Laut außer dem Knattern der Segel war zu hören, während der Kapitän schmallippig die Strafen für unbotmäßiges Verhalten zitierte, die in dem Regelwerk der VOC zusammengefasst waren.

Es begann relativ harmlos mit der Androhung, acht Tage lang keine Ration Branntwein oder Wein zu erhalten, wenn man bei der Wache einschlief. Versäumte man ohne triftigen Grund die Morgen- oder Abendandacht, war ein nach dem jeweiligen Sold gestaffelter Obolus in die Armenbüchse zu entrichten, die zur steten Mahnung deutlich sichtbar am Großmast hing.

Um Geld mit Karten zu spielen oder zu würfeln war strikt verboten. Floss bei einer Auseinandersetzung innerhalb der Schiffsmannschaft Blut, wurde dem Schuldigen – auch wenn er provoziert worden war – die eine Hand auf den Rücken gebunden und die andere an den Mast genagelt. »Dort hat er zu verweilen, bis es ihm aus eigener Kraft gelingt, sich zu befreien!«, deklamierte der Kapitän ungerührt und warf einen strengen Blick in die Runde. »Und hoffe niemand, ich würde es gestatten, dass man dem Bestraften zu Hilfe kommt!«

Katharina schauderte bei dem Gehörten.

Zwei Reihen vor Martin und ihr entstand plötzlich eine gewisse Unruhe. »Gilt das auch für Streitereien an Land, Kapitän?« Die Frage stellte ein bulliger Soldat mit pockennarbigem Gesicht. »Ich war schon auf einigen Schiffen, und jedes Mal galten andere Regeln.«

»An Land gibt es genügend andere Gegner. Nimm einen Portugiesen, die sind nicht allzu kräftig!«, rief eine junge Stimme spöttisch.

Der Soldat errötete und ballte die Fäuste. »Willst du mich beleidigen, du Käsefresser?«

Kapitän Bontekoe verzog keine Miene. »Ich dulde während der ganzen Dauer dieser Fahrt keinerlei Zwistigkeiten innerhalb des Schiffsvolks«, sagte er leise, aber so bestimmt, dass die unter den Umstehenden aufkeimende Heiterkeit augenblicklich erstarb. »Ob an Land oder auf dem Schiff. *Provoss*, diese beiden erhalten drei Tage lang keinen Branntwein!«

Goutbrant nickte und warf dem Soldaten, der bereits den Mund geöffnet hatte, um lautstark zu protestieren, einen warnenden Blick zu.

»Damit komme ich zum letzten Artikel: Wer gegen den Kapitän, einen Offizier oder den *Provoss* die Hand erhebt, dem binde man einige Gewichtssteine an die Füße, worauf man ihn an einem Tau auf der einen Seite des Schiffs ins Wasser lasse und auf der anderen Seite wieder hervorhole. Selbiges Kielholen hat drei Mal zu geschehen.«

Die Mannschaft nahm das so gleichgültig zur Kenntnis, wie es bei erfahrenen Seeleuten zu erwarten war. Vermutlich kannten die meisten von ihnen diesen Artikelbrief auswendig. Er galt auf allen Schiffen der VOC.

»Eine üble Sache ist das, lass es dir gesagt sein«, hörte Katharina einen Maat im Vorübergehen zu seinem Nebenmann sagen. »Als ich letztes Jahr vor Ceylon lag, haben sie einen auf dem Nachbarschiff gekielholt. Armer Kerl – bereits nach dem ersten Mal war sein Kopf so zerschmettert, als hätten die Portugiesen mit einer Kartätsche darauf gezielt!«

»Ich habe noch nie von einem gehört, der es überlebt hätte«, stimmte ihm sein Kamerad zu. »Besser, sie würden einen gleich erschießen!«

Die Unterbringung der insgesamt zehn Käselaibe, die der Gehilfe des Botteliersmaats ihnen zuvorkommend in ihr *Cojet* gebracht hatte, erwies sich als schwierig. Martin weigerte sich entschieden, sie in unmittelbarer Nähe seiner Bücher zu lagern, weil er Fettflecken und Schimmel befürchtete. Aber da diese einen Großteil des Plankenbodens bedeckten, blieb kaum eine andere Möglichkeit.

Nach einigem Hin- und Herrücken schafften sie einen

Platz zwischen ihren beiden Reisekisten, in dem sie das kräftig riechende Geschenk der Compagnie stapeln konnten.

»Timeo danaos ut dona ferentes«, sagte Martin und seufzte tief. »Hätten sie uns nicht mit etwas weniger Pikantem beglücken können? In einigen Tagen werden wir alle wie Käsemeister riechen!«

Kapitel 5

Eisherz

Zwei Tage später – sie lagen gut im Wind und sollten laut Pieter Gijsen in etwa einer Woche Madeira sichten – setzte ihre Monatsblutung ein. Es erwies sich als glücklicher Umstand, dass der Kapitän großzügig allen Schiffsoffizieren die Nutzung seines privaten Aborts gestattet hatte. Und obwohl der Wundarzt eigentlich nicht dazuzählte, kamen Martin und sein Gehilfe ebenfalls in den Genuss dieses Privilegs. »Sonst fällt uns der junge Mann noch aus der *Galion!*«, bemerkte Bontekoe und zog kaum sichtbar einen Mundwinkel hoch. Die übrige Mannschaft und die Soldaten nutzten die *Galion* als Abort oder erleichterten sich einfach gleich über Bord. Nach einiger Zeit hatte Katharina sich auch an den Anblick nackter Männerhintern, die über den Wellen schwebten, gewöhnt.

Zudem hatte der Unterzimmermann sich an einem splitternden Stück Spant die Hand aufgerissen und musste täglich frisch verbunden werden. Die Verbände zu reinigen war Aufgabe des Gehilfen, und so wusch sie ihre eigenen Leinwandstücke einfach mit.

Martins neue Methode der Wundversorgung hatte zu einiger Verwirrung geführt. Die Männer waren es gewöhnt, dass Wunden ausgebrannt wurden, und der Koch hatte bereits alles Nötige bereitgelegt. Aber Martin hatte darauf bestanden, dass stattdessen ein Eimer frisches Meerwasser geholt wurde. Dann hatte er dem Mann befohlen, seine Hand hineinzutauchen.

»Wollt Ihr mich umbringen?«, fragte der entsetzt und versteckte die verletzte Hand hinter seinem Rücken. »Salzwasser ist giftig. Man stirbt, wenn man es trinkt!«

Der Maat, der es gebracht hatte, brummte bestätigend.

»Ihr sollt es nicht trinken, Ihr sollt Eure blutende Hand hineinstecken«, sagte Martin ungeduldig. »Sie wird dann schneller und leichter heilen, als wenn ich die Wunde ausbrennen würde.« Mit dem Gesichtsausdruck eines Menschen, der wider besseres Wissen handelte, tauchte der Mann seine Hand in den Eimer und verzog das Gesicht.

Martin nickte. »Ja, es brennt, aber es tut lange nicht so weh wie das Eisen!«

Als er danach die Hand inspizierte, hatte sie zu bluten aufgehört, und man sah deutlich den hässlichen Riss, den der Spant verursacht hatte. Sorgfältig entfernte der Wundarzt einige kleinere Splitter, die noch im Fleisch feststeckten, und schickte nach frischem Meerwasser.

»Kommt morgen gleich nach der Morgenandacht wieder«, wies er den Patienten an, sobald er die Hand nochmals gebadet und mit frischer weißer Scharpie verbunden hatte.

»Eigentlich hätte ich ihm auch den Alkohol verbieten müssen«, bemerkte Martin mit schiefem Grinsen, als der Mann endlich die *Back* mit erleichterter Miene verlassen hatte. »Aber ich fürchte, meine neuartige Behandlung war schon genug für ihn.«

»Hast du sie bei diesem arabischen Arzt gelernt?«, fragte Katharina, während sie die Leinwand zusammenrollte und zusah, wie Martin die chirurgische Zange, die er zum Entfernen der Splitter benutzt hatte, in dem Meerwasser wusch.

»Ja. Sie verhindert meist eine Entzündung der Wunde. Wenn ich der schlichten Seele allerdings erzählt hätte, dass ich diese Behandlung bei Abu al-Hakam gelernt habe, hätte er sich vermutlich lieber die Hand amputieren lassen, als heidnische Methoden zu akzeptieren.«

Den Vorbehalten des Unterzimmermanns zum Trotz heilte seine Hand unüblich rasch, und er war ehrlich genug, diesen Umstand der neuartigen Behandlung des jungen Wundarztes zuzuschreiben. Sobald sich das herumgesprochen hatte, führte es dazu, dass sich immer mehr Hilfesuchende zu den Konsultationen, die Martin zwischen den Wachwechseln in der *Back* abhielt, einfanden.

Zuerst mussten mehrere faulige Zähne gerissen werden. Eine Prozedur, bei der Katharina nicht zu sagen gewusst hätte, was sie schlimmer fand: die erbärmlich stinkenden, schwarzen Zahnstummel oder das tiefe, blutende Loch, das sie hinterließen. Auch diesen Männern wurde eingeschärft, so oft wie möglich den Mund mit frischem Meerwasser zu spülen. Einige ältere Soldaten kamen mit eitrigen Geschwüren, zu denen sich lange vernachlässigte Wunden entwickelt hatten. Martin schnitt sie auf, reinigte sie und blies ein grünliches Pulver darauf. Was es damit für eine Bewandtnis hatte, behielt er trotz neugieriger Nachfragen für sich.

»Hauptsache, es hilft«, sagte er immer nur lachend.

Nach einiger Zeit hatte Katharina sich an den neuen Tagesablauf so gewöhnt, als hätte sie ihr Leben schon immer auf einem Ostindiensegler der VOC zugebracht. Zwischen Morgenandacht und Frühstück assistierte sie Martin bei seiner ersten Konsultation, bei der meist nur Verbandswechsel anstanden. Bis zum Mittagsmahl erledigte sie eher häusliche Aufgaben wie Wundbinden waschen, *Cojet* fegen, Martins und ihre Leibwäsche reinigen sowie die Kleidung aus den

Reisekisten lüften, oder sie trug die Käselaibe einzeln auf Deck und kratzte dort mit einem stumpfen Messer die in der feuchten Luft ständig nachwachsende Schimmelschicht ab.

»Halte sie so sauber wie möglich«, hatte Heyn ihr geraten und demonstriert, wie er seine Laibe behandelte. »Je sauberer sie sind, desto länger bleiben sie wohlschmeckend!«

Am Nachmittag studierte sie zwei Stunden in der *Kampanje* die Bücher, die Martin für sie ausgewählt hatte. »Da du nun für drei Jahre mein Gehilfe bist, solltest du ein wenig über die Dinge wissen, mit denen wir uns beschäftigen«, hatte er gemeint. Die in Latein verfassten Lehrbücher behandelten so unterschiedliche Themen wie die Anatomie des Menschen, die Behandlung von Fieberkranken, Wurmkuren oder die Herkunft und Anwendung fremdartiger Arzneien. Um sicherzugehen, ob sie das Gelesene auch verstanden hatte, musste sie anschließend Martin Rede und Antwort stehen.

Eines Nachmittags wurde der Kaufmann van der Dussen Zeuge, wie Katharina nach der Lektüre examiniert wurde: »Ihr stopft den armen Jungen mit Wissen voll wie eine Mastgans mit Körnern!«, meinte er erheitert.

Den Rest des Tages bis zur Abendkonsultation durfte sie verbringen, wie es ihr gefiel.

Knapp zwei Wochen, nachdem sie die Reede von Texel im Morgengrauen hinter sich gelassen hatten, sichteten sie von Ferne die Insel Madeira. Und zwei Tage später rief der Maat im Ausguck: »Der Pic, der Pic von Teneriffa!«

»Schade, dass wir hier nicht anlaufen«, sagte Heyn bedauernd und warf sehnsüchtige Blicke auf die bläulichen Umrisse in der Ferne. »Auf den Kanarischen Inseln sollen Orangen und Zitronen wachsen, und es soll dort überhaupt so sein wie im Paradies: jede Menge klares Wasser, Fleisch in Hülle und Fülle und süßen Wein, so viel man trinken kann.«

Das Wasser aus den Fässern an Bord schmeckte tatsächlich nicht mehr sehr appetitlich – trotz der Poleiminze, mit der der Bottelier versucht hatte, den faulig-abgestandenen Geschmack zu überdecken. Bald würde es ekelerregend stinken. Das gehörte zur Schifffahrt dazu, hatte Heyn ihr etwas von oben herab erklärt. Auch die Würmer im Speck und die Käfer im Brot. Vermutlich bliebe sie davon zwar am Tisch des Kapitäns verschont. Aber ganz sicher könne sie da nicht sein! Als die beiden Jüngsten an Bord hatten der Schiffsjunge und Katharina sich wie selbstverständlich angefreundet. Unter seiner Führung war sie in die dunklen Tiefen des Schiffsbauches gestiegen und hatte die Kanonen bestaunt, zwischen denen die Söldner ihr Lager aufgeschlagen hatten.

Die an Entbehrung gewöhnten Männer hatten sich hier so gut wie möglich eingerichtet: Zwischen den Kanonenrohren und überall, wo Platz war, lagen ihre ausgerollten Matratzen. Sie verbrachten dort ihre Tage und Nächte, als befänden sie sich in einem Landsknechtlager. Obwohl ihr vorgesetzter Konstabler alle Messer, Säbel und Degen, derer er habhaft hatte werden können, in der Pulverkammer weggeschlossen hatte, ging es ziemlich rau zu. Der überwältigende Gestank ungewaschener Leiber, die grobe Sprache und die spürbare, notdürftig unterdrückte Brutalität erzeugten in dem düsteren Zwischendeck eine bedrohliche Atmosphäre. Das Schiffsvolk hielt nicht viel von diesen Passagieren und vermied nach Möglichkeit persönliche Kontakte. Wer unterschrieb schon einen Söldnervertrag bei der VOC, wenn er noch andere Möglichkeiten im Leben hatte?

Die chirurgische Versorgung war zwar besser als bei vergleichbaren Kriegszügen, aber das mörderische Klima Ostindiens, die oft magere, ungewohnte Kost und die Krankheiten, die ganze Bastionsbesatzungen innerhalb von Wochen dahinraffen konnten, forderten einen hohen Tribut. Drei von vier Soldaten brauchten keinen Platz auf einem der Retourschiffe mehr. Umso höher war der Profit, den die Schiffsladungen der mit Handelswaren vollgestopften Retourflotte erzielte. Da den meisten der Männer klar war, wie düster ihre Zukunft aussah, lebten sie für die Gegenwart. Hier unten herrschte eine gefährliche Mischung aus erzwungener Untätigkeit und schwelender Frustration.

Der *Provoss* hatte Katharina einmal sogar ermahnt, nicht leichtfertig zu sein und sich unnötig auf dem Kanonendeck aufzuhalten. »Geht ihnen aus dem Weg, junger Mann«, hatte er ihr geraten. »Milchbärte wie Ihr, denen man die gute Herkunft an der Nasenspitze ansieht, sind ihnen verhasst. Wenn sie Euch allein erwischen, kann es Euch übel ergehen.«

Die allgemeine Erleichterung, als sie zwei Wochen später vor der Küste einer der Kapverdischen Inseln Anker warfen, war groß. Zwar hatten sich bisher keine Anzeichen des *Scharbocks* gezeigt, aber der Proviant befand sich nicht mehr in bester Verfassung. Obwohl Kapitän Bontekoe den mitgeführten Stockfisch regelmäßig auf Deck bringen und von den Würmern hatte reinigen lassen, musste der Schiffskoch inzwischen all seine Kunst aufwenden, um aus den durchlöcherten weißen Streifen ein einigermaßen genießbares Gericht aufzutischen. Auch das Bier war bereits einige Tage zuvor zur Neige gegangen, und die Lake in den Pökelfässern musste dringend erneuert werden. Nach einer kurzen Beratung der Kapitäne und Kaufleute aller Schiffe wurde entschieden, eine Vorhut an Land zu schicken. Wenn sie unbehelligt bliebe, würde der Rest der Mannschaft folgen.

Während die Schaluppen, je zur Hälfte mit bewaffneten Soldaten und Schiffsleuten besetzt, den flachen Strand, an dem ein schmaler Fluss ins Meer mündete, ansteuerten, stand Katharina mit dem Kaufmann auf dem Oberdeck und wartete so ungeduldig wie die übrige Mannschaft darauf, gleichfalls an Land gehen zu dürfen.

Heyn hatte ihr erzählt, dass die Hunde, die sie mit sich führten, nicht nur dazu dienten, die Ratten im Schiffsbauch zu dezimieren, sondern bei Landungen auch einheimische, essbare Tiere aufspüren und den Männern vor die Musketen treiben sollten. Sie war noch nie zuvor bei einer Jagd dabei gewesen. Diese Inseln wimmelten von wilden Ziegen, die ausgezeichnet schmeckten, hatte ihr der Obersteuermann gesagt, und sie verrenkte sich jetzt den Hals, um eines der Tiere zu entdecken.

Es war heiß auf dem Oberdeck. Die frische Brise während der Fahrt unter vollen Segeln hatte den allmählichen Temperaturanstieg kaschiert, aber nun, da sie ruhig im Windschatten der Insel lagen, fühlte man sich wie im Mittsommer. Katharina spürte, wie der Schweiß sich zwischen ihren Schulterblättern sammelte und den Rücken hinunterlief. Es würde ein herrliches Gefühl sein, die von der ständig feuchten Salzluft inzwischen steifen Kleider ausziehen und in frischem Süßwasser waschen zu können! Neben ihren Füßen stand der Sack mit ihren und Martins Kleidungsstücken, um die sie sich an Land kümmern wollte.

»Es sieht aus wie das Paradies«, hauchte Katharina andächtig und folgte einem Schwarm farbenprächtiger Vögel mit den Augen. »Welches Himmelsgeschenk, hier leben zu können!«

»Seid Euch da mal nicht zu sicher, Milchbart! Hinter dem Paradies lauert die Hölle: Schwärme von Mücken, die einem das Blut aussaugen, armdicke Schlangen, deren Biss einen Mann innerhalb von wenigen Stunden qualvoll tötet, und Eingeborene, die nur darauf warten, Euch den Kopf abzuschneiden!«, bemerkte der Kaufmann neben Katharina trocken und fächelte sich mit seinem Hut Kühlung zu.

»Sprecht Ihr aus Erfahrung, *Mijnheer*?«, fragte Katharina und bemühte sich, nicht spöttisch zu klingen. Es war schwer vorstellbar, dass der bequemlich wirkende Mann solche Schrecken aus eigener Anschauung kannte.

»Leider ja«, seufzte er und zog ein Leintuch aus der Tasche, um sich das schweißnasse Gesicht abzuwischen. »Als ich ein junger Heißsporn war, habe ich als Unterkaufmann drei Jahre in *Batavia* gelebt – und dass ich heute lebend neben Euch stehe, habe ich ganz allein meiner guten Konstitution zu verdanken.«

Ehe Katharina ihn weiter nach seinen Abenteuern ausfragen konnte, stieß Heyn sie an. »Sie sind da! Jetzt wird es spannend.«

In atemlosem Schweigen beobachteten sie, wie die Männer aus den Booten sprangen und durch die niedrige Brandung ans Ufer wateten. Dort angekommen, schwärmten sie sofort aus und begannen, das Unterholz zu durchkämmen. Es schien Katharina eine Ewigkeit zu dauern, bis der verantwortliche Konstabler endlich zufrieden war und mit einer Geste signalisierte, dass man unbesorgt an Land gehen könnte. Nach und nach brachten die Schaluppen alle an den Strand. Heyn schloss sich mitsamt den Hunden der Jagdpartie an, die sich so rasch wie möglich um Frischfleisch kümmern sollte. Martin wollte nach wildwachsenden Zitrusfrüchten Ausschau halten, und Katharina schulterte den Wäschesack. Sie schlenderte gemächlich flussaufwärts, bis sie eine für ihre Zwecke geeignete Stelle gefunden hatte.

Sobald die lärmenden Stimmen nur noch undeutlich zu hören waren, ließ sie den Seesack zu Boden fallen, streifte die Schuhe von den Füßen und setzte sich ins Gras, um die Strümpfe auszuziehen. Nach einem Moment des Zögerns folgten auch Hose und Hemd. Sie reckte und streckte sich wie eine Katze, um das Wohlgefühl der seidigen Luft auf ihrer vom ständigen Kontakt mit den salzverkrusteten Stoffen gereizten Haut auszukosten.

Beim Gedanken an das Entsetzen ihrer Stiefmutter über ein derart schamloses Verhalten grinste Katharina wie ein Gassenjunge, während sie über die großen, rund geschliffenen Kiesel zu einer der Gumpen kletterte und sich vorsichtig hineinsinken ließ. Das tat gut!

Wohlig aufstöhnend, begann sie, ihr verklebtes Haar mit dem Stück Seife einzuschäumen, das Martin ihr für die Wäsche mitgegeben hatte. Fremdartige Vögel lärmten in den Ästen über ihr, und sie winkte ihnen übermütig zu. Nur widerwillig erinnerte sie sich an ihren eigentlichen Auftrag. Es war so angenehm, nichts als warme Luft auf der Haut zu spüren, dass sie sich entschied, einen Moment noch unbekleidet zu bleiben. Es sah sie ja niemand. Munter »Geh aus mein Herz und suche Freud« vor sich hinträllernd, machte sie sich daran, Stück für Stück vom Kleiderhaufen zu waschen, auszuwringen und auf Steinen in der Sonne zum Trocknen auszubreiten.

Plötzlich knackten ganz in der Nähe Äste und ein größeres Wesen schien durch das Unterholz zu brechen. Gab es hier auf der Insel gefährliche Tiere? In panischer Angst sah sie sich nach einem Versteck um, aber die niedrigen Steine boten keine Deckung, und die Büsche waren zu schwach, um sie tragen zu können. Sollte sie um Hilfe rufen oder besser darauf hoffen, dass das Wesen sie nicht bemerkte, wenn sie sich absolut still verhielt? Zitternd duckte sie sich hinter den größten Stein und versuchte, sich so klein wie möglich zu machen. Die regelmäßigen, schweren Tritte kamen näher. Einwandfrei die Schritte eines Menschen. Verdammt!

Hastig griff sie nach dem nächstgelegenen Leinenhemd und versuchte, das nasse, widerspenstige Kleidungsstück überzustreifen. Noch während sie damit beschäftigt war, trat ein Mann auf die Lichtung und verharrte reglos. Er schien überrascht, als er bemerkte, dass jemand ihm zuvorgekommen war. Katharina zog in verzweifelter Eile den Saum bis zu ihren Knien hinunter und sah dann zu ihm auf.

Im Halbschatten stand einer der VOC-Söldner und musterte sie ungläubig. Und auch sie glaubte ihren Augen nicht trauen zu können. Gewöhnt an unerwartete Wendungen fasste er sich rascher als sie. Seine entstellten Gesichtszüge verzogen sich zu der Parodie eines freudigen Lächelns.

»Wenn das nicht meine Prinzessin aus Köln ist, lasse ich mich teeren und federn!«, rief er aus und schwenkte seinen Hut, wobei er sich übertrieben devot an einem Kratzfuß versuchte. Mit schleimiger Anteilnahme fragte er: »Wessen *Cojet* teilt ihr denn, meine Schöne?«

»Niemandes«, flüsterte Katharina fast unhörbar. Was tat dieser Mann hier, den seine Kameraden »Eisherz« gerufen hatten?

»Tatsächlich?« Er wirkte verblüfft. »Ihr seid nicht die Geliebte eines der feinen Herren vom Kapitänstisch?« Seine Augen glitten über ihre erstarrte Gestalt, die Wäschestücke, die um sie herum auslagen. Plötzlich schlug er sich an die Stirn, warf den Kopf in den Nacken und begann schallend zu lachen. Es klang rau, fast wie das Bellen eines Hundes. »Du reist als Mann verkleidet!«

Rasch trat er dicht an sie heran. Der Gestank, der von

ihm ausging, war so überwältigend, dass Katharina unwillkürlich zurückweichen wollte. Aber seine Hände umklammerten ihre Oberarme unnachgiebig wie Eisenkrallen, während er seinen Kopf zu ihrem Gesicht neigte: »Niemand weiß von deiner Verkleidung?«, vergewisserte er sich. Verstört schüttelte Katharina den Kopf. Ein zufriedenes Grinsen breitete sich auf seinem Gesicht aus: »Dann solltest du jetzt sehr lieb zum alten Eisherz sein, damit er dein Geheimnis bewahrt!«, sagte er eigenartig ruhig. »Besser für dich, du liest mir zukünftig jeden Wunsch an den Augen ab ... Weißt du, was sie mit Weibern machen, die sich in Männerkleidung auf ein Schiff schleichen?« Katharina starrte ihn verständnislos an. »Sie werfen sie ins Meer, weil das Schiffsvolk glaubt, dass sie Unglück bringen.« Er lachte rumpelnd. »Wie man's nimmt: Für mich bist du ein ausgesprochener Glücksfall! Und jetzt gib mir einen Kuss!«

Sprachlos vor Entsetzen drehte sie den Kopf zur Seite. Blitzschnell zog er ihr die Arme auf den Rücken und drückte sie hoch, bis sie glaubte, sie würden ihr aus dem Schultergelenk gerissen. »Aha, die Dame ist wählerisch. Du küsst mich, Mamsell – sonst breche ich dir beide Arme!« Zur Bestätigung drückte er ein wenig fester zu, und sie stöhnte auf. Der Schmerz ließ ihr die Tränen in die Augen schießen. Energisch das Schluchzen unterdrückend, das ihr in der Kehle aufstieg, kniff Katharina die Augen fest zusammen und zwang sich, die Lippen zu lockern. Sofort schob er seine Zunge in ihre Mundhöhle und wühlte sich tief hinein. Der faulige Geschmack seiner verrotteten Zähne löste bei ihr einen heftigen Brechreiz aus, und sie würgte hilflos, kämpfte um Luft. Unvermittelt löste er seinen Klammergriff, packte stattdessen mit einer Hand ihr Haar und schob die andere unter den Saum des Leinenhemdes.

»Genau das, was ich jetzt brauche«, befand Eisherz selbstzufrieden, ließ ihr Haar los und nestelte an seinem Hosenbund. »Hinlegen«, befahl er. »Und keine Sperenzchen!« Ein kräftiger Stoß ließ sie ihr Gleichgewicht verlieren und ins Gras stürzen. Halb betäubt vor Schreck und keines klaren Gedankens fähig, schienen ihre Glieder bewegungsunfähig geworden zu sein.

Da sie ihre Lider immer noch fest zusammengepresst gehalten hatte, hatte sie nicht gesehen, wie er seinen schmutzstarrenden Hosenlatz geöffnet hatte. Überrascht keuchte sie auf, als er sich schwer auf sie fallen ließ. Instinktiv formten ihre Hände sich zu Krallen und fuhren auf sein Gesicht los, aber er packte sie augenblicklich und drückte sie auf den Erdboden.

»Mach das noch mal, und ich prügle dich blau und grün!«, drohte er und kniff sie so heftig in die eine Brustwarze, dass ihr erneut Tränen in die Augen stiegen. »Ich mag es, wenn meine Weiber Feuer haben, aber alles zu seiner Zeit …«, sagte er und schob sich tiefer zwischen ihre Schenkel.

Katharina erstarrte. Etwas Heißes, Hartes berührte sie an den Oberschenkeln, und dann setzte auf einmal ein so entsetzlicher Schmerz ein, dass sie sich aufbäumte und schrill und anhaltend zu schreien begann. Die Hand, die sich auf ihr Gesicht presste, dämpfte nicht nur den Schrei, sondern erstickte sie fast, schnitt ihr die Luft zum Atmen ab. In panischer Angst kämpfte sie um ihr Leben, aber einem solchen Fleischberg hatte sie nichts entgegenzusetzen. Der Schmerz in ihrem Unterleib, der sie schier auseinanderzureißen schien, und die Todesangst ließen sie zum ersten Mal in ihrem Leben ohnmächtig werden. Schwarze Nebel löschten alles aus.

»Ich will nicht sterben, nicht jetzt schon«, war ihr letzter

Gedanke, ehe ihr Bewusstsein aussetzte. Sie bekam nicht mehr mit, dass der Mann kurz innehielt, und sie bestürzt musterte. Erst nachdem er sich überzeugt hatte, dass der Puls an Hals und Schläfe kräftig unter der zarten Haut pochte, stieß er weiter in den schlaffen Körper unter sich, bis er mit einem lauten Grunzen auf ihr zusammensackte.

Katharina glaubte, im himmlischen Paradies zu erwachen. Genauso hatte es der Pastor immer beschrieben: Ein wundervoller Garten, in dem man nach dem Tode wandeln würde. Über ihr zwitscherten Schwärme von Vögeln in den Zweigen, und die laue Luft duftete nach fremdartigen Blüten. Aber wo waren die, die ihn bevölkern sollten? Wo war ihre Mutter?

Zutiefst verwirrt wollte sie sich aufsetzen, doch sie zuckte unvermittelt heftig zusammen, als ihr bewusst wurde, dass sie keineswegs gestorben und in den Himmel aufgestiegen war: Die Stelle zwischen ihren Schenkeln schmerzte höllisch, ihre Arme und Schultern brannten wie Feuer und zudem bohrten sich kleine Steine durch das klamme Leinenhemd in die Haut ihres Rückens. Das Hemd war bis weit über ihre Taille hochgeschoben. Der leichte Wind, der über die nackte Haut der Beine und des Unterkörpers strich, ließ sie erschauern. Schlagartig erinnerte sie sich: Der abgrundtief hässliche Söldner aus Köln hatte sie überfallen und ihr Gewalt angetan!

Eine Vergewaltigung war eine alltägliche Gefahr für Bäuerinnen und einfache Frauen, aber als behütete Angehörige des Patrizierstandes hatte sie selten einen Gedanken daran verschwendet. Genauso wenig, wie Katharina sich bisher vor Männern gefürchtet hatte.

Was hatte er mit ihr gemacht? Verstört berührte sie die

Stelle, an der er sie verletzt hatte, mit zwei Fingern und hob sie vor ihr Gesicht: Sie blutete – aber nicht so stark, wie sie erwartet hatte. Das Blut schien mit einem seltsamen Schleim vermischt. Ein Scharren in nächster Nähe ließ sie den Kopf hochreißen. Er war immer noch da!

Die Arme über der Brust gekreuzt, lehnte er an einem dicken Baumstamm und beobachtete sie mit einem Ausdruck in den Augen, den sie nicht einordnen konnte. Instinktiv presste sie die Schenkel aneinander und rollte sich so klein wie möglich zusammen.

»Wenn ich gewusst hätte, dass du noch Jungfrau bist, wäre ich sanfter mit dir umgesprungen«, sagte er heiser. Er hob eine Hand, ließ sie wieder sinken. »Du bist schon etwas Besonderes. So etwas wie dich habe ich mir immer gewünscht.« Langsam kam er auf sie zu und hielt ihr eine Hand hin, um ihr aufzuhelfen. Katharina wimmerte entsetzt auf.

»Keine Angst. Das ist nur beim ersten Mal so. Du wirst sehen: Mit der Zeit wird es auch für dich schön«, brummte er. »Bei Eisherz haben sich die Frauenzimmer nie beklagt.« Unsicher sah er auf sie herunter.

Katharina rührte sich nicht, biss die Zähne aufeinander und wagte kaum zu atmen. Schließlich zuckte der Mann mit den Achseln und ging den Pfad zurück, den er gekommen war.

Auch lange nachdem er bereits zwischen den Bäumen verschwunden war, ließ das heftige Zittern, das ihre Zähne laut klappernd aufeinanderschlagen ließ, nicht nach. Dass sie in eine derart verzweifelte Lage geraten könnte, daran hätte sie nie geglaubt. Sollte sie sich Martin zu erkennen geben und ihn um Hilfe bitten? In den letzten Wochen hatte sie ihn als einen warmherzigen Menschen kennengelernt, der die

Nöte anderer durchaus ernst nahm und half, wo es in seiner Möglichkeit lag. Aber was sollte er tun, wenn sie ihm eröffnete, dass sein Vetter Severin in Wahrheit Katharina Sessenheimer hieß und eine Frau war?

Sie zweifelte keinen Augenblick daran, dass Eisherz' Drohung den Tatsachen entsprach. Zu deutlich erinnerte sie sich noch an die grausamen Strafen des Artikelbriefs, den Kapitän Bontekoe vor einigen Wochen verlesen hatte. Der Kapitän würde eine Frau, die sich als Mann ausgab, zweifellos als eine Sünderin wider die göttliche Natur betrachten und sie ihrer gerechten Strafe zuführen. Nein, es hätte keinen Zweck, sich Martin anzuvertrauen. Er hatte, selbst wenn er es wollte, nicht die Macht, ihr beizustehen.

Unter Tränen schlüpfte sie aus dem Hemd und tauchte erneut in das Wasserloch. Immer wieder spülte sie ihren Mund. Sie griff sogar zur Seife, um auch die letzten Reste des ekelhaften Geschmacks, der darin zu haften schien, loszuwerden.

Erst die einsetzende Dämmerung machte ihr bewusst, dass sie sich beeilen musste, zum Strand zurückzukehren. Die Nacht brach hier in den südlichen Wendekreisen unerwartet schnell herein, und im Dunkeln bestand die Gefahr, dass sie sich verirrte. Ganz in der Nähe schrie ein Tier unvermittelt auf und verstummte dann plötzlich. Hektisch und nervös umherblickend, sammelte Katharina die Wäsche ein. Das auf den Steinen in der Sonne getrocknete Leinen fasste sich steif und rau an – ganz anders als das Leinen, das sie in Frankfurt von der Wäscherin zurückbekommen hatten. Sie zwang sich dazu, die Stücke sorgsam zusammenzulegen, und nicht, wie sie es am liebsten getan hätte, sie zusammenzuraffen und Hals über Kopf davonzustürzen. Als Stadtkind waren ihr die Rufe des Nachtwächters vertrauter als die nächtliche Geräuschkulisse in Wald und Feld. Was ihr im hellen Tageslicht aufregend fremd erschienen war, wurde im Dunkeln zur Bedrohung. Die Bäume schienen größer und dichter belaubt zu sein und die tierischen Bewohner gefährlicher. Stolpernd rannte sie durch das Gebüsch, dem Feuerschein entgegen.

Als sie auf den Strand trat, war es bereits so dunkel, dass die Gesichter nur noch im direkten Umkreis der Feuer zu erkennen waren. Unsicher versuchte sie, sich zu orientieren. An welchem der zahlreichen Feuer saß Martin?

»Severin, wo warst du so lange?« Das war seine Stimme. Erleichtert ging sie auf die Gruppe zu, die eifrig damit beschäftigt schien, appetitlich duftenden Eintopf in sich hineinzuschaufeln.

»Komm, setz dich zu uns.« Martin und der *Provoss* rückten etwas auseinander, um ihr Platz zu machen. »Wir wollten schon einen Suchtrupp losschicken. Hast du dich verlaufen?«

»Nein«, gab sie einsilbig zurück, ließ den Seesack von der Schulter gleiten, und setzte sich so weit wie möglich vom Feuer entfernt in den Sand.

»Was hast du dann den ganzen Nachmittag getrieben?«, beharrte Martin und nahm sie genauer in Augenschein. Der Junge sah nicht gut aus, dachte er für sich. Das verquollene Gesicht, die leise Stimme – man könnte meinen, er hätte geweint. Aber das passte nicht zu ihm. Bisher hatte er einen ausgesprochen munteren Eindruck gemacht. Keine Spur von Heimweh, wie es manchmal die Jüngsten packte. Martin rückte ein Stück näher und fragte so leise, dass seine Worte im allgemeinen Lärm untergingen. »Fühlst du dich krank? Hast du dort im Wald vielleicht irgendetwas gegessen, das du nicht kennst?«

Katharina schüttelte stumm den Kopf und beugte sich über die Schüssel, die der *Provoss* ihr in die Hand gedrückt hatte. Nach dem ersten Bissen, zu dem sie sich hatte zwingen müssen, stellte sie fest, dass sie tatsächlich Hunger hatte, und sprach dem frischen Ziegenfleisch mit Trockenpflaumen, dem duftenden Fladenbrot und dem spanischen Wein aus Martins Kanne tüchtig zu. Ihr offensichtlicher Appetit beruhigte den jungen Arzt. Er hatte schon befürchtet, dass der Junge sich einen Sonnenstich geholt hatte. Leuten, die keine Erfahrung mit der Tropensonne hatten, passierte das häufig. Trotzdem – mit dem Jungen war etwas nicht in Ordnung. Normalerweise schäumte er geradezu über vor Übermut, und nun wirkte er so still und bedrückt. Dazu schien er ständig ängstlich nach jemandem Ausschau zu halten. Konnte es sein, dass er mit jemandem aneinandergeraten war?

Vielleicht mit einem von den groben Kerlen, die da drüben saßen? Martin machte sich keine Illusionen über die Natur der Söldner, die es vorzogen, in einiger Entfernung vom Schiffsvolk für sich zu bleiben. Wenn sein junger Vetter mit einem von ihnen einen Zusammenstoß gehabt hatte, war mit Sicherheit zumindest sein Stolz verletzt worden. Und das schmerzte in diesem Alter ganz besonders. Er beschloss, nicht weiter in den Jungen zu dringen.

»Morgen könntest du uns begleiten, wenn wir auf der anderen Seite der Insel Zitrusfrüchte und Wein einkaufen«, sagte er stattdessen beiläufig. »Noch ist keiner vom *Scharbock* befallen, aber wir kommen jetzt in die Kalmenzone am Äquator, und bis wir Kapstadt erreichen, werden wir wochenlang kein Land zu Gesicht bekommen.«

Erfreut sah Katharina auf. Das bedeutete, dass sie zumindest die nächste Zeit vor Eisherz in Sicherheit war. Eisherz gehörte zu den Soldaten, die auf der »Middelburg« mitfuhren: In offensichtlich bester Stimmung lümmelte er bei dieser Gruppe am Feuer herum. Kein Wunder, dass sie sich auf der Reise bisher noch nicht über den Weg gelaufen waren. Die »Seepferd« segelte immer allen anderen voran, während die »Middelburg« mit ihren achtundsechzig Kanonen die Nachhut bildete.

Ein Stöhnen unterdrückend, versuchte sie eine Position zu finden, in der ihr nichts wehtat. Aber das war fast nicht möglich. Am liebsten wäre sie in ihre Koje geflüchtet, aber es sah nicht so aus, als ob irgendjemand anders noch diesen Wunsch verspürte. Im Gegenteil, die Stimmung wurde zunehmend ausgelassener. In Katharinas Kopf wirbelte immer noch alles chaotisch durcheinander, während sie den Wein, den der Botteliersmaat in Erwartung neuer Vorräte großzügig ausschenkte, achtlos in sich hineinschüttete. Plötzlich schoss ihr ein neuer Gedanke durch den Kopf – ein so schrecklicher, dass ihr der Atem stockte: Wenn er sie nun geschwängert hatte? Sie ein Kind erwarten würde? Nein, das war nicht möglich. Das durfte einfach nicht sein. Was sollte sie dann tun?

Hass, purer Hass schoss in ihr hoch wie eine Stichflamme, während sie ihre Hände zu Fäusten ballte und sich nichts sehnlicher wünschte, als Eisherz tot zu sehen. Faulend, zerfallend, hilflos. Ein Futter für die Krähen und Füchse. Oder für die Fische.

Als Kapitän Bontekoe endlich das Zeichen zum Aufbruch gab, schwankte Katharina bedenklich, aber sie schaffte es ohne peinliche Zwischenfälle in ihre Koje. Die meisten Männer hatten es vorgezogen, an Land zu bleiben. Nur diejenigen, die von Bontekoe als Mannschaft für die morgige Fahrt der »Seepferd« eingeteilt worden waren, waren widerwillig mitgekommen.

Am nächsten Morgen hatte Katharina zwar das Gefühl, statt ihrer Zunge einen alten Lappen im Mund zu haben, aber zu ihrer immensen Erleichterung entdeckte sie keine frischen Blutspuren zwischen ihren Schenkeln. Die dunkelblauen Flecken auf ihren Oberarmen – dort, wo er sie gepackt hatte – waren unter den langen Hemdsärmeln verborgen. Versuchsweise bewegte sie die Schultern. Das tat weh, aber es war auszuhalten. Fast erstaunt registrierte sie, wie wenig Spuren der gestrige Überfall an ihr hinterlassen hatte. Zwar war ihr Schoß noch wund und schmerzte bei manchen Bewegungen, aber sie war in ihrer Bewegungsfähigkeit nicht eingeschränkt. Gesund und kräftig wie sie war, würde sie sich bald erholt haben – wenn dieses Ungeheuer sie nicht geschwängert hatte.

Tagsüber hatte sie kaum Gelegenheit, sich darüber Sorgen zu machen. Die Fahrt um die Insel, die fremdartige Hafenstadt, deren Architektur sie an die Wildbienenbauten am Mainufer erinnerte, und der farbenprächtige Markt, auf dem sie körbeweise duftende Früchte kauften – all die neuen Eindrücke verdrängten das hässliche Geschehen aus ihren Gedanken. Erst abends, als die »Seepferd« wieder in der malerischen Bucht ankerte, keimte erneut die Angst in ihr auf und ließ sie unruhig nach ihm Ausschau halten. Er war leicht auszumachen: Wie am gestrigen Abend scharten sich auch jetzt wieder seine Kameraden um ihn. Als Anführer schien er äußerst beliebt zu sein.

Auch der Kapitän der »Middelburg« hatte sich wohlwollend über ihn geäußert, als er gestern »auf ein Gläschen« an ihr Feuer gekommen war. »Ein vortrefflicher Mann«, hatte er gesagt und beobachtet, wie Eisherz energisch einen jungen Söldner zurechtwies, der einen der Köche angepöbelt hatte. »Seine Leute tanzen erstaunlich willig nach seiner

Pfeife. Auf meinem Schiff hatte ich bisher nicht den kleinsten Händel. Und das will was heißen – bei diesen Kerlen!«

»Diese Burschen im Unterdeck, die nichts als das Kriegshandwerk kennen, sind eine gefährlichere Ladung als Schwarzpulver«, hatte Bontekoe ihm Recht gegeben. »Ihr seid zu beneiden, dass Euer Kontingent einem solchen Hauptmann untersteht!«

Katharina hatte zunehmend verzweifelt der Unterhaltung gelauscht. Die vage Hoffnung, Eisherz könnte vielleicht gegen die rigiden Schiffsregeln verstoßen und zur Strafe in Eisen gelegt werden, war wie Aprilschnee geschmolzen.

»Hrmh«, räusperte sich Martin. Er war unbemerkt neben sie getreten. »Wonach hältst du Ausschau?«

»Nach nichts Bestimmtem«, erwiderte sie ausweichend und wandte sich zu ihm um. »Darf ich dich morgen auf deine Expedition begleiten?«

»Eigentlich hätte ich erwartet, dass du die Jagdgesellschaft mit Heyns Hunden interessanter finden würdest«, sagte Martin offen. »Sag, ist irgendetwas vorgefallen, das dich bedrückt? Du bist seit unserer Ankunft hier seltsam.«

»Ich hatte nur ein wenig Kopfschmerzen, weiter nichts ... Glaubst du, dieses Wunderkraut, das den Großvater von unserem Kapitän geheilt hat, wächst hier tatsächlich?«, fragte sie rasch, um ihn von weiteren Nachforschungen abzulenken.

»Wir werden sehen.« Martin lächelte verschmitzt. »Wenn es hier auf der Insel ein solches Kraut geben sollte, das Geschwüre in Tagesfrist heilt, ist es doch einen Versuch wert, findest du nicht?«

Am nächsten Tag brachen sie schon im Morgengrauen auf. Die Suche nach dem eigenartig duftenden Kraut, dessen Blätter einen silbernen Pelz tragen und schon von Weitem zu erkennen sein sollten, ließ sie den ganzen Tag über in der Hitze flimmernde Felsen klettern.

»Großvater Bontekoe war offenbar ein großer Geschichtenerzähler«, stellte Martin ernüchtert fest, als sie im rötlichen Licht der sinkenden Sonne wieder an den Strand kamen. »Nun, wenigstens haben wir einen Eindruck von der hiesigen Vegetation gewonnen, und fast hätte ich dich schwimmen gelehrt. Wenn du nicht so übertrieben schamhaft wärst …«, fügte er mit mildem Spott hinzu. Katharina war froh, dass er in der Abenddämmerung nicht sehen konnte, wie sich ihre Wangen glühend rot färbten.

Zum ersten Mal, seit sie zusammen reisten, war ihre Maskerade in Gefahr gewesen. In der Mittagshitze hatten sie am Ufer eines größeren Wasserlaufs gerastet, und plötzlich hatte Martin verkündet, er werde sich jetzt ein wenig abkühlen. »Kannst du eigentlich schwimmen, Severin?«, hatte er gefragt und war schon damit beschäftigt gewesen, seine Kleidung abzustreifen.

»Nein, ich mag Wasser nicht«, sagte Katharina hastig und sah wie zufällig in die andere Richtung, wo ein Schwarm roter Vögel sich über die reifen Früchte eines Baumes hermachte.

Was fiel ihm ein, sich in ihrer Gegenwart zu entblößen? Sich nackt zu betrachten war eine Sünde, hatte Frau Else den Kindern eingeschärft, und die fromme Johanna hatte das so ernst genommen, dass sie die Augen zu schließen pflegte, wenn sie ihr Hemd wechselte.

»Das sollte man nicht glauben – so begeistert, wie du anfangs vom Meer warst«, sagte Martin überrascht und warf sich mit lautem Platschen ins Wasser. »Dann komm wenigstens so weit hinein, wie du stehen kannst. Die Erfrischung wird dir guttun.«

Katharina wandte den Kopf und schnappte nach Luft, als sie ihn mit seltsamen Bewegungen durch das Wasser pflügen sah. Er schien sich dort problemlos fortbewegen zu können. Ob er diese Methode auf Sizilien gelernt hatte? Ein wenig neidisch verfolgte sie, wie er scheinbar mühelos den Fluss überquerte, wendete und wieder zurückkehrte. Das glitzernde Wasser wirkte kühl und sauber. Und wenn sie sich darauf beschränkte, barfuß am Ufer ein bisschen umherzuwaten?

»Du bist wasserscheu wie eine französische Comtesse«, spottete Martin und spritzte übermütig in ihre Richtung. »Hast du Angst, deine zarte Haut könnte Schaden nehmen?«

Katharina errötete heftig und bückte sich so rasch, um Schuhe und Strümpfe auszuziehen, dass ihr Martins verblüffter Gesichtsausdruck entging. Sie war es gewöhnt, dass andere sie ihres Aussehens wegen hänselten, aber Martin hatte sich bisher immer zurückgehalten. Angespannt wartete sie auf weitere Neckereien, aber zu ihrer Erleichterung warf Martin sich erneut ins Wasser. Katharina beobachtete ihn aus den Augenwinkeln, als er sich schließlich prustend aufrichtete und begann, auf das Ufer zuzuwaten.

Nackt und von glitzernden Wassertropfen überzogen bot er, ohne sich dessen bewusst zu sein, einen prächtigen Anblick. Wie einer von den antiken Heroen aus dem Buch über griechische Mythologie, dachte sie bewundernd. Atemlos wartete sie auf den Augenblick, an dem er ganz aus dem Wasser auftauchen würde. Sein Geschlecht wirkte nicht beängstigend, wie sie halb erwartet hatte. Auf dem dichten Busch dunkelblonden Schamhaars ruhend und bei jedem seiner kraftvollen Schritte leicht hin und her schaukelnd, schien es ihr eher lächerlich. So lächerlich, dass sie ein Kichern unterdrücken musste. Er strich sich das Wasser von den Flanken und den muskulösen Oberschenkeln und ging zu seinen Kleidern.

Danach sollte sie Martin nicht mehr ansehen können, ohne an die geschmeidige Gestalt, die sich unter der groben Kleidung verbarg, denken zu müssen …

Fünf Tage später waren alle Wasserfässer gereinigt und frisch gefüllt, das Pökelfleisch neu eingelegt, eine ganze Reihe Fässer mit geschnittenen, gesalzenen Zitronenstücken standen bereit, um dem Maß Essig, das jedes Mitglied der Besatzung einmal wöchentlich zur Vorbeugung erhielt, beigemischt zu werden. Ein letztes Mal zog die Jägertruppe unter Obersteuermann Pieter Gijsen aus, um mit reicher Beute zurückzukehren. Ein letztes Mal ruderte der Botteliersmaat drei von seinen kostbaren Weinfässern an Land, und ein letztes Mal wetteiferten die Köche um den besten Eintopf.

Katharina entschuldigte sich mit Unwohlsein und blieb auf dem Schiff. Ihre Angst, dass Eisherz die Gelegenheit nutzen konnte, ihr dort am Strand aufzulauern, war zu groß. Während sie die Männer am Strand Trinklieder grölen hörte, wälzte sie sich unruhig auf der klumpigen Matratze hin und her. Es war heiß und stickig in der Kammer. Außer ihr war nur eine Notwache an Bord, aber die beiden Männer kannte sie nicht. Das leise Wiegen der Dünung schläferte sie endlich doch ein, aber sie schlief unruhig. Immer wieder schrak sie hoch. Als sich kurz vor Mitternacht tatsächlich eine dunkle Gestalt in die Kammer des Schiffsarztes schlich, warnte sie allerdings weder die knarrende Planke am Fuß der Treppe noch das Geräusch der in den rostigen Angeln quietschenden Tür. Eine schwielige Hand riss sie unsanft aus einem Traum, in dem sie zusammen mit Martin gerade fliegende Drachen bewunderte. Sie umflatterten sie wie Sommervögel und stießen dabei leise, summende Geräusche aus. Der unverwechselbare Geruch, der ihr in die Nase stieg, noch bevor sie ganz wach war, ließ sie in Panik aufstöhnen. Eisherz!

»Pscht, meine Kleine, ich bin's«, flüsterte er, und sein heißer Atem strich über ihr Gesicht. »Du hast mir gefehlt.« Mit fahrigen Fingern nestelte er an ihrem Hemd, verlor die Geduld und zerrte sie so grob aus der Koje, dass ihr Kopf heftig gegen das obere Brett stieß. »Verflucht, ist das dunkel hier. Komm hier rüber.« Er zog sie hinter sich her und stolperte in den Streifen Mondlicht, der durch die Luke fiel.

»Bitte nicht«, wollte Katharina flehen, aber sie brachte keinen einzigen Ton heraus. Halb wahnsinnig vor Angst und Ekel wich sie zurück und überlegte verzweifelt, womit sie ihn sich vom Leibe halten konnte. Martins Chirurgenbesteck war sorgfältig weggeräumt. Sie selbst hatte es nach dem letzten Gebrauch gereinigt und unter seiner Koje verstaut. Unmöglich, rasch genug an eines der scharfen Skalpelle zu kommen. Sein Rasiermesser hatte er mit an Land genommen. Andere Gegenstände, die man als Waffe nutzen konnte, gab es nicht. Wenn sie bloß Severins Degen noch hätte …

»Na, mach schon, zieh dein Hemd aus! Weiß der Teufel, wann ich wieder zwischen deine Beine komme«, brummte er und versuchte, ohne den Griff zu lockern, das steife Leinen bis zu ihrer Taille hochzuschieben. »Verdammt, ist das wacklig.« Mit einer achtlosen Armbewegung fegte er einen Stapel von Martins kostbaren Büchern zu Boden, setzte sich breitbeinig auf die Truhe unmittelbar hinter ihm und drückte sie auf die Knie nieder. Was hatte er vor?

Wie versteinert starrte sie auf seine freie Hand, die an seinem Hosenbund nestelte. »Du wirst den kleinen, dicken

König um Verzeihung bitten, dass du ihn so lange hast warten lassen. Küss ihn!« Im Mondlicht sah sein Geschlecht, das aus den Stofffalten emporragte, wie eine monströse Morchel aus. Und es roch auch so.

»Ich kann nicht«, flüsterte sie tonlos und starrte krank vor Widerwillen auf das stinkende Etwas dicht vor ihrem Gesicht, das sie zu verhöhnen schien. Er lachte rau. »Du wirst dich noch wundern, was du alles kannst!«, versprach er und drückte ihren Kopf herunter. Der überwältigende Gestank, der von ihm aufstieg, ließ sie hörbar würgen. »Du bist nicht mehr die feine Dame, die über unsereinen die Nase rümpfen kann«, erinnerte er sie hämisch. »Seit Köln, als du mir und diesen Tölpeln entkommen bist, habe ich davon geträumt. Küss ihn oder ich lasse den Kapitän rufen!«

Von Ekel geschüttelt beugte Katharina sich über sein Glied und küsste es mit spitzen Lippen. »Richtig – nicht so damenhaft!« Ehe sie reagieren konnte, hatte er es ihr in den Mund geschoben. Unwillkürlich verkrampften sich ihre Kiefer, und sie biss zu. Der folgende heftige Faustschlag an die Schläfe beförderte sie auf die Planken und raubte ihr fast die Besinnung. »Du Luder, das wirst du mir büßen!« Ernüchtert, aber zitternd vor Wut, warf er sich auf sie und drang in sie ein. Diesmal war der Schmerz nicht so stark, dass sie bewusstlos wurde. Mit geschlossenen Augen und angehaltenem Atem ertrug sie es in ohnmächtiger Wut, während er auf ihr keuchte und sein Speichel auf sie heruntertropfte.

Sie würde ihn töten! Sobald sie in Kapstadt anlegten, würde sie sich ein Messer besorgen. Sie würde nicht zulassen, dass er sie nochmals berührte, schwor sie sich. Niemals.

Heimatlose Seelen

Yorimoto stand unbeweglich am Strand und starrte auf den leeren Horizont hinaus. Etwas hatte ihn gerufen. Das war seit vielen Jahren nicht mehr geschehen. Inzwischen hatte er Schwierigkeiten, sich das Gesicht der Frau zu vergegenwärtigen. Dieses seltsame Gesicht, das in der Reglosigkeit des Todes zu statuenhafter Schönheit erstarrt war. Die ersten Jahre war es ein Teil seines Bewusstseins gewesen. Sobald er die Augen geschlossen oder auf ein leeres Blatt Papier gesehen hatte, formten sich aus dem Nichts ihre Züge. Diese ersten schrecklichen Jahre.

Munetsune war damals alles andere als erfreut gewesen, als er von den Entwicklungen erfahren hatte. Gerade zum Zweiten Gouverneur von Nagasaki ernannt, war er vollauf damit beschäftigt gewesen, seinen neuen Rang zu festigen und das Netzwerk aus Verpflichtungen zu knüpfen, das ihn in einigen Jahren unangreifbar machen würde. Ein Bruder, dessen Name mit einem Skandal in Verbindung gebracht wurde, kam da denkbar ungelegen. Selbstverständlich hatte der Hof alles getan, um aufkommende Gerüchte zu ersticken. Doch die Tatsache, dass der *Kaishakunin* von seinem letzten Auftrag in schwer krankem Zustand zurückgekehrt war, hatte allein schon für abergläubische Furcht gesorgt. Hinter geschlossenen Türen wurde getuschelt, dass er verflucht worden sei. Und da niemand genaue Kenntnis von den Geschehnissen im abgelegenen Lehen hatte, trieben die Spekulationen wilde Blüten.

Mochte das Amt des *Kaishakunin* auch noch so angesehen sein – der Person, die es ausübte, ging man lieber aus dem Weg. Man konnte ja nie sicher sein, welche Geister ihn gerade verfolgten. Natürlich hatten die Gerüchte auch Nagasaki erreicht. Sein Gesicht verzog sich zu einem bitteren Lächeln. Er hatte Munetsune versprochen, ein Leben in strikter Zurückgezogenheit zu führen, und er hatte sein Versprechen gehalten. Seine Schwerter hatte er nicht mehr angerührt. Anfangs hatten die täglichen Übungen ihm gefehlt, aber der Pinsel hatte ihm eine neue Welt erschlossen. Als Junge hatten seine Lehrer sein Geschick für die Kalligrafie gelobt. Nun übertrug er die Hingabe, die er der Beherrschung seiner Waffen gewidmet hatte, auf die Kunst der Pinselführung. Die langen Meditationsübungen und die Konzentration auf die Sprache des Pinsels hatten ihm eine Art innere Ruhe gebracht. Er lebte immer noch das Leben eines Eremiten, mied die Freunde und Bekannten seines Bruders. Aber inzwischen war es eher Gewohnheit als Bedürfnis.

Und gerade deswegen hatte es ihn überrascht, so unvermittelt den Ruf zu vernehmen. Er schloss die Augen gegen die Strahlen der Sonne, die das Wasser zu einem glühenden Spiegel machten, und versuchte, genauer in sich hineinzuhören. War es wirklich ihr Geist gewesen, der ihn hier an den Strand geführt hatte? Oder hatte ihn etwas anderes genarrt?

Wachsam blickte er sich um, aus alter Gewohnheit nach dem Schwerterpaar greifend, das er schon lange nicht mehr in seinem Gürtel trug. Nichts. Weit und breit keine Menschenseele. Nur Möwen, die an der Flutlinie angeschwemmte Schnecken und Muscheln aufpickten.

Kapitel 6

Im Sturm

Der anhaltend günstige Wind brachte sie in zwei Wochen bis zum Äquator.

»Wir sind schneller vorangekommen, als ich es jemals erlebt habe. Aber das dürfte sich bald ändern«, sagte Goutbrant zu Katharina, die neben ihm stand und aufmerksam verfolgte, wie er am Kartentisch die Position errechnete.

»Wieso denn?« Die Frage klang so ungeduldig, dass der *Provoss* erstaunt aufsah. »Weil wir uns der windstillen Kalmenzone nähern«, erklärte Goutbrant und fragte sich im Stillen, was mit dem Jungen los war. Seit einiger Zeit schien er niedergedrückt, und schon ein paar Mal war ihm der merkwürdige Gesichtsausdruck aufgefallen, mit dem Severin wie in Trance auf das Meer hinausstarrte. Sollte er ein paar Worte mit seinem Vetter wechseln? Aber dann verwarf er den Gedanken wieder. Der Mann war Arzt. Er würde es vermutlich als Impertinenz empfinden, wenn ein einfacher Seemann ihm sagte, dass der Junge sich seiner Meinung nach seltsam benahm.

»Seht her, da sind wir gerade«, sagte er und wies auf einen Punkt im Atlantik, von dem aus Afrikas Küste plötzlich ostwärts zurückzuweichen schien. »Etwa hier, am Wendekreis des Steinbocks, beginnt die Kalmenzone.« Sein Zeigefinger beschrieb einen Kreis auf der Karte. »In dieser Zone muss man kreuzen. Es soll Schiffe geben, die dort über einen Monat nur mit Focksegel und Pinnet getrieben sind.« Er lachte gutmütig. »Ihr werdet Euch also noch in Geduld üben müssen, bis Ihr Euren Fuß wieder auf festes Land setzen könnt!«

Wenn er allerdings gewusst hätte, was in Katharinas Kopf vorging, hätte er nicht gezögert, Martin Liebau auf das seltsame Verhalten seines Adjunkten hin anzusprechen. Katharina fieberte geradezu danach, Eisherz zu töten. In unzähligen schlaflosen Nächten hatte sie es sich immer wieder ausgemalt.

In Kapstadt würde sie sich einen langen, schmalen Dolch beschaffen und ihn bei erster Gelegenheit benutzen. Martin hatte sich als unerwartet hilfreich erwiesen. Auf die beiläufige Frage, welche Verletzungen denn am schnellsten zum Tod führten, hatte er so kurz und bündig Auskunft gegeben, als hätte sie nach einem Rezept für Hustensirup gefragt. »Wenn du jemandem den Hals durchschneidest, kann auch ein Arzt, der danebensteht, nichts mehr tun. Noch besser ist jedoch ein genauer Stich ins Herz.«

Katharina hatte sich die Abbildungen im Buch dazu genau angesehen und sich gemerkt, wo die entsprechenden Stellen unter Fleisch und Haut verborgen lagen. Für einen Schnitt in die Kehle fürchtete sie, nicht kräftig genug zu sein. Eisherz war deutlich größer und stärker als sie und wäre zweifelsohne in der Lage, sie mühelos zu entwaffnen. Was er danach mit ihr täte, wollte sie sich lieber nicht ausmalen. Ein rascher Stich ins Herz jedoch, mit von unten geführter Hand, das war zu bewerkstelligen!

Der *Provoss* hatte richtig prophezeit: Sobald sie sich dem Wendekreis des Steinbocks näherten, ließ der Wind tatsächlich deutlich nach. Flach wie die Zuidersee lag das Meer vor ihnen, und Kapitän Bontekoe berief mehrere Tage hintereinander den großen Schiffsrat aller Kapitäne und Kaufleute ein, um das weitere Vorgehen zu beraten. Sollten sie sich westwärts, auf die brasilianische Küste zu treiben lassen, bis die Südkapströmung und die Westwinde sie wieder auf das Kap Bon Esperance zurücktriebe, oder sollten sie versuchen, nach Süden zu kreuzen und bei Tristan da Cunha die kräftige Ostströmung abzupassen? Noch war die Mannschaft guten Mutes. Das Wasser war fischreich. Sooft man eine Angelleine hinunterwarf, zog man einen dicken, wohlschmeckenden Fisch an Deck. Von den eingelegten Zitrusfrüchten wurden jeden Donnerstag und jeden Sonntag pro Mann zwei Stücke verteilt, mit denen sie sich das Zahnfleisch einzureiben hatten. Die Behandlung schien zu wirken. Bisher hatten sich noch bei keinem der Männer Symptome des *Scharbocks* gezeigt.

Eines Tages fingen die Männer, die sich mit Angeln die Zeit vertrieben, einen großen Hai. Es war nicht einfach, ihn an Bord zu hieven, und als er endlich auf das Deck gezerrt wurde, bestaunte das gesamte Schiffsvolk das riesige Tier.

»Zurück, Männer!«, befahl der *Provoss* und griff höchstpersönlich nach einem Beil, um dem wild um sich schnappenden Tier den Schädel einzuschlagen. Fasziniert starrte Katharina in den rosigen Schlund und auf die Reihen dolchartiger Zähne, die deutlich zu sehen waren, während der Haifisch sich mit weit aufgerissenem Maul hin und her warf. Erst nach mehreren Versuchen schaffte es Goutbrant mit einem gewaltigen Hieb zwischen die Augen, ihm das Haupt zu spalten. Ein letztes Schnappen, bei dem die Zähne weithin hörbar aufeinanderschlugen – dann erschlaffte der Koloss, und rotes Blut strömte in solchen Mengen aus der Wunde, dass die in erster Reihe Stehenden entsetzt zurückwichen. Ein unangenehmer Geruch ging von der grauen, wie mit Sand bestreuten Haut des Tieres aus. Selbst die Hunde näherten sich mit sichtbarer Zurückhaltung, obwohl der Blutgeruch sie magisch anzog.

Der Zimmermann kam mit einigen stabilen Hölzern und verkeilte sie im Maul des Tieres, sodass die erfolgreichen Fischer damit beginnen konnten, die messerscharfen Zähne aus dem Kiefer zu schlagen. Haizähne waren ein begehrtes Kuriosum bei Naturaliensammlern und daher von einigem Wert für die Besitzer. Sie waren anders als die Zähne, die sie in Köln an dem Walfischskelett bestaunt hatten, dachte Katharina und versuchte, sich näher an das Geschehen heranzudrängen. Und es lag nicht daran, dass diese noch im Gaumen steckten. Die Walfischzähne hatten eher an die Fänge von Raubtieren erinnert. Diese hingegen schienen platt und fast dreieckig. Und es gab nicht nur eine Zahnreihe, sondern sie standen gestaffelt hintereinander wie Verteidigungsschanzen. Wenn dieser Haifisch einmal zugebissen hatte, hatte das Opfer sicher keine Chance mehr, sich loszureißen.

»Vergesst nicht, ihn aufzuschneiden!«, riet ein alter Seemann mit sonnengegerbter Haut. »Ich kannte einen, der hat in einem Haifischmagen einmal einen goldenen Ring gefunden.«

»Fischreste sind wahrscheinlicher«, meinte der *Provoss* trocken. »Aber in Gottes Namen … Macht nur nachher das Deck wieder sauber!« Mit diesen Worten wandte er sich zum Gehen, ohne abzuwarten, bis der Anführer der Fischer mit einem Entermesser den hellen Bauch ihrer Beute aufgeschlitzt hatte. Der Aufschrei hinter ihm ließ ihn herumfahren. Die normalerweise abgebrühten Männer waren so weit wie möglich von dem Fisch zurückgewichen, drängten sich jetzt an den Abgängen und starrten verstört aus sicherer Entfernung auf den halb geöffneten Unterleib. Goutbrant reckte den Hals, um zu erkennen, was sie derart erschreckt hatte.

Etwas Dunkles von seltsam anmutender Form ragte aus dem schleimigen Inneren. Es sah fast aus wie … »Was ist das?« Goutbrants Stimme klang ungewohnt zittrig.

»Ein menschlicher Arm«, erklärte Martin, schob sich durch die Männer nach vorne und beugte sich über den unheimlichen Fund. »Holt mir Wasser«, befahl er. Sobald ihm ein Eimer gereicht wurde, spülte er die schwärzliche Hand ab, fasste vorsichtig mit zwei Fingern zu und zog daran. Mit einem Geräusch, das entfernt an ein Schmatzen erinnerte, glitt das menschliche Körperteil aus dem Inneren des Hais auf die Planken. Es war tatsächlich ein Arm, dunkelbraun gefärbt, unversehrt bis zur Schulter. Dort musste ein gewaltiger Biss das Schulterblatt halbiert haben. Die deutlich sichtbare, sauber abgetrennte Knochenkante ließ erahnen, welche Kräfte hier am Werk gewesen waren. Die Hand lag mit der Handfläche nach oben, die Finger mit den immer noch auffallend rosigen Nägeln waren leicht gekrümmt wie bei einem Schlafenden.

Alle Augen waren auf den grausigen Fund geheftet. Niemand sprach. Selbst die Segel über ihnen hingen schlaff und reglos herab. Das einzige Geräusch, das sie hören konnten, war das eifrige Schlabbern der Hunde, die die Gelegenheit nutzten und die Blutlache von der Kopfwunde des Haifischs aufleckten.

Interessiert bückte der junge Arzt sich über den Fund. »Kaum Anzeichen von Verdauung«, stellte er fest. »Der Arm sieht ganz frisch aus.«

»Wieso?« Der *Provoss* nahm das Teil widerstrebend genauer in Augenschein. »Er ist doch schon schwarz.«

Martin schüttelte den Kopf. »Lasst Euch durch die dunkle Hautfärbung nicht täuschen. Sie ist kein Anzeichen von Verwesung. Dieser Arm … Er stammt von einem Afrikaner.«

Mehrere Männer gaben erstaunte Laute von sich.

»Wir sind nicht unweit der Route nach Surinam.« Kapitän Bontekoe war an die Reling des Oberdecks getreten, und seine kalte, schneidende Stimme übertönte mühelos das Gemurmel unter ihm. »Vermutlich stammt dieser Rest von einem Sklaven, den man über Bord geworfen hat.«

Katharina starrte schwindlig vor Entsetzen auf den Arm. Einen Atemzug lang sah sie ihren eigenen, weißen Arm dort liegen. Die Vorstellung, bei lebendigem Leib von einer solchen Bestie zerrissen zu werden … Sie schmeckte Galle und schaffte es gerade noch an die Bordwand, ehe sie sich übergab. Normalerweise hätte eine solche Schwäche grobe Witze nach sich gezogen, aber diesmal schwiegen alle.

»Werft ihn über Bord«, befahl Bontekoe ungerührt. »Und den Haifisch gleich mit. Dieser Gestank ist ja widerlich.« Tatsächlich nahm der stechende Geruch nach Ammoniak, der von dem geöffneten Fischkörper ausging, merklich zu. Es erwies sich als ziemlich unangenehm, den Tierkadaver über die Bordwand zu hieven, denn kaum hatten zwei Männer ihn an der Schwanzflosse und am Maul gepackt, quollen die Innereien heraus. Sechs Männer waren schließlich nötig, ihn anzuheben. Endlich versank der schwere Körper mit einem lauten Aufklatschen im Meer.

Den Arm hingegen wollte niemand anrühren. Eine abergläubische Furcht schien die Seeleute abzuhalten. »Und wenn der Heidenarm verflucht ist?«, gab einer zu bedenken und betrachtete ihn ängstlich. Kurz entschlossen packte Martin den Arm und schleuderte ihn in hohem Bogen ins Wasser.

»Ich glaube, der Spaß an der Haijagd ist den Männern jetzt etwas verleidet«, meinte der Kaufmann nach dem Nachtessen und lehnte sich mit einem herzhaften Rülpsen zurück, um seine Pfeife zu stopfen. »Es ist schon ein seltsames Gefühl, wenn man einen solchen Fund macht!«

Katharina beeilte sich, ihm den glimmenden Fidibus zu bringen, und fragte leise: »Warum werden diese Sklaven eigentlich über Bord geworfen?«

Van der Dussen zuckte mit den Schultern: »Das ist ganz verschieden. Manchmal ist es besser, die Kranken rechtzeitig auszusortieren, ehe die Gesunden durch die von ihnen verpestete Luft ebenfalls erkranken. Und manchmal, wenn der Proviant nicht ausreicht, behält man nur die wertvollsten.«

»Und die anderen …?«

Der dicke Mann nickte bestätigend: »Hat ja keinen Sinn, wenn alle vor die Hunde gehen.«

Katharina schluckte hart. Ob sie wussten, welches Schicksal ihnen drohte? Ob sie sich so fürchteten, wie sie oder Severin sich fürchten würden? Bisher hatte sie sich keine Gedanken darüber gemacht, ob die prachtvoll aufgeputzten Mohrenknaben, die manchen Damen hinterhertrotteten, das gerne taten. Man fragte einen Hund ja auch nicht, ob es ihm passte, seinem Herrn zu gehorchen.

»Ein Kapitän ist in erster Linie seinem Auftraggeber gegenüber verpflichtet. Er muss sehen, den größtmöglichen Profit aus einer Fahrt zu ziehen«, erläuterte Bontekoe herablassend die geschäftlichen Hintergründe der brutalen Maßnahme. »Das heißt, er wird so viele Neger stauen wie möglich. Aber es ist nicht einfach, sie gesund und kräftig zu halten, deshalb ist es oft ratsam, Kranke so schnell wie möglich auszusortieren.«

»Könnt Ihr mir sagen, ob die Krankheiten die gleichen

sind, die auch das Schiffsvolk befallen?«, fragte Martin mit dem distanzierten Interesse des Wissenschaftlers.

Kapitän und Kaufmann wechselten einen ratlosen Blick. »Darüber weiß ich nichts«, gab van der Dussen verblüfft zu. »Wieso fragt Ihr danach?«

»Anatomisch entsprechen die Neger den Weißen. Wir haben in Syrakus einen pechschwarzen Galeerensklaven seziert – und unter der Haut war nicht der geringste Unterschied festzustellen! Wenn die Ähnlichkeit so groß ist, müssten auch die Krankheiten übereinstimmen.«

Die anderen drei Männer reagierten mit Skepsis auf diese überraschende Information.

»Ihr müsst einen Fehler gemacht haben«, sagte der Kaufmann überzeugt. »Vielleicht hat ein Gehilfe die Leichen verwechselt. Es ist einfach unmöglich, dass diese hässlichen Kreaturen uns, dem göttlichen Ebenbild, entsprechen.«

»Es ist nicht nur unmöglich – es ist auch Blasphemie«, sagte Bontekoe streng und kniff die schmalen Lippen zu einem dünnen Strich zusammen. »Denn wenn Eure fantastische Behauptung zuträfe, wäre die gesamte göttliche Ordnung, die Er in seiner Weisheit errichtet hat, nicht mehr gültig.«

»Von so gelehrten Dingen verstehe ich nichts«, meldete sich der Steuermann bescheiden zu Wort. »Aber in Kapstadt leben brave Holländer mit dortigen Eingeborenenweibern zusammen, und sie haben sogar Bastarde! Diese Kinder lernen lesen, und schreiben und benehmen sich so manierlich wie die reinblütigen. Ich habe es mit eigenen Augen gesehen. Doch man fragt sich, wie das möglich ist!«

»Das ist mir neu!« Martins Augen blitzten fasziniert. »Ihr seid sicher, dass es sich bei diesen Kindern um echte Bastarde handelt?«

»Die Väter sind sich sicher.« Gijsen warf einen Seitenblick zu seinem Kapitän, der sichtlich schockiert von dieser Neuigkeit war. »Sie gleichen weder ausschließlich ihren Müttern noch ihren Vätern. Ihr werdet sie dort ja selber sehen«, endete er hastig und sah aus, als bereute er bereits, sich in dies ungemütlich verlaufende Gespräch eingemischt zu haben.

»Weiß man, ob sie fruchtbar sind?«, fragte der junge Arzt angelegentlich. »Es wäre interessant, ob sie unfruchtbar sind wie Maultiere oder ob sie Nachwuchs zeugen können.«

»Genug!«, befand Bontekoe. »Solche Erörterungen mögen an der Universität üblich sein, aber Ihr werdet in Zukunft die Güte haben, unsere Ohren mit dergleichen Unziemlichkeiten zu verschonen!«

Als Katharina am nächsten Morgen an Deck kam, erstreckte die See sich flach wie ein Spiegel bis zum Horizont. Der Himmel hatte sich mit dünnen Schleierwolken überzogen, und das Wasser sah auf einmal nicht mehr glasklar, sondern bleigrau und milchig aus. Eine für die frühe Morgenstunde ungewöhnlich schwüle Hitze erschwerte das Atmen, als sei die Luft in ihren Eigenschaften verändert worden. Beunruhigt sah der *Provoss* zu den schlaffen Segeln hoch. »Das gefällt mir nicht«, brummte er vor sich hin. »Sieht nach einem veritablen Unwetter aus! Da kann der Kapitän gleich ein Extragebet anschließen.«

»Ihr meint, wir bekommen einen echten Sturm?« Katharina kniff die Augen zusammen, um den Horizont zu mustern. »Man sieht nichts. Und es geht auch immer noch überhaupt kein Wind.«

»Das ist es ja.« Goutbrant zog einen Mundwinkel zu einem schiefen Lächeln hoch. »Es ist zu ruhig. Irgendwo da draußen braut sich was zusammen.«

»Wenigstens kommen wir dann vom Fleck!«

»Freut Euch nicht zu früh, Junge!« Goutbrants Lächeln wurde noch schiefer. »Der Wind fragt nicht danach, wohin man will.« Er ging weiter zum Bootsmann, um mit ihm die nötigen Vorkehrungen zu besprechen. Im Lauf des Tages stieg die unterschwellig vorhandene Spannung der Mannschaft. Selbst die Söldner hielt es nicht unter Deck. Aufgeregt drängten sie sich an der Bordwand und hielten Ausschau nach den ersten Anzeichen des Orkans.

Der Kapitän hatte sämtliche Rahen und Segel bergen lassen. Die Pumpen standen bereit, mit denen eingedrungenes Meerwasser aus dem Rumpf gepumpt werden konnte. Die Kanonen waren so gut wie möglich festgezurrt worden. Sogar das Feuer in der Kombüse hatte der Koch gelöscht und in einem verschlossenen Kohleneimer war nur etwas Glut zurückbehalten worden. Nun trieb die »Seepferd« ebenso wie die anderen Schiffe nahezu bewegungslos dahin, und die Mannschaften warteten auf das Eintreffen des Unwetters.

Es war bereits dunkel, als es dann tatsächlich über sie herfiel. Ohne Vorwarnung brach urplötzlich ein solcher Sturm los, wie Katharina ihn noch nie zuvor erlebt hatte. Niemals hätte sie es für möglich gehalten, dass das mächtige Schiff wie ein Kinderspielzeug auf haushohen Wellen tanzen könnte, den Wasserbergen hilflos ausgeliefert. Sie und Martin waren angewiesen worden, in ihrem *Cojet* zu bleiben. Wer bei Orkan über Bord ging, war verloren, und der Kapitän hatte sich daran erinnert, dass man in *Batavia* großen Wert auf diesen jungen Doktor legte. Goutbrant hatte ihnen Stricke gegeben und ihnen geraten, sich in den Schlafkojen festzubinden. Der Rat war gut gewesen, denn das Schiff schien wie in einem verrückten Ritt steile Berge erklimmen zu wollen, nur um sich gleich darauf geradewegs in die Tiefe zu stürzen.

Fast war Katharina froh, nicht die ungeheuren Wellen sehen zu müssen, die mit dem Schiff zu spielen schienen. In der stockdunklen Kammer hörte sie die Reisekisten und Bücherstapel hin und her rutschen. Der Sturm heulte wie ein vor Hunger wahnsinniges Ungeheuer. Nicht einmal hier in ihrer Kammer konnten sie sich verständigen. Mit einem Knirschen, so laut, dass es sogar den Sturm übertönte, brach einer der Masten. Die »Seepferd« legte sich gefährlich auf die Seite, aber nach einer bangen Zeit richtete sie sich wieder auf. Immer wieder spritzte Wasser durch die Klappe der Luke. Nach einiger Zeit verlor Katharina jegliches Zeitgefühl. Sie klammerte sich nur noch an die Halteseile, die ihr bei jedem Aufbocken des Dreimasters schmerzhaft in die Haut schnitten. Wenn sie ihre Hände nicht benötigt hätte, um sich festzuhalten, hätte sie sich die Ohren zugehalten, um das schreckliche Heulen nicht mehr hören zu müssen. Wenigstens war sie nicht allein. Es war ein tröstliches Gefühl, Martin in diesem Inferno so nahe bei sich zu wissen. Am liebsten hätte sie sich zu ihm geflüchtet und sich an ihm festgeklammert. An seinem starken, muskulösen Körper, der so elegant durch das klare Wasser geglitten war …

Irgendwann gegen Morgen hatte sich der Sturm ausgetobt, seine Kräfte waren erschöpft, und beide glitten endlich in einen betäubungsähnlichen Schlaf. Ein lauter Schlag an die Tür weckte sie unsanft. »Doktor, wir brauchen Euch dringend in der *Back!*«, rief Goutbrant. »Alles klar bei Euch?« Seine Stimme klang heiser und müde.

»Sofort!«, rief Martin und hantierte ungeduldig mit seinen Halteseilen. Er lief in Strümpfen zur Tür und riss sie mit einem Ruck auf. Der *Provoss* sah schrecklich aus: Wams und Hose waren zerrissen, das Hemd hing in Fetzen an ihm herunter. Hohlwangig und grau im Gesicht schien er sich nur noch mit schierer Willenskraft aufrecht zu halten.

»Lasst mich zuerst Eure Wunde behandeln«, sagte Martin begütigend wie zu einem Fiebernden und wies auf einen hässlichen Riss am Haaransatz, aus dem immer noch Blut sickerte.

»Doch nicht mich, Doktor!« Goutbrant schüttelte ungehalten den Kopf. »Kommt lieber so schnell wie möglich in die *Back*. Die armen Kerle brauchen Eure Hilfe nötiger.«

Er hatte Recht. Als Martin und Katharina mit Verbandsmaterial und Instrumentenkoffer die *Back* betraten, bot sich ihnen ein schauriger Anblick. Überall kauerten dicht gedrängt Verwundete, die sie aus blutunterlaufenen Augen anstarrten. Manche schaukelten wie stumpfsinnig vor Schmerzen hin und her, manche murmelten Gebete.

»Ihn hat es am schlimmsten erwischt«, sagte der *Provoss* und führte sie zuerst zu einem Maat, der leise wimmernd in der hintersten Ecke lag. Als er die Decke hob, die den Unterkörper des Mannes bedeckte, glaubte Katharina ihren Augen nicht zu trauen. Wie konnte ein Mensch das überleben?

Ein gewaltiger Schlag musste ihm den gesamten Unterleib zertrümmert haben. Von unterhalb der Brust, wo sich einzelne Rippenfragmente durch Haut und Stoff gebohrt hatten, bis zu den Oberschenkeln war seine Kleidung blutdurchtränkt. »Der Hauptmast ist genau auf ihn gestürzt«, sagte der Mann neben ihm und umklammerte seinen notdürftig verbundenen Unterarm. »Als wir gerade versucht haben, ihn festzuzurren.«

Wortlos schüttelte der junge Arzt den Kopf und zog Goutbrant ein Stück zur Seite: »Ihm ist nicht mehr zu helfen. Der halbe Leib ist zerschlagen. Gebt ihm so viel Branntwein, wie er möchte. Mehr kann man nicht für ihn tun.«

Goutbrant schloss für einen Augenblick die Augen und seufzte niedergeschlagen. »Das habe ich schon befürchtet«, sagte er. »Ich werde mich selbst darum kümmern.«

Die beiden Männer nickten sich zu, und Martin begann mit einem ersten Rundgang. Zwei weitere Todesopfer hatte der Sturm gefordert. Ein junger Maat war bereits tot, als der Arzt sich über ihn beugte. Bis auf eine feine Blutspur, die ihm aus Nase und Ohr lief, schien er unversehrt, aber seine Haut fühlte sich klamm an, und der Puls war erloschen. Ein anderer atmete kaum noch. Ihm hatte eine schlingernde Kanone den Brustkorb zerquetscht, und bei jedem der kaum erkennbaren Atemzüge quoll blutiger Schaum zwischen seinen Lippen hervor.

Die anderen Verletzten würden vermutlich wieder gesund werden. Quetschungen, Hautrisse, diverse Brüche – das alles wurde mit stoischer Ruhe hingenommen. Selbst der Soldat mit dem zertrümmerten Arm nahm Martins Entscheidung, das Glied am Ellenbogen zu amputieren, ehe der Wundbrand ausbrach, mit Gelassenheit auf und fragte nur, ob er danach noch seine Büchse würde bedienen können.

Immer wieder hatte Katharina unauffällig nach Heyn Ausschau gehalten, und ihre Erleichterung war groß, als sie ihn nirgends unter den Verletzten entdecken konnte. Sobald die Operation durchgeführt worden war, wollte sie ihn suchen gehen. Wer gehen konnte, wurde zu seinem Schlafplatz geschickt. Die Anführer der Wachen, zu denen die Verletzten gehörten, achteten darauf, dass jedem von ihnen ein Unverletzter zur Seite stand, der auch unter Deck ein Auge auf ihn haben sollte.

Kapitän Bontekoe erschien, ungewohnt nachlässig gekleidet, die sonst untadelige Erscheinung zerzaust, der Bart verfilzt. Auch er hatte sich keinen Augenblick der Ruhe gegönnt und kam nun, um sich nach den Verletzten zu erkundigen und ihnen zu berichten, dass die anderen beiden Schiffe spurlos verschwunden wären. Vermutlich seien die Besatzungen mit in die Tiefe gerissen worden. Es sei nicht mit Überlebenden zu rechnen.

Es dauerte ein wenig, bis die volle Tragweite dieser Nachricht Katharinas abgestumpfte Sinne durchdrang. Dann jedoch durchströmte sie Erleichterung und Freude wie ein Dammbruch: Eisherz war tot! Vom Meer verschluckt. Nie wieder würde er sie quälen können! Katharina traten Tränen in die Augen, ungehindert rannen sie ihr über die Wangen.

»Hattet Ihr Bekannte auf den Schiffen?«, fragte Bontekoe mitfühlend. »Das tut mir leid für Euch. Es ist ein schreckliches Unglück. Und auch unser Blutzoll ist hoch.« Plötzlich verzogen seine Gesichtszüge sich schmerzlich. »Ein Toter, zwei Sterbende – und alles junge Männer in der Blüte ihres Lebens. Manchmal ist Gottes Wille schwer zu ertragen.« Eine steile Falte bildete sich zwischen seinen Brauen, und er kniete sich neben dem Mann mit dem zerschmetterten Leib nieder. Unerwartet sanft nahm er seine Hand. Ungeachtet des Branntweinrinnsals am Kinn stöhnte der kaum dem Kindesalter Entwachsene erbärmlich. »Du wirst sehr bald in Gottes Reich eingehen«, sagte Bontekoe tröstend. »Ich bleibe bei dir und werde mit dir beten, dass Er dich nicht lange leiden lässt.« Ohne Zögern begann er mit fester Stimme das Vaterunser zu beten.

Martin zog Goutbrant zur Seite und fragte leise: »Seid Ihr noch imstande, mir bei der Operation zur Hand zu gehen? Ich fürchte, Severin fehlen die nötigen Kräfte.«

Der *Provoss* nickte wortlos.

Der Arzt hatte sofort, als er sich zur Operation entschlossen hatte, Anweisung gegeben, auch diesem Mann so viel Branntwein zu reichen, wie er trinken konnte. »Er hat nahezu ein halbes Fässchen in sich hineingeschüttet«, meldete der Bottelier kopfschüttelnd. »Das müsste reichen, um einen Ochsen besinnungslos werden zu lassen!«

Tatsächlich röchelte der Patient inzwischen laut, und als Martin seine Lider anhob, war nur das Weiße des Augapfels zu sehen.

»Bindet ihn gut fest«, befahl er. »Wenn mit Alkohol Betäubte unvermutet zu sich kommen, entwickeln sie ungeheure Kräfte.«

Der abgebundene Arm zeigte eine hässliche blauschwarze Färbung. Besorgt inspizierte der junge Arzt das angeschwollene Körperteil. Hoffentlich hatte er sich richtig entschieden. Abu al-Hakams Methode hatte Professor Ruyschs Interesse geweckt, aber sie hatten in dem einen Jahr in Leiden keine Gelegenheit gehabt, sie anzuwenden. Um den gefährlichen Blutverlust durch die großen Adern zu vermeiden, hatte sein Lehrmeister empfohlen, bei Amputationen das entsprechende Glied abzubinden, bis die Blutzirkulation erloschen sei. Danach könne das zu entfernende Teil abgenommen und die dabei sichtbar, werdenden größeren Blutgefäße abgebunden werden. Die Blutung nach Lösen der Binde sei im Allgemeinen gut stillbar, und die Wundheilung ginge schneller vor sich, als bei der sonst üblichen Kauterisierung mit dem Brenneisen.

Mit einem stummen Gebet griff er nach dem Skalpell. Es ging schnell. Schnelligkeit war das A und O der Chirurgie. Goutbrant stand hinter dem auf einem Holzstuhl festgebundenen Mann und hielt mit eisernem Griff den Arm flach auf der blanken Tischplatte.

Katharina hielt sich bereit, Martin alles zuzureichen. Als er begann, kraftvoll und geschickt den freigelegten Knochen durchzusägen, musste sie all ihre Nervenstärke aufbieten, um nicht aus dem Raum zu stürzen. Aber sie durfte ihn nicht im Stich lassen. Und auch nicht den *Provoss*, der grau im Gesicht, aber mit zusammengebissenen Zähnen seine Aufgabe erfüllte. Selbst der augenblicklich bewusstlose Soldat, der sich so vertrauensvoll Martins Entscheidung gefügt hatte, war darauf angewiesen, dass sie nicht versagte. Sie biss sich auf die Lippe, bis sie Blut schmeckte.

»Das Verbandszeug, Severin«, sagte Martin nach kürzerer Zeit, als sie zu hoffen gewagt hatte. Er streckte die Hand nach der Scharpie aus, um den Stumpf fachmännisch zu umwickeln.

Der Mann regte sich, stöhnte unterdrückt und fiel sofort wieder in seinen Rausch.

»Gott sei Dank, ich war schnell genug!« Erleichtert richtete der Arzt sich auf, reckte die verspannten Schultern und lächelte Goutbrant zu. »Ihr wärt ein prächtiger Gehilfe für einen Wundarzt«, sagte er anerkennend.

»Ich denke nicht, dass diese Profession das Richtige für mich wäre«, erwiderte der *Provoss* und sah vielsagend auf den abgesägten Unterarm mitten auf dem Tisch – eine Reminiszenz an den schwarzen Arm, der vor gar nicht langer Zeit wie ein memento mori auf den Deckplanken gelegen hatte. »Wir sollten den wohl besser ins Meer werfen, ehe der Mann zu sich kommt. Sicher kein schönes Gefühl, seinen Arm so zu sehen.«

»Ihr habt Recht.« Martin wickelte ihn in herumliegende Lappen, bis der Inhalt nicht mehr zu erkennen war, und hielt ihn Katharina hin. »Sei so gut und wirf das ins Meer, Severin.«

Das Päckchen wog erstaunlich viel, als sie es in den Händen hielt. Es schien ihr sogar bleischwer, als sie auf Deck und in Richtung Heck ging, das Stoffpaket wie eine Monstranz vor sich hertragend. Außer dem Untersteuermann am Kolderstock war niemand zu sehen. Jan Piet van Haerlem nickte ihr gleichmütig zu. Nach dem Sturm hatten alle verfügbaren Hände mit anpacken müssen. Während die Verletzten in der *Back* behandelt worden waren, hatten die anderen es geschafft, einen neuen Hauptmast aufzurichten. Alle Schiffe der VOC führten Ersatzteile mit sich, und der Zimmermann hatte wahre Wunder vollbracht. In dem leichten Wind, der in nichts mehr an den vergangenen Sturm erinnerte, blähten sich bereits wieder die Segel an den unteren Rahen von Fock- und Hauptmast. Endlich machten sie wieder Fahrt!

Kurz, bevor sie die Bordwand am Heck erreicht hatte, ließ ein bekanntes Ziehen im Unterleib sie erleichtert stehen bleiben. Sie bekam ihren monatlichen Fluss, Eisherz hatte es nicht geschafft, sie zu schwängern! Und jetzt war er tot, dachte sie aufatmend und trat an die Brüstung, um den amputierten Arm ins Meer zu schleudern. Aber dazu kam sie nicht.

Im ersten Augenblick glaubte sie an eine optische Täuschung: Hatte Kapitän Bontekoe nicht gesagt, die anderen beiden Schiffe wären mit Mann und Maus untergegangen? Aber hier, genau unter ihr, trieb etwas am Saum des Kielwassers. Ein Mensch klammerte sich verzweifelt an einem abgebrochenen Maststück fest und winkte ihr mit letzter Kraft zu. Schon wollte sie laut Hilfe herbeirufen, als sie sein Gesicht erkannte und erstarrte.

Dieses Gesicht gab es mit Sicherheit kein zweites Mal. Obwohl die nassen Haarsträhnen es halb verdeckten, erkannte sie die unverwechselbare Narbe, die den Mann so entstellte. War er mit dem Teufel im Bunde? Es war doch nicht möglich, dass ausgerechnet Eisherz als Einziger überlebt hatte! Gerade, als sie sich von ihm befreit geglaubt hatte! Verzweifelt schloss sie die Augen und betete, dass eine Wasserspiegelung sie täuschte und dort drüben nur ein einfacher Holzbalken triebe.

Aber als sie die Augen wieder öffnete, war er immer noch da, und diesmal schrie er ihr etwas mit krächzender Stimme zu. Der Wind und das Knattern der Segel verwischten die Worte, doch das vor Wut verzerrte Gesicht war nicht zu verkennen. Die Aussicht, erneut von ihm in ein vor Schmerz und Angst zitterndes Bündel verwandelt zu werden, ließ blanken Hass in ihr auflodern. Mit flammenden Augen blieb sie reglos stehen, während die »Seepferd« sich langsam, aber stetig von ihm entfernte. Der auffrischende Wind, der an ihren Haaren zerrte, trieb sie vor sich her, fort von ihm. Schon war Eisherz' aus dem Wasser ragender Kopf nur noch zu sehen, wenn er sich auf einem Wellenkamm befand. Wie Treibgut der zersplitterten Holzstücke, die vereinzelt auf dem Wasser trieben. Mehr war von den zwei Schiffen, die hier vor einigen Stunden mit über fünfhundert Menschen an Bord gesunken waren, nicht übrig geblieben.

Verstohlen sah sie sich um. Niemand außer ihr schien den Schiffbrüchigen entdeckt zu haben. Diese Stelle war vom Hauptdeck aus nicht einsichtig, und offensichtlich hatte der Kapitän keinen der zu Tode erschöpften Männer in den Ausguck befohlen.

Tief Luft holend schleuderte sie das Bündel mit dem Arm ins Wasser und rannte fast zurück aufs Hauptdeck. Das letzte Bild von ihm, das sich tief in ihr Gedächtnis brannte, war seine in ohnmächtiger Wut geballte Faust, die sich aus dem Wasser reckte.

Unter Deck herrschte eine unbeschreibliche Enge. Mühsam wand sich Katharina zwischen all den Hängematten hindurch, in denen die völlig übermüdeten Maats laut schnarchend ihren versäumten Schlaf nachholten. Nicht einmal die Söldner gönnten ihr mehr als gleichgültige Blicke, als sie an ihnen vorbei dem leisen Jaulen folgte, das von weit unten an ihre Ohren drang. Sicher war Heyn bei seinen Hunden.

Tatsächlich fand sie ihn dort auf dem Vorratsdeck – tränenüberströmt neben einem stinkenden Strohhaufen, auf dem schwer atmend ein schwarz-weiß gefleckter Hund lag. Die beiden anderen Tiere drückten sich ängstlich an die Bretterwände des Verschlags, und aus ihren Kehlen kam das Jaulen, das sie hier heruntergeführt hatte.

»Heyn, du bist doch nicht verletzt, oder?«, flüsterte sie. Der Junge schüttelte stumm den Kopf und wischte sich das Gesicht an seinem zerrissenen Ärmel ab.

»Meisje«, sagte er nur und unterdrückte ein Schluchzen, das seine Stimme rau klingen ließ. »Sie ist mir entwischt, war verrückt vor Angst, und ist von der Treppe geschleudert worden.«

Mitfühlend kniete Katharina neben dem Strohhaufen nieder und nahm das Tier genauer in Augenschein. Die sanften Augen der Hündin trafen ihren Blick. »Hilf mir«, schienen sie zu flehen. Äußerlich wirkte sie unverletzt. Aber nach den Erlebnissen des heutigen Vormittags wusste Katharina, dass ein solcher Eindruck entsetzlich täuschen konnte. Entschlossen stand sie auf und klopfte sich den Schmutz von den Knien. »Ich werde Martin bitten, dass er nach deiner Meisje sieht«, sagte sie und versuchte dabei, zuversichtlich zu klingen.

Was sollte sie tun, wenn Martin eine solche Bitte empört abwies? Nur wenige Quacksalber in Geldnöten ließen sich gelegentlich dazu herab, auch einmal eine kranke Kuh zu behandeln, aber normalerweise waren Tiere entweder gesund oder sie starben eben.

»Meinst du, er kann sie wieder gesund machen?« Die Hoffnung, die in Heyns Stimme durchklang, rührte sie.

»Wenn er es nicht kann, kann es niemand«, sagte sie bestimmt. Ihre Zuversicht geriet ein wenig später ins Wanken, als Martin ungläubig die Stirn runzelte und sie aufforderte, ihre Bitte zu wiederholen. Er war gerade dabei, sich zu waschen, und stand mit entblößtem Oberkörper vor dem großen Eimer. Im Dämmerlicht wirkte sein nackter Rücken wie aus Marmor gehauen. Katharina fühlte plötzlich den aberwitzigen Wunsch in sich aufsteigen, ihn zu berühren, mit den Fingerspitzen über diese glatte Haut zu fahren, die Muskeln darunter nachzuzeichnen.

»Würdest du Heyns Hündin Meisje bitte untersuchen?«, wiederholte sie stattdessen und fixierte krampfhaft das durch die Luke sichtbare Stück Himmel.

»Warum sollte ich das?«

»Weil sie verletzt ist. Hast du nicht gesagt, dass ein Hund ganz ähnlich ist wie ein Mensch? Meisje hat sicher ähnliche Verletzungen wie diese Männer.«

»Das habe ich so nie gesagt!«, protestierte Martin. »Ich habe von anatomischen Ähnlichkeiten gesprochen. Man kann Menschen und Hunde doch nicht gleichsetzen!«

»Das habe ich auch nicht gemeint«, sagte Katharina eilig. Jetzt war wirklich nicht die Zeit für Spitzfindigkeiten. »Heyn hängt so an ihr.« Beim Gedanken an das tränenüberströmte Gesicht des Jungen dort unten im Schiffsbauch und den Blick der sanften Hundeaugen musste sie heftig schlucken. »Bitte, Martin!«, insistierte sie.

»In Gottes Namen! Sind wir nicht alle Kreaturen der Schöpfung?«, sagte der Wundarzt und seufzte gutmütig. Er warf das Tuch, mit dem er sich gerade abgetrocknet hatte, beiseite und zog das alte, blutverschmierte Hemd über. »Nimm meine Tasche. Wo ist das Tier?«

Diesmal folgten dem Doktor in Begleitung seines Adjunkten einige verwunderte Blicke, als Katharina ihn den Weg zurück zum Vorratsdeck führte.

»Hier war ich noch nie«, stellte Martin fest und sah sich neugierig um. »Von hier kommt also unser Branntwein und der Stockfisch voll wundersamen Lebens ...«

»Und die gesalzenen Zitronen, das Wasser, das Pökelfleisch und alles andere«, ergänzte Katharina und bückte sich, um unter einem tief hängenden Balken durchzuschlüpfen. »Wir sind gleich da.«

Heyn hatte sich bemüht, den gröbsten Dreck zu entfernen, aber der Gestank der Exkremente, die die Hunde in ihrer Angst überall verteilt hatten, nahm einem immer noch den Atem und entlockte dem Arzt ein unterdrücktes »Herr im Himmel!«. Dennoch ließ er sich ohne Zögern auf ein Knie sinken, während Heyn sich beeilte, die beiden Luken zu öffnen, um etwas Tageslicht hineinzulassen.

»Was genau ist mit diesem Hund geschehen?«, fragte Martin, ohne aufzublicken, und fuhr der Hündin leicht mit den Fingern über den Schädel. Meisje drehte den Kopf und versuchte, ihm die Hand zu lecken. Martin ließ sie gewähren und begann mit der freien Hand, sie sanft hinter den Ohren zu kraulen.

»Sie ist dort von der Treppe hinunter gegen die Wand geschleudert worden«, sagte Heyn mit zittriger Stimme, während er mit seinem schmutzigen Zeigefinger auf den oberen Bereich der steilen Stiege wies, dann einen Bogen beschrieb und auf die gegenüberliegende Bordwand deutete.

»Dann hat sie sich vermutlich einige Knochen gebrochen. Hat sie erbrochen?«, fragte Martin.

»W… was soll sie denn zerbrochen haben?«, stotterte der Junge verständnislos.

»Er meint, ob sie gekotzt hat«, übersetzte Katharina, die an Heyns nicht gerade salonfähige Ausdrucksweise mittlerweile gewöhnt war.

»Nein, aber ich konnte den Hunden sowieso nichts zu essen geben. Durfte ja nicht hoch«, erklärte Heyn schniefend und wischte sich die Nase am Unterarm ab.

»Schnauze und Ohren sind kühl, die Augen klar … Wie lange ist es genau her?«

Ratlos zuckte der Junge mit den Schultern. »Keine Ahnung. Es war mitten in der Nacht. Die Glocke war ja nicht zu hören. Und man hat die Hand nicht vor Augen gesehen. Ich habe versucht, sie zu halten, aber wir sind trotzdem alle durcheinandergekugelt.«

»Hm … Halt ihr die Schnauze zu. Nicht, dass sie nach mir schnappt, wenn ich ihr Schmerzen zufüge«, sagte Martin ruhig.

Heyn nickte, packte mit erfahrenen Händen den Hundekopf und beobachtete dann ängstlich, wie der Arzt begann, zunächst die Gliedmaßen des Tieres abzutasten.

»Aha, die rechte Vorderpfote ist gebrochen. Das kann man schienen.«

Mit vor Konzentration gefurchter Stirn glitten seine Hände über den Unterleib, hielten hier und da inne. Als er zum Brustkorb gelangte, zuckte die Hündin zusammen und winselte heftig. Martin zog sofort die Hände zurück und stieß den Atem aus. »Das habe ich befürchtet!«

»Wird sie sterben?«, fragte Heyn tonlos und achtete nicht auf die Tränen, die ihm wieder über die Wangen liefen.

»Das ist in diesem Stadium schwer vorauszusagen«, meinte Martin. »Ich werde die Pfote schienen und einen Stützverband um den Brustkorb anlegen. Ein paar Rippen sind gebrochen und möglicherweise einige Organe verletzt. Aber sie macht insgesamt einen kräftigen, gesunden Eindruck. Wenn sie die nächsten Tage übersteht, kann sie wieder gesund werden.«

Zu dritt mühten sie sich ab, die nötigen Verbände anzulegen. Schließlich nickte Martin zufrieden. »So müsste es gehen.« Er schmunzelte, während er dem ungewöhnlichen Patienten den Kopf tätschelte. »Wenn mich meine Kommilitonen jetzt sehen könnten ...«

Ächzend richtete er sich aus der unbequemen Stellung auf und streckte sich.

»Gib ihr in Wasser eingeweichtes Brot. Keinen Kohl und keine Innereien, klar?«

»Klar, *Mijnheer.*« Der Junge strahlte über das ganze Gesicht, als er Martins Hände packte und heiser seinen förmlichen Dank stammelte.

»Schon gut, Junge. Wenn sich an ihrem Zustand etwas ändert, weißt du ja, wo du uns findest.«

Martin zog behutsam seine Hände aus dem fiebrigen Griff und wandte sich zum Gehen.

»Auch ich möchte dir von Herzen danken«, sagte Katharina etwas steif, sobald sie wieder in ihrer Kammer waren. »Hast du schon jemals zuvor einen Hund behandelt? Ich hatte den Eindruck, dass du nicht unerfahren warst.«

»Als ich klein war, habe ich meine arme Mutter zur Verzweiflung getrieben, weil ich ständig verletztes Viechzeug anschleppte«, gestand ihr Severins Vetter mit einem fast wehmütigen Lächeln. »Daraufhin beschloss mein Vater, dass ich offensichtlich der geborene Physikus wäre und ließ einen Teil des Stalls für meine medizinischen Experimente abteilen. Während die anderen Jungen Räuber und Soldaten spielten, lehrte er mich zu sezieren und präparieren.«

Deshalb also kannte Martin sich so ungewöhnlich gut mit der Anatomie von Tieren aus! Ehe sie ihn weiter ausfragen konnte, griff er nach seinem Rock und ging zur Tür.

»Ich weiß nicht, ob es dir aufgefallen ist«, sagte er beiläufig, »aber du siehst aus, als hättest du auf einem Schlachtfeld praktiziert. Wenn ich von meiner Unterredung mit dem Schiffsrat zurückkehre, erwarte ich, dich in einem präsentablen Zustand vorzufinden.«

Verblüfft starrte Katharina einige Wimpernschläge lang auf die ins Schloss gefallene Tür, dann sah sie an sich herunter und musste Martin Recht geben: Sie sah tatsächlich schlimm zugerichtet aus. Obwohl sie außer ein paar schmerzenden Stellen am Körper unverletzt geblieben war, haftete reichlich Blut an ihrer Kleidung. Die inzwischen steifen Blutflecken erinnerten sie an ihren Monatsfluss, der vorhin eingesetzt hatte.

So schrecklich dieser Tag auch begonnen hatte, jetzt fühlte sie sich so erleichtert, dass sie am liebsten getanzt und gesungen hätte! Sie trug kein Kind unter dem Herzen, und sie war von ihrem Peiniger erlöst worden. Als hätte der Sturm alles Böse hinweggefegt, als schien die Sonne heller zu scheinen, als sei der Himmel von einem strahlenderen Blau als vorher – seit Langem hatte sie sich nicht mehr so wohlgefühlt. Glücklich lächelnd machte sie sich daran, Martins Befehl Folge zu leisten.

Kapitel 7

Fleckfieber

Katharinas gute Stimmung hielt noch einige Wochen an. Kapstadt erwies sich als eine gastfreundliche Stadt, auch wenn die Hitze wie eine drückend schwere Decke zwischen den Häuserzeilen lag. Es war die heißeste Zeit des Jahres, und nur der auffrischende Westwind brachte gelegentlich Kühlung. Kapitän Bontekoe nutzte den Aufenthalt, das Schiff gründlich überholen zu lassen. Die noch nicht genesenen Verletzten wurden in das nagelneue Hospital gebracht. Die gesunden Mannschaftsmitglieder vergnügten sich mit ausgedehnten Jagdpartien ins Hinterland.

Auch Katharina und Heyn schlossen sich mitsamt der Hundemeute der Gruppe um *Provoss* Goutbrant an. Meisje hatte es geschafft: Nach einigen Tagen, an denen sie gemeinsam gebangt hatten, Katharina keinen Heller mehr auf ihr Leben gegeben hätte und Heyn praktisch nicht von ihrer Seite gewichen war, hatte sie plötzlich wieder Appetit entwickelt. Von dem Tag an hatte sie sich zusehends erholt, und nun tollte sie genauso übermütig umher wie die beiden Rüden.

Martin hatte sich ein Pferd ausgeliehen und wollte die abgelegenen Anwesen aufsuchen, auf denen die Bastarde lebten, von denen der Obersteuermann erzählt hatte. Als Arzt war er normalerweise überall ein willkommener Gast.

Die Landschaft hier am *Cap Bonesperance* war von seltsamer Schönheit, und auf den ersten Blick kam sie Katharina vertraut vor: Es gab Gräser jeder Art, Bäume und sogar bunte Blumen. Wenn man aber genauer hinsah, glichen die Pflanzen keinen ihr bekannten. Und genauso verhielt es sich mit den Tieren. Da war beispielsweise eine Sorte, die an große, sehr zart gebaute Ziegen erinnerte. Ganze Herden von ihnen sprangen mit einer so eleganten Anmut durch das hohe Gras, dass Katharina fast bedauerte, dass der Zimmermann ein so ausgezeichneter Schütze war. Andererseits schmeckten sie hervorragend, etwa wie eine Mischung aus Kalb und Wildbret.

Dann gab es auffällig gefleckte Kreaturen, die ständig ein keckerndes Lachen von sich gaben und wie eine Mischung aus Fuchs, Hund und Wolf aussahen. Auch sie lebten in großen Rudeln. Manchmal konnte man in der Ferne die Jungen umhertollen sehen, aber sobald man versuchte, näher an sie heranzukommen, fletschten die größten Tiere drohend ihre hässlichen, gelben Zähne. Sicherheitshalber befahl der *Provoss*, sich von ihnen fernzuhalten. Außerdem stanken sie so erbärmlich, dass niemand das Bedürfnis verspürte, ihr Fleisch auf seinen Geschmack zu prüfen.

Besonders fasziniert waren Katharina und die anderen von den seltsamen Hundsaffen, die ihnen zuweilen so nahe kamen, dass man, wenn sie gähnten, die gewaltigen Fänge der größeren erkennen konnte. Die Tiere schienen wahrlich eine Kreuzung aus Hund und Affe zu sein: Der Kopf war der eines Hundes, mit spitzer Schnauze. Der Körper hingegen entsprach mehr dem eines Affen, auch wenn sie meist auf allen vieren liefen.

Als der Zimmermann eines Tages das Glück hatte, ein solches Tier zu erlegen, umstanden es alle neugierig, und ein jeder wollte es berühren. Das graue Fell fühlte sich beinahe seidig an. »Das gäbe einen schönen Pelzkragen«, befand der stolze Schütze. »Schade, dass hier niemand das Kürschnerhandwerk beherrscht!«

Von der nahezu völligen Nacktheit der Einheimischen hier im Süden Afrikas waren die Neuankömmlinge ursprünglich mehr als irritiert gewesen. »Das schickt sich einfach nicht, wie diese Heiden hier herumlaufen!«, hatte Goutbrant gemurmelt und finstere Blicke auf die munter schnatternden Mädchen geworfen, die den Männern eindeutige Avancen zu machen schienen. »Sie scheinen nicht einmal in unserer Gesellschaft das Bedürfnis zu verspüren, ihre Blöße zu bedecken. Schamlos wie die Tiere!«

Die meisten Besatzungsmitglieder gingen allerdings freudig auf die Annäherungsversuche ein und schlugen ihr Lager statt am Strand lieber bei den armseligen Hütten auf, in denen die »Hottentotten«, wie die Wilden hier genannt wurden, lebten.

Nach zwei Wochen verließen sie Kapstadt fluchtartig.

Zuerst erkrankten nur die Kinder der Wilden, die ein wenig abseits der holländischen Siedlungen lebten.

Eines Abends war Martin von zwei verzweifelten Müttern in Begleitung des Bootsmannes aufgesucht und um Hilfe gebeten worden. Unter den Kindern grassierte eine Krankheit, die mit den Beeren und Wurzeln, die sie anzuwenden wussten, nicht zu behandeln war. Ein Kind war bereits gestorben, als der junge Arzt in Begleitung Katharinas die windschiefe Hütte betrat. Ein zweites rang mit dem Tode, und in den Nachbarhütten sah es nicht viel besser aus.

Die Kinder hatten plötzlich hohes Fieber bekommen, es folgten starke Durchfälle, und die kleinen Körper verfielen mit erschreckender Schnelligkeit. Grau, ausgetrocknet und mit trüben Augen lagen sie apathisch auf den Grasbüscheln, aus denen ihre Bettstätten bestanden.

Der Gestank war kaum auszuhalten, aber Martin schien ihn ebenso wie die Fliegenschwärme gar nicht wahrzunehmen. Stumm und konzentriert untersuchte er seine Patienten. Aber außer der Anweisung, den Erkrankten vor allem reichlich zu trinken zu geben, wusste auch er keinen Rat.

Dann wurde er zwei Tage später zum Bootsmann gerufen, der ebenfalls erkrankt war. Der große, bullige Mann hatte seine gesunde Gesichtsfarbe verloren. Die Haut spannte sich wie Pergament über den Wangenknochen. Fiebrig glänzende Augen hefteten sich auf den Schiffsarzt, als dieser sich über ihn beugte.

»Lasst mich nicht hier sterben!«, krächzte er kaum hörbar und klammerte sich verzweifelt an Martins Rockärmel. »Nehmt mich mit. Dieser Ort ist verflucht!«

»Ihr werdet nicht sterben«, beruhigte Martin ihn zuversichtlicher, als es ihm zumute war. Aber nach seiner Erfahrung war es wichtig, den Leidenden Hoffnung zu geben. Allein die Überzeugung, an ihrer Krankheit zu sterben, ließ viele Patienten vorzeitig resignieren. »Ich werde Euch ins Hospital schaffen lassen«, fuhr er ruhig fort. »Wann hat das Fieber eingesetzt?«

»Weiß nicht. Haben den Kleinen begraben und danach habe ich mich volllaufen lassen.« Das ausgemergelte Gesicht verzog sich vor Schmerzen. »Etwas in meinem Inneren zerreißt mich. Ein Teufel ist in mich gefahren. Mein Kot ist schwarz wie Pech und stinkt nach Schwefel. Helft mir, bitte!«

»Nehmt das!«, sagte Martin und reichte ihm eine eigentümlich riechende Pille. »Eure Schmerzen werden bald nachlassen.«

Gierig griff der Bootsmann mit zitternden Fingern nach der Arznei und stopfte sie sich in den Mund. »Und das hilft?«

»Ganz sicher.«

Besorgt musterte Katharina den einst so kräftigen Mann, der in wenigen Tagen zu einem Schatten seiner früheren Erscheinung geschrumpft war. Es musste eine schreckliche Krankheit sein, die eine solche Verwandlung herbeiführte! Oder war der Verdacht des Bootsmanns gar begründet?

»Hältst du es nicht doch für möglich, das der Mann Recht haben könnte?«, fragte Katharina Martin bedrückt, als sie den kleinen Wagen bestiegen hatten, der sie nach Kapstadt zurückbringen würde.

»Womit soll er Recht haben?« Der Schiffsarzt hörte sich an, als sei er nicht ganz bei der Sache.

»Mit dem Teufel in seinem Bauch, der ihn bei lebendigen Leibe zerreißt«, flüsterte Katharina schaudernd. »Vielleicht gibt es hier ja tatsächlich Zauberer, die so etwas fertigbringen. Ich habe noch von keiner Krankheit gehört, die so schnell den Tod mit sich bringt.«

Martin lächelte müde. »Du bist noch sehr jung, Severin. In den Beschreibungen über die großen Pestzüge wird oft berichtet, dass Menschen, die morgens kerngesund aufwachten, beim Nachtläuten kalt und steif waren.«

»Aber es ist doch nicht die Pest, oder?« Katharina verkrampfte ängstlich die Hände im Schoß.

»Nein, die Symptome passen nicht«, sagte Martin nachdenklich und starrte mit zusammengekniffenen Augen zu den in der Abenddämmerung blau schimmernden Bergen, als suche er dort nach einer Erklärung. »Vermutlich zerfrisst die Krankheit den Verdauungsapparat. Deswegen ist der Kot schwarz von geronnenem Blut.« Er seufzte leise auf. »Ich wünschte, ich könnte jetzt Abu al-Hakam um Rat fragen!«

»Was hast du ihm gegeben?«, wollte Katharina wissen. Sie war leicht beschämt, dass sie die Existenz eines Teufels, wie der Maat ihn beschrieben hatte, tatsächlich in Erwägung gezogen hatte. »Ein Heilmittel?«

Martin schüttelte den Kopf. »Nur eine Arznei, die seine Schmerzen betäubt und ihn beruhigt. Mehr konnte ich nicht für ihn tun. Ein Aderlass oder ein Klistier waren in seinem Zustand nicht angebracht.« Er zog einen Mundwinkel hoch und sagte: »Jedenfalls kann ich jetzt aus eigener Anschauung berichten, dass die Krankheiten der Schwarzen auch uns befallen. Das könnte in Leiden einiges Aufsehen erregen.«

»Werden wir jetzt ebenfalls krank?« Katharina interessierte der wissenschaftliche Aspekt seiner Entdeckung herzlich wenig. Umso mehr beunruhigte sie der Gedanke, dass es ihnen ähnlich ergehen könnte wie dem Bootsmann.

»Das kann man nicht voraussagen«, erwiderte Martin, und seine Stimme klang erstaunlich gleichmütig. »Wir haben uns allerdings nicht lange dort aufgehalten, und ich habe darauf geachtet, dass wir nicht mit seinen Ausscheidungen in Berührung gekommen sind.«

Sobald Kapitän Bontekoe von seinem Schiffsmedicus über die Erkrankung des Bootsmanns unterrichtet worden war, entschied er, sämtliche Maats und Söldner zurück aufs Schiff zu beordern. Dort wurden sie von den zuständigen Wachkommandanten befragt, Männer mit zweifelhaften Symptomen mussten sich untersuchen lassen. Bei Sonnenuntergang verkündete er: »Morgen früh Leinen los!«

»Ich habe von ähnlichen Fällen gehört, wo Schiffe der

halben Mannschaft verlustig gingen«, rechtfertigte der Kapitän abends dem Kaufmann gegenüber den überhasteten Aufbruch. »Diese indischen Seuchen sind eine äußerst gefährliche Sache!«

Van der Dussen kniff die Lippen zusammen, legte aber kein Veto ein. Als ein seit vielen Jahren im Indienhandel erfahrener Mann konnte er dem Seemann nicht widersprechen. Wenn sich in einer Hafenstadt Krankheiten ausbreiteten, war es am klügsten, sich so schnell wie möglich wieder auf hohe See zu begeben. Vier Männer, die über Bauchschmerzen geklagt hatten, zwei Fiebernde und den Bootsmann mussten sie in Kapstadt zurücklassen.

Einige Tage später sprach der erste Maat in Martins Morgenkonsultation über »ein seltsames Grimmen in den Kaldaunen«. Nur Stunden später spürten bereits drei andere ähnliche Qualen in den Gedärmen. Die *Back* wurde zum Krankenquartier erklärt, und sämtliche Wachen erhielten den Auftrag, die Decks mit Seewasser und Essig zu reinigen. Außerdem wurden alle Luken geöffnet, um die schlechte Luft zu vertreiben. Wenn Martin Liebau jemals ernsthaft gehofft hatte, die Krankheit eindämmen zu können, wurde er schnell eines Besseren belehrt: Die Krankenstation füllte sich zusehends. Katharina und Heyn waren ununterbrochen damit beschäftigt, Wasser zu holen, es mit Essig zu versetzen und unter den Leidenden zu verteilen. Trotz der weit offen stehenden Luken und dem Tabak, den sie in Ermangelung von Weihrauch verbrannten, stank es bald unerträglich, weil viele der Männer zu schwach waren, um sich in die vom Zimmermann eilig hergestellten Holzeimer zu erleichtern.

Martin gab seinen jungen Gehilfen mit Essig getränkte Tücher und zeigte ihnen, wie sie sie anzulegen hatten, damit sie den unteren Teil des Gesichts bedeckten. »Ich weiß nicht, ob es gegen das üble *Miasma* hilft«, bemerkte er resigniert. »Aber wenigstens überdeckt der Essiggeruch ein wenig alles andere.«

Der Kaufmann, der für einen kurzen Moment seinen Kopf in die *Back* steckte, zog ihn schleunigst wieder zurück. Als die Nacht hereinbrach, lagen neun Seeleute stöhnend auf den notdürftig hergerichteten Krankenlagern. Am nächsten Morgen waren drei von ihnen gestorben.

Martin hatte seine erschöpften Helfer kurz vor Mitternacht schlafen geschickt. Für sich hatte er in einer Ecke eine Hängematte aufspannen lassen, gönnte sich aber nur einige kurze Erholungspausen. Er wusste ja nicht, wann damit zu rechnen war, ob ein Patient an dieser unbekannten Krankheit sterben oder darüber hinwegkommen würde. Oft ging diese mit Fieberfantasien, Krampfanfällen oder Ähnlichem einher. Doch die drei Männer hatten einfach nur zu atmen aufgehört. Es hatte keinerlei dramatisches Aufbäumen oder Um-sich-schlagen gegeben. Nichts dergleichen. Sie waren erloschen wie ausgebrannte Kerzen. Drei vor Kurzem noch kräftige, gesunde Männer.

Fassungslos stand Martin vor ihren reglosen Körpern, die nun so still und friedlich zwischen den anderen Leibern lagen. Dann ging er zu Kapitän Bontekoe und forderte entschieden, so schnell wie möglich festes Land anzusteuern. Auf dem Schiff war eine Krankheit wie diese nicht mehr zu beherrschen.

Der Kapitän zögerte. Wenn er jetzt umkehrte, was bei dem derzeit herrschenden kräftigen Westwind langwierig und mit großem Aufwand verbunden war, schafften sie es nicht mehr bis Ostern nach *Batavia*. In einer Schatulle in seiner persönlichen Truhe befand sich ein Schreiben, das ihm die Herren von der VOC mit dem dringenden Befehl ausgehändigt hatten, es so schnell wie möglich zu befördern. Und Bontekoe war ein ehrgeiziger Mann. Wer sich Hoffnungen auf einen Posten als Oberkaufmann machte, musste bei der Compagnie angenehm auffallen.

Dieser Westwind, der sie mit geblähten Segeln über den Indischen Ozean trieb, blies genau richtig. Sie konnten es schaffen, sogar vor Ostern noch in *Batavia* zu sein, wenn sie auf Kurs blieben. Hieß es nicht, der Generalgouverneur Joannes Camphuys sei ein ungeduldiger Mann, der vor allem viel auf Schnelligkeit gäbe? Sicher würde er es zu schätzen wissen, dass die Nachricht ihn in Rekordzeit erreicht hatte.

Auch Oberkaufmann van der Dussen war gegen eine Umkehr. Tote waren nicht ungewöhnlich auf einer Ostindienfahrt. Da sie bisher auf der »Seepferd« noch keinen Verlust an Menschenleben zu beklagen gehabt hatten, schien ihm die Zahl von drei Toten und möglicherweise noch ein paar anderen nicht gravierend genug, um diesen außergewöhnlich günstigen Wind nicht zu nutzen.

»Wem es bestimmt ist, zu sterben, der stirbt sowieso«, erklärte er fatalistisch. »Ob wir einen Maat nun in den heißen Sand von Kapstadt legen oder ob er hier auf See bleibt. Solange wir genug Männer haben, um das Schiff zu führen, sage ich: Auf nach *Batavia!*«

Die Einwände seines Schiffsarztes, dass die Kranken auf dem Festland viel besser zu versorgen seien und die Nahrung dort auch bekömmlicher wäre, fegte Bontekoe beiseite. Er wollte Oberkaufmann werden, um jeden Preis. »Lasst Euch vom *Provoss* alle Männer zuteilen, die Ihr zu brauchen meint«, beschied er Martin. »Die Toten sollen in Säcke genäht werden, und zum Abendgebet übergeben wir sie dem Meer.«

Vor Wut schnaubend betrat der junge Arzt die *Back*, wo Katharina und Heyn ihm mit großen, ängstlichen Augen entgegensahen.

»Dieser bornierte Esel weiß gar nicht, wie gefährlich so etwas werden kann«, presste er zwischen zusammengebissenen Zähnen hervor. »Wir werden alle krepieren wie die Fliegen!«

Unwillkürlich drängten die beiden sich aneinander.

»Ihr werdet tun, was Ihr könnt, und ich werde Euch helfen, so wie ich es bewerkstelligen kann«, rief die tiefe Stimme Goutbrants den Erzürnten zur Ordnung. »Ihr jagt den armen Burschen nur unnötig Angst ein, Doktor!« Die hohe Gestalt des *Provoss* schob sich durch die enge Tür und betrachtete das triste Krankenquartier mit unbeweglicher Miene. »Wäre es nicht besser, Hängematten spannen zu lassen, Doktor? Man könnte die Pötte dann einfach darunterstellen. Das wäre einfacher zum Sauberhalten.«

Sein Vorschlag führte zu einer deutlichen Verbesserung der hygienischen Zustände in der *Back*. In seiner zurückhaltenden Art erwies sich der *Provoss* als eine große Hilfe. Er sorgte dafür, dass in regelmäßigen Abständen die Eimer geleert wurden, dass stets ein ausreichender Vorrat an dem Kräuterabsud bereitstand, den Martin und seine Helfer den Kranken einflößten, und er kümmerte sich auch um die Bestattungen.

Jeden Abend beim Gebet lagen die hastig in helles Segeltuch eingenähten Leichname bereit. Manchmal war es eine ganze Reihe, die einer nach dem anderen mit Namen genannt und von den ehemaligen Kameraden im Meer versenkt wurde. Wie von selbst öffneten sich die Psalmenbücher nach einiger Zeit auf der Seite mit dem »Gebet für einen toten Bruder«.

Täglich erkrankten und starben weitere Männer. Auch unter den Söldnern im Zwischendeck begann die Epidemie zu wüten. Ständig wurden neue Kranke in die *Back* gebracht. Manchmal hingen die Hängematten so dicht, dass man sich nur mühsam zwischen all den ächzenden, stöhnenden Körpern der Patienten durchzwängen konnte.

Das tägliche Elend stumpfte ab. Fast gleichgültig gegenüber dem allgegenwärtigen Gestank ging Katharina ihren Aufgaben nach. Sie achtete nicht mehr darauf, ob es Tag oder Nacht war. Wie einer der Automaten, die zuweilen auf Jahrmärkten gezeigt wurden, tat sie, was Martin ihr auftrug. All die geisterhaft blassen Gestalten, die blutunterlaufenen Augen, die in Todesangst und Schmerz verzerrten Gesichtszüge – sie verschwammen zu einem wirren Reigen des Grauens. Immer wieder klammerte sich eine klauenartige Hand verzweifelt an sie, flehten trübe Augen stumm um Nähe und Beistand.

Ihre erste instinktive Reaktion, sich loszureißen, aus diesem Vorhof der Apokalypse zu flüchten, unterdrückte sie rigoros. Martin und vor allem die Kranken brauchten sie. Und so schluckte sie tapfer den Ekel, den ein Gesunder zwangsläufig vor den Elendsgestalten empfinden musste, hinunter. Mit der Zeit nahm sie das üble *Miasma* gar nicht mehr als erschreckend wahr. Der Anblick Todkranker und Sterbender wurde zur Normalität, und es gab viele, deren Hand sie hielt, bis sie in ihrem Griff erschlaffte.

»Allmählich glaube ich nicht mehr, dass wir *Batavia* jemals erreichen«, sagte sie eines Nachts zu Heyn, als Martin sie beide schlafen geschickt hatte. Müde starrte sie in den funkelnden Sternenhimmel über ihnen. Er sah so anders aus als in Europa. Schwarzer Samt, schwärzer als alles, was sie bisher gesehen hatte, und die Sterne schienen wie kleine

Mottenlöcher in einem Vorhang, durch die statt des Sonnenscheins das Licht des Paradieses drang.

»Heute Morgen habe ich den Segelmacher klagen hören, dass wir keine Leinwand mehr hätten, um all die Toten einzunähen.«

»Der Doktor wird es schon irgendwie schaffen. Heute ist zum ersten Mal niemand gestorben«, gab Heyn zurück und saugte gedankenverloren an der Schürfwunde auf seinem Handrücken, die er sich vorhin beim Ausleeren eines Eimers voll Unrat zugezogen hatte. Seit Meisjes kaum noch erhoffter Genesung traute er Martin jedes Wunder zu. »Jan Piet meinte vorhin, dass der Wind ungewöhnlich günstig steht.«

Der Untersteuermann Jan Piet van Haerlem hatte ziemlich an Selbstbewusstsein gewonnen, seit der Obersteuermann als Patient in die *Back* gebracht worden war. Zu Katharinas Freude gehörte Pieter Gijsen zu denen, die sich langsam wieder erholten, aber er war noch viel zu schwach, um stundenlang am Kolderstock zu stehen. Und so war Jan Piet von Haerlem in der Schiffshierarchie aufgestiegen. Zumindest zeitweise.

»Wir haben kaum noch genug Gesunde für die Segel. Obwohl der Kapitän auch die Soldaten verpflichtet hat! Wenn wir wieder in einen Sturm geraten, sind wir verloren.«

»Warum sollten wir gerade jetzt in einen Sturm geraten?« Heyn wandte den Kopf und fixierte Katharina verständnislos. Er verstand offensichtlich nicht, wie sie gerade jetzt, wo sich alles zum Besseren zu wenden schien, so mutlos sein konnte.

»Ich weiß nicht. Hab so ein ungutes Gefühl«, gab Katharina leise zurück und rang sich ein Lächeln ab. »Vielleicht bin ich aber auch einfach nur müde.«

Am nächsten Morgen war Heyn nicht in der *Back*. Vermutlich holte er frisches Wasser oder war anderweitig beschäftigt, dachte Katharina zuerst.

Eifrig machte sie sich daran, die Patienten, die die Nacht überstanden hatten, zu versorgen. Erst als Martin neben sie trat und leise fragte: »Weißt du, wo Heyn ist? Ich habe ihn heute Morgen noch nicht zu Gesicht bekommen«, wurde ihr bewusst, dass sie ihn ebenfalls seit gestern Nacht nicht mehr gesehen hatte.

»Vielleicht ist einer der Hunde krank geworden«, sagte sie und hoffte, dass die Angst, die ihr plötzlich die Kehle eng werden ließ, unbegründet war.

Auch Martin wirkte besorgt. »Das mag sein. Trotzdem war der Junge bisher immer ein Muster an Zuverlässigkeit. Sieh zu, dass du ihn findest.«

In Windeseile rannte sie den ihr mittlerweile bestens vertrauten Weg zum Hundekoben.

»O Gott, bitte, bitte, lass Heyn gesund und munter sein«, hämmerte es in ihrem Kopf im Rhythmus ihres Herzschlags. Die Tür des Kobens war angelehnt. Als sie sie schwungvoll aufstieß, wandten die drei Hunde die Köpfe in ihre Richtung. Sie lagen dicht an eine kleine Gestalt geschmiegt, und einer der Rüden stieß ein unterdrücktes Bellen, fast ein Jaulen, aus.

»Heyn!« Katharina ließ sich neben dem Jungen zu Boden fallen und rüttelte ihn an der Schulter. Sicher hatte er sich in der morgendlichen Hast den Kopf an den niedrigen Balken gestoßen und war nur ohnmächtig geworden, versuchte sie sich selber einzureden. Die unnormale Hitze, die von der schmächtigen Schulter unter ihren Fingern ausging, ließ sie ihre Hand zurückziehen, als habe sie sich verbrannt. Die Hündin Meisje wandte ihr den Kopf zu und stupste sie mit ihrer feuchtkalten Schnauze an, als wollte sie sagen: »Tu etwas!«

»Heyn, hörst du mich?« Behutsam strich Katharina das wirre Haar aus dem Gesicht und versuchte, festzustellen, ob er bei Bewusstsein war. Aber die Augen des Jungen blieben fest geschlossen. Sein Atem ging flach und viel zu schnell. Katharina sprang auf.

Entsetzt musste sie sich eingestehen, dass Heyn krank war. Sehr krank. Bereits im Vorratsdeck stieß sie mit dem *Provoss* zusammen, der sich ebenfalls auf die Suche nach dem Jungen gemacht hatte.

»Bitte, Ihr müsst mir helfen, Heyn hochzutragen«, stammelte sie und zerrte an seinem Ärmel.

Goutbrant lief voraus, so schnell, dass sie kaum Schritt halten konnte. Er stieß die Tür auf und hatte mit einem Blick die Situation erfasst. Die Hunde mit dem Fuß beiseitedrängend, hob er den schmächtigen Körper hoch. »Mein Gott«, hörte sie ihn flüstern. »Bitte nicht den Jungen!«

Auch Martins erschöpftes Gesicht erblasste sichtlich, als der mächtige Mann mit seiner Last die *Back* betrat. »Wo soll ich ihn hinlegen?«, fragte Goutbrant mit erzwungener Ruhe.

Das Krankenquartier hatte sich inzwischen etwas geleert. Aus Platzmangel hatten alle, die sich auf dem Wege der Besserung befanden, schleunigst das Quartier verlassen müssen, um den neu Erkrankten Platz zu machen. Sieben Männer dämmerten noch apathisch in ihren Hängematten vor sich hin, aber es war nicht mehr so entsetzlich eng wie ein paar Tage zuvor.

Stumm zeigte Martin auf die leere Hängematte neben der Luke. Dort war die Luft am besten. Immer noch schweigend untersuchte er den Jungen.

»Ist es schlimm?«, fragte Goutbrant, und seine Stimme klang rau vor Sorge.

Martin nickte langsam. »Ich fürchte, ja! Er ist noch sehr jung und hat dem Fieber wenig entgegenzusetzen.«

»Kann ich etwas tun?«

»Beten«, sagte der Arzt bitter. Dann jedoch riss er sich zusammen und fügte in sachlichem Ton hinzu: »Vor allem muss das Fieber bekämpft werden. Es verbrennt ihn. Wir können nur versuchen, es mit nassen Tüchern zu brechen, die ständig gewechselt werden. Wollt Ihr Severin dabei zur Hand gehen?«

Es erwies sich als günstiger Umstand, dass der *Provoss* ein kräftiger Mann war, denn Heyns von Fieberkrämpfen geschüttelter Körper entwickelte ungeahnte Kräfte. Sobald Katharina mit frischen, kalten Tüchern kam, bäumte er sich auf, als wären sie nicht kühl, sondernd glühend heiß. Er schlug um sich und schrie Unverständliches. In seiner Ratlosigkeit flößte der Arzt ihm ein wenig Opiumtinktur ein, aber sie schien nicht das Geringste zu bewirken.

Am Abend glühte die Haut des Jungen immer noch, als ob in ihm ein Feuer brenne. Katharina und Goutbrant wichen nicht von seiner Seite und tauschten unermüdlich die Tücher aus. Etwas anderes hatten sie ja hier nicht zur Verfügung, um das schreckliche Fieber zu brechen. Obwohl Martin versuchte, zuversichtlich zu erscheinen, wuchs seine Besorgnis stündlich. Ein solches Fieber konnte ein schwächlicher Organismus wie der von Heyn nicht lange durchstehen. Er musste es senken – um jeden Preis.

Der Zimmermann nickte nur, als Martin ihn fragte, ob er ihm in aller Eile einen Zuber herrichten könnte, und machte sich sofort an die Arbeit. Kurz nach dem Abendgebet trugen die zwei Gehilfen des Zimmermanns den fertigen Bottich herein. Sogleich begannen sie, ihn mit Meerwasser zu füllen.

Goutbrants riesige Pranken entkleideten Heyn bis auf das Hemd mit einer Zartheit, die man ihnen nicht zugetraut hätte. Behutsam ließ er ihn in den Zuber mit kaltem Wasser gleiten und murmelte dabei beruhigende Worte, als spräche er zu einem kleinen Kind. Ängstlich beobachtete Katharina die Szenerie. Heyn hing mit immer noch geschlossenen Augen schlaff in dem Zuber. Die tiefe Ohnmacht, in der sie ihn am Morgen vorgefunden hatte, war nur von Fieberanfällen unterbrochen worden. Nicht ein einziges Mal war er bei klarem Verstand und ansprechbar gewesen.

Martin kontrollierte immer wieder den Herzschlag und den Puls des Jungen. Hatte er denn all die Jahre gelernt und studiert, um jetzt hilflos danebenstehen zu müssen? Die Rosskur mit dem kalten Bad war die letzte Methode, die ihm eingefallen war. Bei gut ausgestatteten Apothekern hätte er sich noch dieses neue Heilmittel gegen tropische Fieber abfüllen lassen können. Es war überaus kostspielig, doch man hörte wahre Wunderdinge über seine fiebersenkende Wirkung.

»Ich glaube, es hilft. Seht, Doktor, die Fieberröte wird schwächer«, wisperte Goutbrant und riss ihn aus seinen düsteren Gedanken. Tatsächlich wurde Heyn immer blasser. Das geht zu schnell, dachte Martin erschreckt. Schnell beugte er sich über ihn. Ein plötzliches Blubbern ertönte im Zuber und gleich darauf färbte sich das klare Meerwasser dunkelrot.

»Um Gottes willen, er verblutet!« Aus Goutbrants Stimme sprach hilfloses Entsetzen.

Intuitiv riss er den Jungen hoch. Von dem ehemals weißen Hemd tropfte es hellrot, als hätte man es in Farbe getaucht. Martin fühlte Panik in sich aufsteigen. Es gab Fieberseuchen, und es gab offene Wunden, die bluteten. Aber er hatte den Jungen untersucht. Seine Haut war bis auf einen kleinen Kratzer an der Hand absolut intakt gewesen. Wo kam das Blut her?

Goutbrant legte ihn vorsichtig in die Hängematte, und das deutliche, rasch aufeinanderfolgende Tropfgeräusch lenkte seinen Blick auf die rote Pfütze darunter. In stummer Verzweiflung schloss Martin die Augen. Heyn verblutete tatsächlich. Das Blut lief einfach aus seinem Körper. Beständig und unstillbar. Und er konnte nichts dagegen tun. In den Gesichtern der Umstehenden spiegelte sich sein eigenes Entsetzen wider. Ihm war bereits klar, was sie noch nicht wahrhaben wollten: Heyn war nicht mehr zu retten!

»Es gibt nichts mehr, das ich noch tun könnte«, gestand er seine Niederlage als Arzt ein und fühlte eine tiefe Beschämung, dass er nicht gut genug gewesen war, das Leben dieses Jungen zu retten. »Bleibt bei ihm, es wird nicht mehr lange dauern.«

Es war eine Flucht, das gestand er sich ehrlich ein, aber seine Kräfte waren erschöpft. Der wochenlange Kampf gegen die Krankheit hatte ihn ausgelaugt. Er konnte einfach nicht mehr.

Draußen lehnte er sich an die Reling und legte den Kopf in den Nacken, um den prächtigen Sternenhimmel der südlichen Hemisphäre zu betrachten. So viel Schönheit und ein paar Schritte davon so viel Elend, dachte er bitter. Wie kann Gott dabei zusehen? Es war nicht das erste Mal, dass dieser agnostische Gedanke ihn quälte. Zu oft schon hatte er als Arzt an Ihm gezweifelt.

»*Mijnheer* Medicus, wie geht es dem Jungen?«, fragte Kapitän Bontekoe und trat neben ihn.

»Er wird sterben«, sagte Martin abweisend, und in seiner Antwort klang etwas von der tiefen, hilflosen Wut mit, die von ihm Besitz ergriffen hatte.

Bontekoe schwieg. Er stand einfach ruhig da und zog hin und wieder an seiner Pfeife. Nicht einmal, als Martin heftig mit der Faust auf das Holz vor ihnen schlug, zuckte er zusammen.

»Gottes Ratschluss ist manchmal schwer zu verstehen«, sagte er schließlich bedächtig, ohne den Schiffsarzt anzusehen. »Wer weiß, was ihm so alles an Not und Mühe erspart worden ist.«

Martin spürte, wie ihm eine heiße Welle in die Wangen schoss. »Wozu braucht es dann überhaupt Ärzte?«, gab er wütend zurück. »Dann könnten wir ja einfach die Hände in den Schoß legen und Gottes Ratschluss abwarten, wer wieder gesund wird und wer schließlich stirbt.«

»Ihr missversteht mich. Es war nicht im Geringsten meine Absicht, Euch zu kränken.«

»Was meint Ihr dann damit?«

»Ihr seid ein ausgezeichneter Arzt und habt sicher eine große Zukunft vor Euch – aber auch der beste Arzt kann nichts gegen den Willen Gottes ausrichten. Eure Weigerung, das zu akzeptieren, macht Euch nur selbst unglücklich.«

Und woran erkennt man Gottes Willen?, wollte Martin schon fragen. Stattdessen biss er die Zähne zusammen und zwang sich, tief und ruhig zu atmen. Dergleichen fruchtlose Diskussionen halfen niemandem. Im Gegenteil, sie führten nur zu unerfreulichen Auseinandersetzungen. Er hatte sich Abu al-Hakams Maxime zu eigen gemacht, wonach Glaubensfragen und medizinische Fragen nicht zu vermischen seien.

»Wenn Allahs Ratschluss einfach zu durchschauen wäre,

bräuchte es nicht so unendlich viele Weise und Schriftgelehrte, die sich an einer Deutung versuchen. Um eine fremde Sprache zu verstehen, ist es nicht nötig, alles über das Land zu wissen, in dem sie gesprochen wird. Begnügen wir uns damit, die Sprache des Körpers zu erforschen. Das ist Herausforderung genug!«, hatte Abu al-Hakam gelehrt.

Der Kapitän mit seiner steifen Art hatte nur auf seine Weise versucht, ihm beizustehen, ihn zu trösten. Man konnte von einem Ochsen keine Milch verlangen.

»Ich danke Euch«, sagte Martin und verneigte sich leicht. »Ich werde versuchen, es zu beherzigen.«

»Tut das. Habt Ihr einen speziellen Wunsch, den Psalm für die Bestattung betreffend?«

»Ich bin in geistigen Dingen nicht besonders bewandert«, gab Martin zu. »Wählt aus, was Ihr für richtig haltet.«

Als er in die *Back* zurückkehrte, hatte Heyns Zustand sich weiter verschlimmert. Blass wie eine Marmorstatue lag er reglos da, und nur das schwache Heben und Senken seiner Brust verriet, dass er noch atmete. Der *Provoss* sah schrecklich aus: Die Haut seines Gesichts schien grau vor Müdigkeit, die Augen gerötet vom Weinen. Severin wirkte in seinen Augen eher, als hätte er noch nicht ganz begriffen, was geschah. Junge Menschen kamen oft leichter damit zurecht. Trotzdem nahm Martin sich vor, in den nächsten Tagen ein Auge auf ihn zu haben. Manchmal kam die Krise unerwartet ein paar Tage später.

Heyn starb in der Stunde vor Morgengrauen. Martin war zutiefst erschöpft in einer der Hängematten eingedämmert. Goutbrant schlief an der Wand sitzend, den Kopf auf den Knien. Im ersten Augenblick glaubte Katharina an eine Illusion, aber das schwache Wispern war klar zu verstehen: »Severin …«

Tatsächlich, Heyns geöffnete Augen suchten ihr Gesicht. Er war zu sich gekommen! Sprachlos vor Glück und Erleichterung strahlte sie ihn an und hielt ihm mit zitternder Hand den Becher mit Kräutersud an die aufgesprungenen Lippen. »Du wirst wieder gesund«, versicherte sie ihm aufgeregt. »Trink das und du wirst dich gleich besser fühlen.«

Der Junge war zu schwach, um eine Hand zu heben, aber er zog eine Art Grimasse und wandte den Kopf ab. »Nein, ich werde sterben«, brachte er mühsam heraus und dann heftete er seinen Blick eindringlich auf Katharinas Gesicht. »Meisje – kümmerst du dich um sie?«

Sie nickte. »Natürlich«, wollte sie sagen, aber ihr Hals war auf einmal so eng, dass sie kaum atmen konnte.

»Und vergiss mich nicht!«, hauchte Heyn mit einem Anflug seines früheren schelmischen Lächelns. Dann erschlafften seine Züge, und über die schwarzen Pupillen schien sich eine silberne Schicht zu schieben. Katharina hatte in letzter Zeit zu oft das Gesicht des Todes gesehen, um nicht zu wissen, dass er ein neues Opfer gefunden hatte. Wie erstarrt hockte sie neben Heyn und hielt seine Hand, die allmählich eisig kalt und steif wurde, während die tropische Morgensonne mit der ihr eigenen Eile am Horizont aufstieg.

Mit Heyns Tod schien das Fieber seine Kraft und Bösartigkeit verloren zu haben. Die anderen sieben Männer hatten die Nacht überlebt und befanden sich auf dem Weg der Besserung. Martin rechnete damit, dass sie sich zwar langsam, aber stetig erholen würden.

»Wenn die nächsten Tage keiner mehr erkrankt, haben wir es überstanden«, meinte der Arzt und rieb sich die müden Augen. »Ich kann mich schon gar nicht mehr daran erinnern, wann ich das letzte Mal richtig geschlafen habe!«

Mit einem dankbaren Seufzen ließ er sich in seine Koje

sinken und war im nächsten Augenblick eingeschlafen. Auch bei Katharina wirkte der lang andauernde Schlafmangel in Verbindung mit dem reichlichen Mahl, das Kapitän Bontekoe mit einigen Flaschen seines privaten Weinvorrats ergänzt hatte, prompt. Vielleicht war es ja gerade dieser äußerst wohlschmeckende Südwein, der alles auslöste …

Verblüfft sah Katharina sich um. Sie befand sich auf einmal in einer kleinen Schaluppe, ganz allein. Wo waren all die anderen? Martin? *Provoss* Goutbrant? Kapitän Bontekoe? Weit und breit war nichts zu sehen. Bis zum Horizont erstreckte sich nichts als Wasser. Wasser, das unter der Oberfläche seltsam aussah. Als ob sich Tausende silberner Leiber ineinanderschlangen.

Plötzlich schoss einer davon an die Oberfläche, schnellte hoch in die Luft. Entsetzt zuckte sie zurück: Ein riesiger Hai hatte nach ihr geschnappt. Er fiel zurück, aber nun hatten auch die anderen Raubfische sie entdeckt und umtanzten sie in einem schaurigen Reigen. Wenn sie sich nur hätte rühren können! Sie schien wie gelähmt. Starrte nur auf die gierigen Mäuler und wartete auf etwas. Aber sie wusste nicht, worauf. Sie wusste nur, dass noch etwas geschehen würde.

Und tatsächlich tauchte ein gigantischer Hai auf, größer als alle zuvor, die sie bisher gesehen hatte, hob sich halb aus dem Wasser und verharrte wie ein Mensch, der auf festem Land stand. Dann öffnete er weit sein Maul, und zwischen den todbringenden Zahnreihen kam ein Gesicht zum Vorschein, das ihr bekannt vorkam. Eisherz! Ein Arm schob sich aus dem Maul, winkte ihr zu und warf ihr etwas vor die Füße. »Du wirst es noch bereuen, mich den Haien überlassen zu haben!«, rief er.

Das Maul klappte zu, und der Hai verschwand wieder in den grünlichen Tiefen. Zögernd versuchte Katharina zu erkennen, was er ihr ins Boot geworfen hatte. Als sie es erkannte, schrie sie entsetzt auf. Laut und eindringlich. Sie konnte einfach nicht mehr aufhören zu schreien. Zu ihren Füßen lag in einer Blutlache Heyns Kopf.

»Severin! Komm zu dir, Junge!« Martin schüttelte seinen verzweifelt schreienden Adjunkten unsanft an der Schulter, um ihn zu wecken. Mitten in der Nacht schien der Junge einen entsetzlichen Albtraum zu durchleiden. Nach den vergangenen Wochen kein Wunder, dachte der Wundarzt. Und er war allein bei Heyn gewesen, als dieser starb. Martin machte sich heftige Vorwürfe, dass er seiner Müdigkeit nachgegeben hatte. Katharina starrte ihn aus in stummem Entsetzen aufgerissenen Augen an, hatte aber zu schreien aufgehört.

»Du hast doch kein Fieber, oder?«, fragte Martin besorgt und berührte ihre schweißnasse Stirn. Hatte er etwa nach so langer Zeit an Heyns Seite den Krankheitssamen in sich aufgenommen? Nein, Severin schien kein Fieber zu haben. Vermutlich hatte der Junge doch nur die Nerven verloren, dachte er. Immer wieder war er erstaunt darüber gewesen, wie gut Severin sich gehalten hatte. Als verwöhnter Kaufmannssohn konnte er nicht viel Erfahrung in Krankenpflege gehabt haben. Aber nicht einmal hatte er geklagt.

Jemand klopfte leise an die Kammertür, erkundigte sich nach dem Grund des nächtlichen Aufruhrs.

»Nur ein Albtraum«, rief er beruhigend und stand auf.

»Kein Wunder nach den höllischen Wochen«, brummte eine Stimme, und schwere Schritte entfernten sich wieder.

Martin strich Katharina beruhigend über die feuchten Haare. »Hatte dein Traum etwas mit dem armen Heyn zu tun?« Die Frage ließ sämtliche Dämme brechen. Das Mädchen rutschte aus der Koje herunter und warf sich schluchzend Martin an den Hals. Das unwiderstehliche Bedürfnis nach menschlicher Nähe ließ sie sich eng an ihn pressen. Dass dieser Gefühlsausbruch verbunden mit dem Körperkontakt zu unerwünschten Erkenntnissen führen könnte, bedachte sie in ihrer Verzweiflung nicht.

Einen Augenblick war Martin starr vor Überraschung. Das war doch nicht möglich! Halluzinierte er? Aber ein Irrtum war ausgeschlossen: Der schmale Körper in seinen Armen war nicht der eines knochigen Halbwüchsigen. Er spürte zweifelsfrei weiche, weibliche Rundungen unter dem voluminösen Hemd. Ungeachtet der automatischen Reaktion seiner Physis auf die unerwartete Berührung, löste er behutsam ihre Arme und trat einen Schritt zurück.

»Ich könnte beschwören, dass mein Vetter Severin ein Mann ist. Wer bist du?«, fragte er bemüht ruhig und zog das Mädchen vor die Luke. Was für ein Narr war er gewesen, nicht eher zu erkennen, was es mit dem Milchbart auf sich gehabt hatte! Schlagartig wurde ihm so manches klar, was er sich als eigenartige Marotten seines Adjunkten erklärt hatte.

Dass Severin sich niemals in seiner Anwesenheit umgekleidet hatte, seine selbst für Calvinisten ungewöhnliche Schamhaftigkeit und die absolut unmännliche Sorgfalt, mit der er seine Kleidung behandelte. Die viel zu großen Kleidungsstücke.

»Also?«, drängte er, als sie verstockt schwieg und keinerlei Anstalten machte, seine Frage zu beantworten.

»Katharina Sessenheimer.« Sie fand es seltsam, nach so langer Zeit wieder den eigenen Namen auszusprechen.

»Sessenheimer, Sessenheimer ... Der Name kommt mir irgendwie bekommt vor.« Martin betrachtete sie konzentriert, durchforstete sein Gedächtnis.

»Severin und ich sind Freunde seit unserer frühen Kindheit. Ich bin auch aus Frankfurt«, sagte Katharina tonlos, immer noch halb betäubt von den eben durchlebten Schrecken des Albtraums. Sie konnte auf die Schnelle keinen klaren Gedanken fassen.

»Und wie kam es, dass Katharina Sessenheimer sich in den Junker Severin verwandelte?«

Martin schüttelte den Kopf, als müsse er sich selbst zur Räson bringen, sich zwingen, das Unglaubliche zu akzeptieren. »Welch ein Wahnsinn! Was hat er sich dabei gedacht, ein Mädchen an seiner Stelle zu schicken!«

»Es war nicht seine Schuld«, flüsterte Katharina, erschreckt über Martins Empörung. »Es war allein mein Plan. Ich musste ihn sogar mit *Laudanum*-Tinktur betäuben, weil er sich hartnäckig geweigert hat, mir zu helfen.«

»Es freut mich zu hören, dass mein bemitleidenswerter Vetter offensichtlich noch nicht dem Wahnsinn verfallen ist«, bemerkte Martin scharf. »Würdest du die Güte haben, mir zu erklären, wie du auf diesen hirnrissigen ›Plan‹, wie du es nennst, gekommen bist?«

Er setzte sich rittlings auf eine der Reisekisten, lehnte sich gegen die Schiffswand und verschränkte die Arme vor der Brust. Finster fixierte er sie. Wie hatte das Frauenzimmer es nur geschafft, ihn so lange an der Nase herumzuführen?, dachte er. Als Mediziner war ihm der menschliche Körper doch vertraut. Und es hatte genug Hinweise gegeben, die ihn hätten misstrauisch machen müssen. Im Nachhinein verstand er überhaupt nicht mehr, wie er so blind und taub hatte sein können. Andererseits, wieso hätte er an Severins Identität zweifeln sollen? Der Junge, nein, es war ja ein Mädchen, hatte sich anstellig und lerneifrig gezeigt. Mehr hatte ihn nicht interessiert.

Katharina trat nervös auf der Stelle und lenkte seine Aufmerksamkeit damit auf ihren halb bekleideten Zustand und ihre bloßen Füße. Die Füße zu klein, zu wenig Behaarung an den schlanken Fesseln … »Ich gehe kurz an Deck«, sagte er barsch. »Wenn ich wiederkomme, bist du vollständig angezogen und wirst mir ausführlich Rede und Antwort stehen.«

Während sie sich mit fahrigen Gesten ankleidete, überlegte sie fieberhaft, wie sie Martin überreden könnte, ihr Geheimnis zu bewahren und sie nicht Kapitän Bontekoe auszuliefern.

Als Martin nach einiger Zeit das *Cojet* wieder betrat, stand sie vor der Luke und versuchte, gelassen auszusehen. Courage hat sie, dachte er, wider Willen beeindruckt.

»Also, ich höre«, sagte er, ohne eine Miene zu verziehen, und setzte sich wieder auf die Kiste.

»Es begann mit diesem Brief und dass mein Vater den Antrag von dem alten Ekel angenommen hat«, begann Katharina mit leiser Stimme.

»Meinst du damit meinen Brief, in dem ich Severin bat, mich nach Ostindien zu begleiten?«, fragte Martin.

»Bat? Es las sich eher wie ein Befehl.« Sie verzog leicht den Mund.

»Lassen wir das. Was hatte mein Angebot mit dem Antrag zu tun?«

Katharina zögerte. »Severin hat entsetzliche Angst vor dem Meer«, setzte sie dann an und versuchte, Martin ihre damalige Gedankengänge nachzuzeichnen. »Also schlug ich ihm vor, an seiner Stelle aufs Schiff zu gehen.«

»Um ihm zu helfen oder um vor deiner Heirat davonzulaufen?«

»Beides«, gestand sie ehrlich. »Ich träumte schon immer

davon, fremde Länder zu sehen. Und als Vater mich nach Amsterdam zu Tante Barbara schickte, wo ich in der Führung eines größeren Haushalts unterwiesen werden sollte, entschloss ich mich, die Gelegenheit zu nutzen.«

Während ihres weiteren Berichts schüttelte Martin zwar hier und da ungläubig den Kopf, behielt aber sein Schweigen bei, bis sie schließlich verstummte. Eisherz war nicht zur Sprache gekommen. Wenn sie ihn einfach nicht mehr erwähnte, ihn aus ihren Gedanken strich, dann müsste sich doch auch die Erinnerung an ihn tilgen lassen. So wie man einen bösen Traum vergaß und wie sein Körper in den Tiefen des Meeres verschwunden war. Und mit ihm all sein Schmutz, sein Geruch, der immer noch an ihr zu haften schien. Sie wollte nicht, dass Martin davon erfuhr. Sie schämte sich zu sehr, die Dinge auszusprechen, die ihr widerfahren waren. Unschlüssig musterte der junge Arzt seinen angeblichen Gehilfen.

»Was mache ich jetzt mit dir?«, stellte er mehr sich selbst die Frage. »Es ist ein Jammer, dass du eine Frau bist, denn du warst der brauchbarste Gehilfe, den ich je hatte. Verdammt! Wie soll ich in *Batavia* einen neuen finden? Und die Mühen, die ich darauf verwendet habe, dich auszubilden. Was für eine Verschwendung!« Er wirkte ausgesprochen ärgerlich.

»Können wir nicht einfach so tun, als sei ich immer noch Severin, und ich begleite dich weiterhin?«, schlug Katharina zaghaft vor und suchte seinen Blick. »Bisher hat niemand Verdacht geschöpft. Warum sollte nach so langer Zeit plötzlich jemand etwas bemerken?«

Martin schüttelte unwillig den Kopf. »Natürlich wäre es am einfachsten, so zu tun, als habe sich nichts geändert. Aber das geht nicht«, sagte er bestimmt. »Wir müssen zumindest Kapitän Bontekoe einweihen. Gleich morgen früh gehe ich zu ihm.«

»Und wie willst du dem Kapitän erklären, dass du so lange ahnungslos warst? Er wird dir nicht glauben«, sagte sie, und das kämpferische Funkeln in ihren Augen hätte Severin in höchste Alarmbereitschaft versetzt, hätte er ihr an Martins Stelle gegenübergestanden.

Martin hingegen war arglos. »Warum sollte er mir nicht glauben? Ihm ist ja auch nichts aufgefallen«, gab er achtlos zurück.

»Ganz einfach: Wenn du mich verrätst, werde ich ihm sagen, dass alles dein Plan war. Du hättest mich angefleht, dich zu begleiten, und alles Weitere eingefädelt. Ich kann sehr überzeugend sein, wenn ich dabei in Tränen ausbreche!«

Fassungslos starrte er sie an. »Du bist verrückt!«, entfuhr es ihm.

Katharina lächelte siegessicher. Sie hatte es sich gut zurechtgelegt. »Er wird mir glauben – nicht dir! Und wie stehst du dann da? Die Holländer haben ziemlich strenge Ansichten. Ich denke nicht, dass du dann noch die Stelle in *Japonn* bekommst!«

»Schlange, dein Name ist Weib!« Die Verachtung in Martins Stimme war nicht zu überhören. Er war es nicht gewohnt, in solche Zwangslagen zu geraten, und vor Zorn und Frustration knirschte er mit den Zähnen. Am liebsten hätte er sie gepackt und geschüttelt! Doch er verschränkte die Arme vor der Brust, um der Versuchung nicht nachzugeben.

Sie trat dicht vor ihn hin und legte beschwörend ihre kleine Hand auf seinen Unterarm. »Bitte, sieh es doch einmal aus meiner Sicht«, sagte sie. »Ich habe so viel auf mich genommen, um endlich fremde Länder zu sehen. Und jetzt, kurz vor *Japonn*, soll ich aufgeben?« Verzweifelt versuchte Katharina, ihm ihre Beweggründe verständlich zu machen.

»Sei nicht närrisch!«, herrschte Martin sie an und kniff die Lippen zu einem unnachgiebigen Strich zusammen. »Du kannst diese Verkleidung nicht aufrechterhalten. Irgendwann wird es jemandem auffallen, dass dein Kinn so absolut keine Anzeichen von Bartwuchs zeigt.«

»Das glaube ich nicht. Und wenn doch, könntest du das Gerücht in Umlauf setzen, in unserer Familie gäbe es hier und da traurige Fälle von ewiger Kindheit.«

Martin betrachtete sie mit der Faszination und zugleich dem Abscheu, die er einem bisher unbekannten tropischen Insekt entgegengebracht hätte. »Du hast auf alles eine Antwort, was? Findest du dich eigentlich selber noch in deinem Lügengespinst zurecht?«

»Ich lüge nicht aus Spaß – nur aus Notwendigkeit!«, verteidigte Katharina sich, und ihre Augen hingen angespannt an seinem finsteren Gesicht. »Ich schwöre, dass ich mit all meinen Kräften weiterhin deine Forschungen unterstützen werde«, versprach sie mit einer Ernsthaftigkeit, die Martin trotz seines Ärgers anrührend kindlich fand. »Du hast vorhin gesagt, ich wäre der beste Gehilfe, den du je gehabt hättest. Du wirst es nicht bereuen, mich bei dir zu behalten.«

Plötzlich verspürte er das unbändige Verlangen, in Gelächter auszubrechen. Dieses unmögliche Mädchen ließ ihm keine andere Möglichkeit, als sie nach *Japonn* mitzunehmen. Und warum sperrte er sich eigentlich so dagegen? Sie war tatsächlich der beste Adjunkt, den er sich wünschen konnte. Noch nie hatte sie sich beklagt, jede Anweisung sorgfältig ausgeführt. Ihr einziger Fehler war, dass sie eine

Frau war. Das musste er ignorieren. Auch wenn sie unter diesem Aspekt eigentlich ganz hübsch anzusehen war, das musste er zugeben.

»Also gut«, sagte er. Sein Entschluss war gefasst. Verrückte Lagen erforderten verrückte Entscheidungen. »Severin, pack die Tasche für die Morgenkonsultation und vergiss die Zahnzange nicht! Es gibt viel zu tun.«

Katharina sah erleichtert zu ihm auf. »Danke«, flüsterte sie und lächelte ihn schüchtern an. Sein Zorn schien verraucht, aber er betrachtete sie mit einem seltsamen Ausdruck, den sie nicht an ihm kannte.

Kapitel 8

Deshima

In den Abendstunden des 29. Juli 1692 zeigten sich endlich im Osten undeutlich die zarten Schatten einer Inselgruppe. Im Dunst der feuchten Sommermonsunzeit wirkten sie wie ein zartes, unfertiges Aquarell.

Katharina stand an der Bordwand, die Hände auf das raue Holz der Bordwand gestützt, und starrte auf die anmutige Horizontlinie, ohne sie tatsächlich wahrzunehmen. Fast ein Jahr war sie nun schon auf großer Fahrt, und manchmal schien es ihr, als hätte ihr Leben vorher gar nicht wirklich stattgefunden.

Sie hatte sich für klug und gebildet gehalten, aber von der wirklichen Welt hatte sie so wenig Ahnung gehabt wie das Küchenmädchen Lise in Frankfurt, das weder lesen noch schreiben gelernt hatte. Meisje schmiegte sich ängstlich an ihre Knie, und automatisch beugte sie sich hinunter, um die zierliche Hündin beruhigend hinter den Ohren zu kraulen. Die übrigen Schiffshunde waren in *Batavia* auf einen anderen Segler gewechselt, aber Martin und der *Provoss* hatten sich dafür eingesetzt, dass sie Meisje bei sich behalten durfte.

Der Abschied von Laurens Goutbrant war ihr schwergefallen. Nach Heyns Tod hatte sie sich ihm noch enger angeschlossen. Vereint in der Trauer um den Jungen hatten sie sich gemeinsam um die Hunde gekümmert. Der Kapitän hatte es stillschweigend geduldet, dass die Tiere nun tagsüber auf den Deckplanken umherliefen.

Schon kurz nach der Ankunft in *Batavia* hatte Kapitän Bontekoe das Kommando über eine Strafexpedition nach Ceylon übertragen bekommen, und der größte Teil der Mannschaft hatte sich dem Unternehmen angeschlossen. Bei einer solchen Expedition war mit ein wenig Glück gute Beute zu machen. Neben Goutbrant war auch der Obersteuermann Pieter Gijsen mit dieser Flotte gesegelt.

Willem van der Dussen war schließlich zu einer Inspektion zu den *Banda-Inseln* aufgebrochen. Aber da er bis dahin im Hauptgebäude der VOC residiert hatte, Martin und Katharina hingegen auf dem Hospitalgelände Räume zugewiesen worden waren, hatte man sich aus den Augen verloren.

Batavia hatte ihr nicht gefallen: Es war ein Ort, an dem die feuchte Hitze das Atmen anstrengend machte und der allgegenwärtige Geruch von Schimmel und Fäulnis wie eine riesige Glocke über der Stadt zu hängen schien. Die Stadtmauer mit den Toren, die Kreuzkirche im Zentrum, das Rathaus – all das hätte man genauso gut auch in Europa finden können. Nicht aber die Bewohner.

Überall wimmelte es von Malaien und chinesischen Händlern, die lautstark ihre Waren oder Dienstleistungen anboten. Europäer sah man selten auf den Straßen, die meisten zogen dem malerischen Trubel die Sicherheit und relative Kühle ihrer Häuser an den Kanälen vor, die Katharina an die Grachten in Amsterdam erinnerten.

Verglichen mit der hellbraunen Haut der Malaien und der rötlich-weißen der Holländer schienen die Chinesen tatsächlich eher einen gelblichen Hautton zu haben. Selbst für Katharinas ungeübte Augen waren sie dank ihrer schräg geschlitzten Augen und dem langen rabenschwarzen Zopf sofort von den einheimischen Javanern zu unterscheiden. Chinesische Frauen sah sie nie.

Die chinesische Tracht aus weiten Hosen und Kitteln war auch nicht mit der javanischen zu verwechseln, die aus kunstvoll um den Leib geschlungenen Tüchern bestand. Die Muster dieser Tücher wurden mithilfe von flüssigem Wachs eingefärbt, hatte van der Dussen ihr erzählt. Einige davon waren äußerst kostbar und wurden von den Familien wie Erbschmuckstücke behandelt. So schön die Frauen waren, so finster erschienen ihr die Männer, denen sie begegnete. Die Feindseligkeit, die sie ausstrahlten, machte ihr Angst. Sie schienen alles Europäische abgrundtief zu hassen, und nur die Angst vor der Rache der Holländer hielt sie in Schach. »Nehmt Euch in Acht vor ihnen«, hatte van der Dussen sie gewarnt. »Malaien sind Halsabschneider aus Passion. Wenn sie einen Holländer allein erwischen, landet sein Kopf in einem ihrer Heidentempel. Da können wir noch so viele Strafexpeditionen ausschicken – diese Barbarei ist ihnen nicht abzugewöhnen.«

Martin und Katharina sollten mit dem nächsten Japansegler, der auslief, mitfahren. Er würde unterwegs im Königreich Siam Sappanholz, Hirschfell und Büffelhäute laden, in *Cochinchina* Moschus, Farbhölzer, Kobalt und Terra Japonica sowie auf *Formosa* chinesische Seide und Brokatstoffe. Die Japaner hatten wenig Interesse an europäischen Handelsgütern, aber als Geschenke für wichtige Würdenträger und Herren des Kaiserhauses waren einige Uhren, Spiegel und Lupen vorgesehen.

»Eigentlich sind wir nur Zwischenhändler, die Geschäfte

zwischen dem Festland und Japan machen«, hatte Joannes Camphuys bei der Audienz gescherzt. Martin war in den Gouverneurspalast befohlen worden, weil der Arztposten auf Deshima sich nicht nur in seiner Dotierung von der eines gewöhnlichen, bei der VOC angestellten Barbiers unterschied.

»Betrachtet Euch als unseren wichtigsten Botschafter«, war der Generalgouverneur sehr ernst fortgefahren. »Die Japaner achten uns Kaufleute gering. In diesem Land nehmen sogar Bauern einen höheren Stand ein als wir. Aber Ärzte hofieren sie, unsere Medizin gilt als überaus wirkungsvoll, und sie werden Euch ständig nach allem Möglichen ausfragen. Je gelehrter Ihr auftretet, desto besser!«

»Ich werde mein Bestes tun«, versprach Martin amüsiert. »Aber wie ich gehört habe, werden wir auf Deshima wie Gefangene leben. Stimmt das?«

Camphuys winkte ungeduldig ab. »Für einen Arzt gibt es immer Mittel und Wege. Euer Vorgänger, Doktor Kaempfer, hat es so gut verstanden, sich durch seine Dienste bei den Mächtigen der Stadt beliebt zu machen, dass ihm fast uneingeschränkte Freiheiten zugestanden wurden. Wenn Ihr Euch ähnlich geschickt verhaltet, wird Euer Jahr auf Deshima schneller verfliegen, als Ihr jetzt fürchtet.«

Trotz der Aussicht auf die monatelange Isolation – der Hafen Nagasaki konnte wegen der ungünstigen Strömungen und Winde im Chinesischen Meer nur in der kurzen Zeit zwischen Ende Juli und Ende Oktober angelaufen werden – war Katharina froh gewesen, als sie endlich an Bord der »Waalstroom« gehen durften. Allmählich sehnte sie ein Ende der endlos scheinenden Reise herbei. Ihr Verhältnis zu Martin hatte sich recht schnell wieder normalisiert. Nach den ersten Tagen, in denen sie beide betont unpersönlich, ja fast steif miteinander umgegangen waren, hatten sie zu ihrem vorherigen Umgangston zurückgefunden.

Sie hatten die Lektüre medizinischer Schriften ebenso wie die täglichen Konsultationen wiederaufgenommen, und kurz vor *Batavia* hatte Martin ihr mit der Begründung: »Deine Schrift ist deutlich besser als meine«, die Liste mit den für Japan benötigten Arzneistoffen diktiert.

Seltsamerweise kam er besser mit der Situation zurecht als sie. Als hätte die Unterredung nie stattgefunden, lag nicht die leiseste Ironie in seiner Stimme, wenn er seinen Adjunkten aufforderte, sich doch bitte diese oder jene Verletzung genauer anzuschauen und sich dazu zu äußern. Für ihn schien es tatsächlich keinen Unterschied zu machen, dass er es jetzt mit einer Frau zu tun hatte. Sie schien in seinen Augen geschlechtslos zu sein.

Eines Nachts war ihm Katharina nachgeschlichen, nur um herauszufinden, was er zu dieser späten Stunde denn noch vorhaben könnte, und sie hatte ihn im Lichtkegel aus einer offen stehenden Tür in leidenschaftlicher Umarmung mit einer bildschönen Mestizin gesehen. Der Stich, der ihr dadurch versetzt wurde, war tief gewesen und schmerzte sie noch immer.

Hier auf der »Waalstroom« gab es keine Frauen. Und auch in der Faktorei auf Deshima lebten nur Männer. Wie sie erfahren hatte, residierten dort außer dem Statthalter Gerrit de Heere und ihnen beiden nur noch ein Unterkaufmann, drei Assistenten, ein Soldat als Hofmeister, ein Maat als Kellermeister und vier schwarze Diener. Insgesamt also dreizehn Personen, die für die Dauer des nächsten Jahres auf Deshima aufeinander angewiesen sein würden. Der Segler war so vollgestopft mit Handelsware, dass die Passagiere eng zusammenrücken mussten. Selbst auf Deck stapelten sich die Ballen, und der Bootsmann schimpfte ständig, dass er im Notfall nicht an Reservesegel käme, weil sogar das *Segelgatt* als Lagerraum missbraucht wurde.

Aus Platzgründen teilten sie ihr *Cojet* mit dem Unterkaufmann Bokje van Doort, einem jungen Mann, der dazu neigte, im Schlaf zu sprechen. Die zweite bewohnten die drei Assistenten und der Soldat. Der Maat zog es vor, an Deck zu schlafen, wo sich auch die vier schwarzen Jungen zusammenrollten. Sie waren etwa in Heyns Alter, schätzte Katharina. Hübsche Knaben mit samtweicher Haut und weißen Zähnen. Die Compagnie bezog sie von den arabischen Sklavenhändlern, deren Dhaus regelmäßig Goa belieferten. Sie hatte fast schon Mitleid mit ihnen gehabt, wenn sie nicht gesehen hätte, wie sie sich damit vergnügten, den Wasserschildkröten, die beim Einziehen der Netze mit an Deck geholt wurden, Kopf und Beine auszureißen.

»Ich muss sagen, ich bin schon sehr gespannt auf diesen seltsamen Ort«, sagte eine Stimme neben ihr. Martin war neben sie getreten und kniff die Augen zusammen, um besser in die Ferne sehen zu können. »Dort hinten, die gezackten Klippen, das müssen die Mejima-Inseln sein, von denen der Kapitän seit Tagen spricht.« Er stieß erleichtert den Atem aus. »Gott sei Dank, endlich wieder festen Boden unter den Füßen!«

Am folgenden Tag segelten sie mit Nordostkurs auf die zerklüfteten Landmarken am Horizont zu. Sie passierten weitere Inselgruppen und erreichten gegen Abend die Einfahrt zur Bucht von Nagasaki. Katharina stand wie fest gewachsen an der Reling, um nur ja keine Einzelheit der bergigen, baumbestandenen Landschaft zu verpassen. Die glasklare Luft, die sich so wohltuend von der dunstigen Schwüle *Batavias* unterschied, ließ die Entfernungen schrumpfen. In dem satten Grün der Täler konnte sie Palmen erkennen, Bambushaine sowie Bäume und Büsche mit auffallend glänzenden, dunkelgrünen Blättern. Zahlreiche Fischerdörfer schmiegten sich an die Küstenlinie, klein und unscheinbar, als wollten sie mit der Umgebung verschmelzen.

»Der Pfaffenberg!« Bei diesem Ausruf stürzten alle Maats nach Backbord, wo deutlich ein konisch aufragender Bergkegel zu erkennen war.

»Hier haben die Japaner vor vielen Jahren die papistischen Priester ins Meer gestürzt«, beantwortete ein älterer Mann Katharinas Frage nach dem seltsamen Namen. »Früher waren die Portugiesen überall im Land. Aber dann hat der Kaiser sie hinausgeworfen, den christlichen Glauben verboten, und jetzt sind wir Holländer die Einzigen, die Handel treiben dürfen.«

Während der Konstabler die Bordkanone vorbereitete, um ihr Einlaufen anzukündigen, befahl der Kapitän alle Mann an Deck. Vor versammelter Mannschaft setzte er zur Rede an: »Meine Brüder, wir haben jetzt mit Gottes Hilfe und Beistand unsere Reise bis hierher glücklich zurückgelegt, wofür wir Gott von Herzen Dank sagen. Wir kommen jetzt in ein heidnisches Land und zu Menschen, welche keinerlei Kenntnis Gottes und unseres Heilands Jesus Christus haben«, fuhr er eindringlich fort und umklammerte sein Psalmenbuch. »Wenn sie Kenntnis davon erhalten, dass Christen in ihrem Land sind, kreuzigen oder verbrennen sie diese ohne Gnade. Deshalb, um den holländischen Geschäftsinteressen nicht zu schaden, unser Leib und Leben zu schützen und überhaupt jedem Unheil zuvorzukommen, bitte und befehle ich euch, dass ihr hier in *Japonn* auf die Frage, welches Volk ihr seid, antwortet: Wir sind rechte Holländer.« Halb amüsiert, halb ungläubig lauschte Katharina seinen Worten.

»Weiterhin ist es nicht ratsam, öffentlich zu singen. Ein jeder kann insgeheim beten und zu Gott seufzen, aber ohne den Hut abzunehmen und ohne sichtbare Andachtsgebärden. Solche Zurschaustellung könnte uns alle um Leib und Leben bringen.«

Er winkte dem Bottelier zu, der daraufhin ein Fässchen vor ihn hinstellte, und fügte hinzu: »Und jetzt wird ein jeglicher von euch alles, worauf ein Kreuz oder sonst ein christliches Symbol ist, in ein Tuch schlagen und es hier hineintun.« Aufgebrachte Stimmen protestierten, aber der Kapitän blieb eisern: Alle Dinge, die die Japaner verärgern konnten, mussten abgegeben werden. Murrend und verärgert fügten sich die Seeleute.

Aber das war erst der Anfang der ungewohnten Demütigung durch die Japaner!

Sobald die Morgendämmerung anbrach, ergoss sich eine Flut kleiner Boote ins Wasser und näherte sich der »Waalstroom« wie eine Ameisenschar, die ein Aas entdeckt hat. Eine Heerschar Japaner kletterte an Bord. Einige bunt und prächtig gekleidete Männer bellten unverständliche Befehle. Die Demut, mit der die ärmlich angezogenen unter ihnen gehorchten, übertraf deutlich den Gehorsam, den europäische Dienstboten unter vergleichbaren Umständen an den Tag gelegt hätten. Die große blau-weiß-rote Flagge mit dem Emblem der VOC wurde gestrichen – ein Zeichen, dass die Befehlsgewalt an die Japaner übergeben worden war. Routiniert und geschickt machten die Kulis, wie die Tagelöhner hier genannt wurden, sich daran, sämtliche Geschütze des Schiffs auszubauen, über die Reling zu hieven und ans

Ufer zu schaffen. Auch die restlichen Waffen wie Musketen, Säbel und Piken wurden eingesammelt und vom Schiff transportiert.

»Früher haben sie sogar versucht, das Ruder auszubauen«, knurrte der ältere Seemann verächtlich. »Das war aber nicht immer möglich, ohne das Schiff zu beschädigen, und jetzt lassen sie es glücklicherweise sein. Aber sie halten sich auf andere Art schadlos!« Er spuckte einen Strahl braunen Kautabaks ins Wasser.

Sobald die Beamten alle Schlüssel für die Luken und Pforten des Schiffs in Händen hielten, begannen sie mit strenger Miene ihren Rundgang. In ihren prachtvollen Kostümen aus schimmernder Seide, unter denen die auffallend kleinen Füße in schneeweißen Söckchen noch kleiner schienen, erinnerten sie Katharina an Kinder, die sich verkleidet hatten. Der durch die seltsamen Sandalen erzwungene, trippelnde Gang verstärkte diesen Eindruck noch.

Ihre Physiognomie ähnelte der der Chinesen in *Batavia*. Allerdings schienen die Japaner schmaler, ihre Körper asketischer.

Sie wurden angewiesen, sämtliche Behältnisse, auch die Seekisten der Besatzung, unter ihren Augen zu öffnen. Manch einer musste von den Kameraden beruhigt werden, wenn er sich zahneknirschend auf die hämisch grinsenden Kulis stürzen wollte, die unter Aufsicht eines der Beamten seine Sachen durchwühlten. Zum ersten Mal wurde Katharina Martins Sonderstellung deutlich, als die Truppe unter Verbeugungen und Geschnatter ihr *Cojet* fluchtartig verließ, sowie sie seine ärztlichen Instrumente entdeckt hatten.

In der Zwischenzeit hatte der Kapitän einen eigens mitgebrachten persischen Teppich auf Deck ausbreiten lassen.

Dort thronte nun eine prunkvoll gekleidete Gestalt, umgeben von einem Hofstaat an Untergebenen. Alle Mann hatten sich hinter dem Hauptmast versammelt, und es begann eine Art Verhör. Jeder musste vortreten und Namen, Alter, Herkunft, Stellung angeben. Der Dolmetscher beherrschte Holländisch mehr schlecht als recht, und so gab es immer wieder Irritationen und Missverständnisse.

Als Katharina an der Reihe war und vor dem Teppich Aufstellung nahm, entstand plötzlich eine leichte Unruhe hinter ihr. Ehe sie sich umdrehen konnte, spürte sie einen kleinen haarigen Körper, der sich an ihr Knie drängte und leise winselte. Katharina erstarrte. Würde dieser seltsam aufgeputzte Würdenträger sich jetzt beleidigt fühlen? Auf Java galten Hunde als unreine Tiere, deren Berührung von den Einheimischen vermieden wurde.

Mit angehaltenem Atem suchte sie nach einer Reaktion in den unbewegten Gesichtszügen unter der schwarzen, gefalteten Haube, die ein Rangabzeichen zu sein schien. Was würde er tun?

Der Kapitän erwiderte ihren Hilfe suchenden Blick mit einem ratlosen Achselzucken. Einige Augenblicke lang herrschte eine unnatürliche Stille auf Deck, in der außer dem hechelnden Atem der Hündin, die sich eng an Katharinas Bein schmiegte, nichts zu hören war. Dann verzogen sich, wie auf ein geheimes Kommando hin, die Gesichter aller Japaner zu einem unmissverständlich freundlichen Lächeln. Selbst die Züge des hohen Beamten wurden plötzlich weich, und er sprach leise mit einem der Dolmetscher.

»Der ehrenwerte Herr *Machidoshiyori* möchte wissen, ob dieser Hund Euer Freund ist«, übersetzte dieser an Katharina gerichtet.

Sie nickte so entschieden, dass ihr um ein Haar der Hut

vom Kopf gefallen wäre, und hielt Meisjes rotes Halsband, das Abschiedsgeschenk von *Provoss* Laurens Goutbrant, fest umklammert.

»Wie ist sein Name?«

»Meisje.«

Der hohe Beamte nickte Katharina wohlwollend zu und gab ihr zu verstehen, sie möge weiter zu jenem Schreiber gehen, der alles genau beobachtet hatte und in beeindruckender Geschwindigkeit mit einem Pinsel und pechschwarzer Tusche eigenartige japanische Zeichen auf eine dünne Papierrolle malte. Sie beeilte sich, seinem Wink zu folgen.

Es dunkelte bereits, als die japanische Bürokratie endlich zufriedengestellt war und die Ameisenschar so rasch wieder verschwand, wie sie am Morgen aufgetaucht war.

»Unsere letzte Nacht auf einem Schiff«, sagte Martin nachdenklich zu ihr, während sie an der Reling standen und das Lichtermeer bewunderten, das sich die Hänge hinter Nagasaki hochzog. »Morgen dürfen wir als Erste übersetzen. Doktor Kaempfer hat freundlicherweise angeboten, für die restliche Zeit seines Aufenthalts das Haus mit uns zu teilen. Ich hoffe, noch einiges von ihm lernen zu können, bevor er abreist.«

Kurz nach sechs Glasen in der Frühe näherte sich erneut die japanische Flotille. Martin und Katharina standen mit Meisje und ihrem gesamten Gepäck zum Aufbruch bereit und sahen bewundernd zu, wie flink und geschickt die Japaner an Deck kletterten.

»Doktor-*sama* Lieparu?« Der junge Mann, der Martin ansprach und sich dabei höflich verneigte, schien auf den ersten Blick nicht viel älter als Katharina.

»Ja, ich bin Doktor Liebau«, sagte Martin, wobei er seinen Namen deutlich akzentuierte, und erwiderte die Verbeugung. »Und das ist Severin, mein Gehilfe.«

Katharina achtete darauf, sich mindestens so tief zu verneigen wie ihr Gegenüber. Hatte der Kapitän nicht gesagt, dass Japaner unwahrscheinlich heikel in Fragen der Höflichkeit wären? An ihr sollte es nicht liegen, dass jemand Grund zur Beschwerde hatte.

»Ich bin Imamura Ginnemon, Euer Dolmetscher.« Erneut verneigte er sich. »Seid willkommen in Japan, Doktor-*sama* Liebau und Severin.« Er meisterte die ungewohnten Namen mit erstaunlicher Zungenfertigkeit. »Ich habe mir erlaubt, die nötigen Vorkehrungen zu treffen, um Euch nach Deshima zu bringen.« Mit diesen Worten zog er drei Holzplättchen aus seinen weiten Ärmeln, auf denen japanische Schriftzeichen aufgemalt waren. »Euer – wie sagt man? – Passierschein, ja. Ihr müsst ihn immer bei Euch tragen, wenn Ihr das Haus verlasst.«

Er überreichte Katharina und Martin ihre Dokumente so feierlich, als seien es unbezahlbare Kostbarkeiten. Dann beugte er sich zu Meisje hinunter und murmelte: »Ihr auch, kleine Dame«, und befestigte das dritte Schild an ihrem Halsband.

»Manchmal könnte man wirklich meinen, die Japaner sind närrisch«, kommentierte einer aus der Mannschaft diese Aktion. »Seit einigen Jahren sollen sie ein Aufheben um Hunde machen, als seien es heidnische Götzen.«

Obwohl Ginnemon die Bemerkung gehört haben musste, ging er nicht darauf ein, sondern trieb die Kulis zur Eile an. Neidische Blicke folgten ihnen, als sie in die kleinen Transportboote kletterten. Vor den Männern lagen harte Monate. Hier in Nagasaki gab es keinen Landgang, keine fröhlichen Nächte im Hafen. Nur zu zweit oder dritt durften sie tageweise das Schiff verlassen, um sich in Deshima die Füße zu vertreten beziehungsweise die Dienste eines der Freudenmädchen in Anspruch zu nehmen, die sich dazu herabließen, in die Enklave zu kommen.

Während sie sich Deshima näherten, spürte Katharina vage Enttäuschung in sich aufsteigen: Auf dieser winzigen Insel sollte sie das nächste Jahr verbringen? Das Wassertor zum Hafen stand bereits wieder offen, damit die restliche Schiffsladung in die Speicher gebracht und dort versiegelt werden konnte. Der Rest war umschlossen von einem hohen Holzzaun, hinter dem nur die höchsten der Dachfirste zu sehen waren. Rings um die Insel hatte man hohe Pfähle in den Schlick gerammt, an denen Schrifttafeln hingen. »›Diese Insel ist bei Lebensstrafe nicht zu betreten‹, steht da«, erklärte Ginnemon, als er Katharinas Interesse bemerkte.

»Eine seltsame Schrift«, stellte sie fest. »Aber sie gefällt mir! Meinst du, ich könnte sie schreiben und lesen lernen?«

»Es ist schwer. Auch Japaner brauchen dafür viele Jahre.« Das klang nicht sehr ermutigend.

»Aber du hast doch auch Holländisch gelernt!«, erwiderte Katharina.

Zum ersten Mal lächelte der junge Japaner. »Das ist etwas anderes. Viel einfacher! Außerdem ist es strengstens verboten, Holländern die japanische Sprache zu erklären. Aber ich kann dir ein paar besondere Zeichen beibringen, wenn du willst.«

Unzufrieden presste Katharina die Lippen zusammen. Das war nicht das, was sie wollte, aber vielleicht konnte sie Ginnemon ja mit der Zeit überreden.

Neugierig betrachtete sie die fremdartigen Häuser im japanischen Stil. Die mit Holzschindeln gedeckten Dächer waren viel niedriger als die europäischen, aber dafür elegant geschwungen und mit Schnitzwerk verziert. Um den oberen Stock zog sich meist eine Galerie. Die leichte, luftige Bauweise trug dem feuchtwarmen Klima Rechnung. Ginnemon machte sie hier und da auf eine Besonderheit aufmerksam: einen Wasserspeier in Form des holländischen Löwen, kleine, runde Fenstergitter in einem Holzzaun, die aussahen wie japanische Schriftzeichen, das imposante Portal der Faktorei und den kleinen Garten der Inselküche, wo die Gehilfen der Köche neben einheimischem auch holländisches Gemüse zogen.

Das Haus des Faktoreiarztes lag inmitten einer liebevoll gepflegten Gartenanlage. Ein mit hellem Kies bestreuter Weg führte von der Pforte, die das Anwesen zur Straße hin abschirmte, zwischen Beeten voller exotischer Pflanzen zur Eingangstür. Aus Tannenholzbalken und verputztem Flechtwerk errichtet, wirkte das bescheidene Haus freundlich und penibel sauber. Eine überdachte Terrasse zog sich fast die ganze Gartenseite entlang.

»Wie schön!«, entfuhr es Katharina, die plötzlich so etwas wie Besitzerstolz verspürte. Dies hübsche Anwesen würde für das nächste Jahr ihr Heim sein! Auf den ersten Blick hatte sie es bereits ins Herz geschlossen. Doch zu all der Vorfreude gesellte sich auch leichte Nervosität.

Mit Martin unter einem Dach zu leben unterschied sich sicher von der erzwungenen Nähe auf einem Schiff, wo alle sich besonders große Mühe gaben, die fehlende räumliche Distanz durch eine verstärkte persönliche Distanziertheit zu ersetzen …

Hinter der geschnitzten Haustür schlüpfte ihr Führer aus seinen klappernden Holzsandalen und stellte sie zu zwei Paaren der gleichen Machart, die dort für ihre Besitzer bereitstanden. Auf Strümpfen ging Ginnemon den schmalen Flur hinunter, schob die Schiebetür an seinem Ende auf und räusperte sich. »*Sensei?*«, fragte er respektvoll.

»Ach, da bist du ja, mein Guter. Hast du meine Gäste mitgebracht?«

Eine Tabakwolke drang aus dem Raum, und dann tauchte im Türrahmen eine ungewöhnliche Erscheinung auf. Doktor Engelbert Kaempfer schien sich japanische Sitten angeeignet zu haben: Seine weiß bestrumpften Füße bewegten sich fast lautlos über den mit Binsenmatten ausgelegten Boden, wobei seinen Körper ein leichter Baumwollmantel umflatterte, der mit den prächtigen Gewändern der Würdenträger nur den großzügigen Schnitt gemeinsam hatte.

»Ein *Kimono* ist einfach zu bequem«, sagte er augenzwinkernd, als er Katharinas erstaunten Blick registrierte. »Willkommen in diesem faszinierenden Land, lieber Kollege! Ich sehe, Ihr habt Euch einen Assistenten mitgebracht. Sehr vorausschauend. Und einen Hund habt Ihr auch!«

Er begrüßte sie beide mit Handschlag und beugte sich dann zu Meisje, um ihr über den Kopf zu streichen. Obwohl die Hündin sich sonst vor Fremden eher fürchtete, reagierte sie bei Kaempfer mit begeistertem Schwanzwedeln und versuchte, ihm die Hand zu lecken. Ein Mann, der die besten Jahre allmählich hinter sich ließ, schätzte Katharina, während sie ihn unauffällig musterte. Er war hochgewachsen, von kräftiger Gestalt und angenehmem Äußeren. Am auffallendsten waren jedoch seine klugen, grauen Augen, die aus einem Netz von Lachfältchen strahlten. Katharina mochte ihn auf den ersten Blick.

»Darf ich Euch gleich mit einer hiesigen Eigenart vertraut machen? Japaner trinken den lieben, langen Tag Tee. Ein komisches Gebräu, aber wenn man es einmal kennengelernt hat, möchte man es nicht mehr missen. Ginnemon, würdest du bitte ...?«

Der junge Mann neigte zustimmend den Kopf und verschwand hinter einer schwarz lackierten Schiebetür.

»Für die Teezeremonie müsst Ihr aber die Stiefel vor der Tür lassen. Überhaupt werdet Ihr feststellen, dass europäische Kleidung hier nicht besonders praktisch ist, auch weil japanische Häuser nicht mit Schuhen betreten werden dürfen.«

Gehorsam begannen Martin und Katharina ihre Stiefel auszuziehen. Sie würde sich so schnell wie möglich auch japanisches Schuhwerk anschaffen, beschloss Katharina, während sie an dem von der Seeluft steif gewordenen Leder zerrte.

»Mein Teezimmer!«, sagte Kaempfer und führte sie in einen großen, luftigen Raum, dessen Schiebetüren aus geöltem Papier zum Garten hinaus offen standen. Auch hier drinnen war der Boden dicht mit *Tatami* ausgelegt. An der Stirnseite des ansonsten schmucklosen Zimmers hantierte Ginnemon an einem niedrigen Lacktischchen.

»Bitte, macht es Euch bequem!« Mit dieser Aufforderung kniete Doktor Kaempfer sich auf ein niedriges Kissen und setzte sich auf seine Fersen. »Anfangs werden Eure Beine sich beschweren, aber man gewöhnt sich daran. Selbst ich mit meinen alten Knochen.«

Kaum hatten sie sich auf zwei ähnlichen Polstern niedergelassen, gab Ginnemon grünes Pulver in die vier bereitstehenden Teeschalen und goss aus einem Eisenkessel heißes Wasser darüber. Fasziniert beobachtete Katharina, wie er mit der Geschicklichkeit eines Gauklers eine Art kleinen Reisigbesen dazu benutzte, das grünliche Getränk aufzuschäumen.

Japanischer Tee schien nichts mit dem ihr bekannten chinesischen gemeinsam zu haben. Nicht die Farbe, nicht die Zubereitung und nicht den Geschmack, wie sie enttäuscht feststellte, als sie einen kleinen Schluck des Gebräus zu sich nahm. Er schmeckte leicht bitter, vielleicht eine Spur blumig. Martin hingegen schien anderen Gedanken nachzugehen, als er den Blick in seine kunstvoll mit kobaltblauen Malereien verzierte Schale versenkte. »Nutzt Ihr dies Getränk auch medizinisch?«, erkundigte er sich interessiert bei seinem älteren Kollegen. »Hat es irgendeinen spezifischen Nutzen?«

Doktor Kaempfer warf den Kopf in den Nacken und lachte. »Muss denn alles und jedes einen Nutzen haben? Es erfrischt und klärt den Geist – ist das nicht genug?«

Man hatte ihnen zwei Zimmer im ersten Stock hergerichtet. Sobald Doktor Kaempfer und sein indischer Diener Leander, der im Augenblick seinen Herrn so umsichtig wie eine liebende Ehefrau umsorgte, im Oktober die Rückreise nach *Batavia* antreten würden, stand ihnen das Gebäude ganz zur Verfügung – nebst Ginnemon als Dolmetscher und einem der vier schwarzen Hausdiener, der die Speisen aus dem Küchenhaus, das die Bewohner von Deshima versorgte, holen sollte und für die Reinhaltung der Räume zuständig war. Bis dahin würde es ein wenig beengt zugehen, entschuldigte sich der Arzt, aber es sei immer noch angenehmer, als auf dem Schiff auszuharren.

Das war es tatsächlich, auch wenn Deshima an ein Gefängnis erinnerte. Die künstliche Insel war klein, sehr klein. Doktor Kaempfer hatte schmunzelnd davon gesprochen, dass er in seiner Anfangszeit als Faktoreiarzt manchmal an dem hohen Holzzaun, der sie umschloss, entlanggegangen war und dabei seine Schritte gezählt hatte: An den beiden Schmalseiten benötigte er je 85 Schritte. Für den längeren Weg zur Seeseite hin, wo das Haus der Dolmetscher und das Küchenhaus lagen, waren es 308. Wählte er die Mittelgasse, vorbei an dem mittleren der drei Wachhäuschen und der Residenz des holländischen Statthalters, brauchte er immerhin 286.

»Mit der Zeit gewöhnt man sich daran, dass man praktisch ein Gefangener ist«, sagte er nachdenklich, als er Martin und Katharina das erste Mal auf dem Terrain herumführte. »Aber es ist schon seltsam, so streng bewacht zu werden.« Er zeigte auf die Wachtruppe am Haupttor, die Tag und Nacht unerbittlich darauf achtete, nur Japaner mit Passierscheinen durchzulassen. Von den Holländern durfte außer dem Faktoreidirektor und dem Arzt sowieso keiner das Festland betreten.

Der *Ottona*, wie die Bezeichnung für den japanischen Oberaufseher der Insel lautete, war allerdings nicht ganz so autoritär, wie es seine Pflicht wäre, erzählte Doktor Kaempfer mit amüsiert glitzernden Augen, als sie wieder im Haus angekommen waren. Dabei wies er auf einen schlichten, schwarzen Lackkasten. »Mit meinem Likörkasten und ausgesuchten Tintweinen aus dem Flaschenkeller habe ich beim guten Gibuemon schon so manches erreicht! Wenn ich Euch raten darf: Seht zu, Euch mit einem reichlichen Vorrat zu versehen, denn diese Zaubertränke öffnen hier auch die verschlossensten Türen.«

Martin schmunzelte über die unerwartete Gerissenheit des älteren Arztes. »Es entbehrt nicht einer gewissen Ironie, dass Eure bewundernswerte Floraliensammlung durch den Hang der Japaner zum Alkohol möglich wurde.«

Kaempfers Gesicht wurde augenblicklich ernst. »Nein,

das würde ich so nicht sagen!«, verteidigte er seine Informanten. »Nicht nur mein guter Ginnemon – auch andere haben sich überaus freundlich und entgegenkommend gezeigt. Die Japaner sind sehr interessiert an botanischem und medizinischem Wissen. Schaut, das hier wollte ich Euch noch zeigen: Eine überaus seltsame Art, pflanzliche Arznei anzuwenden, aber die Menschen hier sind überzeugt, dass es zu den wirkungsvollsten Heilmitteln zählt.«

Verschmitzt lächelnd trat er zu einer seiner halb gepackten Kisten, die überall im Haus herumstanden, und zog vorsichtig ein schlichtes Rindenkästchen hervor. »Was mag das Eurer Meinung nach sein?«, fragte er und hob den Deckel ab. Sofort stieg ein stechender Geruch auf. Neugierig spähte Katharina hinein. »Es riecht wie getrocknetes Eisenkraut«, sagte sie und kam damit jeder möglichen Vermutung Martins zuvor.

Der ältere Mann nickte anerkennend. »Es ist Beifuß von den Hängen eines Berges, den die Japaner für heilig halten.«

»Und wie wendet man das Kraut an?«

»Man rollt es zu kleinen Kegeln, setzt sie auf die Haut und zündet sie an. Die Japaner sind der Ansicht, dass Krankheiten vor allem durch böse Geister verursacht würden und diese Brennkur sie von ihnen befreie und innerlich reinige.«

»Eine seltsame Methode«, konstatierte Martin. »Aber das Prinzip erinnert mich an die altgedienten Barbiere, die gegen sämtliche Krankheiten den Patienten zur Ader lassen!«

»Oh, es gibt noch weitaus seltsamere Behandlungsmethoden!«, sagte Doktor Kaempfer und schmunzelte. »Was haltet Ihr von Heilkundigen, die dünne Nadeln in den Körper stechen?«

»Zauberei?«

»Nein – obwohl es mir manchmal so vorkam. Die Kenntnis, welche Orte des Körpers gebrannt oder gestochen werden müssen, macht einen wichtigen Teil der japanischen Medizin aus. Sie wählen dafür oft eine ganz andere Körperstelle, die mit der schmerzenden auf keine der Anatomie bekannte Art zusammenhängt. Es muss eine ganz besondere Verbindung der Gefäße geben. Aber das zu durchschauen, bedarf es eines scharfsichtigeren Anatomen, als ich es bin!«, fügte er bedauernd hinzu.

Martin zog in offener Skepsis die Brauen hoch. »Ihr haltet es für eine ernstzunehmende Methode? Für mich klingt es doch eher nach faulem Zauber.«

»Jedenfalls wirkt es. Ist das nicht die Hauptsache? Sie sind noch jung, Herr Kollege. In meinem Alter wird man demütig. Da fragt man nicht, aus welchem Grund es dem Kranken hilft – solange es nur überhaupt hilft!«

»Ich will es mir zu Herzen nehmen«, erwiderte Martin höflich. »Werde ich noch Gelegenheit haben, Euch auf Krankenbesuche zu begleiten?«

»Selbstverständlich. Sobald *Ottona* Gibuemon sein Einverständnis erklärt hat. Wir werden ihm gleich morgen unsere Aufwartung machen.«

Das Haus des Oberaufsehers lag in der Mitte der Insel, genau gegenüber der Brückenwache. Ein anmutig proportionierter Bau im traditionellen japanischen Stil. Der *Ottona* selbst strahlte weder Anmut noch Freundlichkeit aus. Obwohl Doktor Kaempfer ihnen versichert hatte, Gibuemon Yoshikawa sei kein so finsterer Geselle, wie man auf den ersten Blick annehmen müsste, fiel es Katharina schwer, ihm zu glauben. Ihre Geschenke wurden von einem Diener in Empfang genommen. Glücklicherweise hatte der Generalgouverneur in *Batavia* Martin bereits darauf aufmerksam gemacht, dass das Überreichen von Geschenken in Japan maßgeblich zum Erfolg der VOC beigetragen hatte. Und so würde der *Ottona* von Deshima bald stolzer Besitzer eines der neuesten und hochmodernen Insektengläser sein, mit denen Spinnenbeinchen dick wie Grashalme und Kaulquappen wie Ungeheuer erschienen.

In aller Bescheidenheit, ganz wie Ginnemon ihr eingeschärft hatte, setzte sich Katharina gleich neben der Tür auf ihre Fersen, während die beiden Ärzte und der Dolmetscher vortraten und sich auf japanische Art verneigten. Mit einem genau abgezirkeltem Kopfnicken erwiderte der *Ottona* ihren Gruß, dabei wies er auf einige flache Polster, auf denen seine Besucher sich niederließen, und stellte eine Frage, die Ginnemon mit »Der ehrenwerte *Ottona* erkundigt sich nach Eurem Wohlergehen« übersetzte.

»Sag ihm, wir danken der Nachfrage und hoffen, dass er sich ebenfalls guter Gesundheit erfreut«, bat Kaempfer.

So ging es höflich eine Weile hin und her, während der Katharina ihn aus einiger Entfernung in Ruhe mustern konnte. Der Mann war klein, fast schon zierlich. In seinem schlichten, dunkelblauen Vormittags-*Kimono* wirkte er eher wie einer der Schreiber oder Sekretäre aus dem Tross des *Machidoshiyori*. Allerdings wiesen ihn die beiden Schwerter im Gürtel sowie sein rasierter Vorderkopf unzweifelhaft als Angehörigen der *Samurai*-Klasse aus.

Im Unterschied zu den beiden Europäern, deren Kleidung für die japanische Sitzposition alles andere als geeignet war, saß er völlig entspannt mit abgewinkelten Knien da. Ob er sich insgeheim über die offensichtlich unbequeme Lage seiner Besucher amüsierte, war aus seinen unbewegten Gesichtszügen nichts herauszulesen. Ob er überhaupt jemals lächelte oder die Beherrschung verlor?, fragte sich Katharina.

Obwohl sein Amt ihn zum mächtigsten Mann auf Deshima machte, legte er anscheinend wenig Wert auf den entsprechenden Prunk. Auch sein Amtszimmer, in dem er sie empfangen hatte, strahlte eher den Charakter eines Kontors als eines Audienzraums aus. Alles wirkte ordentlich und war penibel sauber gehalten. Selbst die noch unbeschriebenen Papierrollen, die auf einem niedrigen Holztisch bereitlagen, waren akkurat ausgerichtet, der Reibstein mit der fertig angerührten Tusche und die Pinselmatte genau im rechten Winkel daneben. Einzig die Nische an der Schmalseite gegenüber der Tür war mit einem einzelnen blühenden Zweig und einer elegant bemalten Schriftrolle geschmückt.

Katharina war begeistert von der Kunstfertigkeit, mit der die Japaner den Pinsel zu gebrauchen wussten. Ginnemon beherrschte sowohl die japanische Art zu schreiben als auch die europäische. Während Doktor Kaempfer mit Martin in ein Gespräch über die neuesten Forschungen und Erkenntnisse in Europa vertieft war, hatte sie dem jungen Mann zugesehen, wie er den Text einer Schriftrolle übersetzte und zugleich mit einem feinen Marderhaarpinsel auf Holländisch in ein Manual übertrug. »Es sieht viel eleganter aus als mit der Feder geschrieben«, hatte sie festgestellt. »So penibel wie mit Lettern gedruckt! Darf ich es auch einmal probieren?« Ginnemon hatte höflich gelächelt und gemurmelt, dass er ihr eine Schreibausrüstung besorgen werde. Schon bald, wenn sie möge.

Eine Schiebetür im Hintergrund glitt nahezu lautlos auf. Eine kleine Dienstmagd rutschte auf den Knien näher, stellte mit gesenktem Kopf vor ihrem Herrn ein Tablett ab und entfernte sich auf die gleiche unpraktische Art und Weise, wobei sie sich immer wieder verneigte.

Mit zeremonieller Umständlichkeit füllte der *Ottona* drei winzige Schälchen. In solchen Fingerhüten tranken Japaner dieses abscheuliche Getränk, das sie *Sake* nannten und das laut Doktor Kaempfer aus Reiswasser hergestellt wurde. Weder Ginnemon noch ihr wurde etwas angeboten. Allmählich begannen ihre Beine einzuschlafen. Unauffällig rutschte sie ein wenig hin und her. Hoffentlich fand diese Visite bald ein Ende!

Plötzlich hämmerte jemand an das vordere Tor. Erregte Stimmen tauschten Fragen und Antworten aus und kurz darauf stampften eilige Füße im Laufschritt über den Holzboden. Die Tür neben Katharina wurde mit einer Heftigkeit aufgeschoben, dass sie beinahe aus ihrer Führungsschiene sprang. Der *Ottona* verzog keine Miene, während seine Gäste sich erstaunt umdrehten.

Der halbwüchsige Junge, der sich neben Katharina auf den Boden geworfen hatte, keuchte so, dass er kaum ein Wort herausbringen konnte. Aber das Wenige reichte aus, um den Oberaufseher und Ginnemon sichtlich zu erschrecken. Sie wechselten ein paar schnelle Worte auf Japanisch, woraufhin sich der Dolmetscher den beiden Ärzten zuwandte. Schockiert wie er war, dauerte es ein wenig, bis er die richtigen holländischen Ausdrücke gefunden hatte.

Offenbar hatte der Sohn eines wichtigen Mannes am Strand gespielt und im Flachwasser einen angeschwemmten Rochen gefunden. Leichtsinnigerweise war er dem noch lebenden Tier zu nahe gekommen, und es hatte dem Jungen seinen Stachel in den Oberschenkel gebohrt. Zwar hatte ein Begleiter den Rochen augenblicklich getötet, aber es war zu spät gewesen: Der Stachel mit den Widerhaken steckte so tief im Fleisch, dass niemand es wagte, ihn herauszuziehen. Also hatte man den Verletzten mitsamt dem abgehauenen Rochenschwanz in das Haus seiner Familie gebracht, und nun hoffte man, dass die holländischen Chirurgen ihn operieren würden.

Die beiden Ärzte sahen sich an. »Von einem solchen Fall habe ich noch nie gehört«, sagte Doktor Kaempfer ratlos. »Ihr, Herr Kollege?«

Martin schien zu überlegen. »Nicht direkt. Aber mein arabischer Lehrer hat des Öfteren über die Probleme gesprochen, die beim Entfernen einer Pfeilspitze mit Widerhaken auftreten. Ich denke, man könnte hier auf die gleiche Art und Weise vorgehen.«

Eine Verwandlung schien in diesem Moment mit Martin Liebau vor sich zu gehen. Für ihn ist es eine Herausforderung, dachte Katharina erstaunt. Was andere zurückschrecken ließe, stachelt ihn noch an.

»Wann ist es geschehen?«, fragte der junge Arzt und wandte sich direkt an Ginnemon. »Ist der Knabe noch bei Bewusstsein? Hat er viel Blut verloren?«

Der Dolmetscher zuckte hilflos die Schultern. »Der Bote weiß es nicht. Er ist nur geschickt worden, Euch zu holen.«

»Dann lasst uns keine Zeit verlieren!« Martin sprang auf, ohne auch nur daran zu denken, ob er damit einen Verstoß gegen die Etikette beging. »Er soll uns den Weg zeigen. Ich muss nur noch rasch meine Instrumente holen.«

In dieser Situation zeigte *Ottona* Gibuemon Yoshikawa, aus welchem Holz er geschnitzt war! Nicht nur, dass kein Wort über Passierscheine, Ausnahmegenehmigungen oder andere Formalitäten verloren wurde, im Gegenteil: Als die beiden Ärzte und Katharina, schwer beladen mit allen eventuell benötigten Instrumenten, Arzneien und Verbandsmaterial, aus dem Arzthaus traten, standen bereits zwei Sänften samt einer Eskorte bereit.

Niemand hielt sie auf, die Wachleute drängten grob alle Passanten zur Seite. Im Laufschritt ging es durch die engen Straßen, bis die Träger endlich erschöpft vor einem prächtigen Haustor anhielten.

Kapitel 9

Umé

Ich weiß nicht, ob ich Eure Entscheidung gutheißen soll«, sagte Doktor Kaempfer und seufzte. »Der Lage des Hauses nach muss der Vater des Kindes ein überaus wichtiger Mann sein. Hier oben residieren die vornehmsten Adligen. Sogar Verwandte des Kaiserhauses. Wenn uns der Junge stirbt, können wir leicht in eine prekäre Lage geraten.«

»Das Kind befindet sich bereits in einer solchen«, erwiderte Martin kurz angebunden, griff nach der Ledertasche mit seinem kostbaren Operationsbesteck und sprang aus der Sänfte. »Beeilt Euch besser!« Ohne die bereitwillig zur Seite tretenden Wachen eines Blickes zu würdigen, stürmte er ihnen durch die weit geöffneten Torflügel voran.

»Wie ein Krieger, der in die Schlacht zieht!«, murmelte Ginnemon anerkennend und fiel in einen Laufschritt, um dem ungeduldigen Doktor zu folgen. Er mochte ein berühmter Arzt der Holländer sein, aber ohne einen Dolmetscher wäre er machtlos, da war sich Ginnemon sicher. Katharina, behindert durch die schwere Arzneikiste, und Doktor Kaempfer hasteten den beiden hinterher, so schnell sie konnten.

Der verletzte Junge lag auf einer flachen Matratze und stöhnte leise. Er mochte etwa zehn Jahre alt sein. Ein hübscher Knabe mit mädchenhaft weichen Gesichtszügen und langem schwarzen Haar. Neben ihm kniete ein sehniger Mann in einem schlichten, indigoblauen *Kimono* und sprach leise auf den Kleinen ein, der sich vor Schmerzen halb besinnungslos hin und her wälzte.

»Sag ihm, ich muss ihn untersuchen, bevor ich operiere«, befahl Martin knapp, legte die Ledertasche ab und sank neben dem Kind auf die Knie.

Ginnemon hatte kaum den Mund geöffnet, da sah der Mann auf und fragte in stockendem Holländisch: »Könnt Ihr Kojiro retten?«

Wenn Martin ebenso überrascht wie seine Begleiter war, zeigte er es nicht. »Das kann ich Euch nicht versprechen«, erwiderte er ehrlich. »Das kann niemand. Aber ich werde alles tun, was in meiner Macht steht!« Es klang wie ein Schwur.

Der Mann nickte. »Ich vertraue Euch. Hier …« Damit hob er behutsam das blutdurchtränkte Tuch an, das bisher die Wunde am Oberschenkel des Jungen bedeckt hatte. Der Rest des abgeschlagenen Rochenschwanzes ragte noch handbreit aus dem Fleisch, in das er sich gebohrt hatte.

»Der erste Arzt, den ich rief, wollte die Spitze mit Räucherkegeln herauslocken«, sagte der Mann verächtlich. »Der zweite versuchte einfach nur, sie herauszuziehen. Kojiro wurde vor Schmerzen ohnmächtig. Ich habe ihn hinauswerfen lassen und nach Euch gerufen.«

Die knöcherne Schwanzspitze war tief eingedrungen und hatte das Fleisch dunkel anlaufen lassen. Durch den fehlgeschlagenen Versuch, sie einfach herauszuziehen, hatte der japanische Arzt die Wunde weiter vergrößert. Aus der Verletzung sickerte ständig Blut. Die Schlafmatte, auf die man Kojiro gelegt hatte, war bereits durchtränkt. Ginnemon hatte bei dem Anblick entsetzt aufgekeucht.

Martin und Doktor Kaempfer wechselten einen kurzen

Blick. Der Ältere schüttelte leicht den Kopf und trat einen Schritt zurück. »Ich glaube, hier sind Eure speziellen Kenntnisse der Chirurgie vonnöten. Meine Künste reichen hierfür nicht aus«, sagte er ehrlich.

Martin versuchte, den Blutverlust abzuschätzen. Der Junge war blass, aber seine Haut zeigte noch nicht den wächsernen Schimmer, kurz bevor das Herz zu schlagen aufhört, und seine Lippen hatten sich noch nicht bläulich verfärbt.

»Kann ich offen sprechen?«, sagte er schließlich.

Der Mann im blauen *Kimono* nickte mit unbewegtem Gesicht.

»Wenn die Spitze ein großes Blutgefäß verletzt hat, wird er verbluten, sobald ich sie herausschneide. Aber wenn ich es nicht tue, wird er mit Sicherheit Wundbrand bekommen. Und eine Amputation so weit oben ist überaus kompliziert. In seinem geschwächten Zustand würde er sie kaum überleben.«

Der Japaner zögerte keinen Augenblick: »Kojiro ist ein *Samurai*. Besser ein rascher Tod als elendes Siechtum oder ein Leben als Krüppel. Schneidet sie heraus!«

Martin nickte zustimmend. »Severin, die Betäubungstropfen! Außerdem brauche ich heißes Wasser und saubere Tücher. Könnt Ihr uns das bringen lassen?«

Der Mann öffnete die Tür, hinter der offenbar die halbe Dienerschaft gewartet hatte, und gab ein paar kurze Anweisungen. Bestrumpfte Füße eilten leise raschelnd in alle Richtungen davon.

Katharina riss sich aus ihrer Erstarrung und öffnete den Arzneikasten, um eine der Phiolen mit dem Narkotikum herauszuholen – Martin legte so großen Wert auf das Betäubungsmittel, dass er sich auf eigene Kosten einen Vorrat davon angelegt hatte. Der Spitalsarzt in *Batavia* hielt nicht viel von arabischen Drogen und war nur zu gerne bereit gewesen, seinen Bestand an den jungen Kollegen weiterzuverkaufen.

Behutsam entkorkte sie den kostbaren Glasbehälter und reichte ihn Martin zu, samt dem Schwamm, der dem Patienten über Mund und Nase gelegt wurde.

»Was tut Ihr da?«, fragte der Mann misstrauisch und fixierte die Gegenstände in Martins Händen.

»Ich versetze ihn in Schlaf, damit er die Schmerzen nicht spürt, die ich ihm zufügen muss.«

»Woraus besteht die Tinktur?«

»Es ist eine Mixtur aus Opium, Bilsenkraut und verschiedenen arabischen Kräutern.« Martin zwang sich, dem Mann so gut wie möglich Auskunft zu geben, auch wenn er bezweifelte, dass der Japaner Kenntnisse von arabischen Kräutern besaß. Doch das Vertrauen der Angehörigen zum Arzt war wichtig, das wusste er.

»Gut, macht weiter«, sagte der Japaner schließlich entschieden.

Der Arzt konzentrierte sich darauf, die Tropfen mitzuzählen. Der Junge war nicht groß, fast noch ein Kind. Er musste vorsichtig dosieren. Es schien eine Ewigkeit zu dauern, während die stummen Diener hin und her huschten und zwei Kupferkessel voll dampfend heißen Wassers sowie einige Stapel schneeweiß gebleichter Tücher brachten. Endlich wurden die gequälten Atemzüge Kojiros regelmäßig, und er fiel in tiefen Schlaf. Martin zog ein Augenlid des kleinen Patienten hoch, nickte zufrieden und prüfte den Pulsschlag. Dann beugte er sich über einen der Kupferkessel und begann, sorgfältig seine Hände zu waschen. Katharina folgte seinem Beispiel.

Inzwischen hatte sie sich an dieses Ritual gewöhnt, auf das Martin vor jeder Operation bestand. »Abu al-Hakam sagte immer, dass das wichtigste Werkzeug eines Chirurgen seine Hände seien«, hatte er ihr erklärt. »Dieses Werkzeug müsse wie alle anderen Geräte so rein wie möglich sein, denn seiner Erfahrung nach trüge Schmutz den Samen des Wundfiebers in sich.«

Ihre Hände zitterten leicht vor Aufregung, und sie bewunderte im Stillen Martins Gelassenheit, seine schlanken, geschickten Finger, die nach einem der Tücher griffen.

»Ich werde jetzt beginnen, die Wunde so weit zu öffnen, dass ich die Knochenspitze entfernen kann«, entschied Martin. »Severin, komm auf seine andere Seite und halte die Wundhaken.«

Während Doktor Kaempfer neben dem Kopf des Jungen kniete und ständig dessen Puls und Herzschlag kontrollierte, erweiterte Martin mit äußerster Vorsicht die Wunde. Bei so tiefen Verletzungen war die Gefahr, einen Nervenstrang zu beschädigen, sehr groß. Eine solche Operation stellte hohe Anforderungen an die anatomischen Kenntnisse und das handwerkliche Geschick des ausführenden Chirurgen. Ruhig und sicher drang Martin mit dem Skalpell immer tiefer, dem Weg des knöchernen Fremdkörpers folgend.

»Es scheint kein großes Blutgefäß verletzt zu sein«, diagnostizierte er endlich erleichtert. »Und ich kann die Spitze von diesem verdammten Fischschwanz ertasten!«

Es war eine nervenzerreißende Angelegenheit, Zoll für Zoll die Widerhaken aus dem Fleisch zu lösen. Kein Laut war zu hören außer dem flachen Atem des Jungen.

»Geschafft!« Der Triumph in Martins Stimme war unmissverständlich, als die unheilvollen Reste des Rochens endlich wie ein bösartiger Riesenwurm auf dem Boden lagen. Die klaffende Wunde blutete etwas nach, aber nicht besonders stark.

»Eine Meisterleistung! Einfach brillant!«, schwärmte Doktor Kaempfer begeistert, während er Katharina half, die Wundhaken zu lösen. »Ich schwöre, ich habe zuweilen gedacht, dass Ihr mit Euren Fingerspitzen sehen könnt!«

»Ich wünschte, ich könnte es tatsächlich«, sagte Martin und seufzte erschöpft. »Severin, ich brauche die Nadeln mit dem Katzendarm.«

»Von dieser Methode, eine Operationswunde zu vernähen, anstatt sie zu kauterisieren habe ich gehört. Aber ich habe noch nie gesehen, wie jemand sie anwendet«, bemerkte Doktor Kaempfer und nickte anerkennend. »Benutzt Ihr wirklich Katzendarm?«

»Er eignet sich am besten. Er ist nachgiebig und gleichzeitig fest – und man kann ihn in feine Fäden zwirbeln«, erklärte Martin, während er bereits die ersten Stiche setzte.

»Wo habt Ihr diese Kunst erlernt?«

»In Italien – von einem arabischen Arzt.« Martin sah nicht von seiner diffizilen Tätigkeit auf.

»Er hat uns so lange an Kadavern üben lassen, bis wir uns als Handschuhnäherinnen hätten verdingen können!«

»Ich selber habe in Uppsala leider nur eine ziemlich schlecht übersetzte Schrift des Gelehrten Avicenna studieren können«, sagte Doktor Kaempfer bedauernd und inspizierte die zierliche Naht, die nichts mehr von der grässlichen Wunde ahnen ließ, die sie verschloss. »Überaus kunstvoll. Wenn er das Wundfieber übersteht, wird er kaum Narben davontragen.«

»Er wird kein Wundfieber bekommen«, beschied Martin ihn und wandte sich Katharina zu. »Den Wein«, forderte er sie auf.

»Ihr wollt dem Jungen Wein zu trinken geben?« Doktor Kaempfer wirkte nun doch schockiert.

»Keineswegs. Ich will mit altem Rotwein getränkte Kompressen auflegen, um eine Entzündung zu verhindern.«

»So etwas hatte ich in dem Traktat auch gelesen«, sagte Doktor Kaempfer überrascht. »Nur hatte ich diesen Teil für ein Missverständnis des Übersetzers gehalten.«

»Vielleicht war Eure Übersetzung gar nicht so schlecht, wie Ihr annehmt?«, gab Martin mit fast unmerklichem Spott zu bedenken, während er die Wundnaht behutsam mit einem in Wein getauchten Tuch abtupfte. Der schwere Burgunder rann tropfenweise über die Haut, sickerte in die blutgetränkte Unterlage, in der Farbe nicht von Blut zu unterscheiden.

»Die Weinkompressen werden dafür sorgen, dass die Wunde sich schnell schließt«, erklärte Martin und nahm von Katharina die vorbereiteten Stofflagen entgegen. »Er wird bald zu sich kommen«, sagte er eindringlich an den wortkargen Japaner gerichtet, der hier anscheinend das Sagen hatte. »Jemand muss ständig bei ihm wachen, Tag und Nacht, und Ihr müsst mich sofort rufen lassen, wenn sein Zustand sich verschlechtert!«

Der Mann war lautlos neben Kojiros Lager getreten und starrte regungslos auf das kleine, leichenblasse Gesicht. »Ich werde selbst bei ihm wachen«, entschied er dann. »Worauf soll ich achten?«

Martin sah ihn überrascht an. Normalerweise übernahmen ältere, erfahrene Mägde diese Aufgabe. »Habt Ihr denn Kenntnisse in Krankenpflege?«, fragte er skeptisch. Er bezweifelte, dass dieser Mann den Bedürfnissen eines schwer verletzten Knaben gerecht würde. »Gibt es keine Frau, die das machen könnte? Wo ist seine Mutter?«

Der Japaner lächelte leicht über Martins Direktheit, antwortete aber ohne zu zögern: »Seine Eltern sind auf einer

Inspektionsreise im Norden. Kojiro ist der Sohn meines Bruders, des Statthalters. Ich bin Kawaguchi Yorimoto.« Er verneigte sich förmlich. »Verzeiht, dass ich mich erst jetzt vorstelle. Ich hatte Bedenken, dass das Wissen, den Sohn des *Nagasaki-bugyô* zu behandeln, Euer Urteilsvermögen beeinflussen könnte.« Erneut verbeugte er sich, wobei er beide Hände wie zum Gebet vor der Brust hielt. »Vergebt mir mein Misstrauen. Unsere Familië steht tief in Eurer Schuld, Doktor Kaempfer!«

»Ich habe nur getan, was jeder andere Arzt auch getan hätte«, wehrte Martin bescheiden ab und imitierte etwas linkisch die elegante Verneigung. »Aber ich bin nicht Doktor Kaempfer. Mein Name ist Doktor Liebau. Doktor Kaempfer ist der Herr neben Euch.«

Yorimoto schien erstaunt, als er sich diesem zuwandte und ihn auf die gleiche respektvolle Art begrüßte.

»Es war uns eine Ehre, dem *Nagasaki-bugyô* dienen zu können«, murmelte Doktor Kaempfer förmlich, die Verbeugung erwidernd. Aber man sah ihm an, dass er mühsam um Fassung rang. Als direkter Vertreter des Herrschers Tokugawa Tsunayoshi war Kawaguchi Munetsune der mächtigste Mann weit und breit, absoluter Herr über Leben und Tod. Wenn es ihm beliebte, könnte kein Einspruch der VOC ihn davon abhalten, sie von seinen *Samurai* in Stücke hacken zu lassen!

»Der ehrenwerte Kojiro hatte großes Glück, dass ein solcher Meisterchirurg wie Doktor Liebau zur Stelle war«, fügte er heiser hinzu.

»Ihr seid zu bescheiden, Doktor Kaempfer«, protestierte Yorimoto höflich. »Eure ärztliche Kunst genießt in Nagasaki einen ausgezeichneten Ruf.«

Der ältere Arzt lächelte geschmeichelt. »Ihr seid sehr

freundlich – doch ich bin sicher, Doktor Liebau und Severin werden meinen Ruf schnell verblassen lassen!«

Bei der Nennung dieses Namens wandte Yorimoto sich erstmals an Katharina und nickte ihr ernst zu. Zum ersten Mal nahmen seine scharfen Augen sie wirklich zur Kenntnis, und sie ruhten auffallend lange auf dem Adjunkten des Doktors.

»Er scheint zu sich zu kommen«, sagte Martin ruhig, im Bemühen, ihn von Katharina abzulenken. Er glaubte zwar nicht, dass ausgerechnet ein Japaner ihre Verkleidung durchschaute, nachdem sie alle Holländer getäuscht hatte, aber der Mann hatte so eine seltsame Art, dass er ihm alles Mögliche zugetraut hätte.

»Ich würde ihn gerne weicher lagern. Könnt Ihr noch einige Matten und Polster bringen lassen?«, fügte er hinzu.

»Kojiro!« Die Frauenstimme draußen auf dem Gang klang noch sehr jung. Mehr als den Namen des Jungen verstand man nicht von dem Wortschwall, den die überaus erregte junge Frau von sich gab, während sie mit beiden Händen die Schiebetüren aufriss und ins Zimmer stürmte.

»Kojiro!« Ehe irgendjemand reagieren konnte, stand sie vor dem Lager des Jungen. Martin konnte sie gerade noch zurückhalten, als sie sich über den kleinen Körper werfen wollte. Während sie sich in seinem festen Griff wand und dabei ohrenbetäubend schrille Schreie ausstieß, schritt endlich Yorimoto ein.

»Umé!«, herrschte er sie an. Das Mädchen erstarrte.

Vorsichtig löste Martin seine Hände von ihren Schultern und trat einen Schritt zurück. So reglos, wie sie dastand, konnte er sie in Ruhe betrachten. Die Familienähnlichkeit zu Kojiro war nicht zu übersehen. Vermutlich seine Schwester oder eine jüngere Tante, mutmaßte er. Sie trug mehrere *Kimono* in fein aufeinander abgestimmten Farben übereinander. Martin verstand wenig von weiblicher Mode, aber sogar ihm war klar, dass zumindest der oberste, dessen bodenlange Ärmel mit exotischen Blumen bemalt und mit goldbestickten Brokatborten eingefasst waren, ein Vermögen gekostet haben musste. Selbst für eine Japanerin war sie zierlich gebaut. Sie reichte ihm gerade einmal bis an die Achseln. Die Seide ihrer farbenprächtigen Gewänder raschelte leise, als sie eine Hand hob und so etwas wie eine Entschuldigung zu murmeln schien. Offenbar war ihre Morgentoilette noch nicht beendet gewesen, denn ihr bodenlanges Haar hing offen über den Rücken.

Aber das Eindrucksvollste war zweifellos ihr Gesicht. Martin hatte noch nie in seinem Leben so perfekte Gesichtszüge an einem lebenden Menschen gesehen. Die mandelförmigen Augen strahlten Intelligenz und Temperament aus, die Wangen erinnerten an die samtige Haut heranreifender Pfirsiche, und der Mund musste jeden Mann um den Verstand bringen.

Umé senkte beschämt den Kopf und murmelte etwas.

»Meine Nichte bittet Euch um Entschuldigung für ihren würdelosen Auftritt!«, übersetzte Yorimoto.

»Das war doch ganz verständlich«, sagte Doktor Kaempfer in gutmütigem Tonfall. »Die Aufregung … Für eine empfindsame Dame ist ein solches Ereignis natürlich entsetzlich.« Er verneigte sich auf japanische Art, was sie anmutig erwiderte. »Aber ich denke, bei meinem Kollegen Doktor Liebau ist der Patient in den besten Händen. Ihr könnt ihm getrost vertrauen!«

Das Mädchen wartete ab, bis Yorimoto ihr die Worte übersetzt hatte, und wandte sich dann Martin zu. Als sie ihn strahlend anlächelte, schluckte er hart, brachte aber nicht ein einziges Wort heraus. Wie gelähmt versuchte er zu erfassen, was ihm gerade widerfuhr.

Metallisches, lautes Klirren holte ihn aus seiner statuenhaften Erstarrung. Reinigte Katharina die Operationswerkzeuge immer so laut oder kam es ihm nur so vor, weil dieses zauberhafte Wesen bei dem unnötigen Lärm leicht zusammengezuckt war?

Ehe er seinen Adjunkten zurechtweisen konnte, ergriff Yorimoto das Wort: »Umé empfindet Euch gegenüber tiefe Dankbarkeit. Sie hofft, irgendwann wenigstens einen Teil abtragen zu können.«

»Das ist wirklich nicht nötig … Ich habe es gerne getan«, stammelte Martin, ohne seine Augen von ihr losreißen zu können. »Vielleicht dürfte ich Euch einmal zu einem Tee einladen?«

Weder achtete er auf Doktor Kaempfers warnendes Hüsteln noch darauf, dass von Ginnemon an der Tür ein erschreckter Laut kam. Er dachte nicht mehr daran, dass Japanerinnen aus gutem Haus nicht mit Ausländern verkehrten. Nicht einmal mit angesehenen Ärzten wie Doktor Kaempfer, der in den letzten zwei Jahren zwar zahlreiche Patienten behandelt, aber dabei nie weibliche Kranke zu Gesicht bekommen hatte. Bei seinen Diagnosen hatte er sich auf die Schilderung der Beschwerden und Ginnemons Übersetzungskunst verlassen müssen. Dass sie nun hier im Hause des *Nagasaki-bugyô* seiner Tochter Auge in Auge gegenüberstanden, war einzig und allein den ungewöhnlichen Umständen zuzuschreiben und würde sich sicher nicht wiederholen. Aber auch daran verschwendete er im Moment keinen einzigen Gedanken.

»Wenn es Euer Wunsch ist, wird Umé Euch später Tee zubereiten.« Yorimoto schien nicht im Geringsten schockiert.

»Aber jetzt muss sie sich zuerst darum kümmern, dass das Lager ihres Bruders gerichtet wird.«

Die Dienerinnen, die sich schüchtern in einer Ecke zusammengedrängt hatten, schwärmten auf einen kurzen Befehl des Mädchens hin aus, um mit Bergen von Matten und Polstern zurückzukommen. Nur mühsam schaffte Martin es, seine Augen von Umé zu lösen und sich wieder auf Kojiro und seine Bedürfnisse zu konzentrieren.

Als der Junge stöhnend die Augen aufschlug, erinnerte nichts im Raum mehr an den verzweifelten Kampf um sein Leben, außer dem blutigen Stück Rochenschwanz, das auf einer Bambusmatte etwas abseits lag. Kojiros flatteriger Blick blieb an dem bekannten Gesicht seiner Schwester hängen.

»Umé?«, sagte er zögerlich.

Dann sah er seinen Onkel und die Ausländer im Raum. Verwunderung, Befremden, eine Spur Angst zeichneten sich in seinen ausdrucksvollen Zügen ab.

»Hat er starke Schmerzen?«, erkundigte sich Martin. Als Yorimoto ihm auf Japanisch die Frage gestellt hatte, zögerte Kojiro kurz, bevor er nickte.

»Erinnert er sich an das, was geschehen ist?«

»Nur an den Schmerz, als der Rochen ihn töten wollte. Danach ist alles in Nachtnebeln verborgen.«

Martin zog fragend die Brauen hoch. »Warum ist er ihm überhaupt so nahegekommen? Ein sterbendes Tier ist immer gefährlich und dieses muss furchteinflößend groß gewesen sein!«

Yorimoto sah auf. »Es war meine Schuld! Ich habe ihm diese Geschichte von dem Krieger erzählt, der ganz allein, nur mit einem Rochenschwanz als Waffe, seine Feinde in die Flucht geschlagen hat. Als Kojiro das Tier im Uferwasser liegen sah, hielt er es für tot und wollte ihm den Schwanz abschneiden.«

»Er hat Glück im Unglück gehabt«, bemerkte Doktor Kaempfer und sah bedeutungsvoll zu den Resten auf der Bambusmatte. »Diese merkwürdigen Tiere des Meeres haben schon so manchen Fischer getötet. Dass der Junge noch lebt, grenzt an ein Wunder!«

»Wenn er über sehr starke Schmerzen klagt, gebt ihm hiervon ein Sakeschälchen voll – keinesfalls mehr!« Martin reichte Yorimoto eine Phiole *Laudanum*. »Ich werde morgen wiederkommen und den Verband wechseln«, fuhr er dann fort. »Und lasst mich sofort rufen, wenn sich sein Zustand verschlechtern sollte.«

Yorimoto neigte zustimmend den Kopf und gab Anweisung, sie hinauszubegleiten.

Doktor Kaempfer war anzusehen, dass er mit der Entwicklung ihres Zusammentreffens nicht glücklich war, aber er schwieg, bis sie wieder sein Haus auf Deshima betraten.

»Nehmt es einem alten Mann nicht übel, wenn er Euch zur Vorsicht mahnt«, sagte er seufzend und reichte seinem Diener Leander Hut und Stock. »Zugegeben, diese junge Dame ist bildschön, aber begnügt Euch damit, von ihr zu träumen. Ihr Vater steht den ›Südbarbaren‹, wie sie uns hier nennen, ablehnend, um nicht zu sagen feindlich gegenüber! Bringt uns nicht alle in Teufels Küche!«

»Was habe ich denn so Schlimmes getan?« Martin Liebau war sich keiner Schuld bewusst.

»Bis auf die unpassende Einladung noch nichts, junger Freund. Aber ich habe Euer Gesicht gesehen, als Ihr das Mädchen mit den Augen verschlungen habt.«

Selbst im düsteren Hausinneren war deutlich zu erkennen, dass der junge Arzt heftig errötete.

»Ja, ja«, kicherte Doktor Kaempfer, »die Jugend ist rasch entflammt. Aber glaubt mir, mein Lieber«, fuhr er ernsthaft fort, »Ihr dürft nicht einmal daran denken, der schönen Umé den Hof zu machen. Weder ihr Vater noch der Resident hier würden ein solches Techtelmechtel dulden.«

»Ich habe kein Techtelmechtel im Sinn«, wehrte Martin empört ab. »Ich beabsichtige vielmehr, um ihre Hand anzuhalten!«

Ginnemon schnaufte im Hintergrund entsetzt auf. Katharina glitt der Arzneikoffer aus den plötzlich kraftlosen Fingern, und er landete mit einem Plumps auf der Matte des Korridors. Hatte sie sich verhört? Sollte sich Martin wirklich Hals über Kopf in dieses Mädchen verliebt haben?

Doktor Kaempfer starrte seinen jungen Kollegen geraume Zeit wortlos an. »Ich denke, es ist an der Zeit, Euch mit einigen Sitten und Gebräuchen hier auf Deshima bekanntzumachen. Das hätte ich wohl besser gleich tun sollen«, sagte er dann.

Das Mittagsmahl war unmittelbar vor ihrer Heimkehr aus dem Küchenhaus geschickt worden, und der Hausdiener Leander hatte bereits den niedrigen Tisch in Doktor Kaempfers Lieblingsraum gedeckt. Nach zwei Jahren auf Deshima wunderte er sich nicht mehr darüber, woher die Küche wusste, wann sie die Mahlzeiten liefern sollte. Das allgegenwärtige Spitzelsystem versagte nie. Hier aß man im Unterschied zu den anderen von Holländern bewohnten Häusern nach einheimischer Sitte, auch wenn Leander insgeheim die Nase darüber rümpfte. Aber »sein« Doktor war eben etwas eigen. War er doch auch der Einzige, der regelmäßig das japanische Badehaus an der äußeren Begrenzung aufsuchte.

»Auf Deshima herrschen andere Gesetzte als in *Batavia*

oder auf den Molukken«, begann Doktor Kaempfer und nahm einen geräuschvollen Schluck aus seiner Schale Muschelsuppe. »Hier bestimmen in allem allein die Japaner, und wir haben uns zu fügen, wenn wir weiterhin mit ihnen Handel treiben wollen. Das Schicksal der Portugiesen kann jederzeit auch uns treffen.«

»Was ist denn mit ihnen geschehen?«, fragte Katharina, die sich augenblicklich an den »Pfaffenberg« erinnerte.

»Der Großvater des jetzigen Kaisers hat sie sozusagen über Nacht des Landes verwiesen und ihnen untersagt, jemals wieder einen Fuß auf japanischen Boden zu setzen.«

»Und warum?«, erkundigte sie sich weiter.

Doktor Kaempfer erwog seine Antwort auf ihre Nachfrage gründlich. »Ich vermute, der Kaiser fürchtete ihren Einfluss im Volk. Sie missionierten sehr erfolgreich und die Bekehrten gehorchten eher den Priestern als den kaiserlichen Beamten.«

»Und wie kam es, dass die Holländer an ihre Stelle traten?«

»Als Feinde der Portugiesen haben sie es verstanden, sich beim Kaiser beliebt zu machen. Unter der Auflage, keinesfalls zu missionieren und sich hier auf Deshima einsperren zu lassen, erhielten sie die Genehmigung zum Handel. Außerdem dürfen sie weder Frauen mitbringen noch eine Japanerin heiraten und nur jeweils ein Jahr bleiben … Länger ist ein solches Leben auch kaum auszuhalten!«, fügte er trocken hinzu.

»Ich habe hier aber schon einige japanische Frauen gesehen«, wandte Martin ein. »Es gibt also wohl doch Ausnahmen.«

»Diese Frauen sind Dirnen. Für sie gelten andere Regeln«, sagte Doktor Kaempfer kurz. »Das Jahr auf Deshima ist lang. Deswegen nehmen einige hier ihre Dienste in Anspruch.«

»Sie sahen in meinen Augen aber wie vornehme Damen aus«, erwiderte Martin.

Ginnemon verschluckte sich an seinem Reis, und Doktor Kaempfer verzog das Gesicht, als hätte er in eine Zitrone gebissen. »Das scheint Euch nur so, weil ihr noch keine aus der Nähe gesehen habt«, meinte er trocken. »Wenn Ihr zum Kirschblütenfest den Tempel oben auf dem Hügel besuchen dürft, werdet Ihr gewisse Unterschiede in der Erscheinung feststellen. Die Dame Umé war noch *en déshabillé*, deswegen habt Ihr vielleicht einen falschen Eindruck von der weiblichen Tracht bekommen.«

Die Erwähnung des Mädchens trieb Martin prompt erneut die Röte ins Gesicht. Yorimoto hatte in Umés Namen zugesagt, und er war fest entschlossen, zu dieser Teezeremonie zu gehen. Er war ihr sympathisch, da war er sich sicher. Hatte sie ihn nicht ermutigend angelächelt? Das war doch ein guter Anfang, fand er.

»Werdet Ihr mich bei der Visite morgen begleiten?«, fragte er beiläufig. »Eigentlich reicht es auch, wenn Ginnemon mitkommt.«

»Selbstverständlich! Wir werden alle zusammen gehen. Die Gelegenheit zu einem Stadtausflug lässt man hier nicht ungenutzt«, erwiderte Doktor Kaempfer ruhig und warf seinem jungen Kollegen einen besorgten Blick zu. Wie konnte ein derart genialer Chirurg so weltfremd sein?, fragte er sich. Er wünschte, Yorimoto hätte in diesem besonderen Fall das Gesetz der Dankesschuld, das ihn verpflichtete, Martins ungeheuerlichen Wunsch zu erfüllen, außer Acht gelassen.

Dass der junge Mann sich auf den ersten Blick unsterblich in das schöne Mädchen verliebt hatte, war so offensichtlich gewesen, dass auch Yorimoto es bemerkt haben musste. Manchmal verstand er die Japaner einfach nicht. Es wäre klüger gewesen, jeden weiteren Kontakt zu verhindern. Ihn gewähren zu lassen, konnte zu keinem guten Ende führen.

»Lieber junger Freund, Ihr könnt nicht um sie werben«, setzte er noch einmal an, ernstlich beunruhigt von der Sturheit, die Martin Liebau ergriffen zu haben schien. »Versteht doch, sie ist aus den höchsten Kreisen und in den Augen dieser Leute sind wir nicht besser als Abschaum: Wir sind ausländische Barbaren, sozusagen Unberührbare. Die Familie verkehrt am Kaiserhof, und Ihr Vater hat sicher große Pläne mit ihr. Schlagt sie Euch aus dem Kopf, ich bitte Euch!«

Martin schwieg, doch der eigensinnige Zug um seine Mundwinkel ließ erahnen, dass Doktor Kaempfer tauben Ohren predigte. Martins bisherige Erfahrungen beschränkten sich auf kurze Affären, unkompliziert und eher freundschaftlich. Die Frauen, mit denen er das Bett geteilt hatte, hatten keinerlei Anteil an seinem Leben gehabt. Irgendwann einmal wollte er natürlich einen Hausstand gründen. Aber konkrete Pläne hatte er nicht. Seine künftige Ehefrau war so gesichtslos wie die Kinder, die sie ihm schenken würde.

Umé hatte diese lockere Zukunftsplanung in einem einzigen kurzen Augenblick umgeworfen.

Ihre zarte Schönheit hatte ihn im wahrsten Sinn des Wortes verzaubert. Am liebsten hätte er sie ununterbrochen angeschaut, jede ihrer anmutigen Bewegungen bewundert. Sie wirkte so zerbrechlich auf ihn, dass er sich sogar die Vorstellung versagte, sie nackt in seinen Armen zu spüren …

»Wenn du möchtest, kann ich dir auch eine *Yuyo* vermitteln«, sagte Ginnemon zu Katharina und zwinkerte ihr komplizenhaft zu, während sie durch den öffentlichen Garten von Deshima schlenderten. Sie hatten es sich zur Gewohnheit gemacht, dort nach dem Mittagsmahl die Hündin Meisje auszuführen.

Es war ein schöner Garten, selbst für japanische Verhältnisse. Drei Gärtner kümmerten sich darum, dass die Wege säuberlich geharkt waren und stets neue blühende Pflanzen gesetzt wurden. Im Sommer prachtvolle Lilien, im Herbst scharf riechende Chrysanthemen. Doktor Kaempfer hatte sie in den ersten Tagen auf die Besonderheiten der Anlage hingewiesen: Die Gardenienbüsche, deren weiße Blüten so betäubend dufteten, die Sasanquas, wie die Herbstkamelien genannt wurden, deren Knospen bereits einen zarten, rosafarbenen Rüschenrand zeigten, und vor allem den *Gin-kyo*, seinen ganzen Stolz.

Er hatte diesen einzigartigen Baum auf einer seiner Reisen nach *Edo* entdeckt, und man hatte ihm die Freude gemacht, ein Exemplar hier anzupflanzen.

Von Weitem sah er wie ein ganz normaler Laubbaum aus, aber seine Blätter entsprachen keiner bekannten Form: Wenn Katharina sie hätte beschreiben müssen, hätte sie tatsächlich als Erstes an winzige Fächer gedacht. Vor dem Winter sollten sie sich gelb verfärben, und dann sähe es aus, als ob alle Damen eines Zwergenhofstaats hier ihre goldenen Fächer verloren hätten, hatte Doktor Kaempfer das fallende Laub poetisch beschrieben. Auch jetzt stand sie gerade wieder vor dem Ginkgo und drehte gedankenverloren eines seiner Blätter zwischen den Fingern.

Erschreckt sah sie auf. Ginnemon schien sein Angebot tatsächlich ernst zu meinen! »Nein«, wehrte sie kopfschüttelnd ab. »Was soll ich mit einer Dirne?«

Das Gesicht des jungen Japaners verzog sich zu einer

spöttischen Grimasse. »Was alle Männer mit einer Dirne machen. Oder magst du keine Frauen? Ich kenne auch einen Wirt im *Maruyama*-Viertel, der kleine Jungen vermittelt.«

»Ich bin doch kein Sodomit!« Katharina war zutiefst schockiert über Ginnemons offenherziges Anerbieten. In *Batavia* waren kurz vor ihrer Ankunft ein älterer Mann und seine zwei jungen Gespielen im Meer ertränkt worden, weil sie unvorsichtig genug gewesen waren, ihre Beziehung nicht zu verheimlichen. Nach calvinistischem Verständnis war Sodomie, die Unzucht unter Männern, eine unverzeihliche Verirrung. Aber so wie Ginnemon es angeboten hatte, klang es nicht, als betrachteten die Japaner es mit dem gleichen Abscheu.

Sie bückte sich zu Meisje hinunter, die ihr ein Stöckchen präsentierte, und warf es schwungvoll quer über den kleinen Goldfischteich. Ihre Neugier siegte über anerzogene Hemmungen. »Gesetzt den Fall, ich hätte tatsächlich Interesse: Wie geht das mit den *Oranda-yukis?*«

Ginnemon streckte sich nach einer verspätet gereiften Mandarine, pflückte sie vom Ast und begann sie zu schälen. »Es ist ganz einfach«, versicherte er ihr. »Du schickst durch mich dem Oberaufseher ein Geschenk und eine Liste mit deinen Wünschen und Vorlieben. Danach werden einige hergebracht, und du triffst deine Auswahl.«

»Und wie teuer sind sie?«, fragte Katharina und dachte an die kostspielig gekleidete Japanerin, die vor dem Haus des noch amtierenden Assistenten aus einer Sänfte gestiegen war. Nicht nur Martin, auch sie hatte sie für eine vornehme Dame gehalten.

Ginnemon lachte. »Das kommt darauf an. Es gibt teure und billige. Ist das in Holland nicht so?«

»Doch, doch«, sagte Katharina schnell, um ihre Ahnungslosigkeit zu überspielen. »Danke für dein Angebot, aber im Augenblick ist mir nicht danach.«

Leiser Spott glitzerte in seinen schwarzen Augen. »Sie sind gut geschult. Du musst keine Bedenken haben, dass du dein Gesicht verlieren könntest.«

Es dauerte einen Augenblick, ehe sie begriff, worauf Ginnemon anspielte. Und da fuhr er auch schon fort: »Ihr Holländer seid so seltsam: Allen Begierden gebt ihr hemmungslos nach – nur vor der Lust schreckt ihr zurück!«

»Weil Hurerei nach unserer Religion nicht gottgefällig ist«, versuchte Katharina zu erklären.

»Ihr habt wirklich merkwürdige Götter«, stellte Ginnemon herablassend fest. »Selbst für Barbaren! Letztes Jahr beim Bildertreten habe ich mir einige der ausgelegten Bildnisse genauer angesehen. Auf einem war eine Mutter mit einem Säugling und auf einem anderen ein Verbrecher dargestellt!«

Verwirrt blieb Katharina stehen. »Bist du sicher, dass du die richtigen Wörter benutzt? Man tritt nicht auf Bilder, sondern man hängt sie an die Wand. Und wir beten ganz sicher nicht zu einem Verbrecher!«

»Sicher nicht? Bei uns werden nur Vatermörder und Landesverräter gekreuzigt.«

Katharina stellte die eher komplizierte theologische Erörterung über die Bedeutung des Kreuzes hintan. »Was hat es für eine Bewandtnis mit dem Bildertreten?«

»Ich bin nicht sicher, ob ich darüber mit dir sprechen darf«, sagte der junge Dolmetscher auf einmal unsicher.

»Dann hättest du gar nicht davon anfangen dürfen! Komm schon, hier hört uns keiner.«

»Einmal im Jahr müssen alle in die großen Tempel kommen und dort vor den Priestern auf Bildnisse Eurer Götter treten.«

»Das ist ja absurd!«, entfuhr es Katharina.

Ginnemon schien mit sich zu ringen. Nach kurzem Zögern sagte er leise: »Diese Probe hat früher vielen Familien das Leben gekostet. Wenn nur einer von ihnen sich weigerte, wurden alle getötet.«

Entsetzt sah Katharina ihm ins unbewegte Gesicht. »Alle? Auch die Kinder?«

»Alle«, bestätigte Ginnemon lakonisch. »Wer dem Christenglauben anhängt, kann seinem Herrn kein loyaler Untertan sein. Seine Blutlinie muss ausgelöscht werden.«

»Das ist barbarisch!«

Der junge Dolmetscher zuckte mit den Schultern. »So ist das Gesetz. Jeder kennt es.«

Fast war Katharina erleichtert, dass Meisje plötzlich lautstark zu bellen anfing und auf eine imposante Gestalt zurannte, die eben durch die Gartenpforte trat.

»Schweig bitte darüber, was ich dir eben erzählt habe«, bat Ginnemon hastig. »Ich könnte sonst meine Stelle als Dolmetscher verlieren!«

Katharina drückte beruhigend seinen Arm und spähte angestrengt durch die Büsche. Irgendetwas an der Person, die gerade der Hündin den Kopf tätschelte, kam ihr bekannt vor …

»*Mijnheer* van der Dussen! Was macht Ihr denn hier?«, rief Katharina und eilte auf ihn zu.

Er sah von Meisje auf und lächelte sie väterlich wohlwollend an. »Die Wege der Compagnie sind manchmal noch unerforschlicher als Gottes Wege! Ich bin gerade mit der ›Pampus‹ angekommen.«

»Bleibt Ihr länger?«

Die schwarze Weste über dem noch runder gewölbten Bauch spannte sich gefährlich bei seinem schweren Seufzer. »Das ganze Jahr. Ich soll den neuen Residenten unterstützen. So ist es beschlossen worden.« Die Aussicht schien ihn geradezu niederzudrücken. Aber wer freute sich schon, zum Dienst auf Deshima verpflichtet zu werden? »Ist das Euer Dolmetscher?«, fragte er und sah zu Ginnemon.

Der junge Japaner war langsam näher gekommen und stand nun abwartend einige Schritte hinter Katharina. Der dicke Mann kniff die Augen zusammen und musterte ihn mit offenem Argwohn. »Es heißt, diese schlitzäugigen Kerle schleichen einem sogar bis ins geheime Gemach hinterher, um zu spionieren«, schnaufte er unterdrückt. »Stimmt das?«

»Selbstverständlich. Wir pflegen auch des Nachts neben den Schlafstätten der Holländer zu sitzen und mitzuschreiben, was sie im Traum sprechen«, bestätigte Ginnemon mit todernster Miene in seidenweichem Ton und einwandfreiem Holländisch.

Van der Dussen starrte ihn verblüfft an. Der Dolmetscher zuckte nicht mit der Wimper, und in seinem Gesicht war nicht die geringste Gefühlsregung abzulesen. Unvermittelt brach der Kaufmann in schallendes Gelächter aus: »Du bist nicht auf den Mund gefallen! Das habe ich verdient. Nichts für ungut, Junge …« Er streckte ihm immer noch lachend seine fleischige Hand hin. Ginnemon verzog den Mund zu einem höflichen Lächeln und ergriff die Hand so vorsichtig, als packe er eine gefährliche Seeschlange.

»Du sprichst unsere Sprache besser als mancher Seemann, der seit Jahren auf unseren Schiffen fährt. Respekt!« Er schüttelte die zierliche Hand seines Gegenübers mit fast brutaler Jovialität und wandte sich dann erneut Katharina zu. »Wie ist es Euch inzwischen ergangen, Junker Severin?«

Katharina unterdrückte ein Schmunzeln, als sie bemerkte, das Ginnemon unauffällig seine malträtierte Rechte mit der linken Hand massierte. Van der Dussen hatte offensichtlich keine Ahnung, dass Japaner die Sitte des Händeschüttelns verabscheuten.

»Danke, gut«, sagte sie artig. »Die Reise ist sehr angenehm verlaufen. Keine Piratenüberfälle, keine Unwetter. Die reinste Vergnügungsfahrt. Habt Ihr Nachrichten von der ›Seepferd‹? Ist der *Provoss* wohlauf? Und Kapitän Bontekoe?«

»Es ging ihnen gut, als ich sie das letzte Mal gesehen habe. Sie sind derzeit auf dem Weg nach Malabar. Ich soll Euch von allen gute Wünsche ausrichten. Auch dem Doktor übrigens.« Van der Dussen sah sich suchend um. »Ist er nicht bei Euch?«

»Nein, er wollte mit Doktor Kaempfer die weitere Behandlung von dem japanischen Jungen besprechen, den sie heute operiert haben«, erklärte Katharina.

»Davon spricht zurzeit jeder!« In den schlauen Kaufmannsaugen glitzerte die schiere Neugierde. »Euer Vetter soll ein wahres Wunder vollbracht haben. Sehr riskantes Manöver! Wenn der Junge ihm unter den Händen gestorben wäre, hätte ich nicht in seiner Haut stecken wollen! Der Resident soll getobt haben, dass man ihn nicht vorher zurate gezogen hat. Ich fürchte, Eurem Vetter steht noch eine unangenehme Unterredung bevor!«

Ganz so unangenehm, wie man hätte befürchten können, verlief diese dann doch nicht. Die beiden Residenten der VOC, der amtierende und sein Nachfolger, hatten eine höflich, ja fast freundlich formulierte Einladung zum Nachtessen geschickt, die sich ausdrücklich auch auf Doktor Kaempfer und den Gehilfen Severin bezog.

Der alte Resident Hendrick van Buijtenhem, ein korpulenter Mann, der den Genüssen des Lebens sichtlich zusprach, war Katharina sofort sympathisch. Seine wässrigen Augen zwinkerten ihr freundlich zu, als er sie genauso mit Handschlag begrüßte wie die beiden Herren Faktoreiärzte.

Sein Nachfolger, der ihnen als designierter Faktoreidirektor Gerrit de Heere vorgestellt wurde, gefiel ihr weniger. Nicht nur, weil er einfach durch sie hindurchsah. In seinem Äußeren unterschied er sich nicht von den anderen Holländern in den Diensten der VOC: ein großer, massiger Mann, mit sandblondem Haar und Spitzbart, in das gewohnte schwarze Tuch gekleidet. Alterslos, leidenschaftslos. Erst, wenn man ihn genauer betrachtete, fiel einem die versteckte Wachsamkeit in den auf den ersten Blick trägen, blaugrauen Augen auf, mit denen er alles und jeden zu sezieren schien. Der Mann war schlau. Schlau und stets auf der Suche nach einem Vorteil für sich.

Der Tisch im Speisesaal war auf europäische Art mit böhmischen Gläsern und einem auffallend bemalten Porzellanservice gedeckt. Van Buijtenhem bemerkte, dass Katharina es sich genauer ansah, und lächelte stolz. »Gefällt Euch mein neues *Imari*-Porzellan? Es hat lange gebraucht, bis die Handwerker begriffen haben, was ich wünschte, aber es ist wirklich gut gelungen, findet Ihr nicht auch?«

In strahlendem Kobaltblau umrankten japanische Pflanzen ein kreisrundes Medaillon in der Tellermitte, in dem die Initialen der VOC eingestellt waren.

»Davon haben wir reichlich bestellt. Ich denke, die Compagnie wird begeistert sein.«

Bei französischem Wein und Schweinebraten mit Backpflaumen fiel der Tadel über Martins Eigenmächtigkeit sanfter aus als erwartet. Vermutlich war das darauf zurückzuführen, dass der in Kürze scheidende Resident van Buijtenhem sanftmütiger Stimmung war gegenüber jenen, denen die harten Zeiten noch bevorstanden. Jedenfalls begnügte er sich mit der eindringlichen Ermahnung, sich in Zukunft besonnener zu verhalten und nichts zu unternehmen, ohne nicht vorher mit dem Residenten der VOC Rücksprache gehalten zu haben.

»Da es nun aber geschehen und dank Gottes Hilfe gut ausgegangen ist, sollten wir sehen, den größtmöglichen Vorteil für die ehrenwerte Compagnie daraus zu ziehen«, befand er. »Der Statthalter, dieser Kawaguchi-*sama*, wie er sich nennt, hasst uns Holländer wie die Pest. Gut, dass er gerade nicht in Nagasaki weilt! Er hätte es niemals zugelassen, dass einer unserer Chirurgen den Gouverneurspalast betritt.«

»Deshalb haben wir Euch auch herbestellt!« Gerrit de Heere riss das Wort an sich. »Dieser einmalige Glücksfall muss zum Nutzen der Gesellschaft verwandt werden.«

»Ich habe den Jungen nicht operiert, weil ich mir – oder der VOC – Vorteile davon versprochen habe«, sagte Martin unwillig.

»Ich darf Euch daran erinnern, dass Ihr in unseren Diensten steht«, gab de Heere scharf zurück. »Und dass Ihr gelobt habt, alles zum Wohle der Compagnie zu tun!«

»Als Chirurg und Arzt!«, betonte Martin.

»Nun hört Euch doch erst einmal an, was *Mijnheer* de Heere vorzuschlagen hat«, mischte van Buijtenhem sich begütigend ein. »Ich denke, es wird Euren eigenen Wünschen entgegenkommen. Soviel ich weiß, seid Ihr ein überaus gewissenhafter Arzt.«

Auf der anderen Tischseite lehnte de Heere sich halb über den Tisch und fixierte Martin geradezu beschwörend. »Passt auf, Herr Doktor: Ihr werdet den Gouverneur um die Erlaubnis bitten, Euren Patienten bis zu seiner vollständigen Genesung behandeln zu dürfen!«

»Warum?«, fragte Martin misstrauisch. Gerrit de Heere schien ihm nicht der Mann, der sich Gedanken über die ärztliche Versorgung eines japanischen Jungen machte. Nicht einmal, wenn es sich dabei um den Sohn des Gouverneurs handelte.

»Natürlich, um so lange wie möglich im Palast ein und aus gehen zu können.« De Heere grinste. »Wenn bekannt wird, dass Kawaguchi-*sama*, der kein Hehl daraus macht, dass er alles Niederländische hasst, einem niederländischen Arzt sein Haus öffnet, wird das für unseren Ruf unbezahlbar sein!«

»Die Umsätze sind im letzten Jahr ziemlich schlecht gewesen«, erklärte van Buijtenhem offenherzig. »Wir haben den Verdacht, dass viele japanische Händler aus Angst, ihn zu verärgern, unseren Lagerhäusern ferngeblieben sind.«

»Und Ihr glaubt, wenn ich seinen Sohn behandle, wird sich das ändern?«

De Heere lehnte sich zurück und lächelte selbstgefällig. »Oh, ja, davon bin ich sogar überzeugt!«

»Ich bin es nicht gewohnt, mich und meine Dienste aufzudrängen«, erwiderte Martin und sah de Heere herausfordernd an. »Wenn der Gouverneur einen einheimischen Arzt vorzieht, ist es allein seine Entscheidung.«

»Und der Knabe?«, gab van Buijtenhem zu bedenken. »Wenn Ihr Gouverneur Kawaguchi bittet, die Genesung seines Sohnes überwachen zu dürfen, seid Ihr wenigstens sicher, dass er keinem Scharlatan in die Hände fällt. Davon gibt es hier nämlich genug.« Er wandte sich Bestätigung heischend an Doktor Kaempfer. »Sagt selbst, Doktor, den hiesigen Ärzten würde man in Holland kein Stück Vieh anvertrauen, oder?«

»Ihr seid ein wenig streng mit ihnen«, erwiderte der Angesprochene bedächtig und nahm einen letzten Zug aus seiner Pfeife, ehe er sie in der bereitstehenden Messingschale ablegte. »Die japanischen Ärzte scheuen vor dem Messer zurück, aber sie sind sehr geschickt in der Bereitung von Drogen und Tränken. Dennoch würde auch ich mich dafür aussprechen, dass mein Kollege die Wundbehandlung weiterführt.« Er sah fast entschuldigend zu Martin. »Eure ungewöhnlichen Methoden würden schon die meisten Ärzte in Europa verwirren, wie viel mehr die japanischen Ärzte hier in Nagasaki!«

»Ich sträube mich doch gar nicht gegen meine Pflichten als Arzt! Aber es widerstrebt mir, meine Künste zu missbrauchen, indem ich sie dazu benutze, mir und anderen«, Martin warf einen ärgerlichen Blick auf de Heere, »Vorteile zu verschaffen.«

»*Mijnheer* de Heere wollte mit seinem Vorschlag nicht Euren Stolz verletzen«, sagte van Buijtenhem besänftigend. »Aber es wäre für die Compagnie wirklich von unschätzbarem Wert, wenn unser Chirurg im Gouverneurspalast täglich Visite machte.«

»Morgen werdet Ihr doch sicher wieder vorsprechen, oder?«, insistierte de Heere. Martin nickte.

»Gut, dann seht zu, dass Eure Besuche zur Gewohnheit werden.« Gerrit de Heere machte sich nicht die Mühe, den Befehl in höfliche Umschreibungen zu verpacken.

Kapitel 10

Yorimotos Versprechen

Die Sänften des Hauses Kawaguchi warteten bereits, als Doktor Martin Liebau und seine Begleiter am nächsten Morgen den Torbogen der Stadtbrücke durchschritten. Die Nacht zuvor war Martin in regelmäßigen Abständen durch das Klappern der hölzernen Schellen der Nachtwache, mit dem sie ihre Wachsamkeit demonstrierten, aus dem Schlaf gerissen worden.

»Man gewöhnt sich mit der Zeit daran«, hatte Doktor Kaempfer ihn getröstet, als er am Morgen darüber klagte. »Ich nehme sie schon gar nicht mehr wahr.«

Katharina war nach langer Zeit wieder von einem der Albträume heimgesucht worden, die sie in den letzten Monaten immer seltener gequält hatten. Sie hatte auf den Treppen am Hafentor gesessen, als ihr ein seltsam geformter Gegenstand auffiel, der in den Wellen hin und her schaukelte. Kohlkopfgroß schien er aus Pelz oder dunklem Haar zu bestehen, das wie Blasentang im Wasser trieb.

Etwas Unheimliches strahlte von diesem Klumpen aus. Etwas Bedrohliches. Unvermittelt hatte er sich in der Dünung gedreht, und jetzt war deutlich zu sehen, dass es sich um einen abgerissenen Menschenkopf handelte. Entsetzt war sie aufgesprungen und zurückgewichen. Aber trotz des Grauens, das sie empfand, hatte sie die Augen nicht abwenden können. Wie ein Spielball, den Kinder ins Wasser geworfen hatten, tanzte er auf den Wellen. Im scharfen Gegenlicht war deutlich ein Männerprofil zu erkennen: Der verfilzte Bart, die deutlich ausgeprägte Hakennase, die Narbe über der Wange … Wie kam Eisherz' Kopf hierher?

Und dann hatte er plötzlich die Augen geöffnet, sie angesehen und höhnisch gelacht. Mit heftig klopfendem Herzschlag war sie zitternd aufgewacht. War es möglich, dass sein hasserfüllter Geist sie bis hierher verfolgte? Konnte die Seele eines Toten sich so an sie klammern?

Ginnemon hatte ihr von dem Glauben der Japaner erzählt, dass manche böse Menschen als Geister, als Dämonen wiedergeboren würden. Früher, in Frankfurt, hatte sie Menschen, die an Geister glaubten, immer als leichtgläubig belächelt. Aber dort hatte sie auch nicht solche Träume gehabt. Vielleicht sollte sie Ginnemon fragen, ob es ein Mittel gegen diese japanischen Dämonen gab?

Diesmal jagten die Träger nicht wie gehetzt durch die Innenstadt. Die eher gemächliche Gangart ermöglichte es den Insassen, ihre Umgebung in aller Ruhe zu betrachten.

Eine japanische Stadt unterschied sich, wie Katharina feststellte, grundlegend von Siedlungen europäischer Art. Nicht nur durch die meist einstöckigen Häuser mit ihren anmutigen Proportionen und dem kunstvoll geschnitzten Holzzierrat, sondern vor allem durch die ausgeprägte Reinlichkeit: Nicht das kleinste Stückchen Unrat lag in den Gassen zwischen den Häuserzeilen! Ja, es schien Katharina sogar, als ob der Sand frisch gefegt worden wäre.

Auch gingen die Straßen nicht einfach ineinander über: Jede war etwa gleich lang und jeweils mit hölzernen Gittern an beiden Enden abgetrennt. Diese Zugänge, die nachts geschlossen wurden, durften nicht einmal Arzt oder Hebamme ohne Erlaubnisbrief passieren, erzählte ihnen Doktor Kaempfer. Die Bewohner einer Straße wählten einen *Ottona*, wie den auf Deshima, der über sie Buch zu führen hatte. Als hauptberuflicher Gassenmeister schrieb er nicht nur jede Einzelheit über die Ereignisse in seinem Quartier auf – von der Geburt bis zum Todesfall –, sondern schlichtete auch Streit und verhängte leichtere Strafen. »Natürlich nicht auf Deshima«, fügte er augenzwinkernd hinzu.

Je näher sie dem Zentrum kamen, desto quirliger wurde es um sie herum. Schwarz gekleidete, kahlgeschorene Bettelmönche und -nonnen kauerten an jeder Ecke und läuteten hektisch mit kleinen Messingglöckchen, um Almosen zu fordern. Die riesige Zahl der Hunde, die sich ebenfalls in den Straßen tummelte, schien Katharina ungewöhnlich. Galten Hunde hier wirklich als heilig, wie Doktor Kaempfer einmal behauptet hatte? Als sie Ginnemon danach fragte, verfinsterte sich sein Gesicht. »Die Hundegesetze stürzen das Land noch ins Elend«, knurrte er leise, damit die Träger ihn nicht hören konnten. »Seit sie gelten, werden die Hunde zur Plage, aber niemand darf ihnen ein Haar krümmen.« Er lachte bitter. »Eher verhungern die Bauern, als dass es den Hunden an etwas fehlt!«

»Wieso das denn?«

»Diese verfluchten Mönche haben dem *Shogun* eingeredet, dass er in einem früheren Leben ein Hund war, und jetzt sieht er in ihnen seine Familie.«

»Was für ein seltsamer Mann!«, murmelte Katharina. Ginnemon hatte ihr eines Nachmittags die Gesetze der Wiedergeburt erläutert. Eine unheimliche Vorstellung zu denken, Meisje wäre einmal ein Mensch gewesen, den seine Sünden zu einem Dasein als Hund verurteilt hatten. Die Seele eines Menschen konnte nicht in ein Tier schlüpfen, denn dann wäre es doch kein Tier mehr, wenn es eine Seele hätte … Ihr schwindelte, als sie versuchte, den Gedanken weiterzuverfolgen. Man verlor dabei ja noch den Boden unter den Füßen!

Plötzlich grinste sie und sagte: »Immerhin habt Ihr Glück, dass es nur Hunde sind! Stell dir vor, er glaubte, er wäre einmal eine Ratte gewesen!«

Die meisten Läden waren zur Straße hin offen, sodass man von der Sänfte aus einen guten Überblick über ihr Angebot bekam. Katharina gefiel besonders ein Geschäft, in dem wunderschön bemalte Fächer produziert und verkauft wurden. Direkt daneben hatte ein Kunsthandwerker schwarz und rot lackierte Kästchen mit Einlegearbeiten ausgestellt. In den höher gelegenen Vierteln sah man immer weniger Fußgänger. Überhaupt waren hier kaum Menschen unterwegs – und wenn, dann in Sänften.

Am Portal des Hauses Kawaguchi wurden sie von einem älteren Mann im schwarzen *Kimono* begrüßt, der sich würdevoll verneigte, unter weiteren Verbeugungen rückwärtsschlurfte, schließlich hinkniete und jedem ein Paar federleichte, aus feinstem Reisstroh geflochtene *Zori*-Sandalen vor die Füße stellte. Überrascht bemerkte Katharina, dass Martin sich offensichtlich auf die fremde Schuhtracht eingestellt hatte: Seine Füße steckten in schneeweißen *Tabi*-Socken, die er in den ersten Tagen seines Aufenthalts als »absolut lächerlich« bezeichnet hatte. Auch seine Haare waren ungewohnt sorgfältig gebürstet, und ein leichter Hauch von Lavendel und Irisstärke ging von seinem frisch gebügelten, besten Rock aus. Es fehlten nur noch das Blumenbukett und die Schachtel Konfekt, um das Bild eines werbenden Kavaliers zu vervollkommnen, dachte Katharina und bemerkte, dass sie eine Spur ärgerlich war. Was fand er nur an diesem japanischen Puppenmädchen? Sie konnten sich noch nicht einmal unterhalten. Und wenn – worüber sollten sie schon sprechen? Es war nicht sehr wahrscheinlich, dass Umé sich für Medizin interessierte.

Der Mann führte sie durch das Labyrinth der Gänge zu dem Raum, in dem gestern die Operation stattgefunden hatte. Heute nahm Katharina sich die Zeit, die Räumlichkeiten auf dem Weg dorthin genauer in Augenschein zu nehmen. Sie zählte allein drei Innenhöfe, in denen kunstvolle Gärten angelegt waren, ehe ihr Führer eine breite *Shoji*-Tür aufschob und sie mit Gesten bat, die *Zori* abzustreifen und einzutreten.

»Herr Yorimoto wird Euch gleich begrüßen«, übersetzte Ginnemon kurz die längere Ansprache und ließ sich gleich neben der Tür auf seinen Fersen nieder. Katharina tat es ihm nach und sah sich neugierig um. Das Zimmer wirkte an diesem Morgen luftiger, größer. Jemand hatte die *Shoji*-Tür aus Reispapier zu einem weiteren kleinen Garten aufgeschoben, und der warme Lufthauch trug von dort den Geruch nach feuchter Erde und Kiefern herein. Fast hatte man das Gefühl, sich im Freien zu befinden. Kojiro war bei Bewusstsein und sah den fremdländischen Ärzten etwas ängstlich entgegen. Die grauhaarige Frau, die neben seinem Lager gewacht hatte, warf sich zu Boden und stammelte atemlos einige abgehackte Sätze.

»Kojiros Amme Osugi bittet die holländischen Herren Ärzte, ihren ergebensten Dank anzunehmen. Wenn er gestorben wäre, wäre auch ihr Leben zu Ende gewesen«, sagte Ginnemon in dem geschäftsmäßigen Ton des professionellen Vermittlers, der sich darauf beschränkte, die Worte der einen Sprache in die der anderen zu übertragen.

»Hätte der Statthalter sie töten lassen, obwohl sie nicht die geringste Schuld daran trug?«, fragte Martin ungläubig.

»Sie hätte sich selbst getötet«, antwortete Doktor Kaempfer. »Das Wohlergehen des Kindes ist ihr Lebensinhalt. Wenn es gestorben wäre, hätte sie versagt. Japaner töten sich nicht selten aus solchen Gründen.«

»Aber das ist doch Wahnsinn!«, entfuhr es Martin.

»Japaner neigen manchmal ein wenig zum Extremen«, gab Doktor Kaempfer zu. »Aber das soll jetzt nicht unsere Sorge sein. *Gobuji de gozarimasu ka?«*, wandte er sich direkt an Kojiro.

Die Augen des Jungen weiteten sich überrascht. Kojiro hatte der ihm unverständlichen Unterhaltung der ausländischen Ärzte mit wachsender Nervosität gelauscht. Dass einer von ihnen sich nun in holprigem, aber verständlichem Japanisch nach seinem Befinden erkundigte, verschlug ihm die Sprache.

»Wenn ich gewusst hätte, dass Ihr Japanisch sprecht, hätte ich Eure Ohren nicht mit meinem schlechten Holländisch beleidigt«, sagte eine klangvolle Stimme hinter ihnen.

»Ich muss gestehen, dass meine Kenntnisse damit auch annähernd erschöpft sind«, gab Doktor Kaempfer schmunzelnd zu und verneigte sich zur Begrüßung Herrn Yorimotos. »Wie geht es Eurem Neffen? Er scheint kein Fieber zu haben.«

»Gegen Morgengrauen wurde sein Schlaf unruhig. Es war nicht einfach, ihn zu beruhigen«, sagte der Mann ernst.

»Die Naht schmerzt ihn«, erklärte Martin und schlug die leichte Bettdecke zurück. Kojiro zuckte zurück wie ein verängstigtes kleines Tier. Augenblicklich ließ der Arzt die Decke wieder sinken und trat zwei Schritte zurück.

»Könnt Ihr ihm sagen, dass er keine Angst vor mir haben soll? Ich will nur die Wunde inspizieren. Das wird ihm keine Schmerzen verursachen«, bat Martin den Onkel des Jungen.

Yorimoto ergriff Kojiros kleine Hand und hielt sie, während er in ruhigem Tonfall zu ihm sprach. Der verschreckte Ausdruck wich Staunen, schließlich Bewunderung, vermischt mit Neugierde. Als Martin erneut nach der Decke griff, folgten die dunklen Augen des Jungen seinen Händen. Die Wunde sah hässlich aus. Rund um die Stiche war die Haut deutlich gerötet, und aus dem Spalt sickerte immer noch klare Wundflüssigkeit. Kojiro wurde leichenblass, schloss die Augen und schluckte krampfhaft.

»Armer kleiner Kerl! Sagt seiner Amme, sie soll ein Tuch so halten, dass er die Verletzung nicht sieht.«

Yorimoto schüttelte den Kopf. »Als *Samurai* muss er sich an den Anblick von Wunden gewöhnen. Kojiro!«

Folgsam öffnete der Junge die Augen, und obwohl es ihn sichtlich Überwindung kostete, beobachtete er Martins geschickte Hände. Katharina war inzwischen ein versierter Chirurgengehilfe. Sie wusste, wonach er verlangte, noch ehe er es geäußert hatte. Die frische Rotweinkompresse lag in seinen Händen, kaum, dass er die alte in einen bereitstehenden Behälter geworfen hatte.

»Eine solche Verwendung besten Rotspons könnte einen wirklich schmerzen«, bemerkte Doktor Kaempfer. »Aber seine Wirkung ist erstaunlich! Nicht der kleinste Entzündungsherd …«

»Jubelt nicht zu früh«, warnte Martin in nüchternem Ton. »Die Gefahr, dass Gewebe im Inneren sich entzündet und eitert, besteht nach wie vor.« Er sah zu Yorimoto, der ein paar Schritte abseits stand, aber von dort aus alles aufmerksam verfolgte. »Diese Kompressen dürfen nicht angerührt werden. Könnt Ihr dafür Sorge tragen?«, sagte er eindringlich. »Ich werde täglich kommen und sie wechseln, bis die Gefahr des Wundbrands vorüber ist.« Yorimoto neigte mit einer Spur Ironie den Kopf. »Ich werde dafür sorgen. Habt Ihr noch weitere Anweisungen?«

Doktor Kaempfer hüstelte warnend, schien aber ohne große Hoffnung, dass sein junger Kollege den richtigen Ton im Umgang mit hochgestellten Persönlichkeiten noch treffen würde.

»Keine schwere Kost und reichlich Flüssigkeit – am besten kräftige Suppen.«

»Das könnte auch der Rat eines japanischen Arztes sein«, meinte Yorimoto nachdenklich. »Mit einer solchen Diät würde dieser versuchen, die Harmonie des Körpers wieder ins Gleichgewicht zu bringen.«

»Und die Frau soll nicht so viel von dem Räucherzeug verbrennen«, fügte Martin hinzu und rümpfte die Nase über die Rauchschwaden, die von einem kleinen Holzkohlebecken aufstiegen. »Das riecht ja grässlich!«

Diesmal lächelte Yorimoto wirklich. »Ich werde Osugi sagen, dass sie die Geisterkräuter auf der Veranda abbrennen soll. Darf ich Euch nun in den Garten bitten? Umé hat den Tee bereits vorbereiten lassen.«

Die Erleichterung in Doktor Kaempfers Gesicht war fast so deutlich wie die Enttäuschung in Martins. Yorimoto schritt ihnen voran. Heute war er, wie um die gestrige Formlosigkeit seines schlichten Hausgewands wieder auszugleichen, mit Sorgfalt gekleidet. Über einem silbergrauen *Kimono* trug er ein taubenblaues Übergewand mit so steif gestärkter Schulterpartie, dass diese wie ein Paar Flügel abstand.

Sie folgten ihm und durchquerten einen kunstvoll angelegten Garten, der Katharina an den chinesischen Brokatstoff von Tante Barbara erinnerte. Die Hausdächer waren nicht ganz so üppig verziert, die Brücken über den Wasserläufen voller Goldfische nicht ganz so filigran, aber sie wäre nicht überrascht gewesen, wenn hinter einem Busch ein Drache aufgetaucht wäre. Nicht ganz so riesig, aber doch ein Drache. Stattdessen fanden sie sich plötzlich vor einem Pavillon, auf dessen Terrasse Umé stand, ihnen freundlich entgegensah und sich anmutig verneigte.

»Da nicht genug Platz im Teehaus ist, wird Umé uns hier den *Cha* servieren«, erklärte Yorimoto. »Zudem hat sie einige Kleinigkeiten zubereiten lassen, von denen wir hoffen, dass sie Euch zusagen mögen.«

Katharina bewunderte im Stillen sein Geschick, eine für japanische Verhältnisse verzwickte Situation so elegant und diplomatisch gelöst zu haben. Einem Mann, der gerade seinem Neffen das Leben gerettet hatte, hätte er den Wunsch, mit Umé Tee zu trinken, nicht abschlagen können, ohne nach seinen Maßstäben unverzeihlich unhöflich zu sein. Andererseits wäre es ähnlich ungeheuerlich gewesen, die Tochter eines *Samurais* nur in Gesellschaft von Dienstboten mit einem Barbaren alleinzulassen. Yorimotos Einladung zu diesem Gartenpicknick war die perfekte Lösung für sein Dilemma gewesen.

Auf einer Bambusmatte standen mehrere Lackschränkchen, in deren Schubladen sich allerlei Leckerbissen befanden. Alles so kunstvoll angerichtet und zubereitet, dass einem das Wasser im Munde zusammenlief. Umé kniete in einem Blütenkelch kostbarster Seide, ihr Haar mit Seidenbändern zu einer komplizierten Frisur gebunden, und lächelte schüchtern. Unauffällig versuchte Katharina zu zählen, wie viele Gewänder das Mädchen übereinandertrug.

Es mussten mindestens acht in den unterschiedlichsten Grün-Schattierungen sein, die mit dem breiten Gürtel, einem schärpenartigen *Obi* aus Goldbrokat, zusammengehalten wurden.

Sobald alle Platz genommen hatten, griff Umé nach einer Art Laute und begann, auf ihr Akkorde zu zupfen und mit ihrem sanften Sopran traditionelle Lieder zu singen.

Für europäische Ohren klang es äußerst befremdlich, und auch Katharina atmete erleichtert auf, als sie das Instrument sinken ließ. Japanische Musik war für ihren Geschmack schwer zu ertragen. Ihre Dissonanzen widersprachen allen Regeln europäischer Harmonielehre.

Da hielt Umé auffordernd die Laute hoch und sah fragend von einem Gast zum anderen.

»Sie würde nun gerne ein Lied Ihrer Heimat hören«, erklärte ihr Onkel. »Könnt Ihr ihr die Freude machen?«

Doktor Kaempfer hob abwehrend die Rechte. »Ich kann zwar ganz gut auf einem Spinett spielen, aber so ein Ding habe ich noch nie in Händen gehalten!«

»Ich habe in Italien ein ähnliches Instrument spielen gelernt«, sagte Martin rasch und streckte die Hand danach aus. Zaghaft zupfte er ein paar Akkorde, um den Klang der Saiten zu prüfen. Zunehmend sicherer werdend, ging er zu einer Melodie über und sang ein paar Strophen eines munteren Liedes dazu.

»Ihr seid ein Mann mit zahlreichen Talenten, Doktor Liebau«, sagte Yorimoto bewundernd. »Seid Ihr auch in der Dichtkunst und Malerei bewandert?«

»Nein, für diese Gebiete fehlt mir die Neigung. Aber mein Vetter Severin hier ist ein großer Bewunderer der japanischen Malerei, besonders der Schriftzeichen. Er würde sie gerne erlernen.«

Yorimoto suchte schweigend Ginnemons Blick, doch dieser blieb stumm. Es war eine wortlose Zwiesprache, aber schließlich nickte Yorimoto und sagte: »Wenn es sein ehrlicher Wunsch ist, dann werde ich ihm Unterricht erteilen.«

Er wandte sich zu Katharina und sah ihr eindringlich in die Augen. »Es wird Euch viel Mühe und Arbeit bereiten, denn ich bin ein strenger Lehrer, der schwer zufriedenzustellen ist.«

Unsicher sah sie zu Ginnemon hinüber, der sichtlich erleichtert wirkte. Als wäre er froh, dass Yorimoto ihm diese Aufgabe abgenommen hatte. Aber vielleicht bildete sie sich das auch nur ein. Ohne weiter zu zögern, neigte sie bescheiden, wie es sich für einen Schüler gehörte, den Kopf und sagte: »Ihr erweist mir eine große Ehre! Ich werde mir alle Mühe geben, Euren Ansprüchen zu genügen.«

»Dann ist es also abgemacht.«

Am nächsten Tag ging es Kojiro deutlich besser. Als sie in das Krankenzimmer geführt wurden, kniete statt der alten Osugi seine Schwester neben ihm und fütterte ihn mit kleinen Häppchen. Sobald sie die ausländischen Ärzte sah, beeilte sie sich mit so offensichtlich schuldbewusster Miene, die Schüssel samt ihrem Inhalt hinter den Wandschirm außer Sichtweite zu schieben, dass Katharina amüsiert ausrief: »Ich möchte wetten, dass das keine leichte Kost ist!« Und mit einem flinken Griff hatte sie schon die schlichte Holzschüssel gegriffen. Sie war noch zur Hälfte mit einer Art Klößchen gefüllt.

»Das sind *Mochi*«, stellte Doktor Kaempfer fest, sobald er einen Blick auf den Inhalt geworfen hatte. »Süße Reisklöße. Eigentlich ein typisches Neujahrsgericht. Aber hier hat die Köchin wohl eine Ausnahme gemacht!«

Umé stammelte etwas, das wie eine Rechtfertigung klang. Kojiro sah trotzig zu ihnen auf und stieß einige japanische Sätze aus. Die geisterhafte Blässe war einem rosigen Hauch auf den Wangen gewichen. Die Augen blickten klar, und die lebhafte Mimik ließ auf ein stürmisches Temperament schließen.

»Er hat seiner Schwester befohlen, ihm dieses Essen zu beschaffen«, übersetzte Ginnemon unaufgefordert.

»Es ist ein gutes Zeichen, wenn der Patient nach einem bestimmten Essen verlangt«, sagte Martin beschwichtigend und versuchte, Umés gesenkten Blick einzufangen. »Seine Schwester soll sich keine Sorgen machen.«

Die Untersuchung bestätigte den ersten Eindruck. Zwar war die Wunde noch gerötet und schmerzte, aber es waren keine Anzeichen eines Eiterherdes zu erkennen.

»Es sieht gut aus«, stellte Martin zufrieden fest. »Der Heilungsprozess hat begonnen. Seht, es tritt keine Wundflüssigkeit mehr aus.«

»Ja, ich habe auch die Erfahrung gemacht, dass Kinder erstaunlich schnell genesen«, sagte Doktor Kaempfer und musterte den Jungen wohlwollend. »Er hat Euch viel zu verdanken. Vielleicht wird dadurch die Abneigung seines Vaters gegen alles Holländische tatsächlich etwas gemildert.«

Gestern Abend hatten die beiden holländischen Residenten noch einen Bericht von ihren Eindrücken aus dem Haushalt des Statthalters gefordert. Dabei war natürlich zur Sprache gekommen, dass der Gehilfe des Arztes Schreibunterricht bei Kawaguchi Yorimoto erhalten würde. Es war Katharina unangenehm, sich im Fokus der Aufmerksamkeit der hohen Herren wiederzufinden. Der zukünftige Faktoreidirektor, der bisher keinerlei Notiz von ihr genommen hatte, nahm die Nachricht mit unverhohlener Begeisterung auf.

»Ausgezeichnet! Halte Er Ohren und Augen offen: Alles, was dort vor sich geht, wer dort ein und aus geht – jede Kleinigkeit könnte für uns interessant sein!« Gerrit de Heeres blassblaue Augen bohrten sich in ihre. »Der Gouverneur hasst uns und macht uns das Leben schwer, wo es nur geht«, sagte er eindringlich. »Über ihn etwas in der Hand zu haben, könnte sich als überaus wertvoll erweisen.«

»Und Ihr seid nicht der Ansicht, dass die Gefahr besteht, der junge Mann könne wiederum über uns ausgehorcht werden?«, gab der bedächtige van Buijtenhem zu bedenken. »Ihr wisst doch, wie sorgfältig die Herren in Amsterdam die Nachrichten für *Edo* formulieren. Es wäre nicht gut, wenn die Japaner dem widersprechende Informationen erhielten.«

Alle Augenpaare richteten sich nun auf Katharina, die verwirrt von einem zum anderen sah.

»Ich fürchte, wenn er uns von Nutzen sein soll, müssen wir ihn einweihen!«, sagte schließlich van Buijtenhem und wandte sich Katharina zu: »Ein Teil unserer Abmachung mit dem Kaiser in *Edo* besteht darin, dass wir ihn mit Neuigkeiten darüber versorgen, was in der großen Welt vor sich geht. Also, wer sich mit wem im Krieg befindet, welche Staaten zu einer Gefahr für Japan werden könnten, wer große Flotten besitzt. Ihr versteht?«

Katharina nickte.

»Seit die Portugiesen vertrieben wurden, haben wir das Monopol im Japanhandel, und die Herren in Amsterdam legen größten Wert darauf, dass es auch so bleibt«, sagte de Heere eindringlich. »Die Japaner halten uns für die größte Macht Europas, der alle anderen untertan sind. Also hüten wir uns bei unserer Berichterstattung davor, diesen Eindruck zu untergraben.«

»Bei der letzten Audienz habe ich ihnen vorgelesen, dass England eine kleine, unbedeutende Insel sei, deren Bewohner der Mangel an Nahrung aufs Meer triebe«, sagte van Buijtenhem und kicherte. Er hatte dem spanischen Rotwein schon munter zugesprochen, und seine Aussprache war deswegen ein wenig undeutlich. »Und Spanier und Franzosen seien mit den Portugiesen verbündet, weil sie ebenfalls katholisch sind.« Er rülpste kräftig und schüttete ein weiteres Glas Wein in einem Zug hinunter. »Manchmal frage ich mich, wie lange es uns noch gelingen wird, sie zu täuschen.« Er stierte in sein leeres Glas, als läge dort die Antwort.

»Solange niemand von ihnen das Land verlassen und kein Fremder es betreten darf, sehe ich keinen Grund, sich Gedanken zu machen«, sagte de Heere zuversichtlich und zwirbelte grinsend seinen Bart. »Aber gebe Er acht, dass Er sich nicht verplappert!«

De Heeres Warnung im Ohr, wartete Katharina nervös bei ihrem nächsten Krankenbesuch im Hause des Gouverneurs auf Yorimotos Erscheinen. Wenn er sie wirklich aushorchen wollte, hatte sie sich vorgenommen, sich dumm zu stellen. Niemand konnte erwarten, dass ein junger Bursche, fast ein Kind noch, über politische Angelegenheiten Bescheid wusste. Tatsächlich hatte es sie nie interessiert, wenn ihr Vater sonntags Auszüge aus den Nachrichtenbriefen der Kaufleute vorgelesen hatte.

Es lief ja doch immer nur auf die Frage hinaus, ob der Handel gefördert oder behindert würde.

Kojiro plauderte munter mit Ginnemon auf Japanisch, während Martin und sie in angespanntem Schweigen den

Verband wechselten. Immer wieder wanderte der sehnsüchtige Blick des Arztes zu der Stelle im Garten, an der Umé vor Kurzem hinter einigen Büschen verschwunden war. Sie hatte keine Anstalten gemacht, eine Unterhaltung mit den ausländischen Gästen zu beginnen, sondern war mit einer gemurmelten Entschuldigung sofort nach der Begrüßung aus dem Raum geschlüpft. Wenn Martin insgeheim auf eine erneute Einladung zu Tee oder Picknick gehofft hatte, so wurde er enttäuscht.

Katharinas Abneigung gegen die schöne Umé wuchs. »Vermutlich muss sie sich umziehen«, bemerkte sie spitz. Der hoffnungsvolle Schimmer in Martins Augen ließ sie ärgerlich hinzufügen: »Aber bei dem Aufwand, den sie treibt, wird sie kaum fertig sein, bis wir hier nichts mehr zu tun haben.«

»Die japanische Tracht ist eben anders«, verteidigte er Umé automatisch. »Sie macht keineswegs den Eindruck, übermäßig auf ihr Aussehen bedacht zu sein.«

Katharina presste die Lippen fest aufeinander und konzentrierte sich darauf, die neue Weinkompresse vorzubereiten. Zu ihrer stillen Genugtuung behielt sie Recht: So sehr Martin die Untersuchung auch in die Länge gezogen hatte, so umständlich er die neue Kompresse anlegte – Umé blieb verschwunden. Widerstrebend verabschiedete er sich endlich und stieg mit Doktor Kaempfer in die Sänfte, die sie zurück nach Deshima bringen sollte. Ginnemon blieb, um Katharina nach dem Unterricht zurückzubegleiten.

Ein Diener führte sie tiefer in das Labyrinth des Palastes, durch die Gartenanlage hindurch, in der sie das Picknick abgehalten hatten, hielt schließlich vor einer papierbespannten *Shoji*-Tür an, schob sie auf und bat Katharina mit einer Geste einzutreten. Ihr Herz klopfte heftig, als sie aus den *Zori* schlüpfte und das dämmrige Innere nach Yorimoto absuchte.

Im Unterschied zu den anderen Zimmern war dieses deutlich schlichter eingerichtet. Keine bemalten Wandschirme, keine blütenübersäten Tapeten an den Wänden, keine Seidenkissen und Lacktischchen. Einfaches Reispapier bedeckte die Wände zwischen den geschwärzten Tannenbalken. Selbst die *Tatami* waren dünner. In der *Tokonoma*-Nische an der einen Schmalseite hingen statt anmutiger Rollbilder zwei Schwerter, dunkel und unheilvoll in den schwarzen Lackscheiden.

»Bevor wir beginnen, möchte ich, dass Ihr alles Holländische ablegt«, sagte Yorimotos klare Stimme. Er saß auf den Fersen hinter einem niedrigen Schreibpult und musterte Katharina kritisch. »Eure Kleidung ist nicht geeignet, die Hand den Pinsel führen zu lassen.«

Er wies mit dem Kopf auf ein säuberlich zusammengefaltetes Stoffbündel in der Mitte des Raums. Katharina nahm es auf und sah sich suchend nach einem Wandschirm um, hinter dem sie sich umkleiden konnte.

»Ein Schüler soll keine Geheimnisse vor seinem Lehrer haben«, belehrte Yorimoto sie. Katharina fühlte, wie sie heftig errötete, und suchte verzweifelt nach einer passenden Antwort. Was sollte sie darauf erwidern? Sobald sie Severins übergroßen Rock und die Kniebundhosen abgelegt hatte, würden seine scharfen Augen bemerken, dass sie ganz und gar nicht jungenhaft gebaut war. Im Lauf der letzten Monate waren ihre Formen zunehmend weiblicher geworden. Wenn die Menschen nicht so beschaffen wären, dass sie das sahen, was sie zu sehen meinten, hätte schon längst jemand Verdacht schöpfen müssen. Irgendwann setzt schließlich bei jedem Jüngling der Bartwuchs ein, und die Stimme wird rau. Kurz nach der Abreise aus *Batavia* hatte sie damit beginnen müssen, ihre runden Brüste mit Binden flacher zu drücken, um zu verhindern, dass der Rock an unpassender Stelle spannte.

»Weshalb gebt Ihr vor, ein Mann zu sein?«, fragte Yorimoto leise.

Katharina schrak zusammen und riss den Kopf hoch. Seine dunklen Augen musterten sie unterschwellig beunruhigt. Sorgte er sich um sie, oder hatte er andere Gründe, sie so seltsam, fast traurig anzuschauen?

»Auch adlige Damen bei uns greifen zu diesem Mittel, wenn sie versuchen, allen Verboten zum Trotz, zu ihrem Gatten nach *Edo* zu gelangen«, sprach er ruhig weiter. »Es ist nicht unehrenhaft, aber ich verstehe Eure Beweggründe nicht. Folgt Ihr dem Doktor aus Liebe?«

Katharina widerstand der Versuchung, ihm eine rührende Geschichte unerwiderter Zuneigung aufzutischen. Was hatte er gesagt? Ein Schüler solle keine Geheimnisse vor seinem Lehrer haben?

»Nein«, sagte sie ehrlich. »Als ich mich als Mann verkleidete und auf dem Schiff anheuerte, hatte ich nur im Sinn, ferne Länder zu sehen – und der Heirat mit einem alten Kaufmann zu entkommen.«

Yorimoto runzelte missbilligend die Stirn. »Ein Kind schuldet dem Vater Gehorsam.«

Katharina senkte den Kopf. »Ich weiß«, flüsterte sie schuldbewusst. »Und ich hoffe inständig, dass ich ihn noch um Vergebung bitten kann.«

Ihre Antwort schien ihm zuzusagen. Die Falten auf der Stirn, die ihm ein ausgesprochen finsteres Aussehen verliehen hatten, glätteten sich. »Euer Doktor Liebau – was hat er damit zu tun?«

»Gar nichts«, erwiderte Katharina eilig. »Er hielt mich für seinen Vetter, bis er entdeckte, dass ich eine Frau bin.«

»Teilt Ihr das Lager?«

»Nein!«, sagte sie vehement, und die Entrüstung in ihrer Stimme klang fast trotzig.

»Warum nicht? Ich habe Euren Blick gesehen, als Ihr Euch unbeobachtet glaubtet.«

Wieder errötete Katharina bis über beide Ohren. »Er sieht in mir keine Frau«, versuchte sie, das seltsame Verhältnis zwischen ihnen zu erklären. »Er braucht einen Gehilfen, keine Geliebte.«

»Und Ihr seid damit zufrieden?«

»Wie könnte ich es ändern?«, fragte sie zurück.

Yorimoto versank in tiefes Schweigen. So lange, dass Katharina begann, sich ernsthafte Sorgen zu machen. Überlegte er, sie den Behörden zu melden? Wenn herauskam, dass entgegen allen Vorschriften und Verboten doch eine Frau, noch dazu eine Ausländerin, nach Deshima gelangt war, würde es großen Ärger geben!

Ihr schauderte bei dem Gedanken, wie Gerrit de Heere reagieren würde, wenn durch ihre Schuld die kostbaren Handelsrechte in Gefahr gerieten. Das Geringste war, dass sie sie zurückschicken würden wie nicht verkaufte Restware. Dann würde sie Martin niemals wiedersehen. Niemals wieder sehen, wie sich seine blauen Augen verengten, wenn sie gemeinsam über etwas lachten. Niemals wieder seine warmen Hände auf ihren spüren, wenn er ihren Griff korrigierte.

Der Gedanke versetzte ihr einen so heftigen Stich, dass ihr Atem stockte. Ein Leben ohne ihn konnte sie sich nicht mehr vorstellen.

In diesem Moment gestand sie sich ein, dass sie alles getan hätte, wenn er sie nur einmal so angesehen hätte wie Umé. Aber sie musste sich damit bescheiden, der zuverlässige Severin zu sein. Der tüchtige Adjunkt, dem er vertraute, auf den er sich blind verließ. Nur als Severin konnte sie an seiner Seite bleiben. Und diese Stellung an seiner Seite war ihr kostbar. Sehr kostbar.

»Der *Kimono* ist einfach anzulegen«, brach Yorimoto endlich sein Schweigen. »Ich werde Euch den Rücken zuwenden, bis Ihr angemessen bekleidet seid.« Mit diesen Worten erhob er sich und kniete vor den beiden Schwertern nieder, die Hände auf den Oberschenkeln.

Er wollte sie nicht den Behörden melden! Er würde ihr Geheimnis wahren, aus welchen Beweggründen auch immer. Schwindlig vor Erleichterung knöpfte Katharina den alten Rock auf und streifte so rasch wie möglich ihre Kleidung ab. Beim Hemd zögerte sie einen Moment, aber es wäre unter dem leichten japanischen Gewand deutlich zu sehen gewesen. Kurz entschlossen zog sie es ebenfalls aus und schlüpfte in die weiten Ärmel aus kühler Seide. Leise erschauernd genoss sie das Gefühl körperlicher Freiheit. Es ähnelte dem, das sie damals, beim ersten Halt auf den Kapverden bei ihrem Bad in dem Quellbecken empfunden hatte, bevor ...

Eisherz' stinkender Atem schien ihr wie ein Gifthauch entgegenzuwehen. Entschlossen schüttelte sie die böse Erinnerung ab, räusperte sich und sagte schüchtern: »Ich bin fertig.«

»Dann tretet an den Tisch und betrachtet die Gegenstände darauf«, wies Yorimoto sie an, ohne sich umzudrehen. »Was seht Ihr? Versucht, sie so genau wie möglich zu beschreiben!«

»Eine Papierrolle, drei Pinsel mit Bambusstielen, ein

Stück Kohle und eine viereckige, flache Schieferschale. Ach ja, und eine irdene Schale mit Wasser.«

Yorimoto nickte zufrieden. »Diese Gegenstände nennt man »die vier Kostbarkeiten«: Papier, Pinsel, Tusche und Reibstein. Befeuchtet die Reibfläche ein wenig und reibt mit einer Seite des Tuschesteins darüber.«

Katharina setzte sich vor dem niedrigen Tisch auf die Fersen, gab einige Tropfen Wasser auf die glatt polierte Steinoberfläche und fuhr mit einer Kante des rechteckigen Tuschesteins so lange hin und her, bis sich eine kleine Pfütze pechschwarzer, dicklicher Flüssigkeit gebildet hatte.

»Fertig«, verkündete sie stolz. »Und jetzt?«

»Jetzt entrollt Ihr das Papier, legt es vor Euch hin und beschwert es mit den Steinen, die unter dem Tisch liegen.« Yorimotos Stimme war anzuhören, dass er lächelte.

Er verneigte sich tief vor den Schwertern. »Wenn Ihr den *Shodo*, den Weg der Schrift, ernsthaft erlernen wollt, müsst Ihr zuerst die Ungeduld ablegen. Sie ist der Feind der Schriftkunst.«

Katharina seufzte stumm. Solche Ermahnungen hätten ebenso gut von ihrem alten Lehrer, Monsieur Beauvais, stammen können. Auch er hatte sie ständig daran erinnert, ihr ungestümes Temperament zu zügeln, das sich für ein Mädchen aus gutem Hause so gar nicht ziemte.

»Jetzt betrachtet diese beiden Schwerter. Versucht, ihr Wesen, ihre Seele zu erfassen.«

Irritiert konzentrierte Katharina sich auf das Schwerterpaar. Was meinte Yorimoto mit Seele? Sprachen Japaner auch Dingen eine Seele zu? Und woran erkannten sie sie? In ihrer Ratlosigkeit versuchte sie, sich jede Einzelheit bewusst zu machen. Es waren prachtvolle Schwerter. Das kleinere schien fast eine Kopie des großen zu sein. Wie Geschwister schienen sie ihr. Die Lackscheiden schimmerten von unzähligen Schichten Firnis. Der Griff der kleineren Waffe war mit einer goldenen Seidenkordel umwickelt, der Griff der großen mit rauem Leder bezogen und mit Perlmutteinlagen verziert.

»Wählt nun einen Pinsel aus, haltet ihn senkrecht, taucht die Spitze – und nur diese! – in die Tusche und versucht, den Schwung der Klingen wiederzugeben.«

Katharina gab sich alle Mühe, die zahlreichen Anordnungen Yorimotos zu beherzigen:

»Nicht so zögerlich!«

»Nicht so flüchtig!«

»Aus der Schulter heraus, nicht aus dem Handgelenk.«

»Leichter auslaufen lassen!«

»Nicht so verkrampft, die Hand soll nur so locker geschlossen sein, dass noch ein Ei hineinpassen würde.«

»Nicht so viel Tusche!«

Mit der Zeit verschwamm Katharina alles vor den Augen. Auf dem Papier hatte sich mittlerweile eine Unzahl an Linien angesammelt, eine Armee mehr oder minder gelungener Striche. Hin und wieder hatte sie Yorimoto auch den Pinsel hinlegen lassen, sie angewiesen, die Augen zu schließen und sich darauf zu konzentrieren, nichts mehr wahrzunehmen als das kaum hörbare Rascheln des Bambusdickichts draußen.

»Das genügt jetzt«, befand Yorimoto schließlich. »Man sagt nicht umsonst, der Pinsel sei schwerer zu meistern als das Schwert! Doch für die erste Schreibübung gar nicht einmal so schlecht. In dem Bach links vom Haus könnt Ihr Pinsel und Reibstein reinigen.«

Als Katharina beides zurückbrachte, saß er bereits wieder reglos vor der Nische mit den Schwertern. Es waren wirklich beeindruckend schöne Waffen, aber eine solche Hingabe fand sie übertrieben. »Ungesund«, hätte ihre Stiefmutter es genannt. Stumm stellte sie die Schale an den alten Platz und legte den Pinsel zu den anderen beiden.

Was jetzt? Wollte er ihr damit bedeuten, sich wieder umzuziehen, während er ihr den Rücken zudrehte?

»Setzt Euch neben mich«, befahl er. Eine Weile schwieg er, dann fragte er unvermittelt. »Wie viele Menschen habt Ihr getötet?« Im Angesicht der tödlichen Klingen schien die Frage nicht so unpassend, wie sie Katharina unter anderen Umständen erschienen wäre. Hatte sie Eisherz getötet? Darüber konnte man unterschiedlicher Ansicht sein, aber die Schuld, die schwer auf ihr lastete, ließ nur eine Antwort zu.

»Einen Mann.«

»Einen Liebhaber?«

»Nein! Ich hasste ihn. Er hat mich gequält und erniedrigt.«

»Wie habt Ihr ihn getötet?«

Beschämt schloss sie die Augen. Immer noch war das Bild seines Kopfes, der auf den Wellen schwamm, so deutlich wie an dem Tag, als es geschehen war.

»Ich habe ihn ertrinken lassen.«

Yorimoto drehte überrascht den Kopf und sah ihr ins Gesicht. »Ihr habt ihn den Wassergeistern überlassen?«

So konnte man es wohl nennen. Katharina nickte bestätigend.

»Dann zählt es nicht. Wenn die Geister seinen Tod nicht gewollt hätten, wäre er nicht ertrunken.«

Vage Erleichterung durchflutete sie. Bisher hatte sie zu niemandem darüber gesprochen. Sie hatte es nicht gewagt. Die Gesetze der Seefahrer waren streng, und Schiffbrüchigen war unter allen Umständen beizustehen. Selbst die verhassten Portugiesen hielten sich daran, auch wenn sie die Geretteten später in Eisenketten legten und im Kerker schmoren ließen. Was sie getan hatte, war in den Augen der Welt, ihrer Welt, unverzeihlich gewesen. Also hatte sie über die Ursache ihrer Albträume, die sie vor Martin nicht hatte geheim halten können, eisern geschwiegen. Ihre Furcht vor der Verachtung und dem Widerwillen in seinen Augen war zu groß gewesen.

Dass Yorimoto die Sache so gänzlich anders beurteilte, war verwirrend. Eine ganze Zeit lang saßen sie schweigend vor der Nische. Gerne hätte sie nach der Bedeutung der Schwerter gefragt, aber sie wagte nicht, ihren in Gedanken versunkenen Lehrer darauf anzusprechen.

»An diesen Schwertern klebt das Blut tapferer Männer und einer Frau. Es vergeht kein Tag, an dem ich nicht ihrer gedenke«, sagte er schließlich und erhob sich. »Ein Diener erwartet Euch draußen, sobald Ihr bereit seid, aufzubrechen.«

Sein seidener *Kimono* raschelte kaum hörbar, und dann war er auch schon verschwunden.

Ginnemon empfing sie an der Haupttür und sah sie erwartungsvoll an.

»Wie war es?«, platzte er heraus, sobald sich das schwere Holzportal hinter ihnen geschlossen hatte.

»Seltsam«, gab Katharina nachdenklich zurück.

»Hat Kawaguchi Yorimoto dir seine Rollbilder gezeigt? Er ist berühmt für seine elegante Kalligrafie.«

»Nein. In dem Raum gab es überhaupt keine Bilder. Nur zwei Schwerter in der Nische. Sonst nichts. Richtig ärmlich.«

Ginnemon blieb stocksteif stehen und ignorierte die ärgerlichen Kommentare der Passanten, denen er den Weg versperrte. »Er hat dir die Schwerter gezeigt?«, fragte er fassungslos. »Die berühmten Todesboten?«

»Gezeigt wäre zu viel gesagt. Ich sollte sie anschauen und dann ihre Krümmung mit dem Pinsel wiedergeben«, erklärte Katharina verwundert über seine Reaktion. »Was ist denn Besonderes an diesen Schwertern?«

»Kawaguchi-*sama* war lange Jahre der *Kaishakunin* des *Shoguns*«, flüsterte Ginnemon ehrfurchtsvoll und sah sich ängstlich um.

»Und was bedeutet das?«, hakte Katharina nach. »So wie du dich aufführst, war es ja wohl etwas ganz Spezielles.«

Ohne ein weiteres Wort zog der junge Mann sie weiter, bis sie eine Gasse erreichten, in der sich nur wenige Menschen aufhielten.

»Wenn der *Shogun* einen *Samurai* zum *Seppuku* zwingt, schickt er ihm seinen *Kaishakunin*.«

Katharina beschlich ein ungutes Gefühl. »Du meinst, er überbringt das Todesurteil?«

Wieder sah Ginnemon sich schreckhaft nach unerwarteten Zuhörern um. »Nicht nur das. Er sekundiert ihm auch.«

Verständnislos schüttelte sie den Kopf. »Ich dachte, *Seppuku* wäre eine Art Selbstmord. Wozu braucht es da Sekundanten? Meinst du vielleicht ›Zeugen‹?«

Ginnemon war ein ungewöhnlich netter und hilfsbereiter Dolmetscher, aber sein Wortschatz war in Bereichen, die nicht mit dem Handel zu tun hatten, beschränkt. Es kam häufig vor, dass sie gemeinsam nach dem richtigen Ausdruck suchten, aber diesmal schüttelte er entschieden den Kopf und beharrte auf »Sekundant«.

»Beim *Seppuku* setzt du dein *Wakizashi*, das kleine Schwert, hier an«, sagte er, und sein Zeigefinger wies auf eine Stelle an der linken Flanke. »Du stichst tief hinein und ziehst das Messer nach rechts.« Der so unpassend harmlos wirkende, bloße Zeigefinger beschrieb die grausige Prozedur. »Um die Leiden abzukürzen, steht der Sekundant bereit, dir in diesem Moment den Kopf abzuschlagen.«

»Und das hat Yorimoto oft getan?« Katharina spürte, wie ihr bei der Vorstellung übel wurde.

»Mein Vater sagt, so oft, dass er den Geruch des Todes nicht mehr ertrug. Eines Tages legte er alle Würden und Ämter nieder und verschwand. Seitdem hat er kein Schwert mehr angerührt.«

»Wie lange ist das her?«

»Ich weiß nicht.« Ginnemon überlegte. »Ich war damals noch nicht auf Deshima. Es müssen also wohl an die fünfzehn Jahre sein.«

Und seit damals verbrachte er täglich Stunden in Gedanken an seine Opfer, dachte Katharina, die Waffen, an denen ihr Blut klebte, stets vor Augen! Hatte er nicht gesagt, das Blut tapferer Männer und einer Frau?

»Hat er als *Kaishakunin* auch eine Frau getötet?«, fragte sie Ginnemon.

Der Dolmetscher reagierte geradezu schockiert: »Natürlich nicht! *Seppuku* begehen nur Männer.«

»Es gibt keine Ausnahmen?«

Er schüttelte entschieden den Kopf.

Also hatte er doch keine Frau geköpft. Seltsamerweise war sie sich sicher, dass sie seine Worte richtig verstanden hatte. Yorimoto sprach ein ausgezeichnetes Holländisch.

Hatte er es vielleicht symbolisch gemeint? Und damit die Frauen der Getöteten angesprochen? Aber dann wiederum hätte er doch nicht nur von einer einzigen Frau gesprochen!

Katharina drang nicht weiter in Ginnemon. Es war offensichtlich, dass er keine Ahnung von den Vorkommnissen hatte, die Kawaguchi Yorimoto gemeint haben könnte. Sie glaubte zu wissen, dass der ehemalige *Kaishakunin* der Einzige war, der ihr darüber Auskunft geben konnte.

Kapitel 11

Kupfer und Kampfer

Die Chrysanthemen im Park von Deshima standen in voller Blüte, als der Statthalter Kawaguchi Munetsune endlich von seiner Inspektionsreise zurückkehrte. In den langen Wochen seiner Abwesenheit hatten sich Gewohnheiten eingebürgert, die sicherlich nicht seine Billigung gefunden hätten. Die Sänften, die täglich zwischen Deshima und seinem Stadtpalast unterwegs waren, wurden inzwischen nicht einmal mehr kontrolliert. Man hatte sich an die zwei Holländer in Begleitung ihres Dolmetschers gewöhnt. Kein Einwohner Nagasakis verrenkte sich mehr den Hals, um einen Blick auf die fremden Barbaren werfen zu können. Im Kawaguchi-Palast wurden sie wie vertraute Besucher empfangen.

Doktor Kaempfer allerdings fehlte in letzter Zeit bei der Visite: Er hatte anderes zu tun. In seiner Sammelleidenschaft hatte er so große Mengen an Bildern, Büchern, Arzneien, Lackbehältern, Porzellan und Pflanzen zusammengetragen, dass es sich nun als schwierig erwies, alles für den Transport in die Heimat zu verpacken.

Kojiros Genesung ging mit großen Schritten voran. Kaum hatte man ihm einen Krückstock als Gehhilfe geschnitzt, war er nicht mehr auf dem Krankenlager zu halten. Um die Narbenbildung nicht durch versehentliches Überdehnen der Haut zu stören, hatte Martin ihm die japanische

Art, auf den Fersen zu sitzen, untersagt, und jetzt thronte er auf einem Bambushocker wie in kleiner König. Die alte Osugi und seine Schwester Umé taten ihr Bestes, um ihn mit dem Go-Brett zu unterhalten, aber inzwischen wartete er immer ungeduldiger auf den holländischen Arzt. Martin hatte in einer Abstellkammer ihres Hauses ein Schachspiel gefunden und es dem Jungen mitgebracht. Nach den ersten Lektionen erwies er sich als erstaunlich guter Spieler. Obwohl auch Umé sich ihm zuliebe alle Mühe gab, die Regeln zu lernen, war sie sehr bald keine gleichwertige Gegnerin mehr für ihren Bruder.

So wurden die Vormittagsvisiten immer mehr zu einem Schachturnier zwischen Martin und Kojiro, und Umé zog sich in dieser Zeit unauffällig zurück. Nach geraumer Zeit, gerade noch rechtzeitig, um Martin zu verabschieden, tauchte sie dann wieder auf.

Eine Entwicklung, die ihm ganz und gar nicht zusagte, aber er wusste nicht, wie er dagegen hätte protestieren sollen. Also tröstete er sich damit, dass es dem Erfolg seiner Werbung nur förderlich sein konnte, mit dem Bruder auf vertrautem Fuß zu stehen.

Währenddessen machte Katharina stetig Fortschritte in der Kunst, Japanisch schreiben und sprechen zu lernen. Ihr *Sensei*, wie sie Yorimoto inzwischen nannte, erwies sich als ein herausragender Lehrmeister. Anfangs hatte sie bezweifelt, dass sie diese Unzahl von Buchstaben jemals würde unterscheiden können. Das japanische Alphabet setzte sich immerhin aus fast fünfzig Zeichen zusammen!

Sobald sie jedoch die Struktur begriffen hatte, wonach die fünf Vokale jeweils mit einem Konsonanten zu Silben kombiniert wurden, aus denen man dann die Worte zusammensetzte, kam sie erstaunlich schnell mit der ungewöhnlichen Schreibweise zurecht. Bald schon konnte sie einfache Worte, die Yorimoto ihr langsam vorsprach, verstehen und schreiben. Und es bereitete ihr ein geradezu kindliches Vergnügen, die Wachen und Sänftenträger in japanischer Sprache zu begrüßen und zu verabschieden. Nach der ersten Überraschung gingen die meisten gutmütig darauf ein und machten sich sogar hier und da einen Spaß daraus, ihr neue Begriffe beizubringen.

Als der Torwächter der Kawaguchis ihnen eines Tages, als sie ihn mit einem besonders schön formulierten Satz begrüßte, nicht breit lächelnd den Torflügel öffnete, sondern abwehrend den Kopf schüttelte und wild mit den Händen gestikulierte, glaubte Katharina zuerst, sie hätte etwas Unpassendes gesagt. Aber der ängstliche Gesichtsausdruck und die fast verzweifelten Gesten, mit denen er Ginnemon zu verstehen gab, dass er sich ihm mitteilen wollte, deuteten eher auf einen ernsten Vorfall hin. In dem wilden Wortschwall, mit dem er den jungen Dolmetscher überschüttete, konnte Katharina nur die Worte »gestern« und »Herr« erkennen.

»Was ist geschehen?«, fragte Martin besorgt, sobald der Türsteher geendet hatte und die Torflügel sich wieder schlossen, ohne dass sie eintreten durften.

»Der Herr Gouverneur ist zurückgekehrt, und die ganze Familie ist gerade im Tempel. Bis zur offiziellen Audienz für die Holländer dürft Ihr Deshima nicht mehr verlassen. Wir sollen sofort dahin zurückkehren.« Obwohl er versuchte, gelassen zu erscheinen, wirkte Ginnemon beunruhigt.

»Aber ich muss nach meinem Patienten sehen!«, insistierte Martin.

»Wir dürfen Deshima nicht mehr verlassen«, wiederholte Ginnemon hilflos. »Wenn der Herr Gouverneur es für angebracht hält, wird er Euch rufen lassen. Bitte, bringt uns nicht in Schwierigkeiten!«

Martin kniff erbost die Lippen zusammen, stieg aber ohne weitere Proteste wieder in die Sänfte.

»Hat er gesagt, wann diese Audienz sein soll?«, fragte Katharina.

Der junge Japaner schüttelte den Kopf.

»Hast du ihn gefragt?«

»Nein, wozu? Er ist nur der Torwächter. Solche Dinge kann er nicht wissen.«

Die beiden Faktoreidirektoren reagierten ausgesprochen erfreut auf die Nachricht von Statthalter Kawaguchis Rückkehr.

»Es wurde auch langsam Zeit«, erklärte van Buijtenhem und rieb sich zufrieden die Hände. »Die Geschenke für ihn stehen bereit. Motoki soll sich so schnell wie möglich um einen Termin kümmern.« Der Oberdolmetscher war neben der Aufsicht über die jüngeren Dolmetscher auch für alle Fragen des Zeremoniells zuständig.

»Er hat sich ein bisschen gewunden. Meinte, wir sollten lieber auf die Einladung warten, doch wir haben darauf bestanden!« Gerrit de Heere lehnte sich selbstzufrieden in dem Ohrensessel zurück und blätterte lustlos in den Tagebüchern seines Vorgängers. Diese Dienstanweisung war dazu gedacht, Fehlentscheidungen aus Unwissenheit zu verhindern. Da jeder Direktor nur für jeweils ein Jahr die Residenz leitete, sollten die in den Journalen festgehaltenen Berichte ihm als Leitfaden und Ratgeber dienen.

Allzu eifrig schien de Heere allerdings nicht darauf bedacht, diesen Erfahrungsschatz zu nutzen. Der Stapel lag nachlässig verstreut auf der Tischplatte neben dem Sessel.

Dass der Gouverneur den Arzt und seinen Gehilfen heute umgehend zurückgeschickt hatte, nahm auch Hendrick van Buijtenhem nicht tragisch.

»Vielleicht ist er nur erschöpft von der Reise und hat Euch deshalb abweisen lassen«, warf er ein. »Verständlich wäre es jedenfalls: Nach der letzten Hofreise habe ich fast einen ganzen Monat gebraucht, um mich von dem Gerüttel in dieser furchtbaren Sänfte zu erholen.«

Doktor Kaempfer war eher der Ansicht, Kawaguchi Munetsune müsse sich erst noch damit abfinden, dass ausgerechnet einer der ihm verhassten Ausländer seinem Sohn das Leben gerettet hatte. Die Verpflichtung des *On*, der Dankesschuld für erwiesene Wohltaten, dürfte dem stolzen Mann schwer zu schaffen machen.

Ginnemon hatte im Dolmetscherhaus das Gerücht aufgeschnappt, dass Munetsunes Ernennung zum Statthalter von *Edo* unmittelbar bevorstand. Wenn das zutraf, dann kam die lästige Dankesschuld unmittelbar vor dem Höhepunkt seiner glänzenden Karriere und damit zu einem denkbar ungünstigen Zeitpunkt.

Doktor Kaempfer hatte ein ganz und gar ungutes Gefühl, was diesen seiner Meinung nach überheblichen Gerrit de Heere betraf. Sobald er mit seinem jungen Kollegen allein war, versuchte er, seine Bedenken in Worte zu fassen.

»In der Einschätzung unserer Lage bin ich ganz und gar nicht einig mit den Herren Direktoren«, sagte er nachdenklich, während er sich seine Pfeife stopfte. »Es hätte sie stutzig machen müssen, dass Motoki Bedenken hatte – immer ein schlauer Fuchs, der Alte!«

»Worauf wollt Ihr hinaus?«

»De Heere schien der Ansicht, dass wir gegenüber dem Gouverneur im Vorteil sind. Aber Japaner nehmen ein solch forderndes Auftreten nicht gut auf. Er hätte nicht auf einen Audienztermin drängen sollen.«

»Das sind doch nur Formalitäten, schiere Etikette«, erwiderte Martin sorglos und reichte dem älteren Kollegen den Fidibus zum Anzünden.

»So seht Ihr das«, murmelte Kaempfer nachsichtig und sog heftig an seiner langstieligen Meerschaumpfeife. »Ich fürchte dennoch, de Heere hat eine ziemliche Dummheit begangen.«

»Wie kommt Ihr zu diesem Urteil?«, fragte Martin nun doch interessiert.

»Habt Ihr nicht bemerkt, wie oberflächlich er sich mit den Journalen befasst hat? Und es war äußerst ungeschickt, nicht auf den Oberdolmetscher zu hören. Japaner widersprechen einem nicht gern offen. Es liegt ihnen einfach nicht. Sie sagen lieber ›vielleicht‹ oder ›bald‹ statt ›nein‹. Darauf muss man im Umgang mit ihnen achten. Sie sind sehr bedacht auf ihre Etikette. Es ist kein kluger Schachzug, gleich zu Beginn des Jahres den Gouverneur gegen sich aufzubringen!«

Nur zwei Tage später kam die formelle Einladung zur Audienz im Gouverneurspalast.

Martin und Katharina waren angewiesen worden, sich so fein herauszuputzen wie möglich. Zudem hatte Ginnemon mit ihnen die korrekte Verneigung geübt und ihnen eingeschärft, stets darauf zu achten, unter keinen Umständen dem Statthalter den Rücken zuzukehren.

Als die von einer finster dreinblickenden Wachtruppe begleiteten Sänften sie vor der Treppe zum Audienzsaal absetzten, war Katharina erleichtert, sich als unwichtigstes Mitglied der Gruppe hinter den breiten schwarzen Rücken der Faktoreidirektoren verstecken zu können.

Oberdolmetscher Motoki Shodayu führte die holländische Gesandtschaft an. Ein alter Mann mit ergrauten Haaren und scharfen Falten, die auf ein langes, körperliches Leiden hinwiesen.

Dicht hinter ihm schritten hoch erhobenen Hauptes die Herren Direktoren van Buijtenhem und de Heere. Martin, Katharina und Ginnemon folgten mit einigen Schritten Abstand. Schon die lange Treppe war ehrfurchtgebietend: Durch ihre enorme Steigung schien sie geradewegs zum Himmel hinaufzuführen. Man musste den Kopf in den Nacken legen, um die goldbeschlagenen Torflügel an ihrem Ende zu sehen.

Van Buijtenhem atmete schwer und wischte sich immer wieder mit dem Schnupftuch über das schweißnasse Gesicht. Die holländische Tracht aus schwarzem Wolltuch mochte für das heimische Klima im kühlen Europa passend sein – hier jedoch schien sie ihn schier zu ersticken. Katharina, die inzwischen Doktor Kaempfers Beispiel gefolgt war und mit Vorliebe einen der weiten japanischen Baumwoll-*Kimono* trug, fühlte sich auf einmal extrem unbehaglich. Auch Martin schien der hohe Leinenkragen zu eng: Immer wieder griff er an seinen Hals und versuchte, die Binde zu lockern. Einzig de Heere zeigte keinerlei Anzeichen von körperlichem Missbehagen.

Vor dem Audienzsaal mussten sie die Stiefel ausziehen. Erst dann öffnete sich, begleitet von lauten Gongschlägen, die goldene Tür. Ginnemon hatte ihr erzählt, dass der Audienzsaal dem berühmten kleinen Empfangssaal in *Edo* nachgebildet war. Und tatsächlich, hinter den Türen tat sich eine verzauberte Welt auf. Der Boden der weitläufigen Halle war mit den üblichen *Tatami*-Matten ausgelegt. Dunkelrot schimmernde Balken aus Kampferholz unterteilten Wände und Decke in einzelne Kassetten. Wo die Winkel aufeinandertrafen, hatte man Goldornamente eingefügt.

Die Bemalung übertraf jedoch alles, was Katharina bisher zu Gesicht bekommen hatte! Dagegen waren die Stellschirme und Wandmalereien im Privathaus der Kawaguchis geradezu ärmlich! Gold, wohin das Auge sah. Das schimmernde Metall bildete den Hintergrund, auf dem so kunstfertig, dass man meinte, sich in der freien Natur zu befinden, hohe, windgebeugte Kiefern dargestellt waren. Inmitten dieser Pracht wirkte das lackierte Holzpodest, auf dem der Statthalter sie erwartete, geradezu bescheiden.

Kawaguchi Munetsune sah seinem Bruder ziemlich ähnlich. Die gleichen klugen Augen, die gleichen fein geschnittenen Gesichtszüge. Auch er war für einen Japaner ungewöhnlich hochgewachsen. Ein Eindruck, der durch seine hoheitsvolle Haltung noch unterstrichen wurde. Sein mit Schriftzeichen verzierter Fächer bewegte sich langsam auf und ab, während er ihnen mit unergründlicher Miene entgegensah.

Die beiden Residenten schritten gewichtig voran, unpassend grobschlächtig wie Bauern in einem Palast. Unter ihren schweren Tritten bebte der leichte Holzboden. Kurz vor dem Podest warf Motoki sich zu Boden. Die beiden Holländer verbeugten sich steif. Bevor auch Katharina sich auf Ginnemons Zeichen hin zu Boden warf, glaubte sie etwas wie Verachtung in Kawaguchis Augen flackern zu sehen. Doktor Kaempfer hatte Recht gehabt: Dieser Mann war alles andere als erfreut, sie zu sehen.

Martins Vorhaben, um Umé zu werben, musste ein Wunschtraum bleiben! Niemals würde dieser überhebliche Fürst eine Verbindung seiner Tochter zu einem ausländischen Arzt auch nur in Erwägung ziehen! Sie spürte, wie sie

Erleichterung durchströmte. Martin hatte einmal davon gesprochen, heiraten und eine Familie gründen zu wollen: »In Leiden gibt es einige Kollegen mit hübschen Töchtern. Eine davon wird schon passen.« Aber da seine Pläne in so weiter Zukunft lagen, hatte Katharina gut damit leben können. Vor der Rückkehr nach Holland lagen noch Jahre, in denen der Platz an seiner Seite der ihre war. Nur zu gut erinnerte sie sich an den Augenblick in Yorimotos stiller Schreibstube, in dem seine Fragen ihr bewusst gemacht hatten, was sie für Martin empfand. Als sie sich ehrlich eingestanden hatte, dass sie sich nichts sehnlicher wünschte, als dass er sie wie ein Liebender in die Arme nähme.

Fast jede Nacht hatte sie seitdem Stunden wach gelegen und Martins ruhigem Atem gelauscht, der durch die Papierwände drang. Warum konnte Amor seine Pfeile nicht gezielter abschicken? Warum konnte er nicht sie, Katharina, lieben?

Die Geschenke, eigentlich eine Art Steuer in Naturalien, waren unter Motokis Aufsicht bereits am Vortag in den Palast geliefert worden. Das traditionelle Gegengeschenk, eine Kiste aus duftendem Kampferholz voller seidener Gewänder, würde im direkten Anschluss an die Audienz nach Deshima gesandt werden, hatte Doktor Kaempfer ihr erklärt.

»Wenigstens könnt Ihr bei Kawaguchi sicher sein, dass er nicht von Euch verlangt, einen europäischen Tanz vorzuführen«, hatte er schmunzelnd hinzugefügt. »Bei meiner letzten Hofreise sind wir uns manchmal vorgekommen wie Tanzbären auf einem Jahrmarkt!«

Der Gouverneur wies seine Gäste an, Platz auf den Kniekissen zu nehmen, die vor seinem Podest lagen. Die beiden Residenten der VOC ließen sich schwerfällig nieder. In der Ferse des linken schwarzen Wollstrumpfs von de Heere klaffte ein Loch.

Ein leichtes Rascheln hinter dem mehrteiligen Wandschirm mit der Darstellung einer malerischen Flusslandschaft deutete auf die Anwesenheit weiterer Personen im Saal hin. Obwohl Katharina angestrengt versuchte, zu erkennen, um wen genau es sich handelte, verriet nur ein gelegentliches Aufblitzen heller Seide, dass dort einige Damen der Familie Kawaguchi der Audienz beiwohnten. Ob Umé unter ihnen war?

Mit dem untrüglichen Gespür der Japaner für Rangunterschiede waren die Kissen so platziert, dass die beiden Residenten dem Gouverneur genau gegenüberknieten, Oberdolmetscher Motoki ein paar Schritte von ihnen entfernt. Martins Kissen, seiner Stellung als Angestellter der VOC entsprechend, lag zwar gleichfalls nahe an dem Podest, aber einige Handbreit hinter denen seiner Vorgesetzten und speziell in Blickrichtung der Frauen hinter dem Wandschirm. Katharina und Ginnemon hatten sich mit den beiden deutlich kleineren Kissen in einigem Abstand hinter den anderen zu begnügen.

Der zeremonielle Austausch der Begrüßungs- und Höflichkeitsfloskeln schleppte sich dahin.

Dann wurde der unvermeidliche *Sake* gebracht. Auch hier rutschte eine verschreckte Dienstmagd auf Knien herein. Wieso Japaner, die sowieso nicht sehr hochgewachsen waren, sich ständig noch kleiner machten? Diese hier schien am liebsten mit den *Tatami* verschmelzen zu wollen! Kawaguchi machte sich weder die Mühe, ihnen den Sake einzuschenken, wie es der *Ottona* getan hatte, noch erwies er ihnen die Ehre, mit ihnen zusammen zu trinken. Das Mädchen setzte vor jedem der drei Europäer ein kleines Lacktablett mit den gefüllten *Sake*-Bechern ab und bewegte sich auf Knien rückwärts wieder hinaus. Ohne die trägen Bewegungen seines in der Rechten gehaltenen Fächers zu unterbrechen, wartete der Gouverneur mit unbeweglicher Miene, bis die drei Holländer ihre Becher geleert hatten. Katharina war heilfroh, sich mit Ginnemon in einiger Entfernung zu befinden. Nicht nur, weil sie den Reiswein verabscheute – Kawaguchi Munetsune strahlte eine solche Kälte und Feindseligkeit aus, dass es ihr geradezu körperliches Unbehagen bereitete. Ob Martin dies auch spürte?

De Heere und van Buijtenhem machten jedoch nicht den Anschein: Sobald sie die Porzellanbecher wieder abgestellt hatten, rülpste de Heere ungeniert und sagte: »So, Motoki, nachdem wir das ganze Brimborium hinter uns haben – was ist nun mit den Visiten vom Doktor?«

Auch jedem Sprachunkundigen wäre klar gewesen, dass der Chefdolmetscher die rüde Frage in viele höfliche Umschreibungen verpackte. Eine Anhäufung derartig vieler Worte konnte einfach nicht dafür benötigt werden. Zum ersten Mal sah der Gouverneur den fremdländischen Arzt direkt an und stellte ihm eine kurze Frage.

»Der ehrenwerte Herr Kawaguchi möchte wissen, wieso holländische Chirurgen die Heilung der Wunden, die sie den Kranken zugefügt haben, so argwöhnisch verfolgen. Trauen sie ihren eigenen Künsten nicht oder befürchten sie gar, dass böse Geister durch diese Öffnungen in den Körper dringen könnten?«

Martin antwortete diplomatisch: »Sagt ihm bitte, dass keiner dieser beiden Gründe zutrifft. Aber mir wurde gelehrt, dem Patienten zur Seite zu stehen, bis er wieder geheilt ist.«

Als Motoki das übersetzte, verharrte der Fächer einen

Augenblick lang bewegungslos, und die scharfen, schwarzen Augen des Statthalters unterzogen den jungen Arzt einer scharfen Musterung. Glaubte er ihm nicht? Ahnte er etwas von den Hintergedanken der Faktoreidirektoren? Seine Stimme jedenfalls klang immer noch metallisch hart, doch der Tonfall seiner Worte schien eine Spur milder.

»Der Gouverneur empfindet höchste Achtung vor Eurer Berufsehre«, übersetzte Motoki geläufig. »Aber er ist der Ansicht, dass Kojiros Gesundung so weit fortgeschritten ist, dass er Eure Besuche nicht mehr benötigt. Er hat sich daher erlaubt, Euch als Zeichen seiner Dankbarkeit eine Kleinigkeit in Euer Haus schicken zu lassen, und geht davon aus, dass die Angelegenheit damit erledigt ist.«

Die Direktoren machten lange Gesichter, und auch Martins Bestürzung war offensichtlich – aber Widerspruch kam nicht infrage. Katharina konnte nicht umhin, die Geschicklichkeit Kawaguchis zu bewundern, mit der er sich den Plänen der Holländer entzog. Ohne direkt unhöflich zu sein, hatte er Martin zu einer Art Dienstbote degradiert, der ihm einen Gefallen erwiesen hatte. Ganz sicher war die Kleinigkeit, von der die Rede gewesen war, eine Gabe von überwältigender Großzügigkeit. Aber das Einzige, das für Martin zählte – die Möglichkeit, im Palast Umé zu treffen –, war ihm in Zukunft verwehrt.

Entsprechend niedergeschlagen und wortkarg war er bei ihrer Rückkehr nach Deshima. Die randvoll mit Goldmünzen bestückte Schatulle, die ihn im Flur des Arzthauses erwartete, bedachte er mit einem unbeherrschten Fußtritt.

Katharina schwieg dazu. Was sollte sie auch sagen? Jedes Trostwort hätte unaufrichtig geklungen. Dieser Wahnsinn, der Martin so überraschend befallen hatte, schien wie eine Krankheit. Flüchtig streifte sie der Gedanke, ob Hexerei mit im Spiel sein könnte. Anders schien ihr die Besessenheit kaum verständlich, die aus einem klugen, verständigen Mann wie Severins Vetter einen solchen Narren machte. Im Grunde war sie Kawaguchi dankbar, dass er Martins Hirngespinsten den Boden entzogen hatte. Ihr Wohlwollen ihm gegenüber sollte sich allerdings in den nächsten Tagen verflüchtigen …

Katharina war es bisher gewohnt gewesen, in japanischer Tracht und mit Ginnemon an ihrer Seite durch die Straßen der Stadt zu streifen, wann immer es ihre Zeit erlaubte. So begann sie schnell unter der Ausgangssperre auf Deshima zu leiden. Auch nach der Audienz gab es keine Lockerung der strengen Bestimmung.

Als sie in ihrem *Kimono* und dem Strohhut, dessen breite, glockenförmige Krempe ihr Gesicht fast vollständig verbarg, Ginnemon wie immer durch das Tor folgen wollte, hielt ein barsches »Halt!« in Verbindung mit einer vor ihre Nase gehaltenen Lanzenspitze sie zurück.

»Ihr wisst doch, dass ich Euch nicht durchlassen darf!«, brummte der gutmütige Dicke und wies ängstlich mit den Augen auf den neuen Kommandanten der Wache, der mit finsterem Gesicht und verschränkten Armen ein paar Schritte abseits stand.

»Imamura Gen'emon darf passieren!« Er nickte ihm zu und trat beiseite. Betrübt sah sie ihm nach.

Als die erzwungene Isolation der Holländer einmal aufgehoben wurde, war der Anlass kein erfreulicher. Der Hofmeister ließ ihnen atemlos ausrichten, augenblicklich in die Residenz der VOC zu kommen, wusste aber nichts Näheres zu berichten, meinte nur, de Heere sei überaus erregt gewesen.

Im Kontor standen bereits mit besorgten Mienen der Faktoreidirektor van Buijtenhem und der Kaufmann van der Dussen. Die fast greifbare Nervosität im Raum ließ die Assistenten an den Schreibpulten bei jedem lauteren Geräusch zusammenfahren. Schließlich erschien de Heere mit dem Oberdolmetscher und einigen Beamten des Gouverneurs und gab mit unsicherer Stimme bekannt, der Statthalter bestehe auf der Anwesenheit aller Holländer bei der unmittelbar bevorstehenden Exekution der Mitglieder einer Schmugglertruppe.

Doktor Kaempfer gab einen unterdrückten Laut des Widerwillens von sich. »Das soll eine Warnung für de Heere sein!«, flüsterte er Katharina zu, die unmittelbar neben ihm stand. »Kawaguchi will ihm seine Macht beweisen.«

Anhand ihrer Listen überprüften die Beamten, ob auch wirklich alle Ausländer anwesend waren. Kaum war das zu ihrer Zufriedenheit geklärt, wurden sie ohne weitere Umstände in Sänften verfrachtet und im Laufschritt zum Richtplatz getragen.

»Diese öffentlichen Hinrichtungen sind eine genauso scheußliche Sache wie in Europa«, murrte Doktor Kaempfer. »Das Köpfen selbst geht ja noch, aber das Blutbad danach …«

Der Richtplatz war mit sauberem weißen Sand bestreut. An der Nordseite hatte man ein Podest für den Gouverneur errichtet. Für die Holländer waren an der gegenüberliegenden Seite einige niedrige Sitzbänke aufgestellt worden. Die beiden Residenten der VOC nahmen auf einer kleinen Bank Platz, die sich durch aufgelegte Kissen von den anderen unterschied. Hinter ihnen saßen die anderen: die beiden Ärzte, Kaufmann van der Dussen, Unterkaufmann van Doort, die drei Assistenten und Katharina. In der dritten und vierten Reihe drängten sich die Dolmetscher und Hausbediensteten.

Langsam wuchs die Ansammlung. Obwohl sich immer mehr Menschen um den Platz drängten, blieb es erstaunlich still. Nicht einmal die Ankunft Kawaguchis und seiner Begleitung führte zu Unruhe. Wie von einem Zauberstab geteilt, wich die Menschenmenge auseinander und schloss sich hinter dem Zug wieder. Der Gouverneur wirkte so unnahbar wie der Kaiser selbst, während er mit genau abgezirkelten, sparsamen Bewegungen aus der Sänfte stieg und unter dem Baldachin aus schwerem Brokat Platz nahm. Er nickte dem Hauptmann seiner Wache zu, der daraufhin davoneilte.

»Was geschieht jetzt?«, flüsterte Bokje van Doort ängstlich und knetete nervös seine mageren Finger.

»Jetzt werden die Verurteilten geholt, das Urteil wird verlesen und vollstreckt«, erwiderte Doktor Kaempfer kurz angebunden.

»Aber ich sehe gar keinen Galgen.«

»Aufknüpfen ist hier nicht üblich, *Mijnheer* van Doort«, erklärte van Buijtenhem ihm freundlich. »Die Japaner haben eine Vorliebe für das Schwert.«

Der Unterkaufmann erblasste sichtlich. »Oh Gott, ich kann doch kein Blut sehen!«, krächzte der junge Mann mit versagender Stimme. »Nicht mal beim Schlachten von Hühnern …«

Gerrit de Heere warf ihm einen verächtlichen Blick über die Schulter zu. »Haltung, Mann! Reißt Euch gefälligst zusammen! Es sind doch nur japanische Köpfe, die rollen!«

Van Doorts ohnehin schon blasses Gesicht wurde kalkweiß. »Ich will hier weg«, bettelte er. »Bitte, ich halte das nicht aus!«

»Ihr werdet bei uns ausharren, wie es sich gehört«, wies de Heere ihn schneidend zurecht. »Wagt es nicht, uns zu blamieren! Ich verspreche Euch, Ihr würdet es bitter bereuen!«

Der Unterkaufmann biss sich auf die bebende Unterlippe.

Martin legte ihm tröstend einen Arm um die Schultern. »Beruhigt Euch, Bokje. Sobald der Henker sein Schwert hebt, richtet Ihr Eure Augen auf den Wimpel dort oben an der Baldachinstange. Seht Ihr ihn?«

Bokje nickte.

»Gut, dieser Wimpel ist das Einzige, das Ihr im Auge behalten werdet. Wenn es vorbei ist, werde ich Euren Arm nehmen und Euch zu den Sänften führen. Habt Ihr verstanden?«

Der schniefende junge Mann nickte dankbar.

Als Erstes trat ein Beamter vor das Podest und verlas mit weittragender Stimme die Namen und Urteile. Auf dem weitläufigen Platz herrschte dabei eine Stille, dass man eine Nadel hätte zu Boden fallen hören. Geradezu unheimlich. Nicht einmal ein Husten oder Räuspern war zu vernehmen.

Dann kamen inmitten einer Gruppe von Henkersknechten die Gefangenen. Es waren etwa zwanzig Männer, die mit auf den Rücken gefesselten Händen und entblößtem Oberkörper vor den Gouverneur geführt wurden. Einige der Bewacher trugen bizarre Waffen. Die zwei, die die Nachhut bildeten, hatten jeder eine Art Harke geschultert, die statt der üblichen Zähne korkenzieherartige Widerhaken besaß, in denen die Kleider eines Flüchtenden sich leicht verfangen konnten. Einige andere waren mit langen Stangen, an deren Ende sich eine mondförmige Sichel befand, ausgestattet. Diese Waffen eigneten sich bestens dazu, jemanden an eine Wand zu drücken und festzuhalten. Einige der zum Tode Verurteilten hinkten erbärmlich, wurden aber von ihren Bewachern grob vorangezerrt.

»An den armen Kerlen haben sie sicher die Kupferfolter angewandt«, vermutete Doktor Kaempfer.

»Nie gehört.« Van der Dussen war unzweifelhaft interessiert. »Eine japanische Spezialität?«

»Dabei wird flüssiges Kupfer in Fleischwunden gegossen. Es gibt nichts, was das Opfer dann nicht gesteht.«

Van der Dussen schüttelte angewidert den Kopf. »Was für eine barbarische Methode! Und welche Verschwendung, heißes Öl täte es doch auch!«

Als der erste Mann vorgeführt wurde, war sogar das Knirschen des Sands zu hören, als er niederkniete. Der Henker im schwarzen *Kimono* hob das Schwert. Es geschah alles blitzschnell. Eben noch hatte der Mann vor ihm gekauert – im nächsten Moment rollte der Kopf langsam einige Fuß über den Sand und eine dunkelrote Fontäne schoss aus dem Halsstumpf, während der Rumpf zusammensackte und schließlich nach vornüberkippte. Ungerührt bückte sich der Henker, griff den Kopf an den Haaren und legte ihn beiseite. Er würde, wie die anderen Köpfe auch, später zu dem Platz vor der Stadt gebracht werden, wo sie laut Gesetz sieben Tage lang auf Stangen ausgestellt wurden. Einige Helfer eilten diensteifrig herbei und trugen den Rumpf zu einem im Hintergrund aufgeschichteten Sandhügel.

Diese lautlose, rasche Art des Tötens hatte etwas Unwirkliches. Ein Lidschlag – und schon war ein lebender Mensch mit all seinen Ängsten und Hoffnungen zu einem leblosen Bündel aus Fleisch, Knochen und Lumpen geworden. Der helle Untergrund färbte sich leuchtendrot, während die

Reihe der Köpfe immer länger wurde. Einige Leute erhoben sich stumm aus der Menge, traten nach vorne, wickelten den Körper ihres Angehörigen in grobe Schilfmatten und verschwanden mit der traurigen Last. In diesen Fällen hatte der oberste Richter, als besondere Gunst, die sicher teuer erkauft worden war, entschieden, die Körper den Familien zur Bestattung zu überlassen.

Die restlichen Leichname standen Schwertschülern und Waffenschmieden als Testobjekte zur Verfügung. Es war ein Teil der Strafe, dass sie nicht verbrannt, sondern in kleine Stücke zerhauen, den allgegenwärtigen Hunden als Nahrung dienen sollten. Bewunderndes Raunen stieg auf, als ein kräftiger Mann den Oberkörper eines Leichnams mit einem einzigen Schwerthieb vom Unterleib abtrennte. Andere versuchten sich darin, Gliedmaßen in möglichst kleine Stücke zu zerteilen. Schließlich sammelten die blutbespritzten Schwertschüler sich zum Abzug. Der Gouverneur erhob sich und bestieg wieder seine Sänfte. Es war vorbei.

»Nicht uninteressant – nur für meinen Geschmack etwas zu blutrünstig«, stellte van der Dussen fest. »Ich werde die nächsten Tage keinen Rotspon trinken können, ohne an dies hier zu denken.« Das leise Keuchen, das Bokje van Doort daraufhin von sich gab, ließ ihn zerknirscht hinzufügen: »Verflixt, den hab ich ganz vergessen. Nichts für ungut, junger Mann. Habt Euch gut gehalten!« Ein herzhafter Schlag auf die Schulter bekräftigte sein Lob.

Die Holländer mussten warten, bis die Wache ihnen bedeutete, dass sie jetzt wieder ihre Sänften besteigen durften.

»Wie fühlst du dich, Severin?«, fragte Martin leise, während er den Arm des jungen van Doort ergriff. »Kannst du ihn auf der anderen Seite stützen?«

Katharina registrierte die unterschwellige Besorgnis in seiner Stimme und lächelte ihn beruhigend an. »Es geht mir gut. Hast du vergessen, dass ich oft genug Zeuge deiner chirurgischen Gemetzel war?«, fragte sie zurück, und ihr Herz hüpfte, als er ihr Lächeln erwiderte und ihre Augen sich in stillem Einvernehmen trafen.

Schon am nächsten Tag begann die Handelswoche – eine geschäftige Zeit, da nur in diesen wenigen Tagen die japanischen Kaufleute Deshima und die holländischen Lagerhäuser betreten durften. In diesem Kosmos aus Seidenballen, Stapeln von Tierhäuten und Farbholz sowie anderen Importwaren aus *Cochinchina* und *Formosa* bewegten sich die Japaner wie flinke Käfer. Die Warenhäuser leerten sich mit unglaublicher Geschwindigkeit. Japanische Beamte beobachteten alles mit Argusaugen, stets bereit, Unregelmäßigkeiten aufzudecken und gegebenenfalls zu monieren.

Als die Kaufleute wieder abgereist waren, zeigten sich die Truhen der Compagnie gut gefüllt mit Goldkobans, der begehrten japanischen Goldwährung, und Silbermünzen. In den Lagerhallen stapelten sich jetzt statt der Seide Kisten aus Tannenholz voller Kupferbarren. Daneben lagerten Fässer mit Kampferharz, Hunderte von Strohballen voller Porzellan, das so verpackt die Seereise unbeschädigt überstehen sollte, Lackschränke, Kästen, Sonnenschirme, Bündel durchsichtigen Ölpapiers in Körben und kostbare bemalte Tapeten. Kleinere Fässer mit Sojasoße, *Sake*, Tee und Quittenmarmelade standen in endlosen Reihen bis in die Schreibstuben hinein.

Diese ganzen Kostbarkeiten würden mit der Retourflotte nach Amsterdam geschickt werden und dort den Reichtum der VOC und der holländischen Kaufleute mehren. Mitte

Oktober, als die Kürbisfrüchte im Küchengarten wie feurige Papierlampions leuchteten, legten die holländischen Schiffe ab, beladen bis an die Reling.

Obwohl man täglich damit rechnete, Abschied nehmen zu müssen, kam es doch überraschend, als Doktor Kaempfer eines Abends verkündete, der Kapitän der »Pampus« hätte aufgrund der günstigen Winde beschlossen, schon am nächsten Morgen auszulaufen. Der größte Teil seiner Habe war bereits verladen, nur seine kostbaren Notizbücher sollten noch eingepackt werden. Zwei Jahre nimmermüder Forschung waren darin festgehalten: die heimlichen Vermessungen und Skizzen der Landschaften, die er bei den Reisen nach *Edo* durchquert hatte, die Auskünfte japanischer Heiler und Mönche über ihr Wissen, unzählige Zeichnungen von unbekannten Tieren und Pflanzen – sogar Anmerkungen zu Sprache und »Konversationsmustern«, also Anleitungen zum Gebrauch der hiesigen Höflichkeitsfloskeln.

Stolz hatte er Martin anvertraut, dass er ein großes wissenschaftliches Werk über Land und Leute *Japonns* plane: die *Amoenitates exoticae*, von der er sich in Europa Ruhm und Reichtum erhoffe.

Zum Abschied hatte Doktor Kaempfer seinem jungen Kollegen einen Kasten voller Likör geschenkt. »Der Inhalt wirkt wahre Wunder beim *Ottona*«, hatte er augenzwinkernd gesagt. »Wenn Ihr einen Wunsch habt, ladet ihn zu einem Gläschen ein, und Ihr werdet überrascht sein, wie schnell derselbe in Erfüllung geht.«

Katharina erhielt einen wunderschön gemaserten Reibstein. »Den habe ich in *Edo* von einem Schriftgelehrten geschenkt bekommen«, erklärte er ihr. »Aber ich denke, Ihr habt dafür eine bessere Verwendung als ich. Denkt an mich, wenn Ihr ihn benutzt!«

Er hatte mitbekommen, dass Katharina Ginnemon um die nötigen Utensilien gebeten hatte, um ihre Schreibübungen fortführen zu können. Yorimoto hatte sie eindringlich ermahnt, dass sie regelmäßig üben müsse, um die Geschmeidigkeit der Hand zu erhalten, und sie vertraute fest darauf, dass ihr Lehrer einen Weg finden würde, den Unterricht fortzusetzen. Bis dahin kopierte sie verbissen sämtliche Schriftstücke, die Ginnemon ihr beschaffen konnte: von alten Dienstanweisungen bis hin zu Kochrezepten seiner Mutter.

Es wurde sehr ruhig auf Deshima, nachdem die »Pampus« und ihr Schwesterschiff am Horizont verschwunden waren. Die Zurückbleibenden hatten ihnen trübsinnig aus den Fenstern im ersten Stock der Residenz nachgestarrt, bis die Segel im Dunst verschwanden und nicht mehr zu erkennen waren.

Kapitel 12

Liebestod

Als ich die Musashi-Ebene verließ und meine Reise antrat, hatte ich die Vision, ich läge als verbleichendes Gerippe auf der Heide«, las Yorimoto, ließ die Rolle sinken, und schloss die Augen. Auch er war wie Matsuo Basho die Tokaido-Straße von *Edo* nach Kyoto entlanggewandert, und er glaubte genau zu wissen, an welcher Stelle des Weges der Dichter dies Bild vor Augen gehabt hatte.

Er hatte Ähnliches empfunden, als er den natürlichen Torbogen zwischen den schief gewachsenen Bergkiefern durchschritten hatte. Von dort aus erstreckte sich vor dem Reisenden die gut ausgebaute Straße, bis sie mit dem Horizont zu verschmelzen schien. Sie führte in anmutigen Biegungen an der Küste entlang und bot fast immer einen guten Ausblick auf den Fudjisan und die Meeresküste.

»Wie Tau zu fallen und wie Tau sich aufzulösen«, hatte er sich damals gewünscht, aber sein Karma hatte anders entschieden. Er war kein gläubiger Buddhist. Die Regelwelt war ihm zu starr, zu eng geknüpft. Aber die Vorstellung einer körperlosen, ordnenden Kraft, die der lebendigen Welt eine gewisse Ordnung gab, sagte ihm zu. Er bezweifelte die Existenz von Geistern. Seinem nüchternen Verstand waren sie zu fantastisch. Und Götter waren seiner Erfahrung nach so machtlos, dass man ihre mögliche Existenz ignorieren konnte. In Ermangelung einer anderen Bezeichnung nannte er die Kraft also auch »Karma« und betete weiter die alten, rituellen Worte, mit denen er die Seelen der Toten um Vergebung bat.

Seit er diese kleine Barbarin unterrichtete, hatte er allerdings das Gefühl, jegliche Orientierung zu verlieren. Er war sich so absolut sicher gewesen, endlich die Frau vor sich zu haben, dass er anfangs die sich aufdrängenden Fragen einfach beiseitegeschoben hatte. Erst später hatte er nächtelang gegrübelt, dem Klappern der Bambusläden gelauscht, und war doch zu keinem Ergebnis gekommen.

Warum hatte die Seele eine Europäerin ausgewählt? Er war darauf vorbereitet gewesen, eine Japanerin zu beschützen, ihr das Leben zu ermöglichen, um das sie betrogen worden war. Aber was konnte er für eine Holländerin tun?

Weder konnte er sie adoptieren noch eine vorteilhafte Ehe für sie arrangieren. Ja, eigentlich hätte sie als Frau überhaupt keinen Fuß an Land setzen dürfen! Hatte er richtig gehandelt, als er ihr Geheimnis wahrte und sie verbotenerweise in Sprache und Schrift unterwies?

Halb im Scherz hatte er ihr den japanischen Namen *Ki-urushi* verliehen, nach dem Firnis, mit dem Holzgegenstände so oft lackiert wurden, bis sie diese unverwechselbare glänzende Oberfläche bekamen. Aber kein noch so kunstvoller Überzug konnte *Ki-urushi* in eine Japanerin verwandeln. Und dennoch, sie war ihm ans Herz gewachsen. Ihre Fremdartigkeit, ihre direkte Art, ihre Kühnheit – ja, selbst ihre Unbeherrschtheit, mit der sie bisweilen den Pinsel in den Garten schleuderte.

Wenn nicht der gesamte Haushalt des Gouverneurs schon aus anderen Gründen geradezu Kopf gestanden hätte, hätte er nicht so lange gewartet, seinen Bruder um ein Gespräch zu bitten.

Die aufregende Neuigkeit, die Munetsune unmittelbar nach dem Tempelbesuch allen versammelten Palastbewohnern verkündet hatte, war politisch und privat von einiger Brisanz: Umé sollte als Konkubine des Prinzen Asahito an den Hof nach Kyoto gebracht werden. Die Familie ihrer Mutter hatte sämtliche Beziehungen spielen lassen, und die ursprünglich für diese Stellung vorgesehene Dame war klugerweise in ein Kloster geflüchtet.

Als Konkubine des Prinzen war Munetsunes Tochter für beide Familien ein wertvolles Mitglied des kaiserlichen Haushalts. Wenn sie sich geschickt anstellte, konnte sie zur Lieblingskonkubine werden, und es wäre nicht das erste Mal, dass deren Kinder an den Nachkommen der Ehefrauen vorbei in den höchsten Rang aufstiegen. Aber diese Möglichkeit war mit einem immens hohen Aufwand verbunden. Umé konnte schließlich nicht wie die Tochter eines niederen *Samurais* auftreten! Und so füllte sich eine Kampferholztruhe nach der anderen mit kostbarsten Seidengewändern und Kosmetikartikeln. Bemalte und vergoldete Wandschirme wurden in Auftrag gegeben, eine bekannte Fächermanufaktur lieferte kistenweise ihre Ware.

Yorimoto interessierte sich nicht für die Feinheiten weiblicher Kleidung. Aber selbst ihm konnte nicht verborgen bleiben, dass Umés standesgemäße Ausstattung eine komplizierte und nervenaufreibende Angelegenheit darstellte, da sie das einzige Gesprächsthema im Palast war.

Am Vorabend hatte er es nicht mehr ertragen und seinen Bruder um einen Besuch gebeten. Er fühlte immer noch die seltsame Unruhe des Geistes in sich, die ihn seit geraumer Zeit gepackt hielt. Und zum ersten Mal, seit er im Haus seines Bruders lebte, hatte er es gewagt, sich in seine Amtsgeschäfte einzumischen, sich einer seiner Entscheidungen zu widersetzen. Es war kein gutes Gefühl. Er hatte eine Grenze überschritten, die nie ausgesprochen, aber immer eingehalten worden war.

Munetsunes verblüffter Gesichtsausdruck, als er ihn um eine Ausnahmegenehmigung für den Arzt und seinen Gehilfen gebeten hatte, hatte ihm mehr als deutlich gezeigt, dass er neue Pfade beschritt. Als jüngerer Bruder hatte er nicht anders handeln können, als der Bitte des Älteren nachzukommen. Aber die Verstimmung, die seitdem unterschwellig zwischen ihnen herrschte, bedrückte Yorimoto. Er hatte versucht, Munetsune seine Beweggründe zu erklären, aber der hatte nur abwehrend die Hände gehoben, war aufgestanden und hatte ohne ein weiteres Wort den Raum verlassen.

Noch vor dem Morgenreis hatte er die Passierscheine in den Händen gehalten. Allerdings hatte Munetsune die Bewegungsfreiheit so weit eingeschränkt, dass die beiden Europäer, wann immer sie sie in Anspruch nahmen, eine Einladung vorweisen und von einem Bediensteten des Hauses begleitet werden mussten.

Gut, dass Munetsune nicht wusste, wie gewandt sich die kleine Barbarin inzwischen in den Gassen Nagasakis zu bewegen wusste!, dachte Yorimoto. In der Gewissheit, dass der Dolmetscher vernünftig genug war, sie nicht in Schwierigkeiten geraten zu lassen, hatte er sie, solange sein Bruder unterwegs gewesen war, stillschweigend gewähren lassen.

Leichte, schnelle Schritte näherten sich. Sie waren mühelos von allen anderen zu unterscheiden: Niemand sonst in seiner Umgebung bewegte sich so ungestüm. Er lächelte.

Gleich nach dem Morgenreis – er hatte sich gezwungen, ihn so langsam wie immer zu essen – hatte er ihr einen vertrauenswürdigen Diener mit der Einladung geschickt. Dann hatte er sich mit der Schriftrolle des geschätzten Basho auf die Veranda vor seinem Privathaus gesetzt, um auf sie zu warten.

Ungeachtet des *Kimono* und der *Geta*, die zu tragen sie sich angewöhnt hatte, wann immer sie zu ihm kam, war ihr Gang nicht im Entferntesten der eines japanischen Mädchens. Nicht einmal der eines japanischen Mannes.

Das Willkommenslächeln wich aus seinem Gesicht, als sie hastig, das hinderliche Gewand bis über die Knie gerafft, auf ihn zugestolpert kam. Der Strohhut war weit nach hinten geschoben, und so konnte er deutlich sehen, dass sie zutiefst verstört war.

»*Sensei, Sensei* Yorimoto …«, keuchte sie, atemlos vom schnellen Lauf.

»Was ist geschehen?« Blitzschnell war er aufgesprungen und in seine Holzsandalen geschlüpft. *Ki-urushi* neigte nicht zu übertriebener Empfindsamkeit, dachte er. Es musste sich um etwas Ernstes handeln.

»Umé … Am Ufer, flussabwärts. Ich glaube, einer von ihnen ist Umé …«, brachte sie mühsam heraus.

Yorimoto hielt sich nicht mit Fragen auf. Ohne darauf zu achten, ob sie ihm folgte, eilte er den Pfad entlang zur hinteren Pforte. *Ki-urushi* hatte sie offen stehen lassen. Auch er hielt sich nicht damit auf, sie wieder zu schließen, sondern kletterte hastig zum Flussufer hinunter, wo er auf einen Diener traf, der neben einem größeren Kleiderhaufen stand und hilflos die Hände rang.

Einem Haufen, der für einen einzelnen Menschen zu umfangreich war.

Yorimoto spürte, wie sein Herzschlag aussetzte. Der Diener, ein älterer Mann, warf sich vor ihm zu Boden, sobald er näherkam, aber Yorimoto hatte nur Augen für den schrecklichen Fund.

Eine der mit einem Seidenstrick aneinandergefesselten Leichen war tatsächlich seine Nichte Umé. Sie trug denselben Kimono wie vergangen Abend, als er sie im Garten getroffen und scherzhaft gefragt hatte, ob die Aufregung über ihr neues Leben sie nicht schlafen ließe.

Wie gewöhnlich hatte sie scheu zu Boden geblickt und gemurmelt, dass sie ihrem ehrenwerten Onkel eine gute Nacht wünsche. Erschüttert kniete er neben ihr nieder. Sie lag mit weit offenen Augen auf der rechten Seite, etwa eine Armlänge vom Wasserlauf entfernt. Die Spitzen ihrer langen Haare hingen noch im Wasser, trieben dort in den flachen Wellen wie lebendige Seeschlangen. Fast hätte man glauben können, dass sie nur bewusstlos war: Aber Yorimoto hatte genug Tote gesehen, um sich nicht an diese Hoffnung zu klammern.

Den Reispuder hatte das Flusswasser abgespült, aber es war deutlich zu erkennen, dass sie sich mit großer Sorgfalt zurechtgemacht hatte: Die Safranpaste, die punktförmig auf die Mitte der Lippen getupft wurde, um den Mund kleiner erscheinen zu lassen, war verwischt. Das grelle Rot stach unnatürlich von dem blassen Rosa der Lippen ab. Die Zähne hatte sie offenbar erst unmittelbar vor dem Treffen geschwärzt. Der Lack zeigte keinerlei helle Stellen. Auch die Augenbrauen waren sauber rasiert. Eine ihrer anmutigen, kleinen Hände mit den rosigen Nägeln lag erschlafft auf dem Hals des Mannes, wie in einer letzten Liebkosung. Ihr Leib war mit dem des Mannes so eng verbunden, dass die beiden wie ein einziger Menschenkörper wirkten.

Es war eindeutig ein *Shinju:* Sie hatten sich aneinandergebunden, ehe sie ins Wasser gingen, damit sie im Tod nicht getrennt wurden. Ihm wurde übel. Eine solche Verzweiflungstat galt als extrem ordinär. Es mochte angehen, wenn Kinder von Kaufleuten oder Bauern sich dazu hinreißen ließen, aber die Tochter eines *Samurai?* Welche Schande für die Familie!

Von klein auf war Umé nach den Prinzipien der *Samurai*-Klasse erzogen worden. Und das oberste Gebot lautete »Gehorsam«. Gehorsam gegenüber dem Vater, Gehorsam gegenüber seinem Herrn, Gehorsam gegenüber dem Ehemann. Umé hatte, indem sie sich den Plänen der Familie verweigerte, diese nicht nur in eine äußerst unangenehme Lage gebracht, sondern dazu auch noch zutiefst gedemütigt. Neben der Trauer verspürte er Zorn, heftigen Zorn auf dieses selbstsüchtige Kind.

Er ließ den Zorn zu, denn er half ihm, stützte ihn in dieser schwierigen Lage.

Ki-urushi kam zögernd näher, die Augen entsetzt auf das tote Liebespaar geheftet. »Wer hat das getan?«, wisperte sie so leise, als befürchtete sie, dass der Mörder noch in der Nähe wäre.

»Sie selber«, sagte Yorimoto tonlos. »Man nennt es *Shinju*, ein Doppelselbstmord aus Liebe.«

»Ihr meint, der Mann ist ihr Geliebter?«

Yorimoto hob müde die Schultern. »Vermutlich.«

»Warum nur?«

»Umé sollte nach Kyoto. Als Konkubine eines Prinzen.« Er hob abwehrend die Hand, um *Ki-urushi* von weiteren Fragen abzuhalten. Sie würde es sowieso nicht verstehen. Ihm war jetzt nicht nach Reden zumute. Der Drang, das Paar zu trennen, sie wieder zu Einzelpersonen zu machen, wurde in ihm übermächtig. Trotzdem konnte er sich nicht dazu durchringen, den Seidenstrick zu entfernen. Dazu hätte er die kalten, nassen Körper berühren müssen. Und dagegen empfand er einen heftigen Widerwillen.

Ein kleines, scharfes Messer, das ihm von der Seite, mit dem Heft voran, gereicht wurde, ließ ihn aufblicken. *Ki-urushi* hielt ihm ihren Dolch hin, den sie im Ärmel zu tragen pflegte. Ihre Augen begegneten seinen zwar besorgt, aber ohne jede Spur von Panik, wie er sie empfand. Er erinnerte sich, dass Europäer keine Hemmungen hatten, ihre Toten zu berühren. *Ki-urushi* musste sein Verhalten für sehr seltsam halten. Unter ihrem klaren, fragenden Blick empfand er so etwas wie Beschämung, als er den Griff der Waffe umschloss.

Beherzt durchschnitt er die zähe Seidenschnur, griff mit spitzen Fingern nach dem Ärmelsaum des Männer-*Kimono* und zog daran. Der junge Mann rollte auf den Rücken, wobei ein kleiner Schwall Flusswasser aus seinem Mundwinkel rann.

Instinktiv wich Yorimoto zurück, raffte sein Gewand, um nicht in Berührung mit dieser Flüssigkeit zu kommen. Er reichte *Ki-urushi* ihren Dolch zurück und zwang sich, den toten Liebhaber seiner Nichte mit der kritischen Distanz eines Untersuchungsbeamten zu betrachten. Von den langen Stunden im Wasser war das Gesicht aufgedunsen. Die offen stehenden Augen im hellen Licht der Vormittagssonne schimmerten trübe. Trotzdem war noch zu erkennen, dass er ein sehr gut aussehender Mann gewesen war. Im Geist ging Yorimoto sämtliche Bekannten durch, die ihm einfielen. Suchte fieberhaft nach Familienähnlichkeiten. Vielleicht der Bruder oder Sohn eines entfernten Verwandten? Von Freunden?

Er hatte nicht viel am gesellschaftlichen Leben der Familie teilgenommen, aber er hatte ein gutes Auge für Gesichter. Dies hier zu seinen Füßen war ihm noch nie begegnet. Er fasste den Diener ins Auge. Aus dem Dunkel der Korridore heraus wussten die meisten Bediensteten ausgesprochen gut Bescheid über alles, was im Haus vor sich ging.

»Kennst du ihn?«, fragte Yorimoto.

Der Diener schüttelte stumm und verängstigt den Kopf. Es war gefährlich, Zeuge zu sein. Nichts war für einen Angehörigen der *Samurai*-Klasse bequemer, als unliebsame Beobachter zu beseitigen. Deshalb hielt er es für klüger, nicht zu erwähnen, dass er ihn bereits ein paar Mal gesehen hatte. Gelegentlich war er mit der jungen Herrin in den Gartenanlagen umherspaziert. So unbefangen wie er sich gab, hatten auch die anderen Diener ihn für einen Freund des Hauses gehalten. Offensichtlich war er das nicht gewesen, aber was machte es jetzt noch für einen Sinn, davon zu erzählen?

Yorimoto unterdrückte ein Seufzen. Wenn man nicht wusste, zu welcher Familie der Mann gehörte, mussten Nachforschungen angestellt werden, die nicht unbeachtet bleiben konnten – eine zusätzliche Unannehmlichkeit in dieser prekären Situation. Auf diese Art würde sich der Skandal schnell herumsprechen. Ein Gedanke blitzte in Yorimotos Kopf auf: Es gab eine Möglichkeit …

»Weiß sonst noch jemand von diesem *Shinju?*«, herrschte er den Diener so unvermittelt an, dass dieser erschrocken zurückwich.

»N-nein, Herr«, stotterte er.

»Kein Passant, kein Bauer auf dem Weg zum Markt?«

»Nein, Herr. Niemand ist hier vorbeigekommen, solange ich Wache hielt.«

Yorimoto fasste einen Entschluss. Einen kühnen Entschluss. Zumindest konnte er seinem Bruder damit die

Schande ersparen, die seine tote Tochter ihm hinterlassen hatte. Er bückte sich, wickelte die Seidenschnur zusammen und steckte sie in den Ärmel seines *Kimono*.

»Zieh den Mann wieder ins Wasser!«, befahl er dem Diener. »Stoß ihn so weit wie möglich in die Strömung und lass ihn flussabwärts treiben.« Wenn sie Glück hatten, würde der brackige Fluss ihn ins Meer hinaustragen und niemand musste erfahren, auf welche Weise er und Umé gestorben waren.

Verständnislos sah der Diener zu ihm auf, aber dann holte er sich ein dickes Stück Treibholz und setzte umständlich dazu an, den nassen, schweren Körper damit Richtung Wasser zu schieben. Die Unbeholfenheit, die er dabei an den Tag legte, ließ Yorimoto ungeduldig seinen *Kimono* abstreifen. Entsetzt sah der alte Mann zu ihm auf. »Nicht, Herr! Tut das nicht!«

Yorimoto ignorierte die Hand, die ihn aufzuhalten suchte. Er unterdrückte eisern seinen Widerwillen vor der kalten, schlaffen Beschaffenheit und packte den Arm der Leiche. Eine geschickte Drehung – und der Unbekannte hing ihm über die Schulter wie ein Sack Bohnen. Mitsamt seiner Last stapfte Yorimoto knietief ins Wasser, ehe er seinen Griff löste und den Fremden von seiner Schulter in die schlammige Flut gleiten ließ. Mit dem Gesicht nach unten trieb Umés toter Geliebter davon.

Noch eine Seele, die er um Vergebung bitten musste. Dafür, dass er ihr die rituelle Verbrennung, die Reinigung durch das Feuer, versagt hatte. Reglos sah er dem dunklen Bündel nach. Auch er würde sich dringend reinigen müssen. Tote zu berühren beschmutzte unwiderruflich die Seele. Deswegen war der Umgang mit ihnen eine Aufgabe der *Eta*, der Unberührbaren, die sowieso unrein waren. Erschöpft watete er ans Ufer zurück, strich sich das Wasser von der Haut und zog sich wieder an.

»Geh und sag dem Gouverneur Bescheid, dass seine Tochter einen Unfall hatte. Nichts von dem Mann, hörst du?«, schärfte er dem zitternden Diener ein. Er war sich fast sicher, dass der Mann kein Wort mehr sagen würde als nötig. Sein Bruder war bei der Dienerschaft überaus gefürchtet wegen seines überraschend aufflackernden Jähzorns. Er hoffte, dass er sich richtig entschieden hatte. Viel Zeit zum Abwägen hatte ihm nicht zur Verfügung gestanden.

Hastig sah er sich um. Nichts erinnerte mehr an den jungen Mann. Das Wasser des Flusses, das im Morgengrauen von der Flut aufgestaut worden war und dabei die beiden Körper an das flache Ufer gehoben hatte, war inzwischen wieder gesunken. Und das nun in kleinen Wellen wieder dem Meer zustrebende Wasser hatte stumm und willig den Unbekannten mitgenommen. Die Uferkiesel waren kein Untergrund, der Spurenlesern etwas verriet. Aber wieso sollten überhaupt Nachforschungen angestellt werden?

Er kauerte sich neben Umé nieder, zog ein Tuch aus seinem Ärmel und wischte behutsam die Reste der Safranpaste von den erkalteten Lippen. So, nichts widersprach jetzt noch seiner Version. Er würde sagen, Umé hätte am Abend ein auffälliges Interesse für den Vollmond gezeigt. Vermutlich hätte sie sich heimlich hinausgeschlichen, um sein Spiegelbild im Fluss zu bewundern. Dabei müsste sie wohl ausgerutscht und ins Wasser gefallen sein. Ein tragischer Unglücksfall!

Doch damit konnte man leben. Auch der stolze Munetsune. Kojiro würde nicht mit dem Makel eines *Shinju* in der Familie aufwachsen müssen. Er würde aufrichtig um seine Schwester trauern können. Und Yorimoto selbst hatte zu der Schuld, die er ohnehin trug, nur ein kleines Päckchen mehr geladen. Wie schwer es wog, war allein seine Sache.

Er wandte sich *Ki-urushi* zu, die sein Tun aufmerksam, aber stumm verfolgt hatte. Wenn er ihr Schweigen forderte, hatte sie ein Recht auf eine Erklärung. Es war kaum wahrscheinlich, dass sie seine Beweggründe verstehen würde. Aber er hoffte auf ihre Loyalität, die sie ihm als ihrem Lehrer und Mentor entgegenbrachte.

»*Ki-urushi*«, begann er, »ich bitte dich darum, über die Dinge, die du heute Morgen gesehen hast, zu schweigen.«

Sie nickte bereitwillig, aber es war deutlich zu sehen, dass sie zutiefst verstört war.

»Ein *Shinju* ist eine große Schande für die Familien«, sagte er sanft. »Es ist für alle leichter, wenn es ein tragischer Unfall war.«

»Ich verstehe«, erwiderte sie heiser. »Ihr müsst vertuschen, dass Umé so verzweifelt war, dass sie den Tod dem Leben als Konkubine vorzog.«

Die Bitterkeit in ihrer Stimme erstaunte ihn. Er hatte nicht den Eindruck gehabt, dass sie viel mit seiner Nichte verbunden hatte. Im Gegenteil, ihre Augen hatten in unbeobachteten Momenten geradezu feindselig auf der anmutigen Gestalt Umés geruht. Sie hatten nicht viel Zeit. Jeden Augenblick konnte sein Bruder, gefolgt von den Palastwachen und Teilen der Dienerschaft, aus dem hinteren Tor stürzen. Dann durfte seine Schülerin nicht mehr hier sein.

»Wirst du schweigen?« Yorimoto bemühte sich, seine Stimme neutral klingen zu lassen. In ihrem sprechenden Gesicht war deutlich abzulesen, dass sie seine Entscheidung nicht billigte, aber sie senkte zustimmend den Kopf.

»Allen gegenüber?«, fragte sie leise und er wusste, an wen sie dachte.

»Allen gegenüber«, sagte er bestimmt. Je weniger Menschen die Wahrheit kannten, umso besser. »Umé ist in den Fluss gestürzt und ertrunken. Mehr ist nicht geschehen. Geh jetzt. Ich werde nach dir schicken, sobald wir unsere Stunden wieder aufnehmen können.«

Aus dem Garten näherten sich aufgeregte Stimmen. Zwischen ihnen schrille, klagende Laute von Umés persönlicher Magd. Als sie sich durch die Pforte drängten, war *Kiurushi* bereits in der nächstgelegenen Gasse Richtung Hafen verschwunden.

Er bückte sich, um den schlaffen Körper seiner Nichte aufzuheben. Sie wog erstaunlich wenig, feinknochig wie ein Kind, und während er ihnen entgegenging, durchströmte ihn tiefe Trauer über die Leichtfertigkeit, mit der sie ihr Leben weggeworfen hatte.

Ohne auf ihre Umgebung zu achten, hastete Katharina so schnell wie möglich zurück durch die belebten Handelsstraßen. Ihre Gedanken kreisten unaufhörlich um den schrecklichen Fund und Yorimotos Verhalten. Umé war tot.

Der lebenden Umé hatte sie gemischte Gefühle entgegengebracht. Neben ihrer elfenhaften Zartheit hatte sie sich immer wie ein Bauerntrampel gefühlt. Die tote Umé tat ihr unendlich leid. Das Liebespaar musste völlig verzweifelt gewesen sein, um diesen Schritt als letzten Ausweg zu wählen. Und wie sollte sie es Martin beibringen? Martin, der immer noch seinen fantastischen Träumereien nachhing. Jetzt musste sie ihm sagen, dass Umé endgültig unerreichbar für ihn geworden war. Wie würde er es aufnehmen?

Severins Vetter saß auf der Veranda, einen gefütterten Mantel um die Schultern, denn der Herbst kündigte sich bereits durch kalte Nächte und entsprechend kühle Vormittage an. Überrascht sah er auf. »Was, du bist schon wieder zurück?«

Ihr Gesichtsausdruck ließ ihn beunruhigt sein Buch beiseitelegen. »Setz dich und erzähle, was geschehen ist«, sagte er ruhig und zog den Umhang um ihrer beider Schultern.

Erst jetzt bemerkte sie, dass sie zitterte. Es gab keine Möglichkeit, die Nachricht abzumildern. »Umé ist ertrunken.« Sie fühlte, wie der muskulöse Körper neben ihr erstarrte.

Nach einer Zeit, die ihr endlos vorkam, stieß er langsam den Atem aus. »Ein Unfall?«

»Ja«, bestätigte sie ohne das geringste Zögern. Nicht nur, weil sie Yorimoto versprochen hatte, über den Doppelselbstmord zu schweigen. Martins Erinnerungen an die Gouverneurstochter sollten nicht von Bitterkeit und Enttäuschung belastet sein. In dem hilflosen Versuch, ihn zu trösten, streichelte sie immer wieder über seinen Arm.

»Wie …«, er räusperte sich, »wie ist es passiert?«

»Man weiß es nicht genau. Yorimoto vermutet, dass sie den Vollmond über dem Fluss bewundern wollte, dabei ausgerutscht und ins Wasser gefallen ist … Martin, es tut mir so leid«, flüsterte sie und starrte angestrengt auf den Kirschbaum im Zentrum des Gartens, weil sie den Schmerz in seinen Augen nicht sehen wollte.

»Ja, es ist furchtbar. Vor allem für ihre Familie«, gab er mit leiser Stimme zurück. Wie selbstlos von ihm, zuerst an ihre Familie zu denken, wo doch seine eigenen Hoffnungen gerade zerstört worden waren! Gerührt blinzelte Katharina die aufsteigende Feuchtigkeit in ihren Augenwinkeln weg.

»Sie sollte doch heiraten, nicht wahr?«, fragte Martin plötzlich. »Ginnemon hatte so etwas angedeutet. Was weißt du darüber?« Er drehte den Kopf zur Seite und sah ihr gerade ins Gesicht.

Katharina stockte vor Schreck der Atem. »Nicht mehr als du«, stammelte sie unsicher.

»Wirklich?« Martins Skepsis war deutlich zu spüren. »Weißt du, inzwischen kenne ich dich ganz gut. Und ich habe das Gefühl, du verheimlichst mir etwas. Was ist es?«

Verblüfft versuchte Katharina in seinen Zügen zu lesen. Sie hatte erwartet, dass er vor Schmerz betäubt, außer sich wäre. Stattdessen schien er merkwürdig unberührt von Umés Tod. Erschüttert, überrascht, aber nicht am Boden zerstört wie ein verzweifelter Liebender.

»Sie sollte nicht heiraten, sondern als Konkubine des Kronprinzen nach Kyoto geschickt werden«, sagte sie schließlich. Wenn jemand ein Recht auf die Wahrheit hatte, dann Martin.

»Hat sie den Gedanken daran nicht ertragen und ist deshalb in den Fluss gegangen?«, fragte Martin. »Ich spüre, dass du etwas vor mir geheim hältst. Ist es das?«

Erleichtert nickte Katharina. Besser, er glaubte, sie hätte ihm verschweigen wollen, dass Umé sich aus Verzweiflung ins Wasser gestürzt hätte, als dass er weiter in sie gedrungen wäre. Sie war nicht sicher, ob sie es fertigbrächte, Martin direkt anzulügen.

»Wenn du mir Kummer ersparen wolltest, war es unnötig«, sagte er so leise, dass sie sich anstrengen musste, die Worte zu verstehen. »Mir war seit Längerem bewusst, dass sie nicht für mich bestimmt war.« Er fuhr sich mit beiden Händen durch das Haar, bis es abstand wie eine Gloriole. »Sie war ein Traumbild. Wunderschön und unerreichbar. Und für kurze Zeit habe ich mir eingebildet, dass es Wirklichkeit werden könnte, verstehst du?«

Katharina nickte stumm, während es in ihrem Kopf wild durcheinanderwirbelte. Warum hatte Martin ihr so offen sein Herz ausgeschüttet? Er hatte ihr deutlich zu verstehen gegeben, dass seine Vernarrtheit nicht von Dauer gewesen war. Aber wieso fühlte er sich überhaupt genötigt, sich ihr zu erklären? Konnte es vielleicht sein, dass er doch etwas für sie empfand? Ihr Herz klopfte heftig. Sollte sie sich Martin offenbaren? Oder sollte sie besser warten? Sollte sie es überhaupt tun? Und wenn sie sich nun doch irrte?

Während Katharina noch mit sich rang, erinnerten laute Stimmen in der Gasse vor dem Haus sie daran, dass sie de Heere Bericht erstatten musste. Wenn er die Nachricht zuerst von anderer Seite erhielt, würde er äußerst ungehalten sein. »Ich muss zum Residenten«, murmelte sie hastig und sprang auf.

»Ja, es ist nicht ratsam, ihn warten zu lassen«, sagte Martin und sah sie mit einem seltsamen Ausdruck an. So hatte er sie noch nie angesehen, und Katharina fühlte, wie ihre Wangen heiß wurden, während sie den Kiesweg entlanghastete, als könne sie nicht schnell genug von ihm wegkommen.

Nur die engsten Familienmitglieder waren anwesend, als der Scheiterhaufen entzündet wurde und der aufsteigende Rauch Umés schmalen Körper, kaum auszumachen in den Lagen aus weißem Tuch, den Blicken der Trauernden entzog. Die Fahrer der zwei Ochsenwagen, in denen hinter Vorhängen verborgen Umés Verwandte saßen, hatten ihre Köpfe mit dunkelblauen Tüchern verhüllt. Es waren einfache, abergläubische Menschen, denen die Umgebung unerträglich furchteinflößend schien. Hier und da erklang ein leises Schluchzen, das sofort wieder verstummte. Die Frau eines *Samurai* weint nicht. Nicht einmal, wenn ihre Tochter verbrannt wird.

Der *Eta*, der für den Scheiterhaufen zuständig war, hatte gut gearbeitet. Aus dem trockenen Kiefernholz und den abgelagerten Eichenstücken loderten schon bald hohe Flammen. Das Knacken und Fauchen des Feuers übertönte beinahe die rituellen Worte, mit denen die Trauernden für Umés Seele beteten. Sie warteten nicht ab, dass die Flammen erloschen. Sobald der Rauch dichter wurde und sich ein beißender Gestank ausbreitete, gab der Gouverneur das Zeichen zum Aufbruch.

Die massiven Eichenholzstämme im Inneren der Konstruktion würden noch mindestens bis zum nächsten Tag brennen und vom Leichnam nichts als silbergrauen Staub und weißliche Knochenreste übrig lassen. Sobald die Feuerstelle erkaltet war, würde der *Eta* eine Urne mit Umés Asche in das Kloster bringen, dem die Familie besonders stark verbunden war. Dort würden, auf ausdrücklichen Wunsch des Gouverneurs, die ältesten Mönche für die verunglückte Seele beten und die bösen Geister vertreiben, die es vielleicht noch auf andere Familienmitglieder abgesehen hatten. Die Geister, die bisher allein Kawaguchi Yorimoto anhafteten, schienen neue Opfer zu suchen. Erst der unerklärliche Angriff des Rochens auf Kojiro und nun dies.

Selbst der außerordentlich glückliche Umstand, dass der Sohn des Gouverneurs durch den holländischen Arzt gerettet worden war, konnte dahingehend interpretiert werden, dass das Karma der Familie Kawaguchi zu schwach war, um aus eigener Kraft zu überleben. Derartige Gerüchte waren der Karriere des Statthalters nicht gerade förderlich.

Martin hatte sich auf schwer fassbare Art verändert. Katharina hätte nicht zu sagen gewusst, worin genau sein Verhalten sich von dem unterschied, das er bisher an den Tag gelegt hatte. Es waren vielmehr unbestimmte, flüchtige Eindrücke: Zum Beispiel starrte er sie an, nur um rasch den Blick abzuwenden, sobald er sich ertappt fühlte. Oder er schien es zu vermeiden, sie zu berühren. Ja, manchmal hatte sie sogar das Gefühl, Martin ginge ihr aus dem Weg. Seine zunehmend schroffe Art schmerzte und befremdete Katharina. Aber je mehr sie sich bemühte, die unsichtbare Barriere zwischen ihnen zu überwinden, desto mehr zog sich Martin von ihr zurück. Glücklicherweise waren sie ziemlich beschäftigt und in Gesellschaft anderer Menschen war ihr Verhältnis fast so unbeschwert wie früher. Es war wirklich erstaunlich, wie viele Bürger Nagasakis mittlerweile einen Besuch des holländischen Doktors wünschten!

»Ich wundere mich allmählich, welch große Anzahl an eingebildeten Kranken nach uns schickt«, sagte Katharina, als sie nach einem anstrengenden, mit Krankenbesuchen angefüllten Tag erschöpft die Tasche abstellte. »Für den Dicken und seine angebliche Kolik hätte es auch ein schlichter Kräutertee von einem Händler um die Ecke getan, und der Mann mit der Pockengeschichte hatte nicht das kleinste Fleckchen auf der Haut!«

»Sie sind neugierig«, erklärte Ginnemon amüsiert. »Mein *Sensei* war ein sehr berühmter Arzt, und jetzt möchten sie den neuen sehen. Es ist besser, seine Methoden auszuprobieren, wenn man ihn nicht wirklich braucht.«

Martin lächelte anerkennend. »Welch weise Vorsicht! Ich habe oft gedacht, dass es von Vorteil wäre, die normale Konstitution des Patienten zu kennen. Deshalb werde ich mich nicht beklagen, wenn ich die nächste Zeit hauptsächlich mit *Sake* trinken und Puls messen verbringen sollte.«

Dass er noch anderes vorhatte, traf Katharina völlig unerwartet.

»Du lebst doch schon lange mit dem Doktor zusammen«, begann Ginnemon geheimnisvoll und zog sie in den öffentlichen Park, wo sie vor unerwünschten Zuhörern sicher waren. »Wie mag er seine Frauen?«

Verblüfft riss sie die Augen auf. Hatte sie Ginnemon richtig verstanden?

»Meinst du seine Geliebten?«

Er nickte ungeduldig ob ihrer Begriffsstutzigkeit. »Ja. Mag er sie lebhaft oder eher ruhig? Bevorzugt er eher mädchenhafte oder üppige? Er sagte nur, ich solle ihm eine Japanerin bringen, die sauber und nicht zu anspruchsvoll wäre. Aber ich sollte da schon mehr wissen.«

Katharina bückte sich nach einem Zweig und begann, ihn säuberlich in kleine Stücke zu zerbrechen. »Du meinst, Martin hat dich gebeten, ihm eine *Yuyo* zu besorgen?« Der Tonfall ihrer Frage klang so ungläubig, dass Ginnemon ihr einen prüfenden Blick zuwarf.

»Es scheint dich zu überraschen. Warum denn? Auch ein Doktor ist ein Mann und hat Bedürfnisse wie jeder andere auch.«

»Ich dachte … wegen Umé …«, stotterte sie hilflos.

»Die Dame Umé ist tot«, sagte der junge Dolmetscher gleichmütig. »Es ist daher nur vernünftig, sich unter den Lebenden umzusehen. Und ich würde ihm gerne eine passende Auswahl liefern. Deshalb frage ich dich. Du kennst ihn schließlich am besten.«

Bilder von Martin drängten sich in ihre Gedanken. Bilder seines Körpers. Wie er damals nackt im Fluss geschwommen war. Wie sein Rücken sich unter ihren Händen angefühlt hatte, als er sie nach Heyns Tod im Arm gehalten hatte …

Plötzlich ergriff ein absolut verrückter Gedanke von ihr

Besitz. »Kannst du noch ein wenig damit warten?«, fragte sie atemlos. »Ich verspreche, ich lasse es mir durch den Kopf gehen. Es ist nicht so einfach, weil sein Geschmack sehr ungewöhnlich ist.«

Ginnemon zog die Nase kraus, eine überraschend kindliche Geste. »Eine Nacht kann ich ihn wohl noch vertrösten. Aber nicht länger. Ich will nicht, dass er denkt, ich bin nicht imstande, seine Wünsche zu erfüllen, und jemand anderen beauftragt, hörst du?«

Katharina nickte.

Kapitel 13

Eine Frage des Anstands

Je näher der Abend rückte, desto nervöser wurde sie. Dort im Park war ihr die Idee, in die Rolle der japanischen Yuyo zu schlüpfen, bestechend einfach erschienen. Wenn Martin eine Geliebte wollte, würde er eine bekommen. In ihrem Zimmer lag ein wunderschöner Seiden-*Kimono* mitsamt dem passenden *Obi* aus steifem Goldbrokat. Yorimoto hatte ihn ihr zusammen mit den anderen aus schlichter Baumwolle geschickt. Als sie ihn hatte zurückgeben wollen, weil er ihr zu kostbar erschienen war, hatte er gelächelt und leise gemeint: »Behalte ihn. Er soll dich daran erinnern, dass du eine Frau bist!«

Mit den passenden Kleidungsstücken war es allerdings nicht getan. Bei den vergangenen Stadtausflügen hatte sie sich von Ginnemon beiläufig die Feinheiten weiblicher Ausstattung zeigen und erklären lassen. Auf ihr Aussehen bedachte Japanerinnen schwärzten ihre Zähne, rasierten die Augenbrauen und den Haaransatz, um sich zwei Fingerbreit höher, als die Natur es vorgesehen hatte, elegant geschwungene Brauenbögen aufzumalen, und frisierten die Haare kunstvoll.

Eines Tages waren sie auch an einem Laden vorbeigekommen, der Katharina zutiefst schockiert und zugleich fasziniert hatte. Eine ältere Frau saß dort vor Regalen voller Dildos in allen Formen und Farben. Die meisten waren aus

Horn oder Knochen geschnitzt, aber es gab auch solche aus Porzellan oder schön poliertem Holz.

»Was ist?«, fragte Ginnemon überrascht, als sie wie angewurzelt stehen blieb.

»Diese, diese … Glieder! – Wofür sind sie?«

Ginnemon kniff die Augen zu schmalen Schlitzen zusammen und musterte nachdenklich ihre glühenden Wangen, ehe er sachlich erklärte: »Das ist verschieden. Die fein gearbeiteten sind für die Frauengemächer vornehmer Häuser. Die schmalen dort hinten sind für Männer und die im Regal direkt neben der Frau sind für den Unterricht der Anfängerinnen, die noch keine Erfahrungen haben. Sie üben daran die richtigen Handgriffe. Deswegen sind sie auch beschriftet, siehst du?«

Tatsächlich erinnerten sie die winzigen Schriftzeichen entfernt an die Zeichnungen in Martins Anatomiebüchern. Die Händlerin, der das Interesse an ihrer Ware nicht entgangen war, beugte sich vor und murmelte verheißungsvoll: »Ich verkaufe auch *Shunga*, wenn die jungen Herren Interesse daran haben.«

»Zeig sie uns«, befahl Ginnemon und zog Katharina mit sich in den offenen Laden. Hinter einem Stellschirm lag ein ganzer Stapel Bilder, auf denen Männer und Frauen in verfänglichen Posen dargestellt waren. In sehr verfänglichen Posen! Katharina verschlug es den Atem angesichts der Unverfrorenheit, mit der die japanischen Künstler offen Geschlechtsteile in Aktion gezeichnet hatten.

»Hier, das wird Eurem Freund sicher besonders gefallen.« Mit diesen Worten zog die Händlerin unter dem Stapel eine Mappe hervor und reichte sie aufgeschlagen Katharina.

Zwar etwas verfremdet, aber dennoch unverkennbar, waren auf den Blättern pornografische Szenen zwischen Japanerinnen und Holländern dargestellt. Mit den überdimensionierten Nasen und riesigen Penissen wirkten die Männer wie Karikaturen ihrer selbst. Eigentlich hätte Katharina abgestoßen sein müssen, angeekelt von der niederen Moral, die sich vor ihren Augen manifestierte. Stattdessen war sie fasziniert von der Kunstfertigkeit, mit der hier sämtliche Spielarten der Liebe aufgegriffen worden waren. Allerdings sagten ihr die rein japanischen Bildblätter mehr zu. Und so verließ sie den Laden mit einem adrett in Reispapier gewickelten Päckchen, in dem außer einigen einzelnen Holzdrucken auch ein gebundenes Büchlein steckte. Diese »Anleitung zur Liebeskunst« enthielt alle Stellungen, die als besonders lustvoll galten, und zusätzlich Hinweise auf bestimmte Handlungen, die ihr zuvor niemals in den Sinn gekommen wären.

»Sehr viel teurer wäre dich eine *Yuyo* auch nicht gekommen«, bemerkte Ginnemon in gutmütigen Spott, als sie zurück nach Deshima schlenderten. »Sie hätte dir all das zeigen können, was du jetzt auf deinem einsamen Lager betrachten wirst.«

Gleich, nachdem sie sich von Ginnemon getrennt hatte, war sie in ihre Kammer gehastet und hatte dies Büchlein aus der Holzlade gezogen, wo sie es unter dem Seiden-*Kimono* versteckt hatte. Es sah nicht allzu schwierig aus, was diese Mädchen taten.

Doch auch mit geschwärzten Zähnen, korrekt geschminkt und frisiert waren ihre Gesichtszüge zu wenig asiatisch, um der Rolle einer *Yuyo* bei Tageslicht gerecht zu werden. Sie war auf die Hilfe der Nacht angewiesen und musste darauf hoffen, dass die Dunkelheit, der Nachtwein und Martins lange Enthaltsamkeit ihre Verbündeten sein würden.

In Martins Schlafraum war es finster bis auf den Streifen Mondlicht, der durch den Spalt der nicht ganz geschlossenen Klapptüren fiel. Regelmäßige Atemzüge vom Bett her verrieten, dass Martin tief und fest schlief. Kein Wunder, nach all dem Wein!

Katharina trat auf Zehenspitzen näher. Allmählich gewöhnten ihre Augen sich an die Dunkelheit, und sie nahm die Umrisse von Martins Gestalt unter der Bettdecke wahr. Er lag auf dem Rücken, wie einst in seiner Koje auf der »Seepferd«. Ihr nackter Fuß stieß an einen Stiefelschaft. Vorsichtig schob sie mit dem Fuß den Kleiderhaufen beiseite und lächelte zufrieden. Wenn Martin seine Kleidung so nachlässig abgestreift hatte, bedeutete dies, dass er ziemlich viel getrunken hatte. Auf jeden Fall genug, um nicht übermäßig argwöhnisch zu sein.

Mit leisem Rascheln sank der Seiden-*Kimono* zu Boden. Ihr Herz klopfte so heftig, dass sie kaum andere Geräusche wahrnahm außer dem regelmäßigen Trommelschlag. Kurz entschlossen hob sie die Bettdecke an, schlüpfte darunter und schmiegte sich an Martins nackten, warmen Körper. Wenn sie eine spontane Reaktion seinerseits erwartet hatte, ähnlich der in ihrem Schiffs*cojet*, als sie für einen Moment einander in den Armen lagen, wurde sie enttäuscht. Er grunzte leise und drehte sich dann einfach auf die Seite, ihr den Rücken zuwendend. Ärger stieg in ihr auf und machte sie kühn. Beherzt griff sie um seine Hüften und suchte sein Glied. Sie umfasste es und begann, es vorsichtig zu kneten. Fast erschreckte sie die Geschwindigkeit, in der es zwischen ihren Fingern wuchs und dabei hart und immer härter wurde. Martins regelmäßiger Atemrhythmus stockte, er griff ihre Hand und hielt sie mit festem Griff.

»Ich habe dich gar nicht so früh erwartet«, brummte er

verschlafen. »Wieso hat Ginnemon mir nicht Bescheid gegeben, dass du kommst?«

Katharina gab sich Mühe, die zwitschernde Sprechweise der japanischen Frauen zu imitieren, und antwortete mit einem japanischen Wortschwall. Dass es sich dabei um die Aufzählung von Gemüsenamen handelte, die sie heute in der Küche aufgeschnappt hatte, wusste ja nur sie.

»Schon gut, schon gut. Spar dir deinen Atem. Ich verstehe dich sowieso nicht.« Leicht entnervt legte Martin der vermeintlichen *Yuyo* zwei Finger über die Lippen, um ihr zu bedeuten, dass sie schweigen sollte.

»Eine solche Plaudertasche hatte ich nicht im Sinn. Lass dich einmal ansehen!«

Er machte Anstalten aufzustehen und die Fensterläden zu öffnen. Zwar war der Mond nicht mehr voll, aber in dieser wolkenlosen Nacht schien er hell genug, um ihren Plan scheitern zu lassen. Sie klammerte sich an ihn, hielt ihn fest, und er ließ sich zurückfallen.

»Na gut, ist ja auch eigentlich egal, wie du aussiehst. Anfühlen tust du dich jedenfalls überaus angenehm.«

Genüsslich erkundeten seine Hände ihren Körper, und Katharina seufzte wohlig auf. So ungefähr hatte sie es sich vorgestellt, wenn sie in ihrer Träumerei statt der japanischen Gesichter ihres und Martins auf den Frühlingsbildern gesehen hatte.

»Ich fürchte, ich kann nicht mehr warten«, murmelte Martin bedauernd. »Die Raffinessen müssen wir auf später verschieben.«

Für einen Augenblick packte sie die schiere Panik, als sein Körper sich schwer auf ihren wuchtete und sie in die Matratze drückte. Aber es war nicht Eisherz, es war Martin, der sich zwischen ihre Schenkel drängte. Als er in sie eindrang, zitternd vor Ungeduld, schlang sie ihre Arme um ihn. Es ging schnell. Viel zu schnell.

Nach wenigen heftigen Stößen erschauerte er und blieb bewegungslos auf ihr liegen. Seine schweißnasse Haut klebte an ihrer. So blieben sie eine ganze Weile, bis sie plötzlich spürte, wie sein Glied wieder weich und nachgiebig wurde und aus ihr herausglitt. Zufrieden aufstöhnend, rollte er von ihr herunter auf den Rücken und zog sie in einer besitzergreifenden Geste an seine Seite.

»Ich denke, ich behalte dich«, nuschelte er undeutlich und schlief im Nu ein.

Katharina wusste nicht, ob sie jetzt zufrieden sein sollte oder einfach nur enttäuscht. Einerseits hatte sie ihr Ziel erreicht: Martin hatte sie als *Yuyo* akzeptiert – zumindest für den Augenblick. Andererseits hatte sie das Gefühl, dass da noch mehr gewesen wäre, wenn …

Etwas deprimiert versuchte sie dem Gefühl nachzuspüren, von dem sie einen Zipfel erhascht hatte, nur um ihn sofort wieder loslassen zu müssen. Kurz bevor Martin über ihrem Körper zusammengesackt war, hatte eine seltsame Erregung von ihr Besitz ergriffen. Ein ausgesprochen lustvolles Zusammenziehen in ihrem Inneren, das von seinen Stößen ausgelöst wurde. Es war ein durchaus angenehmes Gefühl gewesen, eine Art Glut, die sich da mitten in ihrem Körper ausgebreitet hatte. Nun, für heute musste sie sich mit dem zufriedengeben, was sie bekommen hatte. Müde schmiegte sie ihre Wange an die Schulter neben sich und fiel ebenfalls in tiefen Schlaf.

Zärtliche, verspielte Berührungen, Finger, die über ihre Haut tanzten, weckten sie. Der Mond war schon vor Stunden untergegangen. Die rötliche Herbstsonne verbreitete trotz des Dunstes, der von Tag zu Tag Deshima in dichtere Schleier hüllte, ausreichend Helligkeit, dass die Gesichter in der Kammer nicht schemenhaft blieben. Intuitiv drehte Katharina sich zu Martin um.

»Was machst du denn hier?« Das Entsetzen in seiner Stimme riss sie aus den angenehmen Empfindungen des Halbschlafs. Fast bedauernd öffnete sie die Augen. Martin war vor ihr zurückgewichen, als hätte er soeben eine giftige Viper in seinem Bett entdeckt.

»War der Herr etwa nicht zufrieden?«, fragte sie spöttisch, ihre Angst vor seiner Reaktion überspielend. Martin machte einen verwirrten Eindruck. Auf einen Ellenbogen gestützt, sah er auf sie hinunter und rieb in einer Geste der Ratlosigkeit mit der freien Hand sein Kinn. »Wo ist die *Yuyo*, die Ginnemon mir geschickt hat?«

Katharinas Augen glitten zu dem bunten Seidenhaufen ihres *Kimono* auf dem Boden. Er folgte ihrem Blick und ließ sich stöhnend in die Kissen sinken. »Warum hast du das gemacht?«

»Weil ich es wollte«, flüsterte Katharina so leise, dass er sie kaum verstand. »Ich möchte dir nahe sein – wenigstens hier auf Deshima.« Sie streckte eine Hand aus und streichelte ihm schüchtern über den Arm. »Ich weiß, dass du gewisse Pläne für die Zeit nach deiner Rückkehr hast. Ich werde dir nicht im Wege stehen. Das verspreche ich dir!«

»Welche Pläne?«

»Deine Heirat mit einer Holländerin«, erwiderte sie unumwunden.

Martin stöhnte erneut dumpf auf und schloss die Augen wie ein Mensch, der unter schweren Schmerzen leidet. Die Demütigung, die Katharina auf einmal empfand, war überwältigend. Wie selbstverständlich war sie davon ausgegangen, dass Martin, sobald sie erst einmal ein Liebespaar geworden wären, die Situation schon akzeptieren würde. Wie naiv sie doch gewesen war! Ihre Gedanken rasten und kreisten dabei um eine einzige Frage.

»Du findest mich nicht begehrenswert?«, wisperte sie. Plötzlich schwammen ihre Augen in Tränen. Tränen der Wut? Tränen der Enttäuschung? All ihren Stolz zusammenraffend, setzte sie sich ruckartig auf und griff nach dem Seiden-*Kimono*. »Tut mir leid. Ich werde dir nicht mehr zu nahetreten«, brachte sie zwischen zusammengebissenen Zähnen heraus und machte Anstalten, aus dem Bett zu springen. Nur weg von hier!

»Halt!« Martin packte energisch zu und zog sie wieder neben sich. »Weglaufen hilft jetzt nichts! Ist der Rubikon erst einmal überschritten, gibt es kein Zurück mehr.«

»Aber du willst mich doch gar nicht!« Ihre verletzten Gefühle waren deutlich von ihrem Gesicht abzulesen. »Lass mich!« Sie kämpfte gegen seinen Griff, war nur noch auf Flucht bedacht.

»Und ob ich dich will!«, sagte Martin und schlang in dem Bemühen, sie ruhig zu halten, beide Arme um sie. »Was glaubst du denn, wieso ich Ginnemon nach einer *Yuyo* geschickt habe?«

Schlagartig hielt Katharina inne. Hatte sie richtig gehört?

»Seit dieser Hinrichtung, als du so unglaublich tapfer warst, hätte ich dich am liebsten in den Arm genommen und nicht mehr losgelassen«, gestand er ihr.

»Warum warst du dann die ganze Zeit so abweisend?«, fragte Katharina verständnislos. »Du hättest mir deine Zuneigung doch zeigen können.«

Martin strich ihr zärtlich über die zerzausten Locken.

»Ich wäre mir wie ein Schuft vorgekommen, wenn ich die Situation ausgenutzt hätte. Außerdem musstest du mich doch für unbeständig halten – nach meiner Vernarrtheit in Umé …«

»Hast du sie geliebt?« Katharina konnte sich nicht zurückhalten, ihm diese Frage zu stellen.

»Nicht wie dich. Sie hat mich verzaubert, aber sie war so unerreichbar wie eine Waldfee.« Martin zögerte, suchte nach Worten. »Ich wollte sie immer nur anschauen, aber ich hätte Angst gehabt, sie zu berühren. Ein Schemen, der verschwindet, sobald man die Hand danach ausstreckt.«

Erleichtert kuschelte Katharina sich an seine warme, nackte Brust. »Ich denke, ich werde eine anspruchsvolle Geliebte sein«, sagte sie spitzbübisch lächelnd. »Bis der Morgenreis gebracht wird, ist noch Zeit, einiges von dem auszuprobieren, was in diesen japanischen Büchern empfohlen wird.«

»Du bist wirklich eine unmögliche Person, Jungfer Katharina!« Martin schüttelte breit grinsend den Kopf. »Unmöglich und einzigartig«, fügte er leise hinzu und betrachtete sie mit einem seltsamen Ausdruck, der Katharina plötzlich an das erregende Gefühl denken ließ, das er letzte Nacht in ihr geweckt hatte. Er neigte sich zu ihr herunter, und sie hielt ihm bereitwillig ihr Gesicht entgegen. Der Kuss begann beinahe scheu. Vorsichtig strichen seine Lippen über ihre, erkundeten sie. Es war Katharinas Zunge, die ungeduldig ihren Weg in seine Mundhöhle suchte. Aus seinem Inneren drang eine Art Stöhnen, ehe er sie fest an sich zog und murmelte: »Diesmal aber nach allen Regeln der Kunst!«

Nachdem sie sich, sehr viel später als normalerweise, angekleidet hatten und ihre übliche Morgenmahlzeit aus Tee,

Reisbrei und Fischsuppe zu sich nahmen, brachte Martin das Gespräch auf die Zukunft.

»Es trifft sich unglücklich, dass wir bis nächstes Jahr hier festsitzen«, sagte er. »Ich könnte de Heere bitten, uns zu trauen. Aber ich wage mir nicht vorzustellen, wie er auf ein solches Ansinnen reagieren würde! Vermutlich wäre es am besten, hier auf Deshima die Maskerade aufrechtzuerhalten. Wir können nur hoffen, dass du nicht zu schnell schwanger wirst!«

Überrascht sah Katharina auf. »Du willst mich heiraten?«

Nun war es an ihm, überrascht auszusehen. »Was dachtest du denn?«, gab er pikiert zurück. »Dass ich dich verführe und mich dann aus der Verantwortung stehle?«

»Ich hatte eher den Eindruck, dass ich dich verführt hätte«, sagte Katharina herausfordernd. »Es war meine Entscheidung. Du musst dich zu nichts verpflichtet fühlen!«

»Wenn du mich nicht heiraten möchtest, hättest du nicht in mein Bett kommen dürfen«, stellte Martin nüchtern fest. »Was hast du gegen eine Hochzeit? Ich hatte nicht den Eindruck, dass ich dir unangenehm gewesen wäre.« Der sprechende Blick, der diese Bemerkung begleitete, ließ Katharina heftig erröten.

»Das warst du nicht, ganz und gar nicht«, sagte sie leise und senkte den Blick auf ihre Teeschale mit der zartgrünen Flüssigkeit. »Ich möchte nur nicht, dass du mich aus Pflichtgefühl heiratest, und es eigentlich gar nicht willst. Es tut mir leid, dass ich dich in eine solch verzwickte Lage gebracht habe!«, versuchte sie sich zu entschuldigen. Martin stellte behutsam seine Reisschale hin.

»Heute Morgen hast du so einen ähnlichen Unsinn geredet. Wieso glaubst du, dass ich dich nicht heiraten möchte?«, fragte er, griff nach der Teeschale, die sie umklammert hielt wie einen Schutzschild, und nahm sie ihr ab. Er fing ihre flatternden Hände ein und hielt sie fest. »Weil ich hier und da von den ansehnlichen Töchtern der Professoren in Leiden gesprochen habe?« Katharina nickte stumm. Er ließ ihre Hände los und hob ihr Kinn sanft mit zwei Fingern an, damit er ihr ins Gesicht sehen konnte.

»Du hast mich überrumpelt, aber das bedeutet nicht, dass ich unzufrieden mit dem Ergebnis bin!« Er lächelte etwas schief. »Gib mir ein wenig Zeit, um mich daran zu gewöhnen, dass mein tüchtiger Severin, der beste Gehilfe, den ich jemals hatte, nun auch noch meine Frau wird. Aber je länger ich mich mit dem Gedanken beschäftige, desto besser gefällt er mir«, fügte er nachdenklich hinzu.

Als Ginnemon mit der üblichen Verspätung eintraf, um sie auf ihre Visiten zu begleiten, war Katharina schon wieder in ihre Rolle als Adjunkt geschlüpft, der Doktor Liebau diensteifrig die Tasche hinterhertrug. Konzentriert wie immer kam der junge Dolmetscher seinen Pflichten nach, aber kaum waren sie nach Deshima zurückgekehrt, zog er Katharina beiseite.

»Ist irgendetwas geschehen? Vorhin hat Doktor Liebau mir gesagt, das mit der *Yuyo* sei ein Irrtum gewesen.« Er schien zutiefst verwirrt.

»Ja, er benötigt keine mehr«, erwiderte Katharina hastig und bückte sich, um Meisje, die zu ihrer Begrüßung angetrottet kam, hinter den Ohren zu kraulen. Das Leben auf der Insel schien der Hündin zu bekommen. Kaum noch etwas erinnerte an das furchtsame Tier, das keinen Fußbreit von Katharinas Seite gewichen war. Manchmal war sie den ganzen Tag verschwunden und tauchte erst abends wieder auf – satt, zufrieden und müde.

Ginnemon hatte ihr zu Anfang, als sie sich einmal über die Tierliebe der Japaner verwundert geäußert hatte, erklärt, dass Meisjes auffällige Fellzeichnung hierzulande als Zeichen einer ungewöhnlichen Wiedergeburt galt. Wen die Hündin in ihr Herz schloss, dessen Karma werde als besonders glücklich angesehen. Und natürlich wetteiferten nun alle japanischen Angestellten um ihre Gunst!

»Vielleicht schafft sie es noch in die Position der kaiserlichen Lieblingshündin«, hatte er spöttisch prophezeit. »Es kann ja sein, dass sie als Hofgeschenk gefordert wird.«

Als sie sich wieder aufrichtete, schien Ginnemons höflich fragender Gesichtsausdruck weitere Erläuterungen zu erfordern. Die unausgesprochene Frage »Warum?« hing so offensichtlich zwischen ihnen, dass Katharina sich zu einem lahmen »Er hat es sich plötzlich anders überlegt« gezwungen fühlte.

»Hat es etwas damit zu tun, dass deine Augen heute ständig an ihm hängen?«

Ohne dass sie es verhindern konnte, schoss die Hitze ihr ins Gesicht. Die heißen Wangen und der schuldbewusste Gesichtsausdruck sprachen eine so deutliche Sprache, dass Ginnemon warnend die Hand hob, als sie zu einem Rechtfertigungsversuch ansetzte.

»Sag jetzt nichts. Aber nehmt euch in Acht.«

»Es ist nicht so, wie du denkst! Ich …«, Katharina erinnerte sich gerade noch rechtzeitig, dass gleichgeschlechtliche Liebe bei den Japanern nicht als sündhaft angesehen wurde. Wenn der Dolmetscher sie und Martin für zwei Sodomiten hielt, war das hier auf Deshima keine große Sache. Es durfte nur nicht einem der Holländer zu Ohren kommen! Hatte er das gemeint, als er sie zur Vorsicht mahnte?

Ginnemon sah sich bedeutungsvoll um und schüttelte

warnend den Kopf. »Über manche Dinge ist es besser zu schweigen! Mein Wissen muss ich dem Oberdolmetscher mitteilen, meine Gedanken nicht«, sagte er leise, um dann mit gleichmütiger Stimme fortzufahren: »Ich habe eine kleine Schwester, die meiner Mutter viel Kummer bereitet, weil sie immer ein Junge sein möchte. Ist das nicht lächerlich?« Er nickte ihr zu und verschwand Richtung Dolmetscherhaus. Verwirrt sah Katharina ihm nach. Wollte er ihr damit zu verstehen geben, dass er über ihre Verkleidung Bescheid wusste?

Eine gewisse Verlegenheit ließ Katharina schweigen, als sie im Speisezimmer des Arzthauses zum ersten Mal seit heute Morgen wieder allein miteinander waren. Martins Verhalten ihr gegenüber hatte in nichts an den zärtlichen Liebhaber der Morgenstunden erinnert. Sachlich, fast schon kurz angebunden, hatte er zu ihr gesprochen, wenn er sie angewiesen hatte, die Arzneien zu notieren, die er den Patienten schicken wollte. Auch der misstrauischste Beobachter wäre nicht auf den Gedanken gekommen, hier denselben Mann vor sich zu haben, der noch vor ein paar Stunden genau diesen Gehilfen leidenschaftlich umarmt hatte.

Wie um sich zu vergewissern, dass sie nicht alles geträumt hatte, trat sie mit ausgebreiteten Armen auf ihn zu. Sie sehnte sich danach, ihn erneut zu berühren. Er schlang kurz seine Arme um sie, schob sie aber nach einem flüchtigen Kuss auf die Nasenspitze energisch auf ihren Platz zurück. »Nicht, das ist zu gefährlich«, sagte er freundlich, aber entschieden. »Solange wir hier gezwungen sind, dein Spiel zu spielen, bist du bei Tageslicht Severin. Oder möchtest du die nächsten Monate in einem verschlossenen Zimmer in der Faktorei verbringen?«

Seine Bedenken waren berechtigt. Da die japanischen Behörden eisern darauf bestanden, dass die holländische Besatzung nur aus Männern bestand, bliebe dem Faktoreidirektor schon im Interesse der guten Beziehungen nichts anderes übrig, als eine enttarnte Frau wegzusperren, den Blicken zu entziehen, ihre Existenz zu leugnen. Katharina seufzte und setzte sich.

»Ich habe Ginnemon gefragt, wie Japaner heiraten«, sagte Martin beiläufig und hob den Deckel der großen Reisschale, die zu jeder Mahlzeit auf dem Tisch stand. »Es scheint eine ziemlich formlose Geschichte zu sein. Er behauptete, das Brautpaar äße gemeinsam eine Schale Reis und würde zusammen vor dem Hausschrein beten – mehr bräuchte es nicht. Kam mir komisch vor, aber mehr war aus ihm nicht herauszubekommen.«

Nachdem er ein Essschälchen halb mit Reis gefüllt hatte, hielt er plötzlich inne und griff über den Tisch nach Katharinas rechter Hand. »Das mit dem Hausschrein kommt wohl nicht infrage, aber die gemeinsame Reismahlzeit schon. Was hältst du davon? Wollen wir auf japanisch heiraten? Jetzt auf der Stelle?«

Katharina musterte ihn überrascht. Sie hätte nicht erwartet, dass ausgerechnet Martin Wert auf Rituale legte. War es ein gutes Zeichen, dass er ihre Übereinkunft besiegeln wollte? Natürlich hätte eine solche Zeremonie nicht die geringste Rechtsgültigkeit. Was zählte, war die Geste – und die ließ ihr Herz kräftig schlagen.

»Ihre Bitte ist eine hohe Ehre für ein unwürdiges Mädchen wie mich«, sagte sie feierlich und verneigte sich im Sitzen.

Martin hob fragend die Brauen. »Heißt das, ja?«

Sie nickte bestätigend und lächelte ihm zärtlich zu. Dass

er das Bedürfnis verspürte, sie nicht einfach zu seiner heimlichen Geliebten zu machen, sondern ihre Beziehung von einer solchen Affäre abheben wollte, rührte sie.

»Ich verspreche, dir ein guter Ehemann zu sein! Beziehungsweise zu werden …« Martin nahm die Essstäbchen zur Hand, fischte einen Brocken Reis aus dem Schälchen und reichte ihn ihr dann wie einen kostbaren Kelch.

»Und ich verspreche, alles zu tun, um dir eine gute Ehefrau zu sein«, sagte sie leise. »Ob als Severin oder als Katharina …«

»Beide haben ihre Vorzüge!«, sagte Martin schmunzelnd. »Wobei Katharina natürlich gewisse Dinge zu bieten hat, die ich bei Severin nicht suchen würde.« Er grinste anzüglich und hob seinen *Sake*-Becher. »Auf uns! Auch wenn unsere Ehe ziemlich ungewöhnlich beginnt – möge sie uns Glück und Zufriedenheit bringen!«

Gleich nach dem Mittagsmahl wurden sie zu ihrer Überraschung zum *Ottona* gerufen. Der Bote wusste nicht zu sagen, was der Anlass für die ungewöhnliche Einladung war. Beunruhigt machten sie sich auf den Weg.

Wenn Doktor Kaempfer auch bei Gibuemon Yoshikawa ein und aus gegangen war und große Stücke auf ihn gehalten hatte, so war das Verhältnis zwischen dem neuen Arzt und dem *Ottona* mit einer solch freundschaftlichen Beziehung nicht vergleichbar. Man war ja noch kaum miteinander bekannt!

Was wollte der Quartiersaufseher also von ihnen? Die Einladung hatte mehr einer Vorladung geglichen – zwar höflich formuliert, aber im Grunde ein Befehl. Hatte Yorimoto seinem Bruder doch noch reinen Wein eingeschenkt? Hatte jemand hinsichtlich der Identität des Arztgehilfen Verdacht geschöpft? Oder hatten sie gegen irgendwelche Vorschriften verstoßen?

Als sie dem Boten die breiten Zedernholzstufen, die zum Amtssitz des *Ottona* führten, hinauffolgten, lächelte Martin Katharina ermutigend zu: »Vermutlich ist ihm nur das Kohlgemüse mittags nicht bekommen! Doktor Kaempfer warnte mich schon, dass er oft von Koliken geplagt wird.«

In der düsteren Eingangshalle war die unterschwellige Nervosität noch deutlicher zu spüren. Die Diener huschten umher wie aufgescheuchte Hühner. Aufgeregte Stimmen drangen aus den hinteren Bereichen. Selbst der Haushofmeister, der sich verneigend die *Shoji*-Schiebetür zum Audienzraum aufzog, schien nur mühsam seine Erregung zu unterdrücken. Die kleine Gestalt, die dort zwischen *Ottona* Gibuemon und dem Oberdolmetscher Motoki saß und selbstbewusst mit den beiden älteren Männern plauderte, schien den Aufruhr eigentlich nicht zu rechtfertigen. Aber als sie ihr Gesicht den Neuankömmlingen zuwandte, erkannten sie Kawaguchi Kojiro, den Sohn des Gouverneurs. Sprachlos vor Erstaunen starrten sie den Jungen an. Kojiro – hier auf Deshima? Es grenzte an ein Wunder, dass sein Vater ihm das Betreten der Insel erlaubt hatte.

Kojiro sprang auf und verneigte sich mit formvollendeter Höflichkeit vor den Ankömmlingen. Sie erwiderten die Begrüßung entsprechend, auch in Richtung der beiden älteren Männer, die sich bescheiden im Hintergrund hielten.

»Der ehrenwerte Kawaguchi Kojiro ist gekommen, um *Sayonara* zu sagen«, übersetzte Motoki beflissen, was der Junge heraussprudelte. »Er wird in den nächsten Tagen nach *Edo* aufbrechen und in eine bekannte Schule für *Samurai*-Söhne eintreten, um dort auf seine zukünftigen Aufgaben vorbereitet zu werden. Es liegt ihm am Herzen, Euch vorher noch seines tief empfundenen Dankes zu versichern. Yorimoto-*sama* hat ihm erzählt, was ihr für ihn getan habt und dass er es nur Eurer Kunstfertigkeit verdankt, dass er nun nicht als nutzloser Krüppel seiner Familie zur Last fallen muss.«

Katharina verkniff sich ein Lächeln. Es war für alle offensichtlich, dass der würdevolle Oberdolmetscher Kojiros unbefangene Worte in höfische Floskeln kleidete.

»Es war mir eine Ehre und eine Freude, seine Genesung begleiten zu dürfen«, sagte Martin herzlich und lächelte seinem ehemaligen Patienten zu. »Ich entnehme Euren Worten, dass Ihr gänzlich wiederhergestellt seid?«

Kojiro grinste übermütig und vollführte mit seinen Schwertern einige halb akrobatische Übungen. Martin nickte zufrieden.

»Kojiro-*sama* möchte Euch eine armselige Kleinigkeit überreichen, damit Ihr ihn nicht vergesst. Er bittet, dass Ihr sie nicht an den Gaben seines Vaters messt.«

Der Junge drehte sich um und hob ein sorgfältig in Seide eingewickeltes Päckchen auf, das er Martin feierlich mit beiden Händen darbot.

»Das Go-Brett, auf dem er mit Euch gespielt hat, bevor Ihr ihm das ausländische Spiel geschenkt habt, stammt noch von seinem Urgroßvater. Er möchte, dass Eure Kinder später damit spielen.«

Gerührt nahm Martin das Geschenk entgegen. Er hatte das Brettspiel einmal bewundert, und Kojiro musste sich daran erinnert haben. Das »armselige Geschenk« war ein mit Elfenbein und Ebenholz eingelegtes Spielbrett, die Spielsteine dazu aus poliertem Gold und geschwärztem Silber, mit eingestanztem Familienwappen.

Auch an Katharina hatte der Junge gedacht. Der Lackkasten, den er ihr augenzwinkernd überreichte, enthielt eine

Auswahl feiner *Mochi*-Klöße. Gerade suchte sie noch nach den passenden japanischen Dankesworten, als draußen erneut eine Unruhe entstand, die sich von der allgemeinen Nervosität unterschied, die beim Besuch eines ungewöhnlich vornehmen Gastes eintrat.

Ein kurzes Bellen, dann tappten Hundepfoten über die polierten Bohlen des Gangs und schon drängte Meisje sich durch den Spalt der *Shoji*-Tür in den Raum. Gewohnt, sich überall Zutritt zu verschaffen, hatten die halbherzigen Versuche der Wachen, sie fernzuhalten, nicht gefruchtet. Selbstbewusst nahm sie die Anwesenden in Augenschein und trottete dann wie selbstverständlich auf Kojiro zu.

»Meisje!«, zischte Katharina entsetzt. Aber die Hündin schien sie nicht zu hören. Wie von einem unsichtbaren Band gezogen, bewegte sie sich zielsicher auf den Jungen zu, leckte seine Hände und legte sich dann zu seinen Füßen nieder, als gehörte sie immer schon dorthin. Die Stille im Raum ließ die ruhigen Atemzüge des Tiers laut erscheinen. Nach anfänglichem Zögern begann Kojiro, Meisje zu streicheln, worauf sie sich noch enger an ihn schmiegte und leise, jaulende Laute ausstieß.

Sprachlos vor Erstaunen beobachtete Katharina die beiden. Es war Liebe auf den ersten Blick. Ob Kojiro Meisje an Heyn erinnerte? Niemand hätte in Katharinas Augen unterschiedlicher erscheinen können als der schlaksige, weizenblonde Heyn und der schwarzhaarige, zierlich gebaute Kojiro, aber die Hündin schien etwas zu erspüren, das dem Auge verborgen blieb.

Katharina fasste spontan einen Entschluss. Nach einem kurzen Blickwechsel mit Martin, der ihr bestätigend zunickte, sagte sie laut: »Würde Kojiro uns die Freude machen und die Hündin Meisje als Gegengeschenk akzeptieren?«

Das Strahlen, das das Gesicht des Jungen überzog, als Motoki übersetzt hatte, sprach Bände.

Trotzdem sträubte er sich zunächst, ein so überwältigendes Geschenk anzunehmen. Schließlich galt die Hündin als Glücksträger.

»Sie hat Euch erwählt«, sagte Katharina, an ihn gewandt, in ihrem holprigen Japanisch. »Ich habe nur für sie gesorgt, nachdem ihr voriger Herr verstorben ist. Jetzt hat sie Euch gefunden. Weist sie nicht zurück.«

Weit von dieser Idee entfernt, schloss er die Hündin vorsichtig, wie etwas überaus Kostbares, in seine Arme, und Meisje nutzte die Gelegenheit, ihm herzhaft das Gesicht abzulecken.

»Zwei Glückspilze«, murmelte Martin erheitert. »Die beiden sind offensichtlich ein Herz und eine Seele!«

Wenn es auch schwierig war, im Gesicht des *Ottona* zu lesen, so drückte doch der freundliche Tonfall, in dem er seinen Gästen Tee und *Sake* anbot, eine gewisse Zustimmung aus. Als man sich trennte, geschah es in bestem Einvernehmen. Zwar leckte Meisje Katharina zum Abschied die Hände, machte aber keine Anstalten, auch nur eine Handbreit von Kojiros Seite zu weichen.

»Ich mag Kojiro wirklich gern leiden«, stellte Katharina fest, als sie durch die Hauptgasse zurück zu ihrem Haus schlenderten. »Er hat so gar nichts von seinem Vater. Ob der immer schon so unnahbar war?«

»Niemand wird als Gouverneur geboren«, gab Martin zu bedenken. »Ein hohes Amt oder große Macht verändern die meisten Menschen – und selten zu ihrem Vorteil!« Er wandte ihr den Kopf zu und musterte sie aufmerksam: »Wird Meisje dir nicht fehlen?«, fragte er mitfühlend.

»Ein wenig bestimmt«, gab Katharina zu. War die Hündin

doch die letzte Erinnerung an Heyn gewesen! Auch wenn sie ihr nicht mehr auf Schritt und Tritt gefolgt war, war es ein Unterschied, ob Meisje nur irgendwo auf Deshima umherstreifte oder unerreichbar in *Edo* lebte. »Aber ich denke, sie wird es gut haben bei Kojiro. Jedenfalls ist es für sie sicherer, als wenn sie bei uns bliebe. Sie hasst doch die Seefahrt!«

»Kein Wunder – bei ihren Erfahrungen!«, sagte Martin lachend und öffnete die Haustür.

Den Rest des Nachmittags blieb ihr keine Zeit zur Melancholie. Erst beim Abendessen dachte sie wieder an Meisje, und leise Trauer stieg in ihr auf. Nicht, dass sie ihre Entscheidung bedauerte, sie Kojiro zu überlassen. Aber sie hatte das Gefühl, nun das letzte Band zerschnitten zu haben, dass sie mit Heyn noch verbunden hatte. Der Junge war zu Beginn ihres neuen Lebens ihr erster guter Freund gewesen. Martin schien ihre trüben Gedanken zu spüren. Kaum hatten sie ihren Abendreis gegessen, zwinkerte er ihr verschwörerisch zu. »Ich habe eine Überraschung für dich! Ich habe das Badehaus für uns anheizen lassen.«

Das Badehaus auf Deshima war ein Entgegenkommen der Japaner, das von den Holländern praktisch nicht genutzt wurde. Völlig nackt zu mehreren in Zubern voll heißen Wassers zu sitzen, war in ihren Augen kein Vergnügen, sondern Sodom und Gomorrha. Doktor Kaempfer allerdings war ein großer Anhänger der japanischen Badekultur gewesen, und Martin hatte sich ihm ein paar Mal angeschlossen. Katharina hatte natürlich nie mitgehen können und kannte daher diese Einrichtung nur aus Beschreibungen. Obwohl sie liebend gerne zugestimmt hätte, zögerte sie nun.

»Ist das nicht zu gefährlich? Wenn mich jemand sieht?«

Doktor Kaempfer hatte aufs Höchste erheitert geschildert, dass man bereits im Vorraum jegliches Kleidungsstück ablegte, was einen frisch auf Deshima eingetroffenen Unterkaufmann dazu bewogen hatte, auf dem Absatz kehrtzumachen und diesen Sündenpfuhl nie wieder zu betreten. Und auch bei schlechter Beleuchtung und viel Dampf in der Luft konnte Katharina in nacktem Zustand nicht als Mann durchgehen.

»Ich habe dezent Erkundigungen eingezogen«, erwiderte Martin und verzog spöttisch den Mund. »Außer mir sind alle der Überzeugung, ein solches Übermaß an heißem Wasser müsse der Gesundheit abträglich sein. Keine Sorge, wir sind dort ganz für uns.«

»Und die Japaner?«

»Die nutzen lieber die Badehäuser in der Stadt, wo sie nicht plötzlich mit einem nackten Barbaren konfrontiert werden könnten.«

Katharinas Lächeln konnte man nur als mutwillig bezeichnen, als sie mit sittsam gesenkten Augen zurückgab: »Ich hätte nichts dagegen, mit einem nackten Barbaren konfrontiert zu werden.«

»Wirklich?« Auf einmal klang seine Stimme leicht heiser, und ein Funkeln tief in seinen blauen Augen ließ ihr Herz schneller schlagen.

»Dann komm!«, rief er und sprang auf.

Das Badehaus war ein hübscher, kleiner Bau in der Nähe der Außenbegrenzung. Als hätte man vorausgesehen, dass es nicht stark frequentiert werden würde, hatte man es in einem wenig betretenen Teil der Insel errichtet. Hierher verirrten sich auch die nächtlichen Wachen nicht oft. Wozu auch, wenn kaum jemand dorthin kam?

Katharina empfand die Wärme, die sie hinter der Eingangstür empfing, an diesem kühlen Herbstabend als überaus angenehm. Neugierig sah sie sich um. Die Innenausstattung war schlicht, funktional. Im Umkleideraum standen ein paar Bänke und ein offenes Regal, in dem man während des Aufenthalts seine Kleidungsstücke ablegen konnte. Da sie beide sich angewöhnt hatten, auf Deshima japanische Tracht zu tragen, ging das Auskleiden schnell. Man musste ja nur den Gürtel öffnen, der Kimono und Untergewand zusammenhielt, und schon war man nackt.

»Ich entdecke immer neue Vorzüge der japanischen Lebensart«, murmelte Martin und zog Katharina leidenschaftlich an sich. »Wenn ich denke, wie lange es dauert, allein ein Mieder aufzuschnüren …«

»Ich hatte eher den Eindruck, dass du recht geschickt darin bist«, gab sie zurück, und das Bild der Mestizin in *Batavia* stand ihr wieder vor Augen. Auch er schien sich an das nächtliche Stelldichein zu erinnern, denn er stieß überrascht den Atem aus und presste sie enger an sich.

»Du hast mir nachspioniert?«, fragte er.

»Natürlich nicht! Was kann ich dafür, wenn du dich mit ihr mitten ins Licht stellst?«

»Du bist eifersüchtig!«, neckte er sie und unterdrückte ein Lachen. »Du hörst dich schon ganz wie eine misstrauische Ehefrau an.«

Um ihren Protest zu ersticken, küsste er sie so lange, bis ihr schwindelte und sie sich nur noch atemlos an seine Schultern klammerte. Dann wies er sie an, sich auf einen kleinen Hocker zu setzen und begann, sie eifrig am ganzen Körper mit Seifenschaum einzureiben. Katharina genoss das prickelnde Gefühl, das seine Liebkosungen in ihr auslösten.

»Später werden wir in diese Wanne dort steigen«, sagte er dann und zeigte auf einen riesigen, in den Boden eingelassenen Holzzuber, aus dem Dampfwolken aufstiegen. »Aber bevor man das Badewasser mit anderen teilt, muss man so rein wie möglich sein.«

Neben dem Schemel standen weitere Eimer mit warmem Wasser bereit. Martin leerte einfach zwei davon über ihr aus, und das Seifenwasser lief durch die breiten Spalten im Boden ab. Als sie die Plätze tauschten und Martin ihr den Behälter mit dem Schaum in die Hand drückte, seifte sie etwas verlegen zuerst seinen Rücken ein. Mutiger werdend ging sie dann zu Armen und Brust über, ehe sie kurz über seinem Bauchnabel innehielt. Er war voll erregt.

»Soll ich weitermachen?«, fragte sie schüchtern.

»Möchtest du denn?«, fragte er, ermutigend die Beine spreizend, sodass sie sich zwischen seinen Schenkeln hinknien konnte. Kurz entschlossen verteilte sie den Rest Seifenschaum auf seinem Unterkörper, die Gelegenheit nutzend, ihn dabei gründlich zu erforschen. Er war es schließlich, der nach dem Eimer griff, sich abspülte und sie zum großen Badezuber zog.

Als er sie einige Zeit später auf den Rand hob und sich zwischen ihre Schenkel stellte, ließ ein kalter Lufthauch sie erschauern. Doch dieser verschwand so schnell wieder, dass sie nicht weiter darauf achtete. Ebenso wenig wie auf das leichte Klappern eines Fensterladens. Der Seewind suchte und fand seinen Weg durch jede Ritze.

Kapitel 14

Seelenwanderung

Yorimoto versuchte angestrengt, die sich darbietenden Zeichen zu einem Muster zu ordnen. Hinter all dem musste ein Sinn verborgen sein. Der sterbende Rochen hatte ihm *Ki-urushi* zugeführt. Eine als Mann verkleidete Europäerin!

Und der Mann, den sie liebte, hatte Kojiro gerettet, und jetzt hatte sie dem Jungen, dessen Karma als ungewöhnlich stark angesehen wurde, seit er dem Tod so knapp entronnen war, diesen Glückshund geschenkt. Das Tier würde Kojiros Ruf, über ein außergewöhnliches Karma zu verfügen, noch verstärken. Er liebte Kojiro wie einen Sohn, den er selbst nie gehabt hatte. Die Beziehung zu seinem Neffen war enger als allgemein üblich. Mit den Jahren hatte der sensible Junge sich immer mehr Yorimoto angeschlossen, der für ihn Mentor, Lehrer und fürsorgliche Vaterfigur geworden war. Für Munetsune war sein Sohn nur ein Mittel, die eigene Position zu stärken. Eine seinen Zügen unterworfene Spielfigur, wie in dem fremdartigen Brettspiel, das die Europäer »Schach« nannten.

Auch Umé war für Munetsune nichts als eine Figur gewesen, ihre Unterbringung in den kaiserlichen Gemächern ein Spielzug, der seinen Einfluss hatte vergrößern sollen. Hatte es etwas zu bedeuten, dass ausgerechnet *Ki-urushi* sie am Fluss aufgefunden hatte? Versuchte der wiedergeborene

Geist, auf die Geschicke der Familie Kawaguchi Einfluss zu nehmen?

Bedenken dieser Art hatten ihn die letzte Zeit davon abgehalten, die Lektionen in Kalligrafie fortzuführen. Er musste unbedingt mit jemandem über all das sprechen. Deshalb hatte er einen Boten zu dem alten Abt geschickt, der ihm berichten sollte, ob der Greis noch lebte und ob er bereit sei, ihn zu empfangen. Am Abend zuvor war er zurückgekehrt und hatte ihm eine äußerst freundlich formulierte Einladung des alten Mannes überbracht. Sobald die Wahrsager den günstigsten Termin für Kojiros Abreise berechnet haben würden, wollte er sich dem Reisetross anschließen. Auf diese Art konnte er noch einige Zeit in der Gesellschaft des Jungen verbringen.

Für diesen Vormittag hatte er *Ki-urushi* gebeten, zu ihm zu kommen. Er musste ihr noch einige Fragen stellen. Etwas an den leichten Schritten war anders als sonst. Er lauschte auf das Klappern ihrer *Geta* auf den Stufen. Es verstummte, sobald sie sie abstellte und auf Strümpfen die raschelnden *Tatami*-Matten im Inneren betrat. Yorimoto erhob sich von seinem Platz vor der *Tokonoma*-Nische und musterte sie kritisch. Ja, *Ki-urushi* war heute anders!

Weder an der Aussprache noch an der Betonung der respektvollen Begrüßung war etwas auszusetzen, aber ihre strahlenden Augen schienen etwas zu sehen, das ihm verborgen blieb. Er erwiderte ihren Gruß und bat sie, Platz zu nehmen. Schlagartig wurde ihm klar, was sie so verändert erscheinen ließ: Ihre Bewegungen und Gesten waren weicher geworden, femininer. Er unterdrückte ein Lächeln. Sie und ihr hellhaariger Doktor hatten also gemeinsam hinter dem Vorhang gelegen! Gut so!, befand er.

Zunehmend besorgt hatte er beobachtet, wie ihre Kostümierung sie allmählich zu erdrücken schien. Das war mit ein Grund gewesen, dass er verlangt hatte, sie müsse bei ihrem Unterricht einen *Kimono* tragen. Es mochte angehen, sich für eine gewisse Zeit als Mann oder Frau zu verkleiden, aber man durfte dabei nicht vergessen, wer man tatsächlich war.

»Dein Gesicht spricht heute sehr deutlich«, sagte er und hoffte, dass sie die angedeutete Warnung hinter diesen Worten verstand. »Du solltest deine Gefühle nicht so öffentlich zur Schau stellen!«

Ihre Wangen röteten sich, und sie schlug die Augen nieder. »Ich werde mich bemühen, *Sensei!*«

Er nickte zustimmend, während er nach den richtigen Worten suchte, um sie zu fragen, was er unbedingt wissen musste. »Hattest du einen bestimmten Grund, in unser Land zu kommen? So viel ich weiß, gibt es noch viele andere Länder, mit denen die Holländer Handel treiben. Weshalb hierher?«

»Ich wäre überall hingegangen«, sagte Katharina und zuckte gleichgültig mit den Schultern. »Zufälligerweise hatte Doktor Liebau sich nach *Japonn* verpflichtet, aber es hätte auch jedes andere Land sein können.«

»Du hattest keine ... Bilder von hier in deinem Kopf?«

»In gewisser Weise doch«, antwortete sie und lachte auf. »Als ich zum ersten Mal diesen Park betrat, erinnerte er mich an die Muster auf einem Stück Seidenbrokat, das ich als Kind geschenkt bekam. Die Form der Dächer, die Pflanzen, sogar die Kleidung ähnelte den Darstellungen so sehr, dass ich fast erwartet hätte, auch noch einen Drachen zu sehen!«

»Hattest du das Gefühl, alles schon zu kennen?«, fragte Yorimoto atemlos.

»Nicht direkt.« Sie schien verunsichert durch das Drängen in seiner Stimme, das er nicht unterdrücken konnte. »Aber die Umgebung kam mir vertraut vor. Als Kind habe ich mir vorgestellt, in der Welt auf diesem Stoff zu leben. Kann es sein, dass sie mir deswegen nicht fremd erschien?«

Yorimoto antwortete nicht, während er sich bemühte, die aufsteigende Erregung in seinem Inneren zu zügeln. Das war sie, die Verbindung. Das Band, das *Ki-urushi* nach Japan zurückgezogen hatte. Ein Stück Stoff.

Fast hätte er gelacht. Wie passend für die Seele einer Frau. Unter all der Disziplin und Härte gegen sich selbst hatte sie sich wohl doch einen Rest Weiblichkeit bewahrt. Und ausgerechnet dieser kleine Rest hatte ihre Seele in die Fremde und wieder nach Hause geführt.

»Besitzt du das Stück noch?«

Bedauernd schüttelte sie den Kopf. »Ich musste den Stoff zurücklassen.«

Zu gerne hätte er einen Blick auf diesen Brokat geworfen. »Kannst du ihn mir beschreiben?«, bat er. »Welche Farbe hatte er?«

»Dunkelrot. Die Häuserdächer waren in Schwarz und Gold, und die Drachen zwischen dem Bambus schimmerten in allen möglichen Grüntönen.« Sie schloss die Augen, während sie sich auf die Bilder in ihrem Gedächtnis konzentrierte. »Die Menschen trugen lange Gewänder«, fuhr sie langsam fort. »Ich glaube, es waren *Kimono*, aber so genau kann ich mich nicht erinnern. Es gab geschwungene Brücken, das weiß ich noch genau. Und auf einer dieser Brücken stand eine Frau in einem weißen Gewand und schien mich anzusehen.«

Dunkelrot und weiß. Vor Yorimotos innerem Auge stand

wieder das Bild, von dem jede Einzelheit sich unauslöschlich in sein Gedächtnis eingebrannt hatte: der kopflose, helle Körper in schneeweißem *Kimono* in dem See aus Blut. Die Brust, die ein Kind hätte nähren sollen.

Die dünne Seide ihres Zeremonialgewands hatte das Blut aufgesogen wie eine lebendiges Wesen. Und er hatte nur zusehen können, wie das Weiß sich langsam und unerbittlich ebenfalls rot gefärbt hatte. Er verdrängte die Erinnerung daran, als ihm auffiel, dass *Ki-urushis* Augen fragend auf ihm ruhten. Sicher wunderte sie sich über sein unverständliches Benehmen. Sollte er seine Gedanken mit ihr teilen?

Nein, entschied er, das wäre zu voreilig. Auch wenn alles dafür sprach, er war sich immer noch nicht ganz sicher. Als letzte Probe wollte er mit Unterstützung des klugen, alten Abtes die wirre Seele dazu bringen, ihre Wünsche zu offenbaren. Und danach musste er entscheiden, ob er sie erfüllen wollte.

»Ich werde eine längere Reise unternehmen«, sagte er also bloß. »Aber ich denke, ich bin zurück, bevor die Magnolien blühen.«

Die Chrysanthemen verblühten, der *Gin-kyo* verstreute seine goldenen Zwergenfächer und die Herbstnebel, die sich kaum von den Winternebeln unterschieden, nahmen Besitz von Deshima und Nagasaki.

Es wurde unangenehm kalt. Zu Hause hätte man jetzt den großen Kachelofen angeheizt oder sich bei Berthe in der Küche Maronen am Herd rösten lassen, um sich an ihnen die klammen Finger zu wärmen. Und Magnus Sessenheimer hätte sich den mit Maulwurfsfell gefütterten Hausmantel bringen lassen. Hier zog man einen gefütterten *Kimono* an, manchmal mehrere übereinander, denn die Holzkohlebecken, die als Wärmespender dienten, kamen dieser Aufgabe nur mangelhaft nach.

Ein klein wenig besser war es in den Räumen der Faktorei, weil ein früherer Direktor, der unter Gelenkrheumatismus gelitten hatte, auf den Einbau von mehreren Eisenöfen bestanden hatte. Sie standen auf gemauerten Gevierten, und in ihrer Umgebung waren Teppiche und *Tatami* streng verboten. Die Japaner lebten in ständiger Furcht vor Feuersbrünsten. Ein Großfeuer konnte eine Stadt innerhalb weniger Stunden in Schutt und Asche legen. Deshalb gab es strikte Beschränkungen, was den Umgang mit offenem Feuer außerhalb der Küche betraf.

Doktor Kaempfer war scheinbar gleichgültig gegenüber der Kälte gewesen. Jedenfalls hatte er sich nicht die Mühe gemacht, die maroden Klappläden reparieren zu lassen, um wenigstens die beständige Zugluft auszusperren. Schon um sich einmal am Tag wirklich aufzuwärmen, übernahmen Katharina und Martin die japanische Gewohnheit des täglichen Bades. Immer noch hatten sie das Badehaus für sich, und wenn man schnell genug zurückhastete, konnte man leidlich warm unter die Federbetten schlüpfen, die van der Dussen ihnen aus den unerschöpflichen Vorräten der Faktorei abgezweigt hatte.

Der dicke Kaufmann hatte seine ehemaligen Mitreisenden von der »Seepferd« sozusagen unter seine Fittiche genommen. Nicht ganz uneigennützig, denn die Gesellschaft des Faktoreidirektors war nicht nach seinem Geschmack. Seiner Ansicht nach war der ehrgeizige, überhebliche Mann eine krasse Fehlbesetzung. Insgeheim führte er ein privates Tagebuch sämtlicher Vorkommnisse und manchmal vergnügte er sich damit, darin de Heeres Versäumnisse und Fehler in flammenden Worten zu geißeln. Sein Memorandum zur Amtsführung des neuen Residenten auf Deshima würde in Amsterdam für einiges Aufsehen sorgen, da war er sich sicher. Doch van der Dussen gab sich nicht der Hoffnung hin, dass die übliche Praxis, Familienmitgliedern des Rates einträgliche Posten zuzuschanzen, daraufhin grundlegend infrage gestellt werden würde. Aber zumindest könnte sein Tagebuch Fragen provozieren. Fragen, die seiner Meinung nach überfällig waren.

In den Blütezeiten der VOC hatte es nie eine Rolle gespielt, wie viele Parasiten sich an ihr bereicherten. Nach der Auflösung der Westindischen Compagnie und den zunehmend schwierigeren Zeiten für die Ostindische musste man sich jedoch allmählich Gedanken darüber machen, wie die Aktivitäten der Außenposten zu kontrollieren waren. Van der Dussen war nicht begeistert gewesen, als die Herren ihn beauftragt hatten, erste Nachforschungen in Übersee anzustellen. Inzwischen aber war er der Ansicht, dass sowohl in *Batavia* als auch auf Deshima einiges im Argen lag. Mit der ihm eigenen Akribie stand alles fein säuberlich aufgeschrieben in seinem Manual. Sobald er wieder an Bord eines Schiffes der Retourflotte war, würde einiges davon den Weg in seinen Bericht finden.

Bis es so weit war, vertrieb er sich die Zeit damit, mit Doktor Liebau Schach zu spielen. Sobald er entdeckt hatte, dass der deutsche Arzt ein durchaus passabler Gegner war, hatten sie es sich zur Gewohnheit gemacht, mit dem Schachbrett zwischen sich im Salon der Faktorei vor dem Ofen zu sitzen und die düstere Zeit bis zum Nachtmahl zu überbrücken.

In Sichtweite von Shimonoseki begegneten sich zwei größere Reisegruppen. Die eine war unterwegs nach *Edo*, die andere nach Nagasaki. Ehrerbietig traten die Träger der Kawaguchis von der Straße und warfen sich zu Boden, um dem einzigen Insassen der *Norimono*-Sänfte mit dem Malvenwappen der *Tokugawa* den gebührenden Respekt zu erweisen. Nichts war zu vernehmen außer dem Tappen nackter Füße auf dem harten Lehm, während der Trupp im Laufschritt an ihnen vorbeizog. Yorimoto erhaschte nur einen Blick auf ein glattes, unbewegtes Gesicht. Ein bekanntes Gesicht.

Er hatte diesen Mann oft genug bei Hof gesehen, wenn er ihm auch nach Möglichkeit aus dem Weg gegangen war. Was tat Religionskommissar Aoki so weit im Süden? Sein Erscheinen verhieß nichts Gutes. Hatte man wieder Christen angezeigt? Inzwischen war der Glaube der Südbarbaren fast ausgerottet. In gewisser Hinsicht bewunderte Yorimoto diese Menschen, die bereit waren, für etwas zu sterben, das nur in ihren eigenen Köpfen existierte. Andererseits hielt er sie für ausgesprochen verantwortungslos und starrköpfig. Japan zu einen hatte Ströme von Blut gekostet.

Die Erinnerung an die Schlacht von Sekigahara, bei der die Familie der *Tokugawa* ihre Rivalen endgültig aus dem Feld geschlagen und ihren Machtanspruch durchgesetzt hatte, war in vielen Familien noch lebendig. Seitdem war die Zeit der Kriege zwischen Provinzfürsten vorbei. Diese Einheit war zu kostbar, um sie für irgendeinen wirren Glauben aufs Spiel zu setzen.

Vielleicht hatte auch nur wieder ein verrückter Missionar versucht, ins Land zu kommen, und Aoki wollte ihn verhören? Die unbestimmte Sorge, die an ihm nagte, war sicher übertrieben. *Ki-urushi* war auf Deshima in Sicherheit. Er schätzte Ginnemon als vernünftigen Mann, der seine Schutzbefohlenen nicht in Schwierigkeiten geraten ließ.

»Wer war das?«, riss ihn Kojiros Stimme aus seinen Grübeleien. »Er sah überaus vornehm aus.«

»Er gibt sich auch alle Mühe, diesen Eindruck zu machen«, bemerkte Yorimoto trocken und verfolgte, wie die Staubwolke hinter dem Trupp sich langsam zu Boden senkte. »Das war Religionskommissar Aoki Yoshitsugu, unterwegs in sichtlich dringenden Geschäften.«

»Du magst ihn nicht?« Kojiro war erstaunlich hellhörig für sein Alter.

»Nein.«

»Verachtest du ihn oder fürchtest du ihn?«

Yorimoto unterdrückte ein Lächeln über diese für den Sohn eines *Samurai* so typische Fragestellung. »Beides«, erwiderte er ernsthaft. »Auch wenn ich seine Amtsführung für unwürdig halte, würde ich mich unter keinen Umständen dazu hinreißen lassen, meine Kritik offen zu äußern – er hat das Ohr des Regierungsrates und kann Familien, die seinen Zorn erregen, großen Schaden zufügen. Es ist klüger, unnötige Gefahren zu meiden. Großer Mut ist oft große Dummheit. Die Schlangen, die im Straßendreck kriechen, können genauso töten wie das Schwert eines *Samurai*.«

»Ich werde mich vorsehen«, versprach der Junge und zog Meisje enger an sich. Die Hündin schien sein Unbehagen zu spüren und reckte den Hals, um ihm tröstend über das Kinn zu lecken.

»Es wird auch in der Schule besser sein zu schweigen«, fuhr Yorimoto fort. »Beobachte die anderen, ziehe deine Schlüsse, aber halte dich im Hintergrund. Die erste Reihe hat nicht nur mit dem Feind, sondern auch mit Neid und Missgunst der hinteren Reihen zu kämpfen. Verstehst du mich?«

Kojiro war noch sehr unerfahren. Die Söhne der *Samurai*, die in *Edo* aufgewachsen waren, hatten die Intrigen bereits mit der Muttermilch eingesogen. Oft genug wurden bereits in den Frauengemächern die Weichen für die spätere Karriere gestellt. Fast bedauerte er, Kojiro zu wenig auf die Niederungen des Lebens vorbereitet zu haben. Edelmut und Bescheidenheit waren Tugenden, die einen Helden ausmachten. Leider trug keine dieser beiden Eigenschaften dazu bei, einem das Leben in *Edo* zu erleichtern.

Am übernächsten Tag erreichten sie das Kloster, und Yorimoto musste sich schweren Herzens von seinem Neffen trennen.

»Er wird seinen Weg gehen, wie es ihm bestimmt ist«, sagte der alte Abt leise, während sie vor dem Tor standen und gemeinsam Kojiros Reisetrupp nachsahen. Dann wendete er sich Yorimoto zu und fragte ohne Umschweife: »Ich entnahm Eurer Anfrage, dass der Geist sich manifestiert hat?«

»So ist es.«

»Und die Person, die er dazu gewählt hat, verwirrt Euch?« Ein leichtes Lächeln verzog die tiefen Runzeln seines Gesichts. »Ich habe Euch gesagt, dass dieser Geist sich unüblich verhalten könnte. Wer ist es?«

»Eine als Mann verkleidete Holländerin«, sagte Yorimoto und verspürte eine leise Genugtuung, als die verschmitzten Augen seines Gegenübers sich weiteten.

»Das ist wirklich unüblich!«, brachte der Abt hervor.

»*Ki-urushi* ist eine durch und durch ungewöhnliche Person. Sie zeigt großes Interesse an allem Japanischen. Also habe ich mich bereiterklärt, sie zu unterrichten. Und sie lernt unsere Sprache, als wäre sie dazu geboren.«

»Was sie vielleicht auch ist!«, warf der alte Mann bedeutungsvoll ein.

»Andererseits hat sie eine Liebesaffäre mit einem holländischen Arzt. Würde die Seele nicht einen Japaner bevorzugen?«

»Nein!« Er schüttelte entschieden den weißhaarigen Kopf. »Sie ist als Holländerin aufgewachsen und wird sich einen Gefährten suchen, der wie sie denkt und fühlt.«

»Warum ist sie dann überhaupt nach Japan zurückgekehrt?« Diese Frage hatte Yorimoto sich seit Langem immer wieder gestellt. Und die Antwort konnte eigentlich nur heißen: seinetwegen. Das Band zwischen ihnen war immer noch nicht durchtrennt.

»Vielleicht hilft uns eine Meditation weiter«, schlug der Alte vor. »Lasst uns den Tag im Gebet verbringen.« Und schon schritt er ihm voraus zum zentralen Gebetsraum, in dem die jüngeren Mönche bereits seit Sonnenaufgang die *Sutren* rezitierten. Ihre gedämpften Stimmen klangen neben dem morgendlichen Gezwitscher der Vögel wie das Murmeln eines Bergbachs.

Auf Deshima braute sich derweil einiges zusammen.

Inspektor Gempaku, ein Ermittler aus Osaka, war auf der örtlichen Dienststelle der Polizei vorstellig geworden und hatte dort erklärt, dem unerklärlichen Verschwinden des ehrenwerten jüngsten Sohnes der Familie Santetsu nachgehen zu wollen. Anhand der Aufzeichnungen in den Rasthäusern und Zollstationen war sein Reiseweg bis Nagasaki lückenlos belegt. Dort schien er sich jedoch in Luft aufgelöst zu haben. Gempaku bat um Amtshilfe bei seinen Nachforschungen. Der Vorsteher war nicht gerade begeistert: Junge Männer aus gutem Haus verschwanden meist aus eigenem Antrieb und waren alles andere als dankbar, wieder aufgefunden zu werden. War es nicht besser, solche Unannehmlichkeiten zu vermeiden?

Aber die Papiere, die der Inspektor vorlegte, forderten volle Unterstützung. Also schwärmten die *Doshin*, die bewaffneten Straßenpolizisten, aus wie erzürnte Wespen. Nach zwei Tagen hatten sie eine Spur gefunden. In Nagasaki hatte der junge Herr Santetsu ein Zimmer in einer Herberge für Studenten bezogen und im Voraus die Miete bezahlt. Da er seine Tage und einen großen Teil der Nächte angeblich im Kabuki-Theater verbracht hatte, war dem Wirt erst nach einigen Tagen aufgefallen, dass der junge Mann verschwunden war. Anstatt nun das Fernbleiben des Gastes unverzüglich zu melden, hatte der Mann aus Furcht vor Sanktionen das Verschwinden seines Gastes geheim gehalten – in der verzweifelten Hoffnung, der Student würde irgendwann wieder auftauchen.

Als die Beamten der Stadtverwaltung das Zimmer durchsuchten, fielen einem von ihnen die überall verstreuten Liebesgedichte auf. Sie wurden eingesammelt und einem Gelehrten übergeben, der nach einigen Stunden Studium die Vermutung äußerte, der Schreiber dieser Zeilen müsse ein verzweifelter Liebender gewesen sein. Die Häufung der Verse, in denen der Widerstreit zwischen *Giri*, der Pflicht, und *Ninjo*, dem Gefühl, thematisiert wurde, könne als Hinweis darauf zu deuten sein, dass er sich in einer ausweglosen Lage gewähnt und deshalb Selbstmord begangen habe. Vermutlich war es sogar ein *Shinju*.

Gab es vielleicht eine Familie, die das Verschwinden einer Tochter beklagte? Nach einigem Nachforschen stellte sich heraus, dass das einzige Mädchen, das seit Santetsus Eintreffen in Nagasaki von den Einwohnerlisten der Tempel gestrichen worden war, die Tochter des Gouverneurs war: die im Fluss ertrunkene Umé.

Es traf sich unglücklich, dass der Ermittler Gempaku Spuren hartnäckiger verfolgte als unter seinesgleichen üblich.

Im Normalfall hätten die meisten seiner Zunft nun das Gepäck des Jünglings zusammenschnüren lassen und es der Familie geschickt, zusammen mit der Nachricht, dass man leider nichts Konkretes herausgefunden hätte, aber davon ausgehen musste, dass der Gesuchte tot sei.

Gempaku hingegen gab nicht so einfach auf. Einesteils spielte das Gold, das ihm die Familie des jungen Mannes in Aussicht gestellt hatte, wenn er ihn ausfindig machen würde, eine Rolle. Aber andernteils war es einfach berufliche Neugierde. Es war nicht ungewöhnlich, dass Familien Vorfälle, deren Bekanntmachung für sie peinlich werden konnte, vertuschten, und der Tod der Gouverneurstochter im Mondschein weckte sein Misstrauen. Er roch es geradezu: Hier stimmte etwas nicht!

Wer hatte das Mädchen gefunden? In den Akten standen nur die Namen Kawaguchi Yorimoto und ein Hausdiener namens Ito. Was beim Bruder des Gouverneurs unmöglich gewesen wäre, war kein Problem beim Diener: Inspektor Gempaku lud ihn zum Verhör auf den Polizeiposten. Natürlich hätte er auch im Palast vorsprechen können, aber er setzte auf die einschüchternde Atmosphäre in den düsteren Räumen. Jeder, der auf den Posten bestellt wurde, kam mit zitternden Knien. Der *Doshin*, der sie am Haupttor in Empfang nahm, war dazu angehalten, stets ein finsteres Gesicht zu machen, um die Furcht der Vorgeladenen eher zu verstärken als zu beschwichtigen. Angst war ein wichtiger Helfer bei den Verhören.

Gempaku hatte nichts dem Zufall überlassen: Er selbst würde mit dem Rücken zum Licht sitzen, der Diener hingegen so, dass er durch die tief stehende Sonne, die durch die geöffneten Läden drang, geblendet werden würde. Im Nachbarzimmer wartete ein weiterer Polizist darauf, sobald der Inspektor die Stimme erhob, einen der Häftlinge zum Schreien zu bringen. Ein Kännchen flüssigen Kupfers stand bereit. Ohne eine sichtbare äußere Regung nickte er dem eingeschüchterten alten Mann zu, der unter ständigen Verbeugungen in den Raum schlurfte.

»Setz dich«, sagte er und wies auf den Platz vor seinem Schreibpult. »Wie ist dein Name?«

»Ito, Herr.«

Gempaku tat, als suche er in den Schriftrollen, die vor ihm lagen.

»Hier steht, du warst derjenige, der das ertrunkene Fräulein Umé fand. Ist das richtig?«

Ito nickte.

»Warst du allein?« Der scharfe Ton, in dem die Frage gestellt wurde, war eigentlich nur Teil der üblichen Verhörtaktik. Umso überraschter registrierte der Ermittler das unwillkürliche Flattern der Lider, den gesenkten Blick, der auf eine Unwahrheit hinwies.

»Ich wiederhole meine Frage: Warst du allein?«, fragte er mit deutlich erhobener Stimme.

Prompt drangen aus dem Nebenraum die Geräusche von Stockschlägen und schmerzerfüllte Schreie. Ito zuckte zusammen und schien in sich zusammenzusinken. Unmerklich verzogen sich Gempakus Mundwinkel zu einem verächtlichen Lächeln: Es würde nicht lange dauern, bis er die Wahrheit preisgab!

»Wenn der Mann dort drüben alles gestanden hat, kommst du an die Reihe«, sagte er drohend. »Ich habe doch nichts getan, Herr!«, stammelte der Alte und rang die abgearbeiteten Hände. »Bitte, Herr, ich habe doch nur den Holländer begleitet!«

Nirgends in den Unterlagen war von einem Holländer die

Rede gewesen. Gempaku spürte, wie die Erregung des Jägers in ihm aufstieg. Er fixierte sein Opfer aus schmalen Augen, während er sein weiteres Vorgehen überlegte.

»Ein Holländer? So, so«, sagte er langsam und klopfte sich mit dem Nagel des Zeigefingers an die Vorderzähne – eine Geste, die Verdächtige stets nervös machte. »Interessant. Davon steht hier nämlich nichts. Kannst du mir das erklären?«

Der Hausdiener rang verzweifelt um Luft. »Nein, Herr. Bitte, habt Erbarmen mit mir, Herr!«

»Wenn du freiwillig alles berichtest, können wir, aus Rücksicht auf dein Alter, auf die Befragung mit dem Stock verzichten!«, sagte Gempaku mit strenger Stimme.

»Ja, natürlich!« Der Alte weinte fast vor Erleichterung. »Wo soll ich anfangen?«

»Beginne mit dem Grund, wieso du an dieser Stelle unterwegs warst.«

»Ich habe den holländischen Schüler von Herrn Yorimoto begleitet.«

Gempaku bemühte sich, seine Überraschung nicht zu zeigen. »Er hat einen holländischen Schüler?«

»Ja, Herr. Der Gehilfe vom holländischen Arzt lernt bei Herrn Yorimoto Kalligrafie und die japanische Sprache. Er ist schon ganz gut darin.«

Der Inspektor hatte noch nie davon gehört, dass ein holländischer Barbar sich für Kalligrafie interessiert hätte. Äußerst seltsam! Vielleicht würde er später darauf zurückkommen.

»Ihr habt also beide gemeinsam das Fräulein Umé gefunden?«

»Und den jungen Mann, mit dem sie zusammengebunden war«, bestätigte der Mann und nickte eifrig. »Ein ausnehmend hübscher Kerl.« Sein Gesicht verzog sich traurig. »Es war wie im Theater. Aber sie waren wirklich tot.«

Gempakus Züge blieben unbewegt, obwohl er innerlich triumphierte. Sein Gespür hatte ihn nicht getrogen! Ein vertuschter *Shinju*. Aber was war mit der Leiche des jungen Santetsu geschehen?

»Sie lagen also zusammengebunden im Wasser. Was habt ihr dann unternommen?«

»Nicht im Wasser, Herr. Die Nachtflut hatte sie auf den Uferstreifen gespült. Der Holländer hat mir befohlen, bei ihnen zu bleiben und ist zu Herrn Yorimoto gelaufen. Er hat jüngere Beine als ich«, fügte er erklärend hinzu.

»Was hat Herr Yorimoto daraufhin veranlasst?«

»Er hat die beiden auseinandergeschnitten und mir befohlen, den Mann wieder in den Fluss zu ziehen«, flüsterte Ito und schauderte bei der Erinnerung.

»Und hast du es getan?«

»Ich habe es nicht geschafft … Herr Yorimoto hat dann selbst …«

»Herr Yorimoto hat den Leichnam mit eigenen Händen in den Fluss gezogen?«, fragte Gempaku ungläubig.

Ito nickte unglücklich. »Er hoffte, dass das Meer ihn aufnehmen würde.«

Den Ermittler überlief es kalt. Welcher Frevel! Einem Toten die würdige Bestattung zu verweigern und ihn dabei auch noch zu berühren! Dieser Yorimoto musste tatsächlich von bösen Geistern besessen sein. Ein gefährlicher Mann.

»Und dann?«

»Herr Yorimoto schickte mich, den Herrn Gouverneur zu holen. Ich sollte ihm sagen, seine Tochter habe einen Unfall gehabt.«

Gempaku hob ungläubig die Brauen.

»Es ist die Wahrheit, Herr. Er hat mir ausdrücklich verboten, den armen jungen Mann zu erwähnen«, beteuerte Ito.

Seine Erfahrung mit Hausbediensteten ließ den Inspektor die nächste Frage stellen. Sie klang mehr nach einer Feststellung: »Du kanntest ihn, nicht wahr?« Da die Tochter des Gouverneurs nicht unbemerkt das Haus verlassen konnte, musste er zu ihr gekommen sein. Ohne die Hilfe der Diener wäre das unmöglich gewesen. Also mussten sie Bescheid wissen.

Schuldbewusst senkte der alte Diener den Kopf. »Sie war so glücklich, wenn er sie besuchen kam«, sagte er und stöhnte auf. »Die arme Kleine …«

»Woher kannten sie sich?«

»Sie sind sich letztes Frühjahr in Kyoto begegnet. Als Fräulein Umé bei ihrer Tante war.«

So etwa hatte er sich die Sache vorgestellt. Es war die übliche Geschichte: Zwei junge Leute trafen und verliebten sich, bildeten sich ein, ohne einander nicht mehr leben zu können.

»Weißt du seinen Namen?«

Ito schüttelte den Kopf. »Fräulein Umé hat ihn immer nur Gendo genannt.«

Santetsu Gendo war der volle Name des jungen Mannes, dessen Spur sich hier verloren hatte und die nun plötzlich klar im Licht lag. Der junge Herr Santetsu hatte also tatsächlich zusammen mit der Tochter des Gouverneurs von Nagasaki *Shinju* begangen. Gempaku hegte den zynischen Verdacht, dass die Familie Santetsu mit dem Vorgehen der Familie Kawaguchi durchaus einverstanden gewesen wäre. Die Familienehre verkraftete einen auf ewig verschwundenen jüngeren Sohn deutlich leichter als einen *Shinju!*

Gempaku überlegte, wie er weiter vorgehen sollte. Hätte

der Fall einfache Handwerker oder gar Kaufleute betroffen, sähe jetzt alles anders aus. Dann wäre ein Strafgeld fällig geworden, von dem er einen hübschen Anteil abbekommen hätte. Schade, sehr schade. Das Gold hätte er gut brauchen können. Ein *Shinju*, in den zwei vornehme Familien verwickelt waren, brachte dagegen nichts als Ärger.

Gempaku versank in brütendes Schweigen. Sollte er einfach seine Augen schließen, nach Osaka zurückkehren und der Familie Santetsu mitteilen, ihr Sohn sei tatsächlich nicht auffindbar, aber höchstwahrscheinlich tot?

Plötzlich kam ihm etwas in den Sinn, das er vor einigen Tagen zufällig gehört hatte. Damals hatte er der Sache keine Bedeutung zugemessen. Einer der jüngsten Dolmetscherlehrlinge hatte steif und fest behauptet, der Gehilfe des holländischen Doktors sei ein *Fuchsgeist*. Das Kind wollte gesehen haben, wie dieser Mann sich bei Nacht plötzlich in eine Frau verwandelt hatte. Die umstehenden *Doshin* hatten es ausgelacht und ihm geraten, nicht heimlich so viel *Sake* zu trinken. Der Holländer sollte ein *Fuchsgeist* sein? War das überhaupt möglich? Aber wieso eigentlich nicht?

Inspektor Gempaku spürte, wie seine Handflächen feucht wurden. Es gab eine Lösung. Eine Lösung, die Familie Santetsu ebenso zufriedenstellen konnte wie die Familie Kawaguchi. Blitzartig hatte sie sich in seinem Kopf geformt, als würde ein Rollbild aufgespannt. Ein *Fuchsgeist*.

Jeder wusste doch, dass diese raffinierten Geister den Menschen Dinge vorgaukelten, die nicht wirklich waren. Der Diener war ein einfacher Mann, der den Amuletten um seinen mageren Hals nach zu schließen in ständiger Angst vor Dämonen lebte.

»Dieser Gehilfe war also die ganze Zeit dabei?«, fragte er mit sanfter Stimme.

Ito nickte unterwürfig.

»Ich denke, dass Herr Yorimoto und du, ohne es zu wissen, unter dem Einfluss eines bösen Geistes standet«, sagte Gempaku nachdenklich. »Nur so lässt sich euer Verhalten erklären. Dieser Geist hat euch einen *Shinju* vorgetäuscht. In Wirklichkeit ist Fräulein Umé tatsächlich ertrunken, und dieser arme junge Mann ist einem *Fuchsgeist* zum Opfer gefallen, der seinen Mord als *Shinju* zu tarnen versuchte.«

Völlig verwirrt schüttelte Ito den Kopf. »Aber da war kein Geist, Herr! Nur wir drei und die beiden Toten.«

Gempaku lächelte mitleidig. »Ist es dir nicht seltsam vorgekommen, dass du ausgerechnet in Gesellschaft dieses Holländers die Toten gefunden hast?«

Allmählich dämmerte es in den Tiefen seiner verängstigten Augen. Dann sprach reines Entsetzen aus ihnen. »Ihr meint, dieser Holländer sei ein *Fuchsgeist?«*, fragte Ito, griff instinktiv nach seinen Amuletten und umklammerte sie schutzsuchend. »Den Göttern sei Dank, dass ich zu alt bin, um die Begierden der Dämonen zu wecken!«

»Ja, das passt doch alles zusammen«, bestätigte Gempaku zufrieden. *»Fuchsgeister* suchen immer gut aussehende junge Männer heim.«

»Das würde auch erklären, wieso er spurlos verschwunden war, als ich die anderen zu der Stelle führte«, murmelte Ito betroffen, mehr zu sich selbst.

»Wahrscheinlich hat er das Aussehen eines harmlosen Tagelöhners angenommen und sich dann aus dem Staub gemacht«, sagte der Inspektor und unterdrückte ein Grinsen. Noch zwei Tage und der Alte würde jeden Eid schwören, dass er mit eigenen Augen gesehen hätte, wie der Holländer sich in einen *Fuchsgeist* verwandelt hatte! Er selber war in seiner gesamten Laufbahn noch keinem begegnet, aber er war vertraut mit der menschlichen Eigenheit, für jegliches Unglück Geistern die Verantwortung zuzuschieben. Und in diesem speziellen Fall gedachte er, sich diese Eigenart zunutze zu machen.

Dieser Holländer war das perfekte Opfer. Ungewöhnlich genug, um verdächtig zu sein. Unwichtig genug, dass seine Verhaftung höhere Stellen nicht interessieren würde. Der Gouverneur hasste die Ausländer und würde nicht eingreifen, wenn er ihn im Gefängnis von Nagasaki einsperren und foltern ließe. Ein Geständnis war nur eine Frage der Zeit.

Wenn er mit diesem Ergebnis nach Osaka zurückkehrte, würde die Familie Santetsu ihm aus Dankbarkeit sicher die versprochene Belohnung auszahlen. Und er konnte sich rühmen, einen *Fuchsgeist* zur Strecke gebracht zu haben. Eine Tat, die immerhin außergewöhnlichen Scharfsinn voraussetzte. Bei der nächsten Beförderung würden sie ihn nicht wieder so einfach übergehen können!

»Wie heißt denn dieser Holländer? Der Schüler von Herr Yorimoto, meine ich?«, fragte er beiläufig und griff nach dem Schreibpinsel.

»Herr Yorimoto nennt ihn *Ki-urushi*. Sein holländischer Name ist unaussprechlich. Kann ich jetzt gehen, Herr?« stotterte der alte Diener kläglich. »Mehr weiß ich wirklich nicht!«

Ohne ihn eines weiteren Blickes zu würdigen, bedeutete Gempaku ihm, dass er nicht mehr gebraucht würde. Erstaunlich schnell für sein Alter verschwand Ito.

Kapitel 15

Der Fuchsgeist

Wenn ich gewusst hätte, wie viel Spaß es macht, verheiratet zu sein, hätte ich dich schon damals auf der ›Seepferd‹ verführt!«, murmelte Katharina und räkelte sich wohlig unter dem warmen Federbett.

Martin hatte sie mit einem zärtlichen Kuss geweckt, aus dem Kuss war eine leidenschaftliche Umarmung geworden und nun genoss sie mit allen Sinnen das Wohlgefühl nach der Vereinigung. Ihre Körper harmonierten, als seien sie füreinander geschaffen. Wenn sie zusammen waren, schien der Körper des einen stets zu wissen, wonach der des anderen verlangte.

»Und warum hast du es nicht getan?«, fragte Martin träge und fuhr liebevoll die Kontur ihres Schlüsselbeins nach. »Es hätte uns die Reise aufs Angenehmste verkürzt. Denk nur, welche Möglichkeiten diese *Cojets* geboten hätten …«

Katharina lachte glucksend. »Nicht so viele wie dieses Bett!« Sie drehte sich auf die Seite, um sich enger an ihn zu schmiegen und sah ihm in die Augen. »Was haben wir heute vor?«

»Du lenkst schon wieder ab«, sagte Martin gespielt streng und stützte sich auf einen Ellenbogen, um sie aufmerksam in Augenschein zu nehmen. »Im Ernst, neun von zehn Frauen hätten als Mittel der Überredung die Verführung gewählt. Du nicht! Du musstest mich ja unbedingt unter Druck setzen!« Seine blauen Augen funkelten amüsiert bei der Erinnerung an jene Nacht. »Warum?«

»Mir war nicht danach.«

»Willst du damit sagen, Erpressung lag deinem Charakter näher?«, neckte Martin sie.

»Ich wollte einfach nicht. Kannst du es nicht dabei bewenden lassen?« Seine Fragerei machte sie nervös. Sie fühlte sich in die Enge getrieben. Immer wieder hatte sie sich vorgenommen, Martin endlich von Eisherz zu erzählen. Aber jedes Mal hatte sie gezaudert, und dann war der passende Augenblick verflogen. Auch jetzt war nicht der richtige Zeitpunkt dafür.

Es war höchste Zeit aufzustehen und sich anzukleiden, bevor der Hausbursche mit dem Morgenreis kam. Ginnemon pflegte zwar im Dolmetscherhaus zu essen, erschien aber normalerweise während dieser ersten Mahlzeit, um bei einer Schale Tee das Tagesprogramm zu besprechen. Diesmal war bereits alles längst abgeräumt, als er wenig würdevoll angehastet kam. Da er sonst großen Wert auf förmliches Auftreten legte, sahen Katharina und Martin ihn erstaunt an.

»Was ist los?«, fragte Martin, ohne sich mit Begrüßungsfloskeln aufzuhalten.

»Ich weiß nicht ... Die Sache gefällt mir nicht. Es macht keinen Sinn!«, sprudelte es aus dem jungen Mann heraus, während er sich atemlos an den Türrahmen lehnte. »Ein Inspektor ist beim *Ottona* und will Severin verhören. Ein Inspektor aus Osaka.«

»Ein Polizist? Ist der Mann noch bei Trost? Was soll Severin denn wissen, was ihn interessieren könnte?«

Ginnemon hob in einer Geste der Hilflosigkeit beide Hände. »Ich weiß es auch nicht. Aber der *Ottona* bittet Euch, gleich zu ihm zu kommen.«

»Ist der Faktoreidirektor informiert?«, fragte Martin beunruhigt. Hier lag etwas in der Luft, das nichts Gutes versprach. Es erinnerte ihn an die Stunden vor einem Unwetter auf dem Meer: Man konnte spüren, dass es dort draußen in der bleigrauen Bewegungslosigkeit lauerte und von irgendwo her zuschlagen würde. Aber aus welcher Richtung? Und wie gefährlich würde es sein?

»Der *Ottona* hat bereits Oberdolmetscher Motoki gebeten, Mijnheer de Heere zu holen«, erwiderte Ginnemon. »Es wäre besser, Ihr würdet heute europäische Kleidung anlegen.«

»Ist es so formell?«, fragte Martin. »Warte hier auf uns, wir werden uns beeilen.«

Schon wenige Minuten später folgten sie Ginnemon zum Haus des Quartieraufsehers. »Wirst du dolmetschen oder Motoki?«, erkundigte sich Katharina.

»Wir sind beide angewiesen worden, uns bereitzuhalten.«

Vor dem Haus lungerten einige *Doshin* herum. Als sie beiseitetraten, um die Holländer passieren zu lassen, senkten sie die Köpfe, aber die Feindseligkeit, die von den grobschlächtigen Männern ausging, war fast körperlich zu spüren.

Im Inneren war es wie immer. Der Haushofmeister begrüßte sie und führte sie zum Dienstraum des *Ottona*. Zwischen Gibuemon und dem Oberdolmetscher Motoki saß ein magerer, kleiner Mann von unscheinbarem Äußeren. Es schien fast unglaublich, dass er es war, der eine solche Aufregung verursacht haben sollte.

Er wurde ihnen als Inspektor Gempaku vorgestellt und nach dem üblichen Austausch von Höflichkeiten kam er gleich zur Sache. Der Mann sprach schnell und in einem Dialekt, der Katharina unverständlich war. Deswegen musste sie abwarten, bis Motoki die kurze Rede übersetzte.

»Der Diener Ito hat dem Inspektor gestanden, dass Ihr bei ihm wart, als die Tochter des Gouverneurs gefunden wurde. Könnt Ihr das bestätigen?«

Unwillkürlich glitten Katharinas Augen zu Gempakus starrem Gesicht. Wieso interessierte sich ein Polizist aus Osaka für die Umstände von Umés tragischem Tod? Und wieso ging sein Interesse so weit, dass er einen holländischen Augenzeugen befragte?

Gleichmütig erwiderte er ihren forschenden Blick aus Augen, die an schwarze Pechkohle erinnerten: kalt und ohne Gefühlsregung.

Er verströmte nicht die Art von Feindseligkeit, wie die der primitiven Polizeihelfer draußen. Eher schien er sie zu belauern, wie in einem Duell. Sie zögerte. Yorimoto hatte sie gebeten, über den Vorfall zu schweigen. Sie hatte sich bisher daran gehalten. Selbst Martin wusste nichts von dem *Shinju*. Aber Yorimoto hatte ihr keine Direktiven gegeben, wie sie sich verhalten sollte, wenn sie direkt darauf angesprochen wurde. Was hatte Ito dem Inspektor erzählt? Wie viel wusste er schon?

Das Schweigen im Raum begann unangenehm zu werden. Sie musste antworten. »Er hatte mich abgeholt, um mich zu Herrn Yorimoto zu bringen. Das können die Wachen am Brückentor sicher bezeugen. Warum fragt Ihr danach?«

Gempaku nickte zufrieden, als Motoki ihre Worte übersetzt hatte, und setzte zu einer längeren Antwort an. Motoki übertrug langsam und sorgfältig die Worte ins Holländische: »Die Familie Santetsu in Osaka hat darum gebeten, dem Verschwinden ihres Sohnes Gendo nachzugehen. Inspektor Gempaku hat seine Spur bis in eine Herberge in Nagasakis Stadtteil *Maruyama* verfolgt. Dort verliert sie sich. Habt Ihr dafür eine Erklärung?«

»Nein. Wie kommt er darauf, dass ich etwas über einen solchen Mann wüsste?«, fragte Katharina und wandte sich diesmal direkt an Motoki. »Ich kenne niemanden namens Santetsu.«

»Dies Verhör ist einfach lächerlich«, mischte Martin sich auf einmal entschieden ein. »Sagt frei heraus, was Ihr wissen wollt oder wir verabschieden uns und gehen!« Er machte Anstalten, sich zu erheben.

Ein scharfer Befehl des Inspektors ließ zwei bis an die Zähne bewaffnete *Doshin* eintreten und zu beiden Seiten der Tür Aufstellung nehmen. Verblüfft starrten Martin und Katharina Gempaku an. Sein Gesicht zeigte immer noch nicht die geringste Regung.

»Der Herr Inspektor bedauert, aber das wird nicht möglich sein«, stammelte Motoki, offensichtlich ebenfalls von der Entwicklung des Gesprächs überrascht. »Der Wirt der Herberge, in welcher der junge Herr Gendo abgestiegen war, hat ausgesagt, dass er diesen Menschen, den Ihr den Gehilfen des Doktors nennt, des Öfteren in der Gasse vor dem Haus gesehen hätte. Er schien nach dem jungen Santetsu Ausschau gehalten zu haben.«

»Es mag ja sein, dass wir einmal durch diese Gasse gegangen sind, aber ich habe ganz bestimmt nicht nach jemandem Ausschau gehalten!«, gab Katharina zurück. »Ginnemon, sag ihm, dass wir oft in der Stadt an vielen Orten unterwegs waren!«

Ginnemon warf seinem Vorgesetzten einen entschuldigenden Blick zu, bevor er mit leiser, aber fester Stimme Katharinas Behauptung bestätigte. Inspektor Gempaku wischte den Einwand mit einer Hand beiseite.

»Ihr leugnet also nicht, in dieser Gasse gewesen zu sein?«

»Ja, nein – wie kann ich das leugnen oder bestätigen, wenn ich nicht einmal weiß, um welche Straße es hier geht!«

Allmählich bekam Katharina Angst. Der seltsame Mann schien genau zu wissen, was er tat. Egal, was sie antwortete, er legte ihre Worte nach seinem Gutdünken aus. Martin wirkte nur verärgert, aber ein Seitenblick zu Ginnemon zeigte ihr, dass dieser ernstlich besorgt war. Auch die selbstsichere Ruhe des *Ottona* begann zu bröckeln, als der Fremde mit seinem Fächer auf Katharina wies und zu einer kurzen Rede ansetzte, die wie eine Anklage klang.

»Er sagt, du wärst ein *Fuchsgeist*«, wisperte Ginnemon schockiert. »Ein *Fuchsgeist*, der nachts in Frauengestalt umherschleicht. Du hättest den verschwundenen Mann verführt und ermordet und allen anderen Beteiligten vorgegaukelt, dass Umé und Gendo *Shinju* begangen hätten. Damit hättest du nicht nur Gendo ermordet, sondern auch die Seele der ertrunkenen Umé beschmutzt und beleidigt.«

Schockiertes Schweigen legte sich über den Raum. Bereits ein Doppelselbstmord war ein Skandal, aber ein darin verwickelter *Fuchsgeist* übertraf alles, wovon man jemals gehört hatte!

Martin fasste sich als Erster. »Was für ein Unsinn!«, schnaubte er. »Sag doch bitte dem *Ottona*, er möchte diesen Affenzirkus beenden und den armen Irren nach Hause schicken!«

Wenn es auch manchmal zutraf, dass Angriff die beste Verteidigung war – hier lief er ins Leere.

»Ihr versteht nicht ...« Motoki leckte sich nervös über die Unterlippe, rang um Haltung. »Ein solcher Vorwurf ist sehr ernst zu nehmen.«

»Dieser Mann behauptet, mein Gehilfe wäre ein Gespenst, das Leute ermordet – und Ihr wollt das ernst nehmen?«, rief Martin empört. »Seid Ihr noch bei Trost?«

Der magere Mann aus Osaka beachtete ihn nicht, sondern durchbohrte Katharina, die vor Schreck leichenblass geworden war, mit seinen Blicken. Ohne sie aus den Augen zu lassen, nickte er langsam und zufrieden. Dann wandte er sich an den Oberdolmetscher.

»Inspektor Gempaku hat die Befugnis, Verdächtige festzunehmen und im Stadtgefängnis einzusperren, bis die Vorwürfe geklärt sind«, übersetzte der stockend. »Der Geist hat zugegeben, den jungen Herrn Santetsu verfolgt zu haben, und er hat auch gestanden, bei der Auffindung der Leichen anwesend gewesen zu sein. Das genügt, um ihn zu verhaften und weiter zu verhören.«

»Fräulein Umé ist ertrunken. Weder sie noch mein Gehilfe hatten irgendetwas mit diesem verschwundenen jungen Mann zu tun. Es muss sich hier um einen riesengroßen Irrtum handeln«, beharrte Martin. Als er sich Katharina neben ihm zuwandte, erschrak er. Ihre ungewöhnliche Blässe und die Augen, die ins Leere zu starren schienen, entsprachen nicht der Reaktion eines Unschuldigen auf eine ungerechtfertigte Anklage.

»Was hast du mir verschwiegen?«, fragte er sie tonlos.

Sie blinzelte, als erwachte sie aus tiefem Schlaf, suchte sein Gesicht. »Nur den *Shinju*«, wisperte sie.

»Warum?«

»Yorimoto hatte mich darum gebeten«, erwiderte sie schlicht. »Und ich habe es ihm versprochen.«

»Was ist mit dem Mann, den du ermordet haben sollst?«

Ratlos zuckte sie mit den Schultern. »Umés Geliebter? Ich hatte ihn nie zuvor gesehen. Er hat sich selbst zusammen mit ihr ertränkt. Ich schwöre es!«

»Warum wurde er dann nicht mit ihr gefunden?«, flüsterte Martin hastig, denn der Inspektor verfolgte ihren kurzen Wortwechsel mit misstrauisch zusammengezogenen Augenbrauen.

»Yorimoto hat die beiden auseinandergeschnitten und ihn im Fluss wegtreiben lassen.« Katharina schauderte wie tags zuvor der alte Ito, als sie sich daran erinnerte, wie Yorimotos muskulöse Gestalt mit der geschulterten, grauenhaften Last ins Wasser gewatet war.

Inspektor Gempaku sagte etwas, woraufhin die beiden *Doshin* vortraten, Katharina grob bei den Armen packten und auf die Füße zerrten. Ehe sie begriff, wie ihr geschah, waren ihre Handgelenke gefesselt und einer der Männer wand ihr zusätzlich einen dicken Strick um den Hals, dessen Ende er in der Faust hielt, als könnte sie ihm davonfliegen. Martin sprang auf, ballte instinktiv die Fäuste. Aber er hatte nicht einmal ein Skalpell dabei. Gegen die schwer bewaffneten *Doshin* hatte er nicht die geringste Chance. Der kleine Mann zischte erbost einige Worte und fixierte Martin drohend.

»Setzt Euch wieder hin, Doktor-*sama*«, sagte Motoki bittend. »Oder der Inspektor nimmt Euch ebenfalls fest, weil Ihr einem Regierungsbeamten den Respekt verweigert.«

»Dieser Regierungsbeamte ist ein Idiot!«

»Das werde ich nicht übersetzen – bitte, zügelt Euch! Niemandem ist geholfen, wenn Ihr ebenfalls eingekerkert werdet.«

Ginnemon packte Martins Ellenbogen und drückte ihn warnend. »Er hat Recht«, hauchte er kaum hörbar, während er ihn wieder neben sich auf das Sitzkissen zog. »Ich werde sehen, ob ich Severin als Dolmetscher begleiten kann.«

Aber die Bitte des jungen Mannes wurde abgeschlagen.

»Nein, Imamura Ginnemon, das werdet Ihr nicht.« Sein Vorgesetzter bedeutete ihm mit einer Handbewegung, dass jeder Protest sinnlos sei. »Der Herr Inspektor hat nach einem Übersetzer verlangt, der nicht in einem Haus der Holländer Dienst tut.«

Ginnemon zog die schön geschwungenen Brauen hoch. Ein Ausdruck, der elegant Erstaunen mit Missbilligung verband. Die Dolmetscher, die dort unter Vertrag standen, waren die besten. Nur sie beherrschten die fremde Sprache gut genug, um bei einem so komplizierten Sachverhalt überhaupt die passenden Worte zu finden. Aber er schwieg gehorsam. Katharina, die sich immer noch in einem halb betäubten Zustand befand, wurde hinausgeführt.

»Heute Abend bist du wieder zu Hause!«, rief Martin ihr aufmunternd nach, aber sie schien es überhaupt nicht zu hören. Wie eine Schlafwandlerin setzte sie einen Fuß vor den anderen, schien nicht einmal mitzubekommen, wie sie in den üblichen Tragekorb für Häftlinge gezwängt wurde.

»Ihr werdet doch dem Gouverneur und Herrn Yorimoto sofort eine Nachricht schicken?«, wandte er sich an den *Ottona*. »Ich bin überzeugt, Herr Yorimoto wird die Sache richtigstellen und diesen Polizisten in die Schranken weisen.«

Ottona Gibuemon schüttelte traurig den Kopf, noch bevor ihm die Worte des Arztes übersetzt worden waren. »Der ehrenwerte Herr Yorimoto weilt zurzeit nicht in Nagasaki. Er ist zu einer längeren Pilgerreise in den Norden aufgebrochen«, dolmetschte Motoki so niedergeschlagen, als sei er dafür verantwortlich. Martin zuckte zusammen wie unter einem Schlag. Er war sich so sicher gewesen, dass Yorimotos schützende Hand Katharina vor dieser wahnwitzigen Anklage bewahren würde. Nun musste er erkennen, dass die

Gefahr, in der Katharina schwebte, größer war, als er es je für möglich gehalten hatte!

»Der *Ottona* hatte den Faktoreidirektor gebeten, zu dieser Anhörung zu kommen«, übersetzte Motoki die Sätze, die Gibuemon in resigniertem Ton an Martin gerichtet hatte. »Nur er hätte verlangen können, den Geist, da er Holländer ist, hier in den Räumlichkeiten auf Deshima festzuhalten. Aber er hatte angeblich keine Zeit …«

»Für so einen Blödsinn habe ich keine Zeit!«, hatte Gerrit de Heere tatsächlich seinen Chefdolmetscher angeschnauzt, als der mit der entsprechenden Bitte an ihn herangetreten war. Und so war niemand mit der nötigen Autorität anwesend gewesen, um Katharinas Abtransport in das Stadtgefängnis zu verhindern.

Martins Gesicht wurde weiß vor Wut. Dieser unfähige Idiot! Aber der Zorn half ihnen jetzt nicht weiter. Fieberhaft suchte er nach einer Möglichkeit, Katharina zu Hilfe zu kommen.

»Gibt es hier Rechtsgelehrte, die als Anwälte …« Er hielt inne, denn er erinnerte sich, dass das japanische Rechtssystem sich grundlegend von dem europäischen unterschied. Angestrengt suchte er nach einem Wort, das einem Anwalt entsprach. »Ich meine, als Fürsprecher in solchen Angelegenheiten um Hilfe gebeten werden können?«

Der *Ottona* und Oberdolmetscher Motoki wirkten unnatürlich ruhig, Ginnemon knirschte hörbar mit den Zähnen.

»In diesem Fall wird der Inspektor sich nur mit einem Geständnis des *Fuchsgeistes* zufriedengeben. Und es ist kein Problem, es zu erhalten«, sagte er düster. »Er hat Mittel und Wege, dass Gefangene alles gestehen …«

»Aber Severin ist doch kein Geist! Er ist ein Mensch aus Fleisch und Blut«, widersprach Martin entsetzt.

»Sind die Frauen, die Ihr in Eurem Land verbrennt, etwa nicht aus Fleisch und Blut? Doktor Kaempfer hat mir davon erzählt«, sagte Ginnemon. »Auch ein *Fuchsgeist* braucht einen menschlichen Körper, aber er ist kein Mensch mehr.«

Martin wurde übel. »Du glaubst doch nicht etwa auch, dass Severin ein Geist ist?« Waren denn jetzt alle wahnsinnig geworden? Schiere Panik drohte ihn zu überwältigen, als ihm das ganze Ausmaß der Gefahr, in der Katharina schwebte, nur zu deutlich wurde.

Ginnemon schüttelte entschieden den Kopf. »Nein, ich denke eher, dass Gempaku ein böses Spiel spielt.«

Motoki und der *Ottona* wechselten einige Worte und nickten dann einstimmig. »Auch wir sind der Ansicht, dass die Anklage einem anderen Zweck dient«, erklärte der Oberdolmetscher dann in ihrer beider Namen. »Aber das macht sie nicht weniger gefährlich!«

»Was bezweckt dieser Inspektor Gempaku denn in Wahrheit damit?«, fragte Martin. Er sah ratlos aus. »Hat es etwas mit diesem ... diesem ... *Shinju* zu tun?«

Alle drei Japaner zuckten sichtlich zusammen.

»Wenn ein *Fuchsgeist* den *Shinju* vorgetäuscht hat, um seinen Mord zu vertuschen, ist es keiner. Dann sind es ein Unfall und ein Mord – nichts weiter«, erläuterte Ginnemon mit leiser Stimme. »Die ehrenwerte Familie Kawaguchi und die ehrenwerte Familie Santetsu werden ein solches Ergebnis zu schätzen wissen.«

»Du meinst«, mutmaßte Martin, »Severin soll als böser Geist herhalten, damit der Ruf dieser Familien keinen Schaden nimmt?«

Ginnemon nickte bedrückt.

»Aber irgendetwas müssen wir doch tun!« In hilflosem Zorn ballte Martin die Hände zu Fäusten. »Hätte ich sie nur zurück nach Hause geschickt, als es noch möglich war!« Er biss die Zähne zusammen, versuchte, die aufsteigende Verzweiflung in den Griff zu bekommen. »Ich liebe sie!«, sagte er dann, stöhnte auf und vergrub sein Gesicht in den Händen. »Und ich will sie nicht verlieren!«

Während Ginnemon diesen Ausbruch erstaunlich gleichmütig hinnahm, sackte der Unterkiefer des würdigen Chefdolmetschers Motoki in unverhohlener Verblüffung herunter. Immer wieder stockte er wegen der Reichweite dieses Geständnisses, und als er mit seiner Übersetzung geendet hatte, wirkte auch der *Ottona* ungewöhnlich verstört. Dennoch fasste sich Gibuemon zuerst und richtete in strengem Tonfall eine Frage an den jungen holländischen Arzt.

»Der *Ottona* möchte wissen, ob Ihr damit sagen wollt, dass Euer Gehilfe in Wahrheit Eure Ehefrau ist?«, übersetzte Motoki, immer noch schockiert.

»Nicht dem Gesetz nach – aber wir haben zumindest eine Schale Reis zusammen gegessen«, sagte Martin und sah in die betretenen Gesichter. »Ich habe sie nicht absichtlich als Geliebte hier eingeschmuggelt, wenn Ihr das meint. Sie sollte mir nur als Gehilfe zur Hand gehen«, fügte er erklärend hinzu.

In Ginnemons ausdrucksloser Miene war keine Gemütsregung zu erkennen, obwohl er wohl als Einziger von dem unvermuteten Bekenntnis nicht überrascht worden war. Die beiden älteren Japaner wirkten immer noch zutiefst irritiert.

»Es war nicht geplant, aber es hat sich so ergeben«, sagte Martin fest und sah ihnen offen in die Augen. »Niemand hat davon gewusst, und wenn das jetzt nicht geschehen wäre, hätte auch weiterhin keiner etwas davon erfahren. Bitte, helft ihr! Lasst es nicht sie büßen. Ich zahle jede Strafe, die Ihr mir auferlegt.«

Der *Ottona* und der Chefdolmetscher wechselten einen ratlosen Blick, während Motoki Martins Appell übersetzte.

»Der Herr Faktoreidirektor als der Oberste Beamte der Holländer muss so rasch wie möglich vom Herrn Gouverneur die Herausgabe des holländischen Gefangenen verlangen«, mischte sich Ginnemon ein, nur mühsam seine Ungeduld zügelnd. »Wir haben nicht viel Zeit: Gempaku wird unverzüglich mit seinem Verhör beginnen, und sobald er ein Geständnis hat, ist alles zu spät!«

Martin sprang auf, sichtlich bleich im Gesicht. »Du hast Recht: Wir müssen sie so schnell wie möglich aus den Fängen von diesem Ungeheuer befreien! Weiß der Himmel, was er sonst noch mit ihr anstellt!«

Die Anwesenden hätten es ihm sagen können, aber keiner von ihnen wollte Martins Erregung noch steigern, indem er von Stockschlägen, Fäkaliengruben, in die man kopfüber gehängt wurde, und flüssigem Kupfer, das in tiefe Fleischwunden gegossen wurde, sprach.

»Und wenn ich de Heere an den Haaren hinschleife«, sagte Martin und knirschte mit den Zähnen, »er muss mit mir zum Gouverneur!« Damit stürzte er davon, jegliches Protokoll außer Acht lassend. Ginnemon verbeugte sich hastig, murmelte eine Entschuldigung und eilte ihm nach.

»Es wäre gut, wenn unnötiges Aufsehen in dieser delikaten Angelegenheit vermieden würde«, stellte der *Ottona* fest und vertiefte sich in die Malerei auf seinem Fächer. »Vielleicht wäre es besser, wenn ein erfahrener Mann sich dieser Sache annähme.«

Motoki verneigte sich im Sitzen. »Ich werde mein Bestes tun. Aber ich bin keineswegs sicher, ob das ausreicht.«

Der *Ottona* schien immer noch in die Betrachtung der kunstvoll gemalten Bambuszweige versunken. »Vielleicht sollte man auch einen Boten zu Herrn Yorimoto schicken. Natürlich ohne offiziellen Auftrag. Ganz privat.«

Der Chefdolmetscher nickte zustimmend. »Zufällig beabsichtigt ein Neffe von mir, nach Osaka zu reisen. Sobald ich Herrn Yorimotos Aufenthaltsort in Erfahrung gebracht habe, wird er aufbrechen.«

»Die Götter mögen ihm günstig sein. Und dem jungen Holländer, der in Wahrheit eine Frau ist!«, sagte *Ottona* Gibuemon und seufzte, als schiene er wenig Hoffnung zu haben. In stummer Übereinstimmung wechselten sie einen Blick, ehe der Chefdolmetscher sich förmlich verabschiedete und ohne Hast Martin und Ginnemon zur Faktorei folgte. Auch ihm war klar, dass der Junge – beziehungsweise die Frau – keine Chance mehr hatte, sobald Inspektor Gempaku Bescheid über ihr wahres Geschlecht wusste. *Fuchsgeister* traten normalerweise immer, und nicht nur nachts, in Frauengestalt auf. Dieser Punkt ging mit Sicherheit zu Lasten der Angeklagten.

Für Katharina glich alles einem Traum: Gleich würde sie aufwachen, beruhigte sie sich, es würde sicher nicht mehr lange dauern. Sie kniff die Augen zu, machte sich so klein wie möglich und versuchte verzweifelt, sich an die Oberfläche ihres Bewusstseins zu kämpfen. Alles schien so viel schneller abzulaufen als gewohnt.

Während sie mühsam versuchte, sich irgendwo in diesem Tragekorb festzuhalten, weil sie so heftig hin und her geschüttelt wurde, verschwammen die Bildsplitter der Umgebung vor ihren Augen, zerschnitten durch das grobe Weidengeflecht.

Unvermittelt wurde der Tragekorb abgestellt, und grobe Hände zerrten sie heraus ans Licht. Doch gleich ging es wieder ins Dunkel, finstere Gänge entlang, die genau in die Hölle zu führen schienen. Es roch bestialisch nach Fäkalien und faulendem Fisch.

Hinter den Holztüren zu beiden Seiten des Gangs war hier und da leises Stöhnen zu hören.

Ehe sie es sich versah, zog der Mann, der sie führte, schmerzhaft an dem Strick um ihren Hals und stieß sie vor sich her in ein winziges Verlies. Dort band er den Strick an einem aus der Wand ragenden Eisenhaken fest. War es Absicht, dass er ihn so verknotete, dass sie gerade noch auf den Fersen hocken konnte? Sich hinzusetzen oder gar hinzulegen war unmöglich.

Mühsam orientierte Katharina sich in der engen Zelle. Nur die spärlichen Sonnenstrahlen, die durch die grob behauenen Planken der hölzernen Wand hinter ihr fielen, tauchten den Raum in ein dämmriges Halbdunkel. Die Zelle war leer. Absolut leer.

Der Boden aus gestampftem Lehm war so säuberlich gefegt, dass die dunkleren Stellen kaum zu erkennen waren. Auch Katharina hätte sie wohl nicht beachtet, wenn ihr nicht die Fliegen aufgefallen wären, die eifrig darauf umherkrochen. Angeekelt drängte sie sich näher an die Holzwand. Niemand schien sich um sie zu scheren. Auf dem Gang hinter der niedrigen Tür hörte sie huschende Schritte, aber keiner schien etwas von ihr zu wollen.

Langsam, in dem Maß, in dem ihr ihre Lage bewusst wurde, sickerte Furcht in ihr Bewusstsein. Sie war in einem japanischen Gefängnis, abgeschnitten von jeder Hilfe. Was mochte dieser seltsame Inspektor vorhaben? So unscheinbar er auf den ersten Blick ausgesehen hatte – von ihm ging etwas aus, das ihr entsetzliche Angst einjagte. War es die Unerbittlichkeit, die ihr aus seinen kohlschwarzen Augen entgegengeschlagen war?

Sein Urteil über sie war längst gefällt. Nichts, was sie sagte oder unternahm, konnte etwas daran ändern. Wie kam er darauf, sie als *Fuchsgeist* anzuklagen? Sie versuchte, sich daran zu erinnern, was ihr über diese sehr spezielle Art von Gespenstern bekannt war. Der Legende nach konnten sie menschliche Gestalt annehmen. Meist verwandelten sie sich in auffallend schöne Frauen, die junge Männer verführten und töteten.

Aber wer konnte wissen, dass sie eine Frau war? Hatte jemand sie beobachtet und angezeigt? Wie sie es auch drehte und wendete – es blieb rätselhaft.

Mitten in ihr fruchtloses Grübeln platzte der gleiche Wärter, der sie zuvor in dieses Verlies eingesperrt hatte. Nachdem so viele an ihrer Tür vorbeigelaufen waren, hatte sie gar nicht mehr auf die Schritte geachtet, die abrupt davor angehalten hatten. Stattdessen hatte sie versucht, eine Stellung zu finden, die einigermaßen erträglich war. Hockte sie auf den Fersen, begannen die Beine nach einiger Zeit höllisch zu schmerzen. Kniete sie sich hin, dauerte es nicht lange, und ihre Knie protestierten gleichfalls.

Als die Tür aufflog, zuckte sie erschreckt zusammen und sah auf. Im Halbdunkel schimmerten die Zähne des Wärters geradezu unheimlich, als er den Mund in einem hämischen Grinsen verzog und knurrte: »Na komm, du holländisches Mistvieh.« Seine dicken Finger lösten die Knoten des Stricks mit erstaunlichem Geschick.

Inspektor Gempaku war sich darüber im Klaren, dass er so rasch wie möglich ein Geständnis brauchte. Es war ein Glücksfall gewesen, dass der holländische Faktoreidirektor so dumm gewesen war, die Angelegenheit nicht ernst zu nehmen. Einen Holländer ins Stadtgefängnis schaffen zu lassen, war normalerweise nicht so einfach!

Gempaku lächelte schmallippig. Nun musste er die Gunst der Stunde nutzen. Hatte er erst einmal ein Geständnis vorzuweisen, konnte nicht einmal der Gouverneur noch etwas für den Gefangenen tun. Falls er das überhaupt beabsichtigen sollte! Es war allgemein bekannt, dass er die Holländer hasste. Einen von ihnen als *Fuchsgeist* überführt zu sehen, musste ihm doch eine tiefe Genugtuung bereiten. Nach einigem Nachdenken hatte Gempaku sich für die Grubenfolter entschieden. Sie hatte den Vorteil, keine sichtbaren Spuren am Angeklagten zu hinterlassen. Das war wichtig, denn das Geständnis sollte so glaubwürdig wie möglich wirken.

Aber vorher musste er ihn verhören. Sein Mund verzog sich leicht zu einem schiefen Grinsen. Holländer waren so dumm! Kein Japaner hätte eine solche Anklage auf die leichte Schulter genommen. War man erst einmal als *Fuchsgeist* erkannt, war der weitere Verlauf des Verfahrens festgelegt. Einzig der Protest des Faktoreidirektors Gerrit de Heere als höchstem Repräsentanten der fremden Macht hätte ihm sein Opfer noch streitig machen können. Mit einem Seitenblick streifte er den sorgfältig ausgewählten Dolmetscher. Er hatte sich diskret nach einem erkundigt, der die Holländer verabscheute. Er traute keinem wie Imamura Ginnemon, der auf betont freundschaftlichem Fuß mit ihnen stand.

Dass der junge Mann, der ihm genannt worden war, im Ruf stand, faul, unfähig und hochfahrend zu sein, war Gempaku gleichgültig. Seiner Ansicht nach konnte die Sprache der Barbaren nicht so kompliziert sein, wie manche behaupteten. Es waren schließlich Barbaren, nicht wahr? Einfache Fragen würde auch dieser junge Mann stellen können. Und einfache Fragen verlangten nach ebensolchen Antworten. Nur keine unnötigen Komplikationen!

Er selbst brauchte bloß einen kleinen Anlass, der ihm die Möglichkeit gab, die Folter anzuordnen. Danach würde sowieso alles klar sein. Gempaku nickte dem Wärter zu, der den vermeintlichen *Fuchsgeist* hinter sich her in den Raum zerrte, und wartete, bis der Mann den Führungsstrick an einem Wandhaken befestigt hatte.

Dann räusperte er sich bedeutungsvoll und bellte: »Name?«

»Name?«, übersetzte der Dolmetscher, automatisch Gempakus Tonfall imitierend.

»Severin Kannengießer.«

Ein solcher Name überforderte den jungen Übersetzer hoffnungslos. Ratlos führte er den Pinsel hin und her, bis Gempaku ihm eine Spur ungeduldig bedeutete, dass man die korrekte Schreibweise auch später noch nachtragen könne. Die üblichen Fragen nach dem persönlichen Hintergrund sparte Gempaku sich. Wer sollte sich schon für den Vater dieses Barbaren oder gar seinen Geburtsort interessieren? Da er sich daran erinnerte, dass der Dolmetscherlehrling den Angeklagten im Badehaus als Frau erkannt haben wollte, ließ er Katharina fragen, ob sie häufig das Badehaus aufsuche.

Eigentlich rechnete er mit einer vehementen Verneinung. Es war ja bekannt, dass die Barbaren alles andere als reinlich waren. Ein solches Leugnen hätte ihm den sofortigen Einsatz der Folter gestattet und damit das Verfahren ganz in seinem Sinne auf das notwendige Mindestmaß an persönlicher Vernehmung abgekürzt. Umso überraschter registrierte er das bestätigende Kopfnicken des Verdächtigen, begleitet von einem zarten Erröten, das sich auf den bartlosen Wangen deutlich sichtbar abzeichnete. Er errötete fast wie eine Frau!

Gempaku war verwirrt. Es lief nicht so, wie er es sich vorgestellt hatte. Dieser junge Holländer reagierte nicht im Mindesten wie erwartet. Inspektor Gempakus Erfahrung war groß, aber sie beschränkte sich auf Japaner und ihm vertraute Verhaltensweisen. Er musterte den Gefangenen mit einem unbestimmten Unbehagen, während er versuchte, in diesen fremden, barbarischen Zügen zu lesen. Er spürte die Blicke des Dolmetschers und des *Doshin* erwartungsvoll auf sich gerichtet und entschied sich, das Verhör auf die übliche Art und Weise fortzuführen.

Der nächste Schritt war die Drohung mit dem Stock, den der Polizeibeamte schon bereithielt. Gempaku nickte ihm zu, dem Gefangenen die Oberbekleidung auszuziehen, und der Mann machte sich mit der Gleichgültigkeit lebenslanger Abstumpfung an seine Aufgabe. Die Silberknöpfe von Severins bestem Rock sprangen in alle Richtungen, als er ihn einfach aufriss, Katharina von den Schultern zerrte und achtlos zu Boden warf. Auch das Leinenhemd riss wie Papier zwischen den mächtigen Pranken, und ehe Katharina ganz begriff, was da vor sich ging, stand sie nur noch spärlich bedeckt mit ihrer Brustbinde da.

»Eine Frau!«, entfuhr es dem *Doshin*. Während er erbleichend das Weite suchte, flüchtete der Dolmetscher sich in die entfernteste Zimmerecke und rezitierte mit bebender Stimme ein Mantra, von dem er sich Schutz vor bösen Geistern versprach.

Selbst der hartgesottene Inspektor Gempaku rang unwillkürlich um Luft und kämpfte gegen den Drang, den Raum so eilig zu verlassen wie sein pflichtvergessener Untergebener. Er war schließlich nicht davon ausgegangen, einen echten *Fuchsgeist* zu jagen! Sonst hätte er entsprechende Vorsichtsmaßnahmen ergriffen und säße jetzt nicht hier allein mit einem vor Angst schlotternden Schreiber. Gempaku schwindelte. War es überhaupt möglich, dass ein *Fuchsgeist* sich zwischen Barbaren versteckt hielt? Ein *Fuchsgeist*, der nach Belieben zwischen männlichem und weiblichem Körper wechseln konnte?

Von einem solchen Fall hatte er noch nie etwas gehört. Aber ein derartiger Geist wäre mächtiger als alles, was sich sonst aus der Geisterwelt zwischen den Lebenden bewegte! Wirre Gedanken wirbelten in seinem Kopf durcheinander. Hatte dieser Geist nicht viel Zeit in der Gesellschaft des Herrn Yorimoto verbracht? Und war dieser Herr Yorimoto nicht auf einmal verschwunden wie der arme Herr Gendo?

In der Erwartung, dass der *Fuchsgeist* sich nun auch auf ihn stürzen und ihn töten würde, zwang Gempaku sich, dem Geist mutig ins Gesicht zu blicken. Würden die menschlichen Züge sich rasch oder langsam in eine spitze Fuchsschnauze mit messerscharfen Zähnen verwandeln, die seinen Hals aufrissen, sich in sein Fleisch bohrten und sein Blut tränken?

Es dauerte einige Zeit, bis Gempaku gewahr wurde, dass der Angeklagte weit davon entfernt war, sich zu verwandeln. Im Augenblick wirkte er eher verängstigt, nicht wie ein blutdürstiger Geist der Zwischenwelt. Gempaku straffte die Schultern und bemühte sich, ruhig zu atmen. Etwas hielt den Geist zurück. War es das Mantra, das der feige Schreiberling immer noch halb hysterisch vor sich hinmurmelte? War es der Strick um den Hals? Der fehlende Blutdurst? Gempaku entschied, alles so zu belassen, wie es war.

Im Moment schien der *Fuchsgeist* harmlos, aber das konnte sich von einem Wimpernschlag zum nächsten ändern. Ein Stadtgefängnis war absolut ungeeignet für einen solchen Häftling. Er musste sich schleunigst mit dem Abt des Klosters am Berge in Verbindung setzen. Die Mönche dort waren Spezialisten im Umgang mit Geistern aller Art.

Noch vor Einbruch der Dunkelheit musste der Geist dort auf heiligem Grund und Boden eingesperrt sein. Die Mönche hatten Methoden, selbst *Fuchsgeister* unschädlich zu machen. Und er, Inspektor Gempaku, würde als der Mann bekannt werden, der einen so gefährlichen Geist entlarvt und gefangen genommen hatte!

»Rezitiere dieses Mantra weiter. Ich werde dir so rasch wie möglich einen Mönch schicken, der dich ablöst!«, befahl er dem Dolmetscher kalt.

Als Gempaku an dem Geist vorbeischritt, raffte er seinen *Kimono* enger um die mageren Schultern. Aber das blieb das einzige Zeichen, dass er sich bewusst war, es mit keinem gewöhnlichen Häftling zu tun zu haben. Weder bewegte er sich mit unwürdiger Hast noch war seiner Stimme, mit der er nach einer Sänfte verlangte, die mindeste Unruhe anzumerken.

Kapitel 16

Das Kloster am Berg

Sie ist immer bei Euch, das fühle ich. Und gerade jetzt macht Ihr Euch Sorgen«, bemerkte der alte Abt leise. Yorimoto und er saßen auf der Terrasse des Gartens, der erst im vergangenen Jahr nach den ehrwürdigen Überlieferungen als Zen-Garten angelegt worden war. Die Kiefern, die auf der Kranich- und der Schildkröteninsel wuchsen, würden noch einige Jahre des Schnitts benötigen, bis ihre Form mit der Anlage vollendet harmonierte. Aber niemand störte sich daran, denn die Kamelie, die den Horai-Berg symbolisierte, verbreitete mit ihrem satten Grün und den ungefüllten kirschrosa Schalenblüten eine so ungehemmte Fröhlichkeit, dass sogar die ausgesucht schönen Steine im Kiesmeer neben ihr unscheinbar wirkten.

Yorimoto war nicht überrascht. Der alte Mann hatte ein dermaßen feines Gespür für die Gedanken der Menschen um ihn herum, dass er sich schon hier und da gefragt hatte, ob er über magische Fähigkeiten verfügte.

»Ich spürte Gefahr«, erwiderte er ruhig, ohne den Blick von dem vielfarbig gemaserten Kannon-Stein, der für die Barmherzigkeit stand, zu nehmen. »Aber ich konnte nicht erkennen, was sie bedroht. Es war zu wirr. Etwas Böses vom südlichen Meer her. Und gleichzeitig eine dunkle Wolke aus dem Norden.« Er schüttelte ratlos den Kopf. »Es ergab keinen Sinn. Deswegen bin ich besorgt.«

Yorimoto wusste selbst nicht, wieso sich plötzlich das Gesicht des Religionskommissars Aoki vor sein inneres Auge schob. Was hätte die beiden miteinander in Verbindung bringen können? *Ki-urushi* war bestimmt kein heimlicher Missionar der Spanier oder Portugiesen!

»Ihr solltet nach Nagasaki zurückkehren«, sagte der Abt entschieden. »Ich weiß, dass Ihr von mir erwartet habt, Euch Euren weiteren Weg zu weisen. Aber Ihr müsst ihn selbst finden.« Er schwieg lange, ehe er noch hinzufügte: »Wenn es an der Zeit ist, werden die Nebel sich lichten.«

Im Faktoreikontor standen sich zur selben Stunde Doktor Martin Liebau und Gerrit de Heere gegenüber. Der Direktor lehnte an einem Fenster, an dem er eines der Teleskope, die als Geschenke für die Hofreise vorgesehen waren, ausprobiert hatte, und sah den wutschnaubenden jungen Mann entgeistert an.

»Warum hätte ich denn um Himmels willen diesen haarsträubenden Unsinn ernst nehmen sollen?«, fragte de Heere, durch den Ausbruch des normalerweise so umgänglichen Doktors sichtlich aus der Fassung gebracht. Martin hielt sich mühsam zurück, ihm das Teleskop zu entreißen und aus dem Fenster zu werfen. Hatte dieser Narr sich tatsächlich damit beschäftigt, die Vogelschwärme am Horizont zu betrachten, während Katharina in ein japanisches Gefängnis abtransportiert worden war? Die Hände zu Fäusten geballt, zwang er sich zur Besonnenheit. Es würde nichts nützen und Katharina nicht helfen, wenn er de Heere verärgerte.

»Nur eigenartig, dass die Japaner diesen ›haarsträubenden Unsinn‹ äußerst ernst nehmen!«, gab er beherrscht zurück.

»Nun, die Sache wird sich doch wohl wie üblich regeln

lassen. Ein oder zwei Flaschen Rotspon dürften genügen, meint Ihr nicht?« De Heere schob das Teleskop zusammen und verstaute es behutsam in dem zugehörigen Lederfutteral. Seine offen zur Schau gestellte Sorglosigkeit ließ Martin mit den Zähnen knirschen. Wie einfach wäre die Gefahr abzuwenden gewesen, wenn er zu dieser Anhörung erschienen und eine Auslieferung verweigert hätte!

»Ganz so leicht wird es diesmal nicht gehen«, sagte er rau. »Severin ist eine Frau. Meine Frau.« Angespannt wartete er auf die Reaktion des Faktoreidirektors.

Unter anderen Umständen wäre die unverhohlene Verblüffung in den sonst stets so herablassenden Gesichtszügen komisch gewesen. »Wie? Was? Eine Frau? Wieso das …?«, krächzte de Heere, sobald er sich von der ersten Überraschung erholt hatte. Plötzlich erinnerte er sich an seinen Rang, straffte die Schultern und verschränkte die Arme vor der Brust. »Das ist ja ungeheuerlich! Ich verlange eine Erklärung!«

»Natürlich«, sagte Martin und stieß hörbar die Luft aus. »Katharina hatte sich an Stelle meines Vetters an Bord geschmuggelt, und ich habe viel zu spät bemerkt, dass sie nicht der ist, der sie zu sein vorgab.«

De Heere schnaubte empört. »Ihr wollt mir weismachen, Ihr als Arzt hättet nicht sofort bemerkt, dass Euer Adjunkt ein Frauenzimmer ist?«

»Nein, ich wäre nie auf den Gedanken gekommen …« Martin brach mitten im Satz ab, denn in diesem Moment wurde die Tür aufgestoßen, ohne dass vorher angeklopft worden wäre.

»Sie hat ihre Rolle verflixt gut gespielt«, bestätigte Oberkaufmann Willem van der Dussen, beiden Männern zur Begrüßung zunickend. »Auch ich bin auf sie hereingefallen!«

Er grinste, zog seine Schnupftabaksdose aus der Rocktasche und genehmigte sich eine Prise. »Ein Teufelsweib! Wenn ich etwas jünger wäre ... Darf ich fragen, wieso Ihr auf einmal das Bedürfnis verspürt, Euch zu offenbaren, Doktor? Ich hatte den Eindruck, dass ihr beide die Angelegenheit nach allen Regeln der Kunst geheim hieltet.«

Er schien sich köstlich über die allgemeine Verwirrung zu amüsieren. Genüsslich nahm er eine zweite Prise und ließ sich in den lederbezogenen Sessel mit den vergoldeten Löwenfüßen fallen, der vor dem imposanten Schreibtisch des Faktoreidirektors die japanischen Gäste beeindrucken sollte.

»Seit wann wisst Ihr es?«, fragte Martin heiser, ihn eindringlich fixierend.

»Seit die verehrte Frau Barbara, ihre Tante, mir einen Eilbrief nach *Batavia* hinterhergeschickt hat«, gab van der Dussen fröhlich zu. »Die Gute war ganz außer sich. Machte sich mächtig Vorwürfe, dass es ihre Schuld wäre und so weiter. Also hat sie ihren alten Freund Willem gebeten, diskret ein Auge auf den Wildfang zu haben.«

»Und wieso habe ich nichts davon erfahren?«, erkundigte de Heere sich zutiefst beleidigt. »Schließlich bin ich hier der Direktor!«

Der Kaufmann hob arrogant eine Augenbraue. »Es gibt Dinge, die man besser nicht weiß«, beschied er ihn mit unverschämt anmutender Herablassung. »Was hättet Ihr denn unternommen, wenn ich Euch die pikanten Details enthüllt hätte?«

Der Faktoreidirektor öffnete und schloss den Mund ein paar Mal, verzichtete dann aber klugerweise auf eine Antwort. Van der Dussen verzog den Mund zu einem leichten Lächeln. »Um auf meine Frage von vorhin zurückzukommen: Was hat Euch bewogen, die Masken fallen zu lassen, Doktor?«

Natürlich konnte der Kaufmann noch nichts von dem morgendlichen Drama wissen, dachte Martin. Ein Blick auf die Sturzuhr auf dem Kaminsims zeigte ihm, dass kaum eine Stunde vergangen war, seitdem dieser unheimliche Inspektor Gempaku Katharina verhaftet hatte.

»Ich bin hier, weil meine Frau in großer Gefahr schwebt.«

Meine Frau! Wie ungewohnt diese Bezeichnung immer noch in seinen Ohren klang. Und doch fühlte er sich Katharina von Minute zu Minute, die sie getrennt waren, näher. Es machte ihn schier wahnsinnig, zu wissen, dass sie diesem grausamen Menschen ausgeliefert war. Er fühlte sich gedrängt, sich sämtliche Waffen zu greifen, die er auf die Schnelle auftreiben konnte, und sie zu befreien. Aber ein solches Unternehmen konnte nur in einem Desaster enden. Es musste doch eine vernünftige Lösung geben!

Van der Dussen war ein schlauer Fuchs, der in den Diensten der VOC ergraut war. Wenn es unter den Holländern auf Deshima einen gab, der sich mit den Japanern messen konnte, dann er. Martin holte tief Luft, und dann sprudelte alles aus ihm heraus: die ungewöhnliche morgendliche Vorladung beim *Ottona*, das Verhör durch den fremden Polizisten aus Osaka und die Umstände, die mit dem Abtransport Katharinas im Tragekorb ihren Höhepunkt gefunden hatten.

Der Kaufmann hörte aufmerksam zu, ohne ihn einmal zu unterbrechen. Als Martin geendet hatte, seufzte er nur kurz auf und meinte: »Was für ein Jammer, dass Doktor Kaempfer nicht mehr hier ist! Was sagt *Ottona* Gibuemon zu der Sache?«

»Er ist der Ansicht, dass dieser Inspektor mit der Anklage etwas anderes bezweckt«, sagte Martin nachdenklich.

»Da dürfte er vollkommen Recht haben. Nur was könnte das sein?«

»Gempaku schien großen Wert darauf zu legen, Katharina mit dem Geliebten der Gouverneurstochter in Verbindung zu bringen«, erinnerte sich Martin. »Ich hatte den Eindruck, dass er versuchen wird, ihr die Schuld an seinem Tod zuzuschieben.«

»Jetzt verstehe ich überhaupt nichts mehr!« De Heere kniff konsterniert die Lippen zusammen. »Wie sollte das denn möglich sein? Schließlich werden wir Tag und Nacht eingesperrt und überwacht. Niemand kann ungesehen von hier verschwinden.«

»Ein Geist schon!«, gab Martin zu bedenken. »Lasst Ginnemon rufen. Er kann uns sicher mehr über diese Geistergeschichte erzählen. Wir haben keine Zeit mehr zu verlieren!«

Er wagte nicht daran zu denken, was Katharina in den Händen der grobschlächtigen *Doshin* auszustehen hatte. Blind vor Sorge trat er ans Fenster, ohne das prächtige Panorama wahrzunehmen.

Ginnemon schien an der Tür gelauscht zu haben. Kaum hatte de Heere die Tür geöffnet, um nach ihm zu rufen, huschte er bereits ins Zimmer und wandte sich direkt an van der Dussen.

»Ein *Fuchsgeist* nimmt die Gestalt einer Frau an, um sich unerkannt zwischen Menschen bewegen zu können«, erläuterte er hastig. »Sobald herauskommt, dass Severin eine Frau ist, wird jeder glauben, dass die Anklage gerechtfertigt ist.«

»Du hast es auch schon länger gewusst, was?«, konstatierte van der Dussen scharfsinnig. »Sonst noch jemand?«

»Nur Herr Yorimoto.«

»Bist du sicher?« Van der Dussen runzelte die Stirn und versank in brütendes Schweigen.

»Können wir nicht einfach zum Gouverneur gehen, ihm sagen, dass Katharina meine Frau ist, und anbieten, sie freizukaufen?«, fragte Martin drängend.

»Dafür ist es zu spät. Der Gouverneur ist nur für die normale Rechtsprechung zuständig«, sagte Ginnemon düster.

»Und wer ist für diesen Fall zuständig?«

»Die Mönche vom Bergkloster.«

»Dann bieten wir eben denen ein Lösegeld an«, beharrte Martin. »Soviel ich weiß, sind die Mönche hier genauso geldgierig wie in Europa.«

»Das lassen wir besser bleiben!«, sagte van der Dussen und blickte auf. »Bevor wir einen Plan schmieden, müssen wir zuerst über alle Hintergründe Bescheid wissen. Sonst stolpern wir nur in irgendwelche Fallen.« Gedankenvoll legte er seine Fingerspitzen aneinander und warf einen fragenden Blick in die Runde. »Was bezweckt dieser Inspektor damit, der Öffentlichkeit einen *Fuchsgeist* zu präsentieren?«

»Das ist doch offensichtlich!«, entfuhr es Ginnemon. »Er lenkt damit vom *Shinju* ab.«

»Möglich. Aber warum? Könnte der Gouverneur selbst dahinterstecken?«, fragte der Kaufmann.

Ginnemons wache Augen glitzerten. »Ich denke nicht. Der Gouverneur wusste doch gar nichts von alldem.«

»Und wenn der Diener seinem Herrn alles gestanden hat?«, gab van der Dussen zu bedenken. »Das glaube ich nicht«, erwiderte Ginnemon überzeugt. »Ich vermute viel eher, dass dieser Gempaku aus irgendeinem Grund Verdacht geschöpft und die Wahrheit aus dem armen Kerl herausgeprügelt hat.«

»Gehen wir einmal von einem Zusammentreffen unglücklicher Umstände aus«, warf van der Dussen ein. »Der Inspektor wird geschickt, einem jungen Mann nachzuspüren. Er kommt dahinter, dass dieser gemeinsam mit der Tochter des Gouverneurs Selbstmord begangen hat, und kann das Ganze dank Herrn Yorimotos unglücklicher Einmischung so hinstellen, dass es sich dabei um einen Unfall und einen Mord durch einen Geist handelt. Es erscheint mir eine ziemlich ungewöhnliche Methode, einen Skandal zu vertuschen, aber wenn das der Grund ist, brauchen wir unbedingt Herrn Yorimoto als Zeugen!« Er wandte sich mit finsterem Gesicht an den Dolmetscher. »Wo, zum Teufel, treibt er sich herum?«

»Seine Benachrichtigung ist bereits in die Wege geleitet«, flüsterte Ginnemon kaum hörbar und wies mit den Augen bedeutungsvoll Richtung Tür.

Der Kaufmann verstand sofort. »Ich hoffe sehr, dass er bald zurückkehrt«, fügte er mit lauter Stimme hinzu. »Wie geht es nun weiter?«

Diese Frage drängte sich zur gleichen Zeit auch Katharina auf. Der verängstigte Mann am Schreibpult hatte seinen Kopf mit den Kimonoärmeln bedeckt und murmelte unablässig inbrünstig seine Zaubersprüche. Sollte sie versuchen, ihn anzusprechen? Lieber nicht, entschied sie. In seinem Zustand war nicht abzusehen, was das bei ihm auslösen konnte. In dem Raum war es kalt. Sie fröstelte und versuchte, mit der Fußspitze ihr Hemd zu erreichen, das der *Doshin* vor Schreck einfach fallen gelassen hatte. Mit einigen Verrenkungen schaffte sie es, es sich zu angeln und um die Schultern zu legen. Zwar wärmte es nicht sehr, aber wenigstens bedeckte es sie notdürftig.

Für den Augenblick war sie vor der Folter sicher, versuchte sie sich zu trösten. Und jede Verzögerung gab Martin und den anderen Zeit, sich um ihre Freilassung zu bemühen. Langsam klang der Schock ab, der sie gelähmt hatte, und sie begann, ihre Lage zu überdenken. Sie hatte nicht die geringste Ahnung, was Japaner mit *Fuchsgeistern* anzustellen pflegten, aber ganz sicher war es nichts Gutes. Auch wenn ihr die Schwere der Beschuldigung nicht klar gewesen war, so hatte ihr die Reaktion der anwesenden Japaner doch deutlich gezeigt, welche Bedeutung ihr beigemessen wurde. Die Angst vor Geistern und Dämonen war im täglichen Leben tief verwurzelt. Nicht umsonst blühten hier die Geschäfte mit Talismanen und Schutzamuletten. War ein Mensch als *Fuchsgeist* angeklagt, konnte er nicht auf Milde hoffen.

Und es gab niemanden, der die Anklage entkräften konnte. Yorimoto, der Einzige, dessen Aussage ihr hätte helfen können, war weit weg. Auch Eilboten würden Tage benötigen, um ihn zu benachrichtigen. Bis er einträfe, wäre sie vermutlich schon tot und hinge an einem der Pfähle, an denen man Verbrecher vor der Stadt auszustellen pflegte.

Angst, schiere Angst, drohte sie zu überwältigen, als ihr vollends bewusst wurde, wie hoffnungslos ihre gegenwärtige Lage war. Ihre Augen brannten, und ihr Hals zog sich schmerzhaft zusammen, während die Tränen ihr in Strömen über die Wangen und den Hals hinunterliefen. Sie wollte nicht sterben!

Nicht jetzt, wo jeder Tag, den sie mit Martin verbrachte, von einer Art Zauber umgeben schien. Einem magischen Schleier, der selbst ein einfaches gemeinsames Mittagsmahl zu einem Fest adelte. Der Tränenstrom wurde stärker, als sie an die Kinder dachte, die sie nun niemals zur Welt bringen würde. Martins Kinder!

Der Strick, der ihr brutal in den Hals schnitt, als sie wie ein Häufchen Elend in sich zusammenzusacken drohte, zwang sie, sich weiterhin aufrecht zu halten. Und seltsamerweise erinnerte er sie an eine Meditationsübung, die Yorimoto manchmal mit ihr gemacht hatte.

Dabei hatten sie kerzengerade mit geschlossenen Augen auf den *Tatami* gesessen und sich bemüht, mit dem Geräusch des Windes im Bambus zu verschmelzen, ihm das eigene Sein anzuvertrauen und sich aus der Körperlichkeit zu lösen. Katharina hatte es anfangs extrem mühselig gefunden: Der Drang, die Augen zu öffnen, war bald übermächtig geworden, und sie hatte all ihre Konzentration aufbieten müssen, um reglos zu verharren sowie regelmäßig und kontrolliert zu atmen. Allmählich war es ihr immer besser gelungen, sich zu entspannen, den Körper nicht mehr wahrzunehmen und den Geist frei fliegen zu lassen.

Jetzt half ihr diese Kunst, sich von den widrigen Umständen abzukapseln. Während sie bewegungslos an ihrem Platz verharrte, ließ sie die Zeit und die Kälte an sich abprallen wie ein Stein, der keine Empfindungen wie Angst, Ungeduld und Unbehagen kennt. Nicht einmal die schweren Schritte mehrerer Personen, die sich der Tür näherten und davor stehen blieben, störten sie in ihrer Versenkung.

Erst als der kleine, magere Polizist sich vor ihr aufbaute, und sie mit einer spitzigen *Jitte* anstieß, öffnete sie langsam die Augen, als erwachte sie aus einem Traum. Die kohlschwarzen Augen musterten sie eindringlich, registrierten die Tränenspuren, aber auch die unerklärliche Ruhe, die sie ausstrahlte. Unvermittelt bellte er einen Befehl, und einer der *Doshin*, der eine zusammengerollte, mannshohe Schilfmatte in Händen hielt, trat vor.

Er und der Inspektor machten sich daran, Katharina so

fest darin einzuwickeln, dass sie kein Fingerglied mehr rühren konnte. Zwar konnte sie durch die grob gewebte Matte hindurch ungehindert Luft holen, aber die Umschnürung ließ nur flache Atemzüge zu. Durch die einzelnen Schilfrohre konnte sie undeutlich die Gesichter der Umstehenden erkennen. Nachdem sie sie unschädlich gemacht zu haben glaubten, traten sie näher an sie heran. So nah, dass sie die Ausdünstungen der verschwitzten Körper riechen konnte.

Erneut drohte Panik Katharina zu überwältigen. Hatten sie sie solcherart verschnürt, um sie zu ertränken? Für manche Vergehen wurde man im Meer versenkt, das wusste sie. Oder wollten sie sie verbrennen? Eigentlich wurden nur Brandstifter und Christen verbrannt, hatte Ginnemon gesagt. Aber wer konnte wissen, ob sie mit ihr nicht das Gleiche vorhatten?

Dann ging es rasch. Der Polizist löste den groben Strick vom Wandhaken. Die beiden kräftigsten Männer packten sie und trugen sie auf den Schultern wie eine Teppichrolle hinaus. Die holzigen Stängel drückten sie schmerzhaft an nahezu jeder Stelle ihres Körpers. Ihre zusammengepresste Lunge kämpfte um jeden Atemzug. Nur undeutlich zogen Bruchstücke von Gebäuden, Menschen und Bäumen an ihren Augen vorbei.

Als sie unsanft auf die Ladefläche eines Ochsenkarrens geworfen wurde, wurde ihr schwarz vor den Augen und für kurze Zeit versank sie in dieser samtigen Dunkelheit, die sie einzusaugen schien. Nur zu bald brachte das Gerüttel der Fahrt sie wieder zu sich. Der Karren holperte quälend langsam einen steilen Hangweg bergauf. Jeder größere Stein, gegen den eines der Holzräder stieß, ließ die Ladefläche, auf der sie hilflos hin und her rollte, erbeben.

Katharina stöhnte auf, als sie unsanft gegen eine der Seitenplanken geworfen wurde. Ihre Zähne schlugen aufeinander, und sie schmeckte Blut. Ihr Magen krampfte sich zusammen. Sie versuchte, tief und ruhig zu atmen und dabei auf die Geräusche der Umgebung zu achten. Unterschiedliche Vogelstimmen, der unbefestigte Weg, auf dem die Holzräder sich tief in trockenes Laub gruben, und der Wind, der eisig über die ungeschützte Hochfläche fegte, sagten ihr, dass sie Nagasaki weit hinter sich gelassen hatten.

Nur hier und da klirrte ein Metallteil oder eine männliche Stimme fluchte unterdrückt, wenn sich einer der *Doshin*, die unwillig hinter dem Wagen hertrotteten, Luft machte. Katharina verlor jegliches Zeitgefühl, war nur noch bemüht, mit den verkrampften Halsmuskeln den Kopf so zu halten, dass er nicht jeder Erschütterung der Holzplanken unter ihr ausgeliefert war. Sie befand sich in einem Zustand stumpfsinniger Erschöpfung, als sie endlich in einen gepflasterten Hof einfuhren. Hinter ihnen schloss sich das schwere Holztor, und der Karren stand endlich still.

Katharina in ihrer Schilfrolle wurde wie ein Ballen Stoff von der Ladefläche gezogen und auf den Boden gelegt. Ein scharfer Dolch durchschnitt ohne besondere Vorsicht die Schnüre, und einer der *Doshin* schälte sie aus der Matte. Blass vor Angst und Müdigkeit und mit ihrem völlig zerzausten Haar erinnerte sie im Fackellicht tatsächlich an einen Geist. Ihre vom Weinen geröteten Augen schienen etwas zu fixieren, das niemand außer ihr sah.

Die Männer, die sie umstanden, wichen ein paar Schritte zurück. Eine leise, befehlsgewohnte Stimme sagte ein paar Worte, und der Kreis öffnete sich, um einen Mann durchzulassen, der sich Katharina langsam näherte. Er betrachtete sie interessiert, aber ohne Anteilnahme oder Mitgefühl, wie ein fremdartiges Tier, dessen Gefährlichkeit man einzuschätzen versucht.

Der Mann war jung, erstaunlich jung für den Abt eines so großen Klosters. Obwohl er noch nie eine europäische Frau zu Gesicht bekommen hatte, musterte er sie erstaunlich gleichgültig. Sein Ruf als brillanter Taktiker bei Verhören ausländischer Eindringlinge war weit über Osaka hinausgedrungen, und sein Regelwerk zum Verhör barbarischer Missionare war für jeden ehrgeizigen Polizisten Pflichtlektüre. Inspektor Gempaku verneigte sich dementsprechend ehrerbietig vor Inaba Masanori.

Inaba war der Erfinder der »doppelten Vernehmung«, die sich auch gut bei anderen Verhören einsetzen ließ. Als Grundsatz galt dabei, dass ein Beamter sich sanft und mitfühlend gab, während der andere keine Anzeichen von Freundlichkeit zeigen durfte. Bei diesem Wechselbad verwickelten sich die Häftlinge früher oder später in Widersprüche oder vertrauten sich sogar dem vermeintlich wohlgesonnenen Beamten an.

»Wieso hast du diese Barbarin in mein Kloster gebracht?«, fragte Inaba den Inspektor mit steinerner Miene. »Hat man dir nicht gesagt, dass unsere Missionarszelle bereits belegt ist?«

»Doch, ehrwürdiger Abt Inaba«, erwiderte Gempaku demütig. »Ich bitte um Entschuldigung, falls meine Handlungsweise Euch Ungemach bereitet. Aber bei dieser Person handelt es sich nicht in erster Linie um eine Barbarin. Ich halte sie für einen *Fuchsgeist*.«

»Ein *Fuchsgeist* in Gestalt einer Barbarin?«, sagte Inaba, und seine Augenbrauen hoben sich um eine Fingerbreite. Der Zweifel in seiner Stimme hätte jeden anderen entmutigt weiterzusprechen. Nicht jedoch Inspektor Gempaku.

»Erlaubt mir, Euch die Gründe für meine Überzeugung darzulegen«, bat er stattdessen.

Inaba erkannte, dass der kleine Polizist einer von der beharrlichen Sorte war. Und so gab er die entsprechenden Befehle. Die *Doshin*, die erschöpft zu Boden gesunken waren, wurden in den Wirtschaftstrakt geführt, wo man sie mit einer Schale Reis und heißem Tee verköstigen würde.

»Sperrt diesen Geist fürs Erste in die befestigte Kammer neben dem Südbarbaren«, sagte Inaba zu den kindlich wirkenden Novizen, die sich neugierig um sie drängten. »Ich werde mich später um ihn kümmern.« Mit diesen Worten geleitete er Gempaku in den Empfangsraum für rangniedere Gäste.

»Es dürfte Euch zu Ohren gekommen sein, dass wir im Lauf der nächsten Tage mit dem Eintreffen des Religionskommissars Aoki rechnen«, begann Inaba als der Ranghöhere das Gespräch und bat den ungebetenen Besucher mit einer knappen Handbewegung, sich aus der bereitstehenden Kanne eine Schale Tee einzugießen. »Bitte fasst Euch kurz, Inspektor. Wieso glaubt Ihr, es mit einem *Fuchsgeist* zu tun zu haben?«

Inspektor Gempaku war etwas nervös. Es kam nicht oft vor, dass er mit einer so hoch über ihm stehenden Persönlichkeit so vertraulich zusammensaß. Die Teeschale umklammernd, berichtete er zuerst stockend, dann immer flüssiger, wie er der Verdächtigen auf die Schliche gekommen war. Inzwischen hatte er sich selber davon überzeugt, schon immer gewusst zu haben, dass diese Person ein *Fuchsgeist* war. Dass er sie als den Mörder des armen Herrn Gendo ausersehen hatte, war doch der beste Beweis: Seine innere Seele hatte die wahre Natur des Geistes erkannt!

»Ich bin sicher, Ihr braucht nur einen Wimpernschlag,

um sie ebenfalls zu identifizieren«, schloss Gempaku und verbeugte sich schmeichlerisch.

»Und Ihr sagt, diese Frau hat sich als Mann verkleidet?«

Gempaku nickte bestätigend und sagte düster: »Das war natürlich besonders raffiniert.« Er verschwieg die Anzeige des Dolmetscherlehrlings. »Wir sind ihm einzig und allein durch meine Beharrlichkeit auf die Schliche gekommen.«

»Eure Verdienste werden gebührend gewürdigt werden«, versprach Inaba. »Sobald Kommissar Aoki hier eintrifft, werde ich ihm davon berichten und ihn bitten, Euch eine formelle Belobigung auszustellen.«

Zufrieden mit diesem Versprechen verabschiedete Inspektor Gempaku sich nach angemessener Zeit und machte sich mit seiner Truppe auf den Rückweg nach Nagasaki. Sie gingen schnell, denn keiner der Männer wollte sich unnötig lange in den geisterhaften Nebelbänken, die vom Meer her langsam den Berg hinaufzukriechen und ihn Stück für Stück einzuhüllen schienen, aufhalten. Es war ein unheimlicher Ort, dieses Kloster am Berghang.

Katharina war in einen erschöpften Dämmerzustand gesunken. Ihr ganzer Körper schien nur noch aus blauen Flecken zu bestehen. Hinter ihren Schläfen hämmerte und pochte es. Trotzdem empfand sie den Durst als das Quälendste. Seit dem Morgen hatte sie nichts mehr zu sich genommen. Allerdings verspürte sie nicht den geringsten Hunger. Nur Durst, alles beherrschenden Durst.

In der winzigen Holzkammer, eher einem Schrank, war es so eng, dass sie sich gerade noch auf dem Boden ausstrecken konnte. Für einen ausgewachsenen Mann wäre das nicht mehr möglich gewesen. Eine Zeit lang hatte sie wie bewusstlos dagelegen und sich der überwältigenden Erleichterung hingegeben, dass das Gerüttel endlich vorbei war. Dann hatte das Durstgefühl angefangen, war stärker und stärker geworden, bis es jeden anderen Gedanken verdrängte.

Im Dunkeln hatte sie begonnen, in ihrem Gefängnis umherzukriechen, und war dabei auf einen Eimer gestoßen. Der stechende Geruch, der seinem Inneren entströmte, war ein deutlicher Hinweis auf seine Verwendung. Hektisch hatte sie weitergetastet, aber dieses eine Gefäß blieb das einzige in dem engen Geviert. Ihre heiseren Rufe und die kraftlosen Schläge an die Zellentür hatten keinerlei Reaktion nach sich gezogen.

Als sich endlich schlurfende Schritte näherten und ein Lichtschein unter der Türschwelle einen Besucher ankündigte, glaubte sie fast schon zu halluzinieren.

Hatte van der Dussen nicht immer von Reisenden in der Wüste erzählt, die wunderbare Dinge erblickten, ehe sie verdursteten? Die Tür öffnete sich schwerfällig und gleißendes Licht blendete sie so, dass sie die Hände vor das Gesicht schlug.

»Die Außentür ist gut bewacht. Versuch also nicht zu fliehen!«, sagte die kalte Stimme des Mannes, der von Inspektor Gempaku so ehrerbietig begrüßt worden war. Gleich darauf drang das Geräusch plätschernden Wassers an Katharinas Ohren. Sie ignorierte die helle Öllampe und ließ die Hände sinken. Ein Junge mit kahlgeschorenem Schädel hielt ihr an einer Stange einen aus Bambus gefertigten, gefüllten Wasserbehälter hin. Ohne einen Augenblick zu zögern, griff sie nach dem Gefäß und leerte es gierig. Süß schmeckte das Wasser, süß und herrlich belebend.

Sie wollte mehr davon. Auffordernd hielt sie es dem Jungen hin. Als er sich nicht rührte, machte sie Anstalten, auf ihn zuzukriechen. Ein scharfes »Halt!«, verbunden mit der Spitze des Bambusstocks unter ihrem Kinn, ließ sie erschreckt innehalten.

»Er wird nicht nah an dich herankommen. Wenn du noch Wasser möchtest, solltest du es also wieder an den Stab stecken«, sagte der Mann, und erst jetzt fiel ihr auf, dass er Holländisch mit ihr gesprochen hatte!

»Wer seid Ihr?«, flüsterte sie tonlos.

»Ich bin Inaba Masanori.«

»Seid Ihr ein Dolmetscher?«

Über das ernste Gesicht huschte ein flüchtiger Ausdruck der Erheiterung. »Man könnte es so nennen«, erwiderte er ironisch. »Vergiss den Wasserbehälter nicht.«

Ohne die Augen von Inaba zu nehmen, steckte sie den Bambusbecher auf den Stab. Während sie darauf wartete, dass der Junge ihr frisches Wasser eingoss, fragte sie: »Wo bin ich hier?«

»Im Kloster am Berghang«, antwortete der Abt.

Immer noch durstig schüttete sie auch den zweiten Becher so hastig hinunter, dass das Wasser ihr übers Kinn lief. Erst dann ging ihr auf, dass ein Kloster nicht der übliche Ort war, um vermeintliche Verbrecher unterzubringen. Verwirrt schüttelte sie den Kopf. Wieso wurde sie in einem Kloster gefangen gehalten?

Außerhalb des Lichtkreises, den die Lampe warf, konnte sie kaum etwas erkennen. Aber ihre Zelle unterschied sich in nichts von der im Stadtgefängnis. Warum hatte Inspektor Gempaku sich die Mühe gemacht, sie hierherzubringen? Katharina nahm all ihren Mut zusammen. »Was werdet Ihr mit mir machen?«, fragte sie gepresst und sah ängstlich in sein glattes Gesicht.

Der Mann wandte sich ohne ein Wort zu verlieren ab und verschwand lautlos in der Dunkelheit. Eilig, als wollte er nicht mit ihr allein sein, schob der kahlköpfige Novize die einfache Holzschale mit den Buchweizennudeln und den Wasserköcher mit der Stange weiter in die Zelle. Die Tür schloss sich, und Katharina sah in stummer Verzweiflung, wie der Spalt immer dunkler und der Raum schließlich pechschwarz wurde. Diese absolute Finsternis hatte etwas schrecklich Endgültiges. Wie ein Grab.

Nach ausgiebiger Beratung war man übereingekommen, dass Martin, van der Dussen und de Heere in Begleitung von Motoki so schnell wie möglich beim Gouverneur vorsprechen würden. De Heere weigerte sich zwar immer noch starrsinnig, den Ernst der Lage anzuerkennen, hatte sich aber bereiterklärt, den Japanern anzubieten, Katharina in den Räumlichkeiten der Faktorei festzusetzen.

Ein solches Vorgehen war in den seltenen Fällen praktiziert worden, in denen Holländer während der Monate, in denen sie auf Deshima isoliert waren, mit japanischen Gesetzen in Konflikt gekommen waren. Meist hatte es sich dabei um Verstöße gegen Zoll- und Einfuhrbestimmungen gehandelt. Einmal ging es um eine Schlägerei. Die Betroffenen waren mit dem ersten Retourschiff nach *Batavia* zurückgeschickt und dort meist recht milde abgestraft worden.

»Solch ein Aufstand, nur weil ein Frauenzimmer gegen Eingeborenensitten verstößt!«, murrte der Faktoreidirektor schlecht gelaunt. »In Zukunft solltet Ihr zusehen, sie fest an die Kandare zu nehmen, Doktor!«

Unter anderen Umständen hätte Martin seine Ignoranz amüsant gefunden, jetzt aber musste er erneut die Zähne zusammenbeißen, um den Mann nicht anzuschreien. Er hatte erwogen, Kawaguchi Munetsune unverhohlen daran zu erinnern, dass er das Leben seines Sohnes einzig und allein ihm, Martin Liebau, verdankte. Ein Leben gegen ein anderes Leben. Das müsste doch auch einem Japaner einleuchten.

Van der Dussen hatte skeptisch den Kopf zur Seite gelegt und gemeint: »Ich weiß nicht, ob das sehr geschickt wäre! Ich habe die Aufzeichnungen im Journal sorgfältig studiert, und dort wird immer wieder darauf hingewiesen, dass Japaner über allem darauf bedacht sind, ihr Gesicht zu wahren. Wenn Ihr ihn an eine Dankesschuld erinnert, stellt Ihr ihn bloß. Und das wird bestimmt nicht dazu beitragen, ihn günstig zu stimmen.«

Motoki nickte mit deutlicher Zustimmung.

»Was können wir denn sonst ins Feld führen?«, rief Martin aus und schlug frustriert mit der Faust auf die Armlehne seines Sessels.

»Die junge Dame war auf Einladung des ehrenwerten Herrn Yorimoto unterwegs zum Palast des Gouverneurs«, erinnerte Motoki sie leise. »Damit stand sie als Gast der Familie bereits unter seinem Schutz.«

»Natürlich!« Van der Dussen schlug sich gegen die Stirn. »Wenn ich mich recht erinnere, gab es da doch diesen Erlass von ihm höchstpersönlich, nach dem jeder Holländer Deshima nur auf Einladung und Verantwortung eines Einwohners von Nagasaki verlassen durfte, nicht wahr?«

Motoki bejahte dies stumm. Er hatte bereits mehr gesagt, als gut für ihn war. Aber er hatte ein romantisches Gemüt. Liebesgeschichten rührten ihn zu Tränen, und diese hier war so ungewöhnlich, dass er den wahnwitzigen Wunsch verspürte, sie möge gut ausgehen.

Im Unterschied zu den drei anderen war er sich darüber im Klaren, dass sie so rasch wie möglich handeln mussten, denn ein Geständnis, wenn auch ein erzwungenes, würde alle Bemühungen überflüssig werden lassen.

Yorimoto war weit weg. Und es gab nur diese eine Möglichkeit, die junge Frau zumindest für die nächste Zeit vor der Folter zu bewahren. Hoffentlich würde der Gouverneur nie erfahren, wer die alte Pflicht, einen Gast zu schützen, ins Spiel gebracht hatte. Aber Kawaguchi Munetsune war ein stolzer Mann, dem das Ansehen seiner Familie über alles ging. Er würde eine Verpflichtung, die im Namen der Familie eingegangen worden war, unter allen Umständen erfüllen. Im Stillen betete Oberdolmetscher Motoki zu seiner bevorzugten Schutzgöttin, dass nicht alles schon zu spät war.

Ungeduldig harrten die vier Männer im eiskalten Vorzimmer zum Audienzsaal aus, um zum Gouverneur vorgelassen zu werden. Niemand schien sie zur Kenntnis zu nehmen. Beamte in gefütterten Roben eilten geschäftig hin und her, aber keiner von ihnen sprach sie an. Wie eine schwarze Insel standen sie eng beieinander, ein Fremdkörper zwischen den farbenprächtigen Seidengewändern der Gruppe von Höflingen, die hier ebenfalls zu warten schienen.

Als besonderes Entgegenkommen wurden sie ohne längere Wartezeit in die Audienzhalle gebeten. Zu ihrer Überraschung war der Gouverneur nicht allein. Neben ihm auf dem vergoldeten Podest saß ein prunkvoll gekleideter Mann. Sein Obergewand strahlte mit dem Gold der Malereien um die Wette, und das Schwerterpaar, das er im Gürtel trug, hätte wohl ein ganzes Dorf auf Jahre hinaus von allen Sorgen befreit.

Das Begrüßungsritual schien heute besonders lange zu dauern. Schließlich verneigte Motoki sich mehrfach, bis er mit der Stirn den Boden berührte, rutschte auf den Knien ein Stück zurück und flüsterte: »Der Herr neben dem Gouverneur ist Religionskommissar Aoki aus *Edo*. Der Herr

Gouverneur hat ihn gebeten, bei dieser Audienz anwesend zu sein, weil die Anklage in sein Ressort fällt. Ihr solltet ihm Eure besondere Achtung erweisen. Er ist im Auftrag des Kaisers hier.«

Gerrit de Heere schien protestieren zu wollen, gab aber nach einem Blick in Martins flammende Augen nach, und alle drei verneigten sich ehrerbietig auf die gleiche Art und Weise wie der Oberdolmetscher. Kommissar Aoki neigte nur knapp das Haupt mit dem speziellen Lackhut, der ihn als direkten Beauftragten der Zentralregierung auswies, und schien danach jegliches Interesse an ihnen zu verlieren.

»Man sagte mir, Ihr seid auf der Suche nach einem der Euren, der von einem Polizeiinspektor aus Osaka in das hiesige Stadtgefängnis gebracht worden ist. Ihr kommt zu spät«, übersetzte Motoki die Sätze, die der Gouverneur mit unbewegtem Gesicht an sie gerichtet hatte.

Martin zuckte zusammen und machte Anstalten aufzuspringen.

»Frag ihn, warum«, sagte van der Dussen hastig und packte Martins Ellenbogen, um ihn zurückzuhalten. »Keine voreiligen Schlussfolgerungen!«, zischte er ihm zu.

»Inspektor Gempaku hat ihn bereits in das Kloster am Berge gebracht«, übersetzte Motoki die längere Ausführung des Gouverneurs. »Er schien überzeugt davon, dass es sich bei Eurem Gefährten um einen *Fuchsgeist* handelt. Der Gouverneur bedauert zutiefst die Eigenmächtigkeit dieses Mannes, aber der Aufenthaltsort des Holländers fällt nun nicht mehr in seinen Zuständigkeitsbereich. Wenn er früher davon in Kenntnis gesetzt worden wäre, wäre er selbstverständlich eingeschritten, aber so sind ihm die Hände gebunden. Das Kloster untersteht dem Religionskommissar Aoki.«

Martins erste Erleichterung darüber, dass Katharina nicht tot war, wie er gerade noch im ersten Schrecken geglaubt hatte, wich tiefer Besorgnis.

Van der Dussen drückte noch einmal warnend seinen Arm. »Nur Mut, Doktor. Hauptsache, sie lebt und ist gesund«, raunte er.

»Ich biete dem Gouverneur an, die verhaftete Person in Gewahrsam zu nehmen und garantiere ihm, dass sie den Arrest erst verlassen wird, wenn die Retourschiffe auslaufen«, mischte de Heere sich ein. »Sag ihm das, Motoki!«

Kein Muskel zuckte im Gesicht von Kawaguchi, obwohl seine Antwort ihm eine Genugtuung sein musste. »Der Herr Gouverneur bedauert, Euren Wunsch nicht erfüllen zu können«, übersetzte Motoki mit flacher Stimme. »Er hat keine Befehlsgewalt über Abt Inaba. Ihr müsst Euch mit Eurer Bitte an Religionskommissar Aoki wenden.«

»Na, dann sag Ihm eben das Gleiche«, befahl de Heere, sichtbar ungeduldig.

Sicher gab Motoki sich die größte Mühe, den rüden Tonfall durch umständliche Formulierungen zu entschärfen, denn er sprach lange mit demütig gesenkter Stimme und warf sich zwischendurch immer wieder zu Boden. Trotzdem war das Kopfschütteln des hohen Beamten aus *Edo* nicht misszuverstehen. Seine Antwort lautete »Nein«.

Martin konnte sich nun nicht mehr zurückhalten. »Ich schwöre bei allem, was mir heilig ist: Sie ist kein Geist, sie ist eine ganz normale Frau. Meine Frau. Bitte, gebt sie mir zurück!«, sagte er flehentlich.

Motoki zögerte mit der Übersetzung. Erst eine scharfe Ermahnung des Gouverneurs ließ ihn stockend die unglaublichen Sätze aussprechen. Die beiden Herren erstarrten.

»Verdammt, Mann, war das nötig?«, wisperte van der

Dussen verärgert. »Musstet Ihr ihnen das unbedingt auf die Nase binden?«

»Der Herr Gouverneur möchte wissen, wer das bezeugen kann«, sagte Motoki.

Martin sah auffordernd zu de Heere, aber der wich seinem Blick aus.

Der Faktoreidirektor steckte in einer Zwickmühle. Bezeugte er die bestehende Ehe, gab er damit einen schweren Vertragsbruch zu, der in letzter Konsequenz zum Verlust der Handelserlaubnis führen mochte. Und dabei war noch nicht einmal garantiert, dass er damit die Freilassung Katharinas erreichte.

»Ich weiß nur, was der Doktor mir heute Morgen berichtet hat«, sagte er, an Motoki gewandt. »Für mich war diese Person immer bloß der Adjunkt.«

Die beiden Japaner verzogen keine Miene, als ihnen diese diplomatische Antwort übersetzt wurde.

»Dann lege ich eben Zeugnis ab«, rief der Oberkaufmann aufgebracht. »Ich, Willem van der Dussen, bezeuge, dass es sich bei erwähntem Adjunkten um die Jungfer Katharina Sessenheimer handelt.«

»Ihr kennt diese Person also von früher?«, wollte der Religionskommissar wissen.

»Natürlich! Schließlich sind wir fast ein halbes Jahr auf demselben Schiff gewesen.«

»Ist sie da als Frau gereist?«, hakte Aoki nach.

»Nein«, gab van der Dussen kleinlaut zu.

»Ihr kennt sie von daher also bloß als Gehilfen des holländischen Arztes?«

Der Kaufmann nickte kurz.

Der Religionskommissar und der Gouverneur wechselten einen Blick, ehe Aoki sich zur folgenden Frage herabließ:

»Woher wollt Ihr dann wissen, dass es sich um dieselbe junge Frau, deren Namen Ihr genannt habt, handelte?«

»Es muss so sein. Ihre Tante hat mir aus Amsterdam geschrieben, dass sie in Begleitung des Doktors Martin Liebau reist. Für mich besteht kein Zweifel, dass der Gehilfe Severin und die Jungfer Sessenheimer ein und dieselbe Person sind«, beharrte van der Dussen im Brustton der Überzeugung. Dennoch stieg Unsicherheit in ihm auf. Die Richtung, die das Gespräch durch die Fragen nahm, gefiel ihm nicht.

Und tatsächlich hakte der Religionskommissar genau an dieser Schwachstelle nach. Wie man es auch drehte und wendete: Er wusste alles nur vom Hörensagen!

»Wart Ihr Zeuge der Hochzeit?«, fragte er.

»Natürlich nicht. Die beiden haben ja nicht öffentlich geheiratet. Aber der Doktor ist ein aufrechter Mann. Warum sollte ich ihm misstrauen?«, gab der Kaufmann zurück.

Auch er beherrschte die Kunst der Disputation und unter anderen Umständen hätte er den Austausch logischer Argumente sogar genossen. Der Gouverneur verneigte sich und schien etwas zu erklären, denn Aoki nickte herablassend, bevor er sich erneut an die holländischen Bittsteller wandte.

»Falls es sich so verhält, wie Ihr sagt, wird der ehrenwerte Abt dies ganz ohne Zweifel feststellen. Seid unbesorgt.«

»Darf ich sie sehen?« Martins flehentliche Bitte wurde mit der Begründung abgewiesen, dass man momentan nicht für die Sicherheit der Ausländer garantieren könne. Deswegen würden auch alle eventuelle bestehenden Einladungen nach Nagasaki hinfällig. Keiner der Ausländer dürfe in nächster Zeit Deshima verlassen.

»Was für ein Humbug«, murmelte van der Dussen verächtlich, als sie mit gesenkten Köpfen die Audienzhalle verließen. »Sonnenklar, dass diese angebliche Gefahr vorgeschoben wird, um uns jeden Kontakt nach außen zu verbieten. Ich möchte wetten, dass da etwas vor sich geht, von dem wir nichts erfahren sollen. Jedenfalls ist dieser eingebildete Laffe aus *Edo* ganz bestimmt nicht so zum Spaß hier aufgetaucht!«

Kapitel 17

Der Geist aus der Vergangenheit

Zutiefst erschöpft von den Aufregungen des Tages war Katharina aller Unbequemlichkeit zum Trotz auf dem blanken Boden eingenickt. Nachdem der brennende Durst gelöscht und der ärgste Hunger gestillt war, setzte ihr nur noch die Kälte zu. Ihre Zelle war zwar so gut abgedichtet, dass weder Mondlicht noch der leiseste Luftzug von draußen hereindrang, aber die Kälte schien allgegenwärtig. Obwohl sich Katharina möglichst klein zusammengerollt und die verbliebenen Reste ihrer Kleidung eng um sich gezogen hatte, erwachte sie immer wieder vom Klappern ihrer eigenen Zähne. In der lichtlosen Finsternis hatte sie jegliches Zeitgefühl verloren, aber sie schätzte, dass es um Mitternacht herum sein musste, als sie so unerwartete Laute vernahm, dass sie zuerst zu träumen glaubte. Von einer rauen, nicht allzu tiefen Männerstimme gesungen, klang ein Lied an ihre Ohren, das sie zuletzt auf der »Seepferd« gehört hatte:

»Ars liebt die Ruh, Lex auch, Krieg aber Mars,
und Kampf, und Streit, weil Mars verzehrt,
Was Ars erwirbt, Mars raubt, was Lex ernährt.«

Sie erinnerte sich nur zu gut, wie die Söldner auf dem Unterdeck es laut und ausgiebig gegrölt hatten, wenn sie ihre

Branntweinrationen zu sich nahmen. Gedämpft durch das dicke Mauerwerk zwischen ihnen konnte sie die Zeilen jetzt nicht allzu deutlich hören, aber sie erkannte die Melodie und einzelne Worte: Neben ihr musste ein zweiter Europäer eingekerkert sein, denn es war unmöglich, dass ein Japaner dieses Lied kannte!

Vor Aufregung bebend begann sie, mit den Fäusten an die Wand zwischen ihnen zu schlagen und zu rufen. Die Schläge prallten an der massiven Mauer ab. Aber ihre Rufe schienen gehört worden zu sein, denn die männliche Stimme verstummte abrupt.

Als sie nach einem kurzem Moment erneut einsetzte, diesmal noch lauter als zuvor, wich Katharina entsetzt zurück und schlug die Hände über die Ohren. Diese Stimme kannte sie, da war kein Zweifel möglich! Aber wie konnte das sein? Eisherz war doch tot!

Sie selber hatte ihn doch in der unendlichen Wasserwüste verschwinden sehen, auf den Wellenkämmen tanzend wie ein Stück Treibholz. Er musste ertrunken sein. Niemals konnte er das überlebt haben! Verfolgte sein hasserfüllter Geist sie sogar bis hierher in dieses japanische Kloster? Was wollte er von ihr? Weidete er sich an ihrem Elend?

An Schlaf war nicht mehr zu denken. In einer Ecke ihrer Zelle zusammengekauert, die Hände über den Ohren, versuchte Katharina das Gehörte aus ihrem Bewusstsein zu verdrängen. Sie war starr vor Angst, dass Eisherz' Geist sich nicht damit begnügen könnte, sie aus der Ferne zu quälen. Irgendwann verstummte die Stimme, aber Katharina wagte nicht, der Müdigkeit nachzugeben Gegen die feuchtkalte Wand gepresst, lauschte sie auf jedes noch so leise Geräusch.

Als der Novize am nächsten Morgen die Tür öffnete, wich er ängstlich zurück. Das schneeweiße Gesicht mit den vor Müdigkeit riesigen Augen, das ihm aus dem Dunkel entgegenleuchtete, schien ihm nicht mehr menschlich. Entsetzt schlug er die Tür wieder zu, verriegelte sie und machte sich auf die Suche nach Meister Inaba. Gestern hatte der *Fuchsgeist* noch einigermaßen ansehnlich gewirkt. Heute jedoch schien er auf dem besten Wege, seine Menschengestalt endgültig abzulegen. Er wollte nicht dabei sein, wenn sich die Verwandlung vollzog.

Ein älterer Mönch stellte ihn wegen seiner unpassenden Hast zur Rede, und zu seiner Rechtfertigung berichtete der Novize von der unheimlichen Veränderung des Häftlings. Für den Fall, dass der Junge übertrieb, machte der Mönch sich auf den Weg, die gespensterhafte Erscheinung selbst zu überprüfen. Ein Blick auf den *Fuchsgeist* genügte ihm, um ebenfalls schleunigst die Tür zu schließen und den Jungen zum Abt zu begleiten.

Doch Inaba meditierte gerade, und niemand in seiner Umgebung wagte in einem solchen Fall, ihn zu stören. So stand die Sonne fast im Zenit, als der Abt endlich von den erschreckenden Entwicklungen in Kenntnis gesetzt wurde. Ohne Zögern begab er sich zu der Zelle des vermeintlichen *Fuchsgeistes*, um ihn höchstpersönlich zu inspizieren.

Auf den ersten Blick war das Entsetzen des Novizen verständlich. Doch der Abt konnte bei näherer Musterung keine Anzeichen eines bevorstehenden Gestaltwandels ausmachen.

Sicher, das Haar stand der Person so wirr um den Kopf, dass man es im Halbdunkel für gesträubtes Fell halten konnte. Die Nase war deutlich größer und vorstehender als bei einer Japanerin. Aber er hatte genug Ausländer gesehen, um zu wissen, dass sie unter ihresgleichen als eher klein gelten würde. Keine Spur einer Fuchsschnauze!

Die junge Frau wirkte halb wahnsinnig vor Angst, wie sie da in ihrer Ecke kauerte, die zerfetzte Kleidung eng um sich gezogen, und mit flackernden Augen nach jemandem hinter ihm Ausschau zu halten schien. Inaba musterte sie besorgt. Eigentlich hatte er ihr nur eine Lektion erteilen wollen. Ganz im Gegensatz zu Inspektor Gempaku war er zu der Überzeugung gelangt, dass es sich bei dieser jämmerlichen Gestalt nicht um einen Geist handelte.

Aus Gründen, die ihm gleichgültig waren, hatte diese Frau sich als Mann verkleidet. Ein grober Verstoß gegen Sitte und Anstand – aber ein so banales Fehlverhalten rechtfertigte nicht, einen Mann wie ihn, Abt Inaba Masanori, mit der Klärung der Hintergründe zu belästigen.

Um Inspektor Gempakus Gesicht zu wahren, hätte er ein paar Tage abgewartet und sie dann zum Menschenwesen erklärt. Damit wäre sie wieder in den Zuständigkeitsbereich des Gouverneurs gefallen, und es wäre dessen Aufgabe gewesen, den Verstoß gegen das Handelsabkommen zu bestrafen. Einige Tage Arrest hatten noch niemandem geschadet. Doch wieso benahm diese Ausländerin sich so, als wäre sie einem Dämon der Hölle begegnet? Es könnte lästige Fragen geben, wenn er sie dem Gouverneur in diesem Zustand zurückschickte.

»Hol frischen Reis und Wasser«, befahl er dem Novizen, der an der Seitenpforte stehen geblieben war.

Kaum war der Junge verschwunden, trat Inaba in die Zelle, die Arme in den Kimonoärmeln verschränkt. Die Person gab einen kläglichen Laut von sich, und eine große Träne rollte ihr über die eine Wange. Sie verströmte den Dunst von Angstschweiß, der sich mit dem Gestank aus dem Fäkalieneimer mischte. Inaba fühlte Widerwillen in sich aufsteigen. Angeekelt musterte er das verquollene, verschmierte Gesicht mit der hässlichen Nase, die klobigen ausländischen Schuhe, in denen ihre Füße riesig wirkten, und die Kleiderfetzen, die ihren Oberkörper nur notdürftig bedeckten. Überall schimmerte ihre Haut durch – weiß wie gekochter Reis.

»Kannst du mir sagen, was in der vergangenen Nacht geschehen ist?«, fragte er ruhig, wobei er jedes Wort langsam und betont deutlich aussprach. Sofort begann sie heftig zu zittern und erneut klagende Laute auszustoßen. Inaba war irritiert. Es schien ganz so, als ob diese Frau kurz davor stand, den Pfad der Vernunft zu verlassen. Er konnte dem Gouverneur doch keine Irre zurückschicken!

Ärger keimte in ihm auf: Täglich konnte der Bote eintreffen, der Religionskommissar Aoki ankündigte, und jetzt das! Eine Japanerin hätte klaglos in dieser Zelle ausgeharrt. Schließlich wurde sie mit allem Lebensnotwendigen versorgt. Aber diese Ausländerin schien von übermäßiger Empfindsamkeit zu sein. Vielleicht würde sie sich beruhigen, wenn er sie in einem der Zimmer unterbringen ließ, die im Nebenflügel des Mönchshauses für Pilger bereitgehalten wurden.

»Komm mit«, befahl er und schritt, ohne sich zu vergewissern, ob sie ihm folgte, nach draußen. Fast hatte er schon die Pforte erreicht, die den Gang im Untergeschoss des Haupttempels vom Hof her zugänglich machte, als sie endlich mit unsicheren Schritten hinter ihm herlief.

»Wohin bringt Ihr mich?«, fragte die Person mit zitternder Stimme und blieb in der Türöffnung stehen, misstrauisch wie ein Tier, das wittert, ob Gefahr droht.

»In das Haus dort drüben«, sagte Inaba beschwichtigend

und wies mit der Hand auf den Seitenflügel des Mönchshauses. Der Novize, den er vorhin weggeschickt hatte, kam mit Nudelschale und Wassereimer beladen eilig über den Vorhof. Sobald er den Abt zusammen mit dem *Fuchsgeist* erblickte, ließ er vor Schreck alles fallen und warf sich zu Boden. Die Augen fest auf den Sand unter sich gerichtet, begann er in panischer Angst auf allen vieren rückwärts zu kriechen. Ohne ihn zu beachten, setzte Inaba seinen Weg fort.

»Ich bin Abt Inaba Masanori, aus der Familie Inaba in Kamakura«, sagte er, als begänne er eine normale Konversation. »Wie nennst du dich?«

»Severin ... Katharina ... Katharina Sessenheimer«, stammelte sie unsicher.

Inaba verzog leicht das Gesicht. Die Namen dieser Barbaren waren wirklich schrecklich, dachte er. Obwohl er ihre Sprache besser als die meisten beherrschte, kämpfte seine Zunge einen steten Kampf mit den ungewohnten Lauten. »Das ist ein ungewöhnlich langer Name für Holländer! Welches ist der Hauptname?«

»Katharina«, sagte sie und sah zum ersten Mal aus klaren Augen zu ihm auf. Ihr Gesichtsausdruck war staunend, als sei sie gerade aus tiefem Schlaf erwacht.

Ein älterer Mönch näherte sich zögernd, um Schale und Eimer vom Boden aufzuheben, und der Abt wies ihn an, dafür Sorge zu tragen, dass die Holländerin sich säuberte und etwas Anständiges zum Anziehen bekam.

Tatsächlich fühlte sich Katharina, nachdem sie sich ausgiebig gewaschen hatte, sich in einen warm wattierten *Kimono* gehüllt und ein reichliches Mahl mit zahlreichen Schalen Tee zu sich genommen hatte, fast wieder normal. Der Abt hatte sie zu sich bringen lassen, und nun saß sie ihm in einem kleinen, schmucklosen Raum, der sie an den Dienstraum des *Ottona* erinnerte, gegenüber.

»Was habt Ihr mit mir vor, Inaba-*sama?*«, fragte sie schüchtern. »Bitte, ich habe nichts verbrochen. Lasst mich zu meinen Gefährten zurückkehren!«

Der junge Abt schwieg, als hätte er sie nicht gehört. Hatte sie ihn verärgert? Er schien ein mächtiger Mann zu sein. Gempaku hatte ihn mit äußerster Ehrerbietung behandelt, und auch die Mönche näherten sich ihm nur mit demütig gesenktem Blick. Plötzlich sah er auf, und sie fühlte sich, als hätte er sie wie ein Insekt festgenagelt. Kein Wunder, dass alle vor ihm Angst hatten: Diese Augen schienen sich mühelos in ihr Innerstes zu bohren, ihre Gedanken aufspüren zu können.

»Du scheinst dich erholt zu haben«, stellte er fest, ohne auf ihre Frage einzugehen. »Ich darf dich daran erinnern, dass du zu warten hast, bis ich dich anspreche.«

Katharina biss sich auf die Lippen und senkte den Kopf, um dem unheimlichen Blick des Abts auszuweichen. Die Frage, wieso er nicht anzunehmen schien, dass sie ein Geist war, brannte ihr auf der Zunge, aber sie wagte nicht, sie ihm zu stellen. Das Schweigen zwischen ihnen schien endlos, obwohl es in Wahrheit nur kurz währte.

»Um deine Frage zu beantworten: Ich werde dich einige Tage hierbehalten und danach dem Gouverneur von Nagasaki überantworten«, sagte er. »Ich erwarte von dir, dass du dich zurückhaltend und bescheiden benimmst.«

Ein plötzlicher Aufruhr auf dem Haupthof zwischen Abthaus und Tempel ließ ihn den Kopf wenden. Ohne jedes Zeichen der Hast erhob sich Inaba, um auf die Veranda hinauszutreten und der Ursache nachzugehen. Katharina folgte ihm neugierig.

Eine Traube gelb gekleideter Mönche hing an einem einzelnen Mann und bemühte sich nach Kräften, ihn in eine bestimmte Richtung zu drängen. Der Mann war von mächtiger Statur, schwarz gekleidet und brüllte wie ein wütender Stier, während er den Kopf mit den verfilzten Haaren hin und her warf.

Katharina wankte und griff automatisch nach der Brüstung, um nicht umzusinken. Die Welt um sie herum schien auf einmal zu zerfließen, in Bruchstücke eines Kaleidoskops zu zerfallen. Ihr Albtraum war Wirklichkeit geworden!

Dort unten tobte Eisherz, nur mühsam von der Schar seiner Bewacher in Schach gehalten! Nachdem Inaba sie aus dem Verlies unter dem großen Tempel befreit hatte, war die nächtliche Stimme ihr schon bald als schiere Einbildung erschienen. Ihre überreizten Sinne mussten ihr in diesen grauenhaften Nachtstunden etwas vorgegaukelt haben. Und so hatte sie die Erinnerung an die Schrecken der Nacht beiseitegeschoben, wie sie es schon so oft getan hatte. Es war ja auch unmöglich, dass Eisherz noch lebte, hatte sie sich immer wieder vorgesagt. Aber dennoch war kein Irrtum möglich: Diese Stimme kannte sie nur zu gut, sie hätte sie unter Tausenden wiedererkannt.

Als er zufällig das Gesicht in ihre Richtung wandte, sah sie auch die unverkennbare Narbe, die seine rechte Gesichtshälfte verunstaltete. Und da erkannte er auch sie. Eisherz verharrte bewegungslos, während er sie anstarrte und seine glühenden Augen sich an ihr festsaugten. Eine Ewigkeit schienen sie so zu verharren, durch unsichtbare Bande aneinandergefesselt. »Habe ich dich endlich gefunden!«, hörte sie seine Stimme in ihrem Kopf. »Ich bin dir bis ans Ende der Welt gefolgt, und diesmal wirst du mir nicht entkommen …« Mit einem triumphierenden Grinsen, das seine Züge grotesk verzerrte, ließ er sich abdrängen, ohne den Blick von ihr zu lösen.

Katharinas Hände verkrampften sich um das Geländer, bis die Knöchel weiß hervorstanden. Totenbleich starrte sie auf die Hausecke, hinter der die Gruppe verschwunden war. Sie war wie gelähmt. Nichts und niemand hatte ihr jemals solche Angst eingeflößt wie Eisherz. Nicht Gempaku, nicht die drohende Folter. Es war eine überwältigende Furcht, die sie durchflutete und völlig hilflos machte. Allein sein Anblick reichte aus, um sie in ein zitterndes, kraftloses Bündel zu verwandeln. Wenn er das tödliche Meer überlebt hatte, was konnte sie dann gegen ihn ausrichten?

Katharinas Reaktion war Abt Inaba nicht entgangen. »Du kennst diesen Mann.« Es war eine Feststellung, keine Frage. Sein unbewegtes Gesicht ließ nicht erkennen, was er darüber dachte.

Katharina nickte.

»Woher?«, hakte er nach.

Sie räusperte sich, ehe sie, immer noch völlig verstört, flüsterte: »Er war auf einem der anderen Schiffe des Konvois, mit dem ich nach *Japonn* reiste.«

»Was war seine Aufgabe?« Inabas Stimme klang auf einmal metallisch hart. Ein Inquisitor ohne Gefühl.

»Er war ein Söldner der Holländer.«

»Kein Priester?«

Verblüfft sah sie Inaba ins Gesicht. Hatte sie richtig gehört?

»Kein Priester?«, wiederholte er. »Kein Missionar? Kein Mann, der andere zu seinem Glauben bekehren will?«

Sie schüttelte den Kopf. »Nein, es waren überhaupt keine Geistlichen an Bord.«

»Er ist hierhergebracht worden, weil die Leute ihn für einen Missionar hielten. Immer wieder versuchen diese Prediger, sich heimlich an Land zu schleichen«, erläuterte Inaba emotionslos. »Du schienst sehr erschreckt, ihn zu sehen. Warum?«

Katharina schluckte krampfhaft. »Wir hatten einige hässliche Begegnungen«, brachte sie mit flacher Stimme heraus. »Ich hielt ihn für tot.«

Glücklicherweise schien die knappe Antwort zu genügen, und Inaba forschte nicht weiter nach.

»Wenn er kein verkleideter Priester ist, dann frage ich mich, was er hier an unserer Küste suchte«, überlegte er befremdet. »Er ist kein Schiffbrüchiger, denn die Fischer fanden ihn an der Stelle, an der er von einem chinesischen Schmugglerschiff abgesetzt wurde ... Jedenfalls bin ich froh, ihn bald gehen zu sehen. Er bringt sehr viel Unruhe in unser Leben!«

Bestürzt zuckte Katharina zusammen: »Ihr lasst ihn frei?«

»Die Möglichkeit scheint dich zu erschrecken. Nein, Religionskommissar Aoki persönlich wird ihn in den nächsten Tagen nach *Edo* schaffen lassen.«

Inaba fand, dass die Holländerin sich äußerst seltsam benahm. Auch wenn sie sicherlich kein *Fuchsgeist* war, etwas stimmte nicht mit ihr. Er sah ihr nach, wie sie unerwartet geschickt in den ihr zu großen *Geta*-Sandalen eines Novizen den Hof überquerte und in dem ihr zugewiesenen Zimmer verschwand. Das unverhohlene Entsetzen in ihrem Gesicht, als sie den anderen Häftling erkannt hatte, war zu deutlich gewesen. Sie hatte panische Angst vor ihm. Wieso?

In welch einer Beziehung standen die beiden, die die Vorsehung hier im Kloster wieder zusammengeführt hatte?

Fast bedauerte er, keine Zeit zu haben, diese Frau ausführlicher über ihr Verhältnis zu diesem Mann zu befragen. Der Holländer hatte nichts von sich oder seinen Motiven preisgegeben. Die Frau hingegen war nicht so geschickt darin, ihre Gefühle zu verbergen.

Aber nun forderten andere, wichtigere Dinge seine ungeteilte Aufmerksamkeit. Der Besuch des Religionskommissars stand unmittelbar bevor. Deshalb hatten die Mönche die Anweisung bekommen, den Verrückten ins Badehaus zu führen. Der hohe Beamte sollte nicht durch die unangenehmen Ausdünstungen seines Körpers belästigt werden. Aoki hatte in dem Schreiben, in dem er seine Visitation des Klosters ankündigte, durchblicken lassen, dass er sich überaus glücklich schätze, den berühmten Vorsteher Inaba persönlich kennenzulernen.

Abt Inaba hatte eine Schwäche. Eine einzige, normalerweise gut verborgene Eigenheit unter dem äußeren Panzer der Bescheidenheit: Er genoss die Bewunderung anderer! Alle anderen Begierden hatte er erfolgreich abgetötet. Der Gedanke an Reichtum kümmerte ihn weniger als die Grille sich um den nächsten Tag sorgt. Fleischeslust und Völlerei hatten ihn schon immer eher abgestoßen, und sein Körper kam mit überraschend wenig Schlaf aus.

Nur der Wunsch nach Ruhm ließ sich nicht überwinden, so viele Nächte er auch schon im Gebet um Erlösung von dieser Schwäche verbracht hatte. Beim Gedanken an die Ehre, die der Besuch des Religionskommissars für ihn bedeutete, begann sein Herz schneller zu schlagen.

Tage hatte er damit zugebracht, den Raum, in dem er den hohen Gast empfangen würde, perfekt herzurichten. Frische *Tatami* bedeckten den Boden, die Rollbilder an den Wänden waren alle aufeinander abgestimmt und zeigten Themen des beginnenden Frühlings. Wenn die *Shoji*-Tür aufgeschoben wurde, blickte man auf blühende Azaleen, denen man nicht ansah, dass sie erst kürzlich von einem Gärtnermeister eingepflanzt worden waren.

Selbst die Küche war angewiesen worden, dem Rang des Gastes Rechnung zu tragen und Delikatessen zuzubereiten, die normalerweise nicht den Weg in den Speisesaal der Mönche fanden: Rehfleisch, Thunfisch, sogar Tauben lagen in der Eishöhle bereit, in der verderbliche Vorräte frisch gehalten wurden.

Abt Inaba verbannte die Frage, was die beiden Südbarbaren miteinander zu schaffen haben mochten, aus seinen Gedanken und wandte sich der Aufgabe zu, eine Widmung für das ausgesuchte Exemplar seines Leitfadens zu verfassen, das er dem Religionskommissar als Geschenk überreichen wollte.

»Ich muss wissen, wie es ihr geht! Gibt es denn keine Möglichkeit, einen Boten zum Kloster zu schicken? Ginnemon könnte sich als Pilger ausgeben …«, sagte Martin und schritt dabei ruhelos von einem Ende des Speisezimmers im Arzthaus von Deshima zum anderen. Van der Dussen und Ginnemon wechselten resigniert einen Blick. Beide waren seit Tagen nicht von Martins Seite gewichen, verbunden durch die gemeinsame Sorge, der junge Arzt könnte sich in seiner Verzweiflung zu einer unbedachten Handlung hinreißen lassen. Seit Katharina vor ihren Augen abgeführt worden war, hatte er nicht geschlafen und kaum etwas gegessen. Die Bartstoppeln auf Kinn und Wangen, die dunkel umrandeten Lider, die zerrauften blonden Locken legten Zeugnis von seinem geistigen Zustand ab.

»Es muss doch irgendetwas geben, wie wir ihr helfen können!« Er sah flehend von einem zum anderen. »Es macht mich wahnsinnig, hier nur hilflos abwarten zu müssen!«

»Ich fürchte, wir haben keine Wahl«, sagte van der Dussen müde. »Setzt Euch, Doktor. Es nützt ihr nichts, wenn Ihr hier einen Pfad in die *Tatami* tretet.«

»Es ist ein gutes Zeichen, dass sie ins Kloster gebracht wurde«, versuchte Ginnemon Martin zu beruhigen. »Der Abt dort ist eine Berühmtheit. Er soll in den Seelen der Menschen lesen wie in Schriftrollen. Er wird erkennen, dass sie kein *Fuchsgeist* ist.«

»Und wieso ist sie dann nicht schon längst wieder hier?« Martin warf sich in den Sessel, den van der Dussen ihm auffordernd zurechtgerückt hatte, und umklammerte die hölzernen Armstützen.

»Es heißt, Religionskommissar Aoki sei nicht nur zur Inspektion der Klöster in die Stadt gekommen«, sagte Ginnemon beschwichtigend. »Die Fischer in der Bucht von Fukunda behaupten, vor einigen Wochen einen Missionar gefangen und ins Bergkloster gebracht zu haben. Wenn das stimmt, wird Abt Inaba sich auf das Verhör mit diesem Mann konzentrieren.«

»So etwas Ähnliches hat Motoki auch gesagt.« Van der Dussen schürzte nachdenklich die Lippen. »Er meinte, dieser Umstand gäbe uns Zeit, Herrn Yorimoto aufzufinden. Wo in drei Teufels Namen steckt der Mensch nur?«

Um ein Haar hätten Motokis Neffe und Yorimoto einander verfehlt. Ein glücklicher Zufall wollte es, dass der junge Mann in der dritten Herberge nach Nagasaki mit einem anderen Gast ins Gespräch kam, der sich bitter darüber beschwerte, dass ein *Samurai* ihm das letzte Reitpferd der Station vor der Nase weggeschnappt hatte.

»Dabei kümmert es einen hohen Herrn ohne Verpflichtung doch nicht das Geringste, ob er einen Tag früher oder später zurückkommt«, klagte der gut gekleidete Kaufmann. »Mir dagegen geht ein gutes Geschäft verloren!«

Motokis Neffe zählte eins und eins zusammen, wünschte dem Kaufmann eine gute Weiterreise und bat den Wirt, ihn zu dem Raum des *Samurai* aus Nagasaki zu führen.

»Die Vorsehung muss Eure Schritte geführt haben, Herr«, sagte er erleichtert, kaum dass er die förmlichen Begrüßungsworte hinter sich gebracht hatte. »Mein Onkel hatte nur wenig Hoffnung, dass Ihr rechtzeitig benachrichtigt werden könntet.«

Yorimoto legte die Essstäbchen, die er in der Hand hielt, auf dem Tisch vor sich ab. »Bitte nehmt Euch eine Schale *Sake* und berichtet«, forderte er Motokis Neffen mit ruhiger Stimme auf, während er die lackierten Speisetabletts mit dem Nachtmahl, das ihm eben gebracht worden war, beiseiteschob. Nichts an seinem Verhalten ließ auf den Aufruhr schließen, der in seinem Inneren tobte. Mit unbewegtem Gesicht lauschte er aufmerksam und reglos der verworrenen Erzählung.

Der junge Mann war nervös. Außerdem war er nicht selber dabei gewesen. Dennoch schaffte er es, Yorimoto einen ungefähren Überblick über den Ablauf der Ereignisse zu geben.

Als er geendet hatte, sah er Yorimoto erwartungsvoll an. Insgeheim hatte er erwartet, dass der augenblicklich aufspringen und nach seinem Pferd verlangen würde. Jedenfalls taten das die Helden in den spannenden Geschichten, die neuerdings so beliebt geworden waren, dass es sie massenhaft zu kaufen gab. Yorimoto enttäuschte ihn. Leiser Zweifel keimte in Motokis Neffen auf, ob es wirklich klug gewesen war, alle Hoffnung auf diesen Mann zu setzen. Hatte er ihm überhaupt zugehört?

Sein maskenhaft starres Gesicht und die Augen, die durch ihn hindurchsahen, hätten einem Schlafwandler gehören können. Tatsächlich überschwemmten Yorimoto überwältigende Gefühle bitterer Resignation. In seiner Überheblichkeit war er der Vorsehung in den Arm gefallen, als er den *Shinju* von Umé und ihrem jungen Liebhaber im Interesse der Familie vertuscht hatte. Doch es war einem Menschen nicht möglich, das Schicksal zu ändern. Nun würde er doch die ganze Wahrheit ans Licht bringen müssen, und diesmal würde der Skandal dank der Anwesenheit von Religionskommissar Aoki mit Sicherheit bis nach *Edo* dringen.

Seine Einmischung hatte alles nur noch schlimmer gemacht. Ohne sie wäre *Ki-urushi* jetzt nicht in Gefahr. Er hoffte, dass sein Wort noch genug Gewicht hatte, um die Anklage zu entkräften. Für einen Augenblick schloss er die Lider, ehe er dem jungen Mann förmlich für seine Dienste dankte.

»Es war mir eine Ehre«, versicherte Motokis Neffe verlegen und verbeugte sich mehrmals. »Soll ich dem Wirt Bescheid sagen, dass er Euer Pferd satteln lässt?«

»Nein danke, das werde ich selbst tun«, wehrte Kawaguchi Yorimoto ab. »Später. Vorher habe ich noch einiges zu überdenken.«

In der Morgendämmerung erreichte Yorimoto das nördliche Stadttor Nagasakis, wo er das erschöpfte Pferd den Wachen überließ und sich unverzüglich auf den Weg in den Gouverneurspalast machte.

»Ich muss sofort zu meinem Bruder, melde mich an«, befahl er dem Haushofmeister, der ihm, sich verstohlen den

Schlaf aus den Augen reibend, das Tor zum inneren Hof geöffnet hatte.

»Das darf ich nicht, Yorimoto-*sama*. Das wisst Ihr doch«, stammelte er bestürzt. »Der Herr hat befohlen …«

»Schon gut, ich melde mich selbst an«, unterbrach Yorimoto das Lamento des Dieners. Natürlich hatte er Angst, sein Herr würde seinen Unmut über die frühe Störung später an ihm auslassen. Yorimoto kannte seinen Bruder gut genug, um zu wissen, dass die Furcht des Mannes nicht unbegründet war.

Der Flügel, in dem die Privatgemächer Munetsunes lagen, war in geschmackvollem Luxus eingerichtet. Die *Shoji*-Tür zu seinem Schlafraum zierte ein Gemälde der berühmten Kano-Schule, auf dem ein Hahn und seine Hennen zwischen blühenden Pfirsichzweigen umherspazierten. Eine Anspielung auf Munetsunes zahlreiche Konkubinen, mit denen er sich gerne brüstete. Yorimoto hüstelte höflich, schob die Tür auf und trat ein.

»Ich muss dringend mit dir sprechen, Bruder«, sagte er halblaut und setzte sich mitten im Raum auf seine Fersen.

Hinter den dunkelgrünen Brokatvorhängen des Schlafpodests war das Geflüster einer weiblichen Stimme zu hören. Gleich darauf schlüpfte eine schlanke Gestalt zwischen den Falten hervor und, das Gesicht mit einem der bodenlangen *Kimono*-Ärmel verdeckend, huschte an Yorimoto vorbei aus dem Raum. Ohne die neueste Konkubine seines Bruders auch nur eines Blickes zu würdigen, schloss Yorimoto die Tür hinter ihr und wartete, bis ihre leichten Schritte verklungen waren. Dann sagte er leise: »Ich entschuldige mich für die ungünstige Stunde – aber die Dinge, die ich dir zu sagen habe, dulden keinen Aufschub.«

»Wenn es um deine kleine Holländerin geht, sind mir

die Hände gebunden. Das weißt du doch«, erwiderte Munetsune mürrisch und zog die Vorhänge auseinander. »Seit wann wusstest du, dass sie sich als Mann verkleidet hier eingeschlichen hat?«

»Vom ersten Augenblick an«, gab Yorimoto zu und erinnerte sich nur zu gut an jene erste Begegnung am Krankenlager Kojiros.

»Du hättest sofort Meldung machen müssen. Ich stand da wie ein Narr, als dieser holländische Arzt behauptete, sie wäre seine Frau! Wenigstens hat der Faktoreidirektor ziemlich klar zu erkennen gegeben, dass er keinen Finger rühren wird, um sie zurückzubekommen. Nur gut, dass dieser Dummkopf von Inspektor sie für einen *Fuchsgeist* hielt. So lässt sich die Sache wenigstens leicht bereinigen.«

»Wie meinst du das?«

»Nun, Aoki hat mir zugesichert, dass sie verschwinden wird. Spurlos, wie es sich für einen Geist schickt.« Er lächelte humorlos. »Du tätest gut daran, dein kleines Spielzeug schnellstens zu vergessen, älterer Bruder!«

»Das werde ich nicht, und sie wird auch nicht verschwinden«, sagte Yorimoto entschieden und sah seinem Bruder fest in die Augen. »Es gibt einige Dinge, die du noch nicht weißt, Munetsune. Um sie dir zu sagen, bin ich heute hierhergekommen.« Während er weitersprach, verfinsterte sich die Miene des Gouverneurs zunehmend.

»Und deshalb bitte ich dich, *Ki-urushi* ihren Gefährten auszuliefern«, schloss Yorimoto und neigte bescheiden, wie es einem Bittsteller ansteht, den Kopf.

»Hast du jetzt endgültig den Verstand verloren?« Munetsune war wütend und machte kein Hehl daraus. »Nach all dem, was diese Barbarin weiß, liegt es doch in unser aller Interesse, sie loszuwerden!«

»Mein Handeln war falsch, Umés Handeln war falsch – aber nicht ihres. Ihr Verhalten war makellos.« Yorimoto wich dem Blick seines Bruders nicht aus. »Wenn du ihr nicht hilfst, werde ich alles offenlegen!«

Das Gesicht des Gouverneurs erstarrte zur Maske. Weiß vor Wut, die Augen zu Schlitzen verengt, zischte er: »Das kannst du nicht tun! Es ist unser aller Name, der in den Schmutz gezogen würde!«

Yorimoto schwieg. Was wusste Munetsune schon von Schande! Die wahre Schande trug man im Herzen. Aber Munetsune hatte schon als Kind gerne anderen die Schuld zugeschoben. Es war verständlich, dass er auch jetzt nach einer solchen Lösung suchte. Die leise, unausgesprochene Verachtung in den Augen seines älteren Bruders ließ Munetsune schließlich den Blick senken. »Und wie stellst du dir das vor?«, grollte er missmutig. »Alle Welt spricht inzwischen von dem geheimnisvollen *Fuchsgeist*, der in einen Holländer fuhr.«

Obwohl ihm äußerlich nichts anzumerken war, war Yorimoto erleichtert, dass sein Bruder so bereitwillig nachgab.

»Lass Aoki eine Geschichte erfinden. Er ist sehr geschickt darin«, schlug er vor. »Es wird doch kein Problem sein, zu verbreiten, dass der *Fuchsgeist* sich in einem Europäer nicht wohlfühlte und ihn darum wieder verlassen hat. Von mir aus kann sich auch der Abt mit der Geisteraustreibung schmücken. Die Einzelheiten überlasse ich dir und Aoki.« Er erhob sich und wandte sich zur Tür.

»Was hast du jetzt vor?«, erkundigte Munetsune sich misstrauisch.

»Ich werde jetzt nach Deshima gehen und den Holländern sagen, dass ihr Gefährte bald wieder bei ihnen sein wird«, sagte Yorimoto und lächelte verhalten. »Ich glaube, es gibt da einen, der wird sich besonders freuen.«

Kapitel 18

Der Weg der Erleuchtung

Yorimoto traf gerade noch rechtzeitig im Arzthaus der Faktorei ein.

»Das ist ein durch und durch hirnrissiger Plan!«, hörte er van der Dussens dröhnende Stimme durch die dünnen Wände des Speisezimmers nach außen dringen. »Kommt zur Vernunft, ehe wir alle zusammen am Galgen baumeln!«

Mit ein paar raschen Schritten durchquerte Yorimoto den Flur und schob die *Shoji*-Türen auseinander. Die drei Männer im Raum wandten die Köpfe, und Yorimoto registrierte, dass Ginnemon der Einzige war, dessen Hand automatisch nach seiner Waffe am Gürtel, dem *Wakizashi*, griff. In ihren Gesichtern spiegelte sich zuerst Überraschung, dann Erleichterung und Freude.

»Na, hallelujah!«, rief der Oberkaufmann, der sich als Erster wieder gefasst hatte. »Menschenskind, bin ich froh, Euch zu sehen, Yorimoto-*sama!*«

»Das kann ich mir vorstellen«, gab dieser zurück und unterdrückte beim Anblick des Chirurgen ein Schmunzeln. Offensichtlich hatte er versucht, sich als Japaner zu verkleiden. Seine Gestalt war allerdings ganz und gar nicht geeignet für die bäuerliche Kleidung, die er angelegt hatte. Der dunkelblaue Kittel mochte vielleicht noch durchgehen, aber die Hose endete kurz unter dem Knie und gab den Blick frei auf nackte dunkelgold behaarte Waden.

»Bitte, legt diese lächerliche Kleidung wieder ab, Doktor, ehe Euch noch jemand sieht. *Ki-urushi* wird in Kürze wieder bei Euch sein.«

»Wie geht es ihr? Ist sie wohlauf?« Martin stürzte auf ihn zu und packte seine Schultern. »Habt Ihr mit ihr gesprochen?«

»Nein. Aber seid versichert, dass ihr nichts geschehen ist.« Yorimoto unterdrückte den Impuls, die Hände des jungen Mannes abzuschütteln. »Sobald Kommissar Aoki die Visitationen der Klöster in Nagasaki abgeschlossen hat, wird ihre Freilassung unverzüglich in die Wege geleitet.«

»Warum nicht sofort?«, insistierte Martin.

Yorimoto löste sich sanft aus dem Griff des Arztes. »Es wäre nicht angebracht, den Religionskommissar zu drängen«, sagte er gelassen. »Zügelt Eure Ungeduld. Im Kloster ist sie in Sicherheit.«

»Was macht Euch da so sicher?«

»Doktor …«, brummte van der Dussen mahnend.

»Der Abt ist ein kluger Mann mit Ambitionen«, erwiderte Yorimoto. »Er wird nichts unternehmen, ohne sich der Zustimmung des Religionskommissars zu versichern.«

»Ihr kennt ihn?«, fragte Martin überrascht.

»Nicht persönlich.«

»Woher nehmt Ihr dann Eure Zuversicht?« Martin ignorierte die verzweifelten Grimassen van der Dussens, der ihm zu bedeuten versuchte, es mit seiner Fragerei nicht zu übertreiben. Kawaguchi Yorimoto war eine hochgestellte Persönlichkeit, an deren Wort man besser keinen Zweifel äußerte.

»Ihr könnt davon ausgehen, dass *Ki-urushis* Wohlergehen mir genauso am Herzen liegt wie Euch«, erwiderte Yorimoto etwas steif. »Und Abt Inaba lässt sich nicht von Geisterglauben leiten.« Er erwähnte nicht, dass es schwierig war, im Fall einer Europäerin – der ersten, die jemals japanischen Boden betreten hatte – eigenmächtige Entscheidungen zu treffen. Ein so außergewöhnlicher Fall verlangte nach gründlicher Überlegung und höchster Geheimhaltung.

»Verzeiht!«, sagte Martin und errötete, als ihm seine grobe Unhöflichkeit plötzlich bewusst wurde. »Ich bin einfach in größter Sorge um sie.«

Die seelische Tortur der letzten Tage hatte unübersehbare Spuren in seinem Gesicht hinterlassen. Inzwischen hatte er sich rasiert und gewaschen und die neuen, scharfen Linien ließen ihn älter erscheinen. »Werdet Ihr uns Bescheid geben, wenn es so weit ist?«

»Wenn der Gouverneur sein Einverständnis gibt, könnt Ihr den Zug ins Kloster begleiten«, versprach Yorimoto. Er zögerte kurz, aber dann siegte die Neugier: »Darf ich fragen, was Ihr in dieser Verkleidung geplant hattet?«

»Nichts Besonderes.« Die Erleichterung darüber, dass sein wahnwitziger Plan nun plötzlich gegenstandslos geworden war, ließ Martin übermütig grinsen. »Ich dachte, im Schutz der Dunkelheit an Land zu schwimmen und mich am Strand mit Ginnemon zu treffen. Zusammen wollten wir zum Kloster aufsteigen, dort einbrechen und Katharina befreien«, gestand er.

»Ein kühnes Vorhaben! Und wie sollte der Rückzug vonstattengehen?«

»Der war das Problem«, gab Martin zu. »Wir hatten uns noch nicht entschieden.«

Yorimoto schwieg, sah nur ungläubig von einem zum anderen. Van der Dussen betrachtete angelegentlich seine Fingernägel.

»Ich hatte angeboten, sie zu einem Versteck zu führen

und dort zu versorgen, bis Ihr wiederkehren würdet, Herr!« Ginnemon trat vor, warf sich vor Yorimoto zu Boden und berührte mit der Stirn die *Tatami*. »Meine Familie besitzt nicht weit entfernt ein Sommerhaus.« Er blieb liegen, als erwartete er eine Bestrafung.

»Steht auf!«, sagte Yorimoto, bückte sich und half Ginnemon auf. »*Ki-urushi* kann sich glücklich schätzen, Euch zum Freund zu haben, Imamura Ginnemon! Aber um Euretwillen werde ich vergessen, was Ihr soeben gesagt habt.«

Sobald Ginnemon sich aufgerichtet hatte, verneigte der Ältere sich seinerseits tief vor ihm, ein Ausdruck höchsten Respekts. Ihm war im Unterschied zu den beiden Europäern das ganze Ausmaß des Risikos bewusst, das der junge Dolmetscher einzugehen bereit gewesen war. Der bloße Versuch, einen Europäer dem Zugriff der Behörden zu entziehen, konnte mit dem Tod der gesamten Familie bestraft werden. Die einzige Möglichkeit, sie im Falle der Aufdeckung zu retten, war, *Seppuku* zu begehen. Eine solche Loyalität war selten geworden, dachte Yorimoto.

»Wenn Ihr so freundlich wärt, mich zu begleiten, Imamura-*sama*, könntet Ihr die Passierscheine für die beiden Herren und Euch selbst gleich in Empfang nehmen. Meine Herren ...« Yorimoto neigte zum Abschied den Kopf und verschwand so leise, wie er gekommen war, einen sichtlich erleichterten Ginnemon auf den Fersen.

»Es kommt mir vor wie ein Traum, dass sich all die Schrecknisse jetzt plötzlich in nichts auflösen sollen«, sagte Martin nachdenklich. »Das Ganze ist so unwirklich.«

»Ich weiß, was Ihr meint!«, sagte van der Dussen und nickte zustimmend. »Man hat mit dem Schlimmsten gerechnet, und auf einmal erscheint dieser Deus ex machina, wedelt ein bisschen mit seinem Zauberstab, und eh man sich versieht, löst sich alles in Wohlgefallen auf.«

»Ich glaube, ganz so einfach war es nicht«, meinte Martin hellsichtig. »Der Gouverneur schien mir kein Mann zu sein, der leicht zu beeinflussen ist. Eine schlichte Bitte dürfte da nicht ausgereicht haben.«

»Na, weiß der Kuckuck, wie er es geschafft hat: Hauptsache, wir haben unsere kleine Abenteurerin bald wieder … Habt Ihr Euch übrigens einmal Gedanken darüber gemacht, wie es danach weitergehen soll, junger Freund?« Das runde Gesicht verzog sich in sorgenvolle Falten. »Ein Techtelmechtel ist schön und gut, solange es geheim gehalten werden kann. Aber was dann?«

Überrascht sah Martin von der Schale Tee auf, den er sich gerade eingeschenkt hatte. »Wie meint Ihr das?«, fragte er.

Van der Dussen runzelte die Stirn und schürzte die Lippen. »Ihr spracht vorhin von ihr als Eurer Frau. Beabsichtigt Ihr, sie richtig und in allen Ehren zu Eurer Gattin zu nehmen, sobald wir wieder in der Zivilisation angelangt sind?«

Martin trank einen Schluck und stellte behutsam die Teeschale ab. Seine Hände zitterten leicht dabei. »Ich bin Euch sehr dankbar für Eure Unterstützung, und ich akzeptiere, dass Euch Katharinas Wohl besonders am Herzen liegt«, sagte er ruhig. »Aber jetzt geht Ihr zu weit! Allein für die Frage müsste ich Euch fordern!«

Der Oberkaufmann gab ungerührt ein schmatzendes Geräusch von sich und faltete die Hände über dem gut gepolsterten Wams. »Echauffiert Euch nicht, mein Lieber«, sagte er grinsend und zwinkerte Martin wohlwollend zu. »Ein alter Mann wie ich muss keine Forderungen mehr annehmen. Kann ich Euren Ärger für ein Ja nehmen?«

»Da fragt Ihr noch?«, brauste Martin auf, und die steile Falte zwischen seinen Augenbrauen vertiefte sich. »Wofür haltet Ihr mich?«

»Für einen jungen Mann, der der Versuchung nachgegeben hat«, erwiderte van der Dussen prompt. »Ich hatte allerdings den Eindruck, dass sie Euch inzwischen echt ans Herz gewachsen ist. Stimmt das?«

»Ich liebe sie«, gestand Martin schlicht. »Sobald wir zurück in *Batavia* sind, werden wir in aller Form heiraten.«

»Dann ist es ja gut!« Der Oberkaufmann seufzte erleichtert auf. »Versucht einmal, meine Lage zu verstehen: Ihre Tante würde mir den Kopf abreißen, wenn ich zuließe, dass die Tochter ihres Bruders entehrt und anschließend fallen gelassen würde ... Die kleine Teufelin ist übrigens eine gute Partie, wisst Ihr das?«

»Tatsächlich?«, sagte Martin, und seine Stimme hätte nicht gleichgültiger klingen können.

»Nicht so überheblich, mein Bester! Man weiß nie, wie der Hase läuft, und diese kleine Episode könnte Euch teuer zu stehen kommen. Da ist es nicht schlecht, im Hintergrund einen reichen Schwiegervater zu haben.«

Über ihrer beider Vergangenheit hatten sie so gut wie nie ein Wort gewechselt. Martin hatte den Eindruck gehabt, dass Katharina nicht darüber sprechen wollte, und ihre stille Weigerung stets akzeptiert. Wenn ein Vater mehrere Töchter unter die Haube zu bringen hatte, konnte manch eine davon eine oft ungeliebte Last sein.

»Ist er auch im Ostindienhandel tätig?«, fragte Martin, plötzlich begierig, etwas über Katharinas Familie zu erfahren.

»Nein, Magnus Sessenheimer vertreibt Weine und Stoffe in Frankfurt am Main.«

Martin versuchte, sich an Frankfurt zu erinnern. Eine wohlhabende Stadt, auch wenn die Wunden des Krieges noch nicht verheilt waren, die nicht gerade durch Weltoffenheit glänzte. Der aufkeimende Pietismus war ihm im Vergleich zur Lebensfreude in Italien erdrückend erschienen.

»Und ihre Mutter?«

»Gestorben«, erwiderte van der Dussen lakonisch. »Genaues weiß ich nicht, aber ich glaube, es gibt da eine Stiefmutter und zahlreiche Stiefgeschwister.«

Wenn sie erst einmal richtig verheiratet waren, würde er also eine Menge Verwandtschaft dazubekommen! »Wird ihr Vater sie denn wieder willkommen heißen?«, fragte Martin zweifelnd. Vielleicht war dieser Kaufmann tatsächlich ganz froh, eines der Kinder los zu sein.

»Die schöne Barbara schrieb mir aus Amsterdam, dass er sehr an ihr hinge. Übrigens ist sie ihrer Mutter angeblich wie aus dem Gesicht geschnitten«, fügte der Kaufmann rasch als Erläuterung hinzu. »Er wird schon eine hübsche Mitgift springen lassen, um ihr Auskommen zu sichern.«

»Ich bin absolut imstande, selbst für meine zukünftige Familie zu sorgen!«, sagte Martin, der über die offene Anspielung etwas verärgert war. »Nach unserer Rückkehr werde ich eine gut dotierte Stelle als Arzt in Leiden annehmen. Das meinte ich nicht, als ich fragte, ob er sie nach all dem wieder in die Arme schließen würde!«

»Ich weiß, ich weiß.« Van der Dussen winkte beschwichtigend ab. »Nichts für ungut, mein Lieber. Ich persönlich bin nicht mit Sessenheimer bekannt, aber Barbara meinte, er würde ihr alles verzeihen, wenn sie nur gesund und munter wiederkehrte. Also seht zu, dass Ihr das Eure dazutut!« Er zwinkerte Martin anzüglich zu. »Dann werde ich jetzt den Faktoreidirektor über Eure Pläne informieren. Vielleicht trifft ihn dann ja endlich der Schlag!« Mit diesem frommen Wunsch auf den Lippen wuchtete der dicke Oberkaufmann seine imposante Gestalt aus dem Sessel und watschelte zur Tür.

Martin sah ihm nach. Katharina hätte sich königlich über seinen Abmarsch amüsiert, dachte er, und bei der Vorstellung einer fröhlich kichernden Katharina neben sich wurde ihm die Lücke, die ihr Verschwinden in sein Leben gerissen hatte, erneut schmerzhaft bewusst. Nachdem die stete Sorge, die jegliches Denken ausgefüllt hatte, Platz für andere Dinge gemacht hatte, verwunderte es ihn, wie sehr ihre Gegenwart ihm fehlte. Ihre ansteckende Fröhlichkeit, ihre Vitalität hatten das Leben im Haus geprägt. Ohne sie wirkte es trist, als sei es seit Langem verlassen.

Wie ein Schlafwandler stieg er die schmale Treppe hinauf, setzte sich auf sein Bett und umschlang das Kopfpolster, in dem noch ein schwacher Duft von Katharina zu erahnen war. Wenn sie heil und gesund Holland erreichten, würden sie ein ruhiges und sicheres Leben führen, ohne Stürme, *Fuchsgeister* oder machtgierige japanische Beamten, schwor er im Stillen.

Im Kloster vergingen die Tage geruhsam, und fast verspürte Katharina sogar eine gewisse Langeweile. Ihr Zimmer im Pilgerflügel war äußerst einfach ausgestattet, es enthielt nichts außer der *Tatami* und einem Futon. Abends stellte ihr stets der gleiche Novize, der anscheinend dazu abgeordnet worden war, ein Kohlebecken zum Warmhalten hinein, und das Tablett mit dem spärlichen Nachtmahl reichte er ihr stumm. Es wurde von ihr erwartet, dass sie danach die *Shoji*-Tür schloss und sich nicht mehr blicken ließ.

Morgens weckte sie stets der ohrenbetäubende Klang der

großen Bronzeglocke, mit der die Mönche zum gemeinsamen Gebet in den großen Tempel gerufen wurden. Erst wenn die Männer ihr anschließendes Morgenmahl zusammen eingenommen hatten, wurden dem unfreiwilligen Gast Tee und die obligatorische Schüssel Buchweizennudeln an die Tür gebracht, manchmal auch mit ein wenig Gemüse garnierter Reis, und das Becken mit der erloschenen Kohle nahm der Novize wieder mit. Als sie darum bat, es behalten zu dürfen, wurde ihr beschieden, es werde tagsüber in der Küche gebraucht. Danach war sie bis zum Abend sich selbst überlassen. Ein Mittagsmahl gehörte nicht zum Klosteralltag.

In den Stunden, in denen die Mönche sich im Tempel versammelten, hatte Katharina den Klosterkomplex erkundet. An den Haupttempel schlossen sich diverse kleinere Anlagen an. In einer davon hatte sie eine vergoldete Frauenstatue entdeckt, zu deren Füßen einige verwelkte Chrysanthemenkränze lagen. In einem anderen Tempel stand sie befremdet vor der im Halbdunkel glänzenden Statue eines dicken, lächelnden Mannes, der in extrem unbequemer Stellung auf einem steinernen Podest saß.

Sämtliche Bauten waren durchgehend aus Holz errichtet. In japanischer Art fügten sich die Hausflügel zu Gebäudetrakten um größere und kleinere Innenhöfe zusammen. Bis auf den Haupttempel, zu dem eine in Stein gesetzte Treppe hinaufführte, schienen sich die niedrigen Dächer bescheiden unter dem scharfen Wind zu ducken, der durch alle Ritzen pfiff. Die Mönchswohnungen ergaben mit den Unterkünften für die Pilger und den Arbeitsräumen ein derart verschachteltes, unübersichtliches Labyrinth, dass ein Außenstehender sich kaum darin zurechtfinden konnte.

Die schlichte Architektur verzichtete auf Fenster. Das

einzige Licht, das ins Innere drang, wurde durch die papierbespannten Schiebetüren so gedämpft, dass jetzt in der kalten Jahreszeit überall eine Art Dämmerung herrschte.

Abt Inaba hatte ihr gestattet, sich tagsüber innerhalb der Mauern frei zu bewegen, solange sie sich dezent und bescheiden verhielt, wie es sich für eine Frau gehörte. Aus einem versteckt gehaltenen Fundus waren ihr weibliche Kleidungsstücke gebracht worden. Sogar ein dicker Überwurf befand sich darunter, der ihr gegen den kalten Wind gute Dienste leistete, wenn sie auf der Mauerkrone stand und sehnsüchtig auf die winzig erscheinenden Häuser Nagasakis am Fuß des Berges hinuntersah. Dort unten war Martin. Ob er sich große Sorgen um sie machte? Ob jemand ihm ausgerichtet hatte, dass es ihr gut ging?

Sie selber hatte nichts aufschreiben dürfen. Ihre Bitte um Papier, Pinsel und Tusche hatte der Abt rigoros abgewiesen. Papier war zu kostbar, um es zur Unterhaltung an eine Barbarin zu verschwenden, ließ er ihr ausrichten. Schließlich saß eine ganze Gruppe von Mönchen seit Wochen in der Bibliothek, um dort alte Rollen zu sichten, deren Rückseiten sich als Schreibuntergrund eigneten.

Seitdem hatte sie Inaba so gut wie gar nicht mehr zu Gesicht bekommen. Sie vermutete, dass er den größten Teil seiner Zeit im finsteren Gefängnisgang unter dem Haupttempel verbrachte, wo er den anderen Häftling – den Holländer, der sich in seinen Augen besonders rätselhaft benahm – studierte. Katharina hielt sich so weit wie möglich fern davon. Selbst als er noch gefesselt hinter gut verschlossenen, dicken Türen gewesen war, hatte er ihr panische Angst eingejagt. Sie wollte ihm auch jetzt nicht nahe kommen, auf gar keinen Fall. Noch aus der Entfernung glaubte sie seinen Gifthauch zu spüren, der alle Mauern durchdrang.

Die meisten Mönche verließen tagsüber das Kloster, um erst mit Einbruch der Dunkelheit zurückzukehren. Die wenigen zurückgebliebenen gingen ihren Aufgaben nach und zeigten wenig Bereitschaft, sich mit der Ausländerin abzugeben. Selbst die in der Küche beschäftigten wandten ihr den Rücken zu, als sie in ihrem holprigen Japanisch anbot, beim Gemüseputzen zu helfen.

Einzig ein sehr alter Hund hob den Kopf mit der weißhaarigen Schnauze von den Pfoten, sah sie aufmerksam an und trottete dann mühsam von seinem Platz neben der Feuerstelle zu ihr hin. Als er ihr trotz der Rufe der Männer hinausfolgte, bemerkte sie, dass er auf dem linken Vorderlauf erbärmlich hinkte.

»Wenigstens du hast Mitleid mit mir, alter Herr«, murmelte sie dankbar und streckte eine Hand aus, um ihn hinter den Ohren zu kraulen.

Oinu-*sama*, Herr Hund, wie er von den Mönchen respektvoll gerufen wurde, sah aus klugen Augen zu ihr auf. »Schade, dass du nicht sprechen kannst!«, sagte Katharina bedauernd. »Wir könnten uns mit Geschichten die Zeit vertreiben oder mit Rätselraten.«

Oinu-*sama* winselte mitfühlend und leckte ihr die Hand. Von da an war er tagsüber ihr ständiger Begleiter. Selbst auf die Mauerkrone folgte er ihr, um sich zu ihren Füßen zusammenzurollen, während sie dort oben stand und angestrengt die Dächer von Deshima auszumachen versuchte, bis ihre Augen zu tränen begannen.

Der Mann war aufgewacht. Solange diese Schlitzaugen ihn in ihrer Gewalt hatten, hatte er sich zurückgezogen in einen Bereich seines Ichs, den nur er allein aufsuchen konnte. Dort hatte er gewartet. Gewartet und alles an sich abprallen lassen. Der Anführer dieser Kerle sprach ein ausgezeichnetes Holländisch, aber er hatte nicht den Fehler begangen, ihm zu zeigen, dass er ihn verstand. Nein, der alte Eisherz war schlau!

Und er war geduldig. Während dieser Narr auf ihn eingeredet hatte, war er weit weg gewesen.

Weit weg wie damals, als er tagelang in der endlosen Wasserwüste getrieben war. Genau konnte er sich nicht mehr daran erinnern. Nur an ihr Gesicht über der Bordwand, als sie ihn kaltschnäuzig dem sicheren Tod überlassen hatte. Ihr Anblick war das Letzte, was er bei klarem Bewusstsein wahrgenommen hatte. Danach hatte er sich mit seinem Gürtel an dem Maststück festgebunden und auf das unausweichliche Ende gewartet. Das Wasser in diesen Meeren war so eiskalt, dass der Teil seines Körpers, der sich unter Wasser befand, taub und unempfindlich geworden war, während die Sonne unbarmherzig die ungeschützte Haut seines Oberkörpers verbrannt hatte, bis sie sich feuerrot färbte und schmerzte, als würde er bei lebendigem Leibe gehäutet.

Als der portugiesische Segler ihn gesichtet und die Maats ihn an Bord geholt hatten, war kaum noch Leben in ihm gewesen. Glücklicherweise hatten sie angenommen, dass er ein Schiffbrüchiger des französischen Schiffes war, das ebenfalls dem Sturm zum Opfer gefallen war. Während seiner Genesung hatte er sich mit dem Ersten Offizier angefreundet, und so war es nicht schwer gewesen, in Goa heimlich von Bord zu gehen und sich auf das holländische Schiff zu schleichen, das am anderen Ende des Kais ankerte. Er hatte den Kapitän der »Amsterdam« nicht lange überreden müssen, ihn anzuheuern. Die Mannschaft war geschwächt von Fieber, dezimiert durch gelegentliche Scharmützel mit Eingeborenen. Ein Paar kräftige Hände war da immer willkommen.

Tagsüber hatte ihn die Arbeit als Maat in Anspruch genommen, aber nachts auf seinem Lager schob sich stets das eine Gesicht in seine Träume, und die Vision ließ ihn schwer atmend erwachen. Er würde sie aufspüren, auch wenn er ihr folgen müsste bis ans Ende der Welt. Sie war ihm bestimmt, da war er sich sicher. Sonst wäre er doch nicht auf so wunderbare Weise gerettet worden!

Als er in *Batavia* erfahren hatte, dass sie ihm nach *Japonn* entwischt war, packte ihn eine solch mörderische Wut, dass blutrote Nebel vor seinen Augen waberten. Kaum eines klaren Gedankens fähig, war er zu der nächstbesten Wasserstelle gelaufen und hatte sich eines der kreischenden Eingeborenenmädchen gegriffen. Für einige Zeit war es ihm gelungen, sich einzureden, es sei ihr Körper, den er gebrauchte, wie es ihm gefiel. Im Morgengrauen hatte er das stöhnende, blutüberströmte Bündel neben sich angeekelt beiseitegestoßen. Die braune Haut, das schwarze, wellige Haar waren kein adäquater Ersatz für ihren milchweißen Körper.

Dummerweise war die Sache bis zum Kommandanten gegangen. Er hatte wohl die Falsche erwischt, eine Adlige oder so etwas. Um ein Haar wäre es übel für ihn ausgegangen, aber der Kapitän des Schiffes hatte sich für ihn verwendet. Ein aufrechter Mann, der weder Arbeit noch Kämpfe scheute, war in seinen Augen zu wertvoll, um an ihm ein Exempel zu statuieren …

Und so war er mit der »Amsterdam« weiter nach Norden, Richtung *Japonn* gesegelt. Sie war eines der Schiffe, die Möglichkeiten auskundschaften sollten, die Chinesen von *Formosa* wieder zu vertreiben. In einem Sturm, der sie an die chinesische Küste trieb, hatte er sich absetzen können.

Es war nicht einfach gewesen, aber er hatte ein Schmugglerboot aufgetrieben, dessen Besatzung sich bereiterklärt hatte, ihn nahe bei Nagasaki an Land zu bringen. Es gab da eine abgelegene Bucht, in der die chinesischen Schmuggelboote ihre Seidenballen heimlich abluden und gegen Kupfer und Silber eintauschten. Dort würde er auch wieder eine der flinken, dunkel gestrichenen Dschunken für die Rückfahrt aufs Festland finden.

Dass alles sich so wunderbar fügte, war ihm wie ein Zeichen erschienen. Eine Bestätigung, dass ihr Schicksal tatsächlich mit seinem verbunden war. In seiner Hast, ihr näherzukommen, war er unvorsichtig geworden und hatte sich dummerweise von einem Trupp einfacher Bauern übertölpeln lassen! Doch bisher hatte er weitaus Schlimmeres überstanden, als diese lächerlichen Verhöre und den seltsamen Fraß, den sie ihm hinstellten. Es war ärgerlich, dass sie ihn gefangen hielten, aber er dachte gar nicht daran, sich seinen Plan von ihnen durchkreuzen zu lassen. Wenn er nur lange genug wartete, würden sie schon nachlässig werden. Und allmählich ließ ihre Wachsamkeit tatsächlich nach.

An dem Tag, als er sie neben dem komischen Anführer, der immer mit ihm zu sprechen versuchte, gesehen hatte, hatte er auf dem Weg zum Badehaus fliehen wollen. Der Anblick ihres Gesichts, das er bis an sein Ende nie vergessen würde, hatte ihn so verwirrt, dass er fast vergessen hätte, den Idioten zu spielen. Bald darauf hatte ihn der Holländisch sprechende Kerl aufgesucht und ihn mit Fragen nach ihr bedrängt – wohl, um ihm damit etwas zu entlocken. Aber er war nicht darauf hereingefallen.

Mit stumpfem Blick hatte er hin und her geschaukelt und dabei sein Lied gesummt, das Lied, das ihn an frühere Zeiten erinnerte. Nichts hatte das Schlitzauge in seinen Augen entdecken können. Zu dicht war der Vorhang, hinter den er sich zurückziehen konnte. Dort, wo die Stunden nicht zählten, der Hunger nicht spürbar war, erreichte ihn kein Wort. Hinter diesem Schleier war er glücklich. Und sie war ihm entgegengekommen! Er brauchte sich nicht bis nach Nagasaki durchzuschlagen. Er konnte sie einfach von hier mitnehmen und mit ihr nach China verschwinden.

Draußen krächzte eine Eule. Es war Zeit. Vorsichtig tastete er nach dem Messer, das er bei dem Gerangel auf dem Hof gegriffen hatte. Es war ihm gelungen, es vor den Wächtern versteckt zu halten. Unfähige Taugenichtse! Vermutlich suchten sie in der Küche immer noch danach! Er spuckte verächtlich aus, bevor er sich daranmachte, das rostige Türschloss damit aufzuhebeln.

Seine Kräfte hatten unter der langen Haft gelitten, aber sie reichten immer noch aus, die Tür lautlos aus den Angeln zu heben. Mit einem raschen Blick ringsum vergewisserte er sich, dass die Luft tatsächlich rein war. Die Zeit zwischen dem letzten Gong und dem ersten Läuten der großen Glocke war für eine Flucht am besten geeignet. Niemals hatte er um diese Zeit Schritte oder Stimmen vernommen. Er hängte von außen die Tür wieder ein, sodass auf den ersten Blick alles wie immer aussah, und schlich wie ein Schatten nach draußen.

Der Mond schien hell genug, um sich orientieren zu können. Eisherz hob den Kopf in den Wind wie ein Wolf, der seine Beute wittert. Dann setzte er sich zielsicher in Bewegung.

Katharina schlief unruhig. Immer wieder schrak sie hoch, weil sie glaubte, eine Stimme zu hören, die nach ihr rief. Aber es war nicht Martins Stimme. Es klang wie eine Warnung, ausgesprochen von einer körperlosen Gestalt. Wieso schien ihr die Stimme weiblich zu sein?

Der Wind fegte mit solcher Wucht durch die engen Gassen zwischen den Gebäuden, dass die Schiebetüren ständig klapperten und sich die Holzschindeln seltsam raschelnd aneinanderrieben.

Als die *Shoji*-Tür zu ihrem von der Glut des Kohlebeckens rötlich erleuchteten Schlafraum geräuschlos beiseiteglitt, weckte sie ein eisiger Luftzug. Noch im Halbschlaf setzte sie sich auf und schob die wattierte Decke beiseite, um die Tür wieder zu schließen.

»Oinu-*sama*, bist du es?«, fragte sie gähnend. Vermutlich hatte der alte Hund auf der Suche nach Wärme die Tür mit der Schnauze aufgeschoben, dachte sie. »Na, komm schon herein, du darfst bei mir schlafen. Aber lass mich die Tür zumachen, es ist eiskalt heute Nacht.«

Aus der Dunkelheit der Veranda trat eine Gestalt ins Zimmer, die ihr vage vertraut vorkam. Ein Teil von ihr wusste bereits, wer es war, bevor der Mann heiser auflachte. Fast klang es wie ein Bellen.

»Für wen von diesen Schlitzaugen machst du so bereitwillig die Beine breit, Prinzessin?«, fragte er höhnisch.

Katharinas Arme fielen kraftlos herunter, und sie taumelte wie von einem Schlag getroffen. Ihr Denken setzte aus, und sie starrte ihn fassungslos an. Zufrieden mit der Wirkung seines Auftritts fuhr er grinsend fort: »Da staunst du, was? Der alte Eisherz ist nicht unterzukriegen. Tut mir leid, dass wir nicht zusammen auf deinen Liebhaber warten können. Hätte ihn gerne kennengelernt.«

Fast zärtlich ließ er die Klinge des Messers, die rötlich im Dämmerschein aufblitzte, zwischen seinen Fingern hindurchgleiten. »Aber ich verspreche dir, du wirst ihn nicht vermissen: Ich werde es dir besorgen, dass dir Hören und Sehen vergeht!«

Blitzartig verschwand das Lächeln aus seinem entstellten Gesicht, und er sah sie finster an. »Hast wohl gedacht, du bist mich los, was? Aber du wirst bezahlen, meine Schöne. Mit Zins und Zinseszins.«

Er bückte sich und befühlte die wattierte Seidendecke, die zu Boden geglitten war. »Scheint ganz anständiges Zeug zu sein«, brummte er mehr zu sich. »Ein warmes Wams wäre jetzt nicht schlecht.« Ohne einen Augenblick zu zögern, zerschlitzte er den kunstvoll gewebten Stoff mit dem Messer und wickelte ihn zu einer behelfsmäßigen Jacke um sich.

»Sonst ist hier nicht viel zu gebrauchen«, befand er nach einem Blick auf die spartanische Einrichtung. Eisherz warf seinen Lederbeutel über die Schulter, packte die immer noch wie betäubt dastehende Katharina am Arm und zerrte sie mit sich.

»Ein Laut und ich steche dir ein Auge aus!«, drohte er bösartig. »Für mich bist du einäugig immer noch brauchbar genug.«

Um diese Jahreszeit kamen keine Pilger mehr, deswegen wachte auch kein Mönch neben dem Tor. Niemand bemerkte, wie der Mann leise und geschickt die schweren, hölzernen Riegel hob, oder hörte das dumpfe Knarren, mit dem das Tor schließlich geöffnet wurde. Nicht einmal die Eule schrie, als Eisherz mit seiner Gefangenen im Unterholz verschwand.

Während Martin voller Vorfreude Pläne für die Zeit nach Katharinas Rückkehr schmiedete, wurde Yorimoto von diffusen Ängsten geplagt. Immer noch hing in seinen Träumen eine schwarze Wolke schwer über *Ki-urushi* und schien sie erdrücken zu wollen. Wie war das möglich? Die Gefahr war doch gebannt!

Immer ungeduldiger wartete er auf die Ankündigung des Religionskommissars, endlich zum Bergkloster aufzubrechen. Aber der ehrenwerte Aoki hatte es nicht eilig. Die zahllos veranstalteten Bankette und die wertvollen Geschenke, die ihm von den Äbten der Stadtklöster überreicht wurden, schmeichelten ihm. Er dachte gar nicht daran, auch nur einen Teil der Ehrungen, die ihm so reichlich zuteilwurden, zu verpassen. Endlich waren alle Festtafeln leergegessen, alle Gaben verpackt und nach *Edo* vorausgeschickt: Aoki war bereit.

Dem Reisezug voraus schritt ein Trupp Bewaffneter, weniger zur Gefahrenabwehr als zur Demonstration des hohen Rangs der Reisenden. Ihnen folgten die kräftigen Träger der *Norimono*-Sänften, in denen der Gouverneur und der Religionskommissar Platz genommen hatten. Trotz der Kälte rann ihnen der Schweiß über die Gesichter, denn beide Herren waren gut genährt.

Yorimoto hatte den Transport mit einer Sänfte abgelehnt und sich Martin und Ginnemon angeschlossen, die im hinteren Teil des Zuges zwischen den Bediensteten marschierten. Die gemächliche Reisegeschwindigkeit hätte eine angeregte Unterhaltung zugelassen, doch keinem der Männer war danach zumute. Martin schwelgte in Vorfreude auf das bevorstehende Wiedersehen, Ginnemon war zu taktvoll, jemandem ein Gespräch aufzudrängen, und Yorimoto kämpfte mit den Dämonen seiner Vergangenheit, die eine beiläufige Bemerkung des Religionskommissars wieder aus ihren Höhlen gelockt hatte.

Aoki hatte erzählt, ihm sei zu Gehör gekommen, dass Kojiro sein Schwert schon kunstvoller zu führen wisse als des Gouverneurs eigener Bruder im gleichen Alter. Dabei hatte er Yorimoto hämisch von der Seite angesehen. »Es gibt Stimmen, die in ihm den nächsten *Kaishakunin* sehen. Welche Ehre für Eure Familie!«, hatte er dem noch hinzugefügt.

Als sie endlich das Kloster erreichten, stand die Sonne im Zenit. Eine weißglühende Scheibe, die hier und da zwischen Nebelschwaden auftauchte, um gleich wieder hinter den Schleiern zu verschwinden, wie eine junge Frau, die sich neckisch den Blicken entzieht. Abt Inaba erwartete sie bereits, seine Mönche hinter sich aufgereiht wie Soldaten. Würdevoll verneigte er sich. Die Tiefe der Verbeugung war genau bemessen, nicht zu viel – sein eigener Rang als hoher Geistlicher stellte ihn nur knapp unter die beiden vornehmen Gäste – und nicht zu wenig – es war allgemein bekannt, dass der Religionskommissar Ehrerbietigkeit zu schätzen wusste.

Die drei Männer wechselten einige Worte, als plötzlich die Harmonie der Begrüßungszeremonie gestört schien. Religionskommissar Aoki rückte irritiert seine Lackhaube zurecht, und Gouverneur Kawaguchi winkte herrisch den Anführer der Wache zu sich, der gleich darauf im Laufschritt nach hinten eilte. Hastig bat er Yorimoto und seine Begleiter nach vorne zu kommen.

»Was ist los?«, fragte Martin und sah sich besorgt um. »Ist etwas mit Katharina? Ich kann sie nirgends sehen!«

»Die Holländerin ist seit heute Nacht verschwunden«, sagte Abt Inaba mit flacher Stimme. »Der andere Holländer übrigens ebenfalls. Vermutlich hat sie ihn befreit.«

Fassungslos starrten sie ihn an.

»Welcher andere Häftling?«, platzte Martin heraus. »Auf Deshima wird niemand vermisst.« Plötzlich wurde er wütend. »Was habt Ihr mit ihr angestellt?«, fauchte er den Abt an und ballte die Fäuste. »Ich werde Euch töten, wenn Ihr etwas zugestoßen ist. Wenn sie nicht mehr lebt, ist mir alles gleichgültig!«

»Beruhigt Euch!«, Yorimoto umfasste sein Handgelenk und drückte es so kraftvoll, dass Martin ihn erstaunt ansah. »Wir wissen noch nicht, was wirklich geschehen ist«, sagte er ruhig und sah Martin fest in die Augen. »Lasst uns zuerst einmal hören, was der Abt zu berichten hat.«

»Aber nicht hier!«, befahl der Gouverneur und musterte missmutig den Tross, der gespannt auf jedes Wort lauschte.

»Natürlich. Ich bin ein unwürdiger Gastgeber und bitte um Verzeihung. Folgt mir«, murmelte Inaba augenscheinlich zerknirscht. In seinem Besuchszimmer standen Tee und kunstvoll arrangierte Speisen auf Lacktabletts bereit, aber niemand schenkte den sorgfältigen Arrangements größere Beachtung.

»Berichtet!«, forderte Religionskommissar Aoki den Abt auf, sichtlich bemüht, sich das Heft nicht vom Gouverneur aus der Hand nehmen zu lassen. Inaba schätzte es nicht, wie ein Dienstbote behandelt zu werden, aber er schluckte seinen Ärger über den rüden Ton hinunter und berichtete in klaren Worten von dem vermeintlichen Missionar und der Holländerin, die Inspektor Gempaku dem Kloster als angeblichen *Fuchsgeist* überstellt hatte.

In das folgende Schweigen hinein bat Ginnemon um die Erlaubnis, für Martin übersetzen zu dürfen. Vielleicht konnte er ja etwas zur Aufklärung der Sache beitragen. Sobald er geendet hatte, schüttelte Martin entschieden den Kopf.

»Nein, meine Frau war ganz bestimmt in keine wie auch immer beschaffenen Pläne verwickelt. Ich wüsste auch nicht, woher sie diesen Mann kennen sollte …« Er verstummte, denn unwillkürlich kam ihm Katharinas seltsames Benehmen damals am Strand der Kapverdischen Insel in den Sinn. Ihr verstörtes Gesicht, ihre anschließende Kränklichkeit. Und die immer wiederkehrenden Albträume, die sie bis heute heimsuchten. Nun bedauerte er aufrichtig, nicht hartnäckiger nachgeforscht zu haben. Kannte Katharina den Mann daher? Mit Sicherheit war sie aber nicht so dumm, jemandem, vor dem sie offensichtlich solche Angst hatte, zur Flucht zu verhelfen. Oder täuschte er sich? Martins Zweifel spiegelten sich in seinem Gesicht und blieben nicht unbemerkt.

»Kann ich die Zelle des Holländers sehen und den Raum, in dem die Frau untergebracht war?«, fragte Yorimoto. »Mir scheint, nur der Augenschein wird uns jetzt weiterhelfen.«

Die beiden hohen Herren zeigten wenig Enthusiasmus, die Angelegenheit weiterzuverfolgen. In ihren Augen war diese Lösung gar nicht schlecht. Bei der herrschenden Witterung würden die beiden Flüchtigen mit Sicherheit in den Bergen erfrieren. Damit wäre das Problem ihrer Existenz gelöst. Andererseits durften sie sich als Beamte keiner Nachlässigkeit schuldig machen. Also begab man sich zuerst in das Gefängnis unter dem Haupttempel, wo Yorimoto und Martin die aufgebrochene Holztür inspizierten.

»Sie ist von innen geöffnet worden. Und zwar mit einem Messer«, stellte Martin fest und wies auf die hellen Kratzer am Eisenschloss. »Wie konnte er in den Besitz eines Messers kommen?«

Abt Inaba war entsetzt. Sprachlos vor Beschämung schüttelte er hilflos den Kopf.

»War denn keine Wache vor der Tür postiert?«

»Wir sind ein Kloster«, stammelte er auf Holländisch, in der verzweifelten Hoffnung, dass damit sein Fehler den hohen Herren verborgen bliebe. »So etwas ist noch nie vorgekommen!«

»Vielleicht war es gut, dass niemand Wache hielt«, warf Yorimoto beschwichtigend ein. »Dieser Mann wusste sein Messer zu gebrauchen.«

Es war Ginnemon, der in Katharinas Kammer als Erster die Flocken bemerkte, die beim Zerschneiden der Decke zu Boden gefallen waren. Ängstlich suchte er die Schlafstelle und den hellen Boden mit den Augen ab und atmete dann erleichtert aus. Die *Tatami* war makellos, ebenso der Futon. Keine Blutflecken, keine Anzeichen eines Kampfes. Wenn die feinen weißen Flocken nicht gewesen wären, hätte man meinen können, die Bewohnerin hätte den Raum nur eben verlassen, um sofort wieder zurückzukehren.

»Vermutlich hat der Mann sie im Schlaf überrascht«, sagte Ginnemon leise. »Deswegen hat sie nicht geschrien.«

Martin wurde blass. »Was hat er mit ihr vor?«

»Wenn er sie töten wollte, hätte er das mühelos tun können«, sagte Yorimoto nachdenklich. »Also will er nicht ihren Tod.«

»Denkt Ihr an Lösegeld, Yorimoto-*sama?*«, fragte Ginnemon hoffnungsvoll. Eine Geldforderung war das übliche Motiv für eine Entführung. Yorimoto schüttelte entschieden den Kopf, aber ehe er sich näher dazu äußern konnte, fand Religionskommissar Aoki es offenbar an der Zeit, die Initiative zu ergreifen.

»Abt Inaba«, sagte er und runzelte dabei ungehalten die Stirn, »diese ganze Angelegenheit ist äußerst lästig und wirft ein seltsames Licht auf Eure Amtsführung. Es ist schon ärgerlich genug, dass es diesem verrückten Holländer gelungen ist, sein Gefängnis zu verlassen – dass jetzt beide Häftlinge verschwunden sind, bedarf einer gründlichen Untersuchung! Offensichtlich habt Ihr es an der nötigen Sorgfalt fehlen lassen!«

»Keineswegs«, verwahrte Inaba sich entrüstet. »Wie hätte ich dergleichen auch nur ahnen können?«

»Ich muss Abt Inaba Recht geben«, bemerkte der Gouverneur eine Spur süffisant. »Ein solcher Fall hat sich meines Wissens nie zuvor ereignet. Darf ich darum bitten – da es sich bei beiden Betroffenen nicht um Japaner handelt –, in dieser Angelegenheit äußerste Zurückhaltung zu üben?«

Sowohl Aoki als auch Inaba war klar, dass er damit meinte, die beiden ihrem unausweichlichen Schicksal zu überlassen. Warum sollte man sich unnötigerweise weiterhin mit dieser unerfreulichen Angelegenheit abgeben? Mit einem zustimmenden Nicken signalisierten beide, dass sie einverstanden waren. »Sag dem Holländer, wir bedauern aus tiefstem Herzen, ihm nicht helfen zu können«, befahl Gouverneur Kawaguchi Ginnemon und wandte sich zum Gehen.

»Ihr könnt sie doch nicht einfach so aufgeben!« Um ein Haar hätte Martin den Gouverneur an den Schultern gepackt und geschüttelt – ein unverzeihliches Verhalten. Yorimotos Hand schoss vor und hielt ihn gerade noch rechtzeitig auf.

»Was können wir denn jetzt noch tun?« Martins blaue Augen waren dunkel vor Verzweiflung, und seine Stimme zitterte. »Will der Mann Gold? Ich würde alles geben, was ich besitze, wenn ich sie nur zurückbekomme! Ohne sie ist mein Leben wertlos.«

Yorimoto schüttelte langsam den Kopf. »Nein, so einfach ist es sicher nicht.« Er behielt die Eindrücke, die in dem Raum auf ihn einstürmten, für sich. *Ki-urushis* unendliche Angst. Eine unheimliche Bösartigkeit. Eine Art Blutrausch.

Die schwarze Wolke war aufgebrochen und hatte das Böse in ihrem Inneren freigegeben.

Dieser Mann war eine Gefahr für *Ki-urushi*. Da war er sich sicher. Sie mussten so schnell wie möglich die Verfolgung aufnehmen. Aber wo sollten sie mit der Suche beginnen? In einigen Stunden würde es dunkel werden, und nachts war es nicht ratsam, in den Bergen umherzustreifen.

Ein alter, hinkender Hund, der sich zwischen ihnen hindurchgedrängt hatte und nun leise winselnd an der Kopfstütze auf dem Futon schnupperte, brachte ihn auf einen Gedanken.

»Abt Inaba«, rief er dem Mann hinterher, der seinen beiden hohen Gästen vorausging. Abt Inabas Rücken versteifte sich sichtlich, aber er blieb stehen und wandte sich um.

»Beherbergt Ihr Hunde im Kloster?«, fragte Yorimoto den Abt in so scharfem Ton, dass Inaba unwillig die Lippen zusammenkniff.

»Nein, nur diesen einen«, erwiderte er dann gespielt gleichmütig.

»War er mit der Holländerin zusammen? Kennt er ihren Geruch?«

Abt Inaba sah erstaunt auf das Tier, das damit begonnen hatte, an der Kopfstütze zu lecken. »Ich denke schon. Er war ständig an ihrer Seite.«

»Dann erlaubt, dass er uns führt.«

Martins finsteres Gesicht erhellte sich bei Yorimotos Worten. »Ich danke Euch«, sagte er schlicht und umklammerte dankbar seine Rechte. »Jetzt bin ich mir sicher, dass wir sie finden werden.«

Eisherz legte ein höllisches Tempo vor. Rücksichtslos zerrte er sie hinter sich her durch das Unterholz, ohne Rücksicht auf die Zweige, die ihr entgegenschlugen, und die Äste, die sich in ihren Kleidern verhakten. Erst als sie so weit vom Kloster entfernt waren, dass niemand sie mehr rufen hören konnte, hielt er an.

Im fahlen Mondlicht schien ihr Gesicht fast durchscheinend, die trüben Augen riesig.

Sie keuchte heftig von der Anstrengung des Laufens, aber sonst wirkte sie wie eine Schlafwandlerin. Wie gelähmt stand sie schwer atmend da. Sie rührte sich nicht einmal, während er einen Strick um ihren Hals knotete. Eisherz grunzte ärgerlich, als er bemerkte, dass sie eine *Geta*-Sandale verloren hatte. Die ehemals weißen *Tabi*-Socken waren durchlöchert und schmutzig. Er griff in seinen Beutel und zog ein paar grobe Lederstiefel hervor. Es waren die Stiefel, die der zuständige Mönch beim Kräutersammeln trug.

»Los, zieh sie an!«, herrschte Eisherz sie an.

Katharina reagierte nicht, starrte nur blicklos vor sich hin. Seine Stimme war so weit weg, dass sie ihn nicht verstand. Und sie wollte ihn auch nicht verstehen. Sie ertrug es nicht, dass er so nah bei ihr stand, dass seine Ausdünstungen sie wie eine *Miasma*-Wolke umgab. Eisherz holte aus und schlug sie mit kalter Berechnung ins Gesicht.

»Du wirst lernen, zu gehorchen, Prinzessin! Und zwar beim ersten Aufruf! Zieh die Stiefel jetzt an! Oder ich lass dich barfuß laufen, bis dir die Haut in Fetzen von den Füßen hängt …«

Der Schmerz des Schlags durchbrach ihre Benommenheit nicht ganz, aber er bewirkte zumindest, dass Katharina begriff, sie solle diese Stiefel anziehen. Gleichgültig streifte sie sie über.

»Na also, es geht doch.«

Ehe sie sich ganz aufgerichtet hatte, zerrte er sie am Strick weiter. Im Mondlicht schien er wie ein schwarzer Schemen, ein Fleisch gewordener Albtraum. Gleich würde sie aufwachen und Oinu-*samas* feuchte Schnauze an ihrer Wange spüren. Aber die Kälte, die sie trotz der Anstrengung zittern ließ, und ihre brennenden Wangen waren nur allzu real. Schon nach kurzer Zeit hatte der Strick die zarte Haut an ihrem Hals bis aufs Blut aufgescheuert, und die offene Wunde brannte wie Feuer.

Dies war kein böser Traum, es war die grausame Wirklichkeit. Immer wieder stolperte Katharina in der Dunkelheit, aber Eisherz riss sie dann jedes Mal gnadenlos hoch. Vergeblich versuchte sie, sich zu orientieren. Sie befanden sich auf einem schmalen Pfad, der im Licht des tief stehenden Mondes nur schwer auszumachen war. Mit der Morgendämmerung stieg Nebel auf. Die schwarzen Silhouetten der Bäume schienen zurückzuweichen, hinter Schleiern zu verschwinden. Der Weg verschwamm im milchigen Dunst vor ihnen. Was hatte er vor?

Allmählich wurden die Schmerzen, die der Druck und das Reiben des Stricks auf der aufgescheuerten Haut verursachten, unerträglich. Unwillkürlich griff sie nach der Stelle an ihrem Hals, strauchelte dabei und stürzte mit einem unterdrückten Aufschrei zu Boden. Diesmal blieb Eisherz stehen und wandte sich zu ihr um. Katharina lag zu seinen Füßen, halb ohnmächtig vor Erschöpfung, Schmerzen und Kälte.

»Lasst mich hier sterben«, keuchte sie. »Oder tötet mich! Ich kann nicht mehr ...«

Eisherz verzog seine verunstalteten Gesichtszüge zu einem bösartigen Grinsen. »So schnell stirbt man nicht! Erinnerst du dich noch, was ich dir angedroht hatte? Wozu braucht ein Mensch zwei Augen ...«

Entsetzt wich Katharina zurück, als er sich über sie beugte.

Sein fauliger Atem strich heiß über ihr erstarrtes Gesicht, als er eine Hand unter ihr Kinn legte und es unbarmherzig zu sich hochdrückte. »Wir werden kurz rasten, aber danach wirst du hübsch brav weiter hinter mir hermarschieren. Hast du verstanden?«

Katharina nickte schwach.

»Gut. Dich dressier ich mir schon noch«, murmelte er mehr zu sich selbst und grinste zufrieden. »Wenn wir erst einmal auf dem Schmugglerboot sind, bist du mein Eigentum. Praktische Sitten bei diesen Schlitzaugen: Weibsbilder haben nichts zu sagen – nur zu gehorchen.«

Auf dem Schiff! Wenn sie erst einmal auf dem Meer waren, bestand kaum mehr eine Möglichkeit, sie zu finden. Verzweifelt schloss Katharina die Augen und rührte sich nicht mehr, bis Eisherz erneut am Strick zog. »Auf, Prinzessin. Weiter geht's.«

Gegen Mittag wurden seine Schritte zögerlich. Und schließlich hielt er an einer hohen, windschiefen Kiefer zwischen dicht mit Flechten bewachsenen Felsen an.

»Du rührst dich nicht vom Fleck!«, befahl er und machte sich daran, auf den Baum zu klettern. Katharina sank neben einem der Felsen zu Boden. Seit Kurzem hatte sie den Eindruck, dass Eisherz die Orientierung verloren hatte. Er wirkte abgelenkt, nicht mehr so selbstsicher. Seine Bannkraft über sie begann nachzulassen. Er war nicht der Dämon, den sie in ihm gesehen und gegen den sie sich so machtlos gefühlt hatte. Auch er machte Fehler. Diese Erkenntnis ließ sie plötzlich wieder klar denken.

Im Kloster musste man längst bemerkt haben, dass Eisherz sie entführt hatte. Man würde sie sicher bereits suchen. Vielleicht konnte sie irgendwie ein Zeichen setzen, eine

Spur hinterlassen. Hektisch sah sie sich um, und ihr Blick blieb an dem dichten, dunkelgrünen Überzug des Felsen hängen. Mit klopfendem Herzen ritzte sie mit dem Fingernagel die Linien des japanischen Zeichens für »Schiff« in die nachgiebige Fläche. Darunter schrieb sie »Hilfe«. Groß genug, um einem Vorbeigehenden ins Auge zu fallen.

Splitternde Borke kündigte Eisherz' Abstieg an, und sie beeilte sich, von dem Felsen mit dem verräterischen Hinweis abzurücken. Von nun an nutzte sie jede Gelegenheit, in unbeobachteten Momenten an allen geeigneten Stellen Zeichen zu hinterlassen. Sie konnte nur hoffen, dass jemand sie zu deuten wüsste.

Am Nachmittag irrten sie immer noch auf den Berghängen umher, und Eisherz' Gesicht wurde immer finsterer. Hier und da fluchte er unbeherrscht vor sich hin, aber obwohl er ihnen keine Ruhepausen gönnte, fand er im Dickicht den Weg zur Küste hinunter nicht. Auch diese letzte Abzweigung hatte sie nur auf ein karges Felsplateau geführt.

Als auf einmal ein tiefes, sattes Läuten einsetzte, schlug Katharinas Herz schneller. Das war eindeutig die große Tempelglocke! Sie befanden sich also nicht allzu weit vom Kloster entfernt! Sie mussten im Kreis gegangen sein. Plötzlich sah sie Martins lächelndes Gesicht vor ihrem inneren Auge, und der Wunsch, ihn wiederzusehen, ihm nahe zu sein, war so überwältigend, dass sie den Kopf senkte, um vor Eisherz das Auflodern in ihren Augen zu verbergen.

Gouverneur Kawaguchi hatte es abgelehnt, seine Leibwache zu einer derartigen Suchaktion einzusetzen. Wenigstens hatte er gestattet, Martin und Yorimoto mit Schwertern auszurüsten. Ginnemon trug als Angehöriger der *Samurai*-Klasse selbstverständlich sein eigenes Schwertpaar im Gürtel.

»Könnt Ihr als Mann des Friedens überhaupt mit einer Waffe umgehen, Doktor?«, fragte Yorimoto zweifelnd, als er ihm das Schwert eines der Fußsoldaten aushändigte.

»Meine Zeit auf dem Fechtboden ist lange her«, gab Martin zu. »Aber im Notfall weiß ich zu kämpfen. Keine Sorge.« Ohne ein weiteres Wort folgte er Ginnemon, der Oinu-*sama* an einer langen Leine führte. Nach kurzer Suche hatte der Hund tatsächlich die Spur aufgenommen und folgte ihr, die Nase am Boden, mit beeindruckender Bestimmtheit. Bei einer zierlichen *Geta*-Sandale im Unterholz hielt er an und jaulte aufgeregt. Nur eine kurze Strecke weiter lag die zweite.

»Sie hat ihre Schuhe verloren«, stellte Martin besorgt fest.

»Nur den ersten. Dieser hier ist einfach zurückgelassen worden«, berichtigte ihn Yorimoto. »Seht, hier hat jemand im Farnkraut gesessen. Vermutlich hat er sie geeigneteres Schuhwerk anziehen lassen, damit sie schneller vorankommen.«

Oinu-*sama* zog hechelnd an der Leine, und sie fielen in leichten Laufschritt, um dem Hund nachzukommen. Kreuz und quer führte er sie durch das Gehölz.

»Seid Ihr sicher, dass er noch die richtige Fährte verfolgt?«, fragte Martin skeptisch, als er sie zum dritten Mal zu einer Lichtung führte, in der die Spur zu enden schien.

»Seht!«, rief Ginnemon plötzlich aufgeregt und wies mit der ausgestreckten Hand auf einen Felsen unter einer malerisch aussehenden Kiefer. Er rannte darauf zu, fiel davor auf ein Knie und zeichnete mit dem Zeigefinger einige Linien in dem braungrünen Flechtenüberzug nach. »Das ist das Zeichen für ›Schiff‹«, erklärte er Martin. »Und dies hier bedeutet ›Hilfe, Unterstützung‹. Sie sind ganz frisch eingeritzt!«

»Ja, ich denke auch, dass sie vor nicht allzu langer Zeit

hier vorbeigekommen sind«, gab Yorimoto ihm Recht. »Einer der Mönche im Kloster hat mir übrigens erzählt, dass die Bauern, die den Mann gefangen haben, behaupteten, am Tag zuvor wäre eine schwarze Dschunke vor der Küste gesegelt. Wenn er mit einem chinesischen Schmugglerschiff gekommen ist, liegt es nahe, dass er Japan auf diese Weise auch wieder verlassen will.«

»Ihr meint, er lässt sich von einem Schiff abholen? Aber warum läuft er dann hier oben im Kreis wie ein Hase, der Haken schlägt?«, fragte Martin zweifelnd.

»Ich denke nicht, dass er das freiwillig tut.« Ginnemon sah sich prüfend um. »Diese Abzweigungen, die ins Nichts führten oder wieder auf den Weg zurückgingen ... Es erinnert mich an die Irrwege in der Umgebung unseres Sommerhauses«, meinte er. »Dort machen sich die Jungen aus dem Dorf einen Spaß daraus, solche Pfade in den Wald zu trampeln, um Ortsunkundige im Kreis laufen zu lassen. Wenn die Reisenden völlig erschöpft sind, tauchen die Kerle auf und bieten gegen ein entsprechendes Entgelt ihre Führung an.«

»Außerdem hat der Nebel die Sicht erschwert«, sagte Yorimoto und nickte. »Ja, es gibt Sinn! Vermutlich hat er völlig die Orientierung verloren.«

»Und Katharina ist ihm die ganze Zeit ausgeliefert!« Martin knirschte mit den Zähnen.

»Denkt nicht daran!«, wies Yorimoto ihn scharf an. »Zorn trübt nur den Verstand. Wir werden sie finden! Sie dürften nicht mehr sehr weit vor uns sein, denn wir sind bei Tageslicht und klarer Sicht mit der Hilfe des Hundes viel schneller vorangekommen, als sie marschieren konnten.«

»Ihr meint, wir sind ihnen bereits dicht auf den Fersen?« Ginnemon sah sich aufgeregt um.

»Das ist gut möglich, deshalb bitte ich Euch um äußerste Vorsicht. Wir wissen nicht, was der Mann vorhat. Aber es gibt nichts Gefährlicheres als eine in die Ecke gedrängte Ratte.« Yorimoto ging vor dem Hund in die Hocke, umfasste sanft seine Schnauze und flüsterte ihm einige Worte zu.

»Ich hoffe, er wird nicht bellen und ihn vorzeitig warnen«, sagte Martin besorgt.

»Oinu-*sama* wird keinen Laut von sich geben«, versicherte Ginnemon ihm leise. »Herr Yorimoto hat ihm gerade alles erklärt.«

Tatsächlich trabte der Hund von nun an völlig geräuschlos vor ihnen her. Ab und zu fanden sie weitere Zeichen, die Katharina im Vorbeigehen hinterlassen hatte: Pfeile, die in ihre Marschrichtung wiesen. Auf einem Sandstreifen, flüchtig mit dem Finger geschrieben, der Name, den Yorimoto ihr gegeben hatte: *Ki-urushi*. Und immer wieder die Zeichen für »Schiff« und »Hilfe«.

Die Schatten waren schon länger, als sie endlich eine größere, mit Heide und Gras bewachsene Fläche erreichten. Oinu-*sama* blieb auf einmal stehen und knurrte kaum hörbar tief in der Kehle. Yorimoto wich augenblicklich hinter ein dichtes Rhododendrongebüsch zurück und bedeutete den beiden jungen Männern, es ihm gleichzutun. »Ich denke, da vorne sind sie«, wisperte er. »Imamura-*sama*, Ihr steht am günstigsten. Könnt Ihr sie sehen?«

Ginnemon bog mit äußerster Behutsamkeit einige Zweige zur Seite und spähte angestrengt durch die Lücke im glänzenden Laubwerk.

»Ich sehe sie«, hauchte er. »Sie sind gleich da vorne. Was tun wir jetzt?«

Ehe Yorimoto darauf antworten konnte, schoss der alte Hund wie ein Pfeil auf die beiden Gestalten in der Mulde zu, sprang den Mann an und verbiss sich in dessen Arm.

»Oinu-*sama*«, hörten sie Katharina rufen, und im nächsten Moment flog der Körper des Tieres in weitem Bogen ins verdorrte Gras. Entsetzt starrte Martin auf den aufgeschlitzten Körper, aus dem die Gedärme quollen. Der Mann war so schnell gewesen, dass sie weder das Messer noch die Bewegung gesehen hatten, mit der er den Hund getötet hatte. Und schon hatte er Katharina hochgerissen und hielt sie wie einen Schild vor sich.

»Was für ein Kämpfer«, wisperte Ginnemon widerwillig bewundernd. Die bullige Gestalt in der zerschlissenen Kleidung stand da wie ein Fels. Neben seinem muskelbepackten Körper wirkte Katharina wic cin Kind. Von seinem Gesicht war nicht viel zu erkennen. Verfilztes schwarzes Haupthaar und ein dichter Bart verdeckten die Züge nahezu vollkommen. Nur die blutunterlaufenen Augen unter den buschigen Brauen bewegten sich, suchten nach dem nächsten Angreifer. Ein *Asura*, wie man die Dämonen in Menschengestalt nannte.

»Kennt Ihr ihn?«, flüsterte Yorimoto, ohne den Blick von der unheimlichen Erscheinung zu nehmen.

Aber Martin hörte ihn nicht. Mit einem wilden Schrei sprang er aus dem Gebüsch und rannte auf die beiden Gestalten zu, wobei er das Schwert des Fußsoldaten aus der Scheide riss.

»Wenn du ihr einen Finger krümmst, bist du ein toter Mann!«, schrie er, kopflos vor Wut und Angst, einzig von dem Gedanken getrieben, Katharina zu retten. Und sei es um den Preis seines eigenen Lebens. Dass er gegen diesen Mann im Zweikampf keine Chance hatte, war offensichtlich. Aber er musste es versuchen.

Yorimoto schaffte es gerade noch, Ginnemons Arm zu greifen. »Bleibt Ihr hier in Deckung, Imamura-*sama*«, befahl er, ohne das Geschehen aus den Augen zu lassen. »Wenn es mir nicht gelingt, den Mann zu töten, seid Ihr unsere letzte Streitmacht.«

Er griff in seinen Ärmel, holte ein leuchtend rotes Amulett heraus und reichte es ihm. »Gebt das im Falle meines Todes *Ki-urushi*. Und seid so freundlich, dafür zu sorgen, dass sie die Kiste mit ihrem Namen aus meinem Studierzimmer erhält.« Ohne eine weitere Erklärung erhob er sich, strich seinen *Kimono* glatt und schritt mit der ganzen Würde des ehemaligen *Kaishakunin* auf die drei Menschen zu, die in dem tödlichen Reigen gefangen waren.

Martin stand mit gezückter Waffe vor ihnen. Der Mann hielt Katharina mit einer Hand in eisernem Griff vor sich, mit der anderen presste er das rasiermesserscharfe Küchenmesser gegen ihre pochende Halsschlagader.

»Wenn das nicht der brave Barbier von der ›Seepferd‹ ist«, spottete Eisherz. »Und wie mutig er sein rostiges Schwert schwingt! Hat das Weibstück Euch auch das Bett gewärmt? Ich hab mir doch gleich gedacht, sie müsste einen Gönner auf dem Schiff haben.«

»Die Dame ist meine Frau«, brachte Martin mühsam mit zusammengebissenen Zähnen hervor. Er wagte nicht, seine Waffe einzusetzen, denn die Hand mit dem Messer wäre auf jeden Fall schneller. »Lasst sie gehen, dann verspreche ich, mich für Euch einzusetzen!«

»Ach, nein!« Eisherz verzog sein Gesicht zu einer hämischen Grimasse. »Seht Ihr mich vor Angst zittern?«, sagte er und lachte Martin verächtlich ins Gesicht. »Ich habe mir nur geholt, was mir gehört. Hat sie Euch erzählt, dass Eisherz sie zuerst hatte? Das waren schöne Tage auf *San Tiago*, nicht wahr, mein Herz?«

Er drückte die Messerspitze ein wenig in die aufgeschürfte Haut, und ein Blutstropfen rann über ihre Kehle. Katharina stieß einen halb erstickten Entsetzenslaut aus. Martin stockte der Atem, als die Bedeutung der höhnischen Worte in sein Bewusstsein sickerte. Das also war es gewesen!

Auf einen Schlag sah er erneut Katharinas verstörtes Gesicht vor seinem inneren Auge. Ihr seltsames Verhalten in den Tagen, die sie dort in der malerischen Bucht geankert hatten, begann sich zu klären. Dieser Kerl musste einer der Söldner aus dem Konvoi sein. Und er hatte Katharina Gewalt angetan! Unbewusst packte er das Heft des Schwerts fester. Im nächsten Moment schmerzte seine Hand höllisch. Martin ließ die Waffe fallen.

Noch bevor er begriff, was geschehen war, hatte sich der Mann schon blitzschnell gebückt und das Schwert aufgenommen. Nun wies die Spitze genau auf seine Halsgrube. Eisherz drückte mit dem kalten Stahl Martins Kinn hoch, bis sie sich Auge in Auge gegenüberstanden: »Dann hat sie Euch wohl auch nicht erzählt, dass sie mich hinterhältig abservieren wollte. Ersaufen lassen wie einen alten Hund. Ich hab meinen Augen nicht getraut, wie sie da an der Reling stand und auf mich herabsah wie ein Unschuldsengel. Eine Mörderin ist sie! Und dafür wird sie bezahlen!«

»Das wird sie nicht!« Yorimotos Stimme klang hart wie Glas. Seine schattenhafte Annäherung war in dem heftigen Wortwechsel unbemerkt geblieben. Martin erkannte die Chance, die Yorimoto ihm durch die kurzfristige Ablenkung bot. Er sprang vor und grub seine Zähne mit wildem Zorn in die Hand, die Katharina umklammert hielt.

Mit einem lauten Schmerzensschrei löste Eisherz seinen Griff und zuckte zurück. Ehe er sich wieder gefasst hatte, hatte Martin Katharina bereits zur Seite gerissen und damit außer Reichweite des Schwertes gebracht. Der zweite Schrei glich dem Gebrüll eines wütenden Raubtiers: Ein Schlitzauge stand zwischen ihm und seinem Opfer. Eisherz ignorierte die Schmerzen in seiner Hand und hob das Schwert. Er war ein glänzender Kämpfer. Martin verfolgte mit Sorge, dass Yorimoto allmählich an die Felskante gedrängt wurde, hinter der es steil hinabging. Wo blieb Ginnemon?

Martin selbst konnte nicht eingreifen, weil er Katharina in Sicherheit bringen musste. Hastig hob er ihren zitternden Körper hoch und trug sie in das nahe gelegene Unterholz. Den beiden entging, was Ginnemon sah.

Der junge Dolmetscher hatte kein Auge von Eisherz und Yorimoto gelassen. Aber auch wenn er nur eine rudimentäre Schwertkampfausbildung genossen hatte, beging er nicht den Fehler, Yorimotos vermeintliche Kampfschwäche für echt zu halten. Genial, wie geschickt er seinen Gegner immer näher an die Klippe lockte! Plötzlich zersprang die Klinge von Yorimotos Schwert. Zerfiel einfach in Stücke. Ginnemon stöhnte auf. Das war das Ende.

Hatte Yorimoto vorausgesehen, dass die Waffe des Fußsoldaten ihn im Stich lassen würde? Ungläubig verfolgte Ginnemon, was dann geschah: Viele Legenden berichteten darüber, doch kein lebender Mensch hatte Derartiges je gesehen: Yorimoto fing die Klinge seines Gegners mit den flachen Händen!

Die Arme wie im Gebet erhoben, hielt er den Stahl zwischen seinen Handflächen. Einige Augenblicke standen sie reglos, die Blicke ineinander versenkt. Die rote Abendsonne überzog sie mit einem orangefarbenen Schleier, als sie langsam, wie bei einem Tanz, den letzten Schritt über die Felskante traten. Aber nur einer von ihnen schrie. In diesen letzten Augenblicken ihres Lebens unterschieden sich die Männer so, wie sie gelebt hatten.

Yorimoto sah im Fall wieder das wunderschöne, leblose Gesicht der jungen *Samurai*. Doch diesmal öffneten sich die mandelförmigen Augen, der rote Mund lächelte, und sie breitete die Arme aus, um ihn zu empfangen. Sein letzter Atemzug glich einem glücklichen Seufzer.

Katharinas Aufschrei riss Ginnemon aus seiner Erstarrung. So rasch er konnte, rannte er zu der Klippe und spähte hinunter. Das Meer tief unten tobte wie ein hungriges Raubtier, schleuderte Gischtfetzen in die Höhe wie Geifer. Unter ihm erstreckten sich den ganzen Küstenabschnitt entlang scharfkantige Felsformationen, an die die Wellen brandeten, als wollten sie Stücke aus ihnen herausreißen. Von den beiden Männern war nichts zu sehen.

Ginnemon versuchte angestrengt, wenigstens eine Spur zu entdecken, einen Kleiderfetzen, einen Körperumriss, irgendetwas. Aber in der schäumenden, brüllenden Hölle war nichts zu erkennen. Er drehte den Kopf zurück zu Martin und Katharina und schüttelte ihn verneinend. Kawaguchi Yorimoto und sein Gegner waren vom Meer verschlungen worden, als hätten sie nie existiert.

Tiefe Bewunderung erfüllte Ginnemon. Er kniete nieder und verneigte sich zum Zeichen seiner Ehrerbietung, bis seine Stirn den Erdboden berührte. In dieser Stellung verharrte er, während er stumm ein kurzes Mantra für Yorimotos Seele sprach. Das Bedürfnis, länger in dieser Stellung zu verweilen, unterdrückte er. Yorimoto-*sama* hatte ihm Katharinas Wohlergehen anvertraut. Er erhob sich und ging, ohne einen Blick zurückzuwerfen, auf das eng umschlungene Paar zu.

»Sie sind tot, nicht wahr?«, flüsterte Martin heiser, Katharina noch fester an sich drückend. »Kein Mensch könnte solch einen Sturz überleben!«

Ginnemon nickte bestätigend. »Das Meer hat sie verschlungen. Yorimoto-*sama* hat den Dämon endgültig bezwungen.« Besorgt sah er auf Martins blutende Hand. »Seid Ihr schlimm verletzt? Werdet Ihr es schaffen, sie bis zum Kloster zu tragen oder soll ich Hilfe holen?«

»Ich kann selber laufen«, wehrte Katharina ab und bückte sich, um mit den Zähnen einen Stoffstreifen von ihrem leidlich sauberen Untergewand zu reißen. »Deine Hand muss verbunden werden, sonst wirst du noch verbluten.« Tatsächlich tropfte dunkelrotes Blut mit beunruhigender Beständigkeit zu Boden.

»Handwunden bluten immer sehr stark«, sagte Martin gepresst, während er verfolgte, wie ihre Finger geschickt die vertrauten Handgriffe ausführten. »Mach dir keine unnötigen Sorgen um mich! Hast du weitere Verletzungen, außer am Hals?«

Sein Tonfall ließ sie aufblicken. »Mir ist sonst nichts geschehen«, sagte sie beruhigend und lächelte ihn zärtlich an. »Er wollte nur möglichst schnell zu diesen Schiffen, von denen er immer sprach.«

»Chinesische Schmugglerschiffe«, warf Ginnemon ungeduldig ein. »Seid Ihr fertig? Es dämmert bereits, und der Rückweg ist noch weit.«

»Geht schon vor«, bat Katharina leise und wandte sich zu dem leblosen Fellbündel, das ein paar Meter entfernt von ihnen im Gras lag. »Ich danke dir, Oinu-*sama*«, flüsterte sie und strich sanft über das struppige dunkle Fell, feucht von den Abendnebeln, die bereits über die Hochfläche zogen. »Du warst ein guter Freund!«

»Die Mönche werden ihn morgen holen und in allen Ehren bestatten. Aber jetzt kommt«, drängte Ginnemon.

Tatsächlich brauchten sie für den Weg zurück ins Kloster bis tief in die Nacht. Katharinas Erschöpfung und Martins geschwächter Zustand ließen kein rasches Vorankommen zu. Der Mönch, der als Torwache fungierte, wirkte überrascht, als sie zu so später Stunde Einlass begehrten.

Gouverneur Kawaguchi und der Religionskommissar hatten sich für die Nacht zurückgezogen, aber Abt Inaba hatte Anweisung gegeben, ihn unverzüglich zu benachrichtigen, falls sich irgendetwas in dieser delikaten Angelegenheit ereignen sollte. Er wollte sich nicht ein zweites Mal Nachlässigkeit vorwerfen lassen müssen. Also führte der Mönch die jämmerlich wirkende Truppe in den Audienzraum für untergeordnete Besucher.

Inaba bemerkte bei seinem Eintritt sofort, dass Kawaguchi Yorimoto fehlte. Der holländische Arzt kauerte mit seiner angeblichen Gattin vor dem Holzkohlebecken, und der Dolmetscher saß steif aufgerichtet daneben. Ohne das Paar eines weiteren Blickes zu würdigen, fixierte er Ginnemon. »Berichtet«, befahl er brüsk. »Wo ist der Bruder unseres Gouverneurs?«

»Tot«, erwiderte Ginnemon bedrückt. »Kawaguchi Yorimoto weilt nicht mehr unter den Lebenden.«

»Wie konnte das geschehen? Er war ein berühmter Schwertkämpfer …«

»Sein Schwert zersprang.« Ginnemon erschauerte bei der Erinnerung an jenen alles entscheidenden Augenblick. Niemals würde er jenen Anblick auf der Hochfläche vergessen, der sich ihm dort geboten hatte. »Ich war Zeuge, wie Yorimoto-*sama* die Klinge seines Gegners mit bloßen Händen abgefangen hat«, berichtete er ehrfürchtig. »Ich schwöre es bei meinen Ahnen!«, bekräftigte er, als er den Zweifel in Inabas Augen sah. »So wahr ich hier sitze, er hat das

Schwert so aufgefangen …« Ginnemon demonstrierte mit einer Geste den Griff des ehemaligen *Kaishakunin*. »Und dann hat er sich mit dem anderen Mann zusammen von der Klippe gestürzt.«

»Ihr habt Euch vergewissert, dass keiner von ihnen den Sturz überlebt hat?«

Ginnemon neigte den Kopf. »Das ist unmöglich. Wer den Sturz überlebt, würde von den Wogen an den Felsen zerschmettert.«

Abt Inaba verfiel in brütendes Schweigen. Wenn diese Geschichte bekannt würde, würde nur zu bald einer dieser neumodischen Dichter ein Heldenepos daraus machen. Es war überaus bedauerlich, dass die Götter entschieden hatten, nicht alle Beteiligten umkommen zu lassen.

Für einen Augenblick spielte er mit dem Gedanken, die drei Unruhestifter in das Verlies zu bringen und sie dort verhungern zu lassen. Allein die Sorge um sein Karma hielt ihn davor zurück, den beiden hohen Herren diesen Gefallen zu tun. »Haltet Euch bereit, Imamura Ginnemon, morgen früh einige der Mönche an diese Stelle zu führen«, befahl er. »Sie sollen bei Tageslicht nach Spuren suchen und den Ort so gut es geht reinigen. Niemand darf erfahren, dass der Bruder des Gouverneurs im Schwertkampf mit einem Barbar gestorben ist … Imamura Ginnemon, Ihr seid verantwortlich für diese beiden Holländer. Werden sie schweigen?«

Ginnemon verneigte sich tief. »Sie werden schweigen«, versicherte er erleichtert. »Erlaubt Ihr, ehrenwerter Abt, dass wir uns zurückziehen, um ihre Wunden zu versorgen?«

Der Klostervorsteher genehmigte es mit einem knappen Nicken. »Aber sie sollen sich bereithalten! Ich bin sicher, der Herr Gouverneur wird sie, so schnell es möglich ist, zurück nach Deshima schaffen lassen.«

Abt Inaba sollte Recht behalten. Die Sonne kämpfte noch mit den Morgennebeln, als sie nach draußen geführt wurden. Im Klosterhof stand Abt Inabas private geschlossene Reisesänfte bereit. Sie war schlicht genug, um kein Aufsehen zu erregen, damit die Holländer möglichst unauffällig zurückreisen konnten. Sie war für eine einzelne Person gedacht, und entsprechend eng saßen sie beieinander. Dennoch war es für Katharina kein Vergleich zu dem schrecklichen Transport auf dem Ochsenkarren. Glücklich schmiegte sie sich an Martins linke Seite. »Ich freue mich richtig auf zu Hause!«

Sein gesunder Arm zog sie noch fester an sich. »Ich auch!«, sagte er und gähnte unterdrückt. »Ich werde de Heere bitten, uns provisorisch zu trauen. Mit einem von Zeugen beglaubigten Schriftstück und allem, was hier möglich ist. Bist du einverstanden?«

Katharina nickte.

»Und dann werde ich deinem Vater schreiben und ihm alles erklären.«

Ein Schatten glitt über Katharinas Gesicht. »Ich hab ihm übel mitgespielt«, flüsterte sie bedrückt. »Armer Vater, er war so stolz darauf, mir einen reichen, alten Ehemann verschafft zu haben.«

»Er wird dir verzeihen«, sagte Martin zuversichtlich. »Deine Tante hat nicht wegen eines ungeliebten Kindes den armen van der Dussen nach Japonn gehetzt! Du solltest ihn aufrichtig um Vergebung bitten. Bis wir wieder europäischen Boden betreten, ist sein Zorn sicher verraucht, und er wird die verlorene Tochter glücklich in die Arme schließen.«

»Das hoffe ich«, meinte Katharina und seufzte. Im Stillen fragte sie sich, ob ihr Vater noch am Leben sein würde, wenn sie eines Tages nach Frankfurt zurückkehrten.

»Na, wie geht es unserer kleinen Abenteurerin?«, begrüßte van der Dussen sie lautstark, kaum dass die Träger die Sänfte vor dem Arzthaus auf Deshima abgesetzt hatten. »Hat sie Federn lassen müssen?«

»Ein paar«, gab Katharina zu und ließ es sich gefallen, dass der gewichtige Mann sie in seiner Umarmung fast erdrückte. »Aber nicht allzu viele.«

»Oje, oje, mir scheint, der Doktor hat den Löwenanteil abbekommen!«, stellte der Kaufmann fest und betrachtete mitfühlend Martins dick verbundene Rechte. »Werdet Ihr denn weiterhin praktizieren können?«

»Das hoffe ich«, sagte Martin kurz und streckte seine Glieder, die von dem langen Sitzen in verkrümmter Haltung schmerzten. »Wenn Ihr uns nun entschuldigt …«, sagte er und steuerte hinkend, Katharina hinter sich herziehend, die Stufen hinauf.

»Nicht so hastig!« Erstaunlich wendig sprang der dicke Kaufmann vor und griff nach Martins Ärmel, um ihn aufzuhalten. Obwohl er sich bemühte, seinen tragenden Bariton zu einem Flüstern zu dämpfen, hörte Katharina, was offensichtlich nicht für ihre Ohren bestimmt war.

»Lieber Freund, erinnert Ihr Euch noch an unser Gespräch hinsichtlich Eurer gemeinsamen Zukunft?« Bedeutsam sah er Martin in die Augen und warf dann einen Blick auf Katharina.

»Natürlich.«

»Ich habe mir erlaubt, unserem verehrten Faktoreidirektor ein wenig die Daumenschrauben anzulegen. Er bereitet bereits die Papiere vor.«

Überrascht sah Martin den massigen Mann an. »Ich bin Euch zu großem Dank verpflichtet. Ich hatte nicht erwartet, dass de Heere so leicht zu überreden wäre.«

»Sagen wir, ich kann sehr überzeugend sein«, sagte van der Dussen schmunzelnd, offensichtlich sehr mit sich zufrieden.

»Wenn das so ist …« Martin streckte ihm seine gesunde Hand hin. »Wollt Ihr uns die Freude machen, *Mijnheer* van der Dussen, und Katharinas Vater in dieser wichtigen Angelegenheit vertreten?«

Am nächsten Tag schon fand die Trauung statt – sicherheitshalber unter strengster Geheimhaltung. »Es wäre äußerst unklug, die Japaner zu reizen, indem wir hinausposaunen, dass wir gegen ihre Auflagen verstoßen haben«, bemerkte der Oberkaufmann.

Im Kontor befanden sich nur der Faktoreidirektor als Amtsträger, das Brautpaar und, als offizieller Zeuge und zugleich Vertreter Magnus Sessenheimers, Willem van der Dussen. Gerrit de Heere hatte sich geweigert, ein Paar in Männerkleidung zu trauen, und so stand Katharina in einem gefütterten Winter-*Kimono* neben Martin vor dem großen Schreibtisch.

»Hmh …« De Heere räusperte sich umständlich und rückte die Schriftstücke vor sich zurecht. In seinem schwarzen Wollanzug mit dem schmalen weißen Kragen erinnerte er stark an einen reformierten Geistlichen. »Ich möchte vorausschicken, dass ich mich nur unter Bedenken, und um größeres Unheil für das Seelenheil der Betroffenen abzuwenden, hierzu bereiterklärt habe«, begann er gestelzt. »In meiner ganzen Amtszeit als Presbyter der Stadtkirche in Amsterdam ist mir kein solcher Fall von kindlichem Ungehorsam und zugleich weiblicher Hinterlist vorgekommen! Nicht nur, dass Ihr, Jungfer Sessenheimer …«

»Schon gut, Mann«, unterbrach van der Dussen den

drohenden Sermon. »Spart Euch Eure Strafpredigt. Wir sind hier, um eine Hochzeit zu feiern – keine Bußandacht! Kommt endlich zur Sache.«

De Heere kniff beleidigt die Lippen zusammen, gab aber klein bei. »Wie Ihr wünscht, *Mijnheer* van der Dussen«, gab er säuerlich zurück. »Da ihr hier bei diesem ...«, es war ihm anzusehen, dass ihm das Wort »Possenspiel« auf der Zunge lag, »dieser Zeremonie als Vertreter des ehrenwerten Kaufherrn Magnus Sessenheimer fungiert, frage ich Euch in aller Form: Seid ihr willens, Eure Tochter diesem Mann als Eheweib zu geben und diesen Euren Willen mit Eurer Unterschrift zu bezeugen?«

»Das bin ich«, sagte der dicke Kaufmann entschieden, trat vor und griff nach dem bereitliegenden Federkiel, um mit einem schwungvollen Zug seinen und Magnus' Namen unter das vorbereitete Dokument zu setzen. »Und Ihr braucht gar nicht so den Mund zu verziehen – unter den gegebenen Umständen würde der gute Sessenheimer nicht anders handeln.«

De Heere antwortete nicht, sondern wandte sich an Martin, sichtlich bemüht, die Prozedur möglichst rasch hinter sich zu bringen. »Doktor Martin Liebau, seid Ihr bereit, die Jungfer Katharina Sessenheimer als Eheweib anzunehmen, sie zu lieben und zu ehren in guten wie in schlechten Tagen?«

»Ja, das will ich.« Martin trat ebenfalls vor und unterschrieb etwas ungelenk, behindert durch die feste Bandage seiner Hand.

»Jungfer Katharina Sessenheimer, seid Ihr bereit, Doktor Martin Liebau als Euren Ehemann anzunehmen, ihn zu lieben und zu ehren in guten wie in schlechten Tagen?«

Katharina sah zu Martin auf, der sie liebevoll anlächelte. Vor lauter Glück war ihre Kehle so eng, dass ihre Stimme rau klang, als sie ihr »Ja, ich will« hervorpresste. Wie im Traum nahm sie die Feder aus Martins Hand entgegen und setzte ihren Namen unter das Dokument, das sie von nun an unwiderruflich mit ihm verband.

»Meine Gratulation«, sagte der Faktoreidirektor steif, nachdem er als Letzter die Urkunde beglaubigt und mit dem offiziellen Siegel der Faktorei versehen hatte.

»Und die meine!« Van der Dussen strahlte über das ganze runde Gesicht, während er Katharina an seine Brust zog und herzhaft drückte. »Passt mir gut auf sie auf, Doktor.« Er klopfte dem Bräutigam gönnerhaft auf die Schulter. »Ich habe einige Flaschen exzellenten Rotspons aus meinem privaten Vorrat in Euer Haus bringen lassen. Legt Eure sauertöpfische Miene ab, de Heere, und schließt Euch uns an«, wandte er sich an den Faktoreidirektor. »Jetzt wird gefeiert!«

»Ich bitte, auf meine Anwesenheit zu verzichten. Ich muss zusehen, die Vorkommnisse in angemessener Form im Tagebuch des Kontors zu verzeichnen.«

»Aufgeblasener Einfaltspinsel«, brummte van der Dussen verächtlich, während sie zu dritt in das kleine Haus des Faktoreiarztes zurückkehrten. »Aber ganz im Ernst: Ohne ihn ist es eh viel gemütlicher … He, ist das nicht unser vortrefflicher Ginnemon?«

Tatsächlich wartete die schlanke Gestalt des Dolmetschers auf den Stufen vor ihrem Haus. Ernst sah er ihnen entgegen.

»Ihr kommt genau richtig, mein Bester«, dröhnte van der Dussen und klopfte ihm freundschaftlich auf die Schulter. »Wir haben gerade das Band festgezurrt und wollen die Sache nun ein bisschen begießen. Schließt Euch uns an!«

»Wir sind jetzt nach unseren Gesetzen Mann und Frau«, warf Katharina erklärend ein, die seinen verständnislosen Gesichtsausdruck richtig interpretiert hatte. »Bitte, trinke mit uns ein Glas auf unser zukünftiges Glück!«

»Psst, Liebes«, sagte Martin leise und drückte warnend ihren Arm. »Vergiss nicht, dass es geheim bleiben soll.« Er wandte sich Ginnemon zu. »Ich bin sehr froh, dich gesund und munter wiederzusehen. Bitte, sei heute nicht unser Dolmetscher, sondern unser Gast!«

Im Esszimmer hatte van der Dussen ein üppiges Mahl auftragen lassen: gebratene Hähnchen, Schweinebraten nach holländischer Art und reichlich Wein. Sobald alle ihren ersten Hunger gestillt hatten, hob van der Dussen sein Glas: »Auf das ungewöhnlichste Brautpaar, dem ich je begegnet bin! Und auf Imamura-*sama*, dem vortrefflichsten Japaner unter der Sonne!« Er stürzte den Wein in einem Zug herunter und goss sich sogleich nach. Ginnemon nippte nur an seinem Glas, und auch Martin und Katharina war nach den Ereignissen der letzten Tage nicht nach einem fröhlichen, unbeschwerten Gelage zumute.

»Habt Ihr eine Spur finden können?«, erkundigte Katharina sich bedrückt. Ginnemon schüttelte den Kopf. »Nein, das war auch nicht zu erwarten«, sagte er düster. »Das Meer an dieser Stelle verschlingt alles.«

Katharina erschauerte. Martin griff nach ihrer Hand und drückte sie tröstend. »Er war ein unglaublich tapferer und mutiger Mann. Die Erinnerung an ihn wird immer in unseren Herzen sein.«

»Was ist mit Oinu-*sama* geschehen?«, flüsterte sie und wischte sich unauffällig eine Träne von der Wange.

»Die Mönche haben den Hund ehrenvoll bestattet«, berichtete Ginnemon.

»Du bekommst doch keine Schwierigkeiten, weil du uns geholfen hast, oder?«, fragte Martin.

Ginnemon zuckte die Schultern und sagte: »Der Gouverneur hat sich entschieden, mit Religionskommissar Aoki zurück nach *Edo* zu reisen. Ich bin angewiesen worden, meinen Dienst wie bisher auszuüben.« Dann griff er in seinen *Kimono*-Ärmel und wandte sich an Katharina. »Yorimoto-*sama* bat mich, dir das zu geben, bevor er ...« Er verstummte und überreichte Katharina feierlich ein säuberlich poliertes Stück Koralle.

»Hat Yorimoto etwas dazu gesagt?«, fragte Katharina und drehte das fremdartige Amulett zwischen den Fingern. Es schmiegte sich kühl und glatt in ihre Handfläche. Auf der einen Seite war ein Kirschblütenzweig eingeschnitzt. »Was ist seine Bedeutung?«

»Es ist ein Familienamulett, ein Glücksbringer, der in der Familie weitergegeben wird. Habt Ihr denn nicht die Schatulle erhalten, die Yorimoto-*sama* Euch zugedacht hat?«, fragte Ginnemon erstaunt zurück. »Ich wollte sie selber abholen, doch man ließ mich nicht ein. Allerdings versprach der Haushofmeister, sie hierherzuschicken, sobald man sie fände.«

»Zeigt einmal her!«, mischte sich van der Dussen ein und streckte herrisch eine Hand aus. »Der Talisman trägt nicht das Zeichen des Hauses Kawaguchi. Seltsam. Kennt Ihr diese Familie, Herr Imamura?« Seit der Entführung und Ginnemons selbstloser Hilfe behandelte er den jungen Mann mit ausgesuchter Höflichkeit.

Ginnemon hob ratlos die Schultern. »Es muss eine unbekannte Familie sein. Dieses Zeichen habe ich noch nie gesehen.«

»Nun, dann würde ich vorschlagen, dass Ihr es als Wappen Eures Zweigs der zukünftigen Familie Liebau nehmt«, dröhnte van der Dussen launig. »Ich würde mich übrigens sehr geehrt fühlen, wenn ich der Pate Eures ersten Kindes werden dürfte.«

Martin zog Katharina eng an sich. Ihr weicher Körper schmiegte sich wie selbstverständlich an seine Seite. »Ihr seid unsere erste Wahl, *Mijnheer*«, versicherte er, übermütig vor Glück.

Glossar

Asura Kriegerisches, dämonenartiges Wesen aus dem Buddhismus

Back Matrosentafel, Aufenthalts- bzw. Speiseraum der Maats

Banda-Inseln Kleine Inselgruppe in der Banda-See, damals berühmt für ihre Muskatbäume

Batavia Name der indonesischen Hauptstadt Djakarta zuzeiten der niederländischen Kolonisation

Cap (de) Bon Esperance heute: Kap der Guten Hoffnung

Cha Tee

Cochinchina Küste und Hinterland des heutigen Südvietnam

Cojet Kajüte

Doshin Polizeibeamter niederen Ranges

Edo Früherer Name der Hauptstadt Japans Tokio

Eta Menschen, die außerhalb der Ständeordnung stehen und spirituell als unrein angesehen wurden. Sie waren zumeist in religiös oder sozial tabuisierten Gewerben tätig und arbeiteten beispielsweise als Gerber, Leichenbestatter oder Gefängniswärter.

Formosa heute: Taiwan

Fuchsgeist Wesen aus der japanischen Mythologie, meist in Gestalt einer schönen jungen Frau mit menschlichen Emotionen, kann sowohl guter als auch böser Natur sein

Galion Vorbau am Bug alter Schiffe

Geta Erhöhte Holzsandalen

Gin-kyo Japanische Bezeichnung für Ginkgo

Giri Heißt wörtlich »Pflicht« und bedeutet die Bindung, die jeder Einzelne gegenüber seiner Familie, seiner Gesellschaftsschicht oder Höherstehenden hat. Steht oft im Widerstreit mit *Ninjo*.

Hanami Wörtlich »Blüten betrachten«, ist die japanische Tradition, in jedem Frühjahr mit den Kirschblütenfesten die Schönheit der in Blüte stehenden Kirschbäume zu feiern

Harakiri Rituelle Selbsttötung

Imari Speziell für den Export nach Europa angefertigtes, mit Emailfarben bemaltes Porzellan

Isla San Tiago Insel der Kapverden

Japonn Alter Ausdruck für Japan

Jitte Waffe aus einem stählernen Stab mit gekrümmten Dornen über dem Griff

Kaishakunin Eine Art Gesandter, der dem zum Tode verurteilten *Samurai* das Urteil zu überbringen und beim *Seppuku* zu assistieren hatte

Kampanje Aufenthaltsraum für die Schiffsoffiziere

Katana Großes Schwert des Schwerterpaars für Friedenszeiten

Kimono Langes Gewand mit weiten Ärmeln, getragen von Männern und Frauen meist in mehreren Lagen übereinander

Ki-urushi Glänzender Japanlack

Laudanum In Alkohol gelöstes Opium, eingesetzt bis zum Verbot von Opiaten als schmerzstillendes Arzneimittel

Machidoshiyori Hoher Verwaltungsbeamte

Maruyama Vergnügungsviertel in Nagasaki

Meijfrouw Niederländische Anrede für Frau

Miasma Wörtlich »Dunst, Befleckung«, Verunreinigung der Luft

Mijnheer Niederländische Anrede für Herr

Mochi Süße japanische Reisklöße

Nagasaki-bugyô Statthalter der *Shogun* in Nagasaki

Ninjo Gefühl der Güte, Leidenschaft und Liebe, das oft im Kampf mit *Giri* liegt

Norimono Sänfte für Personen gehobenen Standes

Obi Gewandschärpe aus steifem Seidenbrokat

On Dankesschuld oder sittliche Verpflichtung

Oranda-yuki Prostituierte, spezialisiert auf holländische Kunden

Ottona Aufseher einer Straße oder eines Quartiers, der auch zuständig für Straßenreinigung und Reparaturen ist

Patiencia lat. Geduld

Provoss Führt Strafanordnungen des Kapitäns aus und schlichtet kleinere Streitigkeiten, zuständig für Disziplin der Mannschaft

Sake Reiswein

Sama Japanisches Namenssuffix; höfliche Anrede einer höhergestellten Persönlichkeit

Samurai Mitglied des Kriegerstandes im vorindustriellen Japan

Sayonara Japanisch für »Auf Wiedersehen«

Scharbock Alte Bezeichnung für Skorbut

Segelgatt Aufbewahrungsraum für Segel

Sensei Japanisch für »Meister, Doktor«

Seppuku Wörtlich »Bauchaufschlitzen«, auch als *Harakiri* bezeichnet. Traditionelle Selbstmordmethode, die die Ehre des Samurai und seiner Familie erhielt

SHINJU Doppelselbstmord eines Paares, meist durch gemeinsames Ertränken

SHODO Wörtlich »der Weg der Schrift«, ist die nach Japan übernommene chinesische Kalligrafie

SHOGUN Japanischer Militärtitel für Anführer aus der Kriegerkaste der *Samurai*

SHOJI Schiebetür aus einem Holzrahmen mit Papierfüllung

SHUNGA Wörtlich »Frühlingsbilder«, Darstellungen erotischer Szenen

SOMMERVOGEL Alte Bezeichnung für Schmetterling

SUTRA Heilige Texte des Buddhismus

TABI Socken mit abgeteilter großer Zehe

TATAMI Bodenmatte aus Stroh oder Binsen, gleichzeitig Grundflächenmaßeinheit japanischer Räume

TOKONOMA Zeremonialnische des Hauses, geschmückt mit einer Bildrolle oder einem Blumenarrangement

TOKUGAWA Japanische *Shogun*-Dynastie

YUYO Hochrangige Prostituierte mit wohlhabender Klientel

WAKIZASHI Kleines Schwert des Schwerterpaars für Friedenszeiten

ZORI Strohsandalen

Anmerkung zu historischen Personen und Namen

In der Geschichte tauchen einige historische Persönlichkeiten auf.

Anna Maria Sibylla Merian (1647–1717) und *Doktor Engelbert Kaempfer* (1651–1716) sind aus Berichten, Briefen und Biografien relativ gut dokumentiert. Frau Merian, ein Spross der berühmten Merian-Familie, war bereits zu Lebzeiten als Blumenmalerin und Insektenforscherin hoch angesehen. Doktor Kaempfers Verdienste als Forscher und Kulturvermittler zwischen Japan und Europa wurden leider erst nach seinem Tod angemessen gewürdigt.

Die Abfolge der Residenten auf Deshima ist von 1639 bis 1860 lückenlos belegt. Die Namen sind also korrekt, bei den Charakteren nahm ich mir ein gewisses Maß an schriftstellerischer Freiheit heraus. *Hendrick van Buijtenhem* wird von Zeitgenossen als umgänglich und freundlich beschrieben; er hat den Posten dreimal innegehabt. Das weist darauf hin, dass er ihn glänzend ausfüllte. Zum Zeitpunkt des Romans geht sein letzter Japanaufenthalt dem Ende zu. 1696 wird er nach Holland heimkehren.

Über *Gerrit de Heere* ist außer seinem Namen nichts in den mir zugänglichen Quellen verzeichnet.

Gouverneur *Kawaguchi Munetsune* (1630–1704) bekleidete von März 1680 bis Dezember 1693 das Amt des *Nagasaki-bugyô*. Nach Doktor Kaempfers Beschreibung »... ein wohlgestalter Mann von etwa fünfzig Jahren, listig und boshaft, ein großer Feind der Holländer, ein ungerechter und strenger Richter, aber ein geschmeidiger und glücklicher Hofmann«.

Seine Familie, und vor allem die Figur seines unglücklichen Bruders, sind frei erfunden.

Ginnemon, korrekt *Imamura Gen'emon Eisei* (1671–1736), stand als Dolmetscher und treuer Freund Doktor Kaempfer bei seinen Forschungen zur Seite. 1696 heiratete er die Nichte des *Ottona*, und eine steile Karriere nahm ihren Anfang. Vierzig Jahre lang sollte er in Japan die unangefochtene Autorität für alles Holländische sein.

Über das Leben des *Ottona Gibuemon Yoshikawa* ist wenig bekannt. Doktor Kaempfer bezeichnet ihn als einen gebildeten, rechtschaffenen Mann.

Oberdolmetscher *Motoki Shodayu Ryoi* (1628–1697) verbrachte sein ganzes Leben auf Deshima. Seine größte Leistung war die Übersetzung anatomischer Tafeln für einheimische Gelehrte.

Alle übrigen handelnden Personen und Namen sind fiktiv.

Literaturliste zu »Kirschblüten im Wind«

Bärtels, Andreas, *Kostbarkeiten aus ostasiatischen Gärten*. Eugen Ulmer Verlag (Stuttgart 1987).

Cawthorne, Nigel, Ukiyo-e – *Die Kunst des japanischen Farbholzschnitts*. Battenberg Verlag (Augsburg 1998).

Cleyer, Andreas, *Tagebuch des Kontors zu Nagasaki auf der Insel Deshima 1682–1683*. Bearb. von Eva S. Kraft, Bonner Zeitschrift für Japanologie, Bd. 6 (Bonn 1985).

Cordingly, David, *Piraten*. VGS Verlagsgesellschaft (Köln 1997).

Croissant, Doris/Ledderose, Lothar, *Japan und Europa 1543–1929*. Katalog, Berliner Festspiele 1993.

Dalby, Liza, *Pflaumenblüten im Schnee*. Rowohlt Verlag (Reinbek bei Hamburg 2001).

Deckert, Helmut (Hrsg.), *Merian, Maria Sibylla. Neues Blumenbuch*. Insel Verlag (Leipzig-Frankfurt/M. 1966/1987/2003).

Dullemen van, Inez, *Die Blumenkönigin Maria Sibylla Merian*. Aufbau Verlag (Berlin 2003).

Frenz, Lothar, *Riesenkraken und Tigerwölfe*. Rowohlt Verlag (Berlin 2000).

Fujikawa, Dr. Y., *Der Arzt in der japanischen Kultur, Tokyo*. Kaiserlich-Japanisches Unterrichtsministerium 1911, Nachdruck (Esslingen 1976).

Haberland, Detlef, *Engelbert Kaempfer: Werk und Wirkung*. Vorträge der Symposien in Lemgo und in Tokyo 1990 (Stuttgart 1993).

HABERLAND, DETLEF, *Zwischen Wunderkammer und Forschungsbericht* – Engelbert Kaempfers Beitrag zum europäischen Japanbild. In: Croissant/Ledderose 1993, S. 83–93.

HERRMANN, BERND, *Mensch und Umwelt im Mittelalter.* Deutsche Verlags-Anstalt (Stuttgart 1986).

HIELSCHER, KEJ / HÜCKING, RENATE, *Pflanzenjäger.* Piper Verlag (München 2002).

HOTTENROTH, FRIEDRICH, *Handbuch der deutschen Tracht.* Schäfer Verlag (Hannover 1985).

HUNKE, SIGRID, *Allahs Sonne über dem Abendland.* Fischer Taschenbuch Verlag (Frankfurt 1990).

INOUE, KIYOSHI, *Geschichte Japans.* Campus Verlag (Frankfurt 1993).

JOHEI, SASAKI, *Vom Sinnbild zum Abbild – Malerei und Naturwissenschaften in der Edo-Zeit.* In: Croissant/Ledderose 1993, S. 138–146.

JOOST, WOLFGANG (Hrsg.), *Die wundersamen Reisen des Caspar Schmalkalden nach West- und Ostindien 1642–1652.* VEB F. A. Brockhaus Verlag (Leipzig 1983).

KAISER, HELMUT, *Maria Sibylla Merian.* Piper Verlag (München 2004).

KIRSCH, PETER, *Die Reise nach Batavia. Deutsche Abenteurer in Ostindien 1600–1695.* Kabel Verlag (Hamburg 1994).

KIRSCH, PETER, *Die Barbaren aus dem Süden. Europäer im alten Japan 1543–1854.* Mandelbaum Verlag (Wien 2004).

KERNER, CHARLOTTE, *Seidenraupe, Dschungelblüte.* Beltz Verlag (Weinheim-Basel 1988/1998).

KOIKE, KAZUO / KOJIMA, GÔSEKI, *Kozure Ôkami (Tokyo 2001).* Deutsche Lizenzausgabe bei Planet Manga unter dem Titel »Lone Wolf and Cub«, Bde. 1– 18, Panini Verlag (Stuttgart 2006).

KÜHN, DIETER, *Frau Merian!*, Fischer Taschenbuch Verlag (Frankfurt 2003).

LAHNSTEIN, PETER, *Das Leben im Barock*. Kohlhammer Verlag (Stuttgart 1974).

LUTZ, WALTER, *Japan mit den Augen des Westens gesehen*. Prestel Verlag (München-New York 1993).

MICHEL, WOLFGANG, *Engelbert Kaempfer und die Medizin in Japan*. In: Haberland 1993, S. 248–293.

MICHEL, WOLFGANG, *Reisen der Niederländischen Ostindischen Kompanie im japanischen Archipel*. In: Lutz 1993, S. 31–39.

MICHEL, WOLFGANG, *Von Leipzig nach Japan – Der Chirurg und Handelsmann Caspar Schamberger 1623–1706*. Iudicium Verlag (München 1999).

MILTON, GILES, *Muskatnuß und Musketen*. Rowohlt Verlag (Hamburg 2002).

MUNTSCHICK, WOLFGANG, *Engelbert Kaempfer als Erforscher der japanischen Pflanzenwelt*. In: Haberland 1993, S. 222–247.

ROWLAND, LARA JOH, *Der Kirschblütenmord*. Gustav Lübbe Verlag (Bergisch Gladbach 1996).

SAAR, JOHANN JACOB, *Geheimnisvolle Gewürzinseln – Reise nach Java, Banda und Ceylon 1644–1660*. Edition Erdmann (Lenningen 2006).

TADASHI, YOSHIDA, *Rangaku – die holländischen Wissenschaften*. In: Croissant/Ledderose 1993, S. 94–106.

VAN DER VELDE, PAUL, *Die Achse, um die sich alles dreht. Imamura Gen'emon Eisei (1671–1736) Dolmetscher und ebenbürtiger »Diener« Kaempfers*. In: Haberland 1993, S. 174–193.

VOS, KEN, *Dejima und die Handelsbeziehungen zwischen den Niederlanden und dem vormodernen Japan*. In: Croissant/Ledderose 1993, S. 72–82.

WACHTMANN, HANS GÜNTER, *Daisen-in: ein Zen-Tempel des 16. Jahrhunderts*. Hirmer Verlag (München 2000).

YOSHIKAWA, EIJI, *Musashi*. Droemersche Verlagsanstalt (München 1984).

YSBRANTSZ, WILLEM, *Bontekoe van Horn – Die Gefahrvolle Reise des Kapitäns Bontekoe und andere Logbücher und Schiffsjournale holländischer Seefahrer des 17. Jahrhunderts*. Horst Erdmann Verlag (Tübingen-Basel 1972).

Danksagung

Ohne unseren Sohn Felix, der uns beharrlich auf eine Fernsehserie über einen »Samurai als Auftragskiller mit Kind im Kinderwagen« aufmerksam machte, wäre ich nicht auf die Figur des tragischen Kaishakunin Kozure Okami gestoßen. Man kann also mit Fug und Recht sagen, dass er den Grundstein zu diesem Roman gelegt hat. Danke, Felix, dass du dich durch unsere Skepsis nicht hast abschrecken lassen!

Meinem Mann Joachim danke ich herzlich für die Mühe, die er auf sich genommen hat, um mir absoluter Landratte Informationen zur Seefahrt im ausgehenden 17. Jahrhundert zu beschaffen.

Wolfgang Kramer, dem Kreisarchivar des Landkreises Konstanz, und Dr. Franz Hofmann danke ich für ihre fundierten Ratschläge und ihre Geduld bei meinen Recherchen zur damaligen Alltagswelt.

Dem Stadtarchivar von Esslingen, Dr. Joachim Halbekann, verdanke ich nebst Hinweisen zum Verlauf einer Geschäftsreise auf dem Rhein und den Verhältnissen in Köln die schöne Geschichte mit dem Wal. Tatsächlich ist im September 1688 ein Wal bis Basel den Rhein hinauf geschwommen. Im April 1689 wurde er dann bei Köln mit einer Schusswunde im Kopf und zweien in der Seite angetrieben. Ob seine Reste tatsächlich als Schaustücke genutzt wurden, ist leider nicht überliefert. Auch nicht, ob es tatsächlich ein Orca war.

Petra Jeisel M. A. vom Japanologischen Institut der Universität Tübingen danke ich, dass sie mir so unbürokratisch den Zugang zur Bibliothek ermöglicht hat, und allen Betroffenen für ihre Langmut, dass ich stundenlang den Kopierer belegt hielt. Auch im Zeitalter des Internet ist es nicht möglich, sich alle Informationen online zu beschaffen.

Unbekannterweise möchte ich last but not least Herrn Peter Kirsch für seine wunderbaren Bücher danken, die eines breiteren Interesses würdig wären. Profunde Sachkenntnis und ein packender Erzählstil zeichnen sie aus. Speziell »Die Barbaren aus dem Süden« war mir eine unschätzbare Hilfe bei der Beschreibung des Alltags auf Deshima.